读客®文化

德国人写的

中国
文学史

用德式严谨看中国文学，
就能看到被中国人自己忽略的关键细节！

［德］施寒微 著　顾牧 李春秋 译

河南文艺出版社
·郑州·

GESCHICHTE DER CHINESISCHEN LITERATUR by Helwig Schmidt-Glintzer
Copyright © Verlag C. H. Beck oHG, München 1999
All rights reserved.

This Simplified Chinese edition is published by arrangement with Verlag C. H. Beck oHG,
Germany in care of Flieder Verlag Agency, Germany
Simplified Chinese language edition copyright © 2021 by Dook Media Group Limited
All rights reserved

中文版权 © 2021 读客文化股份有限公司
经授权，读客文化股份有限公司拥有本书的中文（简体）版权
豫著许可备字－2021－A－0043

图书在版编目（CIP）数据

德国人写的中国文学史 /(德) 施寒微著 ; 顾牧，
李春秋译 . –– 郑州 : 河南文艺出版社，2022.1
ISBN 978–7–5559–1231–6

Ⅰ . ①德… Ⅱ . ①施… ②顾… ③李… Ⅲ . ①中国文
学 – 文学史 Ⅳ . ① I209

中国版本图书馆 CIP 数据核字 (2021) 第 202819 号

德国人写的中国文学史

著　　者	［德］施寒微
译　　者	顾　牧　李春秋
责任编辑	梁素娟
责任校对	赵乐银
特邀编辑	闫莹莹　丁　虹　沈　骏
策　　划	读客文化
版　　权	读客文化
封面设计	王　晓
出版发行	河南文艺出版社
印　　刷	河北中科印刷科技发展有限公司
开　　本	710mm × 1000mm 1/16
印　　张	45
字　　数	700 千
版　　次	2022 年 1 月第 1 版　2022 年 1 月第 1 次印刷
定　　价	138.00 元

如有印刷、装订质量问题，请致电 010-87681002（免费更换，邮寄到付）

[商] 甲骨, 长11公分, 约公元前6—前11世纪

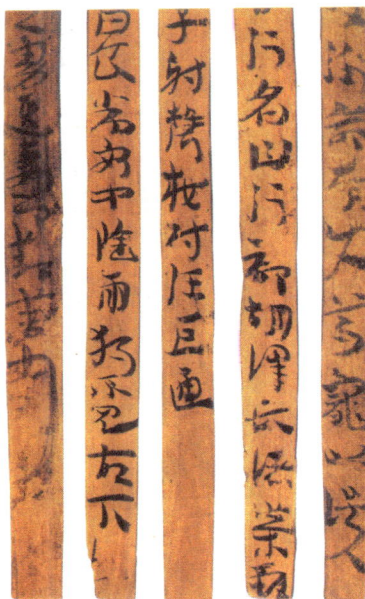

汉简墨迹拾遗

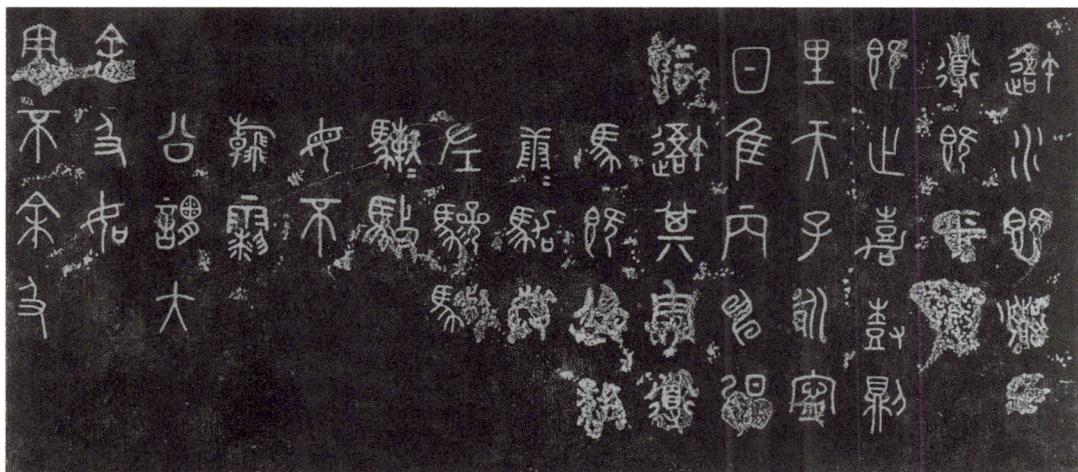

阮元重抚天一阁北宋石鼓文本

〔唐〕吴道子　先师孔子行教像

南无观世音菩萨

敦煌一九九窟唐代壁画

高山

敦煌壁画·菩萨

仲殊恭赋西江月词

攀送

枢密太尉镇钱塘伏惟

来览幸甚

仲殊

上

蠢尔么么旗双竖

马前黄钺先行

横金按节拥犀兵时聴元戎

传令

秦鼓催教月满扬帆带起春

生西湖风月解

相迎霜后一天云静

［北宋］仲殊　西江月词

顾恺之《洛神赋图》南宋摹本（局部）

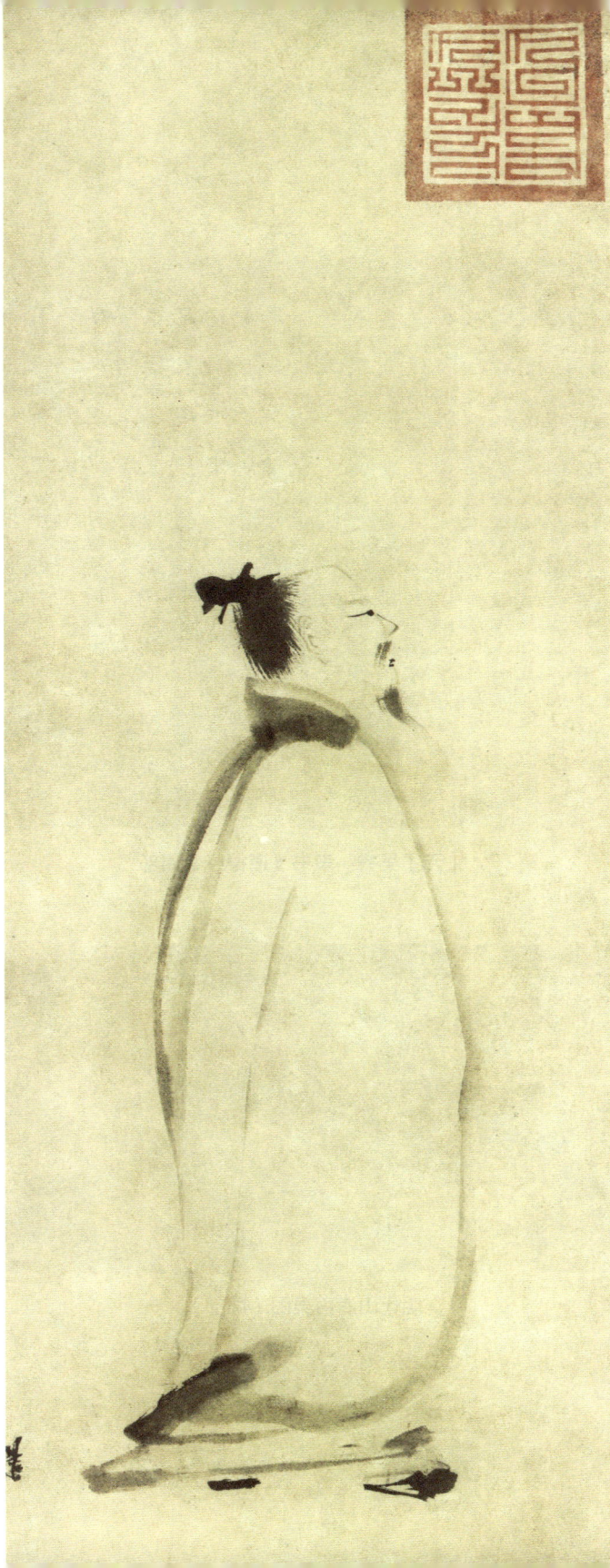

〔南宋〕梁楷　李白行吟图

［元］吴睿　隶书《道德经》局部

明代山海百灵图（局部）

治大國若烹小鮮以道蒞天下其鬼不神非其鬼不神其神不傷人非其神不傷人聖人亦不傷人夫兩者不相傷故德交歸焉

大國者下流天下之交天下之牝牝常以靜勝牡以靜為下故大國以下小國則取小國小國以下大國則取大國故或下以取或下而取大國不過欲兼畜人小國不過欲入事人夫兩者各得其所欲故大者宜為下

道者萬物之奧善人之寶不善人之所保美言可以市尊美行可以加人人之不善何棄之有故立天子置三公雖有拱璧以先駟馬不如坐進此道古之所以貴此道者何不曰求以得有罪以免邪故為天下貴

為無為事無事味無味大小多少報怨以德圖難於其易為大於其細天下難事必作於易天下大事必作於細是以聖人終不為大故能成其大夫輕諾必寡信多易必多難是以聖人猶難之故終無難矣

其安易持其未兆易謀其脆易泮其微易散為之於未有治之於未亂合抱之木生於毫末九層之臺起於累土千里之行始於足下為者敗之執者失之是以聖人無為故無敗無執故無失民之從事常於幾成而敗之慎終如始則無敗事是以聖人欲不欲不貴難得之貨學不學復眾人之所過以輔萬物之自然而不敢為

古之善為道者非以明民將以愚之民之難治以其智多故以智治國國之賊不以智治國國之福知此兩者亦稽式常知稽式是謂玄德玄德深矣遠矣與物反矣然後乃至大順

江海所以能為百谷王者以其善下之故能為百谷王是以欲上民必以言下之欲先民必以身後之是以聖人處上而民不重處前而民不害是以天下樂推而不厭以其不爭故天下莫能與之爭

〔元〕王蒙　溪山高逸图

〔元〕倪瓒　秋亭嘉树图（局部）

沈公手種千歲物宜爾子孫加
意培蕃落葉與世樵得好春
從地來顧渶季札保嘉樹國
讚周書知美材為君吞筆
寓其象白日風雨騰蒿萊

長洲沈周

啟南嘗從遼陽劉獻之登范祠覘外垣三梓
當為高之以為劉之行贈予為三賦唐律陽一歲
矢明吉卯而命予錄福句以邀啟南之平為畫
也三梓為誰能入畫前朝丞相手親培槐陰一
事可伯仲雲氣四時當往來宗葉為多忠孝
者人生統不棟梁材行裹渟此多珍重自古
台衡郊草茉

嘉禾周鼎

〔明〕沈周　三梓图

湘君

君不行兮夷猶，蹇誰留兮中洲。美要眇兮宜修，沛吾乘兮桂舟。令沅湘兮無波，使江水兮安流。望夫君兮未來，吹參差兮誰思。駕飛龍兮北征，邅吾道兮洞庭。薜荔柏兮蕙綢，蓀橈兮蘭旌。望涔陽兮極浦，橫大江兮揚靈。揚靈兮未極，女嬋媛兮為余太息。橫流涕兮潺湲，隱思君兮陫側。桂櫂兮蘭枻，斲冰兮積雪。采薜荔兮水中，搴芙蓉兮木末。心不同兮媒勞，恩不甚兮輕絕。石瀨兮淺淺，飛龍兮翩翩。交不忠兮怨長，期不信兮告余以不閒。朝騁騖兮江皋，夕弭節兮北渚。鳥次兮屋上，水周兮堂下。捐余玦兮江中，遺余佩兮醴浦。采芳洲兮杜若，將以遺兮下女。時不可兮再得，聊逍遙兮容與。

湘夫人

帝子降兮北渚，目眇眇兮愁予。嫋嫋兮秋風，洞庭波兮木葉下。登白薠兮騁望，與佳期兮夕張。鳥何萃兮蘋中，罾何為兮木上。沅有茝兮醴有蘭，思公子兮未敢言。荒忽兮遠望，觀流水兮潺湲。麋何食兮庭中，蛟何為兮水裔。朝馳余馬兮江皋，夕濟兮西澨。聞佳人兮召予，將騰駕兮偕逝。築室兮水中，葺之兮荷蓋。蓀壁兮紫壇，播芳椒兮成堂。桂棟兮蘭橑，辛夷楣兮藥房。罔薜荔兮為帷，擗蕙櫋兮既張。白玉兮為鎮，疏石蘭兮為芳。芷葺兮荷屋，繚之兮杜衡。合百草兮實庭，建芳馨兮廡門。九嶷繽兮並迎，靈之來兮如雲。捐余袂兮江中，遺余褋兮醴浦。搴汀洲兮杜若，將以遺兮遠者。時不可兮驟得，聊逍遙兮容與。

正德十二年丁丑二月己未停雲館中書

〔明〕文徵明　湘君湘夫人图

〔清〕焦秉贞　历代推背图册

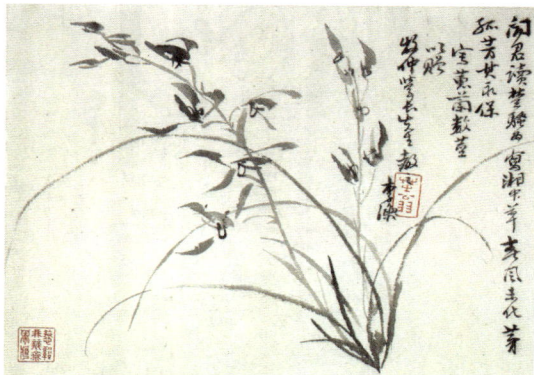

〔清〕李渔　杂画卷画册

家近紅蕖曲水濱全家
羅韈起秋塵莫將越客
千絲網得西施別贈
人銀缸斜背解鳴璫小
語低聲賀玉郎從此不知
蘭麝貴夜來新染桂枝
香

錄玉溪生兩截尚
冠玉先生屬書 龐國鈞

中文版前言

施寒微

这部《中国文学史》是对中国语言及文字传统进行研究的成果。中华文明拥有全人类最为丰富的文字遗产,从中折射出各种跌宕起伏的命运与经历,特别是人们在思考世界以及人在天地间位置的过程中所体现出的聪明和智慧。想要理解中国的历史与文化,我们就必须了解中国的文学。从广义上讲,这个文学既包括诗歌和小说,也包括哲学,以及多种多样的知识记录和付诸语言的对世界的理解。当然,中国文化的特点并不仅仅体现在书面记录的知识中,还包括了音乐传统、风俗习惯等其他元素。但是,语言和文字对中国不同年代、不同群体的人来说,都在其学习与塑造过程中起着核心作用,并且直到今天依然如此。

我之所以会写这部《中国文学史》,是想要更好地了解那些擅长读写的中国精英们的精神世界。当然,我也清楚自己在写作的时候,是循着前人在经典化过程中开拓的道路前行,这其中也包括我的老师们。现代意义上的文学史是从18世纪才出现的,中国20世纪的文学史撰写者们依照的也是国际上通行的方式。从这个意义上来说,这部《中国文学史》可以看作是形成于近代的国别文学史范畴下的当代研究成果。

文学史中也会有转折、摒弃或者新发现，这个过程历经各个朝代、不同世纪，从来不会终结。因此，研究书面流传下来的资料对每个想要更好地认识中国的人而言都必不可少，对那些具有中国血统，身份因此与这种传统联系在一起的人也是如此。这或许会让人感到是一种负担，但几千年的经验告诉我们，吸收和研究丰富多样的传统非但不会抑制我们的创造性和自由，反倒会让我们更加有创造力，更加自由。

对中国人来说，中国文学从某种程度上是他们建立自我认知的基础，对这个世界丑陋一面或者成功人生的思考渗透其中。不论是《诗经》，屈原的《楚辞》，司马迁的《史记》，还是《搜神记》这样的故事集，或者《金瓶梅》《三国演义》《红楼梦》这样伟大的小说，抑或是谢灵运、杜甫、苏东坡的诗，鲁迅、郭沫若、巴金以及20世纪诸多女作家的作品，当我们想要解释过去，决定未来的时候，所有这些文学作品都可以为我们提供借鉴。

就这样，中国文学在中国是人们互相理解的平台，同时，它作为世界文学的一部分，又将中国文化与其他文化联系在一起。这些文化之间的交流已经有悠久的历史，对边远地区或遥远国度叙事题材和学说的研究在中国一直享有重要的地位。人们还没有接触现代西方文学和创作的时候，包含有叙事题材及诵读形式的佛经就早已经来到中国，在这里经过适应性的改变，同时促进了新的文学作品的产生。

我们要不断地重新认识各种传统，借此更新和加强我们的自我认知，并坚持思考和质疑，能明白这一点的人，就能够体会到探究自己和"他者"的文学传统能够带来多么大的乐趣。正因如此，能够与中国和中文世界的读者分享我最初用德语撰写的这部《中国文学史》，我感到非常高兴。

2020年6月24日

目　录

第二部分
官方与典雅的风格（前 221—180）

第三部分
多彩的自然和内心的旅行（180—600）

第四部分
诗歌的黄金时代与传奇小说（600—900）

第五部分
正统与自由之间：文官的文本（900—1350）

第六部分
儒家的环境和民间的娱乐（1350—1850）

第七部分
变革与告别旧的道路（1850 年以后）

第一部分

诗歌、神话、历史学家的规划和记录
（前1400—前221）

1. 早期文字与文字记录

文字的形成

中国的先秦时期主要是指从周代（前11世纪—前256）到秦统一中国（前221年）并建立秦王朝之间的这段时间，该时期不断被后世理想化，被视为一个理想的、随后又失落的时代。不过，即便是理性地去看这个时期，它也依然是中国文化最重要元素形成的时期。先秦是中国古典哲学的时代，孔子等独立思想家为各诸侯国的国君出谋划策，辅佐他们，从此形成了"文人入仕"这种长盛不衰的理想状态；同时，这又是中国社会的转型期，一些基本的政治理念开始形成，并且在之后的几百年中占据了主导地位。正是因为有了这个时代，才有了公元前221年中国的统一以及此后持续两千余年的中华文明。

西周及春秋战国时期（前722—前221）在物质文化方面的成就不仅促成了中华文明史上最早的重要法典；同时，书面记录在各个领域得到推广，文学语言与诗歌的基本形式开始形成，此外，还出现了思考政治秩序基本理念和文明发展的记录。由孔子（前551—前479）的弟子们整理的孔子言行录

（《论语》）就出自这一时期，同样产生于该时期的还有其他一些学说的创建者及其弟子的作品。正是因为有了这些人，一些古老的记载、故事、歌谣和历史典故才免于流失。这些人被认为是一些重要文学作品的作者，或者至少是编辑整理者。例如，《诗经》就被认为是由孔子收集整理的。但在那样一个诸侯割据的时代，人们的生活应该远比后来经由儒家筛选的作品记录下来的丰富多彩，不仅包括文学，还包括其他各个领域。

中国文学的一个特点是语言统一的时间较早，且文字丰富。虽然方言继续存在，但公元前的500年里，上层社会成员中就已经形成了一种通用的语言，而这种语言在接下来的几百年中不断发展，逐渐独立于口头语而存在。汉代（前206—220）的学校和教育制度以及当时的国家文化政策促进了这种发展，并为文学传统的形成提供了良好的条件。在这种传统下，新的文本总是以已经用书面形式保存下来的、可供使用的文本为主要依据，对地区传统和民族传统的接受也总是以先将其转换成"书面语"为前提。

直到现在，我们对中国文字的起源依然不是很清楚。根据大量出土的、来自公元前1000多年的文本，我们可以得出这样的结论，即在此之前，文字应该已经有了一段比较长的历史。但是在早期的一些想象中，文字仍被人们视为一种自然现象，这对中国文学的发展是具有决定性作用的。《易传》中被称为《系辞》的部分就已经记录了这种将文字视为对大自然的模仿的观点，这种观点在后世仍不断被人重复。公元11世纪，作为改革者和杂文家而被载于史册的王安石（1021—1086）曾在《进〈字说〉表》中向皇帝介绍他的新书，在这篇文章中，他说：

> 字虽人之所制，本实出于自然。凤鸟有文，河图有画，非人为也，人则效此。[1]

---

[1] 《王临川集》，台北，1959年，第68章，第354页。

王安石在这里提到了记录宇宙星象的"河图洛书"。《易传·系辞》中有云："河出图，洛出书，圣人则之。"这种认为文字源于自然的观点与人们对书面文本的看法类似，书面文本同样也被认为是符合广义上的宇宙秩序的。人们由此得出结论，认为文学所表现的也是相应的秩序，而文学的传承对这种秩序也会产生影响。因而，我们就可以理解为什么中国的文学与政治从古至今始终密切关联，人们又为什么如此重视体现个人品格的书法与宇宙秩序之间的关系。

书法的重要性与书写技术有密切的关系，在笔、墨、纸成为中国人固定的书写工具，并由此形成独有的审美传统和绘画基础之前，中国人曾使用过各式各样、或软或硬的书写载体，例如骨头、贝壳、象牙、丝绸这类取自动物的材料，铜、铁、金、银、石、玉、陶这类矿物材料，以及竹、木这类植物性材料。中国人对这些材料的运用达到了相当纯熟的程度，但奇怪的是，他们很少将兽皮或树叶用于书写。

那些记录在龟甲兽骨上的文字已经远远不是单纯的象形文字或表义文字。中国的甲骨文中已经出现了被后世称为"六书"的六种造字方式，从这一点上我们也能够推断出文字在此前应该有过一段很长的发展历史。学者们对于"六书"的具体组成及先后顺序看法不一，我们大致可以将其归纳为以下六种：

1. 象形：这类字是对所指之物的描画，例如"日""月""人""羊"。

2. 指事：这类字表示一些抽象的概念，例如数字，也有在象形字的基础上通过增加一个或多个笔画来构成新文字的情况，例如"本""末"。

3. 会意：通过合成两个字而生成新含义的造字方式，例如"明"（日+月＝明，清澈；明亮；理解；解释），"男"（田＋力＝男）。

4. 形声：这类字中有某个部分是用来表音的，因此，人们也会将这个部分称为"声旁"，将另外一个部分称为"形旁"。例如，忠诚的"忠"字，由"中"和"心"组成，"中"为声旁，"心"为形旁。我们也能够从这种解字的方式中看出汉字体系的特性。

5. 转注：将已有的字用于新的字，并赋予其新的含义。

6. 假借：将相同发音的字用来代表想传达的字。

甲骨文中的汉字大部分属于第一类，即象形字。到了公元100年前后，常用汉字中的大部分就已经是第四类字了（义与声的组合）。《说文解字》是一部成书于公元121年的字典，其中收录了约9500个汉字，这些字中共有7697个"形声字"，另有1163个"会意字"（两个概念的组合），约占12%。第一类字的数量相对于商代甚至有所减少。

从汉代开始，字典以及研究语言与文字的文字学越来越受到重视，不过，人们至少对黄帝左史官仓颉造字的神话表示出了同等的重视。在理解语言特性时，神话传说的影响力甚至超过了文字学的理论。上文提到的《说文解字》是中国现存最古老的字典，这部书的作者许慎（约58—约147）在为该书所做的序中提到了占卜中使用的卦象与文字之间的关系，并大段引用了《易传·系辞》中关于文字产生的说法：

古者包羲氏之王天下也，仰则观象于天，俯则观法于地，视鸟兽之文与地之宜，近取诸身，远取诸物，于是始作《易》八卦，以垂宪象。及神农氏，结绳为治，而统其事，庶业其繁，饰伪萌生。

黄帝之史仓颉，见鸟兽蹄远之迹，知分理之可相别异也，初造书契。百工以乂，万品以察，盖取诸夬；夬，扬于王庭。言文者宣教明化于王者朝廷，君子所以施禄及下，居德则忌也。仓颉之初作书，盖依类象形，故谓之文。其后形声相益，即谓之字。文者，物象之本；字者，言孳乳而浸多也。著于竹帛谓之书。书者，如也。[1]

---

[1] 《说文解字注》，1808年版，台北，1963年，第15卷A，第1上—2下页。

这种将"宣教明化"的作用赋予"文"的做法，后来发展成为中国古代文化的一个基本特征；同时，认为文字的形成来源于对"物"的观察的观点，也更加强了人们认为"文"和语言是对现实世界的描摹的想法。

最古老的文字

目前我们能够看到的中国文字的雏形或最早的形式，是刻在公元前4000余年的一些陶器上的图形，这些非常简单的图形代表数字、物体或诸如"山""网""脚印"等的含义。但此后不久，就出现了更为复杂的图形。这些文物中有一部分是在过去几十年的考古挖掘中才被发现的，但少量的例证并不足以让我们认为中国文字已经开始独立发展。[1]

中国现存最古老文本的历史要短得多，这些文本被刻在公元前1200年至公元前1100年一些用于占卜的兽骨和龟甲上。这些刻了字的甲骨被认为是殷商王朝的档案，孔子曾因为这些物品的失传而哀叹，直到19世纪末，它们才在今天河南省安阳地区逐步被发现，之后又通过系统的发掘而得以保存。[2]目前已发现大约10万片刻有这种"甲骨文"或"甲骨卜辞"、被用于占卜的兽骨和龟甲，其中很多已残缺。从这些甲骨上，我们可以看到约2500个可以被识别的不同的汉字，其中包含汉字最主要的造字方式。

---

[1]　参见Kwong-yue Cheung（张光裕）的*Recent Archeological Evidence Relating to the Origin of Chinese Characters*（《关于汉字起源的最新考古证据》），载D. N. Keightley（吉德炜）主编的*The Origins of Chinese Civilization*（《中华文明的起源》，伯克利，加利福尼亚州，1983年），第323—391页。

[2]　关于甲骨文，参见D. N. Keightley的*Sources of Shang History. The Oracle-Bone Inscriptions of Bronze Age China*（《商代的历史资料：中国青铜时代的甲骨铭文》，伯克利，加利福尼亚州，1978年；相关研究中更为重要的一部，见Tsung-tung Chang（张聪东）的*Der Kult der Shang-Dynastie im Spiegel der Orakelinschriften. Eine paläographische Studie zur Religion im archaischen China*（《甲骨铭文中的商代宗教崇拜：对古代中国宗教的考古学研究》），威斯巴登，1970年。

上文所引用的许慎的序强调了文字治理国家、教化人民的功能，但这个功能并不是从一开始就占据统治地位的，它是国家行政体系逐渐成形的结果，并受到从汉代开始地位就不断上升的儒学的影响。文字一开始主要具有宗教和巫术方面的功能，被用来沟通祖先、灵魂，但从很早开始，它也同时被用于记录做决定的过程与合约的缔结。

或许就是因为这种最古老的功能，所以书面文本在之后的几百年中始终还是带着一丝神圣的意味。但即便如此，这种神圣意味也没能阻止由政权更迭和战乱引起的对书籍的反复破坏。这种认为所有书面文本都极为神圣的观点，也解释了为什么在公元前3世纪末，秦始皇在文字领域进行的改革会引起巨大的恐慌，关于焚书坑儒的恐怖传说肯定是带有夸张成分的，这件事也体现了当时激烈的矛盾冲突。[1]中国现存最古老的文字材料并不是行政文件，而是刻在兽骨龟甲上的一些卜辞。商代的卜官用这个方式来占卜自然现象，例如雨、风暴、雪或好天气。他们希望知道农作物的收成会如何，马上要开始的狩猎能打到多少猎物，即将开始的一段旅程的情况，或者军事行动的吉凶。他们想知道是否需要举行某些宗教仪式，或是想知道生育情况、身体疾病，例如头疼或牙疼会如何发展，此外也会寻求一些关于梦的解读。

这些刻在兽骨和龟甲上的卜辞（甲骨文）有非常固定的形式，其中包含四部分：正面的前辞（叙辞、述辞）和命辞（贞辞），背面的占辞和验辞。不过，背面的两个部分经常是缺失的。前辞记录着占卜的时间和占卜者的名字，接下去是要问的内容，按照"会发生还是不会发生"这样的格式来写。占卜的结果以及占卜事项的结果可以写在背面。

虽然甲骨主要用于记录卜辞，但我们也能在上面找到对历史事件的记载，这一点更加说明了占卜、历法（甲骨占卜通常是每10天进行一次，中国先秦时期的"旬"即由此而来）与历史记载之间的密切关系。公元前

---

[1] 参见D. Twitchett（崔瑞德）、M. Loewe（鲁惟一）主编的*The Cambridge History of China*（《剑桥中国史》，第1卷，剑桥，1986年），第69页等。

1046年[1]周灭殷商后，用甲骨进行占卜的次数减少了，我们能够看到越来越多的青铜器铭文，这种铭文也形成了自己的文字风格，即"金文"。汉字的外形变得圆润柔软，这和铸造过程是有关系的。事实上，商周青铜器的区别并不总是很明显。周代青铜器上的铭文有长有短，最长的共计有497个字。这些青铜器多为礼器，不同于19世纪末才逐渐被发现的甲骨。青铜器的收藏历史始于汉代，宋代以后更是得到了考古意义上的重视，吕大临（约1040—约1092）撰写的《考古图》[2]是现存最早的青铜器著录。由于人们很早就对周代的青铜器抱有浓厚的兴趣，因此仿冒品也很多，一些曾经被认为是真品的铭文，后来被验证为赝品。

现存最早的中国古代刻石文字是刻在10个鼓形石上的，这些石头也因此被称为"石鼓"。[3]这些石鼓现存北京故宫博物馆，抗战时期曾被几次转移，抗战胜利后暂存南京，后又由故宫保管；国民党政府逃往台湾时，带走了大量故宫中的藏品，但这些石鼓因为太重而被留了下来。历史上曾认为石鼓上的文字刻于周宣王（前827—前781在位）统治时期，不过它们实际刻成的年代应该要晚很多，很有可能是秦王下令制作的。这些石鼓最高的达95厘米，周长约2米。每个石鼓上刻有四言诗一首，共计约70字，诗的某些风格与《诗经》类似。10个石鼓上最初的刻字总计约700个，但是从20世纪30年代发现的宋代拓片上看，保存下来的仅有465个字，今天能够辨

[1]　由于早期编年史的不确定性，这个事件的发生时间一直存在争议。D. S. Nivison（倪卫德）的论文The Dates of Western Chou（《西周纪年》），载*HJAS*（《哈佛亚洲研究学刊》）第43期（1983年），第481—580页，使得这个讨论重新被人关注；也见E. L. Saughnessy（夏含夷）的The "Current" Bamboo Annals and the Date of the Zhou Conquest of Shang（《〈今本竹书纪年〉与周武王克商的年代》），载*Early China*（《早期中国》）第11—12期（1985—1987），第33—60页。

[2]　对于考古学的概述，见H. Franke的Archäologie und Geschichtsbewußtsein in China（《中国的考古学与历史意识》），载*Archäologie und Geschichtsbewußtsein*（《考古学与历史意识》，Kolloqien zur Allg. Und Vergl. Archäologie，第3卷，慕尼黑，1982年），第69—83页。

[3]　见G. L. Mattos（马几道）的*The Stone Drums of Ch'in*（《秦石鼓》，内特塔尔市，1988年）。

认出的刻字只有272个。

　　随着书写材料的改变以及文字使用范围的扩大，文字的风格也发生了变化。随着时间的推移，文字逐渐失去了最初的图画性，到公元前8世纪，文字的形式已趋于规范，有了统一的大小和均匀的书写。随着国家的分崩离析，西周的文字风格逐渐被东周时期各不相同的地方文字风格所取代。风格改变的另一个原因是文字逐渐出现了两种不同的用途：写在竹简或绢帛上的文字具有交际功能，铸刻在青铜器或石头上的文字则是庄严华丽的象征。

　　中国古代所用的书写材料不易保存，所以几乎没有能够保存至今的手写文字。1934年出土于长沙的"楚帛书"是目前发现最古老的手抄本，这件文物很好地向我们展示了东周时期的文字风格。但是正如上文所说，当时的文字风格是不统一的，这种不统一一方面源自书写材料的多样性以及书写者的个人风格，更主要的原因则在于不同地区各不相同的书写传统。

2. 舞蹈与歌曲：《诗经》

传世的文本与不同的解释派别

我们对中国先秦时期诗歌的所有了解，几乎都来自《诗经》和《楚辞》这两部诗歌集。上文中多次提及的《诗经》不但是最为古老，同时也是中国第一部规模较大的文学作品集，其中的作品产生于公元前10世纪至公元前6世纪。[1]《诗经》对诗歌的发展具有无可比拟的重要作用。在此后2500年的历史中，《诗经》一直是文人阶层接受教育的固定内容，它的语言风格、比喻形式、韵律格式持续影响着中国诗歌的发展。

　　《诗经》中共收录305首诗（如果加上只保存了题目、没有保存下来内容的就是311首），有一种说法认为这些诗的收集者是王室的采诗官，目的是通过这些诗探查百姓的喜忧。还有一种说法认为在孔子（欧洲人熟悉的是"Konfuzius"这个拉丁化的名字）的时代，用这种方法采集来的诗歌超过了3000首，孔子弃掉了其中所有重复的部分，或是他认为不能够直接服务于教育目的的部分。这两种说法恐怕都有被后世夸张或神化的成分，不过我们还是能够从中看出中国文学的两个总体特点：文学是被统治的臣民用来表达情感的媒介，其中虽然也有批评，但需要采用恰当的形式；此外，文学还有教

---

[1]《诗经》的全译本有：J. Legge（理雅各）的 *The She King, or The Book of Poetry*，载J. Legge的 *The Chinese Classics*，第4卷（香港，1871年）；V. von Strauss（史陶斯）的 *Schi-king. Das kanonische Liederbuch der Chinesen*（海德堡，1880年；达姆施塔特，1969年）；A. Waley的 *The Book of Songs*（伦敦，1937年）；B. Karlgren（高本汉）的 *The Book of Odes*（斯德哥尔摩，1950年）。节译本有：P. Weber-Schäfer的 *Altchinesische Hymnen*（科隆，1967年）；G. Debon（德博）的 *Ein weißes Kleid, ein grau Gebände. Chinesische Lieder aus dem 12.-7.Jh. v. Chr.*（慕尼黑，1957年）。相关研究除了已经成为经典的，还包含大量译文的M. Granet（葛兰言）的论文 *Fêtes et chansons anciennes de la Chine*（《中国古代的祭礼与歌谣》，巴黎，1919；1929年第2版）；B. Karlgren的 *Glosses on the Kuo Feng Odes*（《国风颂歌》），载 *BMFEA*（《远东文物博物馆刊》）第14期（1942年），第71—247页；其他"颂歌"见同一个杂志的后续几期；W. A. C. H. Debson的 *The Language of the Book of Songs*（《〈诗经〉的语言》，多伦多，1968年）；C. H. Wang的 *The Bell and the Drum. Shih Ching as Formulaic Poetry in an Oral Tradition*（《钟与鼓：〈诗经〉作为口头流传的经典诗歌》，伯克利，加利福尼亚州，1974年）；C. H. Wang的 *From Ritual to Allegory. Seven Essays in Early Chinese Poetry*（《从仪式到寓言：关于中国早期诗歌的七篇文章》，香港，1988年）；Pauline R. Yu（余宝琳）的 *Allegory, Allegories, and the Classic of Poetry*（《比喻、寓言和古典诗歌》），载 *HJAS*（《哈佛亚洲研究学刊》）第43期（1983年），第377—412页；M. Spring的 *The Presentation of Love Tokens in the Shih Ching and Ch'u Tz'u*（《〈诗经〉和〈楚辞〉中的爱情故事》），载 *Tamkang Review*（《淡江评论》）9.1（1978年），第1—31页；Kang-i Sun Chang（孙康宜）的 *The Concept of Time in the Shih-ching*（《〈诗经〉中的时间观》），载 *Tsinghua Journal of Chinese Studies*（《清华学报》），新刊第12期（1979年），第73—84页。

化的作用，教育与文学总是被结合在一起的。

虽然后来的文学作品有很大一部分都是在这种前提下创作出来的，但《诗经》中所收集的绝大部分诗歌并非如此。这些诗歌描述的是爱情与苦痛，喜悦与哀伤，它们在民间产生并被吟唱[1]。与后来的很多作品一样，《诗经》中的诗歌完全可以被认为是民间的，它们是后来在国家政权与行政体系稳定下来的过程中被官方采纳并经典化了的。同时，这些诗也为高雅文学提供了滋养。

公元前2世纪曾出现过四个不同的《诗经》注释派别，这几个派别依据的文本应该是一样的，但给出的解释却截然不同。其中的一个派别，即所谓的"毛诗派"流传至今，成为后来研究和解释《诗经》的基础。这一派的注释也经常被称为"毛诗"（毛诗派所注的《诗经》），其中的诗分为三组：1. 国风（各国的民歌），其下含十五国风，共160首诗；2. 雅（文人作品，高雅的诗歌），根据所依照的音乐伴奏的形式，分为"小雅"和"大雅"，含111首诗，但其中6首仅存标题；3. 颂（颂歌或祭歌），其中周代31首，来自孔子故乡鲁国的有4首，商代5首。"颂"是《诗经》中创作时间最早的部分，而"国风"的时间最晚。

这部诗歌集显然在孔子时代就已经为人熟知了，并且形式与今天我们看到的相似。孔子本人不但推荐这些诗，还引用其中的句子，在其他一些东周时期的文章中，我们也能够看到对《诗经》的引用。所以我们完全可以认为，《诗经》在当时就已经成为上层社会的固定教育内容，并得到人们的认可了。

---

[1]　关于汉代的节日，见D. Bodde（卜德）的 *Festivals in Classical China. New Year and Other Annual Observances during the Han Dynasty 206 B.C.-A.D.220*（《中国古典节日：汉代的新年和其他年度纪念活动，公元前206年至公元220年》），普林斯顿，新泽西州，1975年。

爱情诗与史诗传统的残留

　　《诗经》最初是有曲调的，从不断重复出现的一些固定表达中我们可以看出其由歌者继承并保持的悠久传统。这些诗具有感动人心的力量，恐怕这也是驱使人们在不断从教化的角度对其进行解释的同时，逐渐使其与曲调分离的原因之一。《诗经》中的第一首诗是《关雎》，这首诗采用常见的方法，取诗首句中的两个字为标题。这是一首婚宴诗：

关雎

关关雎鸠，在河之洲。

窈窕淑女，君子好逑。

参差荇菜，左右流之。

窈窕淑女，寤寐求之。

求之不得，寤寐思服。

悠哉悠哉，辗转反侧。

参差荇菜，左右采之。

窈窕淑女，琴瑟友之。

参差荇菜，左右芼之。

窈窕淑女，钟鼓乐之。

　　这首诗采用了《诗经》中非常典型的形式，一共五段，每段四句，每句四个字。《诗经》中的诗歌韵律形式多样，句长不一，每个段落所包含的句子数目也不一样，但以四言居多，最常见的韵律格式为：

x a x a 或 a a x a

（x表示不押韵的诗行）

非常典型的还有反复出现的一些自然景象，通常都在一段的开头处，例如"凫鹥在沙""既方既皁，既坚既好""倬彼甫田"。这种手法被汉代的评论家称为"兴"（引发内容的开头），并将之与另外两种修辞手段"赋"（描述）和"比"（比喻）并列。"赋比兴"始终与《诗经》联系在一起，并被后世的诗学一再使用。

从内容方面，我们能够看到有用于歌颂和祭祀的诗、用于讲述百姓疾苦与帝王不仁的哀伤怨愤的诗。不过，大部分的内容还是用来表达对生活的热爱，其中特别引人注意的是一些大胆的情诗。恰恰是《诗经》中的这个部分让儒家学者在解释的时候感到十分困难，因为社会风气越来越趋于保守，并对所有情爱的内容都持否定态度，而葛兰言（Marcel Granet，1884—1940）在他那部具有划时代意义的著作《中国古代的祭礼与歌谣》（*Fêtes et chansons anciennes de la Chine*，巴黎，1919年）里主要研究的也是这一部分的诗歌。

例如第64首诗《木瓜》，这是一个男子的求爱诗，其中能够看到情爱的暗示：

投我以木瓜，报之以琼琚。

匪报也，永以为好也！

……

投我以木李，报之以琼玖。

匪报也，永以为好也！[1]

这首为人熟知的情爱诗表达比较隐晦，诗中的比喻让我们联想到了歌德的诗《阿勒克西和朵拉》（*Alexis und Dora*）中橙子和无花果的比喻。除了这类诗，我们还能看到表达清楚明确的情诗，例如第93首《出其东门》：

出其东门，有女如云。
虽则如云，匪我思存。
缟衣綦巾，聊乐我员。

出其闉阇，有女如荼。
虽则如荼，匪我思且。
缟衣茹藘，聊可与娱。[2]

除了这些具有抒情特征的诗外，《诗经》中还有一些保留了史诗风格的作品，特别是那些讲述建立周王朝的早期作品，从中，我们也能够看到一些失传的民族史诗残留的痕迹。例如第245首《生民》，这首诗讲的是周王朝的建立者后稷（主管农事的官）。诗的第一部分是这样的：

厥初生民，时维姜嫄。
生民如何？克禋克祀，以弗无子。
履帝武敏，歆攸介攸止。

---

[1] 德语译文见G. Debon（德博）的*Mein Haus liegt menschenfern, doch nah den Dingen. Dreitausend jahre chinesischer poesie*，慕尼黑，1988年，第52页。
[2] 同上，第56页。

载震载夙，载生载育，时维后稷。[1]

这首用于祭祀的颂歌讲述了神的出身，分娩的顺利，躲避危险，成长，以及周人先祖的功绩，以此保存了流失的史诗传统。

诗歌的歌舞传统及其教化意义

“诗”“歌谣”“歌曲”，后来也被用于指称今天意义上的诗。“诗”字最早出现在《诗经》中，分别在第200首《蓼莪》、第252首《卷阿》和第259首《崧高》诗中，这些诗所在的那一类别主要出现在公元前9世纪末。研究“诗”这个字最初所表达含义的论文非常多。陈世骧认为其基本含义应为“有节奏地用脚踏地”[2]，并认为“兴”这个概念指的是集体舞蹈时的呼喊声[3]。按照这种说法，“诗”这个分类名称中实际就已经包含了它的歌舞传统。从葛兰言的论文开始，这种观点的反对者就不多，但反对者中也有像高本汉（Bernhard Karlgen，1889—1978）这样重要的汉学家。305首诗中的116首都含有被毛诗称为“兴”的模式，它似乎更能够代表“诗”的民歌特征。

公元前5世纪兴起的从教化角度重新阐释古代传统的潮流也影响了《诗经》，并使其成为道德标准的依据，为各种事件和场合提供表达形式。人们经常使用《诗经》中的词句来传达消息或表达意见，在《左传》和《国语》这类史书的故事里，就经常能够看到这样的例子。如果从这个角度看，那么

---

[1]　V. von Strauss（史陶斯）的*Schi-king. Das kanonische Liederbuch der Chinesen*（海德堡，1880年；达姆施塔特，1969年），第410页等。

[2]　Shih-hsiang Chen（陈世骧）的The Shih-ching. Its Generic Significance in Chinese Literary History and Poetics（《〈诗经〉在中国文学史上和中国诗学里的文类意义》），载C. Birch（白芝）主编的*Studies in Chinese Literary Genres*（《中国文学体裁研究》，伯克利，加利福尼亚州，1974年），第15页。

[3]　同上，第23页。

"兴"也可以被理解为"启发想象"或"用比喻暗示"。但至于如何"启发",人们的观点并不一致。

这个"兴"是"六义"之一,《毛诗·大序》中首次列举了这六义,后世多采用这种说法,只是顺序有所变化。孔颖达(574—648)认为,"风、雅、颂"为"异体","赋、比、兴"为"异辞"。刘勰(约465—约532)在其著作《文心雕龙》卷三十六中提出"兴义销亡",认为"兴"的真正含义已经失去,但大多数人还是将"兴"理解为烘托气氛的手法,所以德博(Günther Debon)将其翻译成为stimmung(意为气氛、情调)。

从对上文所引的《关雎》的解释,我们可以清楚地看到各种观点和阐释方式的不同。其中有种解释认为这是一首政治讽刺诗。著名史学家司马迁(约前145或前135—?)在其著作中写道:"周道缺,诗人本之衽席,《关雎》作。"[1]评论家们认为,这是对周康王及其王后(生活时间约为公元前11世纪)荒淫无度的批评。但值得注意的是,这种解释方式在司马迁的《史记》中并没有依据,因为这部书将周康王的统治时期描述为太平时代。另外一种传统的解释认为这首诗是在赞颂周朝建立者文王的妻子,这种理解方式可回溯至毛亨与毛苌,他们认为第一句中的"关关"是一对鱼鹰分离之后发出的叫声。他们这样解释诗的头两句:

> 后妃说乐君子之德,无不和谐,又不淫其色,慎固幽深,若关雎之有别焉,然后可以风化天下。夫妇有别则父子亲,父子亲则君臣敬,君臣敬则朝廷正,朝廷正则王化成。[2]

诗中的"淑女"被认为是周文王的妻子,她的娴静有如"鱼鹰的德行"

---

[1] 《史记·儒林列传》。
[2] 《毛诗正义》卷一。

（12世纪时，在朱熹的笔下，这种描述变成了"水鸟的德行"）[1]，所以她是周王的好伴侣。这种理解方式在《毛诗·大序》中就有所体现，这个序被《后汉书》的作者认为是汉人卫宏所作，经常与《毛诗》一起刊行。《关雎》一诗被认为是在述说王后的德行，因而放在国风之首，这种德行能为天下的一切提供规约，表明了夫妻关系的和谐之道。同《关雎》一样，《诗经·周南》中的其他10首诗也被认为是描述王后德行的。

公元1世纪时的大多数解释还是一致的，都认为诗中赞颂的是王后的娴静，但一百年后的郑玄（127—200）就对《诗经》的这第一首诗提出了不同的观点。他认为"淑女"指的不是周王的王后，而是宫中的宫女，她们贤德而大度的女主人要把她们选给周王做妃子，所以王后求之不得的是能够进入周王后宫的"淑女"。宋代学者、理学的奠基人朱熹（1130—1200）认为：

> 周之文王生而有圣德，又得圣女姒氏以为之配，宫中之人于其始至，见其有幽闲贞静之德，故作是诗。言彼关关然之雎鸠，则相与和鸣于河洲之上矣。此窈窕之淑女，则岂非君子之善匹乎？言其相与和乐而恭敬，亦若雎鸠之情挚而有别也。[2]

在这段话中，朱熹表达了与此前认为的该诗作者不详的观点不一样的看法，认为"宫人"是该诗的作者。他认为诗第二段的前两行（参差荇菜，左右流之）并非像其他解释中说的那样是在描述王室为祭祀所做的准备，而是在述说寻找一个德行高尚的女子的不易。

---

[1] 关于雎鸠，两者解读不同。《毛诗》认为是"鸟鸷"，而朱熹认为是"水鸟"。——编者注
[2] 朱熹：《诗集传》，卷一。

关于《关雎》的各种解释都无法让人完全信服，实际上，直到今天我们对《诗经》中大部分诗的理解都是不确定的，对"兴"这个概念的多种理解也与此有关。我们可以大致区分两种解释方向：一种是从政治道德角度出发的，一种是从情感角度出发的。后一种出现的时间比较晚，它将"兴"理解为气氛的烘托，或是用所提到的事物来引发某种情绪。宋代之后，作者、读者以及外界环境之间的这种情感联系得到了详细的论述[1]，很快就有人在这种观点的基础之上提出："兴"不过就是简单地引导出话题的一种开头形式，没有其他任何深意。由此可见，现代人将"兴"理解为集体舞蹈时的一种放纵的喊声，并且将其视为一个模式，这种观点是有很古老的传统的。

较早的解释方式或侧重于历史背景，或依据某种情感氛围（或者将两者结合）。正如上文中已经提到过的，《诗经》中的一些诗毫无疑问是有历史背景的，例如《黄鸟》（第131首），写的就是公元前621年秦穆公的葬礼。在他的葬礼上，有三名良臣殉葬。但绝大多数的诗与历史事件之间的联系都是后人基于各种需要找出的，他们不仅从地理位置上对诗加以区分，还将其归入历史道德的序列之中。

无论这些诗最初的意思是什么，它们很快就会被用于教育和社会目的，所以孔子才会说：

> 小子何莫学夫《诗》？诗，可以兴，可以观，可以群，可以怨。迩之事父，远之事君；多识于鸟兽草木之名。[2]

《诗经》很早就成为重要的教育内容，所以也经常成为引用的对象。

---

[1] 参见Pauline R. Yu（余宝琳）的Allegory, Allegories, and the Classic of Poetry（《比喻、寓言和古典诗歌》），载*HJAS*（《哈佛亚洲研究学刊》）第43期（1983年），第395页及以下。

[2] 《论语·阳货》；德语译本见R. Moritz的*konfuzius. Gespräche*，莱比锡，1982年；法兰克福，1983年，第128页。

黎侯之所以愿意结束流亡回到故国，就是因为他的大臣用诗第36首（《国风·邶风·式微》）打动了他。这首诗中反复出现"胡不归"这句话，显然，诗的感人效果超过了其他任何理由。诸如此类的引用和暗示是否能够起到作用，取决于人们对诗中感情色彩的把握。虽然在几百年的时间里，中国文人始终承认这种关联的存在，并且这种观点也决定着他们的创作，但他们的看法并非没有分歧，我们能从诸多不同注释的存在中看出这一点。

对于一首诗的理解经常与对个别字词的解释相关，经常是取决于个人看到了什么，比如郑玄对下面这首《国风·召南·野有死麕》（第23首）的解释。郑玄认为这首诗讲的是一个品德高尚的女子让自己的心上人用一头死鹿当作订婚礼物：

野有死麕，白茅包之。

有女怀春，吉士诱之。

林有朴樕，野有死鹿。

白茅纯束，有女如玉。

舒而脱脱兮！无感我帨兮！无使尨也吠[1]

翻译了大量中国文学作品的英国著名翻译家亚瑟·韦利（Arthur Waley，1889—1966）则认为，人们通常习惯于将死去的动物掩埋，但引诱者对女性造成的伤害不是用结婚就能够掩盖的。[2]傅汉思（Hans H. Frankel，1916—2003）以其他国家的文学传统为例，将猎杀鹿与淫乱、强奸女性联系在一起。[3]

---

[1]　G. Debon载：G. Debon（德博）编的*Ostasiatische Literaturen*（《东亚文学》），威斯巴登，1984年，第9页。

[2]　A. Waley的The Book of Songs（伦敦，1937年），第60页。

[3]　H. H. Frankel的*The Flowering Plum and the Palace Lady*《梅花与宫闱佳丽》（纽黑文市，康涅狄格州，1976年），第6页等。

《诗经》中还有一些针对西周时期（前1046—前771）人们的日常生活以及普遍存在的情感、氛围进行的描写，例如下面这首《国风·王风·君子于役》（第66首）。该诗用自然界和人生活之间的相互映衬，表达了对离人的思念：

君子于役，不知其期，曷至哉？

鸡栖于埘，日之夕矣，羊牛下来。

君子于役，如之何勿思！

君子于役，不日不月，曷其有佸？

鸡栖于桀，日之夕矣，羊牛下括。

君子于役，苟无饥渴！ [1]

从《诗经》开始，这种把社会生活和自然秩序做对比的做法，就成为中国文学作品中一种常见的修辞手法。从文学作品对自然的处理方式，我们能够看出中国人的自然观以及自我意识的发展变化。[2]

---

[1]　见H. H. Frankel的*The Flowering Plum and the Palace Lady*（《梅花与宫闱佳丽》），第6页。

[2]　参见W. Kubin（顾彬）的*Der durchsichtige Berg. Die Entwicklung der Naturanschauung in der chinesischen Litratur*（《透明的山：中国文学中自然观的发展》），斯图加特，1985年。

3. 南方的歌谣：多情与求仙

楚　辞

　　《诗经》中的大部分诗歌都来自中国北方的渭河流域以及黄河中下游地区，曾有观点认为《诗经》偏于理性的内涵及其冷静的风格都与其来源地有关，但我们应该看到，《诗经》中也有一些作品来自长江以北的偏南部地区，例如上一节中介绍过的几个例子（《关雎》和《野有死麕》）。长江中游地区气候温和，公元前100年到公元前50年前后，这里曾是楚国的属地（楚国在公元前700年前后占领了南方地区）。那里的人说的是另外一种方言，甚或我们可以认为那是一种不同于北方方言的语言，所以，我们也应该将楚文化视为独立存在的个体。我们很难估计当时各国之间的交流所产生的影响究竟有多大，但在公元前800年前后的楚国青铜器上，铭文就已经使用跟当时北方地区相同的文字了。显然，逐步相互适应与文化交流已经造成了民族间的同化，且北方似乎是起主导作用的那一方。这样，我们也就能够理解为什么《楚辞》中采用了与《诗经》极其类似的韵律格式。不过，我们依然能够在《楚辞》中看到完全不同于北方的文化元素。因而，"楚辞"不仅被用来指代这部作品集，它同时也代表了一种独特的文学传统。

今天流传下来的《楚辞》最早注本的成书时间大约为东汉王逸（生卒年不详）时期，王逸还在书中加进了自己的作品。但在王逸之前的西汉宣帝统治时期（前73—前49），已经有刘向（前77—前6）和王褒（生卒年不详）等人做过辑录。在那个时候，吟诵《楚辞》里的作品蔚为风气。这部作品集中的许多作品应该在公元前300年前后就已经开始流传了，比《诗经》中最晚的作品大约晚了350年。[1]

《楚辞》包括下面几部作品：

1.《离骚》：这应该是唯一一部屈原（约前340—约前278）本人创作的作品。它从题材、形式和韵律方面改变了中国文学。该诗多为每句6字，隔行押韵，其中第1、3、5等行结尾处有一个感叹词"兮"。这种押韵的格式后来被称为"骚体"，在"di"的位置通常为一个非重读音节，经常是语助词或代词：

dum dum dum di dum dum 兮
dum dum dum di dum dum

2.《九歌》：这个部分确如它的名字，由9首诗歌组成。不同于《离骚》的是，感叹词"兮"作为停顿，被放在一行的中间，所以就形成了下面这样的格式，这种格式也被称为"赋体"（有时缺少第一句的第三个字）：

dum dum (dum) 兮 dum dum
dum dum dum 兮 dum dum

---

[1] 全译本见D. Hawkes的*Ch'u Tz'u. The Songs of the South*（牛津，1959年）。节译本见P. Weber-Schäfer的*Altchinesische Hymnen*（科隆，1967年）。

《九歌》是用来表演或吟诵的祭神乐歌。[1]

3.《天问》：据说《天问》是屈原在楚国先王宗庙里观看壁画时有感而作，所以这部作品也被认为是中国最古老的"艺术史资料"。依照戴维·霍克思（David Hawkes）[2]的区分，《天问》共包括183个问题，且这些问题都没有答案，从形式上看就像是谜语，它们有可能是屈原时代已经存在的某部仪式手册中的内容。

4.《九章》：这一部分诗应该是出自不同作者之手，除《橘颂》外，我们能在所有的诗中看出屈原《离骚》的影响。这些诗讲的是流放与阴谋，讲的是在人世间的远游。这一点与《离骚》不同，《离骚》讲的是去往天上的旅行。与"歌体"不同，后来的"骚体诗"受《九章》的影响很大，且内容上具有近乎夸张的自指性。诗人不但叩问自己的心灵、灵魂、思想、情感，还描述了激昂的情绪对呼吸、肠子和鼻子的影响。

5.《远游》采用"骚体"的韵律格式，用89句诗讲述了灵魂的游历。霍克思认为这首诗形成于公元前100年前后，显然已经受到了早期道教打坐方式的影响。

6、7.《卜居》和《渔父》是用诗的形式写成的简短对话。

8.《九辩》是一部组歌式的作品，根据对诗的不同划分，内含9首到10首诗。这部组歌的各个部分主要是用"骚体"写成的，质量良莠不齐，与《离骚》的某些部分有相似之处。

9、10.《招魂》和《大招》显然是为某位国君而写的遣怀之作，诗人、文学家郭沫若（1892—1978）也曾提到过这一点，但这位国君应该还未去世，而是处在病中。

11.《惜誓》中能够看到从汉代开始广泛传播的道教的影响。这首"骚

---

[1] 关于中国的祭祀与巫术，见W. Eichhorn的*Die Alte chinesische Religion und das Staatskultwesen*（《中国古代的宗教与崇拜》），莱顿，1976年。
[2] 英国著名汉学家，曾将《楚辞》和《红楼梦》译成英文。——编者注

体"风格的诗与《楚辞》中的绝大部分作品一样，内容残缺不全。这部作品用37个长诗句描述了在空中的遨游。

12.《招隐士》同样也是汉代的作品，作者是淮南王刘安（前179—前122）府中一位不知名的诗人。在汉代末期，人们非常喜欢寻找隐士这一题材，公元6世纪初《文选》的卷二十二全部都是这个题材的作品。

13.《七谏》中收录的是创作于汉代的一些诗歌，风格杂糅了"骚体"和"歌体"，在这些作品中，人们对《离骚》中比喻的使用已经模式化了。

14.《哀时命》是公元前2世纪中期吴国（今江苏省）一位诗人所作的赋，除这部作品外，作者再没有其他为人所知的作品。这首赋采用"骚体"，具有《离骚》所有的特征，处处都能看出模仿的痕迹。

15.《九怀》的作者王褒来自今天的四川地区。他因为擅长作诗，且能用诗歌的形式赞颂当时的政府，因而受到器重。王褒还擅长写辞赋与幽默的散文，例如《洞箫赋》[1]《甘泉宫颂》（《甘泉赋》）[2]以及《僮约》[3]。《九怀》完全是用《九歌》的形式写成的。

16.《九叹》的作者是刘向，他借屈原之口抒发自己的思想。尽管该作品表达的是真情实感，（根据霍克思的观点）却因为学术性太强而削弱了其文学性。

17.《九思》的作者被认为是王逸，这部作品有非常明显的晚期《楚辞》作品的造作之感，王逸同时还是《楚辞》最早注本《楚辞章句》的作者。

屈原的作品

《楚辞》中所包含的17部作品过去经常被认为是楚国公室屈原所作。

---

[1] 《文选》卷十七。
[2] 部分收录在《艺文类聚》中，卷六十。
[3] 《全上古三代秦汉三国六朝文》卷四十二。

在公元前328年至公元前299年楚怀王在位期间，屈原曾在宫中担任要职。据说，他因反对联合当时正在扩张势力的秦国（此后，秦国用了不到100年就统一了中国，从那之后，中国就被打上了集权国家的烙印），而在亲秦派的打压下被贬官流放。在四处流浪多年后，由于对楚国政治的腐败感到绝望，屈原投汨罗江自尽。虽然《史记》卷八十四中关于屈原的记述存在一些争议，但这一记载基本还是可靠的，《史记》的作者司马迁没有采用《离骚传》这类的资料就是一个证明。《离骚传》的作者是淮南王刘安，他是一位诗人，同时也是一位炼丹术士，公元前122年，他因谋反的企图暴露而自杀。[1]

尽管关于《楚辞》中的大多数作品是否为屈原所作仍存在争议，其中一些作品的作者甚至有名有姓，但对《离骚》为屈原所作的看法却鲜有异议。或许是因为倘若那样的话，中国最早的有历史记载的诗人也就不存在了。

围绕屈原这个人，历朝历代形成了不计其数的传说，构成核心的是被诬陷、被贬斥的贵族诗人这一题材。[2]除了被归入屈原名下的哀歌《离骚》，《楚辞》中的其他作品也同样表现出一种悲愤之情，直到近代依然在引起人们的共鸣，成为我们不断看到的一个主题。[3]

《离骚》共有187对诗句（根据霍克思的计算），是《楚辞》中篇幅最长的作品。流传下来的版本残缺不全，而且常常晦涩难懂，所以我们翻译的也只是那些有可能理解的诗句而已。在诗的开头，诗人先自报家门，并向君王提出劝谏，但这位在诗中用"荃"喻指的君王并不理会他的告诫，诗人因此而哀叹，这种哀叹随后转为对自己在荒山中流放生活的描述。在这一部

---

[1] 关于屈原生平及其创作，见D. Hawkes的*Ch'u Tz'u. The Songs of the South*（牛津，1959年），第51—66页。

[2] 见L. A. Schneider的*A Madman of Ch'u. The Chinese Myth of Loyalty and Dissent*（《楚狂人：中国关于忠实与背叛的神话》），伯克利，加利福尼亚州，1980年。

[3] 见Chung-shu Ch'ien（钱锺书）作、Siu-kit Wong（黄兆杰）译的Poetry as a Vehicle of Grief（《表达哀伤的诗歌》），载Stephen C. Song〔宋淇（林以亮）〕主编的*A Brotherhood in Song. Chinese Poetry and Poetics*（《知音集：中国诗歌与诗学》），香港，1985年，第21—40页。

分，诗人提到传说中的古代祭司彭咸。诗人还不顾陪伴身边的姑娘的提醒，决定要去真理的源头，找上古的帝舜讲述自己的怨愤，这一段同时是对古代贤王的概述。随后，他离开了苍梧，乘坐一辆玉虬拉的车想飞向天上，但是没有成功，因为天门的守卫不让他进入。接下来，诗中描述了三次迎亲的过程，但三次迎亲都失败了，所以诗人就开始问卜。诗的最后描述的是第二次前往天上的旅行，诗人一直走到了世界的尽头。从那里，诗人突然看见了自己的故乡，于是拉住了骏马。这首哀歌的结尾采用终曲的形式：

> 乱曰：已矣哉！
>
> 国无人莫我知兮，又何怀乎故都！
>
> 既莫足与为美政兮，吾将从彭咸之所居！[1]

寻 仙

在《楚辞》中，我们能够看到音乐与诗歌之间的密切联系，但遗憾的是这些音乐并没有流传下来。针对音乐与诗歌的结合方式，《楚辞》研究专家霍克思划分了两种不同的风格：一种是"歌体"，有些研究者认为这是兴起于汉代晚期的五言诗的雏形；另一种是"骚体"，或称"怨体"，这种形式更像是有韵律的说唱，被认为是"赋"的前身。就这样，原本用于祭祀和宗教仪式，或某种特别的世俗传统的文章及诗歌形式，现在具有了纯粹世俗文学的性质。王逸认为《九歌》就体现了这个转变。其中的第三首诗《湘君》就是一个很明显的例子，这首诗在中国有非常多的解释，解释的版本各不相同。《湘君》讲述的是一位女神，她住在湘江汇入洞庭湖处的一个岛上：

---

[1] 见P. Weber-schäfer的*Altchinesische Hymnen*（科隆，1967年）。

君不行兮夷犹，

蹇谁留兮中洲？

美要眇兮宜修，

沛吾乘兮桂舟。

令沅湘兮无波，

使江水兮安流。

望夫君兮未来，

吹参差兮谁思？

…… ……

交不忠兮怨长，

期不信兮告余以不闲。

鼂骋骛兮江皋，

夕弭节兮北渚。

鸟次兮屋上，

水周兮堂下。

捐余玦兮江中，

遗余佩兮醴浦。

采芳洲兮杜若，

将以遗兮下女。

时不可兮再得，

聊逍遥兮容与。[1]

　　男性歌者用祭神乐歌的形式描述了寻仙的过程，他在期待女神的出

---

[1]　见P. Weber-schäfer的*Altchinesische Hymnen*（科隆，1967年）。

现，[1]他能够听到仙乐，但这音乐并不是为他而奏。歌者坐在一艘装饰着飞龙花纹的船里，龙舟似乎是停泊在庙前的湖边，并没有挪动，但想象力却将他带去天南海北。歌者吟唱自己的旅行和一无所获——女神身边已经有了一位神仙。

《九歌》所采用的这种祭神乐歌形式在《离骚》中同样也有体现。例如下面这四对诗句：

> 朝发轫于苍梧兮，夕余至乎县圃。
>
> 欲少留此灵琐兮，日忽忽其将暮。
>
> 吾令羲和弭节兮，望崦嵫而勿迫。
>
> 路曼曼其修远兮，吾将上下而求索。

寻仙的旅程从这个地方正式开始，但这里的语气并非叙述，而更像是戏剧中的情节，所以在翻译成德语时也应该用现在时，而不是过去时。诗句中的"弭节"在《湘君》中也用到了，且《湘君》同样采用了"朝－夕"这种格式（"鼂骋骛兮江皋，夕弭节兮北渚"）。

在《湘君》中，祭司将"玉玦"扔入江中作为祭礼，并且想把在"芳洲"上采到的花朵献给"下女"。而在《离骚》中，歌者的这一段是这样写的：

> 溘吾游此春宫兮，折琼枝以继佩。
>
> 及荣华之未落兮，相下女之可诒。
>
> 吾令丰隆椉云兮，求宓妃之所在。
>
> 解佩纕以结言兮，吾令謇修以为理。[2]

---

[1] 见D. Hawkes的The Quest of the Goddess《寻找女神》，载C. Birch（白芝）主编的*Studies in Chinese Literary Genres*（《中国文学体裁研究》，伯克利，加利福尼亚州，1974年），第44—68页。

[2] 见P. Weber-schäfer的*Altchinesische Hymnen*（科隆，1967年）。

将献祭给河神的祭品投入江中的做法符合我们对中国古代宗教仪式的了解，且从另外一个角度证明了诗中祭司对女性河神、女性山神自始至终的求之不得。

《楚辞》中重复出现的一些短语应该是早期的一些祭祀仪式用语，只是被诗人借用而已。此后，《楚辞》越来越体现出对于驾飞龙、游天宫这个题材的偏爱，而寻找女性神仙的主题则渐渐减少。

倾诉愁绪的诗

除了讲述寻找女神而无果的祭礼乐歌，《楚辞》中还有对愁思的倾诉，或是对旅行的描述。对愁思的倾诉充满愤懑的情绪，有对昏庸国君的不满，也有对残酷命运或腐败冰冷的社会的控诉；而对旅行的描述常常被用来歌颂君主的贤明，这种风格也被视为"汉赋"的前身。除了少数一些例外，《楚辞》大多为表达愁绪的诗，而恰恰是这些诗，被视为中国文学中最重要的作品。这也说明它们迎合了不同文人群体中普遍存在的一种感伤情绪，这种情绪在很大程度上建构了中国古代文人精英的情感世界。在中国，从来没有出现过像托马索·康帕内拉在《太阳城》中提出的那种禁止感伤的要求，也从来没有像罗伯特·伯顿在《解剖忧郁》中流露出的那种对感伤情绪的厌恶。[1]也许正是通过这种沉浸在忧郁伤感中而获得情绪释放的做法，中国的精英文人才有可能与社会现实达成和解，虽然这种和解可能是非常痛苦的。

作家、学者钱锺书认为，忧愁成为写作的驱动力是一种普遍存在的现

---

[1]　参见W. Lepenies（勒佩尼斯）的*Melancholie und Gesellschaft*（《忧郁与社会》），法兰克福，1969年。

象，[1]并不是中国所独有的，而这正印证了尼采的那句话："母鸡咯嗒，诗人感发，都是痛苦使然。"（Der Schmerz macht Hühner und Dichter gackern.）[2]不过，最晚开始于汉代的这种主要以写作来抒发失意或表达受罚臣子的忧愁的做法却是中国特有的。这一点，伟大的历史学家司马迁在他独白式的《太史公自序》里就曾经提出过：

> 夫《诗》《书》隐约者，欲遂其志之思也。昔西伯拘羑里，演《周易》；孔子厄陈、蔡，作《春秋》；屈原放逐，著《离骚》；左丘失明，厥有《国语》；孙子膑脚，而论兵法。[3]

由此，文学创作就成了行动的替代品，用来表达当时无法实现的理想和抱负。《楚辞》中流露出的感伤情绪虽然也时而遭到厌弃，且内容经常晦涩难懂，但多数情况下它们还是被视为典范和不可超越的作品。例如，南宋人严羽（约1180—约1235）在《沧浪诗话》中就这样说过：

> 读骚之久，方识真味；须歌之抑扬，涕洟满襟，然后为识《离骚》，否则如戛釜撞瓮耳。[4]

在中国，背诵诗歌一直是很常见的学习方式，这也解释了为什么几百年来，中国的诗人始终能在创作的时候沿用相同的韵律格式，甚至连他们自己都并不是总能意识到这些格式规律的存在。因而，《楚辞》的为人熟知也使其自

---

[1] 见钱锺书作、黄兆杰译的Poetry as a Vehicle of Grief（《表达哀伤的诗歌》）。
[2] 见F. Nietzsche的*Werke in drei Bänden*（《尼采文集》三卷本），第2卷慕尼黑，1966年，第527页。
[3] 《史记·太史公自序》。
[4] 〔宋〕严羽：《沧浪诗话·诗评》卷四；对于《离骚》的详细评价，见刘勰（约465—532）《文心雕龙·辨骚第五》。

身成了后代诗歌中题材与传统主题的一个极其重要的来源，如来自《楚辞》的大量表达离别的题材。江淹（444—505）《别赋》中的"决北梁兮永辞"就出自王褒的《九怀》（济江海兮蝉蜕，决北梁兮永辞），谢朓（464—499）《隋王鼓吹曲十首·送远曲》的开头"北梁辞欢宴，南浦送佳人"[1]也是用的这个典故。在苏轼（1037—1101）笔下，浮萍取代柳条，成为离别的象征，这一意象继而又变成"离人泪"。这让人联想到《九怀·尊嘉》的最后两句"窃哀兮浮萍，泛淫兮无根"，而曹植（192—232）描写弃妇的《浮萍篇》[2]使用的也正是这个比喻。这种对漂泊无根、分离与孤独的比喻经常会被后世沿用。

祭祀巡游

《楚辞》中反复描述的祭祀巡游，不管是真实发生的，还是想象出来的，其中都带有一些魔幻的色彩，并在后世的文学作品中有多种多样的体现。旅行者通常是神话人物、君主或仙人，他们能够到达人类世界以外的、存在某些力量的地方，征服、统治或至少利用这些力量。因而，旅行者成了苍穹间自由往来的仙人，成了被神灵赋予神奇权力的神秘人物，或成了天地的主人。哲学领域开始建立系统宇宙观，正值这些关于在天地间往来的早期记载出现的时候，这并非出于巧合。然而，哲学得出了完全不同的结论，这方面的一个重要人物是带有传奇色彩的思想家邹衍（约前350—前240），阴阳家的代表。

关于宇宙秩序的构想出现在了各式各样的作品里，其中最重要的两部是《穆天子传》和《山海经》。《穆天子传》讲述的是古代一位君王带着献给各方神灵的祭礼游历遥远西方的虚构故事；在来源和层次不同的各种《山海经》文本中，最古老的一批文本记录了应该给现实世界中每座山、每条河的

---

[1]　逯钦立：《先秦汉魏晋南北朝诗》（北京，1983年），第1416页。
[2]　逯钦立：同上，第424页。

男女神仙们准备什么样的祭品。

公元前4世纪末到公元前3世纪的一些作品表明，这类游历也会碰到形象各异的四方守卫。比如在《墨子·贵义篇》中，我们就能看到用干支纪年的方式记录的黄帝杀龙：

> 且帝以甲乙杀青龙于东方，以丙丁杀赤龙于南方，以庚辛杀白龙于西方，以壬癸杀黑龙于北方。

这篇文章让我们联想到了《史记》中对于汉高祖（前206—前195在位）一个著名事件的讲述：

> 后人来至蛇所，有一老妪夜哭。人问何哭，妪曰："人杀吾子，故哭之。"人曰："妪子何为见杀？"妪曰："吾子，白帝子也，化为蛇，当道，今为赤帝子斩之，故哭。"[1]

秦始皇也在一次游历中遇见过神仙：

> 乃西南渡淮水，之衡山、南郡。浮江，至湘山祠。逢大风，几不得渡。上问博士曰："湘君神？"博士对曰："闻之，尧女，舜之妻，而葬此。"于是始皇大怒，使刑徒三千人皆伐湘山树，赭其山。上自南郡由武关归。[2]

这里的南郡原是楚国的都城郢，湘山又名君山，也称"神山"或洞庭山，实际是洞庭湖东北处的一个岛。作为湘君的丈夫，舜当然不会多么友好

---

[1] 《史记·高祖本纪》。
[2] 《史记·秦始皇本纪》。

地接待始皇帝这个四处称霸的人。

公元前113年，汉武帝曾经有过一次跟始皇帝类似的游历，他的这次在天地之间的巡游也是源自古老的祭祀传统。《离骚》并没有对天地进行详细的定义，不过《楚辞》的《远游》中有一段清楚的描述，这是一个对称的、类似曼陀罗花般迷幻的世界，就像是我们在汉代的铜镜背面经常能够看见的那种图案。这种游历一开始是祭祀之旅，后来则代表了对腐败社会和昏庸无德的君主的逃离，最后因君主的巡游游历又变成了统治者的仪式。

这种转变的另外一个例证是司马相如（卒于前118年）所作的《大人赋》。《史记》中有以下记载：

> 相如见上好仙道，因曰："上林之事未足美也，尚有靡者。臣尝为《大人赋》，未就，请具而奏之。"相如以为列仙之传居山泽间，形容甚癯，此非帝王之仙意也，乃遂就《大人赋》。[1]

司马迁为《大人赋》所作的这段概述后紧接着这篇赋文，他认为这篇赋具有讽刺性质，"大人"指的就是君主。赋文这样开头：

> 世有大人兮，在于中州。
> 宅弥万里兮，曾不足以少留。
> 悲世俗之迫隘兮，朅轻举而远游。

接下来的内容是对天庭遨游的描述，其中全无之前作品里那些带有避世性质的哀伤。

这种游历传统不仅包括逃离尘世求仙或君主巡游，它还为人们提供了

---

[1] 《史记·司马相如列传》。

一种通达天地的范式，正如陆机（卒于303年）在《文赋》中所说的"伫中区以玄览"[1]。陆机在这部著作中毫不隐晦地表达了他对早期道家哲学著作的批评，如对《庄子·内篇·逍遥游》中描写姑射山神女"肌肤若冰雪，绰约若处子。不食五谷，吸风饮露，乘云气，御飞龙，而游乎四海之外"[2]的批评。

在中国的文学作品中，远游是最重要的题材之一。每个地方都有仙或神居住，所以凡到一处，特别是游历有名的地方时，人们都会以诗吟颂，道家传统尤其如此。因而，经常会出现对某个地方的吟咏，而这些凡间地方也总会被视为代表仙界，或是与其相对应的地方。

---

[1] 《文选》卷十七。
[2] 《庄子集释》，北京，1961年，第28页；德语译本见R. Wilhelm的*Dschuang Dsi. Das Wahre Buch von Südlichen Blütenland*。

4. 早期历史著作以及叙述文体的发端

历史描写的教化作用

虽然散文在中国古代文学领域的地位始终在诗歌之下，但它仍然具有重要的意义。有观点认为，在公元前5世纪的时候，中国就已经有以口头甚或书面形式流传的长篇英雄故事及叙事史诗，这种观点能够找到很多依据。但是从精英知识分子开始推崇儒学后，这种传统就没有再得到继续发展，甚至遭到了有计划的压制。[1]《汉书》中记载了下面这段话，说话者是将儒家学说提升到国家层面的"设计师"董仲舒（前179—前104）：

[1] 见H. Maspero（马伯乐）的Le roman historique dans la littérature chinoise de l'antiquité（《中国古代文学中的历史小说》），载H. Maspero的*Mélanges posthumes sur les religions et l'histoire de la Chine*〔《中国历史与宗教拾遗》（第三辑）〕，巴黎，1967年，第53—62页；H. Maspero的*La Chine antique*（《古代中国》），巴黎，1927年，新版1965年，第482页等；J. Prušek（普实克）的History and Epics in China and the West（《中国和西方的历史与史诗》），载J. Prušek的*Chinese History and Literature*（《中国的历史和文学》，多德雷赫特，1970年），第17—34页；D. Johnson（姜士彬）的Epic and History in Early China. The Matter of Wu Tzu-hsü（《中国早期的史诗与历史：伍子胥的故事》），载*JAS*（《亚洲研究杂志》）40.2（1981年），第255—271页。

> 《春秋》大一统者，天地之常经，古今之通谊也。今师异道，人异论，百家殊方，指意不同，是以上亡以持一统；法制数变，下不知所守。
>
> 臣愚以为诸不在六艺之科孔子之术者，皆绝其道，勿使并进。邪辟之说灭息，然后统纪可一而法度可明，民知所从矣。[1]

将传说及英雄史诗与历史相结合的做法虽然并不是从一开始就有的，但出现得也相当早，如今我们能够看到的文集都是由汉代那些接受过儒家教育并奉国家之命管理文学领域的人选编的，因而是与特定的兴趣、利益联系在一起的。从这些文集中，我们虽无法马上确定早期英雄史诗的存在，但也能够推断出来。

但也有观点反对早期历史小说的存在，且认为流传下来的史书以及历史的或伪装成历史的小说，都是建立在悠久的、带有说教性质的历史故事传统之上的。[2]我们能看到许多不同的著作之间存在非常复杂的情节关联，这几乎可以让我们认为在这些带有说教意味的历史故事前，肯定曾有过口头或书面形式的传说或史诗。另外一个证据就是这些文本中引用了大量人物会话，这些会话或完整引用，或摘取片段。由此，我们完全有理由认为演说传统在中国是曾经存在过的，只是这种艺术后来走上了一条不同于西方的发展道路。[3]

中国历史著作的开端跟中国文学的开端一样模糊。相较于半个世纪之前，今天的我们对古代中国的了解已经清楚得多，因而恐怕不会再有人像汉学起步时期的德语地区著名汉学家佛兰阁（Otto Franke，1863—1943）那样做出如下的论断。他于1925年写道："存在于他们所有人（这里指的是埃及

---

[1] 《汉书》卷五十六。

[2] R. C. Egan（艾朗诺）的Narratives in Tso chuan（《〈左传〉中的故事》），载*HJAS*（《哈佛亚洲研究学刊》）第37期（1977年），第323—352页，此处为第352页。

[3] 此处可参见下一章"哲学论证与政治论辩"。

人、巴比伦人、波斯人、犹太人、阿拉伯人、希腊人和罗马人）之外的中国文化从先秦时期开始就已经拥有了大量历史著作，从规模上看难有人与之比肩。"[1]他的这种说法并不算完全错误，虽然其他民族拥有比中国古老得多的历史著作，但从整体规模上来看，确实没有任何一个古老民族能够比得上中国。"就像在其他思想领域一样，中国的天才们在记载历史方面也走出了一条独特的道路，他们发展出自己的方法，服务于自己的目的。"[2]佛兰阁说得没错。

至少有一点是清楚的，即历史著作从一开始就以不同的方式与统治者的仪礼联系在了一起。为了避免纷争，早在商代，王室内部就形成了王位接替的规则[3]，因而我们可以认为被任命记录这一决定程序的人其实都是一些专家。但我们并不清楚承担这个任务的是负责占卜的卜官，抑或只是一些负责记录由卜官主持的这个过程的人；我们同样不清楚这些负责记录的人是历法专家，还是执掌各种仪轨的人，这些人都是有据可查的早期史官中的一部分。所有这些不确定性都与"史"这个汉字的多义性密切相关，这个字发展到后来既可指"历史学家"，也可指"史书"。在汉代许慎的《说文解字》里，"史"被解释为"记事者也"，指的是占卜，但这个字在甲骨文中的写法还可以有其他解释。在中国悠久文人传统时代的晚期，类书式学者兼考据学家王国维（1877—1927）曾经提到过其中的一种解释，根据这种解释，"史"字代表的是一只举着容器的手，容器中装的是射箭比赛时用的筹，因而，"史"的作用就是记录射中了多少箭。到了周代，记录史官分类和职责的材料就比较多了，虽然这些材料经常相互矛盾。

---

[1]　O. Franke的Der Ursprung der chinesischen Geschichtsschreibung（《中国史书著作的起源》），载*Sitzungsber. d. Preuss. Akad. d. Wiss., Phil.-hist. Kl.*，23（1925年），第276—309页，此处第277页。

[2]　O. Franke，同上，第277页。

[3]　见Kwang-chih Chang（张光直），*Shang Civilization*（《商文明》），纽黑文市，康涅狄格州，1980年，第175页等。

　　"史官"显然是一个可世袭的体面职位，这些人所做的既有类似确定吉日这样的天文历法方面的工作，也有像占卜或为统治者读、写这样的任务。在国与国之间的交流上，"史"也扮演着重要的角色，因为他们不仅会记录下外交活动的过程，还会在每一年开始之时为统治者制定出将要正式宣布的历书，其中会声明诸侯的重要职责。这种历头会被供奉在诸侯的宗庙中，对于这一点，"史"也会做相关记录。孔子在编纂《春秋》这部现存最早的编年体史书时（他被认为是这部书的作者），或许就是以这些记录为依据的。

《书经》《春秋》《竹书纪年》

　　《书经》又名《尚书》，是先秦时期最重要的政治文献汇编。这部文献记录的主要是统治者的一些言论，其中有几篇是为公元前1046年周王灭商正名的作品。[1]早在公元前6世纪，这部著作的最初形式应该就已经存在了。[2]但根据清代考据学家以及20世纪研究文字风格的学者的观点，传世的《书经》中有一些篇目最迟出现在公元前2世纪，且该书有一部分系伪作，出现时间在公元3世纪末4世纪初。在重构古代汉语语音方面做出了重大贡献的瑞典汉学家高本汉（B. Karlgren，1889—1978）认为：《古文尚书》总共58篇中有28篇系后人添加，这个比《今文尚书》年代还晚的本子的特点在于过分夸张地模仿古代风格。[3]对此，德裔汉学家霍古达（Gustav Haloun）提出：这些出现年代最晚的篇目所记载的历史反而是最早的，这是中国历史编纂上

---

[1] 灭商的时间，参见D. S. Nivison（倪卫德）的论文The Dates of Western Chou（《西周纪年》）。

[2] 这部著作的译本有J. Legge（理雅各）的The Chinese Classics（《中国经典》），第3卷（香港，1865年）；B. Karlgren的The Book of Documents（《尚书》，斯德哥尔摩，1950年，第1—81页。

[3] B. Karlgren的On the Authenticity and Nature of the Tsochuan（《论左传的真实性及其性质》），斯德哥尔摩，1926年，第53页。

的一个普遍特征，这种对于重构自身最古老历史的需求同时也是为了证明自己统治权的合法性。[1]

《书经》中最常被引用的是《洪范》，该篇讲述的是儒家的治国思想，由不愿出山辅佐周王的隐士箕子向新登基的周王讲述。《书经》的其他重要篇目包括《尧典》《汤誓》《盘庚》等，还有最早描写中华王朝的《禹贡》以及记录周武王在牧野讲话的一些比较短的篇目。[2]

传统上认为由孔子所作的《春秋》是一部关于鲁国的编年史，记载时间为公元前722年到公元前481年，这段时间后来也被称为"春秋时期"。这部作品的文字风格异常简洁，虽然文本本身不存在问题，但就是因为文字简洁，所以造成了多种多样的阐释可能。对于孔子为何没有提到某个事件或者他的某句话究竟是什么意思，也存在各种猜测。孟子（约前372—前289，拉丁语名字为Menzius）曾从历史及道德价值的角度，对他认为最重要的典籍进行了归类。关于《春秋》的形成，他认为：

> 王者之迹熄而《诗》亡，《诗》亡然后《春秋》作。[3]

在另外一处，我们还能看到关于《春秋》作者为孔子的说法：

> 世衰道微，邪说暴行有作，臣弑其君者有之，子弑其父者有之。孔子惧，作《春秋》。[4]

---

[1] 见G. Haloun的Die Rekonstruktion der chinesischen Urgeschichte durch die Chinesen（《由中国人重构的中国上古历史》），载Japanisch-Deutsche Zeitschrift für Wissenschaft und Technik（《日德科学技术杂志》），第3卷第7号（1925年7月），第243—270页。

[2] 见B. Karlgren，同上，第29页。

[3] 《孟子·离娄下》德语译本见R. Wilhelm: Mong Dsi. Die Lehrgespräche des Meisters Meng k'o，杜塞尔多夫，1982年，第128页。

[4] 《孟子·滕文公下》。

除《春秋》和司马迁《史记》开始的几卷外，《竹书纪年》应该算是最为可靠的历史记录了，至少对我们来说，这部书是了解西周及以前的历史最为重要的编年史著作，虽然它跟《春秋》一样言简意赅。书中记载了从具有神话色彩的历史开端直到公元前299年魏国时期的历史。《竹书纪年》是用周朝晚期的字体写在竹简上的，公元前296年该书随魏哀王入葬，并于公元281年被盗墓者发现。最初的文本共12（或更多）卷，已经失传，但流传下来的两卷并非伪作，而是以历代传承下来的文本为基础的，所以直到今天，仍有很高的价值。[1]

《左传》及《春秋》的其他注释典籍

《左传》被认为是一位名叫左丘明的人对《春秋》的解释，与《公羊传》《穀梁传》同为解释《春秋》的最重要的典籍。[2]我们今天能够看到的

[1] 关于《竹书纪年》的时代及其流传史，见E. L. Shaughnessy（夏含夷）的On the Authenticity of the Bamboo Annals（《论〈竹书纪年〉的真实性》），载HJAS（《哈佛亚洲研究学刊》）第46期（1986年），第149—180页；E. L. Shaughnessy的The "Curent" Bamboo Annals and the Date of the Zhou Conquest of Shang（《〈今本竹书纪年〉与周武王克商的年代》），载Early China（《早期中国》）第11—12期（1985—1987），第33—60页；参见D. N. Keightley（吉德炜）的The Bamboo Annals and Shang-Chou Chronology（《〈竹书纪年〉与商周的编年史》），载HJAS（《哈佛亚洲研究学刊》）第38期（1978年），第423—438页。
[2] 《春秋左传》的译本，有J. Legge（理雅各）的The Chinese Classics，第5卷（香港，1872年）；S. Couvreur（顾赛芬）的Tch'ouen Ts'iou et Tso Tchouan，3卷本（河间府，1914年）；B. Watson（华滋生）的The Tso Chuan. Selections from China's Oldest Narrative History（纽约，1989年）。关于《左传》的研究，有R. C. Egan（艾朗诺），的Narratives in Tso chuan（《〈左传〉中的故事》），载HJAS（《哈佛亚洲研究学刊》）第37期（1977年），第323—352页；C. Y. Wang（王靖宇）的Early Chinese Narrative. The "Tso-chuan" as Example（《中国早期叙事作品：以〈左传〉为例》），载A. H. Plaks（浦安迪）主编的Chinese Narrative. Critical and Theoretical Essays（《中国叙事作品：批评与理论文章》），普林斯顿，新泽西州，1977年，第3—20页。关于《公羊传》和《穀梁传》，见G. Malmqvist（马悦然）的Studies on the Gongyang and Guliang Commentaries（《〈公羊传〉〈穀梁传〉研究》）第一辑，载BMFEA《远东文物博物馆馆刊》第43期（1971年），第67—222页；第二辑，载BMFEA第47期（1975年），第19—70页；第三辑，载BMFEA第49期（1977年），第33—215页。

后两部作品是在汉代经编辑整理过的。《公羊传》比《穀梁传》年代更早，而《穀梁传》中则包含了更多的天文知识。两部著作都以问答的形式写成，这种文体也被称为"问对体"，应该是在口传的基础上形成的。董仲舒的《春秋繁露》风格则完全不同，它更像是一部独立的国家政治著作，且对继承了《公羊传》传统的《史记》产生了决定性的影响，使之成为《公羊传》和何休（129—182）《春秋公羊传解诂》之间的一环。因而我们需要记住，当中国学者说到《春秋》时，他们并不仅是指那本语言简洁的著作，而是包括了与之相关的所有注释。例如《春秋·隐公七年》的第二条记载中只是简单地写着"滕侯卒"，而《公羊传》中就说道：

> 七年春，王三月，叔姬归于纪。滕侯卒。何以不名？微国也。微国，则其称侯何？不嫌也。《春秋》贵贱不嫌同号，美恶不嫌同辞。

何休还补充说：

> 若继体君亦称即位，继弑君亦称即位，皆有起文，美恶不嫌同辞是也。

虽然从很早的时候开始，中国的史书就以记载统治者而非个别英雄或军队统帅的言行为主，但历史写作依然是最初的史诗传统被改变、被压制的结果。《礼记》曾云："动则左史书之，言则右史书之。"说明史诗元素完全被早期对于统治者地位的程式化、合理化记录所取代了。班固（32—92）的《汉书》补充说："事为《春秋》，言为《尚书》。"[1]史官的作用是监督德行，并有劝诫的义务。就像《大戴礼记·保傅第四十八》中所强调的："太子有过，史

---

[1]《汉书》卷三十。

必书之。史之义，不得不书过，不书过则死。"从记载于《史记》的下面这个故事中，我们就能够看出这种记录的严格以及它所带来的约束力：

> 成王与叔虞戏，削桐叶为珪以与叔虞，曰："以此封若。"史佚因请择日立叔虞。成王曰："吾与之戏耳。"史佚曰："天子无戏言。言则史书之，礼成之，乐歌之。"于是遂封叔虞于唐。[1]

在《吕氏春秋》和《说苑》中，这个故事也有类似的记载。但在唐代（618—907）的古文运动中，据传为史佚请立的这一事件的真实性遭到了柳宗元（773—819）的质疑，他在《桐叶封弟辨》中提出，周公这样优秀的臣子是不会让这样的事公诸天下的，他要么从一开始就会阻止成王做这件事，要么就是不把它当回事。[2]

虽然经过儒家的编辑整理，史书已经局限于理性的记录，但我们依然能不时看到史家对优美文字和感人效果的追求。而历史记载和历史事件一直是后世所有消遣文学钟爱的题材，这一点对文学史研究来说也非常重要。例如，成书于公元3世纪或4世纪的《吴越春秋》（今天的传世本形成于1300年前后），或带有浓厚道家色彩的《汉武帝内传》，以及仅存部分章节的《汉武故事》。这些历史著作或者以历史著作之名示人的作品都有着悠久的历史，例如今天仅存标题的《楚汉春秋》有可能就是以司马迁对楚汉争霸的生动描写为基础的。

《左传》是中国先秦时期流传下来的最重要的散文作品，这部著作最初应该是一部独立之作，后来才被人视为对《春秋》的注解。虽然《左传》的研究者对这部书的最初功能及其成书时间各执一词，但恐怕不会有人对葛

---

[1] 《史记·晋世家》。
[2] 按柳宗元的说法，促成封叔虞的是周公，而在《史记》中，促成者是史佚。

兰言所说的"这是中国文学最生动丰富的资料"[1]这一论断表示反对。《左传》是古代中国被阅读得最多的著作之一，书中的故事或人物不断被后人提及。虽然《左传》仅有杜预（卒于284年）所作的一部重要注释，但它一直存在着各种争论，康有为甚至于19世纪末宣布这部著作系刘歆伪作。但康有为的这种观点应该放在当时知识分子为革新中国而抵制儒教的大背景下去理解，法国汉学家马伯乐（Henri Maspero）和瑞典汉学家高本汉都明确反对他的这一观点。《左传》所载事件的时间下限是公元前464年，所以高本汉认为其成书时间应该在公元前468年到公元前300年间[2]，按照今天的研究，成书时间应该是在公元前4世纪中叶。

《左传》中的叙述大多很简洁，但感情色彩浓厚强烈。书中多为依照历史事件发生顺序进行的线性叙述，但我们偶尔也能读到倒叙，这些倒叙通常以"初"开头，表示"开始"或"最初"的意思。下面这一段摘自《左传·宣公三年》（相当于公元前606年），就是倒叙：

> 冬，郑穆公卒。
>
> 初，郑文公有贱妾曰燕姞，梦天使与己兰，曰："余为伯儵。余，而祖也，以是为而子。以兰有国香，人服媚之如是。"既而文公见之，与之兰而御之。辞曰："妾不才，幸而有子，将不信，敢征兰乎。"公曰："诺。"生穆公，名之曰兰。
>
> 文公报郑子之妃，曰陈妫，生子华、子臧。子臧得罪而出。诱子华而杀之南里，使盗杀子臧于陈、宋之间。又娶于江，生公子士。朝于楚，楚人鸩之，及叶而死。又娶于苏，生子瑕、子俞弥。

---

[1] M. Granet的*Danses et légendes de la Chine ancienne*（《中国古代的祭礼与歌谣》），巴黎，1926年，第68页。

[2] B. Karlgren的*On the Authenticity and Nature of the Tsochuan*（《论左传的真实性及其性质》），斯德哥尔摩，1926年，第65页。

俞弥早卒。泄驾恶瑕，文公亦恶之，故不立也。公逐群公子，公子兰奔晋，从晋文公伐郑。石癸曰："吾闻姬、姞耦，其子孙必蕃。姞，吉人也，后稷之元妃也，今公子兰，姞甥也。天或启之，必将为君，其后必蕃，先纳之可以亢宠。"与孔将锄、侯宣多纳之，盟于大官而立之。以与晋平。

穆公有疾，曰："兰死，吾其死乎，吾所以生也。"刈兰而卒。[1]

这里以穆公（前627—前606在位）的死为引子，讲述了穆公的出生以及他如何被自己的父亲郑文公（前672—前628在位）立为太子的故事。

《左传》对人物生平的介绍非常零散，经常需要读者自己将它们整理在一起，对一些战争和旅行的描述也经常会出现在意想不到的地方。例如，关于公子重耳成为晋文公之前的几次流亡经历的记叙，就分别被记录在《左传·僖公二十三年》和《左传·僖公二十四年》（相当于公元前637年和公元前636年）里。《左传》中的人物都有固定的类型模式，他们是静态的，既没有个性特征，也没有表现出发展变化，因此，流亡显然并不具有教育功能，重耳在流亡前后也没有发生什么变化。

但我们还是能从《左传》的某些章节里窥见人物内心的活动，比如下面这一段：

公患之，使鉏麑贼之。晨往，寝门辟矣。盛服将朝，尚早，坐而假寐。麑退，叹而言曰："不忘恭敬，民之主也。贼民之主，不忠；弃君之命，不信。有一于此，不如死也。"触槐而死。[2]

---

[1] 《左传·宣公·宣公三年》。
[2] 《左传·宣公·宣公二年》。

　　我们经常会在其他著作中看到《左传》里的一些故事，人们利用其他古代文本的记载，对这些故事进行加工或修改，所以我们经常无法明确地断定这些著作引用的是《左传》，还是另有某个与《左传》相似的出处。关于伍子胥这个深受人们喜爱的英雄的记载就是一个非常典型的例子。公元前5世纪初，伍子胥惨死，后来，他被描述为忠诚的典范，并被奉为神明（这在中国历史上是一个常见的发展过程）。我们不知道伍子胥在世之时是否就已经有关于他的英雄史诗了，但至少在《左传》的成书时代，他的事迹就已经以口头甚或书面的形式流传了，这是因为我们能够看到一些散在《左传》各处的构成他这个故事的核心元素。

　　无论是从结构还是构成要素上，对伍子胥的相关记载都很具有代表性，后来的历史著作以及以这种形式出现的记录或英雄故事也都具有类似的特点。在其他一些作品中，这个故事被添加了更多的元素。《国语》中增加了伍子胥临死时的誓愿：他要求将自己的眼睛挖出来，挂在都城的东门上，好让他看着攻打过来的越国军队，看着自己的预言如何成为现实。吴王夫差因而大怒，命人将他的尸体装进革囊，沉入江中。

　　《国语》中共收录了8个国家的243条传闻逸事或历史记载，时间跨度从公元前976年到公元前453年，成书时间应该与《左传》相同，或是稍晚。[1]作为史料，这部作品常常是有争议的，因为它的描述总是非常详细，就像伍子胥的这个例子；但另一方面，简洁也并不总是年代久远的证明。伍子胥故事中添加的剜目、装尸于革囊并沉江等情节，让我们完全有理由相信这是某个地区性的题材，然后被纳入了这个故事。虽然到目前为止我们只能找到个

---

[1]　关于《国语》，见C. de Harlez的Kouo yu. Discours des Royaumes, ière partie（《国语》：王国的故事（第一部分）》），载JA（《亚洲学报》）9.2（1893年），第373—419页；9.3（1894年），第5—91页；zème partie（第四部分），勒文，1895年；A. Imber的*Kuo Yü. An Early Chinese Text and Its Relationship with the Tso Chuan*（《〈国语〉：中国早期文本及其与〈左传〉的关系》），2卷本，斯德哥尔摩，1975年；A d'Hormon译的*Guoyu Propos sur les pricipautés. I-Zhouyu*（《〈国语〉——周语》），巴黎，1985年。

别例证[1]，但是这种使用地区性故事题材的做法应该并不少见。

成书于公元前3世纪中叶的《吕氏春秋》特别强调了伍子胥传说里的某些元素，而淡化了另一些元素，同时还添加了部分细节。例如，书中讲到伍子胥逃亡时，给了渡他过江的老渔翁一柄宝剑作为酬谢；伍子胥在吴国引入了一系列治国原则；在进攻楚国时，他鞭挞了杀死父兄的仇人楚平王的尸体。

奠定了后来断代史标准的《史记》中已经有关于伍子胥的记载，这段记载内容更丰富，很多地方都比前代的叙述更为详细。例如，《史记》记载伍子胥将楚平王的尸体挖出并鞭打。从某种意义上讲，《史记》在一系列收集历史小说及历史故事的作品中堪称翘楚，书中包含了大量以历史小说为基础的记载，卷八十六中关于燕国太子丹的记载就是一个很著名的例子。[2]

《吴越春秋》中也有一个关于伍子胥的精彩故事，这个故事的篇幅是其在《史记》中的三倍。[3]《吴越春秋》的作者是会稽郡山阴县人赵晔（大约生活在公元1世纪下半叶），这部书的流传过程与其他许多著作类似。通过早期类书中的一些引文，我们可以认定今传《吴越春秋》应该源自某个名叫皇甫遵的人所编订的十卷本著作，该书至少有部分是不同于赵晔本的。但皇甫本传到编订者徐天祜手中时，已经是残破不堪了。1306年，徐天祜在校订不同版本的基础上做出了他自己的修订。[4]绝大多数中国的古籍都以不同的

[1] 其他的例证，参见本书第四部分"敦煌文献"。

[2] 参见H. Franke（福赫伯）的Die Geschichte des Prinzen Tan von Yen（《燕国太子丹的故事》），载ZDMG（《德国东方学会杂志》）第107期（1957年），第412—458页；H. Franke的Prinz Tan von Yen（《燕国太子丹》），苏黎世，1969年。

[3] 参见D. Johnson（姜士彬）的Epic and History in Early China. The Matter of Wu Tzu-hsü（《中国早期的史诗与历史：伍子胥的故事》），载JAS（《亚洲研究杂志》）40.2（1981年），第259页等；D. Johnson（姜士彬）的The Wu Tzu-hsü Pien-wen and Its Sources（《伍子胥变文及其资料》），第一、二部分，载HJAS（《哈佛亚洲研究学刊》）第40期（1980年），第93—156页及第465—505页，此处为第128—143页。

[4] W. Eichhorn（艾士宏）的Heldensagen aus dem Unteren Yangtse-Tal (Wu-Yüeh ch'un-ch'iu)（《长江下游地区的英雄传说：〈吴越春秋〉》），威斯巴登，1969年。

形式，在不同的程度上具有这种流传过程中的失真问题。[1]

至于这些后来增加的内容仅是添油加醋，还是对某些已存在元素的接受，这个问题并无定论，即使有很多迹象表明后一种可能性的存在。这里还有另外一个问题，即为什么会出现这些扩充。某些版本中的添加内容已经被包含在其他一些年代更为久远的作品（例如一些哲学著作，尤其是《韩非子》）中作为素材。当然，在这个问题上，我们得考虑绝大多数曾经存在过的书面文本业已失传的情况，我们从《汉书·艺文志》的文献目录中就能看出这一点。此外，我们还可以认为除了已属于故事内容的元素，人们还从民间故事中汲取了新素材，就像"革囊"这个题材，显然是与当地所存在的"天地–鸡子"传说相关的。[2]在阅读相关历史记载的时候，特别是在读《史记》的时候，我们都会有一种印象，即撰写者所拥有的资料应该远多于他写下来的，作者经常会对文本进行大规模的删减。

此外，通过研究为什么要添加内容的问题，我们还能够看出各个文学门类越来越具有各自的特色，它们在各自的框架内获得了越来越大的发展可能性；此外，我们还要始终记得在书面流传的版本外，应该还有影响范围更大也更为生动的口头流传版本的存在，其中的一部分具有强烈的地域色彩。发现于丝绸之路中国段上的敦煌"变文"就是一个例子，其中伍子胥故事的口头流传版本历史可以追溯至唐朝。[3]

---

[1]　虽然每部作品的流传史都非常重要，但由于本书篇幅所限，不能尽述。在这里我们要特别强调的是，对中国文学的研究而言，流传和校勘史具有非常重要的意义。
[2]　见W. Eberhard（艾博华）的*Local Cultures of South and East China*（《华南及华东地方文化》），莱顿，1968年，第438—446页。
[3]　见D. Johnson（姜士彬）的The Wu Tzu-hsü Pien-wen and Its Sources（《伍子胥变文及其资料》）；关于"变文"，见本书"变文"一节。

5. 哲学论证与政治论辩

《易经》与"游士"

西周的封建王朝土崩瓦解之后，中国分裂成了大大小小的诸侯国，这些诸侯国结成了不断变化的联盟，彼此争斗不休。正是在这个时期，为诸侯出谋划策的谋士出现了，他们形成各种流派和学说，但主要都围绕着一个问题，即如何能够重新实现天下的统一，因为这是人们从来没有放弃过的理想状态。从出身来看，这些谋士中有一部分人来自贫穷没落的贵族家庭，他们并不属于某一个特定的诸侯国，因此他们也被称为"游士"。这些游士虽游说各国诸侯，但在多数情况下，他们在什么地方找到的信众最多，就会被归为那个地方的人。

这些游士向人们宣传自己的学说。他们的宣传对象主要是自己的学生，当然有时也会是某个诸侯，这种宣传主要以对话的形式进行，而他们的学说也就以这样的形式长久地保留下来。在中国哲学史上占据重要地位的古代著作基本都采用了对话体，[1]但对话的双方并不是平等的，其中一方的作用只是提出关键词。在论述的时候，游士会使用特定的修辞手段。他们的主要方法是引用听众熟悉的篇章，而他们最喜欢引用的是《诗经》或《易经》中的词句或卦象。

　　《易经》是一部描述"变化"的书，德语国家的读者是通过卫礼贤（Richard Wilhelm）的译文而接触到这部著作的，他们更熟悉的是"I Ging"这个译名。这部书最初应该是西周初叶记录六十四卦的易书之一。[2]几部易书之中，流传至今的仅有这一部，该书也称被为《周易》（周代的易书）。这部书的核心是六十四卦，由伏羲八卦组合而成，即传统上认为由伏羲（他被认为生活在公元前2800年前后）所发明的八卦位图，这些卦由六根上下排列的长横或中间断开的两个短横组成。《易经》除具有卦书的实际用途外，也具有重要的文学价值，书中包括了诗歌形式的说明文字以及一些形象的描述。然而，这些描述被后世的解释者们看作符码，它们不仅影响着后世的文学创作，也不断地被运用在政治或天理人伦思想等方面。[3]随着孔子

----

[1]　对中国古典哲学的介绍，见A. Forke（佛尔克）的*Geschichte der alten chinesischen Philosophie*（《中国古典哲学史》），汉堡，1927年；Yu-lan Fung（冯友兰）著、Derk Bodde（卜德）译的*A History of Chinese Philosophy*（《中国哲学史》），第1卷，北平，1937年；新版于普林斯顿，新泽西州，1952年；Kung-chuan Hsiao（萧公权）著、F. W. Mote（牟复礼）译的*A History of Chinese Political Thought*（《中国政治思想史》），第1卷，普林斯顿，新泽西州，1979年。

[2]　译本有：J. Legge的*The Sacred Books of China. The Texts of Confucianism, Part II: The Yi King*（牛津，1882年）；R. Wilhelm（卫礼贤）的*I Ging. Das Buch der Wandlungen*，2卷本（耶拿，1924年；新版单卷本，杜塞尔多夫，1960年）；J. Blofeld（蒲乐道）主编的*I Ging. Das Buch der Wandlungen*（慕尼黑，1983年）。根据道教解释传统对《易经》的解读，见Th. Cleary（柯利瑞）主编的*Das Dao des I Ging. Der taoistische Weg zum Verständnis der Tiefendimensionen des I Ging*（《〈易经〉中的道：对〈易经〉深层内涵的道教解读》），慕尼黑，1989年。

[3]　关于《易经》的研究论文集，见H. Wilhelm的*Sinn des I Ging*（《〈易经〉的含义》），杜塞尔多夫，1972年；H. Wilhelm的Change. Eight Lectures on The I Ching（《改变——〈易经〉八讲》），普林斯顿，新泽西州，1960年；也见于G. Schmitt的*Sprüche der Wandlungen auf ihrem geistesgeschichtlichen Hintergrund*（《〈易经〉及其思想史》），柏林/东德，1970年）。关于西方人对《易经》这部最为普及的"中国智慧精粹"的评论，见U. Diederrich主编的*Erfahrungen mit dem I Ging*（《了解〈易经〉》），科隆，1984年。

及儒家对《易经》的研究（从公元前6世纪开始），《易经》又增加了七种注解和说明，这些也构成了书的一部分。由于其中的三种可分为上下两卷，所以也称"十翼"。

直到公元2世纪，人们才将这些注解的作者与孔子联系在了一起，但欧阳修（1007—1072）就对其中《文言》一篇的作者提出了质疑。《易经》最著名的注解是《大传》，或称《系辞》。《系辞》与《彖》和《象》一样，都分上下卷。"十翼"的另外四种分别为《文言》《说卦》《序卦》和《杂卦》。

今天，我们对两种主要的流传体系进行了区分，一种是作为后世经籍印刷底本的"古文"版，可以从孔颖达（574—648）上溯到费直（公元前1世纪中叶）；另一种是可从朱熹上溯到汉代的、官方认可的"今文"版。朱熹是以吕祖谦（1137—1181）所收集的拓片、石刻残片以及早期对《易经》的引用作为基础的。七经（即《诗经》《书经》《易经》《仪礼》《春秋》《公羊传》《论语》）是公元175年汉灵帝（167—189在位）亲自下令刻于石上的，并在公元183年完成，但到孔颖达的年代，刻石就已经不复存在，也或者是被人遗忘了。[1]

《易经》的注解繁多，几乎让人眼花缭乱，仅18世纪的一份皇家图书目录中就收录了将近1500种，而通常被列于诸经之首的这部著作却不同于其他那些"经"，它的核心内容有一部分并不清晰。另一方面，这种注解的传统也证明了这部书的影响力及其永恒的魅力。《易经》注解中最重要的一部恐怕要数上文中提到的《大传》，这部著作应该是汉代才被创作或编辑整理出来的，里面包含了古代中国流传下来的关于上古历史与文化发展的内容，所以也有人认为《大传》是由口头流传的。

《易经》中的很多说法都能让我们联想起民间俗谚，例如对于第三卦

---

[1] 由于近年来的一些考古发现，例如石碑残片，以及1973年从公元前168年的长沙马王堆3号墓中出土帛书之后，《易经》研究面临着新的课题。

"屯"的解释，卫礼贤在1924年将其翻译成Anfangsschwierigkeit。[1]除谚语和谜语外，书中还有很多对历史事件的影射。《易经》这部中国"最古老的书"，因其独特性而让所有对它进行分类的尝试都化作徒劳。在开始时，这部以卦书为核心的著作显然是由"史"负责解释的，但后来，这本书就变成了智慧的源泉。

历史上最早有记载的"游士"是孔子，也称孔夫子，拉丁化并被耶稣会传教士传播到欧洲的名字是Konfuzius。孔子的学说被记录在《论语》中，其中包括约500条谈话或讲话内容。该书是由他的弟子或再传弟子传播开来的，但今传本的形式是在公元前2世纪编辑而成的。[2]书中历史最早的是第3章至第9章，大概能够回溯到孔子的第一代弟子时期。

儒学以孔子为创始人，这种学说后来成为封建王朝文人阶层奉行的精神教义，涵盖了哲学以及国家和社会学说等方面，同时培养了一批具有批判精神的人。儒学以中国上古时期的一些价值观为基础，因而始终将自己视为理想化的古代传统的合法代表，且在中国的政治和道德体系中起到了越来越重要的决定性作用。特别是在10世纪之后，儒学也强烈地影响了日本和韩国的政治文化与精神世界。无论是作为哲学，还是作为社会学说，儒学都在那里起到了至关重要的作用；但同时，它也发生了改变，以适应当地的情况。不管儒学在这些国家的影响有多么深远，它的历史渊源始终还是在中国，所以，儒学有的时候也被当作中国文化的同义词。

---

[1]　见R. Wilhelm（卫礼贤）的*I Ging. Das Buch der Wandlungen*，2卷本（耶拿，1924年；新版单卷本，杜塞尔多夫，1960年），第37页等。（Anfangsschwierigkeit字面含义为：初时的困难——译者注）

[2]　《论语》的译本有很多，例如J. Legge（理雅各）的*The Confucian Classics*，第1卷（香港，1861年）；A. Waley的*The Analects of Confucius*（伦敦，1938年）；D. C. Lau（刘殿爵）的*Confucius. The Analects*（哈莫茨沃斯，1979年）；R. Wilhelm的*Kungfutse, Gespräche. Lun Yü*（耶拿，1910年）；R. Moritz的*Konfuzius Gespräche*。关于儒学，见P. J. Opitz主编的*Chinesisches Altertum und konfuzianische Klassik*（《古代中国及儒家经典》），慕尼黑，1968年。

儒学以孔子及其学说为基础，虽然源自孔子，但历经各个时代，儒学自身也在不断发生变化。儒家有不同学派，但它们之间有几个共同的特征：强调社会关系，特别是社会等级；拒绝任何形式的平均主义；强调所有外在联系之中的内在联系；相信每个人从根本上来说都是可以教育的。作为国家学说，儒学为封建统治的合法化服务，同时它又体现了文人士大夫阶层的利益；该学说还被用于限制、规定和约束统治者及军队的权力，并以所有人的福祉为目标来平衡各种利益。但由于儒学核心中的不可知论，因而在被奉为国家学说后，儒学不得不增加了仪式方面的内容和哲学元素，并通过这种方式成为综合性的国家和社会学说，对各个领域都起到了规约作用。儒学所具有的理性特点使其无法满足百姓对宗教和神秘事物的需求，这就给其他学说留下了足够的发展空间。而儒学后来也受到了这些学说的影响，从为天下臣民谋福祉的主张发展成为扶助弱小并限制某一个或某一群人的权力的学说。但这并没能阻止儒家官吏在实际中结党营私的行为，特别是到了封建王朝晚期的时候，这也对儒学这门与古老体系处于同等地位的学说造成了损害。

孔子被尊为中国的万世师表，他生活的年代大致为公元前551年至公元前479年。我们并没有关于他实际出身和生活的可靠信息，关于他出身的所有详细记录都出自后人的杜撰。[1]据说他来自一个当时非常庞大的没落贵族家庭，他同这个群体中的其他人一样，也认为自己应担大任。要理解他的学说，我们就必须结合公元前6世纪到公元前5世纪中国的政治格局。孔子学说的基本思想来源于对黎民福祉早已存在的构想，以及认为做官是获得荣誉、声望和更高社会地位的唯一合法途径的观点。因此，孔子特别强调官员必备的一些能力，尤其认为官员要熟知宫廷仪式以及早期的编年史著作。虽然对精英知识分子而言，存在这种对通识能力的要求，但在孔子的时代，实际也

---

[1] 关于孔子生平最重要的著作，依然是H. G. Creel（顾立雅）的*Confucius. The Man and the Myth*（《孔子其人及其神话》），纽约，1949年；也见Pierre Do-Dinh的*Konfuzius in Selbstzeugnissen und Bilddokumenten*（《孔子资料与图片文件》），汉堡，1960年。

已经出现了专业分化的迹象。

由于贵族阶层及氏族的血缘联系开始变得松散，孔子主张恢复上古时期的道德观，重建道德秩序，以平息纷争。所以，博学以及对上古的了解便成为他所推崇的理想人格的特征。孔子虽然博学，但在政治上并不成功，这种情况在后世也很常见，虽然将学识与仕途结合在一起是人们追求的目标，但在实际中，能够把这两者结合起来的人并不多见。

孔子并没能将自己的理念付诸实践，他主要是用这些理念来影响自己的朋友和学生，他们中有一些人入朝为官。直到年过半百，感到自己肩负着拯救世界使命的孔子才离开家乡鲁国（即今天的山东省），出去游说。但在大约10年后，他就在追随者的请求下回到了鲁国，并在那里以教书为业，度过了生命中的最后几年。随着古老秩序的瓦解，"王命"与王权之间的统一也被打破，统治者并不一定就是"天命"之人，而孔子终其一生都认为自己有一种内在的、隐藏的天命。孔子及其继承者的这种自我认知让他们有了一种自己是天命之人的想法，并因此具有了一定的独立性。由于这种与外在世界之间的对立以及对君权神授根本性的质疑，儒家学者或是渐渐有了对政治秩序提出意见并参与其中的要求，或是因为这种矛盾关系而形成逃避现实的态度，并对参与政治生活持根本性的否定态度。

儒学的一个核心概念是"仁"（"人性"或"仁爱"），孔子及其追随者们都追求"君子"的理想。"君子"这个概念最初是"君王之子"的意思，后来被赋予了"高尚"或"高洁"的含义，反映了孔子在血缘关系瓦解后寻找重建贵族理想的努力。"君子"应"崇古重老"，将西周时期的状态作为追求的理想，保护古老的礼仪与文字，以此来实现内心的强大。孔子将古代的典章制度当作标准，使古老的礼仪成为道德的规范。

孔子及其弟子将黎民福祉作为目标，要求破除他那个时代几个强大贵族家族的专制统治。当时没有一个强大的中央政府，因而他也不期望能够通过集权的方式实现自己的目标，而是将希望寄托于在家庭内部建立道德准则以及对行政管理方式进行彻底的改革。他特别要求降低赋税，反对苛政。在一个血缘关系瓦解的时代，教育与学习从家庭中脱离出来，成为一个独立的体系，其标志就是老师的出现，而孔子则成为老师的最典型代表。

孔子希望推行的道德规范取决于国家的井然秩序，或者至少是群体内部的秩序，这就要求每个人都要让自己的人生走上正道，以此实现"天下有道"（《论语·季氏》）。在跟弟子的对话中，孔子讲述了自己对于世界秩序的构想。他以上古尧舜时代为理想状态，并提出修身的要求，其中除广义的文学修养外，还包括政治道德的学习以及对完美个人品德的追求。他的弟子们就是在这种教育的基础之上，被推荐担任国家的政治官吏，有些人甚至是由孔子亲自举荐的。这种举荐官吏的做法延续了几百年，在科举制度出现以后，也没有完全被取代。

虽然通过其他一些作品，例如《孔子家语》[1]，我们也能够了解孔子的学说或关于他的故事，但《论语》始终还是记录孔子言行的最重要作品。《论语》的语言并非晦涩难懂，最初应该是包含了许多幽默讽刺的成分的，论证也并不古板，但经过宋人——特别是朱熹——的注解，这部著作一跃成为后世的教育经典，并拥有了大量注疏。《论语》中的许多句子既能够让我们看到中国传统的生活智慧，也能够供我们理解儒学所奉行的理念。《论语》的开篇这样写道：

子曰："学而时习之，不亦说乎？有朋自远方来，不亦乐乎？人不知而不愠，不亦君子乎？"[2]

接着又出现了下面这种不容置疑的说法：

---

[1] 译本有R. P. Krames的*K'ung Tzu Chia Yü. The School Sayings of Confucius*（莱顿，1950年）；*Schulgespräche des Konfuzius*（杜塞尔多夫，1961年）。
[2] 《论语·学而》。

子曰："巧言令色，鲜矣仁！"[1]

或者：

子曰："道千乘之国，敬事而言，节用而爱人，使民以时。"[2]

还有讲述孔子德行高尚、坚定的篇章，例如下面这一段：

齐人归女乐，季桓子受之，三日不朝，孔子行。[3]

楚之狂人接舆的故事中，一个伪装成狂人的智者向孔子指出了避世以及通向未来的可能性，这是另外一种生活态度。对孔子来说，这是不可接受的。但在后来的庄子哲学中，这种态度得到了发展：

楚狂接舆歌而过孔子，曰："凤兮凤兮，何德之衰？往者不可谏，来者犹可追。已而已而，今之从政者殆而！"孔子下，欲与之言，趋而辟之，不得与之言。[4]

孔子的学说中发展出了不同的体系，其中一支的代表人物曾参（前505—前436），据传为《孝经》的作者；另外一支的代表人物是孔子的孙子孔伋（前483—前402），《大学》和《中庸》被认为是他的作品，这两部作

---

[1] 《论语·学而》。
[2] 同上。
[3] 《论语·微子》。
[4] 同上。

品起初被收录在《礼记》中，后来作为独立的作品，与《论语》《孟子》并称"四书"。

在很长一段时间里，儒学只是诸子百家中的一种学说，甚至其影响力曾一度不如墨翟（约前468—前376）的墨家学说。《墨子》的核心内容来自墨翟和他的弟子，其中有很多地方与孔子的观点背道而驰。《墨子》的内容包罗万象（例如"非攻""节葬""节用"等），被分为长短不一的三个部分，这种三项分类法指出了文章的功能。《墨子》采用语录体，语言清晰，论证简单，多用类比法，从中能看到其宣传功能。[1]例如《墨子》的第一篇：

> 是故江河不恶小谷之满己也，故能大。圣人者，事无辞也，物无违也，故能为天下器。是故江河之水，非一源之水也；千镒之裘，非一狐之白也。夫恶有同方取不取同而已者乎？盖非兼王之道也！[2]

孔子和墨翟并非当时仅有的著名"游士"，他们只是众多"游士"中的两个，并且都是通过后来几十年甚或几百年中的一代代弟子，才获得了今天的地位。墨家因提倡平等而遭到非议，在孟子对其提出异议之后尤甚，这恰恰体现了墨家"兼爱"学说的魅力，同时这也是为推行官方认可的社会模式而压制其他学说的后果。

在儒学推行的过程中，曾经有一些学说遭到了压制。我们今天只能推

---

[1] 墨子著作唯一的全译本，来自A. Forke（佛尔克）的*Mē Ti, des Sozialethikers und seiner Schüler philosophische Werke*（柏林，1922年）。节译本有Yi-pao Mei（梅贻宝）的*The Ethical and Political Works of Motse*（伦敦，1919年）；B. Watson（华兹生）的*Mo Tzu. Basic Writings*（纽约，1963年）；H. Schmidt-Glintzer（施寒微）的*Mo Ti. Schriften*（2卷本，杜塞尔多夫，1975年）。
[2] 同上。

测这些学说的内容，且它们绝大多数已经无法复原，但是对墨家学说，我们是有一些具体了解的，包括它发展出了一种原逻辑，建立起了论述的规则，介绍并传播了军事器械的制造工艺，甚至还涵盖了数学和光学知识。[1]关于所谓的"名家"也有一些不完整的文本传世，其中最重要的作品据传为惠施（公元前4世纪）和公孙龙（公元前3世纪）所作。[2]

　　由于儒家和道家所受到的特别重视，其他文士与学说流派的作品的保存状况大多极其不好，其中一部分仅剩断章残篇。直到清代（1644—1911）的近代篇章学、语言学的代表人物做了整理，其中一些思想家才重见天日，这里面就包括法家的申不害（卒于前337年）；[3]诸多学说也再次活跃，比如借由《列子》这部著作保存下来的杨朱的享乐主义，商鞅（前390—前338）记载在《商君书》中的有关军事及农业国家的学说，[4]《慎子》中记载的慎到（约前395—约前315）的法治学说，[5]或者邹衍的自然哲学，[6]此处就不逐一列举。《墨子》是最能体现实用技术与治国思想相结合的著作，特别是其中介绍攻防技术的章节。这类著作从公元前500年前后开始大量出现，其中最著名的是成书于公元前5世纪下半叶的《孙子兵法》，

[1]　A. C. Graham（葛瑞汉）的*Later Mohist Logic, Ethics and Science*（《晚期墨家逻辑、伦理和科学》），香港，1978年。
[2]　I. Kou Pao-koh（顾保鹄）的*Deux sophistes chinois*（《两位中国哲学家》），巴黎，1953年；R. Moritz的*Hui Shi und die Entwicklung des philosophischen Denkens im alten China*（《惠施与古代中国哲学思想的发展》），柏林/东德，1973年；M. Perleberg的*The Works of Kungsun Long-tzu*（《公孙龙著作》），香港，1952年；A. C. Graham的Three Studies of Kung-sun Lung（《公孙龙研究三篇》），载A. C. Graham的*Studies in Chinese Philosophy Philosophical Literature*（《中国哲学与哲学著作研究》），新加坡，1986年，第125—215页。
[3]　H. G. Creel（顾立雅）的*Shen Pu-hai*（《申不害》），芝加哥，1974年。
[4]　同上。
[5]　同上。
[6]　见J. Needham（李约瑟）的*Science and Civilization in China*（《中国的科学与文明》第2卷），剑桥，1956年，第232页等。

亦称《孙膑兵法》。[1]

由于不被官方承认，这些学说流派及其代表人物在汉代时就已经被人遗忘，直到17世纪后才重新得到重视，特别是因儒家而被官方鄙弃的法家思想。为了在革新中国之时不必依赖国外的学说，人们开始对墨翟感兴趣，认为他创立了堪比亚里士多德的逻辑学。引发人们兴趣的还有管仲这类国家和社会学说的代表（传统上认为管仲生活在公元前7世纪，不过被认为是其作品的《管子》应该是公元前3世纪才成书的）。[2]对形成于思想活动非常活跃的战国时期（前481—前221）[3]的各种学说学派，人们的兴趣一直持续到今天，要理解这种兴趣，首先要将其放在我们之前说到的前提下去理解。

最能反映诸侯宫廷以及战国时期各个地区哲学及政治纷争的无疑是《孟子》这部著作，该书收录的是孟子的学说。孟子，名轲，[4]他被认为是孔子

---

[1] 译本有L. Giles（翟林奈）的 *Sun Tzu. On The Art of War*（上海，1910年）；S. B. Griffith的 *Sun Tzu. The Art of War*（牛津，1963年）。1972年，一个墓葬中出土了西汉时期的多卷军事理论著作，给"兵家"的研究注入了新的内容；见张震泽的《孙膑兵法校理》（北京，1984年）。

[2] L. Maverick的 *Economic Dialogues in Ancient China. Selections from the Kuan-Tzu*（《中国古代经济学说——〈管子〉选集》），纽黑文，康涅狄格州，1954年；W. A. Rickett（李克）的 *Kuan-Tzu. A Repository of Early Chinese Though*（《〈管子〉——中国古代资料》第1卷），香港，1965年及全新修订版；W. A. Rickett的 *Guanzi. Political, Economic, and Philosophical Essays from Early China-A Study and Translation*（《〈管子〉：中国早期政治、经济和哲学文章——研究与翻译》第1卷），普林斯顿，新泽西州，1985年。关于这部著作的流传史，见P. van der Loon（龙彼得）的On the Transmission of the Kuan-tzu（《〈管子〉的流传史》），载*TP*（通报）第41期（1942年），第357—393页。

[3] 学界关于春秋战国的历史分界有多种分法，以公元前481年为界的，依据是当时田陈氏取代姜氏，成为齐国王室。——编者注

[4] 一些研究认为，其生卒年为前385年到前303年（或前302年）；见Kung-chuan Hsiao（萧公权）著、F. W. Mote（牟复礼）译的 *A History of Chinese Political Thought*（《中国政治思想史》），第1卷，普林斯顿，新泽西州，1979年，第145页。《孟子》的译本有：J. Legge（理雅各）的 *The Chinese Classics*，第2卷（香港，1861年）；W. A. C. H. Dobson的 *Mencius*（多伦多，1963年）；D. C. Lau（刘殿爵）的 *Mencius*（哈莫茨沃斯，1970年）；R. Wilhelm（卫礼贤）的 *Mong Dsi. Die Lehrgesprache des Meisters Meng k'o*（杜塞尔多夫，1982年）。

学说的合法继承人，他的学说也被宋明理学列入"四书"。对于孟子生活的最早记载见于《史记》，但由于司马迁之误，该书对孟子周游列国的记载与《孟子》书中的记载有出入。另外一些早期的记录见于《韩诗外传》和《列女传》。[1]

在《孟子》中，我们能够看到关于其他学说流派的各种论述，尤其是关于墨家和杨朱学派的享乐主义，所有这些论述都是与孟子在公元前320年前后的一些政治经历相关的。这部著作与孔子的《论语》不同，它避免了一切情景化的描述，有非常严肃的说教性质。《孟子》所述最侧重的是建立在性善论基础上的政治道德学说，并因其"暴君放伐论"和对君主权利义务的规约而获得后人的重视。

中国早期论说文的一个特点是使用形象类比，[2]例如孟子向告子论证人性本善的段落：

告子曰："性犹湍水也，决诸东方则东流，决诸西方则西流。人性之无分于善不善也，犹水之无分于东西也。"

孟子曰："水信无分于东西，无分于上下乎？人性之善也，犹水之就下也。人无有不善，水无有不下。"[3]

与孟子的性善论不同，荀卿（约前313—前238，名况）认为人如果不接受教育，是无法变"善"的，所以，人是需要严格调教的。荀子的学说被收录在《荀子》一书中，该书娓娓道来，不乏幽默色彩，形式上采用了论述体，而非早期著作常采用的问答体。由此看来，这本书应是他本人撰写

---

[1] 见D. C. Lau（刘殿爵）的*Mencius*（哈莫茨沃斯，1970年），第214页及以下。
[2] 见D. C. Lau的On Mencius' Use of the Method of Analogy in Argument（《孟子论证法的应用》），载*D. C. Lau*，同上，第235—263页。
[3]《孟子·告子上》。

的。[1]荀子的作品代表了中国先秦时代哲学发展的巅峰，对后世哲学家及史书作者产生了极大的影响，只因《孟子》被列为儒家经典，《荀子》一书才在宋代被人忽视了。

在先秦哲学著作中，我们能看到大量的历史记录或伪装成历史记录的故事，它们经常被用来增加观点的直观性。但也有些论述，我们无法明确判断其被插入的原因。在记录法家最著名代表人物韩非（卒于前233年）思想的《韩非子》[2]一书中，有55篇对法家治国思想基本理念的论述。韩非子是荀子的学生，这部书应是他求当谋士不成之后写下的。他的家乡韩国遭到秦国攻击之时，他作为使者被派往敌营，后来死在了对方的牢狱中。韩非子学说的核心概念是"法""术"和"势"，他用于解释自己思想的寓言和故事成了中国古代教育散文宝库里的重要组成部分，例如下面这个故事，它讽刺了某些因墨守成规而失去实际行动能力的人：

郑人有且置履者，先自度其足，而置之其坐。至之市，而忘操之。已得履，乃曰："吾忘持度！"反归取之。及反，市罢，遂不得履。

人曰："何不试之以足？"

曰："宁信度，无自信也。"[3]

---

[1] 目前最重要的译文及研究，来自H. H. Dubs（德效骞）的 *The Works of Hsüntze*（伦敦，1928年）；H. H. Dubs的 *Hsüntze. The Moulder of Ancient Confucianism*（伦敦，1927年）。其他译本有：B. Watson（华兹生）的 *Hsün Tzu. Basic Writings*（纽约，1963年，节译本）；H. Köster（顾若愚）的 *Hsün-tzu*（卡尔登科尔兴，1967年，全译本）；J. Knoblock的 *Xunzi. A Translation and Study of the Complete Works*，第1卷第1—6章（斯坦福，加利福尼亚州，1988年）。

[2] 主要译本有：W. K. Liao（廖文魁）的 *The Complete Works of Han Fei Tzu*（2卷本，伦敦，1939年）；B. Watson的 *Han Fei Tzu. Basic Writings*（纽约，1964年）。关于法家的系统研究，有L. Vandermeersch（汪德迈）的 *La formation du légisme*（《法的形成》），巴黎，1965年。

[3] 《韩非子·外储说左上》。

成书于公元前3世纪中叶的《吕氏春秋》，最初有可能是因为使用干支纪年法编排而得名，这部著作通常被归入法家，[1]但或许将其称为杂家之作会更确切。[2]在这部由大商人兼秦始皇谋士吕不韦（卒于前235年）主持编纂的著作中，除政治及道德哲学方面的论说外，还有大量的故事和报道，书中浸透了那个时代虽则自由但又追求秩序建设的时代精神，这一点在吕不韦之后出任秦国丞相的李斯（？—前208）的杰出政治哲学论述中也有体现，李斯的论述主要散见于其散文作品和书信中。

但最有趣的寓言故事并不是在偏理性的儒家经典或严肃的法家经典中，而是在较为柔和、偏重个人而又不失幽默的道家著作中，并且久而久之，其他学说也或多或少地受到了这种学说流派的影响。

道家的老子和庄子

早期的道家传统被称为“道家哲学”，以区别于公元2世纪形成的道教。这种哲学实际包含了两种完全不同的流派，其中一种以被认为是老子（我们所熟悉的名字是Laotse或Laudse）所著的《道德经》为核心，另一种则以《庄子》为代表，这部著作后来也被称为《南华真经》。

不管是老子还是庄子，他们的学说都强调个人、世界和生命的神秘

---

[1]　西方通常用Legalismus来翻译“法家”这个词，但也有观点认为legismus更贴切，因为法家所追求的并不是“合法性”，而是要用严厉的刑罚来推行自己的社会模式。
[2]　全译本有R. Wilhelm（卫礼贤）的*Frühling und Herbst des Lü Bu Wei*（耶拿，1928年；新版，杜塞尔多夫，1971年）。亦见M. Kalinowski的Cosmologie et gouvernement naturel dans Lüshi Chunqiu（《〈吕氏春秋〉中的宇宙观与自然政治思想》），载*BEFEO*（《法国远东学院学刊》）第71期（1982年），第169—216页。

性，这种思想在过去两个世纪始终非常吸引欧洲的文学家和思想家；[1]对中国传统的文人士大夫而言，这种学说的影响力也远比他们公开承认的要大。《道德经》通常被我们音译为Daudedsching、Tao-Te-King，或取其意，译为Das Buch des Alten vom Sinn und Leben[2]或Das Heilige Buch vom Weg und von der Tugend[3]，这是中国古代典籍中拥有最多西方语言译本的作品，同时也是最难理解的一部。

在1973年12月湖南长沙马王堆一座公元前168年的汉墓中的帛书出土之前，王弼（226—249）所注《道德经》一直被认为是最古老的版本。[4]马王堆帛书中有两种版本的《道德经》，其中保存较好的版本是用隶书写成的。值得注意的是，王弼版《道德经》分为上、下两部分，共81章，而马王堆帛书版两部分的前后顺序与之不同，主要论述社会政治问题的"德经"在前，论述宇宙与本体论问题的"道经"在后，如此一来，书的名称实际应该是《德道经》。

《道德经》的作者究竟是谁，我们并不清楚，其成书时间应该在公元前300年前后，书中多为押韵的警句、哲言。认为老子是作者的观点可追溯到《史记》，这部约5000字的著作被认为是老子骑牛出关途中写给一名关令的，这个传说于1938年被德国剧作家贝托尔特·布莱希特（Bertolt Brecht）写进了他那首著名的诗《老子流亡路上著〈道德经〉的传奇》（*Legende von der Entstehung des Buches Taoteking auf dem Weg des Laotse in die Emigration*）

---

[1]　例如王尔德（Oscar Wilde）、布伯（Martin Buber）、雅斯贝斯（Karl Jaspers）等。见G. Debon（德博）的*Oscar Wilde und der Daoismus*（《王尔德和道家思想》），伯尔尼，1986年；A. Hsia（夏瑞春）主编的*Deutsche Denker über China*（《德国思想家看中国》），法兰克福，1985年。

[2]　老子关于意义和人生的著作。——译者注

[3]　关于道与德的经。——译者注

[4]　关于这部《老子》注疏的风格，见R. G. Wagner的Interlocking Parallel Style. Laozi and Wang Bi（《"链体风格"——〈老子〉和王弼》），载*Asiatische Studien*（《《亚洲研究》》）第34期（1980年），第18—58页；亦见A. Rump（隆普）的*Commentary on the Lao Tzu by Wang Pi*（《王弼〈老子〉注解研究》），火奴鲁鲁，夏威夷，1979年。

中。[1]还有一些记载将老子描述为孔子的同代人，所以他被认为生活在公元前6世纪。[2]

《道德经》中说"道可道，非常道"，这是为现实生活设定的最高目标，讲求的是效法道而行，返璞归真，道法自然。对于中国文化来说，这种观念具有极其深远的影响；对于文学，特别是诗歌的影响，也远不止《德道经》中所用的对偶或排比等修辞手法。

早期道家哲学中的另外一部，恐怕也是最重要的一部著作则是庄周（约前369—前286，也称庄子）的作品《庄子》，这部著作共33章，分为"内篇"（1—7章）、"外篇"（8—22章）和"杂篇"（23—33章）三部分，而其中只有1—7章可以确定是庄子所作。[3]这部著作的语言风格应该源

---

[1]　见B. Brecht的*Gesammelte Werke*（《布莱希特全集》），法兰克福，1967年，第9卷，第660—663页。关于德国作家与中国文学关系的研究，现在已经很多，例如对歌德、席勒、卡夫卡、德布林、布莱希特等作家的研究。

[2]　重要译本，有D. C. Lau（刘殿爵）的*Lao Tzu. Tao Te Ching*（哈莫茨沃斯，1963年；修订版，香港，1982年）；A. Waley的*The Way and Its Power. A Study of the Tao Te Ching and Its Place in Chinese Thought*（伦敦，1934年）；J. J. L. Duyvendak的*Tao Te Ching. The Book of the Way and Its Virtue*（伦敦，1954年）。德语译本，有R. Wilhelm（卫礼贤）的*Laotse. Tao Te King. Das Buch des Alten vom Sinn und Leben*（耶拿，1921年）；G. Debon（德博）的*Lao-tse. Tao-tē-King. Das Heilige Buch vom Weg und von der Tugend*（斯图加特，1961年，修订版，1979年）；E. Schwarz的*Laudse. Daudesching*（莱比锡，1970年）；*Laotse. Tao Te King. Das Buch vom Weltgsetz und seinem Wirken*（慕尼黑，1986年，第7版）。

[3]　R. Wilhelm的译本到今天仍很普及。其他的译本（其中部分为节译本），有H. A. Giles的*Chuang Tzu. Mystic, Moralist, and Social Reformer*（伦敦，1889年）；B. Watson（华兹生）的*The Complete Works of Chuang Tzu*（纽约，1968年）；Yu-lan Fung（冯友兰）的*Chuang Tzu*（上海，1933年）；A. C. Graham（葛瑞汉）的*Chuang-tzu. The Seven Inner Chapters and other Writings from the Book Chuang-tzu*（伦敦，1981年）。关于《庄子》的研究，有A. C. Graham的How much of Chuang Tzu did Chuang Tzu write?（《〈庄子〉有多少是庄子所写？》），载*Journal of the American Academy of Religions*（《美国宗教学会会刊》）第47期（1980年），第459-501页；Tsung-tung Chang（张聪东）的*Metaphorik, Erkenntnis und praktische Philosophie im Chuang-tzu. Zur Neu-Interpretation und systematischen Darstellung der klassischen chinesischen Philosophie*（《〈庄子〉中的形而上学、认识论以及实用哲学：对中国古典哲学的全新系统研究》），法兰克福，1982年。

自庄子的家乡宋国，这个位置偏南的诸侯国认为自己是殷商后裔，不过宋国的语言也仅被保留在这一部著作中而已。其中比较典型的除了奇特的人物名字，还有其他一些语言特点。《庄子·内篇·齐物论》中最著名的一段是"蝶梦"，作者在"蝶梦"中形象地论述了他关于突破自我、万物齐一的思想：

> 昔者庄周梦为胡蝶，栩栩然胡蝶也。自喻适志与，不知周也。俄然觉，则蘧蘧然周也。不知周之梦为胡蝶与，胡蝶之梦为周与？周与胡蝶，则必有分矣。此之谓物化。

这部著作用很多故事颂扬无用之用，批评"圣人"的"文明"，书中还有很多地方将儒家的各种"文明"规约视为世间万恶的始作俑者。[1]庄子思想中对文化和文明的悲观抨击成为持续影响中国文化的一股不可忽视的潜流或支流，而庄子文章中提倡的回归田园以及牧歌式的文风直到近代都深刻地影响着中国的精英知识分子，这种影响体现在他们的文学创作中，同时也体现在作为他们归隐场所的园林和庭院的结构上。

道的无处不在以及认为万物之间存在神秘联系的观点，是庄子哲学的基本思想，于是，就有了他临终之时说的下面这样一段话：

> 庄子将死，弟子欲厚葬之。庄子曰："吾以天地为棺椁，以日月为连璧，星辰为珠玑，万物为赍送。吾葬具岂不备邪？何以加此？"弟子曰："吾恐乌鸢之食夫子也。"庄子曰："在上为乌鸢食，在下为蝼蚁食，夺彼与此，何其偏也！"[2]

---

[1] 见《庄子·内篇·人间世》。
[2] 《庄子·杂篇·列御寇》。

推崇庄子世界观的主要是精英阶层中对于美和浪漫思想持开放态度的人。而这种世界观中最重要的就是一种独一无二的感觉，这符合精英阶层对独特性的认识，任何一种技艺都会被视为既不可教也不可学的，都会被认为是顺道的结果。下面这个寓言讲述的，正是这种回归内心的无为如何被人出于善意而破坏：

南海之帝为倏，北海之帝为忽，中央之帝为浑沌。倏与忽时相与遇于浑沌之地，浑沌待之甚善。倏与忽谋报浑沌之德，曰："人皆有七窍以视听食息，此独无有，尝试凿之。"日凿一窍，七日而浑沌死。[1]

《庄子》中的故事与许多收录在哲学著作中的寓言故事一样，不断被用在后世人关于精神层面的讨论中，所以我们也可以将其视为一种修辞技巧，例如《庄子》中的庖丁，在政治思想家贾谊（前200—前168）笔下，就已经变成了一种概念：

屠牛坦一朝解十二牛，而芒刃不顿者，所排击剥割，皆众理解也。至于髋髀之所，非斤则斧。夫仁义恩厚，人主之芒刃也；权势法制，人主之斤斧也。[2]

贾谊在这里用到了《庄子》中"庖丁解牛"的故事，庖丁的刀从来不会变钝，因为他无论是切肉还是分骨头，都能利用好关节之间的自然缝隙。[3]
经常与《庄子》相提并论的《列子》被认为是列子所著。相传列子能御风

---

[1] 《庄子·内篇·应帝王》。
[2] 贾谊《治安策》，载《汉书》卷四十八。
[3] 《庄子·内篇·养生主》。

而行，一些人认为他生活在公元前6世纪。《列子·杨朱篇》提到了传统上认为生活在公元前4世纪的杨朱。《列子》中虽然也包含公元前3世纪或更早之前的内容，但它应该是在公元3世纪才编订而成的，从这部著作中，我们已经能够看到道家发达的炼丹术的影响以及从印度地区传到中国来的故事题材。[1]

故事、寓言和诗歌在各家"游哲/游士"作品中有着多种多样的使用方式，这种现象表明纯文学在战国时期还没有独立的表现形式。尽管后世的文学始终也没能完全摆脱教化目的，但在这里，我们已经能看出人们对修辞艺术越来越浓厚的兴趣，而一些带有空想性质的观点之所以能发展并传播，也正得益于这种兴趣。有些文人群体以及以某位教师为核心形成的学宫也因为他们的修辞手段而声名远播。当时最为著名的一个代表性人物是齐国"稷下学宫"的淳于髡（大致生活在公元前4世纪），《史记》中有多处记载了他的讽谏与机智。

《战国策》及其他被认为刘向所作之书

诸子百家之间的相互竞争本应有利于论辩体的发展，这一点从许多作品中都能看出来，但让人惊讶的是，中国并没有一种符合ars oratoria（演说）意义的论辩体出现并被保持下来，而修辞学也没能发展起来。这或许是因为主流观念将重点放在了话语所蕴含的思想而非话语本身之上。尽管如此，我们还是能够看到辩士流派曾经存在过的痕迹，只是他们后来受到打压，著作

---

[1] R. Wilhelm（卫礼贤）的*Liä Dsi, das wahre Buch vom quellenden Urgrund*（耶拿，1921年）；A. C. Graham（葛瑞汉）的*The Book of Lieh-tzu*（伦敦，1960年）。对于文本产生时间的深入研究，见A. C. Graham的The Date and Composition of Liehtzyy（《〈列子〉产生和编辑的时间问题》），载*AM*（《亚洲专刊》）新刊第8期（1961年）；A. C. Graham的How much of Chuang Tzu did Chuang Tzu write?（《〈庄子〉有多少是庄子所写？》），载*Journal of the American Academy of Religions*（《美国宗教学会会刊》）第47期（1980年），第216—282页。

才被人遗忘。刘向编订的《战国策》也能够证明这种推测。《战国策》包括了497个历史事实和故事传说，年代主要为公元前300年至公元前221年。考古发现证明，远在该书编订之前的公元前220年左右，许多被收录其中的故事就已经在流传了。[1]

作品标题中的"策"字我们通常翻译为Ränkespiele（计谋）、Pläne（计划）或Ratschläge（计策），但编订者也有可能用的是这个字的另外一个意思，即"成编的木片"。从汉代末年开始，《战国策》就因其内容而越来越不受重视，或许是因为人们意识到辩术是通向强大权力的捷径。例如《世说新语》中就讲到了一个能言善辩的人，他特别善于衡量一件事的好处与坏处，深谙被称为"长短"的游说之术：

> 后丁艰，服除还都，唯赍《战国策》而已。语人曰："少年时读《论语》《老子》，又看《庄》《易》，此皆是病痛事，当何所益邪？天下要物，正有《战国策》。"既下，说司马孝文王，大见亲待，几乱机轴。俄而见诛。[2]

由于所引起的争议，《战国策》在唐时就已经部分失传了，直到古文运动的倡导者之一宋人曾巩（1019—1083）重新编订了这部书。有意思的是，曾巩不忘强调说这部书能让人看到正统一旦败落，将会产生什么后果，但该书的文字风格应该是让他十分叹服的，而且此类赞叹在他之前和之后都曾经有过，例如宋人王觉就在《题〈战国策〉》中说道："虽非义理之所存，而辩丽核纬，亦文辞之最。"宋人李格非则在《书〈战国策〉后》里说："其

---

[1] 关于《战国策》，见J. I. Crump（柯润璞）的 *Intrigues. Studies of the Chan-kuo Ts'e*（《〈战国策〉研究》），安娜堡，密歇根州，1964年。全译本见J. I. Crump（珂润璞）的 *Chan-kuo Ts'e*（圣弗朗西斯科，1979年；第2版，修订版）。

[2] 《世说新语》卷三十二。

事浅陋不足道，然而人读之，则必尚其说之工，而忘其事之陋者，文辞之胜移之而已。"

虽然《战国策》在传统上被归为历史著作，而且也的确是我们了解战国这一时期的重要史料，但它并不是一部真正意义上的史书，而是一系列有代表性的辩论文章。《战国策》英文全译本的译者柯润璞是对这部著作研究最深入的西方汉学家。他总结了不同的论证方式，认为从基础结构来看，书中大概有十分之一的文本是按照下面这个程式进行的双重论证："你应该这样或那样做。如果成功的话，就能够赢得A，如果不成功，赢得的就是B。"下面就是这种程式的一个例子：

> 魏文侯借道于赵攻中山。赵侯将不许。赵利曰："过矣。魏攻中山而不能取，则魏必罢，罢则赵重。魏拔中山，必不能越赵而有中山矣。是用兵者，魏也；而得地者，赵也。"[1]

另外一种论证程式的结构是："如果你做A，就很好；如果你不做A，就不好。"（或者反过来！）还有一种是"进退两难型"，用来让某人明白他要做的事无论如何都是没有意义的，例如下面这个故事：

> 秦宣太后爱魏丑夫。太后病将死，出令曰："为我葬，必以魏子为殉。"魏子患之。庸芮为魏子说太后曰："以死者为有知乎？"太后曰："无知也。"曰："若太后之神灵明知死者之无知矣，何为空以生所爱葬于无知之死人哉！若死者有知，先王积怒之日久矣。太后救过不赡，何暇乃私魏丑夫乎？"太后曰："善。"乃止。[2]

---

[1] 《战国策·赵策一》。
[2] 《战国策·秦策二》。

慕尼黑大学汉学系的创办者、汉学家海尼诗（Erich Haenisch，1880—1966）认为刘向像孟子一样是"为道德和性格斗争的先行者"。[1]除了《战国策》，还有其他作品被归在他的名下，例如《列女传》[2]，或以政治讽谏和道德教化故事为内容的《说苑》以及《新序》。后两种作品一定程度上影响了唐宋时期的古文运动，而《列女传》里面记载了105个令人敬佩的妇女的故事，开创了记载妇女事迹的传统，吕坤（1536—1618）的《闺范》就是这一类型的作品。《列女传》中的一些故事据说在汉代就已经成为绘画的题材，书籍印刷术推广之后，人们将这些画（其中一个系列为画家顾恺之的作品）作为插图，放在这部著作的不同版本中。

《列仙传》记录了70位道教神仙的事迹，在很长一段时间里，它同样被认为是刘向的作品，但这部著作的成书时间应该是在东汉时期（25—220）。尽管如此，它依然是同类型作品中最早的一部。[3]由于著作中的人物都不是普通凡人，传统上也将其归为"志怪"一类，后来的《神仙传》或王世贞（1526—1590）的《列仙全传》就是继《列仙传》而作。成书于公元6世纪南朝梁僧人慧皎（497—554）的《高僧传》是佛教圣徒传记繁荣期的作品，这部著作同样受到了以《列仙传》为代表的早期道教传记的影响。不过与后期的作品相比，《列仙传》中的文章篇幅都很短。

---

[1]　E. Haenisch的*Mencius und Liu Hsiang, zwei Vorkämpfer für Moral und Charakter*（《孟子和刘向：两个为道德和性格斗争的先行者》），莱比锡，1942年。
[2]　A. R. O'Hara的*The Position of Woman in Early China, According to the Lieh Nü Chuan*（《从〈列女传〉看女性在古代中国的地位》），华盛顿，1945年。
[3]　M. Kaltenmark（康德谟）的*Le Lie-sien Tschouan*（《列仙传》），北京，1953年。

6. 神话、传说和故事

作为祖先的神仙

汉代以后的神仙世界与先秦和秦汉时期的完全不同，相应地，对神仙世界的描述也完全不一样。汉代之后的众神形象由无数人形神组成，其中既有来自佛教、道教的影响，也有来自地方神仙崇拜的影响。从根本上来说，这个神的世界反映的是中国官僚体制下的等级制度和机构，而中国古典时代的神仙则比较少。后来，古典时代的神仙又与宗教神重叠，所以我们的了解并不多。[1]

---

[1]　下面的工具书和简短的总结可以作为入门读物：W. Münke的*Die klassische chinesische Mythologie*（《中国古典神话》），斯图加特，1976年。E. T. C. Werner（倭讷）的*A Dictionary of Chinese Mythology*（《中国神话辞典》），上海，1932年；纽约，1969年重印。D. Bodde（卜德）的*Mythology of Ancient China*（《中国古代神话》），载S. N. Kramer主编的*Mythologies of the Ancient World*（《古代神话》），纽约花园城，1961年，第367—408页；影印版载D. Bodde的*Essays on Chinese Civilization*（《中国文明随笔》），普林斯顿，新泽西州，1981年，第45—84页。

有一些神仙形象是没有具体外形和性别的，除此之外，还存在很多神或者半神。半神虽然长得像人，却具有神仙的法力，其中很多是被认为成仙的凡人。用理性思维分析神话的做法颇具争议，而这种观点是以迈锡尼的欧伊迈罗斯（Euhemerus，生活在公元前300年前后）命名的。从历史的角度看，这种神话即历史的观点并不完全正确。在中国，我们恰好能看到一种反向的发展，一些最初的神被人化，而神仙世界的历史被解释并改写为人类的历史，或是被当作中国——这个人们所熟悉的世界文化中心——的最初历史。由此我们也可以解释为什么中国没能发展起完整的神话体系。某些形象究竟是人还是神，早在战国和西汉时期就已经存在争议了。

用历史观解释神话的一个代表性人物是孔子。公元前1世纪在古老资料基础之上编订而成的《大戴礼记》"五帝德"中讲到了传说中的黄帝。相传黄帝生活在公元前2600年前后。一个学生问孔子，黄帝如果是人，怎么能够活三百年？孔子回答说这是误解，实际的意思是人民在黄帝活着的一百年中感受到了他的善举，他死后的头一百年，人民敬重他的灵魂，还有一百年是在追随他的学说。

由于后来的文人受儒家影响越来越大，经过这些人的改写、解释或摒弃，流传至今的一些古老的神话仅剩残篇，重新整理的难度很大。加之许多同音汉字的存在以及传世文本的可靠度没有保障，因而每个残篇都有非常多的解释可能，甚或有完全相反的解释。所以，我们并不总能确定出现在传世历史化神话中的究竟是被神化的先祖，还是"原本的"神明。但我们也不必继续追究这个问题，因为在这里，我们只是将这些神话作为文学坐标以及后世神话的素材，并不是要探究它们的产生。

我们今天能够看到的文本相对来说历史都比较晚，商代的神话并没有流传下来。《尚书》反映的虽是商朝的精神世界，例如《汤誓》《盘庚》

《高宗肜日》等，但据推测，这些内容应该是经过周朝修订的。[1]而《诗经》中那些宋国君王的颂歌[2]应该是承袭商代传统的宋国精英群体在东周时期写下的。

我们能看到的比较成规模的神话传说集是直到东周后期（即战国时期）才出现的，有些也是由后人收集整理的，要从后人的编辑中判断哪个故事来自早期神话非常困难，甚至是完全不可能的，很多的资料都只是引用了片段。例如在商代的甲骨文中提到了"帝"或"上帝"，他有宫廷，身边有自然神，但这种想象显然没有被周人接受，周人将上帝等同于天，并切断了他与祖先世界的一切联系。

东周时期的几乎所有著作中都保留了一些不完整的神话。最重要的就是《楚辞》，特别是其中的《天问》，这首1560个字的长诗中充满了各种神话典故。[3]此外还有《山海经》，这部著作非常有趣，类似一部带有神话色彩的宇宙志。书中的素材应该是来自公元前3世纪至公元前2世纪，但包含18章内容的传世本（许多内容有残缺）主要来自郭璞（276—324），此外，他还创作了300余首诗来描述《山海经》中的插图。[4]这部著作中不仅有地理描

---

[1]　直到今天依然具有指导意义的研究，是B. Karlgren（高本汉）的Legends and Cults in Ancient China（《中国古代的传说与崇拜》），载*BMFEA*（《远东文物博物馆馆刊》）第18期（1946年），第199—365页。有一些（部分带有推测性质的）思考，见Kwang-chih Chang（张光直）的A Classification of Shang and Chou Myths（《商周神话分类》），载Kwang-chih Chang的*Early Chinese Civilization, Anthropological Perspectives*（《中国早期文明：人类学视角》），剑桥，马萨诸塞州，1967年，第149—173页。对于朝代创立神话的解读，见S. Allen的*The Heir and the Sage. Dynastic Legend in Early China*（《中国早期的朝代传说》），旧金山，1981年。

[2]　《诗经·商颂》五首：《那》《烈祖》《玄鸟》《长发》《殷武》。

[3]　见F. Field的*Tian Wen. A Chinese Book of Origins*（《〈天问〉：关于起源的中国作品》），纽约，1986年。

[4]　译本有R. Mathieu的*Études sur la mythologie et l'ethnologie de la Chine ancienne. Traduction annotée et index du Shanhai jing*（《中国古代神话与民族学研究：〈山海经〉的注释翻译和索引》2卷本），巴黎，1983年；亦见Hsiao-chieh Cheng（郑小杰）、Hui-chen Pai白（K. L. Thorn译）的*Shan Hai Ching. Legendary Geography and Wonders of Ancient China*（《〈山海经〉：地理传奇与中国古代奇观》），台北，1985年。

写，还有对各种奇兽神仙以及奇特人物的刻画，很多奇兽的形象出现在汉代的艺术作品中，例如作为墓砖上的装饰。[1]

另外一个重要的神话来源是据传由刘安所作的《淮南子》，这部书中也提到了大量的神话。除《山海经》外，《穆天子传》也是文学史上供我们了解周代神话的重要著作，但这部著作的传世本残缺不全，且有很多错误之处。[2]公元281年，位于汲郡（今河南省卫辉市）的战国时期魏襄王（葬于公元前296年）的墓中发现了《穆天子传》与其他一些对了解西周历史非常重要的典籍，其中就包括上文提到过的《竹书纪年》（见本书"《弓经》《春秋》《竹书纪年》"一节）。这些典籍是用周朝晚期的文字写在竹简上的，而《穆天子传》应该是经过整理之后，又用当时通行的隶书抄写下来的。当时，这部书就已经缺少了20卷，随着时间的推移，加上竹简的腐烂，这部著作残缺得越来越严重。12世纪《玉海》卷四十八中提到这部著作有8514字，等到了19世纪，就只剩下6622个字了。在今天的传世本中，这些内容被归为6章。《穆天子传》也因书中的插图而出名，其中最有名的是绘于唐代的《穆王八骏图》，穆王就是驾着这些马去拜见了西王母，而后来，这个故事又被一些诗人写进了诗中。[3]

在周朝统治期间，神仙的世界与祖先及人的世界分离开来，各种典籍对这一现象都做出了"解释"，其中最详细的见于《国语》：

---

[1] 参见K. Finsterbusch的*Das Verhältnis des Schan-Hai-Djing zur bildenden Kunst*（柏林，1952年）。

[2] R. Mathieu（马诺又）的*Le Mu Tianzi zhuan. Traduction annotée. Étude critique*（《〈穆天子传〉注释研究本》），巴黎，1978年。

[3] 见S. Cahill（柯素芝）的Reflections, Disputes, and Warnings. Three Medieval Chinese Poems about Paintings of the Eight Horses of King Mu（《反思、批评和警告：关于穆王八骏图的三首诗》），载*T'ang Studies*（《唐学报》）第5期（1987年），第87—94页。

昭王问于观射父，曰："《周书》所谓重、黎实使天地不通者，何也？若无然，民将能登天乎？"

对曰："非此之谓也。古者民神不杂。民之精爽不携贰者，而又能齐肃衷正，其智能上下比义，其圣能光远宣朗，其明能光照之，其聪能听彻之，如是则明神降之，在男曰觋，在女曰巫。……民是以能有忠信，神是以能有明德，民神异业……及少皞之衰也，九黎乱德，民神杂糅，不可方物……民神同位。民渎齐盟，无有严威。神狎民则，不蠲其为。嘉生不降，无物以享。祸灾荐臻，莫尽其气。颛顼受之，乃命南正重司天以属神，命火正黎司地以属民，使复旧常，无相侵渎，是谓绝地天通。"[1]

而《尚书·周书·吕刑》是这样记载的："乃命重黎，绝地天通，罔有降格。"在《列子·汤问》（系后人伪作）中，我们读到的是关于天地分离的另外一个版本：

其后共工氏与颛顼争为帝，怒而触不周之山，折天柱，绝地维。故天倾西北，日月辰星就焉；地不满东南，故百川水潦归焉。

创世神话与传说

从东周时期开始，我们就能够看到一些与创世相关的神话。到了汉代，这类故事更加丰富，例如应劭在190年前后所著的《风俗通义》中就记载了女娲抟土造人的故事。很多证据能够证明神话内容的增加和改变与帝国的一

---

[1] 《国语·楚语下·观射父论绝地天通》。

体化以及不同地区文化和宗教传统相互融合有关。这种发展，特别是东周和汉代文人对古代神话的历史化，经常被视为他们"人文"思想的体现。但无论是有关奇人异兽、迷信思想的故事，还是有关妖魔鬼怪的故事，都并没有消失，直到今天仍能在文学作品中看到，不论是口头的还是书面的，文人的还是百姓的。

能够明确被称为创世神话的作品直到公元3世纪才出现，即"天地混沌如鸡子"这个神话，开天辟地的盘古就从这个"鸡子"中生出，并分开了天地。有些人认为这个神话的核心内容历史更早，还有一些人试图证明这个故事最早并非源自中国。很多神话的残篇都与天地分离这个题材有关，此外还有一些跟太阳或者大洪水相关的神话。

洚水或洪水神话在早期文学作品中留下了很多痕迹。[1]在《孟子》一书中，有两段与这个内容相关的较为详细的文字，其中一段这样写道：

> 天下之生久矣，一治一乱。当尧之时，水逆行，泛滥于中国，蛇龙居之，民无所定；下者为巢，上者为营窟。《书》曰："洚水警余。"洚水者，洪水也。使禹治之。禹掘地而注之海，驱蛇龙而放之菹；水由地中行，江、淮、河、汉是也。险阻既远，鸟兽之害人者消，然后人得平土而居之。[2]

不过，最常见的神话题材当数"西王母"这个形象。在甲骨文中，日月都与宗教仪式联系在一起，并与"东母"和"西母"相关，而在《山海

---

[1] 关于大洪水的神话，见S. F. Teiser（太史文）的Engulfing the Bounds of Order. The Myth of the Great Flood in Mencius（《吞噬秩序的界线：〈孟子〉中的大洪水神话》），载N. J. Girardot（吉瑞德）、J. S. Major主编的Myth and Symbol in Chinese Tradition（《中国传统神话与象征》）〔= Journal of Chinese Religions, Symposium Issue（《中国宗教杂志》研讨专刊）〕，第13/14期，（1985/86年），第15—43页。
[2] 《孟子·滕文公下》。

经》中，地位最高的神是帝俊，他的一个妻子名叫羲和，生了10个太阳，另外一个妻子常羲生下12个人。《楚辞·离骚》中的羲和是太阳女神，但在同一个作品集的《九问》中，太阳又被称作"东君"。在东周时期的作品中，月亮女神"西母"渐渐演变成一个强大的神，住在西边的昆仑山中。在《山海经》中，西王母被描述成一个豹尾虎齿、形象奇特的神，在《穆天子传》中，她又变成了天堂般的西王母国的国君。后来，西王母的传说不断被改编，并流传开来。在这方面，唐末文学家及神话收集家杜光庭（850—933）做出的贡献尤其大。[1]

虽然比较困难，但我们还是能够从流传下来的资料中挖掘出一些被尘封的神话元素的，比如利用语言学的发现，汉学家格哈德·施密特（Gerhard Schmitt）就找到了中国黄金时代的核心人物舜帝和凤凰之间的关系。[2]

今天，这类短小但富含寓意，有时结尾幽默的故事被称为"寓言"，例如《庄子》的第27章。我们能够在许多文集中读到这样的寓言，不管是儒家孟子或法家韩非子的作品，还是《晏子春秋》[3]《吕氏春秋》或者《战国策》，这里我们也仅仅是列举了其中比较重要的几部作品而已。"寓言"这个概念具体指哪一些文本很难界定，它既可指德语中的Fabel，并且与在欧洲一样也和辩论术相关，也可以指那些具有类似生动性和深刻性的作品，例如我们上面提到的《庄子》。

---

[1] 见S. Cahill（柯素芝）的Reflections of a Metal Mother. Tu Kuang-t'ing's Biography of Hsi Wang Mu（《杜光庭的〈西王母传〉研究》），载N. J. Girardot（吉瑞德）、J. S. Major主编的*Myth and Symbol in Chinese Tradition*（《中国传统神话与象征》）〔= Journal of Chinese Religions, Symposium Issue（《中国宗教杂志》研讨专刊）〕，第13/14期，（1985/86年），第96页。

[2] 见G. Schmitt: Shun als Phönix-ein Schlüssel zu Chinas Vorgeschichte（《作为凤凰的舜：揭开中国上古历史的钥匙》），载*Altorientalische Forschungen I*（1974年），第309—340页。

[3] 见R. Holzer的*Yen-tzu und das Yen-tzu ch'un-chu'i*（《晏子和〈晏子春秋〉》），法兰克福，1983年。

即便是在以严厉、控制著称，并代表粗暴政治风格的法家韩非子的作品中，我们也能够读到下面这种充满机智的故事：

> 客有为齐王画者，齐王问曰："画孰最难者？"曰："犬马最难。""孰最易者？"曰："鬼魅最易。夫犬马，人所知也，旦暮罄于前，不可类之，故难。鬼魅，无形者，不罄于前，故易之也。"[1]

哲学作品用这样的故事来使自己的观点更加直观，在历史著作中，它们则被用来解释某种行为的动因或者刻画人物，也有一些收录逸事或哲学思考的作品中全都是这样的故事，并且不按照故事的话题分类，例如被认为由韩婴在公元前2世纪所作的《韩诗外传》。[2]所以，要整理这类作品是非常困难的。[3]

《韩诗外传》经常使用其他作品中的题材，并进行或多或少的改编。例如书中一个讲如何使自己的王改变心意的故事，在《晏子春秋》中已经有类似的故事。《韩诗外传》中这样写道：

> 齐有得罪于景公者，景公大怒，缚置之殿下，召左右肢解之，敢谏者诛。晏子左手持头，右手磨刀，仰而问曰："古者明王圣主，其肢解人，不审从何肢始也？"景公离席曰："纵之，罪在寡人。"诗曰："好是正直。"[4]

---

[1] 《韩非子·外储说左上》。

[2] 全译本，载 J. R. Hightower（海陶玮）的 *Han Ying's Illustrations of the Didactic Application of the Classic of Songs*（《〈韩诗外传〉：韩婴对〈诗经〉教化作用的诠释》），剑桥，马萨诸塞州，1952年。

[3] 公元18世纪的《四库全书》中这样评论这部著作："其书杂引古事古语，证以《诗》词，与《经》义不相比附，故曰《外传》。"

[4] 同上。

类似《韩诗外传》这样的逸闻集还有《列女传》，以及由刘向编订的《说苑》和《新序》，而这些作品中又有很多相互类似的故事。"寓言"这个只能够有限地用来表示文学体裁的概念经常被用来描述战国时期的文章，在唐朝时期柳宗元的笔下寓言得到了进一步的发展。

第二部分

官方与典雅的风格
（前221—180）

7. 笔、墨和纸：文字改革与金石学

文字的统一及不同字体的发展

中国文字的发展离不开笔、墨、砚，特别是离不开纸。[1]诸多传说围绕着这些写字工具的产生乃至其制作工艺的完善而形成。相传毛笔是秦朝的将军蒙恬发明的（公元前3世纪末），不过，蒙恬应该只是对其进行了改良，因为早在他之前，毛笔就已经存在了，有些研究者甚至认为用毛笔写字的历史可以追溯到商代。

与毛笔一样，墨也有类似的传说。墨被认为是著名书法家、制墨家韦诞（179—253）的发明，在此之前，人们被认为是用漆或者黑漆写字。[2]还有一个传说则认为是孔子的学生子路发明了墨。但是从现在的考古发现来看，

---

[1] 关于书写工具，见"Tools and Vehicles of Writing"（书写工具）一章，载Tsuen-hsuin Tsien（钱存训）的*Written on Bamboo and Silk. The Beginnen of Chinese Books and Inscriptions*（《写在竹帛之上：中国书籍铭文的开始》），芝加哥，1962年。

[2] 关于中国的墨，见H. Franke（福赫伯）的Kulturgeschichtliches über die chinesische Tusche（《从文化史视角看中国的墨》），载*Abh. der Bayer. Akad. d. Wissensch., Phil.-hist. Kl., N. F.*，第54期（慕尼黑，1962年）。

彩色的墨早在此前就已经开始使用了。除了黑墨，还有朱墨，一些出土的绢帛抄本很清楚地证明了这一点。据推测，松烟应该是从汉代开始成为制墨主要原料的。人们将松烟的烟炱与其他原料（其中的主要辅料是泥土）混合，在臼中反复舂捣，然后放入模具中塑形并干燥，制成墨锭。而墨汁是由墨锭加水，在砚台上研磨而成的。

制造砚台的石料有很多种，根据石头的种类和制作工艺，砚台的价格也高低不一。砚与墨、笔一样，在很早的时候就已经形成了制作标准，特别受追捧的是产自广东端州的端砚以及产自安徽歙州的歙砚。书法不仅是文官最重要的一项技能，对于皇帝而言也是一样。直到今天，使用笔、墨、纸的卓越能力依然被视为知识分子的特征，且人们非常重视学习某种特定的传统字体，其次才是个人的字体。由此，我们也就能够理解为何中国人在文房四宝的制作工艺上登峰造极，他们对于书写工具的鉴赏与爱好也极为专业。在这方面，没有任何一种我们所熟悉的文明能够比得上。

汉代的时候，笔、墨和砚早已为人熟知，但纸据说是到公元1世纪末才由宦官蔡伦制造出来的。[1]据称，他在公元105年向皇帝介绍了自己的这个发明。而事实上，类似纸的书写用具此前已经存在了，新的考古发现证明：早在公元前2世纪，纸就已经被制造出来了。造纸的技艺用了很长时间才越过中国的边界传到其他国家。已知在公元2世纪到公元3世纪的时候，造纸的技术才开始向外传播。传播路线先是向东，然后又向西。公元7世纪的时候，造纸技术传到了印度，但是直到公元12世纪，才在那里普及开来。公元8世纪中叶，中东地区的人就学会了造纸；经中东，造纸术又在10世纪传到

---

[1]　关于中国纸的制造史，见Th. F. Carter的*The Invention of Printing in China and Its Spread Westward*（《中国印刷术的发明及其向西的传播》），纽约，1925年，1955年重印；Tsuen-hsuin Tsien（钱存训）的*Written on Bamboo and Silk. The Beginnen of Chinese Books and Inscriptions*（《写在竹帛之上：中国书籍铭文的开始》），芝加哥，1962年；Tsuen-hsuin Tsien的*Paper and Printing*（《纸与印刷术》），载J. Needham（李约瑟）主编的*Science and Civilisation in China*（《中国的科技与文明》），第5卷，第一部分，剑桥，1985年。

了非洲，并最晚于12世纪传到了欧洲。[1]

在纸发明以前，中国人是在竹片、木片或绢帛上写字的。由于竹简的使用，中国人才有了从上至下写字的习惯。直到20世纪，这都是唯一的写字方式。直到近几十年，中国人才逐渐开始按照从左至右、字行上下而非左右排列的方式写信或印书。

书写的普及以及中国文学的发展，与官方及民间私人教育的努力息息相关。在这种教育中，写字的能力始终占据主要地位。凭借书法，知识分子通过观察他人在柔软的纸上行笔用墨的功力来判断或辨认这个人的能力。同样，审美的判断标准一开始也并不是借助文学作品形成的，而是先通过音乐[2]，之后又通过书法形成的。而这个标准很快就被用在了绘画和文学的鉴赏上。通过这种途径，书法成为人们相互沟通与自我表现的媒介。[3]

中国为何能在与书法相关的所有方面都形成极高的工艺水平，其实有一个很实际的原因。在用墨的时候，中国人不仅讲究墨的浓度，所使用的毛笔和纸的类型也非常关键。今天的书法家首选的纸是一种非常白、吸水性极强的纸，这种纸产自安徽宣城，因而也被称为"宣纸"。

同样著名的还有一种在公元10世纪专为南唐后主、词人李煜（937—978）所制的宣纸，这种纸成为后世收藏爱好者眼中的珍品。我们可以从公

---

[1]　此处参见L. C. Goodrich（傅路德）的The Development of Printing in China and Its Effect on the Renaissance under the Sung Dynasty（960—1279）（《中国印刷术的发展及其对宋代文化兴盛的影响》），载Journal of the Hong Kong Branch of the Royal Asiatic Society（《皇家亚洲文会香港支会会刊》）第3期（1963年），第36—43页。

[2]　见K. J. DeWoskin（杜志豪）的A Song for One and Two. Music and the Concept of Art in Early China（《早期中国的音乐和艺术观》），安娜堡，密歇根州，1982年。

[3]　关于中国书法，见Tseng Yu-ho Ecke（曾佑和）的Chinese Calligraphy（《中国书法》），费城，宾夕法尼亚州，1971年；Shen C. Y. Fu（傅申）主编的Traces of the Brush. Studies in Chinese Calligraphy（《中国书法研究》），纽黑文，康涅狄格州，1977年；关于在诗歌中使用书法评论的词汇，见本书第28节"诗话与笔记"。

元3世纪傅咸（239—294）所作的《纸赋》中看出纸的重要地位。随着时代的变迁，文房四宝不仅意味着书写工具，也成为文学作品描述的对象。被后代书法家奉为楷模的王羲之（321—379）创作他那篇著名的行书作品《兰亭诗序》时，据说用的就是一支鼠须制成的笔。除混合在一起的鼠毫与羊毫，中国古人用来做笔的原料甚至还包括草，这种用草制成的草笔也被用于书写。关于这方面的学术探讨或感性描述有很多流传至今，由此也证明了书法艺术的高度发展。[1]这类文章常用比喻，例如王羲之的《用笔赋》，又如他在《题卫夫人〈笔阵图〉后》中所写：

> 夫纸者阵也，笔者刀矟也，墨者鍪甲也，水砚者城池也，心意者将军也。

我们在青铜器铭文、其他刻文或者手写字体上能够看到的字体风格被统称为大篆，大篆在周代就已经很常见，但并不统一。随着各诸侯国行政方面的改革，文字在国家管理方面的作用越来越重要，特别是对公元前3世纪统一了中国的秦国而言。秦统一中国之后，要在国内所有地区推行统一的行政管理制度，并且要实现信息的传递。为此，秦朝的丞相李斯开始命人推行文字改革，目的是为行政管理提供统一的、书写方便的文字形式。官方文字形式的推行对文学当然是有影响的，同时，政府公文所受到的影响也越来越大，这具体表现为各种修辞手段进入了官方文件（包括给皇帝的奏章或其他政府公文）。一些私人的文字往来，例如信件，也都呈现出越来越艺术化的

---

[1] 最重要的书法理论著作已经有一部译成了德语。见R. Goepper的*Shu-p'u. Der Traktat zur Schriftkunst des Sung Kuo-t'ing*（《孙过庭的〈书谱〉》），威斯巴登，1974年。关于书法的重要文章，也见S. Bush、Hsio-yen Shih（时学颜）主编的*Early Chinese Texts on Painting*（《早期中国关于绘画的论文》），剑桥，马萨诸塞州，1985年。

风格。[1]

我们对于秦之前的标准化改革了解得并不确切，但类似的举动似乎是曾经有过的。这方面相对可靠的早期记录可以从班固的《汉书》中看到。根据书中记载，西周末年周宣王时期（前827—前782）曾经有一位姓籀的大历史学家编撰了一部著作，内含15篇内容，书就用作者的名字命名为《史籀篇》，或者也依其所用字体而被称为《大篆》。这种字体与公元前3世纪时盛行的"古文"是有区别的，"古文"这种字体在秦朝统一文字后便被人遗忘了，直到汉武帝时期（前141—前87），在拆除据称是孔子故居的旧宅时，人们才又找到了用这种文字书写的文章。

李斯刊行了用传说中文字发明者的名字命名的《仓颉篇》，他与当时其他的文字改革者一样，以大篆为基础，推行文字改革。这些改革者中还包括赵高和胡母敬，他们的书法规范字帖分别为《爰历篇》和《博学篇》。虽然这些改革者推行的字体有一部分相互间差别非常大，但还是被统一称为"小篆"或"秦篆"。

在汉代，《仓颉篇》《爰历篇》和《博学篇》被合成一部共55章的著作，每一章60个字，共计3300字，被称为《仓颉篇》。由于最初的书并没有流传下来，加上关于李斯统一文字的最早记录出现在公元1世纪，这些后人记录的可信度与秦始皇焚书坑儒的可怕记载的真实性一样，都遭到了质疑。

相比李斯本人在统一过程中所扮演的角色，我们更应该认识到统一

---

[1]　见N. Barnard的The Nature of the Ch'in "Reform of the Script" as Reflected in Archeological Documents Excavated under Conditions of Control（《从考古文献看秦朝文字改革的本质》），载D. T. Roy（芮效卫）、Tsuen-hsuin Tsien（钱存训）主编的Ancient China. Studies in Early Chinese Civilization（《古代中国：中国早期文明研究》），香港，1978年，第181—213页。关于李斯和秦统一中国的主要文献，见D. Bodde（卜德）的China's First Unifier. A Study of the Ch'in Dynasty as Seen in the Life of Li Ssu 280?-208 B.C.（《中国的第一个统一者：从李斯（前280? —前208）的生平看秦朝》），莱顿，1938年。

文字不仅是统一中国的秦帝国的需要，更是它的贡献。从秦朝之后直到今天，中国各个时期的政府都很重视对文字的管理，因为语言与文字与其他任何事物一样，得符合人们从天地阴阳角度解释的秩序，根据这种观点，没有任何事物可以随心所欲，万物都要调和，都与整体之间有着固定的联系。毫无疑问，秦帝国各个地方的不同文字必须被压制。在小篆以外，隶书已经开始形成，并最终成为主要的字体，因而，篆书的使用频率越来越低。但许慎在121年献给宫廷的《说文》一书用的却是篆书，体现了他对新文字的抵制。

小篆最著名的物证是宣扬秦朝威德、歌颂始皇帝功绩的秦刻石，是秦始皇巡游帝国时命人刻制的。刻石的大部分内容通过司马迁的《史记》而得以保存下来，而这些刻石本身仅残存一些碎片。除了这些刻石，在推行小篆方面更为重要的是统一度量衡过程中发放到全国的度量衡器，这些度量衡器上面的字体就是小篆。

与李斯这个名字结合在一起的秦朝文字改革，并没有完全满足政府的需求。政府需要的是一种能够迅速记录下诸如审判过程或法庭判决这类内容的字体，所以书写者们又从小篆发展出一种简便的"隶书"，也有文章称隶书的创始者是程邈（生卒年不详）。大概就是在文字改革和统一的过程中，"古文"逐渐被人遗忘，等到约100年后，当用这种文字抄写的文章被发现时，已经几乎没人能看得懂了。从这点上，我们能够看出文字改革的深远影响：先秦时期的文章因为文字改革而逐渐变得无人能懂。文字改革的另一个结果，是形成了不同的文章传承及注释传统。从公元前136年儒学被宣布为国家学说之后，皇家学府中的"博士"们就只用他们那个时代的"今文"传授典籍。不过，用"古文"写的文章同时也在流传，只是不被官方认可。西汉末年，围绕这两种传统又形成了不同的派系，他们互相抨击，用各自不同的方式解释文本和其中的字词。

文字改革以及对语言文字的全面掌控始终是政府管理的要务，并且一直在进行。例如，《汉书》卷三十中就讲到了汉代早期的字典编修工作：

> 武帝时司马相如作《凡将篇》，无复字。元帝时黄门令史游作《急就篇》，成帝时将作大匠李长作《元尚篇》，皆《仓颉》口正字也。《凡将》则颇有出矣。至元始中，征天下通小学者以百数，各令记字于庭中。扬雄取其有用者以作《训纂篇》……。[1]

《急就篇》被非常完整地保留了下来（其中有上千个不同的汉字），所以我们大致能够推想出《仓颉篇》的样子。

随着中国官僚体制的形成以及中央集权制的推行，人们对写字速度的要求提高了，这影响了字体的形式，以线条粗细一致为特征的小篆被隶书取代，也正是出于这个原因。隶书之外还形成了其他的字体，这里特别要提到的是草书。在草书中，毛笔从一个字写到下一个字时不需要从书写载体上抬起，上一个字的最后一笔可以直接连接到下一个字的起笔。正是由于草书中常见的简略与牵连，它的推行速度比较慢。要将撰写好的文章拿出去供人传抄，自然要考虑到字迹是否清晰可辨的问题，这就对草书的流行造成了阻碍。那些将书法作为修身养性的手段和目标的文人在沉醉或极度兴奋状态下写就的草书作品，发展到只有深谙此道者才能看得懂，有时甚至连行家阅读起来都十分困难。这类"狂草"后来主要是因唐代的两位书法家而为人熟知，其中一位是张旭（700—约750），另一位是怀素和尚（725—785后）。[2]

不管是因为书写材料还是文字用途，对字体的不同要求最终造成了多种多样的书写风格。围绕这些字体风格的产生流传着许多说法，而这些字体实

---

[1]　《汉书》卷三十。
[2]　参见A. Schlombs（施龙伯）的*Huai-su and the Origins of Wild Cursive Script in Chinese Calligraphy*（《怀素和中国书法中的狂草》），斯图加特，1991年。

际上直到过去的几百年才逐渐形成标准。更为常见的是因某位书法大家——其中最著名的莫过于因王羲之而形成的某种特别形式。这些书法家作品的拓本或摹本成为买卖的商品，直到今天依然是书法学习者的范本字帖。这些书法家常常也是诗人，所以我们在之后的章节中还会提到他们。除草书之外，最重要的书写字体还有楷书和行书，这两种字体应该也是在隶书的基础之上形成的。从笔画的简略和牵连上判断，行书介于草书以及后来成为标准字体的严谨的楷书之间。有些人在一种或多种字体风格上造诣超群，他们的书法作品成了后世学习的范本，直到今天，仍有大量书写范本被人们临摹学习，虽然人们的偏好不尽相同。为了满足学习需求，清代已经出现了囊括最重要字体的字典。

中国最早的书是编成束的木片或竹片，"策"字就是这个意思。[1]我们今天能够看到的书并没有早于战国时期的，但我们可以认为这种形式的书早在商代就已经出现了。西周时期，绢帛替代木、竹成为书写载体，东周末年又出现了纸。但是纸并没有马上替代木、竹与帛，在很长一段时间里，这几种载体都是并行使用的。我们也可以从人们对文章的称谓上看出书写载体的逐渐改变。在西汉时期，称作"篇"的文章数量远远大于被称作"卷"（卷在一起的帛或纸）的文章数量，到了东汉末年，两者的比例就反过来了。

简的大小显然是有规格标准的，但并不是所有文章都用同一个规格，比较大的简通常用来写更为重要的文章。木简的标准规格似乎是5寸（汉代的1寸有2厘米多）或5寸的倍数，而竹简则长2尺（合20寸）、1尺或半尺。木简没有统一的宽度，在8毫米到46毫米之间，但绝大多数都在10毫米左右，有的时候也会有非常窄或非常宽的木简。通常一根简上只写一

---

[1] Tsuen-hsuin Tsien（钱存训）：*Written on Bamboo and Silk. The Beginnen of chinese Books and Inscriptions*（《写在竹帛之上：中国书籍铭文的开始》）。

行字，例如《尚书》的简上大约有30个字，而《左传》的短简上就只能写8个字。

　　绢帛——特别是纸的使用——使书籍制造产生了根本性的变化，简牍书籍很容易出现字行顺序被打乱的情况。这种情况现在不再存在，人们几乎可以写任意长度的文章。纸的造价低廉，所以大量复制时的顾忌也少了许多，印刷术发展的基础就此尊定，并在唐代形成第一个繁荣期。中国流传下来的最早关于印刷术的物证是制于公元704年至751年间，印在桑皮纸上的唐代雕版《陀罗尼经咒》。[1]

金石文

　　早在使用木简和竹简以前，人们就出于祭祀目的，而在兽骨、龟甲或是青铜、陶器和石器上刻字。"金石文"在纸开始使用后的几百年甚至直到近现代，都是中国文学重要的组成部分。在多数情况下，石头本身并没能留存下来，只是刻文的内容被保留在文集、类书或者叙事文学性质的作品集中。此外，只是写下内容，并根本没有往石头上刻的情况也不少见。

　　现存最古老的刻石是上文中已经提到过的石鼓。秦始皇命人立在名山之上的圆柱形刻石象征着鼎盛，同时也意味着这种刻石的终结，这些刻石上的文字内容都是歌颂始皇帝功绩的。事实上，这些刻石本身已经失传，但其内容被部分地记录在其他作品中。秦刻石中只剩下丞相李斯用小篆刻写的秦二

---

[1]　关于书籍印刷术的历史，见以上列举过的文献，以及D. Twitchett（崔瑞德）的 *Printing and Publishing in Medieval China*（《中国中古时期的印刷与出版》），伦敦，1983年。也见F. W. Mote（牟复礼）等（编）的*Calligraphy and the East Asian Book*（《书法与东亚书》），*The Gest Library Journal*（《葛斯德图书馆学报》）Special Catalogue Issue（特刊号），第2卷，第2期（1988年春季）。

世诏书上还有字可见。[1]

到汉代，刻石的形状从圆柱形变成了方形。这些方形石碑高可达5米，主要功能是记录特别的事件或是纪念某个重要的人。这样的纪念石碑或墓碑大都由两部分组成：装饰着精美动物刻像的标题以及正文。在墓碑上，正文部分写的就是死者的生平。碑的背面刻有家属或捐赠者的姓名。立在地上的称为"碑"，埋进坟墓中的称为"墓志"。大约从公元6世纪开始，由于国家的使用规定，石头墓志数量减少，代之以陶质墓志。

立碑会受到各种因素的影响，至于它与经济发展、财富分配有什么关系，到目前为止都只有一些猜测而已。目前看来，公元2世纪下半叶之所以会出现为数众多的碑记，可能得益于经济、政治及社会的发展。今天我们几乎看不到西汉时期的碑记，而东汉时期的碑记则超过300篇，其中，仅蔡邕（132—192）的作品集里就收录了50多篇，所以他也被视为碑记这种体裁的创始人。[2]保存至今的石碑数量并不多，比较大的石碑收藏地是西安的"碑林"，但以石碑拓片居多。尽管有收藏家和金石学家的收集整理，我们对汉代石碑的了解还是很少。通过郦道元（卒于527年）所作的《水经注》，我们能够知道直到公元6世纪，大量石碑都还存在，但在后来的作品中，这些石碑就没有再被提起。

墓碑经常是后世写史的重要资料来源之一。不过，立在寺庙中的石碑或舍利碑常常也会记录一些特别的事件或地方传说。我们可以在蔡邕作品收录的一则碑记中读到下面这样一件事，讲的是某位圣人之墓的发现过程：

---

[1] 公元前219年的泰山秦刻石，如今还留有9个字（见《考古》1975年第1期）。

[2] 见P. B. Ebrey（伊沛霞）的 "Later Han Stone Inscriptions"（《东汉石刻文》），载*HJAS*（《哈佛亚洲研究学刊》）第40期（1980年），第325—353页。

暨于永和之元年冬十有二月，当腊之夜，墓上有哭声，其音甚哀，附居者王伯闻而怪之，明则祭其墓而察焉。时天洪雪，下无人径，见一大鸟迹在祭祀之处，左右咸以为神。其后有人着大冠绛单衣，杖竹策立冢前，呼樵孺子尹永昌曰，我王子乔也。尔勿复取吾墓前树也。须臾，忽然不见。时令太山万熹，稽故老之言，感精赐之应，咨访其验，信而有徵，乃造灵庙，以休厥神。于是好道之俦，自远来集，或弦琴以歌太一，或覃思以历丹丘，其疾病尪瘵者，静躬祈福，即获祚，若不虔恪，辄颠踣。故知王德之宅兆，买真人之先祖也。[1]

另外一个汉代金石刻文的例子是公元6世纪时重新被人发现，并完好地保存至今的汉郃阳令曹全碑。这块石碑高184厘米，宽86厘米，上面写着捐碑人的名字。在细数曹全的来历之后，碑文讲述了他的青少年时代：

君童龀好学，甄极毖纬，无文不综，贤孝之性，根生于心，收养季祖母，供事继母，先意承志，存亡之敬，礼无遗阙，是以乡人为之谚曰："重亲致欢曹景完。"易世载德，不陨其名。[2]

由于儒家经典所受到的重视，早在公元2世纪，所有经典就都被刻录在石头上了（并且后世也不断反复刻录）。这项工作开始于公元175年，8年后结束，从此确立了范本，并应该被复制了数千次，而其中绝大多数为拓片。但汉代刻有《诗经》的石碑在完成后不久就被毁了，今天只留存其中一些碎片。

---

[1] 《全后汉文》卷七十五。
[2] 〔清〕王昶：《金石萃编》，卷十八。

在公元11世纪，随着人们对古籍重新燃起兴趣，欧阳修刊印了带注解的《集古录》，里面辑录了他的收藏，而赵明诚（1081—1129）写有《金石录》。仅汉代晚期碑铭墓志的拓片，这两部著作就分别收录了84篇和218篇。第一部收录碑铭墓志全文的著作是12世纪晚期洪适（1117—1184）的27卷《隶释》及其21卷续篇《隶续》，两部著作中共收录汉代碑铭墓志185篇，洪适还另外附上了捐赠者的姓名。到了清代，继续搜集整理碑铭墓志的有著名学者顾炎武（1613—1682）、钱大昕（1728—1804）、阮元（1764—1849）、朱彝尊（1629—1709）和严可均（1762—1843）。此外还有王昶（1725—1806），他历经50年整理而成的《金石萃编》成为囊括上古到宋代末年碑铭墓志的最重要文献之一。对碑铭墓志的整理直到今天仍未停止，不断有新的考古发现丰富着我们的认识，有时甚至会推翻长期以来被广泛接受的一些观点。

8. 奏议与书

政务公文

从很早就开始的国家管理行政化以及与之相关联的决策程序，使得将管理程序进行书面化的需求越来越强，由此形成的文本形式可以被认为是一种专业类的散文，留存下来的绝大部分中国文学都是这样的文章。这一类来自行政机构，特别是宫廷的文章同样也是文学批评的研究对象。后世一些系统的文艺理论著作，例如《文心雕龙》，就特别强调这类文章。面向宫廷的进谏先是以口头形式进行的，而在很长一段时间里，口头报告与书面陈述并没有截然分开，且除典籍外，这些应用文是文官们最重要的学习材料。这样的说法不无道理。一些优秀的文章不断成为模仿的对象，特别是其中的"奏议"与"书"。

我们并不很清楚这类文本是如何开始的，有观点认为奏议是到秦朝才正式出现的，被称为"奏"；而在此之前，这类文章都是以书信的形式出现，被称为"书"。这种观点有待商榷。但从秦朝统一中国之后，对政府书信往来统一化的要求的确越来越高，这一点从当时推行的文字改革就能看得出来，所以我们也完全有理由认为"奏"与"书"最晚是在这个时期开始成为一种文体的。虽然早期的范文对这类文本的形成起到了决定性的作用，但随着时间的推移，政府公文的特征有了变化，名称也各不相同。由于词义的变化，我们很难对很多与宫廷政务相关的文章做出清晰界定。[1]

政务公文的数量众多，但能完整保存下来的相对较少。而能留存的主要是一些具有重要意义的文章，特别是与重大事件相关的一类。当然，也有些文章纯粹因为其文字的优美、论证方式的特别或作者的名气而得以保存，但这些政务公文并没有被收录在《七略》（佚失）或《汉书·艺文志》这类官方图书目录中。刘勰在《文心雕龙·章表第二十二》中写到了这件事，他提到了这类文章中一些特别优秀的例子，并评论了这些文章的文字风格。

"奏"是用来表达观点的，而"书"则被用来与朋友或认识的人沟通的。那些流传下来的书信，我们可以认为作者本就是打算将它们公之于众的。以书面形式保留的文字，除神秘的巫术与宗教文章外，通常也不会被认为是非常私密的。书信从一开始就不仅是为了向收信人传递信息，它同时也是一种自我表达的方式。人们经常会纯粹出于表达意见的需要而选择书信这种形式。书信还经常被用来论述哲学命题或宗教问题，这一点在公元4世纪至5世纪有关佛教的一些辩论中特别常见，此后也不断出现。

春秋战国时期流传下来的"奏议"都是一些带有官方性质的"书"，这个时期的"书"和"奏议"还无法清楚地区分开，后来刘勰也提到过这一点。但是到汉代的时候，"书"就逐渐脱离"奏议"，形成了一种特别的文本类型。后来当上皇帝的魏王世子曹丕（187—226）是一位诗人，同时也是一位文学家，他在他的名篇《典论·论文》中这样写道：

---

[1] 对各种体裁不同称谓的概述，见E. D. Edwards的A Classified Guide to the Thirteen Classes of Chinese Prose（《中国散文的13种分类》），载*BSOAS*（《伦敦大学东方与非洲学院院刊》）第12期（1948年），第770—788页。

> 夫文本同而末异。盖奏议宜雅，书论宜理，铭诔尚实，诗赋
> 欲丽。[1]

但文学类型的分类也随着时间的演变而不同，因而关于书信的分类问题曾经有过很多次的争论。姚鼐（1732—1815）在他的13种文章分类中，将"书"与"说"列在了一起；而吴曾祺（1852—1929）则在他的《历代名人书札》前言里对姚的观点提出了疑问。事实上，姚鼐的这种分类方法是有历史依据的。不仅是《左传》里那些后来被认为是书信的奏议和呈文，连秦汉时期流传下来的大量书信，其主要内容也都是关于政治论辩的。即便是在后来，"奏议"与"书"的区别也更多地体现在写信人与收信人之间的关系上，而非信的内容上，狭义上的书信只用来指地位相当的人之间的私人性质的信件。

最古老的书信被认为是《尚书》中的《君奭》，这是周公（传统上被认为生活在公元前11世纪）写给自己弟弟召公的一封信。在信中，周公请弟弟不要放弃自己的官职。[2]春秋战国时期，书信经常跨国传递信息，我们很难区分这种书信是为公还是为私。[3]论辩的特征随处可见，最常使用的修辞手法是排比，例如以写"奏议"和"书"著称的秦朝丞相李斯，他最著名的一篇"奏议"是撰写于公元前237年的《谏逐客书》，他的这篇"奏议"同样被归在"书"之列。文章的结尾这样写道：

---

[1] 《文选》卷五十二。
[2] 译文，见B. Karlgren（高本汉）的 *The Book of Documents*（《尚书》），斯德哥尔摩，1950年，第59页等。
[3] 关于书信这种体裁，见Eva Chung（钟元华）的 *A Study of the 'shu' (Letters) of the Han Dynasty (206 B.C.-A.D.220)*（《汉代〈书〉研究》），华盛顿大学，博士论文，1982年。

是以太山不让土壤，故能成其大；河海不择细流，故能就其深；王者不却众庶，故能明其德。是以地无四方，民无异国，四时充美，鬼神降福，此五帝三王之所以无敌也。今乃弃黔首以资敌国，却宾客以业诸侯，使天下之士退而不敢西向，裹足不入秦，此所谓"借寇兵而赍盗粮"者也。夫物不产于秦，可宝者多；士不产于秦，而愿忠者众。今逐客以资敌国，损民以益仇，内自虚而外树怨于诸侯，求国无危，不可得也。[1]

这里所使用的是劝谏时经常会用到的以比喻说理的方法，是除了历史典故最常用的修辞方法，后来的"奏议"依然沿用。

在汉代，"奏议"进入了第一个繁荣期，这个时代的重要散文作品中有几篇就属于这一类型。[2]公务或政务信函也同样常见，这些相同级别者之间往来的书信主要是与军务相关的催促信函。由严可均主编、收录唐代之前散文作品的《全上古三代秦汉三国六朝文》中就包含了大量这样的书信，[3]而从敦煌和居延（位于今天的内蒙古地区）的抄本中发现的政务信件，能让我们看到汉代频繁的政务往来。[4]

秦统一中国之后，政务与私人领域相分离。因此，在政务信函之外又形成了私人的书信往来，其中又包括与政治相关的个人信件以及纯私人的信件。随着时间的推移，纯私人的信件数量不断增加。朱浮（约前6—66）用来表示谴

---

[1] 《史记》李斯列传第二十七；D. Bodde（卜德）的*China's First Unifier. A Study of the Ch'in Dynasty as Seen in the Life of Li Ssu 280?–208 B.C.*（《中国的第一个统一者：从李斯的生平看秦朝》），莱顿，1938年，第15—21页；E. v. Zach的*Die Chinesische Anthologie*（《中国文学选集》2卷本），剑桥，马萨诸塞州，1958年，第2卷，第716—719页。

[2] 收录奏议的文集中，最著名的一部是由黄淮（1367—1449）和杨士奇（1365—1444）等编著、并于1416年刊行的《历代名臣奏议》。

[3] 这部文集的编纂从1808年开始，到1836年完成。

[4] M. Loewe（鲁惟一）的*Records of Han Administration*（《汉政记录》），2卷本，剑桥，1967年。

责的《为幽州牧与彭宠书》就是这样一个例子，这封信的起因是幽州牧朱浮与彭宠两人此前长时间的不和。这封信被收录在《文选》第四十一卷中。[1]

朱浮在信中言辞激烈地指责彭宠对光武帝不知感激，还意图谋反。他讽刺彭宠的妄自尊大，将他的行为比喻为用一捧土就想塞住孟津河（"捧土以塞孟津"）。在信的最后，写信人警告收信人考虑一下自己的老母亲以及年幼的弟弟，放弃起兵的计划。有些评论家认为这封信另有深意，朱浮恰恰是想借这封信刺激彭宠，让他起兵攻打光武帝。李兆洛（1769—1841）就曾评论朱浮的这封书信"幸灾之言，辞锋甚锐"。[2]

汉代最著名的或许也是文学史上最著名一封信，应该是公元前93年伟大的历史学家司马迁写给自己老朋友任安的一封回信。在这封信中，司马迁拒绝了朋友让自己推荐人才的请求，他提到了自己遭受宫刑之后的处境，哀叹自己的命运，并解释了自己为什么遭受这种屈辱的刑罚和长期的监禁，却没有自杀的原因[3]："何至自湛溺累绁之辱哉！且夫臧获婢妾，犹能引决，况仆之不得已乎？"这个原因就在于司马迁想著史流传后世，且他指出，在他之前的那些富有声望的人就是这样做的。与司马迁这封为自己辩解的书信类似的还有杨恽的《报孙会宗书》[4]，在信中，遭到朋友指责的杨恽为自己辩护，并说自己作为一个没有官职的书生，却还要插手官府之事，是一种很不聪明的做法。

另外一个汉代书信的著名例子，是阮瑀（卒于212年）以汉末大军阀、诗人曹操（155—220）的名义写给江东统治者孙权（182—252）的一封信，

---

[1] 见E. v. Zach的*Die Chinesische Anthologie*（《中国文学选集》2卷本），剑桥，马萨诸塞州，1958年，第2卷，第770页等。
[2] 〔清〕李兆洛：《骈体文钞》卷十九。
[3] 这封书信被收录于《汉书》卷六十二和《文选》卷四十一中。
——关于信的日期，我在这里采用的是王国维和Burton Watson（华兹生）的提法。见B. Watson的*Ssu-ma Ch'ien. Grand Historian of China*（《司马迁：中国的伟大史学家》），纽约，1958年，第194—198页，其中第57—67页有这封信的英语译文。
[4] 《文选》卷四十一；《汉书》卷六十六。

该信的目的是想说服孙权弃刘归曹。孙权的兄长孙策与曹操是姻亲，但在曹操死后，孙权因另外一场婚姻而与刘备（161—223）关系密切，阮瑀希望通过这封信来扭转形势，信的开头这样写道：

> 离绝以来，于今三年，无一日而忘前好。亦犹姻媾之义，恩情已深；违异之恨，中间尚浅也。孤怀此心，君岂同哉？每览古今所由改趣，因缘侵辱，或起瑕衅，心忿意危，用成大变。[1]

信的作者先是说到了曾经的友谊以及因联姻而加强的关系，随后，他列举了一些前代的例子，其中就包括上文中提到过的朱浮与彭宠反目的故事，并以此说明自己和解的意愿。接着，他解释了曹操在公元208年赤壁之战时军事上的劣势，并说建立水军并非有意入侵，只是为了控制巢湖地区以及长江下游的局势。这封信不仅美化了曹操在赤壁之战的失败，同时还希望劝说孙权与曹操结盟，以此为打败曹操最大的对手刘备奠定基础。

这种劝说某人做特定之事或不要做该事的论证方式，让我们想到了《战国策》里的那些建议。这封信的语言得到了张溥（1602—1641）以及《骈字类编》作者张廷玉（1672—1755）等学者的赞赏，阮瑀的书信作品尤以流畅的列举以及大量使用历史典故见长，这封《为曹公作书与孙权》是他书信作品中存世不多的几篇之一。

私人书信

随着汉代文学教育的普及，书信逐渐成为文人阶层相互沟通的手段，

---

[1] 《文选》卷四十二。

他们用书信表达个人的情感，或是描述自己的孤独或与家人的别离，或是对某些人发出提醒、警告，或是向朋友提出请求，或是记录一些日常琐事。此外，势力强大之人"养士"的风气兴起，门客需要精心维护这样的关系，就得经常用书信这种形式来让人记住自己。[1]

过去几百年间出土的一些实物例证让我们得以窥见汉代书信的样子，例如1904年在敦煌附近发现的一封书简，这封信是一个弟弟写给自己哥嫂的。在信中，这个弟弟讲到了自己在边塞的生活，并感谢哥嫂照顾父母和祖母。1908年，奥利尔·斯坦因爵士在第二次中亚探险时，发现了两封汉代的帛书，[2]写信人姓郑，信是写给敦煌边塞一位高官的。其中比较长的一封大小为15厘米×6.5厘米，信的内容除推荐一位调任敦煌的同行外，还抱怨了不尽如人意的环境以及书信往来的困难。[3]

在居延出土的书信比敦煌数量多，信被写在木条的正反面上。[4]虽然到汉代的时候，竹简、木简和绢帛开始逐渐被比较便宜的纸张所取代，但只要能够负担得起，直到唐代，人们还是喜欢在绢帛上写信。宋代的时候，一些人又开始用木简代替纸张写信，这或许是因为某种奇特的习惯，或许纯粹是出于对古风的喜爱。

我们能够看到的绝大多数书信并不是原物，而是以文章的形式被收录在了写信人的作品集中，如此保存下来的几千封书信让我们能够了解一些比较

---

[1] 关于这种关系，见P. B. Ebrey（伊沛霞）的Patron-Client Relations in the Later Han（《东汉的宗师与门生关系》），载*JAOS*（《美国东方学会会刊》）第103期（1983年），第533—542页。

[2] 见J. Mirsky的Sir Aurel Stein. Archaeological Explorer（《考古探险家奥利尔·斯坦因爵士》），芝加哥，1977年。

[3] 见Eva Chung（钟元华）的A Study of the 'shu' (Letters) of the Han Dynasty (206 B.C.-A.D.220)（《汉代〈书〉研究》），华盛顿大学，博士论文，1982年，第206页等；参见É. Chavannes（沙畹），插图398: *Les Documents chinois découverts par Aurel Stein*（奥利尔·斯坦因爵士发现的中文档案），牛津，1913年。

[4] 居延也被称为哈拉浩特；见M. Loewe（鲁惟一）的*Records of Han Administration*（《汉政记录》），2卷本，剑桥，1967年。

私密的生活。当然，这样保存下来的也只是人们愿意展示给更多人的那些书信，特别私密的书信往来，例如情书，我们很少能看到，关于友谊或者其他一些话题的书信却有很多。这些私人信件不仅向我们展示了写信人的情感生活，也记录下了当时文人之间的关系。

朋友之间的信件中，举荐信占了很大一部分，其中有几封非常著名的信件被后世奉为典范，其中就包括以书信见长的孔融（153—208）所写的《与曹公论盛孝章书》。[1]在信中，孔融向曹操推荐名士盛宪（盛孝章字宪），由于盛宪性格刚直不阿，他面临被孙策诛杀的危险，孔融希望能把他举荐给曹操，从而想救下他的性命。这封信起到了作用，曹操最终给了盛宪一个官职。据称，后世有人读完此信后不禁泪流满面，这些人中就包括苏轼。还有些朋友之间的往来书信能体现出人们对人生核心问题看法的变化，例如公元3世纪，诗人、哲学家嵇康（224—263）因自己的朋友山涛（205—283）举荐自己做官而写的那封著名的绝交信。

汉代及之后几百年间的书信成了人们不断模仿的典范，由此形成的书信风格——包括信的结构和某些套话的使用——对后世整体书信传统的形成产生了极大的影响。早在公元4世纪至5世纪，前代书信的影响力就已经大到会有人使用"拟××××书"的写法，谢灵运（385—433）和江淹尤其喜爱这种仿写。在进行仿写之时，写信人的书法水平至关重要，有的时候甚至可以说是最关键的因素。在书信成为彼此交流方式的过程中，行书得到了发展，这种字体能够使写字者在一定程度上体现个人的风格，继而成为后世模仿者辨别其流派的依据。从汉代开始，书法就被认为是书写者个性最真实的体现，人们认为通过模仿某个杰出人物的书法风格，自己也能因而具有同样的品格。但这种仿写并没能使更多的手书作品流传下来。

随着纸张的普及以及文人间交往形式的愈加精致，书法不仅成为写信时

---

[1]《文选》卷四十一。

的一个关键因素，甚至也成为文学创作的关键因素。据说著名的大书法家陈遵（生卒年不详）所写的书信就极为出名，被人视为珍贵的艺术品而收藏。人们也逐渐形成了一个习惯，即回信不再直接被附在来信之上，而是另单写下。关于后世书法家王羲之的一个小故事就很能说明这一点。据说王羲之曾经因为将军谢安（320—385）将回信直接写在自己给他的信笺上，而感到非常不快。

流传到今天的书信虽以男性之间的居多，但也不乏男性与女性间的通信，例如窦融（前16—62）的夫人写给他的信。[1]这封与窦融决绝的信以四字为一句，用的是东汉散文的常见形式。这种风格体现了中国传统文学形式中散文与诗歌风格的接近。这里还要提一下传世书信中不多的几封情书，其中最著名的当数司马相如（前179—前118）与卓文君之间的往来书信，[2]但据推测，这些信系后世伪作。在信中，卓文君告诉想纳妾的丈夫自己即将离开他，司马相如则在回信中保证自己只愿以卓文君为妻。而汉人秦嘉与他留在家乡的妻子徐淑间的通信应是原作，[3]这些信被认为是这对夫妇德行高尚的证明。

由于中国文人对分类的强烈需求，书信从很早开始就被分成了不同的类型，其中包括用于告诫的信、描述或叙述类的信、举荐信、申诉信等。对私人书信来说，最重要的就是关于具体行文的要求。这些要求被记录在了对礼仪的规定之中，例如《礼记》或《仪礼》，对书信的规范形成有所助益。正式的或亲友之间的书信往来甚至会对非常小的细节做出规定。[4]规定书札

---

[1]　《后汉书》卷二十三。

[2]　收录于《全后汉文》卷二十二。

[3]　《全后汉文》卷六十六、卷九十六。

[4]　关于这些规定及其对于宋代（960—1279）的影响，见B. E. McKnight（马伯良）的Patterns of Law and Patterns of Thought. Specifications (shih) of Sung China（《法律模式和思想模式：宋代中国的规则》），载JAOS（《美国东方学会会刊》）第102期（1982年），第323—331页。

体式的著作被统称为"书仪"，应该在中古时代早期就已经出现了，现存最早的"书仪"是唐代的作品，但并不完整。[1]这些"书仪"并不像在欧洲那样，是文学理论或修辞学发展的结果，而是出于人们将人际交往的规则固定下来的意愿，这些"书仪"甚或形成了法典。例如在向别人表达祝福或者吊唁时，如果不想与对方绝交，那么就必须由本人去做；如果相隔距离比较远，那么就要用书信的形式在一个规定的期限之内完成。最早的一部此类著作据说是由南朝一位名叫王弘（379—432）的贵族所作，但并没有流传下来。这类著作中最著名的一部出自唐宋时期，其中的一部分是针对特定群体而作，例如有专门为妇女或僧侣所作的书仪。

在唐代，书信被赋予一个特殊的功能，即人们会利用书信寻找保举自己做官的人。因为在当时，除了通过考试，人们也可能因某位官员或学馆主持者的保举而获得官职，由统治者直接选择任命只是很少数的情况。虽然科举制度的重要性日益凸显，但其他的途径始终还是存在的，一些人通过保举的方式极迅速地获得了很高的职位，诗人李白（701—762）就是一个例子。李白应该是在公元734年写下了他最著名的那封自荐信《与韩荆州书》，但这封写给荆州知府韩朝宗（686—750）的信并没有收到李白期望的效果。信的开头这样写道：

> 白闻天下谈士相聚而言曰："生不用封万户侯，但愿一识韩荆州。"何令人之景慕，一至于此耶！岂不以有周公之风，躬吐握之事，使海内豪俊，奔走而归之……
>
> 白，陇西布衣，流落楚、汉。十五好剑术，遍干诸侯。三十成文章，历抵卿相。虽长不满七尺，而心雄万夫。皆王公大人许与气义。此畴曩心迹，安敢不尽于君侯哉！

---

[1] P. B. Ebrey（伊沛霞）的T'ang Guides to Verbal Etiquette（《唐代的语言礼仪》），载*HJAS*（《哈佛亚洲研究学刊》）第45期（1985年），第581—613页。

> 君侯制作侔神明，德行动天地，笔参造化，学究天人。幸愿开张心颜，不以长揖见拒。必若接之以高宴，纵之以清谈，请日试万言，倚马可待。今天下以君侯为文章之司命，人物之权衡，一经品题，便作佳士。而君侯何惜阶前盈尺之地，不使白扬眉吐气，激昂青云耶？[1]

这样的书信有成千上万封，从文字的优美来看，很少有能及李白者，但自荐信的发展从根本上促进了文人阶层写作能力的发展。

早期的书信因为被记录在史书之中，借助《左传》这样的作品而得以留存下来；同样地，它们也因此进入早期的小说中，并被大量运用，例如《燕丹子》第一卷中就有燕太子丹与他老师之间的通信。书信不断被用作叙述的手段，并且经常有很成功的例子，例如《莺莺传》中被抛弃的崔莺莺的书信。但在中国，真正的书信体小说是到了20世纪才出现的。

---

[1] P. B. Ebrey（伊沛霞）的T'ang Guides to Verbal Etiquette（《唐代的语言礼义》），载*HJAS*（《哈佛亚洲研究学刊》）第45期（1985年），第581—613页。

9. 儒家地位的提高和宫廷中的精神生活

统一的帝国与法家治国思想的失败

直到汉代，源自孔子的教学传统都只是众多流派中的一支，但在汉王朝进入第一个世纪的时候，儒学成为占据统治地位的学说，甚至排挤掉了曾对秦帝国统一中国起到决定性作用的法家学说。[1]儒学之所以能做到这一点，

---

[1] 关于儒生地位的上升，见Hu Shih（胡适）的Der Ursprung der Ju（《儒的起源》），载*Sinica Sonderausgabe*（《汉学特刊》），1935年，第141—171页；1936年，第1—42页；O. Franke（佛兰阁）的Die Konfuzianisierung des Staats（《国家的儒家化》），载O. Franke的*Geschichte des chinesischen Reiches*（《中华帝国历史》）第1卷（柏林，1930年），第295—320页；R. P. Kramers的The Development of the Confucian Schools（《儒学的发展》），载D. Twitchett（崔瑞德）、M. Loewe（鲁惟一）主编的*The Cambridge History of China*（《剑桥中国史》）第1卷（剑桥，1986年），第747—765页；Anne Cheng（程艾兰）的*Étude sur le confucianisme Han. L'élaboration d'une tradition exégétique sur les classiques*（《汉儒研究：训诂学传统的发展》），巴黎，1985年；J. K. Shryock的*The Origin and Development of the State Cult of Confucius*（《孔子的国家崇拜之起源与发展》），费城，宾夕法尼亚州，1932年；B. E. Wallaker的Han Confucianism and Confucians in Han（《汉儒及汉代之儒》），载D. Roy（芮效卫）、Tsuen-hsuin Tsien（钱存训）主编的*Ancient China. Studies in Early Chinese Civilization*（《古代中国：早期中国文明研究》），香港，1978年，第216—228页；W. Seufert的Urkunden zur staatlichen Neuordnung unter der Han-Dynastie（《汉代国家转型的资料》），载*MSOS*（《东方语言研讨会报告》），第23—25卷（1922年），第1—50页，含汉武帝三份诏书以及董仲舒悼文的译文。

也在于它对别家学说所持的开放态度。儒家能够从这些学说中吸取重要的观点，并将其融合进自己的思想体系中。而为了站稳脚跟，儒家所付出的代价则是使其自身具有独立性与独一无二性的思想体系。

儒家学说之所以能成为占据统治地位的思想体系，其中一个原因是儒家文人在国家行政化和秦始皇巩固帝制的过程中所扮演的特殊角色。这些文人从一开始就不仅是读书人，他们实际上还有着强烈的个人诉求，因而经常在政治上表现得很积极，即便是不能作为大臣，他们至少也会努力成为统治者的谋士，进而参与政治生活。出仕的文人相信人性的力量，认为能够通过自身的努力达到自我的完善，他们相信人类群体中善的存在，认为天人能够达到统一，这也就使得他们在面对那些执掌大权之人时，能够保持批判性的态度，这种内心的独立又反过来为这些文人树立了其在百姓心目中的威信。

儒家知识分子的地位一开始并不高，这是因为在战国时期，他们很难与那些为霸主出谋划策、帮助霸主稳固并扩大政权的人相抗衡，但儒家文人的这种失败在某种程度上又为他们后来的影响奠定了基础。儒家思想的代表人物因在内心与掌权者保持距离，而获得了社会影响力和道德力量；他们坚持传统，把文学教育当作获得一切认可的前提，这就使他们在帝国统一之后被赋予至关重要的地位。法家的治国思想在秦始皇统治期间只是协助巩固了统一的帝国，但在维护这种统一时，该学说却显得无能为力。这时，儒家学者便成了确立社会精神内涵的人，只有通过这些人，国家才能长期保有合理的统治地位。儒家学说的这种功能是一点点实现的，在帝国初建的时候还一再遭到质疑。

儒学之所以能够获得官方的承认，这与儒家学者对社会道德、礼仪、读写能力以及古代文献的重视有关；但同时，这也是因为皇家希望用思想学说为自己正名，并用文人实现国家控制。经文博士制度获得承认与发展，体现了国家对合法化与统一的要求，也体现了国家与想推行自己学说的儒家学者之间的契合。汉朝建立者汉高祖刘邦是位并不喜欢诗书的马上皇帝，但他也已经开始起用儒生，这是为了对这种权力格局进行系统的辩护。

公元前140年至公元前124年的汉武帝统治初期，儒学被宣布为国家唯一的正统思想，当时经文博士实际已经存在很长一段历史了。秦朝时，儒生主要是一些避世而居的学者或名士；汉高祖并不重视儒生，但这些人似乎从秦朝被推翻之后就在为高祖效力了，也正是这些人帮助高祖建立起了宫廷的礼仪规范。高祖死后不过几十年，由地方举荐贤者为官的做法就已经被纳入行政体系。后来，这种做法发展成为察举制度，及至后来又形成科举制度。

高祖的妻子吕后与儿子汉惠帝（前194—前188在位）当政期间，儒生的地位一度受到压制，因为惠帝的丞相曹参推崇道家思想。但由于倡导儒家思想的谋士陆贾（约前228—约前140）参与拥立汉文帝（前180—前157在位），儒生又重新获得了重视。陆贾凭借自己的历史著作《楚汉春秋》和政治哲学著作《新语》，使得许多到那时为止基本都以口头形式流传的游说及论辩手段被书面记录下来。与陆贾同时代的贾谊也有类似的著作，他最著名的作品是《过秦论》。

在汉武帝统治期间，虽然窦太后推崇的是道家，但儒生还是掌控了国家的管理。武帝在位时修建了"明堂"，这种被用于各种典礼的建筑据说在周代时就已经出现。[1]儒生力主将女性排除在政治生活之外，如此一来，也就抑制了窦太后的权力。应该也是因为这件事，汉武帝在公元前136年就设立了五经博士，此举甚至早于窦太后病死的公元前135年以及太学创建的时间。这些博士代表的是当时研究今文经书的学派，他们后来也被称为今文经学派，但他们并不是唯一的学术流派。虽然在汉武帝统治期间，这一学派得到了官方认可，但各学派之间的争执并没有因此停止。

儒学稳固国家正统地位的另一个重要事件是公元前124年太学的建立，由太常或郡国县道邑选送有才能的人到那里学习。由此，将文人培养成为官员的

---

[1] 见H. Maspero（马伯乐）的Li ming-t'ang et la crise religieuse chinoise avant les Han（《"明堂"及汉代之前中国的宗教危机》），载*MCB*（《汉学与佛学丛刊》）第9期（1948—1951），第1—71页。

传统开始了。但汉武帝本人并不是仅仅局限在儒家学说上，他同时也会吸收别家学说的观点。公元前110年，由于应召而来的50余名儒生都不能确定封禅的礼仪，武帝遣散了他们，并临时决定由自己来定立封禅礼仪。由此可见，虽然儒家的势力在武帝统治期间增强了，但并不能就此认为儒家已经获得了胜利。

汉武帝统治期间，汉王朝达到鼎盛，这一时期同时也是文学史及思想史繁荣期。我们需要把用淮南王刘安来命名的反儒家著作《淮南子》[1]、董仲舒的天人哲学以及历史学家司马迁的著作放在这种背景下去理解。

汉宣帝（前74—前49在位）本人接受了正统的教育，石渠阁论辩就是发生在他统治期间的。宣帝本人支持儒家学说，但他蔑视儒生，认为儒学不适合政治实践，所以他遵从的是法家的做法。直到宣帝的儿子汉元帝（前49—前33在位）统治时期，儒家学说才成为皇子们受教育的唯一基础，因而，儒学作为官方学说的胜利是跟这位皇帝联系在一起的。

儒生胜利的根本原因在于他们宣扬的是一个好政府所需的道德准则，同时他们还保护和维持着本民族的经典文学传统，这个传统恰恰是任何一个依赖文人所受教育而进行管理的行政机构都不会放弃的。但最重要的还在于国家将儒学教育作为选拔官吏时的衡量尺度，儒生因而成了为整个帝国塑造思想体系的人。东汉灭亡之后，儒学的地位虽然有所下降，但并没有11世纪那些自命为儒学革新者的人想象中的那么低。

---

[1] 到目前为止，这部著作只有节译本：E. Morgan的*Tao, The Great Luminant*（伦敦，1933年）；E. Kraft的Zum Huai-nan-tzu，载*MS*（《华裔学志》）第16期（1957年），第191—286页，以及*MS*第17期（1958年），第128—207页；Ch. LeBlanc（白光华）的*Huai-nan-tzu. Philosophical Synthesis in Early Han Thought. The Idea of Resonance (kan-ying). With a Translation and Analysis of Chapter Six*（《〈淮南子〉：汉初的哲学思想，共鸣的理想，含第六章的翻译与分析》），香港，1985年；C. Larre（顾从义）的*Le Traité VII du Houai Nan Tzeu*（《淮南子》第七卷），台北，1982年；B. E. Wallacker的*The Huai-nan-tzu, Book Eleven. Behavior, Culture and the Cosmos*（《淮南子》第十一卷：行为、文化和宇宙），纽黑文，康涅狄格州，1962年；亦见R. T. Ames（安乐哲）的研究：*The Art of Rulership. A Study in Ancient Chinese Political Thought*（《统治的艺术：中国古代政治思想研究》），火奴鲁鲁，夏威夷，1983年，第167—209页为《淮南子》卷9的译文。

经文博士

　　早在任命"五经博士"和设立太学之前，中国就已经有专门负责掌管《尚书》《易经》等各种典籍的专家了，这些经典虽然都以当时通行的今文版本为基础，但衍生出了各自不同的传承体系，且各体系之间时有激烈的争执。这些争执一开始只是地区性的学派分歧，各家各派都想证明自己所讲的经更好、更正宗。在推荐哪个学派的学者进入太学这件事上，各派之间的意见分歧更加激化，最终形成了汉代两次著名的论战，一次是公元前51年的石渠阁论辩，另一次是公元79年的白虎观论辩。

　　早在汉文帝时期，朝廷就已经开始任命专人掌管各大经书，其中不仅包括《尚书》《诗经》《春秋》，还有儒家的其他经典，例如《论语》，还有《孝经》《孟子》《尔雅》等。汉武帝后来取消了为后几种经而设的官职，并在"《尚书》博士""《诗经》博士""《春秋》博士"之外，另为《易经》和《礼记》设立博士，由此确立了这五经的地位，五经从此成为唯一的官学体系。汉代博士的人数及其负责的范围曾改变过很多次，但整体框架从汉武帝之后就基本确立了。

　　这种将某些著作确定为特别重要经典作品的做法可以回溯至战国时期，但从国家层面确立某些作品为经典，并指定负责这些经典的学者专家，这一做法是从汉武帝时才开始的。但这种做法不但没能解决各派之间的纷争，反而使其加剧了。在汉代，除了"五经"这种说法，也有人将《论语》《孝经》与其合称为"七经"。[1]

　　到了唐代，儒家经典增加到了九部，其中包括《周礼》《礼记》《仪礼》这三部关于仪礼的经典，《左传》《公羊传》《穀梁传》这三种关于

----

[1]　关于3世纪至4世纪的"经文博士"，见Kaga Eiji的Chūgoku koten kaishakushi（《中国经学史》），东京，1964年；关于"经文博士"历史的主要文献，有周予同（1898—1981）的《周予同经学史论著选集》（上海，1983年）。

《春秋》的注释，以及《易经》《诗经》和《尚书》。到宋代，这一系列作品又逐渐被扩充为12部，增加的三部为《论语》《孝经》和《尔雅》，及至后来又增加了《孟子》，扩大为13部。至此，儒家经典的构成基本确定，这"十三经"与理学的"四书"（《大学》《中庸》《论语》《孟子》）一同成为儒家经典的核心，并衍生出大量的注疏、辞典等。《大学》与《中庸》一开始并不是独立的著作，而是记录典章制度的《礼记》的一部分，后来由大思想家、儒学的集大成者朱熹将这两部著作归入"四书"。[1]

从很大程度上来说，儒学被当作国家教义主要是因为董仲舒，他后来被班固称为"儒者宗"。[2]董仲舒的过人之处并不在于他的思想有多么独到，

[1]　此处参见D. K. Gardner的Principle and Pedagogy. Chu Hsi and the Four Books（《原则与教育：朱子和〈四书〉》），载*HJAS*（《哈佛亚洲研究学刊》）第44期（1984年），第57—81页；以及D. K. Gardner的Transmitting the Way. Chu His and Hsi Program of Learning（《朱熹和他的教育理念》），载*HJAS*（《哈佛亚洲研究学刊》）第49期（1989年），第141—172页。——在这部作品中，对于《中庸》的语言研究找到了不同的文本层次，研究者们的某些结论相互之间差别很大，其中一部包含德语译文的论文为P. Weber-Schäfer的Der Edle und der Weise. Oikumenische und imperiale Repräsentation der Menschheit im Chung-yung, einer didaktischen Schrift des Frühkonfuzianismus（《君子与贤者：早期儒家著作〈中庸〉中对人性的讨论》），慕尼黑，1963年；亦见E. R. Hughes（修中诚）的*The Great Learning & The Mean-in-Action*（《〈大学〉与〈中庸〉》），伦敦，1942年。较新的研究有Wei-ming Tu（杜维明）的*Centrality and Commonality. An Essay on Chung-yung*（《集中与集体：论〈中庸〉》），火奴鲁鲁，夏威夷，1976年。

[2]　《汉书》卷二十七——关于董仲舒，见P. Weber-Schäfer的*Oikumene und Imperium. Studien zur Ziviltheologie des chinesischen Kaiserreichs*（《普世与帝国：中华帝国的人间神学》），慕尼黑，1968年，第227页等；S. C. Davidson（戴伟生）的Tung Chung-shu and the Origins of Imperial Confucianism（《董仲舒与帝国儒学的起源》），威斯康星大学，博士论文，1982年。董仲舒重要作品的译本，有R. H. Gassmann（高思曼）的*Tung Chung-shu. Ch'unch'iu fan-lu. Üppiger Tau des Frühling-und Herbst-Klassikers*（《董仲舒和〈春秋繁露〉》），伯尔尼，1988年；关于这个话题的一篇重要的博士论文，为美国Tzey-yueh Tain（田则岳）的Tung Chung-shu's System of Thought. Its Sources and Its Influence on Han Scholars（《董仲舒的思想体系、来源及其对中国学者的影响》），加利福尼亚大学，洛杉矶，博士论文，1974年；亦见O. Franke（佛兰阁）一篇早期的论文Studien zur Geschichte des konfuzianischen Dogmas und der chinesischen Staatsreligion. Das Problem des Tsch'un-ts'iu und Tung Tschung-shu's Tsch'un-ts'iu fan-lu（《儒家教义和中国国家宗教的历史研究：〈春秋〉及董仲舒的〈春秋繁露〉》），汉堡，1920年。

而是在于他的中庸之道以及他为满足当权者集权、统一之目的而对古代典籍进行的解读。他对中国后来所有朝代与社会学说的影响不容忽视，作为中国人世界观基础的"天下主义"思想就是源自董仲舒。[1]

董仲舒作为今文经学派的代表人物，他的影响力在汉灵帝时期（167—189在位）凸显出来，汉灵帝在174年下令将儒家经典刻在石碑上，竖在太学门前。而后世与这种经学传统相抗衡的学派被称为古文经学派，通常认为这一学派源于在孔子旧室坏壁中找到的颇有争议的典籍以及负责校理皇家藏书的刘歆（卒于23年），将这一学派发扬光大的是一些并不在都城中教学的民间儒生，例如马融（79—166）。直到汉朝灭亡之后，古文经学派才得到官方的认可。

在汉代占据主导地位的是今文经学派，这一学派的影响一直延续至今。出于对和谐的追求以及将一切都统一在同一个原则之下的目的，董仲舒将语言解释为是天在通过圣人"发其意"，圣人模仿的是天地的声音，因此，汉字的发音也被赋予了特别的意义。董仲舒利用不同汉字的相同发音构建起他的空中楼阁。随着公元5世纪之后语言学与音韵学研究的深入，他的观点只是偶尔才会被人提起。

我们从《汉书·儒林传》中就能看出董仲舒的重要地位。下面这篇文章讲述了"榖梁"与"公羊"两家的纷争，故事颇具传奇色彩：

> 瑕丘江公，受《榖梁春秋》及《诗》于鲁申公，传子至孙为
> 博士。武帝时，江公与董仲舒并。仲舒通五经，能持论，善属文。
> 江公呐于口，上使与仲舒议，不如仲舒。……于是上因尊公羊家，

---

[1] J. J. M. de Groot（高延）的 *Universismus. Die Grundlage der Religion und Ethik, des Staatswesens und der Wissenschaften Chinas*（《宇宙：中国宗教与伦理、国家制度和科学的基础》），柏林，1918年；对高延观点的批评，见H. Roetz（罗哲海）的著作 *Mensch und Natur im alten China*（《古代中国的人和自然》），法兰克福，1984年。

诏太子受《公羊春秋》，由是《公羊》大兴。[1]

儒家学说本身以及该学说在教育特别是官吏选拔方面的决定性作用虽然得到了官方的承认，亦显示出一定的兼容性，但曾经的独立性及其与别派学说的不同之处却从未完全被人遗忘，因而总是不断地有各种革新运动出现，且大多都是以恢复"本教"为目标。正因如此，我们才能够理解为什么唐代的韩愈（768—824）会认为从孟子之后儒学的传统就中断了，虽然儒学始终是存在的，但他提出要复兴儒学。此类对儒学的革新运动直到公元19世纪、20世纪依然存在。

尽管"公羊"派得到了很大的重视，但"穀梁"派的地位很快就恢复了。公元前53年，一场关于这两种学派的论战爆发了，论战的双方各有五人为代表，辩论的题目超过30个，且以"穀梁"派暂居上风而结束。此后，经学解释中的不同意见依然存在，并于公元前51年催生了石渠阁论辩，参加这场论战的既有通晓《诗经》《论语》和仪礼典籍方面的专家，也有通晓《尚书》《易经》和各种解释《春秋》的人。

除这些经学的注释与解释学派外，从汉代初年开始，大量带有预言性质或是留下了很大阐释空间的非主流诠释之作出现了，但由于禁毁行动的不断出现，尤其是在公元5世纪后，这些被称为谶纬之作的典籍只保存下了一些断篇残章。[2]体现在这些作品中的非主流人文思想让我们清楚地意识到，我们如今能接触到的文学传统只不过是中国思想史上的几个视角而已，并不能代表全部。在中国文学形成自己特点的过程中，思想的传承形式，特别是儒

---

[1] 《汉书》卷八十八。
[2] 研究这类著作的主要是日本汉学家福井康顺。亦见J. L. Dull（杜敬轲）的A Historical Introduction to the Apocrypha (ch'an-wei) Texts of the Han Dynasty（《汉代谶纬之作的历史介绍》），华盛顿大学，博士论文，1966年。

家正统派和保守官吏压制思想多样性的行为造成了极大的影响。

石渠阁论辩之后，太学博士的数量增加到了12人，汉孝平帝（1—5在位）时期又增加了古文经学派的代表，博士人数增加到30人，并由此奠定了今文经学派和古文经学派贯穿整个东汉的对立局面。公元19世纪时，人们再次想起了已让位于古文经学派的今文经学派，因为这两派之间的主要分歧并不在文字，而是对治国之道的不同看法，于是今古之争再起。

在所有的意见分歧中，关于什么才是经典与标准的裁决总是要在宫廷的主管机关或当着统治者本人面做出的。这些论辩留下了大量的书面记录，同时影响了哲学、政治等方面的讨论。这些争取认可的努力同时也造成了大量人文思想及其相关文本的毁灭，而动机既有对异己的迫害，也有对内部的清理。

另外一场关于五经异同的争论被记录在了《白虎通义》中。公元79年，这场论战发生在洛阳皇宫的白虎观里，参与论战的双方依然是今、古两派的代表。[1]在这些讨论以及郑玄注疏的影响下，一批极为重要的、在今天仍被我们视为经典的著作产生了，例如西汉时期汇编而成的《仪礼》和《礼记》，以及应该是在王莽（9—23在位）篡位期间才编纂完成的《周礼》，[2]人们还对早期文本和文本集进行了基本的整理工作。

这些不同团体和派别之间的论战并不只是围绕着文本以及对文本的诠释展开的，这些论战常常隐含着对治国策略以及国家性质等问题的不同见解，这一点特别明显地体现在了发生于公元前81年的一场讨论中，史称"盐铁会议"（这次讨论因桓宽根据会议记录编写的《盐铁论》而得名）。讨论的主

---

[1] 此处参见Tjan Tjoe Som（曾祖森）的研究与译文：*Po hu t'ung. The Comprehensivce Discussions in the White Tiger Hall*（《白虎堂论战》），2卷本，莱顿，1949—1952年。
[2] 《礼记》的译本包括：J. Legge（理雅各）的*The Sacred Books of China. The Texts of Confucianism, Part III and IV*（牛津，1885年）；R. Wilhelm（卫礼贤）的*Li Gi. Das Buch der Sitte des älteren und jüngeren Dai*（耶拿，1930年）。《仪礼》的译本有J. Steele 的*The I-li or Book of Etiquette and Ceremonial*，2卷本（伦敦，1917年）。《周礼》的译本有É. Biot（毕瓯）的*Le Tcheou-li ou Rites des Tscheou*，2卷本（巴黎，1851年）。

要参与者中一方拥戴法家的治国思想，一方则秉持儒家的治国思想。[1]在中国，围绕着诸如世界观或宗教这些政治领域的根本性问题而产生的思想分歧催生了大量的著作，德国汉学家佛尔克（Alfred Forke）将这类作者称为"持怀疑论的理性主义者"，因为这些人反对的是非理性思潮。

　　相较于后世保守僵化的思想体系，东汉时期的学者在思想上呈现出了令人惊讶的开放性，这一点我们可以从王充（27—约97）的《论衡》[2]以及当时一些政治哲学著作中看出，但这些著作后来并没有引起重视，直到19世纪末，它们才重新回到人们的视野中，而其中一些著作没能完整地流传下来。这些著作中包括桓谭（约前20—56）的《新论》，[3]扬雄（前53—18）的著作，[4]班固关于汉朝历史的著作（《汉书》），王符（约85—162）的《潜夫论》，崔寔（约卒于170年）的《政论》[5]，以及同时也被人视为史学家的荀悦（148—209）的作品《申鉴》等。[6]

---

[1]　见E. M. Gale的*Discourses on Salt and Iron*（《盐铁论》），莱顿，1931年；E. M. Gale的Discourses on Salt and Iron（《盐铁论》），载*Journal of the North China Branch of the Royal Asiatic Society*（《皇家亚洲文会北华支会会刊》）第65期（1934年），第73—110页；D. Baudry-Weulersse、J. Levi、P. Baudry的*Dispute sur le sel et le fer*（《盐铁论》），巴黎，1978年。

[2]　这部著作唯一一部西方语言的全译本，为A. Forke（佛尔克）的*Lun-Heng*，2卷本（伦敦，1907—1911年）。

[3]　T. Pokora的*Hsin-lun (New Treatise), and Other Writings by Huang T'an*（前43—28）（《桓谭的〈新论〉及其他著作》），安娜堡，密歇根州，1985年。

[4]　M. Barnett的The Han Philosophy Yang Xiong. An Appeal for Unity in an Age of Discord（《汉代哲学家扬雄：分裂时期的统一论》），华盛顿乔治城大学，博士论文，1983年；E. v. Zach的*Yang Hiung's Fa-yen (Worte strenger Ermahnung)*（《扬雄的〈法言〉》），巴达维亚，1939年；D. Walters的The T'ai Hsüan Ching. The Hidden Classic（《〈太玄经〉：隐藏的经典》），惠灵顿，1983年。

[5]　见F. Kuhn的Das Dschong Lun des Tsui Schi, eine konfuzianische Rechtfertigung der Diktatur aus der Han-Zeit (2. Jh. n. Chr.)（《崔寔的〈政论〉：儒学对汉代独裁政权的辩护》），载*Abh. d. königl. Preuss. Akad. d. Wiss.*，1914年，Phil.-hist. Kl.，第4期（柏林，1914年）。

[6]　见Ch'i-yün Ch'en的*Hsün Yüeh and the Mind of Late Han China. A Translation of Shen-chien*（《荀悦和后汉思潮》），普林斯顿，新泽西州，1980年。

10. 赋

对世界的神化和描绘

"赋"这种文体在德语中被翻译成Poetische Darlegung、Prosagedicht或Rhapsodie，它形成于汉代，并在汉代达到第一个鼎盛期。"赋"这个词虽然早就存在，但一开始并非用来指文体。例如《荀子·赋篇》中就有被哲学家荀卿称为"赋"的六篇文章，但这并非后来意义上的"赋"。这些文章实际是采用了对话形式的谜语，其中还有一首讲述社会堕落的诗歌。[1]

---

[1] 持对立观点的有H. Wilhelm的The Scholar's Frustration. Notes on a Type of "Fu"（《学者的挫折：论"赋"的一种》），载J. K. Fairbank（费正清）编的Chinese Thought and Institutions（《中国的思想和制度》），芝加哥，1957年，第310—319页。关于"赋"的重要文献，有G. Margouliès（马古礼）的Le "Fou" dans les Wen-siuan. Étude et textes（《〈文选〉中的赋文研究》），巴黎，1926年；A. Waley的The Temple and Other Poems（《郊庙歌辞及其他》），伦敦，1923年；F. A. Bischoff（比肖夫）的Interpreting the Fu. A Study in Chinese Literary Rhetoric（《释赋：中国文学修辞学研究》），威斯巴登，1976年；B. Watson（华兹生）的Chinese Rhyme-Prose. Poems in the Fu Form from the Han and Six Dynasties Period（《汉魏六朝赋选》），纽约，1971年；D. J. Levy的Constructing Sequences. Another Look at the Principle of Fu "Enumeration"（《有节奏的结构：赋中的"列举"另解》），载HJAS（《哈佛亚洲研究学刊》）第46期（1986年），第471—493页；D. R. Knechtges（康达维）Wen xuan, or Selections of Refined Literature（《〈文选〉，文学的精选集》），第1、2卷，普林斯顿，新泽西州，1982年、1987年。

对"赋"这个词的解释从汉代就已经开始了，例如班固《汉书·艺文志》中就引用了一种流传下来的说法，称"不歌而诵谓之赋，登高能赋可以为大夫"。[1]这句话的后半句源于《诗经》第50首后附的毛诗评注普列举过九种一经掌握便可使人高升的文学体裁。

赋从源头到形式都是极其复杂的，这一点，我们在讲《楚辞》的时候已经提到过。赋的主体部分是有韵律的、具有诗歌特征的描写，句子长短不一，从三字到七字不等，有时还会更长。赋通常被分为几个部分，主体部分之前经常有一个散文形式的"序"，所以赋也被称为"散体诗"。有些赋的后面还会有一个诗歌形式的后记，被称为"乱"。除了押尾韵，赋经常会使用头韵或谐音，历史典故也很常见。此外，赋还喜欢借助对偶、拟声手法，或是用列举奇特的名称和词语来吸引听众或读者。

之所以会如此，与当时人们世界观中的巫术思想有关，在这种世界观下，人们相信语言可以收到某些效果，它不仅可以对听众施加魔力，还常常直接对宇宙或宇宙中的元素施加影响。但汉代也曾有批评者对这种巫术话语，也就是赋所具备的巫术效果提出反对。赋虽然也具有娱乐和描述事物的功能，但它同时也在很长一段时间内被赋予召神之责，例如枚乘（卒于前140年）的赋《七发》就被用来驱除疾病。[2]楚辞学家王逸之子、很年轻的时候就溺水而亡的王延寿（卒于约163年）是位出色的辞赋家，他曾在20岁左右时作《梦赋》。从表面上看，这篇赋描写的是一场噩梦，梦者在梦中被恶鬼威胁，但这篇赋显然也使用了某些驱魔的咒语。[3]这篇《梦赋》让我们非常清楚地看到，驱魔

---

[1] 《汉书》卷三十。

[2] D. R. Knechtges（康达维）、J. Swanson的Seven Stimuli for the Prince. The Ch'i-fa of Mei Ch'eng（《给太子的七个建议：枚乘的〈七发〉》），载MS（《华裔学志》）第29期（1971年），第99—116页；V. H. Mair（梅维恒）的Mei Cherng's "Seven Stimuli" and Wang Boe's "Pavilion of the King Terng". Chinese Poems for Princes（《枚乘的〈七发〉和王勃的〈滕王阁序〉：写给皇子们的诗》），刘易斯顿，1988年。

[3] D. Harper（夏德安）的Wang Yen-shou's Nightmare Poem（《王延寿的〈梦赋〉》），载HJAS（《哈佛亚洲研究学院》）第47期（1987年），第239—283页。

者的方法手段及其所使用的文字并没有轻易被文学取代，而是继续存在于文学作品之中。在理性占上风的文学作品之外，巫术传统依然继续存在，它不但占据了不小的分量，而且会以不同的文学形式出现。王延寿的《梦赋》既可以被看作对噩梦的描述，也可以被理解为一篇用于驱赶梦中恶鬼的文章，而"梦祝"这种文体的文章主要就是发挥后一种功能。

　　宋玉（约前290—前222）被认为是"赋"的开创者之一，据说他是《楚辞》中多首辞赋的作者。[1]相传为宋玉所作的《风赋》被收录在《文选》第十三卷中，并被归入"赋"之下的"物色"之列，但该篇应该不是宋玉原作。这篇文章具备了传统"赋"的特征，由一篇散文体的序和一首韵诗组成，内容是对统治者的劝谏。序文中写到了楚襄王和宋玉之间的一段对话。楚襄王从宫殿的走廊里走过之时，一阵风吹动了他的衣襟，他说："快哉此风！寡人所与庶人共者邪？"宋玉回答说这风是襄王独享的，并解释说："其所托者然，则风气殊焉。"接下来襄王问这股风是从什么地方吹来，这个问题之后便是韵诗部分，先讲了风以及风吹进宫殿的路径，随后回答襄王后续的提问，讲到了平民百姓的风。

　　汉代大量的赋会被用来向统治者念诵，所以"赋"这个词最初的动词含义也有"（在宫廷）吟诗"的意思。汉学家康达维（David R. Knechtges）就是以"赋"的这种早期含义为依据，把《离骚》也归入了"赋"之列，认为它是用来歌唱的韵诗，内容是对政治时局的批评。[2]最古老的有时间记载的赋是贾谊的《鵩鸟赋》（也有些人将他作于公元前179年的《吊屈原》视作"赋"）。[3]这种文体与《离骚》这类的游仙诗或《战国策》（见本书第5节中"《战国策》及其他被认为刘向所作之书"）所代表的战国时期论

[1]　L. Fusek的The "Kao-t'ang fu"（《高唐赋》），载MS（《华裔学志》）第30期（1972—1973），第392—425页。

[2]　D. R. Knechtges（康达维）的The Han Rhapsody. A Study of the Fu of Yang Hsiung（前53—18）（《汉赋：扬雄赋研究》），剑桥，1976年，第13页等。

[3]　J. R. Hightower（海陶玮）的Chia Yi's Owl Fu（《贾谊的〈鵩鸟赋〉》），载AM（《亚洲专刊》）第7期（1959年），第125—130页。

辩术之间的关系也是毋庸置疑的。德博认为《楚辞》代表了"声响如波涛起伏"和"场景描绘华丽繁复"的"赋"，[1]亚瑟·韦利则指出"赋"与《战国策》散文的语言魔力之间有相似之处。

"赋"中的描述与《楚辞》中的游仙一样，并不是叙述性的，因为从根本而言，地点如何转变并不重要，例如在"朝-夕"这种格式里所体现出来的那样。这种格式在《楚辞》中很常见，诸如"朝骋骛兮江皋，夕弭节兮北渚"，实际只是在列举一些重要的场景，并不是在讲述到达某个地方的过程，这里重要的不是时间的先后顺序，而是空间位置，是对宇宙中方位的列举。不过也有一些看上去正好相反的例子，在去掉所有名词之后，"赋"会给人一种不间断运动的感觉。因为"赋"中不会这样说："湖的对岸有一座小山丘。山丘顶有一个带观景台的花园。顺着一段石阶可以到达这个观景台。"而是会说成："划舟过湖，登上一个小山丘，穿过一个花园，走上陡峭的石级，来到一个开敞的观景台上。"虽然有这种表面上的移动性，但"赋"从核心上而言还是列举，这一点在景物描写上格外明显。所以"赋"并不是叙述性的，实际上它也不是描述性的，而是铺陈与说明式的。

作为批评手段的诗歌式说明

在收录于《文选》卷八开篇的《上林赋》中，司马相如描述了统治者校猎的场面，这既是对诸侯奢靡生活的批评，同时也是对所有铺张浪费行为的指责。在对校猎场面和猎苑进行描写之前，先是有一段"亡是公"对"子虚""乌有"二侯说的话，文章末尾则是对这段话的呼应，而这段带有教育意味的话成了围绕狩猎场面描写的一个外框。赋的结尾具有教育意义，而关

---

[1] 载G. Debon（德博）编的*Ostasiatische Literaturen*（《东亚文学》），威斯巴登，1984年，第14页。

于过度铺张的批评则形成了对该结尾的过渡:

> 若此故猎,乃可喜也。若夫终日驰骋,劳神苦形,罢车马之
> 用,抏士卒之精,费府库之财,而无德厚之恩,务在独乐,不顾众
> 庶,忘国家之政,贪雉兔之获,则仁者不繇也。[1]

在最末尾,两位被教育者表达了自己的观点:

> 于是二子愀然改容,超若自失,逡巡避席,曰:"鄙人固陋,
> 不知忌讳,乃今日见教,谨受命矣。"[2]

这篇赋结尾处的批评与教育内容让我们想起了战国时期的论辩技巧,同时,该赋也能让我们看到《楚辞》传统下的诗人游仙,例如描写统治者的车驾从空中飞过,车边围绕着神仙:

> 然后扬节而上浮,凌惊风,历骇猋,乘虚无,与神俱。蹴玄
> 鹤,乱昆鸡……[3]

在这些全景式的描述中,统治者一行人处在不断上升的状态中,文章提到的宫殿、花园、园林、房间等构成了一个宇宙,在这个小宇宙中,英雄式的主人公出现了,这就是那位统治者。所以这种表面上的地点描写,实际只是在利用具有象征意义的背景刻画人物。在之后几百年的辞赋作品中,即便没有出现天子这一形象,也会有一个第一人称叙述者取而代之,在个别情况

---

[1] 见E. V. Zach的*Die Chinesische Anthologie*(《中国文学选集》2卷本),剑桥,马萨诸塞州,1958年,第116页。
[2] 同上,第117页。
[3] 同上,第114页。

下还会是诗人自己。关于这一点，我们在后文中还会提到。

汉代早期最著名的辞赋家是上文提到过的司马相如，他的《子虚赋》《大人赋》与其他一些作品一起被司马迁收录在《史记·司马相如列传》中，这些作品可以被认为是中国最早的讽刺作品。[1]关于司马相如的出身，我们几乎一无所知，他在大约25岁时来到京城长安，直到在梁孝王刘武（前168—前144在位为梁王）府上为宾客的时候，他的文学才华才显现出来，当时梁孝王的宾客中还有枚乘、邹阳等重要的文学家。司马相如在那里创作了《子虚赋》，在这篇赋中，他描述了楚国广大的猎苑。梁孝王死后，司马相如于公元前144年回到了故乡蜀郡，即今四川成都地区，在这里，他凭借自己的文学才华很快找到了新的资助者。公元前142年，他与冶铁富商之女卓文君私奔，后又与卓文君经营酒肆为生。过了不久，他的岳父就承认了这段婚姻。公元前137年，司马相如应天子之邀来到京城，在这里，他不但成了御用文人，同时也在外交方面发挥了作用。

司马相如在这一阶段创作的不少作品都是用来歌颂天子的善意，或是用来说明纠纷中各方的不同立场，并试图寻找解决办法的。还有一些作品是写给天子本人的，这些带有批评或劝谏意味的作品在司马相如的晚年尤其多见。他跟同时代的很多人一样，既是文学家，也是政治家；既是有独立见解的批评者，又是忠诚的臣子；既放荡不羁，又是卫道者。

除司马相如之外的另一个著名的汉代辞赋家是扬雄，此人由于曾在王莽的"新朝"（9—23）为官而颇受争议。与司马相如一样，他也来自成都地

---

[1]　译本见B. Watson（华兹生）的*Records of the Grand Historian of China*（《中国大历史家记》），第1卷（纽约，1971年），第301—321页以及第332—335页；Y. Hervouet（吴德明）的*Un Poè de cour sous les Han. Sseu-ma Siang-jou*（《汉朝的宫廷诗人：司马相如》），巴黎，1964年；D. R. Knechtges（康达维）的Ssu-ma Hsiang-ju's "Tall Gate Rhapsody"（《司马相如的〈长门赋〉》），载*HJAS*（《哈佛亚洲研究学刊》）第41期（1981年），第47—64页。

区，[1]这一点或许更加促使扬雄从很早时候就开始模仿司马相如；此外，对文学创作的追求并没有妨碍扬雄入仕，这点也和司马相如一样，虽然扬雄并没有在为官方面表现出很大的野心。扬雄本人严格遵奉正统儒学，根据这种理念，像屈原那样的遁世与空想也是要受到谴责的。

扬雄很多重要的辞赋作品都是为皇帝所作，在作于前11年前后的《甘泉赋》[2]的前言中，他提到了作此赋的动机是记录汉成帝郊祀甘泉泰畤的过程，这是为前32年至前6年在位、也许有龙阳之癖的成帝而举行的祭祀天地的仪式，目的是求子嗣。在作为随从，出行归来之后，扬雄写下了这篇赋，作为对天子的劝谏。但他的批评非常隐晦，我们虽然能从文章中体味得出，但又不是非常明确。[3]

中国的诗歌语言经常很简短，并且有意识地表达得非常委婉，这也是令人感到解释起来十分困难的原因之一，而赋尤其如此。许多赋的表达隐晦不清，所以给这些作品的翻译工作带来了极大的挑战。例如《甘泉赋》的散文体序中就说到，命令被下达给百官之后，就要选吉日，合良辰，之后的一句是"星陈而天行"，赞克（Erwin von Zach）是这样翻译的："皇帝的队伍排列好（如星辰），开始（向着天空）行进。"赞克的这种翻译依据的是唐朝训诂学家颜师古（581—645）的解释。康达维并不赞同这种解释，他采用了一种非常忠于字面的翻译："星辰聚集，天空开始移动。"此外，我们在很多词句中都能觉察到批评的意味，这些批评针对的是奢靡和放纵的生活以及

---

[1] D. R. Knechtges（康达维）的*The Han Rhapsody. A Study of the Fu of Yang Hsiung*（前53—18）（《汉赋：扬雄赋研究》），剑桥，1976年，第13页等。

[2] 《文选》卷七；译文见E. v. Zach的*Die Chinesische Anthologie*（《中国文学选集》2卷本），剑桥，马萨诸塞州，1958年，第1卷，第93—98页；亦见E. C. Kopertsky的Two Fu on Sacrifices by Yang Hsiung, The Fu on Kan-ch'üan and The Fu on Ho-tung（《扬雄的两篇赋：〈甘泉赋〉和〈河东赋〉》），载*JOS*（《东方文化》）第10期（1972年），第85—118页。

[3] F. A. Bischoff（比肖夫）曾经用后来的赋文作品为例，说明赋的这种多义性；见F. A. Bischoff（比肖夫）的*Interpreting the Fu. A Study in Chinese Literary Rhetoric*（《释赋：中国文学修辞学研究》），威斯巴登，1976年。

违反礼教的行为，例如在祭天之时携带情人。

从赞颂统治者到诗歌的第一人称叙述者

我们已经说到了，要理解赋，读者及译者得具备一定的语言能力。赞克译文的魅力从司马相如的《上林赋》里描述皇家猎苑河流的这一段上就能看得出来，康达维也对赞克的这段译文赞誉有加。[1]

《汉书·艺文志》中收录了78位作者的1004篇赋，但其中相当一部分并不是真正的赋。留存下来的赋仅有75篇，其中几篇被收录在萧统的《文选》中。《文选》用将近19卷的体量收录了55篇赋，这些赋又分为不同的种类。

随着文人阶层自我意识的不断增强，其所作赋的主题也从政治劝谏、颂扬统治者及其世界，延伸到了个人的情感和经历上。最早的此类作品包括上文提到过的贾谊的《鵩鸟赋》，这是一篇个人色彩浓厚的作品，充满了作者谪居长沙时因感到死亡逼近而生出的忧伤与不幸之感。这首赋中散发出的忧郁与感伤承继了《离骚》的传统，《史记》卷八十四《屈原贾生列传》中收录了这篇赋，这部作品同时还被收录在《文选》"鸟兽"类赋中。《鵩鸟赋》讲到一只鵩鸟飞进了作者的陋舍之中，作者于是打开书占卜，想知道这只鸟预示的吉凶。接着他问鵩鸟，它带来的是好事还是坏事，这只鸟没有说话（在中国古代文学作品中，动物从来不会跟人交谈），但作者写下了这只鸟可能代表的意思。接下来是对人生以及人生中偶然事件的观察、思考，从思想角度看，《鵩鸟赋》非常符合《庄子》中的道家思想。

从很早的时候起，文人与掌权者之间就存在着某种紧张关系，但随着掌权

---

[1]　见D. R. Knechtes（康达维）的*Wenxuan*（《文选》），第1卷，第67页；E. v. Zach的*Die Chinesische Anthologie*（《中国文学选集》2卷本），剑桥，马萨诸塞州，1958年，第1卷，第109页。

者的文人化，这种关系产生了很大变化。自公元2世纪起，统治者与军队统帅也开始致力于文学创作，这种发展趋势在曹操的宫廷中达到了第一个高峰期。随着这种变化的加剧，文人在与统治者的关系中体现出了越来越强的自主性，这一点也体现在文学作品第一人称叙述者的态度上。至少在文学作品中，统治者至高无上的地位受到了限制，个别文人开始在作品中将自己置于高位。

登高成了作诗的契机，所以很多文人会寻找一个高的地方，好从地理位置方面突出自己的高贵。他们所选择的地点并不一定是山，用于远望的楼或一处高地便足矣。但从汉代开始，高地似乎已经不只会引发喜悦或高亢的情绪，也会引起哀伤和忧愁之感。例如王粲（177—217）的《登楼赋》就是这样一部作品。作者在这篇赋中感叹时局的动荡，表达了思乡之情，对也许不会再有机会施展自己能力、为统治者服务的前景感到忧虑。[1]王粲在楼上远望都城时作了这首赋。这个远望都城而感到哀伤的主题后来不断出现在文学作品中，此外，特别受人喜爱的还有"平复激昂的情绪"这一主题。[2]

在赋这种文体中，特别常见的还有遇仙这个主题，特别是遇到河神，这可以回溯到《楚辞》中的祭祀题材。在《文选》卷十九中，能够看到一篇被归在宋玉名下的《神女赋》[3]，王粲也曾写过一篇同名作品。在王粲后不

---

[1] 关于王粲的赋，见Ronald C. Miao（缪文杰）的*Early Medieval Chinese Poetry. The Life and Verse of Wang Ts'an*（A. D. 177—217）（《中国中古时期早期的诗歌：王粲的生平与诗作》），威斯巴登，1982年，第225—293页；D. Altieri的On Structure and Theme in Wang Ts'an's "Ascending the Tower Fu"（《论王粲〈登楼赋〉的结构与主题》），载*LEW* 19（1975年），第195—204页；参见B. Watson（华兹生）的*Chinese Rhyme-Prose. Poems in the Fu Form from the Han and Six Dynasties Period*（《汉魏六朝赋选》），纽约，1971年，第52页等；关于登山与文学作品之间的关系，见H. Schmidt-Glintzer（施寒微）的Bergbesteigungen in China-Zu Wandlungen und Dauerhaftigkeit einer Daseinsmetapher（《中国的登山主题：生存隐喻的变化与延续》），载E. von Schulter主编的1985年9月16日至20日维尔茨堡第二十三届德国东方学大会论文集（威斯巴登，1989年），第469—481页。

[2] 见J. R. Hightower（海陶玮）的The Fu of T'ao Ch'ien（《陶潜的赋》），载*HJAS*（《哈佛亚洲研究学刊》）第17期（1954年），第169—230页，特别是第169页等。

[3] 译本见E. v. Zach的*Die Chinesische Anthologie*（《中国文学选集》2卷本），剑桥，马萨诸塞州，1958年，第1卷，第262—265页。

久，曹植写了《洛神赋》，这篇作品同样被收录在《文选》卷十九中，是公元223年曹植拜访了哥哥魏文帝曹丕之后，于返回封地的途中所作。[1]曹植应该是熟悉那些关于邂逅美丽女河神的赋文的，王粲的那篇赋他肯定也读过，因为此人与曹氏家族交往密切。正因如此，《洛神赋》解释起来也格外困难，我们几乎无法将典故暗示与真实背景区分开来。于是，一些文学评论者将《洛神赋》解释为向曹丕表达忠诚之作，另外一些评论者则将洛神这个形象理解为曹植青年时代的一个心上人。

赋的语言艺术

随着赋的发展，艺术语言发展成为一种特殊的形式，并成为知识分子以及有能力担任官职者的标志。对华丽繁复语言的追求很快也引来了一些质疑的声音，但在中国，这种质疑并没有发展成为像柏拉图那样认为所有诗人都是骗子的结论。文学修养首先意味着所受的教育，意味着自己了解典籍和仪礼制度，其次才意味着自己能够进行文学创作。"辞"这个字后来也被用在了"文辞"中，指充满艺术性的表达，"辞赋"则是指"充满艺术表达的赋"或"优美的赋"。而正是极擅长这种"充满艺术性的表达"的扬雄后来在"文"与"质"相互对立的背景下，对这种表达提出了异议，并首次对赋进行了理论性的描述。[2]扬雄在《法言》一文中用对话形式批评了赋放纵的语言风格：

[1]　译本见E. v. Zach的*Die Chinesische Anthologie*（《中国文学选集》2卷本），剑桥，马萨诸塞州，1958年，第1卷，第262—268页，以及B. Watson（华兹生）的*Records of the Grand Historian of China*（《中国大历史家记》），第1卷（纽约，1971年），第55页等。关于后世对这个题材的使用，见E. H. Schafer的*The Divine Woman. Dragon Ladies and Rain Maidens in T'ang Literature*（《神女：唐代文学中的龙女和雨神》），伯克利，加利福尼亚州，1972年。
[2]　见"对精致与美的矛盾观点"一节，即本书第12节。

　　或问："吾子少而好赋。"曰："然。童子雕虫篆刻。"俄而曰："壮夫不为也。"或曰："赋可以讽乎？"曰："讽乎！讽则已，不已，吾恐不免于劝也。"

　　或曰："雾縠之组丽。"曰："女工之蠹矣。"《剑客论》曰："剑可以爱身。"曰："狴犴使人多礼乎？"

　　扬雄晚年对赋这种为华丽而华丽的做法的评价可以回溯到他《太玄经》的几个段落中，在这里，扬雄提出内容应该优于形式，质应该先于文的观点。孔子就曾对这些对立关系进行过思考，后世又不断有人论及，这体现了人们对美的矛盾认识。这一矛盾也成了中国传统艺术观的特征，它针对的不仅是赋，而是所有文学作品，但在赋中表现得格外明显且始终存在。跟后来的很多诗人一样，扬雄自己虽然对赋有这样那样的评价，但他依然还在继续撰写这样的作品。

　　在扬雄之后不久，《汉书》的编纂者、《两都赋》的作者班固提出赋是对事件的反映，是有能力者内心的观点，他视荀卿、屈原、宋玉、枚乘、司马相如和扬雄为赋这种文体的开拓者及最重要的代表人物。或许是作为对扬雄批评西汉初年都城长安过于奢华的回应，在《两都赋》中，班固强调了东汉都城洛阳的朴素，从而使自己这篇赋的主要功能变成了颂扬，而非批评。而在民国时期，扬雄之所以会受到批评，既是因为他曾效力于"篡位者"王莽，同时也是因为20世纪初"白话文运动"对造作之风的抵制。在这场运动中，扬雄是很容易被拿出来当反面案例的，例如郑振铎（1898—1958）就认为扬雄除了堆砌华丽的辞藻和生僻字，以及华丽的文风，就再没有什么长处了。但正如我们上文中所论述的，这些批评实际也可以认为是完全建立在扬雄本人的观点之上的。

　　"赋"是宫廷诗歌的典型形式，而后世诗人也不断地在用赋来描述宫殿、城市、园林这样的地点，以及古筝、墨、昆虫或个人情感这样的对象。

因此，赋不仅是汉代最重要的文体类型，在接下来的几百年中，也始终是除诗之外最重要的艺术及文人作品形式，直到唐代，赋才渐渐失去了以往的地位。[1]因而南朝萧统在他的《文选》中，仍把赋放在第一位，我们可以从他收录的文章中看到赋的多样性及变化性。文学家、科学家张衡（78—139）在他关于西都与东都的《二京赋》中，重拾班固在《两都赋》中忽略了的一些话题，例如都城洛阳的一些仪式。[2]张衡已经是新型文官的代表，这种文官类型在之后的几百年间一直占据主要位置。不管职位有多高，他们总是会不断地抱怨世界的不完美，他们营造感伤的气氛，始终梦想着能够归隐，到乡间去过安静的文人生活。[3]

与班固的《两都赋》和张衡的《二京赋》不同，左思（约250—约305）用了十余年时间所作的《三都赋》更像是对魏、蜀、吴三国都城的"现实主义"描述，其中魏国的都城被当作最主要的城市而格外突出介绍。左思认为自己的赋既具有高度学术性，同时也应该被看作文学作品，不过他的作品直到皇甫谧（215—282）为其作序之后，才广为人知。

大多数为新朝建立、迁都或其他政治礼仪方面的重大事件而作的赋都没能保存下来，一个例外是胡综（183—242）的《黄龙大牙赋》。这一类赋以班固为始，很快就不再将批评作为主要目的，而更像是赞歌。这些作品一方面延续了从汉代就开始的某些传统，同时又不再像早期辞赋家那样在词汇的使用上精雕细琢，并且篇幅开始缩短，与其他类型诗歌的区别开始变得不明

---

[1] 收录赋文作品最多的文集，是1706年编辑完成的《历代赋汇》，其中收录作品约3500件。

[2] 见E. R. Hughes（修中诚）的*Two Chinese Poets. Vignettes of Han Life and Thought*（《两首中国诗：汉代生活及思想》），普林斯顿，新泽西州，1960年。

[3] 见D. R. Knechtges（康达维）的*A Journey to Morality. Chang Heng's The Rhapsody on Pondering the Mystery*（《道德之旅：张衡通幽之赋》）载Chan Ping-Leung（陈炳良）等主编的*Essays in Commemoration of the Golden Jubilee of the Fu Ping Shan Library*（1932—1982）（《冯平山图书馆落成60周年纪念文集》），香港，1982年，第162—182页。

显，详尽的叙述也经常被堆砌的各种暗示所取代。当然，这里也有一些非常优秀的例外情况，例如张融（卒于497年）的《海赋》，这篇是他模仿西晋辞赋家木华（生卒年不详）同名赋文而创作的作品。即便对张融的同代人而言，其中的词汇也已经很难懂，南朝萧子显（489—537）将该赋收录在《南齐书·张融传》中时，就已经为它标记了读音。曾有人戏谑道，要写一篇关于海或者长江的赋其实很容易，只要随便找一些汉字，加上"水"字边，然后再全都用上就可以了。

六朝时期，赋的主题不断丰富，既有描述自己妻子丑陋的作品，也有描述苍蝇、虱子或筝、笛、舞蹈、雪等的作品〔例如谢惠连（397—433）的作品〕[1]，以及描述个人忧伤、寂寞、失落或者离愁等情感的作品。这一时期的大多数赋文与当时的时代特征相契合，对新奇的事物表现出了极大的兴趣，并且经常有寓言的性质，但并不总是很容易理解，例如袁枢（517—567）的《苍蝇赋》，该赋按照《诗经》和《离骚》的方式，用苍蝇来喻指那些谗佞之人。除词汇方面的变化外，赋很快体现出了来自六朝时期非常发达的骈体文的影响，例如庾信（513—581）的《哀江南赋》[2]等作品就是以这样的风格而著称。

江淹的《别赋》

离别的主题不断出现在各种各样的诗歌形式中。最初，与亲人和朋友告别是一种隆重的宗教仪式，被称为"祖饯"，送行者会为远行的人祈求神灵

---

[1] S. Owen（宇文所安）的 Hsieh Hui-lien's "Snow Fu". A Structural Study（《谢惠连的〈雪赋〉：结构研究》），载 JAOS（《美国东方学会会刊》）第94期（1974年），第14—23页。

[2] W. T. Graham, Jr. 的 The Lament for the South. Yü Hsin's "Ai Chiang-nan fu"（《庾信的〈哀江南赋〉》），剑桥，1980年。

护佑。这个传统后来发展成了送别仪式甚或送别宴会，人们作诗表达离别的感伤，通过这种方式巩固相互之间的关系，以使这种关系能够禁得住长久离别的考验。在一个调换职位、贬官甚或流放时有发生的社会中，离别是很常见的。

描写离别及离愁别绪最著名的赋是江淹的《别赋》，作者用11段132句充分讲述了这个主题。[1]在这首赋中，语句长短不一，韵脚交替使用。与赋的通常结构不同的是，《别赋》没有散文体的序。在叙述主题的时候，《别赋》并没有采取单一叙述者的视角，而是不断变换叙述视角，但不管如何变换，始终以主观性视角为主，这一点在对于描述对象的夸张处理上体现得尤为明显。夸张作为修辞手段并不仅仅出现在辞赋作品中，而是在中国的所有诗歌作品中都很常见。[2]《别赋》讲到了离别之苦的无可比拟，讲到了泪尽之后哭出的鲜血。离别不仅让人"心折"，还会让人"骨惊"，离别的情绪就连动物和石头都能体会到。尽管离别具有普遍性，但它也会有各种各样的形式，如赋中所说的"别方不定，别理千名"。

《别赋》中有六个地方提到与离别相关的历史典故，但并没有点出离别的人，只是说出了地点，例如下面的诗句：

> 帐饮东都，送客金谷。

另外一种典型的手法是使用一些具体的物品或意象，例如春天和秋天，或者象征消逝的露水。露水这个意象也隐含有性方面的暗示，或是指天子的

---

[1]　译本见B. Watson（华兹生）的*Chinese Rhyme-Prose. Poems in the Fu Form from the Han and Six Dynasties Period*（《汉魏六朝赋选》），纽约，1971年，第96页等，以及H. H. Frankel（傅汉思）的*The Flowering Plum and the Palace Lady. Interpretations of Chinese Poetry*（《梅花与宫闱佳丽：解读中国诗》），纽黑文，康涅狄格州，1976年。
[2]　见H. H. Frankel（傅汉思），同上，第79页等。参见G. Debon（德博）的*Chinesische Dichtung. Geschichte, Struktur, Theorie*（《中国诗：历史、结构、理论》），莱顿，1989年，第75页等，关于词条"Hyperbel"的解释。

宠爱，但在这个地方显然指的是易逝的时光。此外，关于露水的隐喻也能够让我们看到这种隐喻的早期使用情况，例如据推测写于公元前3世纪、由无名氏所创作的一首杂言诗：

> 薤上露，何易晞。
>
> 露晞明朝更复落，人死一去何时归。[1]

我们更常读到的是月亮。在江淹的《别赋》中，月亮代表变化不定，同时它也是对寂寞和孤独旅人的慰藉，有的时候也代表了共同的熟悉的人，就像谢庄（421—466）的《月赋》中所说的"隔千里兮共明月"。[2]除此之外，月亮还有一些其他的含义，例如满月代表团圆，苏轼就曾经对着满月，为远方的弟弟苏辙（1039—1112）作了一首词：

> 明月几时有？把酒问青天。不知天上宫阙，今夕是何年？我欲乘风归去，又恐琼楼玉宇，高处不胜寒。起舞弄清影，何似在人间？
>
> 转朱阁，低绮户，照无眠。不应有恨，何事长向别时圆？人有悲欢离合，月有阴晴圆缺，此事古难全。但愿人长久，千里共婵娟。[3]

在所有的离别诗中，虽然离别的原因是朋友或者亲人的远行，[4]但我们

---

[1] 参见H. H. Frankel的*The Flowering Plum and the Palace Lady. Interpretations of Chinese Poetry*（《梅花与宫闱佳丽：解读中国诗》），纽黑文，康涅狄格州，1976年，第81页等。

[2] 《文选》卷十三。

[3] 见James J. Y. Liu（刘若愚）的*Major Lyricists of the Northern Sung, A.D. 960–1126*（《北宋六大词家》），普林斯顿，新泽西州，1974年，第121页等。

[4] E. H. Schafer曾研究过为返回日本的求学僧所写的赠别诗：*Fu-sang and Beyond. The Haunted Seas to Japan*（《扶桑与彼岸：跨越危险的海洋》），载*JAOS*（《美国东方学会会刊》）第109期（1989年），第379—399页。

都能联想到从《楚辞》就开始的对于女神离别的感伤。例如《招隐士》中有一句"王孙游兮不归，春草生兮萋萋"，[1]而我们能够在王维（701？—761）的绝句《送别》中看到对于古老诗句的化用：

> 山中相送罢，日暮掩柴扉。
>
> 春草明年绿，王孙归不归？

　　一个题材如此频繁地被使用，难免会造成枯竭，但也因此促使人们寻找新的、能够带来异趣的变体。有些题材会同时流传下来几十部不一样的作品，从中我们能够看出作者如何处理已经存在的、有关相同话题的文学作品。仔细观察这些反复出现的题材的发展，我们能够注意到各种暗示的数量在不断增加，直到扩展成为一个复合的主题。在"赋"中，我们也能够观察到这种题材的穷尽，但有的时候，它们又会被人再次使用，例如将赋发展到一个新高度的苏轼。[2]《颍州初别子由（其一）》的开头部分就非常能够体现他在离别主题上推陈出新的能力：

> 近别不改容，
>
> 远别涕沾胸。
>
> 咫尺不相见，
>
> 实与千里同。
>
> 人生无离别，
>
> 谁知恩爱重。[3]

---

[1] 译文参见D. Hawkes的*The Songs of the South*（《楚辞》），哈莫茨沃斯，1985年，第244页。

[2] C. D. LeGros Clerk的*The Prose-Poetry of Su Tung-p'o*（《苏赋》），上海，1935年。

[3] 同上。

11. 朝代史的标准化

司马迁的《史记》

历史记录、传说、英雄故事和逸事，一方面以口传形式，一方面以很早就开始的档案与作品集形式，构成了新型历史创作的基础和原始资料。这种新型历史创作既源于新王朝的需求，同时也是知识精英寻找自我定位的方式。历史学家司马迁通过他的著作《史记》确立了一种新的体例，其目的就是希望避免将相互关联的事件割裂开来的编年的方式。

虽然历史撰写者从一开始就知道，想在按照时间顺序叙述的同时兼顾与某一人物或者某一事实相关联的事件是很困难的，但这种通过《春秋》确立下来的、后来被称为"编年体"的纯粹依照事件发生顺序进行撰写的形式存在了很久才被取代。在按照《春秋》结构撰写的《国语》和《战国策》中，我们已经能够看到新形式的萌芽，至少从它们流传下来的形式看，这些作品是按照各个国家来归纳材料的，只是在每个国家之下才按照时间顺序来记述。但直到司马迁《史记》的出现，这个问题才找到令人信服的解决办法，并从此为后世所有正史提供了范例。[1]

　　《史记》是"纪传体通史"的开端，它是从上古时期一直记录到成书的时代，所以这部著作跨越了若干个朝代。这一类的史书除了《史记》，还包括后来的《南史》《北史》和《五代史》。[2]司马迁的排序方式综合了编年、论著和传记的特点，这种排序应该是建立在对于对应体系、数字关系、排列方式已高度熟悉的推测方法的基础上的，这些方法已经在其他一些著作中有所体现，例如《吕氏春秋》。对《史记》排序所具有的象征意义虽然有

---

[1]　对中国史书著作的概括性描述，见R. Trauzettel（陶德文）的Die chinesische Geschichtsschreibung（《中国的史书创作》），载G. Debon（德博）主编，Ostasiatische Literaturen（《东亚文学》），第77—90页；Ch. Gardner的Chinese Traditional Historiography（《中国传统史学》），剑桥，马萨诸塞州，1939年，1961年新版。重要论文，收录于W. G. Beasley（毕斯里）、E. G. Pulleyblank（蒲立本）主编的Historians of China and Japan（《中日史学家》），伦敦，1961年；工具书和辞典中对史书的简要论述，见E. Wilkinson（魏根深）的The History of Imperial China. A Research Guide（《中国近代以前历史研究手册》），剑桥，马萨诸塞州，1973年；D. D. Leslie（李渡南）等主编的Essays on the Sources for Chinese History（《中文史料论集》），堪培拉，1973年；Yu-shan Han（韩玉珊）的Elements of Chinese Historiography（《中国史学基础》），好莱坞，加利福尼亚州，1955年。公元1世纪到10世纪的断代史译本辑录，见H. H. Frankel（傅汉思）的Catalogue of Translations from the Chinese Dynastic Histories for the Period 220–960（《中古史译文目录》），伯克利，加利福尼亚州，1957年。

[2]　关于司马迁和他的著作，见B. Watson（华兹生）的Chinese Rhyme-Prose. Poems in the Fu Form from the Han and Six Dynasties Period（《汉魏六朝赋选》），纽约，1971年；Ching-chuan Dzo（左景权）的Sseuma Ts'ien et l'histoire chinose（《司马迁与中国历史》），巴黎，1978年。重要的译本（全部为节译本），有É. Chavannes（沙畹）的Les mémoires historiques de Se-ma Ts'ien（《司马迁的〈史记〉》），巴黎，1895—1905年，1969年，6卷本；B. Watson（华兹生）的Records of the Grand Historian of China, Ssu-ma Ch'ien（《司马迁：中国伟大史学家》），2卷本（纽约，1961年）；D. Bodde（卜德）的Statesman, Patriot and General in Ancient China（《古代中国的政治家、爱国者和将军》），纽黑文，康涅狄格州，1940年；E. Haenisch的Gestalten aus der Zeit der chinesischen Hegemoniekämpfe. Übersetzungen aus Sze-ma Ts'ien's Historischen Denkwürdigkeiten（《中国霸权时代的人物：司马迁〈史记〉节译》），威斯巴登，1962年；F. A. Kierman Jr.的Ssu-ma Ch'ien's Historical Attitude as Reflected in Four Late Warring States Biographies（《从战国后期四篇传记看司马迁的史学态度》），威斯巴登，1962年；Hsien-yi Yang（杨宪益）、Glady Yang（戴乃迭）的Selections from Records of the Historian, Written by Szuma Chien（《司马迁〈史记〉选集》），北京，1979年。

各种猜测，但是直到今天也没有确凿的证据。

《史记》共130卷，50余万字，由5部分组成：本纪（12卷）、表（10卷）、书（8卷）、世家（30卷）、列传（70卷）。由此，后世所有朝代"正史"的体例得以确立，只是这些史书并不总是包括所有的这五个部分，并且各个部分的比重也不尽相同。

这些分组或者至少是分组的名称，并不都是司马迁或他父亲司马谈（卒于前110年）的发明，司马迁只是继续并完成了他父亲的工作。在这里，我们也只是出于简化的目的才不说《史记》的作者们。司马迁所作的"本纪"和其他一些内容应该是有样本的，不过将不同的记述方式结合在一起，这一点是全新的。"本纪"按照时间顺序记载了历史上的帝王和王族；"表"之前的短文用来介绍官职的授予或更换等此类事件；"书"在后来的史书中也称为"志"，记载的内容涉及历法、礼乐制度等；"世家"记述了周代及汉代早期王侯封国的史迹。

《史记》中占据最大篇幅的部分是"列传"，这一点在后世的正史作品中也是一样。将"列传"译为德语的Biographien[1]肯定是不完全准确的。撰写于唐代的《晋书》是关于晋朝的正史，这部史书中增加了"载记"，内容是对邻国（后来经常被当成不合法的）的某些人物事迹的记载，这一部分通常是放在"列传"末尾的。《史记》"列传"部分的最后一卷，即卷一百三十，是作者的后记，带有极强的自传性质。在这个后记里，司马迁沿袭的是给自己作品添加自传性质后记的传统。[2]

司马迁在如何排列历史资料方面找到的解决方案，后人始终没能再突破，但依照时间线索编排事件的"编年体"，以及依照时间线索、同时按照

---

[1] 意为"传记"。——译者注

[2] 关于这种做法，见W. Bauer（鲍吾刚）的*Das Antlitz Chinas. Autobiographische Selbstzeugnisse von den Anfängen bis zur Gegenwart*（《中国人的自我画像：古今中国自传体文学、文献综述》），慕尼黑，1990年。

事件与题材进行编排的"纪传体"存在的问题也不断有人看到并提出。根据《文心雕龙·史传第十六》中所写，刘勰显然很清楚司马迁所选择的这种体例有冗长和不完整的危险，但刘勰也跟其他人一样，不能跳出"编年体"和"纪传体"的框子。正是在这个前提下，我们才能够理解为什么从宋代开始，经常会有人试着将按照事件线索编排好的史书从事实角度重新编排，这种书通常被冠以"某某纪事本末"的名称。

司马迁对他家族的成就显然评价非常高，他认为自己承继的是孔子的传统（显然，这并不妨碍他对某些道家传统思想的好感）。他强调说，自己的著作并不只是写给同代人的，而是为"后世圣人君子"所作。他这样写的时候，恐怕并没有意识到自己的这句话真的会成为事实。因为《史记》一开始并没有引起重视，后来是因司马迁的外孙杨恽才流传开来，当时《史记》已部分缺失，这些缺失的部分后来由褚少孙根据标题补续。[1]尽管一开始被人忽视，但《史记》后来成为中国史书中的巨著，并拥有了诸多注疏。

司马迁在讲述自己的想法和价值判断时显得很谨慎，这一点应该与汉武帝时期刻板严苛的政治风格有关，所以他在评判功过时经常使用一些隐晦的表达方式。司马迁本是被迫将史料分在不同的章节中，但这种做法实际上巧妙地避开了自己的评论与当时政治风气相冲突的问题。当同一历史事件有两个或两个以上主要参与者的时候，他遵循不重复叙述的原则，将事件归在核心人物之下，偶尔提到其他人物，同时，他对于主要人物的负面性格经常是在一个地方闭口不提，而放在另一个地方去写。这种"互见法"很早就被人注意到，宋代学者苏洵（1009—1066）在他的《史论》中就曾明确地提到了

---

[1]　关于《史记》版本真实性的考证，见A. F. P. Hulsewé（何四维）的The Problem of the Authenticity of Shichi ch. 123. The Memoir on Ta Yüan（《〈史记〉卷一百二十三"大宛列传"的真实性问题》），载*TP*（《通报》）第61期（1975年），第83—147页；Y. Hervouet（吴德明）的La valeur relative des textes du Che ki et du Han chou（《论〈史记〉和〈汉书〉文献的相对价值》），载*Mélanges offerts à Monsieur Paul Demiéville*，第2卷（巴黎，1974年），第55—76页。

这种方法。同时，苏洵还指出，司马迁在人物负面性格非常突出的情况下，也不忘给人物寻找好的一面。苏洵举《史记》卷八十一中为廉颇所作之传作为"互见法"的范例。在《廉颇蔺相如列传》中，廉颇这位将军的形象光辉灿烂，在后来的历史事件中，他又曾经做出过不采取某项军事行动的错误建议，这部分内容被放在了下文的赵奢列传中去讲述。但对那些总体是负面形象的人物，司马迁只是在每一卷末尾的"论赞"中才会去为他们寻找好的一面。

汉代人笃信上天的预兆，这一点也体现在了史书的创作中。司马迁巧妙地将这些吉凶的预兆纳入了自己的叙述中，用这个方式修饰他的内容。由于不仅是百姓的世界观中有神仙思想，文人阶层也有，且该思想是进行政治讨论和形成意见的重要手段，因而成了史书创作的重要元素。同时，由于公众在政治中扮演的角色越来越重要，后来还形成了一种带有插图的预言性质的文章，只是这类文章常常被人怀疑是为了百姓的情绪和挑起叛乱。[1]

司马谈和他的儿子司马迁不仅仅是记述史实，同时也会进行评论，这一点在叙述部分比较隐晦，只是在论赞部分会体现得比较明显。此外，这两位历史学家看上去对自己评判的"逻辑性"是清楚的，因为他们称自己对过去事件的论述是"空言"，这是指只起褒贬作用而不见用于当世的言论主张。

---

[1]　对于这种特点的论述，见 W. Eberhard（艾博华）的 The Political Function of Astronomy and Astronomers in Han China（《中国汉代天文学的政治功能》），载 J. K. Fairbank（费正清）主编的 Chinese Thought and Institutions（《中国的思想和制度》），芝加哥，1957年，第33—70页；W. Eberhard 的 Sternkunde und Weltbild im alten China. Gesammelte Aufsätze（《中国古代的星相学与世界观论文集》），台北，1970年；W. Eichhorn（艾士宏）的 Die alte chinesische Religion und das Staatskultwesen（《中国古代宗教与国家崇拜》），莱顿，1976年；H. Bielenstein（毕汉思）的 Han Portents and Prognostications（《汉代的征兆与预言》），载 BMFEA（《远东文物博物馆馆刊》）第56期（1984年），第97—112页；H. Schmidt-Glintzer（施寒微）的 Die Manipulation von Omina und ihre Beurteilung bei Hofe. Das Beispiel der Himmelsbriefe Wang Ch'in-jos unter Chen-tsung (regierte 998–1023)（《对预兆的操纵与宫廷的态度：以宋真宗年间王钦若的"天书"事件为例》），载 Asiatische Studien（《亚洲研究》）第35期（1981年），第1页等。

这个概念董仲舒在《春秋繁露》中就曾经使用过，应该是来自"公羊派"。不过，"空言"这个词在《史记》的某些地方也被用作"空话"之意，《易经》中的"空言"就是用的这个含义，陶潜曾将一些儒家道德说教称为"空言"，指的也是这个意思。[1]

《史记》作者以自己的新视角为出发点来评价收集到的材料，并通过这种方式超越了之前那些单纯按照时间线索排列的作品。早在《左传》时就已经实现了这种超越，但直到《史记》的出现，我们才看到新叙述方式的典型例证，其最重要的特征就是上文中提到过的"互见法"。叙述技巧的纯熟使这部作品历经若干世纪，不但成为史书中的典范之作，同时也成为中国最重要的散文作品。《史记》所使用的叙述模式不断被后世的散文作品当作范例，这种影响通过不同的方式一直延续到近代。

《史记》中也有一些完全按照时间线索讲述的段落，但多数篇幅较短，此外，我们还能看到总结、回顾以及补充叙述等。[2]直接引语或对话在《战国策》中就已经作为修辞手法而普遍使用了，在《史记》中也经常被用来增强文章的生动性。此外，直接引语也被用于对人物思想的直接表达，例如汉朝建立者刘邦的对手项羽听到从围困自己的敌军那里传来的楚歌声时，惊道："汉皆已得楚乎？是何楚人之多也！"[3]以此生动地描写了项羽的慌乱与走投无路。《史记》中起到类似作用的还有诗歌，或者对某些群体"集体"意见的引用。例如章邯的军队投靠项羽之后，书中是这样描述军队的气氛的：

---

[1]　见B. Watson（华兹生），Ssu-ma Ch'ien. Grand Historian of China（《司马迁：中国的伟大史学家》），第87页等。

[2]　关于司马迁对文学的观点及其风格，见J. L. Kroll的Ssu-ma Ch'ien's Literary Theory and Literary Practice（《司马迁的文学理论与文学创作》），载*Altorientalische Forschungen*（《古代东方研究》）第4期（1966年），第313—325页；J. R. Allen III的An Introductory Study of Narrative Structure in the Shiji（《〈史记〉叙事结构初探》），载*CLEAR*（《中国文学》）3.1（1981年），第31—66页。

[3]　《史记·项羽本纪》。

秦吏卒多窃言曰："章将军等诈吾属降诸侯。今能入关破秦，
大善；即不能，诸侯虏吾属而东，秦必尽诛吾父母妻子。"[1]

这里描述的是秦军中的气氛，特别是士兵们的不满，因此也就解释了为
什么项羽最后会率军击败他们。使用直接引语和内心独白的另外一个例子，
是《史记》卷七十七信陵君魏无忌（卒于前243年）的故事。他决心要在秦
军的进攻下保全赵国，下定决心之后，他前往赵国：

行过夷门，见侯生，具告所以欲死秦军状。辞决而行，侯生
曰："公子勉之矣，老臣不能从。"公子行数里，心不快，曰："吾
所以待侯生者备矣，天下莫不闻，今吾且死而侯生曾无一言半辞送
我，我岂有所失哉？"复引车还，问侯生。侯生笑曰："臣固知公
子之还也。"[2]

接下来，这位守门人给了信陵君一个新的计划，信陵君也成功地实施
了这个计划。这段记述与其他大多数记述一样，并不是为了说明事实上发生
了什么，而是要刻画不同的人物类型。例如，魏无忌就是一个礼贤下士的贵
族，他的谋士都是出身低微的人，因此他可以被认为是代表了能认识到自己
短处并能接受出身卑微者所提建议的人。

除论赞之外，《史记》也会利用他人之口来进行评论，例如"人或谓
吕后曰：'留侯善画计策，上信用之。'"[3]或者借吴客之口评价孔子："善
哉圣人！"[4]同样的方法也被用在预言上，例如一个囚徒对将军卫青（卒于

---

[1] 《史记·项羽本纪》。
[2] 《史记·魏公子列传》。
[3] 《史记·留侯世家》。
[4] 《史记·孔子世家》。

前106年或前104年）说："贵人也，官至封侯。"[1]这类的评论并不只是借人物之口说出来，某些行为或事件也可以带有评论的性质。例如隐士侯嬴为了坚定魏无忌救赵的决心而自尽，他的这个行为就是对魏无忌及其行为的肯定。[2]

但是在很多地方，客观叙述与主观评论之间是很难区分的。此外，作者似乎也在努力寻求一种平衡，例如下面这段话：

> 荆轲虽游于酒人乎，然其为人沈深好书，其所游诸侯，尽与其贤豪长者相结。[3]

这类带有折中色彩和评论功能的描述涉及范围很广，这种叙述方式后来被唐宋时期的"古文运动"当作范例。篇幅比较长的评价例如《史记》卷一二四中关于"游侠"的内容。[4]

"列传"不仅是《史记》中内容最丰富，同时也是最重要的部分，在这里，我们还能看到不同的文章结构类型。例如在《伍子胥列传》（卷六十六）中，事件及主人公的经历按照时间线索排序，目的是更加突出其为父兄复仇的行为。在《李将军列传》（卷一〇九）中，零散记述的事迹是为了刻画李广的军事才能和果敢。同时，我们能在这两篇传记里看到一系列相似之处和呼应之处。例如《伍子胥列传》就预言了他的回归和复仇，[5]而关于李广，书中则说他是生不逢时。[6]这两篇传记的主人公都落得自杀的悲惨结局，两人死前都有一段讲话：伍子胥提出要在自己的墓上栽

---

[1] 《史记·卫将军骠骑列传》。
[2] 《史记·魏公子列传》。
[3] 《史记·刺客列传》。
[4] 《史记·游侠列传》。
[5] 《史记·伍子胥列传》。
[6] 《史记·李将军列传》。

种梓树，并将自己的眼睛挖出挂在城门上，以此预言将来之事；李广则在最后一段话中说明了自己处境的绝望以及自己的失败。这两个人物都知道自己所犯下的错误，不过，两人最主要的共同之处还在于他们的性格都丝毫没有改变。讲述者从全知视角描述的主人公从开头到结尾都没有性格上的变化。

《史记》还经常使用史诗的叙述形式，例如对项羽生平及其死亡的记述中就大量运用了叙事的手法，以进行艺术加工，特别是关于各个战役的讲述和记录，显然都是作者的自由创作，或是取材自一些早期作品，如陆贾的《楚汉春秋》。

延续《史记》传统的作品

《史记》的作者能够依据的只有当朝的国家档案，而用《史记》所开创体例进行创作的第一部重要作品《汉书》〔为区别于范晔（398—446）的《后汉书》，这部作品也被称为《前汉书》〕则是对国家行政机构各种档案资料的汇编。在王莽篡权并建立"新朝"之后，这部书试图从好的一面叙述汉代历史（从前206年开始）。该书的撰写由班彪（3—54）开始，其子班固继续，班固的妹妹班昭（约49—约120）补充完成。[1]

班彪出身儒学世家，这个家庭与皇室有密切的关系，并主要从事编修工

---

[1] 这部著作的部分节译，见H. H. Dubs（德效骞）的 *The History of the Former Han Dynasty by Pan Ku*，3卷本（巴尔的摩，马里兰州，1938—1955年）；B. Watson（华兹生）的 *Courtier and Commoner in Ancient China, Selections from the History of the Former Han by Pan Ku*（纽约，1974年）。关于班昭，见N. L. Swann（孙念礼）的 *Pan Chao. Foremost Woman Scholar of China, First Century A.D.-Background, Ancestry, Life, and Writings of the Most Celebrated Chinese Woman of Letters*（《公元1世纪中国最杰出的女学者班昭：最受赞誉的中国女文学家的出身、祖先、生平及创作》），纽约，1932年。

作，其伯父曾与刘向一同校订重要书籍。在王莽当政时，班彪的父亲为赞扬王莽政府而作了一首诗，该诗引起了当权者反感，他也因此丢掉了官职。在新莽末年战乱时期，班彪曾效力于一位军事首领，他的《北征赋》即作于这个时期（约25年），这部作品后来被收录在《文选》卷九，得以流传。在这首赋中，班彪描述了自己从长安到甘肃的旅途。由于无法说服军队首领刘氏家族才是承受天命之人，班彪撰写了一部《王命论》。[1]他一方面致力于恢复刘氏家族的统治，同时又对时人关于司马迁《史记》所做的各种补充极为不满，这就构成了他修史的两个主要动机。班彪死后，修史工作由他极具文学天赋、长于辞赋的儿子班固继续。一开始，班固修史的行为遭到了抵制，但皇帝很快就认可了班固的才华，并钦命他编修《汉书》，但是这部著作直到班固死后，才由他的妹妹班昭最终完成。班昭的名字后来主要是与《女诫》这部书联系在一起，她不仅是当时宫廷内最有智慧和学识的人之一，同时也是一位非常出色的辞赋家。

《汉书》从结构上基本沿袭了《史记》的体例，关于公元前2世纪这段时期的内容也主要以《史记》为依据。但《汉书》也有一些改变，在这里，我们特别要提到的就是《艺文志》，它是中国最早的目录学文献。从流传的角度看，《汉书》比《史记》更为可靠。颜师古作注解的版本是早期注流中最重要的一部，由于理解《汉书》的语言比较困难，这些注解总是与《汉书》放在一起印刷。

从风格上来看，陈寿（233—297）的《三国志》具有一定的独特性。这部著作讲述的是汉朝政权瓦解后魏蜀吴三国的史迹，三国时期战事频繁，政治阴谋诸多，所以与秦统一中国之前的战国时期一样，都为生动刺激的故事提供了丰富的素材，并被后世不断演绎。例如《三国志》就为14世纪在口传基础上形成的重要历史小说《三国演义》提供了基础。与大多数早期著作

---

[1] 《文选》卷五十二。

一样，《三国志》也经历过修订，我们今天看到的版本是以裴松之（372—451）注解版本为基础的。

由于公元2世纪末中国社会动荡不安，东汉时期的很多资料与档案都流失了，到范晔开始为东汉修史，编纂《后汉书》之时，他已不得不依据一些二手资料。范晔的著作一开始包括了十卷本纪和八十卷列传，今天我们看到的是北宋时增补了司马彪（240—306）三十卷志之后的版本。直到今天，《后汉书》对我们了解东汉的历史都具有很重要的意义。

范晔在著书的过程中，并不是简单地抄录其他著作，而是努力保持自己的风格。他有意识地对当时的一些文学创作之风进行了反思，这一点从他446年初写于狱中的一封信中就能看出来。[1]他并不是唯一一个反对注重藻饰的骈体文的人，却是最早开始反对这种风格的人之一。虽然范晔的出发点只是要强调个人思想表达的重要性，并提出词语只是辅助工具的观点，但他对骈体的认识是正确的，《后汉书》中大量简洁紧凑的段落就很好地证明了这一点，特别是"序""论"和"赞"的部分。例如《酷吏列传序》就是这样一篇缜密周详的文章，其中用三个句子描述了汉初官吏们工作的总体环境（A），用三个句子描写他们如何应对这种环境（B），用三个句子讲他们应对之策的升级（C），结尾句子的作用是缓和负面批评，并再次提出酷吏们的功绩（D）。

（A）汉承战国余烈，多豪猾之民。其并兼者则陵横邦邑，桀健者则雄张闾里。且宰守旷远，户口殷大。

（B）故临民之职，专事威断，族灭奸轨，先行后闻。肆情刚烈，成其不桡之威。违众用己，表其难测之智。

---

[1] 参见R. C. Egan（艾朗诺）的The Prose Style of Fan Yeh（《范晔散文的风格》），载*HJAS*（《哈佛亚洲研究学刊》）第39期（1979年），第339—402页。

（C）至于重文横入，为穷怒之所迁及者，亦何可胜言。故乃积骸满穽，漂血十里。致温舒有虎冠之吏，延年受屠伯之名，岂虚也哉！

（D）若其揣挫强伤，摧勒公卿，碎裂头脑而不顾，亦为壮也。[1]

从这段序中，我们已经能看到后世古文运动的迹象，序中的评价部分不但明确清晰，内容与韵律也相互配合，再加上范晔简练的文风，所有这些都能让我们清楚地看到范晔与清谈之风，以及与当时中国南方重凝练、轻铺陈的文人思想的联系。范晔喜欢言简意赅地表达自己的思想，并用对仗或交叉的方式达到呼应的效果。这种语言形式已经接近诗歌，为此，范晔经常不得不使用双音节词，甚或自造这样的词。其他一些写长篇诗歌所需的手段在中国语言中早已存在，例如省略主语，或者悄悄更换主语。像"他们有很高的职位，与皇家关系密切"这样的意思，用"位崇戚近"四个字就可以轻松地表达。在范晔之后不久的刘勰提出了这种对仗可能造成的单调，他认为如果行文缺乏变化，会很容易使读者感到疲劳。此处用《后汉书》中的几个段落来说明范晔的语言特点：

朝臣国议，无由参断帷幄，称制下令，不出房闱之间。[2]

声荣无辉于门阀，肌肤莫传于来体。[3]

关于宦官，书中写道：

---

[1] 《后汉书》卷七十七。
[2] 《后汉书》卷七十八。
[3] 同上。

然莫邪并行，情貌相越。[1]

我们可以通过那些能断定范晔所用资料来源的地方，清楚地看出他是如何对这些资料进行评估，并用他自己独特的方式进行改写的。下面这一段文字摘自东汉时期的《东观汉记》一书，同时也是首部记录这个时期的断代史著作，其中一段是一个男人与自己母亲的对话，被范晔所采用：

"此妇劝异居，不可奉祭祠，请去之。"遂叱出其妇。[2]

这一段在《后汉书》中是这样的：

此妇无状，而教充离间母兄，罪合遣斥。便呵叱其妇，逐令出门，妇衔涕而去。坐中惊肃，因遂罢散。[3]

除沈约（441—513）的《宋书》、萧子显的《南齐书》以及魏收（506—572）的《魏书》这几部著作外，各个朝代的正史都是到了唐代之后才重新开始编撰的，并且多为皇帝授命而为。这些著作以一些没能流传至今的早期史书为基础，如果仔细观察，我们就能看出，这些史书主要还是为了体现授意编书者的理念并证明某种合法性，例如《晋书》就是这样一部著作。[4]不过很快就有人对授意编史者与史书编纂之间的密切关系提出了批评，刘知幾（661—721）在完成于710年的著作《史通》中用了二十篇的篇幅来论述一

---

[1]《后汉书》卷七十八。
[2]《东观汉记》卷十九。
[3]《后汉书》卷七十一。
[4] 参见M. C. Rogers的*The Chronicle of Fu Chien. A Case of Exemplar History*（《符坚载记：正史的一个案例》），伯克利，加利福尼亚州，1968年。

些形式上的问题，其中就谈到了史书撰写方面存在的问题。[1]《史通》是中国史学理论方面的经典之作，能够与之相提并论的作品直到1000年后才出现，即章学诚（1738—1801）所作《文史通义》。[2]

"标准化"史书在唐代之后被称为"正史"，乾隆皇帝（1736—1795在位）命人汇刻了24部这样的纪传体史书，合称"二十四史"。清朝没有正史，只有一份"史稿"，名为《清史稿》。

从唐代开始，史书中曾经大量存在的文学元素逐渐减少，严肃的公文风格开始占据主导，这应该也跟档案资料的特点有关。史书作品只偶尔有一些引子、前言或所附的散文能成为经典。但由于宋代的古文运动，特别是从那个时期开始发展的野史创作，我们还是能够不断看到一些优秀的散文作品，所以不论从实际的角度，还是理论的层面，史书创作与文学都没有真正分开。

其他形式的史书

除按照司马迁《史记》的传统，由"纪传""列传"和"志"等部分组成的纪传体史书外，还有一种编年体史书（某些这类史书的重要性甚至超过了前一种体裁）。这种史书体裁始于《春秋》，宋代的一些重要史书就是采用了该体裁，这里特别要提到的是司马光（1019—1086）的《资治通鉴》。这部著作的写作方式被后世诸多史学家模仿，书中讲述的历史上接《春秋》，从公元前5世纪开始，下至公元10世纪，跨越1326年。

---

[1] 关于刘知幾的史学理论，见M. Quirin的*Liu Zhiji und das Chun Qiu*（《刘知幾和〈春秋〉》），法兰克福，1987年。

[2] 参见D. S. Nivison（倪卫德）的*The Life and Though of Chang Hsüeh-ch'eng (1738-1801)*（《章学诚的生平与思想》），伯克利，加利福尼亚州，1966年。

除主要受儒学思想影响的史书创作外，最晚从公元5世纪开始，佛教和道教还开始编修自己的史书。这些修史的工作以圣徒传记为主，通过修史，佛道两家希望在面对其他宗教时，或是在国家管控的机构，特别是皇家那里，为自己的学说争取一定尊严。这类史书尤为重要的是对自己宗教以及僧侣、道徒的重要性的叙述。

传记集的作用是讲述人物典范的事迹，最早的这类作品是刘向编纂的《列女传》。这部著作的今传本形成于公元13世纪早期，特别是在帝制时代的最后几个世纪中，这本书广受欢迎。[1]在公元6世纪初期，居住在京城、专门负责为僧人制定行为规范的慧皎创作了《高僧传》，开创了佛教圣徒传记文学的传统，他在创作上也参照了类似的著作。

修史是文官非常喜欢的工作，所以随着唐宋教育制度的发展，史书的数量也大幅增加，人们将私家编纂的史书称为野史，[2]这种野史与"笔记"体裁很接近，两者之间有时很难区分。[3]

具有特殊地位的还有"地方志"，这种史书部分出于官方授意，部分出于个人主动而编纂。宋代之后出现了几百部这样讲述县级、省级政区史迹的地方志，成为古代中国最重要的社会和经济历史资料。地方志承继的是《山海经》的传统，是曾经作为朝代史一部分的舆地志独立出来之后形成的，并在此基础上进一步形成了对整个国家的描述，里面主要是行政区划以及行政管理所关心的内容。

虽然史书在编纂过程中习惯以已经存在的作品和叙述模式为基础，但

---

[1] 《列女传》全译本见A. R. O'Hara的*The Position of Woman in Early China*（《中国古代妇女的地位》），台北，1966年。

[2] 参见H. Franke（福赫伯）的Some Aspects of Chinese Private Historiography in the Thirteenth and Fourteenth Centuries（《中国十三、十四世纪野史研究》），载W. G. Beasley（毕斯里）、E. G. Pulleyblank（蒲立本）主编的*Historians of China and Japan*（《中日史学家》），伦敦，1961年，第115—134页。

[3] D. D. Leslie（李渡南）等主编，Essays on the Sources for Chinese History（《中国史料文集》），非常清楚地概括叙述了历史资料的不同类型。

其中还是会留下时代和流行趋势的痕迹，而所有的史学家都是在事实中为理解历史寻找依据。沃尔夫冈·莎德瓦尔德（Wolfgang Schadewaldt）认为司马迁的著作以及中国的史书都并非"真正的历史"[1]，他的这句话有一定道理，但我们对他的这种观点也只能是非常有限度地接受。在中国的史书中，某些特征的确是不像在古希腊历史著作中那样明显，例如中国史书就缺少我们在修昔底德作品中能够读到的那种对特定事件重要性的认识，以及对闻所未闻、前所未有之事的关注。或者说，历史并不是独立存在的，它会受到儒家文官的评判、褒贬标准以及中国所有史书创作主要目的的影响。

中国的历史著作被视为文学作品的模板和蓝本，从这一点上看，这些著作类似西方的史诗作品，大量的叙事作品讲述的是历史题材，并将史书作为资料来源，这一点在明清时期尤为明显。在人物的刻画和叙事技巧上，无论是传记形式，还是对从不同角度观察同一件事的方式的偏爱，抑或是对特定题材和修辞手段的使用，史书也同样被当作范本。

鲁迅（1881—1936）曾经论述过所有叙事与传统历史著作之间的这种关系。鲁迅可以说是20世纪中国新文学最重要的倡导者，他在小说《阿Q正传》的序中很明确地指出了史学遗产造成的负担：

> 然而要做这一篇速朽的文章，才下笔，便感到万分的困难了。第一是文章的名目。孔子曰，"名不正则言不顺"。这原是应该极注意的。传的名目很繁多：列传，自传，内传，外传，别传，家传，小传……而可惜都不合。"列传"么，这一篇并非和许多阔人排在"正史"里。

---

[1]　W. Schadewaldt的*Die Anfänge der Geschichtsschreibung bei den Griechen*（《希腊人的早期史书著作》）法兰克福，1982年，第259页。

　　《阿Q正传》不但是鲁迅最重要的小说作品之一，可以说也是20世纪中国文学最重要的作品之一，他写在开端的这一段是关于如何看待史书撰写的文学化处理问题的，这让我们清楚地看到史书的重要性如何在中国一直延续至今。历史写作与文学创作、文化行为有一点是相同的，即它既服务于民族自觉意识的形成，也服务于同一派别中不同群体之间的意见分歧，这一点在小说和戏剧作品对历史题材的运用上体现得尤为清楚。[1]

---

[1]　关于中国共产党和中华人民共和国史学的重要文献有A. Dirlik的*Revolution and History. Origins of Marxist Historiography in China, 1919–1937*（《革命与历史：中国马克思主义历史学的起源》），伯克利，加利福尼亚州，1978年；A. Feuerwerker（费维恺）的*History in Communist China*（《中华人民共和国史》），剑桥，马萨诸塞州，1969年。

12. 对精致与美的矛盾观点

对于文学的一些早期看法

在中国，书面语从一开始就与祭祀仪式有关，起先主要是用于占卜。从公元前3世纪起，人们开始对语言的精致与优美有了意识，这种发展变化一开始主要是与配乐吟唱的歌曲联系在一起的。但在早期的时候，人们对于语言的诱惑力是有顾虑的，对此表达忧虑的主要是那些对所有放纵狂欢都持敌视态度的文人，他们的观点既源自礼教对于理性和克制的要求，也有来自世界观的影响，这种世界观认为不但是口头的言语，书面的词句也应与自然及社会秩序保持和谐。[1]

所有得到官方认可的文学都要受到这种约束，从东周时期开始的对《诗经》的重新解释就是一个有力的证明。传播经典文学的阶层对史诗和戏剧传统的排斥，造成了所有诗学及文学研究都越来越集中在秩序的建立上，并形成一种"以道德考量为主的思维方式"（德博），因此滋生了对一切可能

---

[1] 用西方语言撰写的对于中国文学理论最好的论著，见James J. Y. Liu（刘若愚）的*Chinese Theories of Literature*（《中国文学理论》），芝加哥，1975年。

只是优美而已的事物的怀疑。[1]感人的作品不应该使人狂喜，而是能够稳定情绪，创造和谐。传说中的帝舜对自己的乐工夔发布的指示被记录在《尚书·舜典》（高本汉将其列入《尧典》第35节）中，舜的这段话就非常清楚地说明了这种观点：

> 帝曰："夔！命汝典乐，教胄子，直而温，宽而栗，刚而无虐，简而无傲。诗言志，歌永言，声依永，律和声。八音克谐，无相夺伦，神人以和。"[2]

孔子在很多地方强调过诗的教育意义，例如"兴于诗，立于礼，成于乐"，[3]而"不学《诗》，无以言"[4]这一句则代表了源自孔子的一种观点，说明某些世界观与情感可以因为其所获得的认可而成为典范，灵感因此失去地位，表达的可能性也被限制。人们虽然不断寻找突破这种限制的途径，但并没有一条途径能让他们真正摆脱儒家传统对道德标准的要求。判断"言"是否合适的标准，是看它有无相应的"文"，《左传》引用孔子的话描述这种对应关系："言以足志，文以足言。"孔子还补充说："不言，谁知其志？言而无文，行而不远。"[5]随着时间的推移，"文"常被用来指代"文学"，这个字虽然含义众多，但"被修饰"这个意思却始终与之联系在

---

[1] G. Debon（德博）的Zum Begriff des Schönen in der chinesischen Kunsttheorie（《中国艺术理论中的美学概念》），载*Heidelberger Jahrbücher*（《海德堡年鉴》），第14卷（1970年），第52—72页；亦见H. E. Plutschow的Is Poetry a Sin?-Honjisuijaku and Buddhism versus Poetry（《诗是罪吗？——本地垂迹和佛教与诗歌》），载*OE*，第25期（1978年），第206—218页。

[2] 同上。

[3] 《论语·泰伯》。关于孔子的文学观，见D. Holzman的Confucius and Ancient Chinese Literary Criticism（《孔子与中国古代文学批评》），载A. A. Rickett主编的*Chinese Approaches to Literature from Confucius tu Liang Ch'i-ch'ao*（《中国文学方法：从孔子到梁启超》），普林斯顿，1978年。

[4] 《论语·季氏》。

[5] 《左传·襄公二十五年》。

一起。正因如此，人们认为有必要强调"道"这个层面，例如后世周敦颐（1017—1073）曾经提出的"文以载道"，意思是文学应当成为说明道理（道）的手段。

看到了《诗经》被赋予的这种特殊意义，我们就能理解为什么最早关于狭义诗歌的文论研究都是在这部著作的基础之上形成的。从一开始，在这方面占据首要地位的就是"诗"，把这个字的早期含义译为德语中的Lied[1]更贴切，但是从东周之后就应该译为Gedicht、Poesie[2]了。对这个字的词源学解释也不是完全没有争议的，但至少有迹象表明，"诗"这个概念源自音乐与歌舞占据重要地位的祭祀和占卜，指的是自然的情感表达。从这个角度来看，《诗经》的标题中用"诗"来描述我们上文中已详细论述过的那些歌曲的原本特征，实际是贴切的。"诗"的本来含义是随着后来对教化意义的强调以及对自然表达的约束才被遮蔽了。

内心的感动与语言表达或非语言表达之间的联系虽然能够被约束，却是无法割裂的。《毛诗·大序》是中国最早的文论之一，这篇序曾被认为是卜商（子夏，约前507—约前400）所作，但据推测，应为卫宏（大约生活在公元1世纪）所撰写，"风雅颂，赋比兴"这"六义"最早就是由这篇文章提出来的。这篇序中写道：

> 诗者，志之所之也，在心为志，发言为诗，情动于中而形于言，言之不足，故嗟叹之，嗟叹之不足，故咏歌之，咏歌之不足，不知手之舞之足之蹈之也。[3]

---

[1] 意为"歌曲"。——译者注
[2] 意为"诗歌"。——译者注
[3] 《毛诗注疏》。

意思是说，诗的源头是内心的情感（但经常是由外因触发的），这些情感借诗歌得以表达。但重要的是，诗的内容要符合道德标准，诗的外在形式即便不危险，也常被认为是应该受到轻视的不良之物，例如孟子就曾经说过：

故说诗者，不以文害辞，不以辞害志。以意逆志，是为得之。[1]

孟子想用他那种典型的环环相扣的论证方式说服人放弃的正是"从文本出发解释文本"的方法，对"隐含在文本中"的诗人意图的强调拓展了诠释的空间，使得文本可以被"任意"解释，当然，这种任意的程度需要服从道德标准。诠释的基础无法从作者身上获得，也不存在超越这个世界或至少到达世界边缘的事实判断标准。所以这种诠释文本的方式并不带有寓言的性质，而是一种对事实的构建或重构，其目的是确定历史背景，且所有文学作品原则上都被认为与这个世界有千丝万缕的联系。这种联系使得诗歌中不可能存在复杂的叙述主体，所有作品都被归于特定的时间背景，特定的、具体的情绪氛围及与之相关的环境。这种文本诠释方式后来一直存在，很多文学家也会主动迎合这种诠释方式，在作品中标明创作的时间和动机。

正是由于这种认为作品与外界存在普遍联系的观点，所以从一开始，文本就是依照功能来分类的，例如书信、诏令、公告、封邑文书、判词等，或是按照载体来分类，例如简。后来在档案资料的整理过程中又形成了最早的文本分类标准。最早的一部大型史书著作、作为后世重要范本的《史记》也分成了几个部分，而司马迁使用的是一种特别的、主要由叙述对象决定的分类方式。最早的、真正被认为从文体角度进行分类的方法来自刘歆的《七略》，但他的这部图书分类目录没能完整地流传下来。刘歆在《七略》中将当时的文本分为六艺、诸子、诗赋、兵书、术数和方技。刘歆的这种分类方

---

[1] 《孟子·万章上》。

式虽由内容决定，但同时该书已出现把形式作为区分标准，例如对"诗"和
"赋"的区分。此后不断有各种分类标准出现，例如王充的"五文"，蔡邕
在《独断》中按照开头和结尾对文学作品进行区分等。

"美"的概念

在讲到中国文学的时候，我们必须不断提到文学作品与美之间不无矛
盾的关系。与在西方一样，美的真实性也会遭到怀疑。但在西方古典著作的
理想模式中，丑经常被认为是恶，因此是不好的，而美则被认为是令人愉悦
的；在中国，丑陋、畸形却常常被认为更接近真和善。在中国，美这个概念
如同希腊语的kalós一样，最初除指视觉角度的美丽外，例如《论语》中"不
有祝鮀之佞，而有宋朝之美，难乎免于今之世矣"。[1]还包含美行与美德这
两个含义，只是这个概念很快就形成了独立的意义。

《左传》的作者就已经意识到美的不可信了。《左传》提到一位母亲，
她用下面这句话提醒自己贪恋美色的儿子：

> 吾闻之："甚美必有甚恶。"……将必以是大有败也。[2]

德博说到这个故事时特别说明："顺便提一下，规劝儿子的这位母亲曾
经嫁过三任丈夫，其中两人因她而死。"[3]

美的可疑与人们对一切放纵、迷人因素的鄙视密切相关，在一定程度

---

[1] 《论语·雍也》。
[2] 《左传·昭公二十八年》。
[3] G. Debon（德博）的*Zum Begriff des Schönen in der chinesischen kunsttheorie*（《中
国艺术理论中的美学概念》），第65页。

上，我们可以把后来所有试图利用美或所有美态中最自然的那些事物——例如裸体——来向社会表示挑衅的行为（孟子曾因看见妻子暴露身体的不雅姿态，而一怒要休妻），都视为这种观点的反映或一种反其道而行之的做法。

总体看来，至少一直到宋代，质朴无华都还是重要的美学原则。水墨画与书法这一类的艺术由于其所用的材料极端朴素，并将这种朴素发展成了极端的微妙。即便是在之后的几百年间，人们也没有对美真正表现出积极的态度，充其量只是接受了繁复艳丽，但同时对于一切带有情色意味的事物的态度更加保守。

考虑到这种文学的僵化，孔子本人对语言的质疑也就不足为奇了，人无论是从神还是从上天那儿，都不会听到什么言语：

> 子曰："予欲无言。"
> 子贡曰："子如不言，则小子何述焉？"
> 子曰："天何言哉？四时行焉，百姓生焉，天何言哉？"[1]

这里表达了某种将语言置于次等地位的观点。在中国不同的时期，在几乎所有思想流派中，都有过与孔子所提问题相同或类似的表达。农耕社会将沉默视为美德，这并不足为奇，值得一提的是这种观点不仅被道家，同时也被儒家以及后来的佛家所接受，并以非常特别的形式运用在了禅宗中。

对于口头语以及所有口头流传内容的怀疑主要且首先是由道家思想的代表提出的。《道德经》（第四十五章）中这样写道：

> 大成若缺，其用不弊。大盈若冲，其用不穷。大直若屈，大
> 巧若拙，大辩若讷。

---

[1] 《论语·阳货》。

　　第五十六章则明确地写道："知者不言，言者不知。"还有第81章："信言不美，美言不信。"所以，按照世界的存在状态与形式去描述它，从来就不是目的。庄子也曾经表达过类似的观点，他的作品虽堪称中国先秦时期最优美的文学作品之一，但这与他的观点并不存在本质上的矛盾。即便是像赋这种华丽的文体，也并不是为了美而美，而是要给秩序找到正确的名称。对于言语的不信任一旦产生，就不可能再被完全压制下去，这种观点在几百年后因禅宗而得到了进一步的发展。

　　不过，我们在这里还要提到一点，汉代之前，恰恰是那些赞同自然秩序而非社会秩序的人在自我意识扩展的过程中看到了创造个人世界的可能，他们认为精雕细琢属于后者，而本真（"朴"）才属于前者。在这里，"朴"与"素""质"这样的概念联系在了一起，例如《庄子》中所说：

　　　夫至德之世，同与禽兽居，族与万物并，恶乎知君子小人哉！同乎无知，其德不离；同乎无欲，是谓素朴。素朴而民性得矣。及至圣人，蹩躠为仁，踶跂为义，而天下始疑矣；澶漫为乐，摘僻为礼，而天下始分矣。故纯朴不残，孰为牺尊！白玉不毁，孰为珪璋！[1]

　　这种态度可以被认为是"反文化"的，类似观点在《道德经》（第十九章）中也有体现：

　　　绝圣弃智，民利百倍；绝仁弃义，民复孝慈；绝巧弃利，盗贼无有。此三者以为文不足。故令有所属：见素抱朴，少私寡欲。

---

[1]　《庄子·外篇·马蹄》。

"素"与"质"被赋予了极高的地位，人们甚至愿意为此接受丑陋。丑陋和畸形不同于经人类加工而形成的美，前者是自然的表达，而美则是人工的雕琢。当然我们也发现，虽有对质朴的推崇，但生活中人们对美和精致的追求依然继续。庄子是被后世引用得最多的先哲，而在《庄子》中，我们能够看到这样的语句：

> 筌者所以在鱼，得鱼而忘筌；蹄者所以在兔，得兔而忘蹄；
> 言者所以在意，得意而忘言。吾安得夫忘言之人而与之言哉！ [1]

尽管孔子门人和庄子门人存在许多不同之处，但他们都反对造作的言语，这体现出中国人对于语言、现实和真实之间关系的与众不同的理解。根据他们的观点，词语的含义并非风俗使然，符号与被指称物之间存在一种特别的关系，只有对特定的判断形式持根本的怀疑态度，才能认识到语言表达形式与价值判断所具有的相对性，正如《道德经》第二章中所说：

> 天下皆知美之为美，斯恶已，皆知善之为善，斯不善已。
> 故有无相生，难易相成，长短相形，高下相倾，音声相和，
> 前后相随。

《道德经》因此将无目的的行为和不借助言语的教育视作达到完美的理想方式。在儒学中，这种对语言的怀疑则得出了另外一个结论。孔子的说法是："名不正则言不顺，言不顺则事不成。" [2]

---

[1] 《庄子·杂篇·外物》。
[2] 《论语·子路》。

语言艺术与道德

　　道德虽然通常作为准绳而存在，但优美的语言与雅致的辩词对人的感动力量也是不能全然否认的，这一点甚至会使人把语言的优美与内容的表达分开来看，在上文论及《战国策》时我们已经谈到过，语言的优美尽可以使人获得享受，但这并不能与要表达的内容混为一谈。关于这个问题的讨论反反复复，论据也是不断推陈出新。

　　随着儒学地位的提高，尤其是在汉武帝之后，反对矫饰、反对过分追求美的声音已经越来越多。从那个时候起，推崇朴素甚至毫无修饰的古老文学的人与那些为形式而辩护的人就时常发生论战，且往往是以在两种观点之间寻找平衡的努力为结束。

　　人们讨论的焦点主要集中在外在形式（文）和内容（质）的关系上，这一点孔子就已经谈到过，前文论及"赋"时提到过的扬雄又做了进一步的论述。《论语》中是这样说的：

　　　　质胜文则野，文胜质则史。文质彬彬，然后君子。[1]

　　扬雄则从天地秩序的角度详尽论证了内涵与形式之间的关系，他提倡的是在服务内容的前提下，寻找内容与形式之间的平衡。[2]在《太玄经》中，他结合文学，明确地提出了这个观点：

　　　　夫作者贵其有循而体自然也……务其事而不务其辞，多其变而不多其文也。不约则其指不详，不要则其应不博……是故文以见

---

[1]　《论语·雍也》。
[2]　参见D. R. Knechtges（康达维），The Han Rhapsody. A study of the Fu of Yang Hsiang（前53—18）（《汉赋：扬雄赋研究》），第89页等。

乎质，辞以睹乎情。[1]

虽然反复强调要适可而止，但扬雄还是看到了形成书面文本的重要性，他将这个过程比喻为雕琢玉石：

> 或曰："良玉不雕，美言不文，何谓也？"曰："玉不雕，珥璠不作器；言不文，典谟不作经。"[2]

在另外一处，扬雄又提出，只有君子能够将所想表达出来：

> 惟圣人得言之解，得书之体，白日以照之……面相之，辞相适，抒中心之所欲，通诸人之嘿嘿者，莫如言。弥纶天下之事，记久明远，著古昔之昏昏，传千里之忞忞者，莫如书。故言，心声也；书，心画也。声画形，君子小人见矣。[3]

扬雄认为所有的一切都可以用语言来表达，但他在另一处提到了作为一个后来人，在理解别人所说所写时的困难。

就像人分君子和小人一样，文学也有高尚的和不那么高尚的之分，这一因素被当作区分文学类型的标准，我们也很容易理解。王充便是依此区分"五文"：一为五经六艺，二为诸子传书，三为造论著说，四为上书奏记，

---

[1] 《太玄经》卷七。参见M. Nylan（戴梅可）、N. Sivin（席文）的The First Neo-Confucianism. An Introduction to Yang Hsiung's 'Canon of Supreme Mystery' (T'ai hsuan ching, ca. 4 B. C.)（《扬雄的〈太玄经〉研究》），载Ch. LeBlanc（白光华）、S.Blader（白瑞德）主编的*Chinese Ideas about Nature and Society. Studies in Honour of Derk Bodde*（《中国人的自然观与社会观》），香港，1987年，第41—99页。
[2] 《法言》卷七。
[3] 《法言》卷五。

五为文德之操。[1]从下面这段话，我们可以明显看出他对虚构文学的轻视：

> 以敏于赋、颂为弘丽之文为贤乎？则夫司马长卿、扬子云是
> 也。文丽而务巨，言眇而趋深，然而不能处定是非，辩然否之实，
> 虽文如锦绣，深如河、汉，民不觉知是非之分。[2]

东汉时期，人们对于文学是什么的看法有所改变，对语言之美的理解也相应地发生了变化。当时，人们对文学的看法多种多样，就连王充这样一个在很多方面都严格遵循儒家传统的人也会嘲笑并尖刻地讽刺他那个时代的儒者，他区分了文儒和世儒[3]，反对过度推崇后一种儒生。他的这种区分应该是没能立住脚，否则就会在以维护道德学问为己任的文人阶层内部引起分化了。王充反对将深刻晦涩视为好言辞的观点，正如他在《论衡·自纪篇》中所说的：

> 口辩者其言深，笔敏者其文沉。……盖贤圣之材鸿，故其文
> 语与俗不通。玉隐石间，珠匿鱼腹，非玉工珠师，莫能采得。宝物
> 以隐闭不见，实语亦宜深沉难测。

王充认为，言辞应该是清晰明确的，不应该隐藏其本身的精致与清楚，他并不是反对美，而是反对晦涩难懂。他认为，语言表达应该被视为内心修养的体现。这种对于清晰表达的推崇在汉代之后曾长时间不被重视，因为当时人们愈加偏重对于自己内心的发现和挖掘，但到了公元6世纪的时候，偏重实用但同时又不迎合外部世界的态度，即王充的所谓"世儒"，就已经出

---

[1]　《论衡·佚文篇》。
[2]　《论衡·定贤篇》。
[3]　《论衡·书解篇》。

现在了刘勰的《文心雕龙》中。

建安时期（196—220）的诗人完成了道德与审美的分离，这一点在曹丕写给钟繇的信中就能看得出来："良玉比德君子，珪璋见美诗人。"[1]不过，这种将美作为独立判断标准的观点在得到认可的同时，也不断地被人质疑和反对。

例如在不到100年之后，《文章流别论》的编撰者，与伟大的文学家、理论家陆机生活在同一时代的挚虞（卒于311年）就批评了过于强调形式而忽视道德意义的做法。[2]欧阳询（557—641）在《艺文类聚》中记录了挚虞对于枚乘《七发》的评论，挚虞在赞扬了枚乘的作品及其建立的文体类型之后说道："其流遂广，其义遂变，率有辞人淫丽之尤矣。"[3]

之所以会有人不断表达对华丽风格的反感，反对用审美的需求遮蔽道德教化的意义，应该与艺术化语言所具有的魅力相关，但推崇理性和清晰风格的文章往往只能体现出作者的一个侧面，在人生的其他阶段，或者哪怕只是换一个时间，这些人所思所做的就有可能全不一样。《后汉书》的作者、曾尖锐地批评骈体文的范晔在狱中给甥侄写了一封信，就提到了其中存在的危险：

> 常耻作文士。文患其事尽于形，情急于藻，义牵其旨，韵移其意。虽时有能者，大较多不免此累，政可类工巧图缋，竟无得也。常谓情志所托，故当以意为主，以文传意。[4]

---

[1] 曹丕《与钟繇谢玉玦书》。

[2] 早期诗学论文收集在Siu-kit Wong（黄兆杰）编的 *Early Chinese Literary Criticism*（《中国古代文学批评》），香港，1983年。

[3] 《艺文类聚·杂文部三》。这段文字选自挚虞《文章流别论》，原文已佚失，部分内容散见于《艺文类聚》等类书中。——编者注

[4] 《宋书》卷六十九。

这种被范晔视为文人普遍会面对的危险，在其他人看来，则是自己所处时代相对于上古时代的堕落的表现，正如刘勰下面这段话所讲的（而这段话同时还表明了上古黄帝的谱系）：

> 推而论之，则黄唐淳而质，虞夏质而辨，商周丽而雅……魏晋浅而绮，宋初讹而新。从质及讹，弥近弥澹。[1]

言之外

认为语言不能够表达一切的观点，《易经》就已经借孔子之口有所表示："子曰：'书不尽言，言不尽意。'"[2]这种观点被某些人发展到极端，认为真正的内涵根本无法用语言表达。中国佛教禅宗的一个特点就是认为能不借助语言而把握佛法，这种思想始于公元11世纪，还持续影响到宋明理学。

荀子早已提出"实不喻，然后命，命不喻，然后期，期不喻，然后说，说不喻，然后辨"[3]的观点，但人需要语言，所以语言又被视为必要之恶。在某种程度上，语言类似网或梯子，用完之后就会变得毫无意义。这种对于语言反映事实的能力的怀疑，在历史上绝大部分思想家那里都能找得到。《吕氏春秋》一书中也有体现，该书提出古人是以人之所想而非所言为依据的。[4]尽管语言被看作一种工具，但它始终还是被认为不可或缺。关于这一点，记录于唐代类书《艺文类聚》中欧阳建（？—300）的说法就是一个鲜

---

[1] 《文心雕龙·通变第二十九》。
[2] 《易经·系辞上》。
[3] 《荀子·正名》。
[4] 《吕氏春秋·审应览第六》。

明的例证。[1]但是欧阳建的说法又趋于极端，他的观点几乎类似adaequatio intellektus et rei（知与物相合）。[2]

佛教进入中国后，人们大量译经，同时还出现了许多著述，但贬低语言地位的最强烈呼声恰恰是出现在佛教领域内。这种以经书形式传入中国，并使印刷术走向完善的宗教，促进的反倒是一种提倡无言的学说。对诗歌和优美语言，甚或对语言的整体抵制，是建立在佛教禅宗的基础之上的，这种宗教传统认为语言会与表象世界的罪孽联系在一起，禅宗宗师并不是不使用语言，而是将其视作超语言的手段。"'不知道'的意思是指：知道什么不能说、不能讲。"这种对语言地位的贬低也对诗歌产生了影响，由此，我们也就能理解为什么白居易（772—846）曾多次将自己的文学作品送进寺庙，以求这些作品得到净化，并为推广佛家学说服务。佛教徒的这种谨慎甚或拒绝的态度，不仅符合当时已经存在的对骈体文过度雕琢的语言的批评，甚至更加促进了这一潮流的发展。

对过度雕琢的语言的批评从5世纪开始越来越激烈，不仅是刘勰的《文心雕龙》，很多其他文章也都体现了当时的这种发展趋势，例如裴子野（469—530）的讽刺性文章《雕虫论》。这股潮流的高峰是隋朝开国皇帝隋文帝杨坚（581—604在位）在帝国统一之前的584年，[3]曾于宫廷开展的反对浮华文风的运动。或许此举更多是出于清教徒式的理念，而非对古代儒家传统的推崇。这种文风整顿很快就被一些人用作宫廷斗争的借口，李谔在《上书正文体》中记录的应该就是当时之事：

> 臣闻古先哲王之化民也，必变其视听，防其嗜欲，塞其邪放之

---

[1] 《艺文类聚·言尽意论》。

[2] 关于六朝时期事实、图像和语言的关系，见M. Friedrich（傅敏怡）的Hsüan-hsüeh. Studien zur spekulativen Richtung in der Geistesgeschichte der Wei-Chin-Zeit (3.- 4. Jh.)（《魏晋思想史中的玄学》，博士论文，慕尼黑，1984年。

[3] 隋朝完成统一是在公元589年，当时隋朝南下灭陈，实现了统一。——编者注

心，示以淳和之路。五教六行，为训民之本；《诗》《书》《礼》《易》，为道义之门。……魏之三祖，更尚文词，忽君人之大道，好雕虫之小艺。下之从上，有同影响，竞骋文华，遂成风俗。江左齐、梁，其弊弥甚，贵贱贤愚，唯务吟咏。遂复遗理存异，寻虚逐微。竞一韵之奇，争一字之巧。连篇累牍，不出月露之形，积案盈箱，唯是风云之状。……于是闾里童昏，贵游总丱，未窥六甲，先制五言。……以傲诞为清虚，以缘情为勋绩，指儒素为古拙，用词赋为君子。故文笔日繁，其政日乱，良由弃大圣之轨模，构无用以为用也。损本逐末，流遍华壤，递相师祖，久而愈扇。[1]

在佛教的影响下，同时也由于来自北方的征服者对理性风格的推崇，美和实用之间的区别得到了重新关注，实用性也与先秦时期的风格挂上了钩，这种联系从之后几个世纪人们对革新的敌视中就能很容易地看出来。例如11世纪时，就曾有人提出若言辞优美，便无古风，若有古风，言辞又不尽优美。这句话应该是从《道德经》的"信言不美，美言不信"衍生而来。

结合佛教的影响，我们就能够理解11世纪江西诗派诗人黄庭坚（1045—1105）的说法，即"宁律不谐而不使句弱，用字不工而不使语俗"[2]。

黄庭坚下面的这段话同样符合这种潮流："凡书要拙多于巧。近世少年作字，如新妇子妆梳，百种点缀，终无烈妇态也。"[3]

对语言的适度轻视反而会带来创造性，例如杨万里（1127—1206）曾提出好的诗人应当轻言重义。

中古早期另外一种关于浮华诗歌风格的观点同样受到了佛教的影响，

---

[1]《隋书·李谔传》。
[2] 马端临：《文献通考·经籍考五十七》。
[3] 黄庭坚：《论书》。

该观点提出了语言应当言简意赅的要求。例如诗人王昌龄（？—756）的理想是只用一行诗就能让人理解含义，他认为先秦时期的人就做到了这一点。从7世纪末开始，诗人就不断思考如何能言简而意深的问题，这种思考体现在一些作家的作品中，其中最著名的就是王维。为了实现这一目的，人们还发展出一些表达手段，例如明显的所答非所问，或者使用其他包含矛盾的形式。

13. 民歌与文人叙事诗

诗歌范围的扩大

在汉代及之后的几百年间，由于有了地方性传统文学，也就是民间文学或者被认为是来自民间的文学，文学的形式极大地丰富起来。除后来与乐府相结合的诗歌外，这种新的发展还包括叙事文学范围的扩大，以及成为文学符号的地区性礼仪或宗教内容的出现。

不同于那些以诗人个性特征为中心的诗歌，被称为乐府诗的叙事诗、庙堂颂歌以及歌曲所体现的多为群体性情感。[1]开始的时候，这类诗的形式多种多样，但渐渐地，五言诗在乐府诗中占据了主导地位。五言诗在公元1世纪到2世纪就已经逐渐普及，且从唐代开始成为中国古典诗歌的传统形式。

[1]　参见H. H. Frankel（傅汉思）的Yüeh-fu Poetry（《乐府诗》），载C. Birch（白芝）编的*Studies in Chinese Literary Genres*（《中国文学体裁研究》），伯克利，加利福尼亚州，1974年，第69—107页；H. H. Frankel的The Development of the Han and Wei Yüeh-fu as a High Literary Genre（《汉魏乐府作为高雅文学的发展》），载Shuen-fu Lin（林顺夫）、S. Owen（宇文所安）编的*The Vitality of the Lyric Voice. Shih Poetry from the Late Han to the T'ang*（《抒情之声的生机：东汉到唐代的诗歌》），普林斯顿，新泽西州，1986年，第255—286页。

有观点认为这种五言诗就源自五言乐府诗，这种观点是有根据的。[1]汉代时，只有个别诗人偶尔创作乐府诗，不过从公元2世纪开始，诗人使用这种诗歌形式的频率就越来越高，从这点上我们也能看出上述关联。

"乐府诗"作为文体的概念界定并不是很清晰，这种模糊性主要在于它是5世纪晚期才开始使用的。[2]"乐府"是古代音乐机关的旧称，这个名称也同时表明哪些作品可以被纳入其中。乐府作为官署，在秦朝时就已经出现，汉武帝沿用旧称，在公元前114年前后重设了这一机构，主要负责管理那些被用于朝廷典礼的歌曲。根据后来流传下来的资料，这个音乐机关曾经在地域辽阔的帝国内搜集并整理民间的音乐及歌词。公元前7年，随着国家内部政治环境的改变，拥有829名乐工的乐府被解散，但乐府诗歌的创作并没有因此停止。加上后世人对乐府这一音乐机关的特定诗歌传统的承继，"乐府"概念的涵盖范围越来越广。一开始，它只包含那些被用于仪式的歌词乐曲，以及由乐府选择并配乐且在国家典礼上表演的著名作家的作品。但到后来，从帝国不同地区，特别是从南方采集而来的一些没有作者的歌曲和叙事诗也被这个机构所用。唐朝的"新乐府"经常带有社会批判的内容（例如元结、白居易、元稹等人的作品），这类作品与旧乐府诗的共同之处实际只剩名称而已。[3]

被称为乐府诗的作品，既有典礼颂歌和叙事诗，也有朴素的民歌，这些作品的形式也是多种多样的。早期作品多为四言，但是其中也夹杂有三言和

[1] 关于五言诗的早期发展史，见D. Holzman的Les premiers vers pentasyllabiques dates dans la poésie chinoise（《中国诗歌中的早期五言诗》），载*Mélanges de sinologie offerts à Monsieur Paul Demiéville*，第2卷（巴黎，1974年），第77—115页。
[2] 见A. M. Birrell的Mythmaking and the Yüeh-fu. Popular Songs and Ballads of Early Imperial China（《神话与乐府：中国早期歌曲与民歌》），载JAOS（《美国东方学会会刊》）第109期（1989年），第223—235页。
[3] 见周振甫著，Kang-I Sun Chang（孙康宜）、H. H. Frankel（傅汉思）译的The Legacy of the Han, Wei, and Six Dynasties Yueh-fu Tradition and Its Further Development in T'ang Poetry（《汉魏六朝乐府及其在唐诗中的发展》），载Shuen-fu Lin（林顺夫）、S. Owen（宇文所安）主编的*The Vitality of the Lyric Voice Shih Poetry from the Late Han to Tang*（《抒情之声的生机：东汉到唐代的诗歌》），普林斯顿，新泽西州，1986年，第287—295页。

七言。随着时间的推移，五言诗逐渐占据了主导地位。乐府诗并不是从文学门类的角度来归类，因此，所谓"乐府诗"指的应该是所有被收集在这类作品集中的古代作品，而不论其形式、风格或题材。最早被收录的乐府诗见于沈约的《宋书·乐志》，但是音乐已佚失。郭茂倩于公元12世纪收集整理的一百卷《乐府诗集》是中国古代收录乐府诗最全的作品集，直到今天，仍具有举足轻重的地位。

郭茂倩按照表演的形式，将乐府诗分为12个类别。这种分类方式虽然被广为接受，但由于歌曲的音乐部分早已流失，主要的分类依据还是文本。乐府诗可以粗略地分为祭祀歌曲与叙事诗两种，在这两种里，叙事诗比祭祀歌曲更具明显的说唱特点，但具体到每一首作品，分类的证据并不是很充足。说唱传统对乐府诗的影响肯定是不小的，虽然在不同地区也有差别。直到20世纪，人们在河南地区还能看到口头叙事诗的形式，这种说唱形式由名为"坠琴"的弦乐器伴奏，记录下来后，被称为"坠子书"，其特点与乐府诗中的民间叙事诗极为相似。[1]

乐府诗对中国诗歌艺术发展的重要意义不容小觑，无论从题材还是形式上，后来的诗歌都是建立在乐府诗的基础之上的。一开始的国家音乐机关的影响力很快就渗透进了知识分子的文化传统之中，并被他们改造成表达个人情绪、思想与情感的形式。所以，人们将乐府诗中的庆典祭歌及民间叙事诗与诗人创作的诗区别开来，并为后者设定了下列区分标准：由具体、有名姓的作者创作，用于歌唱目的，有乐府标题，具有全部带有此标题的诗歌的特点，并被收录在《乐府诗集》或其他某个收录乐府诗的作品集中。

---

[1] H. H. Frankel（傅汉思）的Some Characteristics of Oral Narrative Poetry in China（《中国口头叙事诗的一些特点》），载*Études d'histoire et de littérature chinoises offerts au professeur Jaroslav Prušek*（《普实克教授关于中国历史和文学的研究》），巴黎，1976年，第97—106页。关于"坠子书"，见J. Prušek的Die chui-tsi-shu, erzählende Volksgesänge aus Honan（《来自河南的说唱歌曲坠子书》），载*Asiatica. Festschrift Friedrich Weller*（《亚洲杂志》弗利德里希·维勒纪念专辑），莱比锡，1954年，第453—483页。

有弦乐伴奏的典礼颂歌和祭歌

乐府诗中文学价值最低的是典礼颂歌。从汉代开始，这种歌曲就成为历朝历代的庆典礼乐，汉代的这种典礼歌曲有一组被保存至今，即《安世房中歌》，在公元前194年后也被称为《安世歌》。这一组歌曲中共有17首颂歌，据说是由汉高祖妃唐山夫人于公元前206年前后作的，被用于宗庙祀祖或在国宴上向宾客演奏。这种"房中乐"也称"宴乐"，主要内容是赞颂儒家传统道德，特别是孝道。这些颂歌主要使用的是四言，体现出《诗经》传统的影响，其中三首颂歌用三言，只有一首混用了七言和三言：

> 大海荡荡水所归，
> 高贤愉愉民所怀。
> 大山崔，
> 百卉殖。
> 民何贵？
> 贵有德。[1]

诗中指出社会秩序与自然秩序的对应，人类应该追求的德、善是天然的品性，如果秩序被打乱，就"自然"会有修正。

另外一组典礼颂歌是"郊祀歌"，这组颂歌是用作祭祀天地和神灵的，作者大多不详。这些诗歌或三言或四言，其中最古老的一首是被标注作于公元前122年的《朝陇首》，内容是如何捕获一头白色的独角兽。[2]

汉代以降辑录乐府诗的作品集中，除一组南朝的《神弦歌》外，文学价值都不大。现存《神弦歌》共17首，这些诗并没有正统文学作品的烙印，而

---

[1]《乐府诗集》卷八。
[2]《乐府诗集》卷一。

是更接近《九歌》传统下的民歌。但不同于《九歌》的是，这些作品篇幅较短，风格朴素，召唤的也都是些小神，例如土地神。所有这些诗都来自长江下游地区，主要是南京地区，时间从公元3世纪到公元5世纪。

在《神弦歌》中，我们能够看到一些巫术文化的元素，其中有些诗暗示了神与人之间的爱情，所有的诗似乎都曾经采用了载歌载舞的形式，这一点在《圣郎曲》上体现得很明显：

> 左亦不佯佯，
> 右亦不翼翼。
> 仙人在郎傍，
> 玉女在郎侧。
> 酒无沙糖味，
> 为他通颜色。[1]

这里的"郎"既译为Fürst[2]，又译为Bräutigam"[3]和Herr[4]，就像是《白石郎曲》和《清溪小姑曲》这两首四行诗中的"郎"一样：

> 白石郎，临江居。
> 前导江伯后从鱼。
> 积石如玉，列松如翠。
> 郎艳独绝，世无其二。[5]

---

[1]　《乐府诗集》卷四十七。
[2]　意为"王侯"。——译者注
[3]　意为"新郎"。——译者注
[4]　意为"大人"。——译者注
[5]　《乐府诗集》卷四十七。

开门白水，

侧近桥梁。

小姑所居，

独处无郎。[1]

作者不详的叙事诗

除了颂歌，各种乐府诗歌集子中数量比较多的是来自口头流传的、没有具体作者的叙事诗。这是一种结合了诗歌和史诗的混合形式，有的时候还混有戏剧元素，且各种元素比重不一。叙事诗《平陵东》应该是产生于公元前74年之后，是这一类诗中篇幅较短的一篇：

平陵东，松柏桐，

不知何人劫义公。

劫义公，在高堂下，

交钱百万两走马。

两走马，亦诚难，

顾见追吏心中恻。

心中恻，血出漉，

归告我家卖黄犊。[2]

这首诗分为4节，韵律格式为aab（3—3—7个字），其中b这一句会在下一句中进行呼应。节奏变化是乐府诗的一个典型特征，等长的诗节很少见。

---

[1] 《乐府诗集》卷四十七。
[2] 《乐府诗集》卷二十八。

上面的例子中也有不规则的地方：第5句诗中多一个字，第8句不押韵，最后一段中没有新的韵。

《悲歌》是一首具有强烈抒情性的叙事诗：

> 悲歌可以当泣，远望可以当归。
>
> 思念故乡，郁郁累累。
>
> 欲归家无人，欲渡河无船。
>
> 心思不能言，肠中车轮转。[1]

漂泊异乡的诗人由腹痛联想到与转动的车轮相联系的旅行。值得一提的是，第1、2两句以及第5、6两句形式上的对称掩盖了内容上的不对称，所以傅汉思认为第2句是"辛辣的讽刺"。[2]这种"悲歌"可以被归入中国文学很常见的哀怨诗中，在这类诗里，"思念远方故乡"的主题占据了特别重要的位置，也反映了中国人因为多种多样的原因而不得不四处迁徙的事实。因为无家可归而产生的哀怨究竟是源于被强征劳役的民夫，还是源于士兵或被流放远方的官员，这一点已不可考。在中国文学史上，民间诗歌与所谓高雅诗或文人诗之间的关系一样是个悬而未决、或许根本无法解决的问题。

东汉时期叙事诗的代表作是基本保持五言句式的长诗《陌上桑》，又名《罗敷行》：

> 日出东南隅，照我秦氏楼。秦氏有好女，自名为罗敷。罗敷
> 喜蚕桑，采桑城南隅。青丝为笼系，桂枝为笼钩。头上倭堕髻，耳

---

[1]《乐府诗集》卷六十二。

[2] H. H. Frankel（傅汉思）的Yüeh-fu Poetry（《乐府诗》），载C. Brich（白芝）主编的Studies in Chinese Literary Genres（《中国文学体裁研究》），第79页。

中明月珠。缃绮为下裙，紫绮为上襦。行者见罗敷，下担捋髭须。少年见罗敷，脱帽著帩头。耕者忘其犁，锄者忘其锄。来归相怨怒，但坐观罗敷。（喜蚕桑，一作"善蚕桑"；相怨怒，一作"相怨怒"。）

使君从南来，五马立踟蹰。使君遣吏往，问是谁家姝？"秦氏有好女，自名为罗敷。""罗敷年几何？""二十尚不足，十五颇有余。"使君谢罗敷："宁可共载不？"罗敷前致辞："使君一何愚！使君自有妇，罗敷自有夫！"

"东方千余骑，夫婿居上头。何用识夫婿？白马从骊驹，青丝系马尾，黄金络马头；腰中鹿卢剑，可值千万余。十五府小史，二十朝大夫，三十侍中郎，四十专城居。为人洁白皙，鬑鬑颇有须。盈盈公府步，冉冉府中趋。坐中数千人，皆言夫婿殊。"[1]

由于乐府叙事诗主要以口头的形式流传，我们在《乐府诗集》中经常能同时看到多个相互之间有出入的版本，这些版本在流传的过程中有简化的趋势，也就是说，叙事诗会越变越短，越变越精练，使得"精练"成了叙事体的特征。叙事开始的时候，情节往往早就已经展开，并且经常在故事还没有讲完的时候就突然结束，因而给人一种不完整的感觉。这种简短化的趋势与叙述的直接性相关。这种方式主要是用于展示，而不是叙述，所以直接引语以及对某些瞬间的描述很常见，并且常以"君不见……""君不闻……"这样的句子开头，将听众直接带入发生的事件中，通过刻意的轻描淡写和淡淡的讽刺，进一步加强这种效果。

使用固定模式或者程式化短语是汉代叙事诗的另一个特色，这应该也是

---

[1]《乐府诗集》卷二十八；参见H. H. Frankel（傅汉思）的Yüeh-fu Poetry（《乐府诗》），载C. Brich（白芝）主编的 Studies in Chinese Literary Genres（《中国文学体裁研究》），第79页。

口头流传形式的证明，说明曾经有一些说唱艺人不断表演固定的曲目。傅汉思认为《孔雀东南飞》（这首用诗的第一句来命名的叙事诗产生于公元3世纪初，是现存最长的乐府叙事诗，共有355句）中有超过一半的诗句都采用了固定的模式，[1]上文中《悲歌》的最后两句与《古歌》的结尾就是一样的（心思不能言，肠中车轮转），《陌上桑》的第3、4两句"秦氏有好女，自名为罗敷"不但在该诗的第25、26句重复出现，《孔雀东南飞》中也出现了"东家有贤女，自名秦罗敷"（第39、40句），这种对已有比喻、修饰语和类型化场景的近乎程式化的使用是乐府叙事诗的一个突出特征，例如诗中会不断出现"黄金络""青丝带"，称富贵家庭的房子为"金门""玉堂"，还会描写池塘中排列整齐的72只鸳鸯，这是普通百姓的梦想世界。被程式化的既有人（贤惠的妇人、理想的丈夫、思乡的旅人），也有场景，例如两个人在狭窄的乡间小路上偶遇，或一个孤独的人穿过城门离开城市。由于大量程式化表达的存在，叙事诗从内容上不免出现前后不一致的情况，例如丈夫先是军官，然后又变成了文官。

　　叙事诗中经常出现的重复可以解释为是一种说唱的形式，这些重复在后来流传下来的书面版本中经常被删去。但这种说唱的形式还是有一些残留的，例如在《有所思》中："闻君有他心，拉杂摧烧之。摧烧之，当风扬其灰。从今以往，勿复相思，相思与君绝！"同一个词组的变化也证明了乐府叙事诗最早是有音乐的，例如《陌上桑》的第7—8句、11—12句、13—18句，或下面这首短诗《江南》：

---

[1] 《乐府诗集》卷七十三；H. H. Frankel（傅汉思）的The Formulaic Language of the Chinese Ballad "Southeast Fly the Peacocks"（《中国叙事诗〈孔雀东南飞〉中的程式化语言》），载*Bulletin of the Institute of History and Philology, Academia Sinica*（"中央研究院"历史语言研究所集刊），台北，第39卷，第1期（1969年）；H. H. Frankel的The Chinese Ballad "Southeast Fly the Peacocks"（《中国叙事诗〈孔雀东南飞〉》），载*HJAS*（《哈佛亚洲研究学刊》）第34期（1974年），第248—271页。

> 江南可采莲，
>
> 莲叶何田田，
>
> 鱼戏莲叶间。
>
> 鱼戏莲叶东，
>
> 鱼戏莲叶西，
>
> 鱼戏莲叶南，
>
> 鱼戏莲叶北。[1]

但是在乐府诗中，我们很少能见到副歌（中国的诗歌作品基本都是如此），虽然汉乐府中曾经使用过的副歌应该比我们所知的多。有的时候，我们会看到没有任何含义的词，类似德语中的lirum larum，但有时我们并不能确定，这些词的"无含义"是否只是因为我们无法理解它们而已。此外，六朝乐府诗中的拟声词比汉乐府中常见。

叙事诗经常以上文提到的典型场景为开始，例如两个人在狭窄的小路上相遇。与后来习惯于确定时间、地点的散文叙事体不同，乐府叙事诗将这些时空元素模糊化，因而使其内容有了一定的不确定性，例如"有所思，乃在大海南"，或者"飞来双白鹄，乃从西北来"，这里的描述很模糊，能给人足够的空间去想象情节发生的精确地点。突然中断叙事，以祝福语作为结束的情况也不少见，如"今日相对乐，延年万岁期"。

就像欧洲的叙事诗一样，我们在中国的叙事诗中也能看到直接引语，或为独白，或为对白。乐府诗中的对白经常是由套话和重复组成的，只不过是将套话借某一个对话参与者的嘴说出来而已，这与戏剧对白有所区别。除了人之外，乐府诗中还会出现植物和动物，并且会在人与其他一些生物之间形成互动。在汉乐府诗《枯鱼过河泣》中，一条鱼写了一封信给自己的朋友，好让

---

[1] 《乐府诗集》卷二十六。

它们知道自己所遭遇的不幸。[1]类似的故事还有《蜻蝶行》，这首乐府中，一只蝴蝶讲述了自己如何被燕子吃掉。[2]两株植物在两个相爱之人的坟墓上方交缠，这样的题材无论在中国文学中还是在世界文学中，都是很受喜爱的。

　　不同于汉代的叙事诗，后来的一些作者不详的叙事诗从形式上逐渐统一，它们大多由4句五言诗组成，由此为唐代绝句的形式奠定了基础。其余的诗也是抒情多于叙事，这一时期流传下来的唯一一首口传形式的叙事民谣是来自中国北方地区的《木兰诗》。有研究认为这首诗创作于公元6世纪，当时的中国北方正被拓跋氏统治，这首诗讲述了一个名叫木兰的姑娘乔装成男人替父从军，在军中12年都没有被人识破的故事。

　　南方地区的叙事诗可以按照地域来区分，来自今南京地区的"吴声歌"或者长江上游地区的"西曲歌"都是出现在城市里的，并具有明显的抒情特征。所有这些诗歌的主题都是爱情或者离别，内容多围绕着离家在外的商人或养蚕缫丝的女人，这些诗产生于南方地区相对自由的氛围中，对那些从北方流亡到这里的人来说，是很新奇的。"吴声歌"大约包括330首诗，45种不同的曲名；"西曲歌"大约包括140首诗，35种曲名。"吴曲歌"中的一个常见标题是《子夜歌》，这个曲名是东晋时期（317—420）一个名叫子夜的歌女所创。其中一首如下：

　　　　欢愁侬亦惨，郎笑我便喜。
　　　　不见连理树，异根同条起？[3]

　　这首诗中所用的"侬"指"我"，是当时的吴地方言。诗中也会运用同

---

[1]　《乐府诗集》卷七十四。
[2]　《乐府诗集》卷六十一。
[3]　《乐府诗集》卷四十四。

音字或者一些词的多义性，例如另外一首《子夜歌》：

> 始欲识郎时，两心望如一。
> 理丝入残机，何悟不成匹！[1]

诗中的"丝"与"思"是同音字，而"匹"同时也有"伴侣、配偶"的意思。

与南方地区的抒情诗不同，北方地区诗歌的语气相对生硬，有时会有粗鲁的玩笑，内容经常与马和骑手有关。例如下面这首《高阳乐人歌》：

> 可怜白鼻騧，相将入酒家。
> 无钱但共饮，画地作交赊。[2]

某些北朝的乐府诗有可能是从其他语言翻译成汉语的，例如下面这首《折杨柳歌辞》：

> 遥看孟津河，杨柳郁婆娑。
> 我是虏家儿，不解汉儿歌。[3]

文人乐府诗

乐府诗对文人和诗人的影响非常之大，这并不仅仅是因为这些人自己也

---

[1] 《乐府诗集》卷四十四。
[2] 《乐府诗集》卷二十五。
[3] 《乐府诗集》卷二十五。

创作乐府诗，而且还因为乐府诗对后世所有诗歌产生的持续性影响。汉武帝的宫廷乐师李延年（生活在公元前100年前后）就曾经演唱过一些具有乐府风格的五言诗，今天我们能够看到另外一些此类的诗作，例如伏波将军马援（前14—49）的诗。军旅生活经常会出现在乐府风格的诗作中，曹操就曾创作过多首乐府诗，例如《却东西门行》，这首诗共分4节，每节有6句或4句五言诗：

> 鸿雁出塞北，乃在无人乡。
> 举翅万余里，行止自成行。
> 冬节食南稻，春日复北翔。
>
> 田中有转蓬，随风远飘扬。
> 长与故根绝，万岁不相当。
>
> 奈何此征夫，安得去四方！
> 戎马不解鞍，铠甲不离傍。
> 冉冉老将至，何时反故乡？
>
> 神龙藏深泉，猛兽步高冈。
> 狐死归首丘，故乡安可忘！[1]

这首诗在第一节中先讲到了一种动物，在第二节中又讲到了一种植物，之后的第三节才讲到战场上的士兵。诗的最后一节再次用动物作比，但并不是要像《诗经》那样说明两者之间的区别，而是要讲明两者之间的联系。

---

[1] 《乐府诗集》卷三十七。

在文人乐府诗中，我们也能看到程式化的句子，但数量要少于建立在口传基础之上的乐府诗。无法得知具体作者的乐府诗中的一些题材或意向，例如罗敷，也同样感动着诗人，因此会在文人乐府诗中反复出现。[1]

收录在《文选》中的《古诗十九首》代表了公元2世纪占据主流地位的乐府诗的诗歌形式，其中的内容大多充满哀伤，多为感叹离别或人生短暂之作。[2]这种哀伤的基调也同样成为接下来几百年里诗歌的特点，这些诗歌通常以"建安"这一年号而被标记，曹氏家族是其最重要的代表人物。这些诗绝大多数为五言，但也有一些诗歌使用了更古老的四言形式，例如曹操的《观沧海》，这首诗可以被认为是中国最早的一首写景诗。[3]

> 东临碣石，以观沧海。
>
> 水何澹澹，山岛竦峙。
>
> 树木丛生，百草丰茂。
>
> 秋风萧瑟，洪波涌起。
>
> 日月之行，若出其中。
>
> 星汉灿烂，若出其里。
>
> 幸甚至哉，歌以咏志。[4]

---

[1] 见J. R. Allen III的From Saint to Singing Girl. The Rewriting of the Lo-fu Narrative in Chinese Literati Poetry（《从圣女到歌女：中国诗歌中的罗敷形象》），载*HJAS*（《哈佛亚洲研究学刊》）第48期（1988年），第321–361页。

[2] 有详细注解的全译本，见J. -P. Diény（桀溺）的*Les dix-neuf poèmes anciens*（巴黎，1963年）。

[3] 见J. D. Frodsham（傅德山）的The Origins of Chinese Nature Poetry（《中国自然诗的起源》），载*AM*（《亚洲专刊》）新刊第8期（1960/1961年），第68—104页，此处第76页。

[4] 《曹操集》（北京，1959年），第11页；参见D. von den Steinen（石坦安）的Poems of Ts'ao Ts'ao（《曹操的诗》），载*MS*（《华裔学志》）第4期（1939年），第140页；参见《乐府诗集》卷三十七。

这些诗句是一首组诗的开头部分，是曹操在一次北征之时所作。他在诗中描述了自己的心境，说到了战争虽危险艰辛，但他依然对结果充满乐观。他这种站在山顶的幸福感和"君临天下"的感觉在后世的诗中就很少能见到了。不过，即便曹操这样的枭雄也会在作品中流露出忧思，例如他的两首《秋胡行》。[1]

传世的乐府诗中也有几首本应会被严苛的儒家礼教剔除的作品。最著名的例子是被认为由文学家兼科学家张衡所作的婚礼诗《同声歌》，诗中用女子的口吻写爱人的期望，表示自己要顺从，并展示了各种房中之术，还提到了一些画卷以及掌管男女情爱的三个女神之中的素女。[2]这首诗证明了性指导手册以及春宫图的存在，后来，这些东西被人厌弃，并遭到儒家正统派的压制，只在私下流传，其中一部分被保留在了日本的私人收藏者手中。

在后世的诗歌中，诗人选取女性作为诗歌叙述主体的情况很常见，这甚至成为某些诗歌类型的特点，例如唐代由女性演唱的早期词作品。这类作品经常表达哀伤和忧愁之情，却很少感叹女性命运，对女性命运的感伤在傅玄（217—278）的一首乐府诗中有所体现。傅玄的大量诗作中只有少量得以传世，而其中主要为乐府诗。有些诗人创作的乐府诗中也有民谣或劳动歌谣，例如抬棺人歌谣，这些诗向我们展示了中国中古时期[3]的民俗与日常生活。[4]

傅汉思以李白用乐府旧题所作《蜀道难》为例，总结出乐府文学传统

---

[1]　《曹操集》（北京，1959年）第7页及以下。

[2]　《乐府诗集》卷七十六；参见J. D. Frodsham（傅德山）的*An Anthology of Chinese Verse*（《中国诗歌集》），牛津，1967年，第16页等；亦见R. H. van Gulik（高罗佩）的*Sexual Life in Ancient China*（《古代中国的性生活》），莱顿，1961年，第73页。

[3]　中国中古时期指从汉朝灭亡之后直到960年宋代建立的时段。除此之外，中国历史还有其他一些时期划分标准。

[4]　见T. C. Russell的Coffin Pullers' Songs. The Macabre in Medieval China（《抬棺人之歌：中国中古时期的恐怖题材》），载*Papers on Far Eastern History*（《远东史研究集刊》），第23期（1983年），第99—130页。

的一系列特征。"蜀道难"这个标题应该是在公元5世纪就已经存在的,诗句长短不一,其中有3次加入叠句,只有诗的中间出现了3句传统乐府的固定句式,即"问君……""但见……""又闻……"。唐代标准诗歌通常会避免使用文人乐府诗里的某些表达,特别是一些语法和功能助词,例如表达修饰和所属关系的词,这类词从表义的角度而言并不是非有不可的。李白的这首诗以四川方言中的感叹词作为开头,从一开始就偏离了当时诗歌的标准语言。对地方神话和传说典故的使用,也使得这首诗不同于那些通常只用儒家正统文学和题材典故的"高雅"文学。

作为"乐府诗"流传至今的文学作品呈现出丰富多彩的样貌,反映出中国中古初期的地区传统以及当时总体看来比较开放的氛围,从后世的角度看,这些都是非正统的——在文学史上,这个阶段应该被认为是中国文学最为丰富且成果卓著的时期,唐诗是其发展的巅峰,同时也是结束。

第三部分

多彩的自然和内心的旅行

（180—600）

14. 建安时期的诗人

对诗歌独立性的认识

政治上四分五裂的时期，同时也是哲学和各种艺术最为丰富多彩，并体现出最强创造性的时期，不论是战国时期，还是公元3世纪汉代灭亡之后，都是如此。[1]随着汉朝统治的瓦解，中国进入了很长一段分裂时期，直到公元6世纪末才由短命的隋王朝及之后的唐王朝完成统一。在公元200年前后的起义以及边疆战乱被平定之后，中国陷入了军阀割据的混乱中，并继而形成了三国鼎立的局面，魏国（220—265）在北，吴国（222—280）在东南，蜀国（221—263）在西南。晋朝时期，帝国曾短暂地统一，但在公元316年之后，又重新陷入分裂，并持续了几百年。

东汉时期的五言诗以及诗人新的自觉意识带起了一股新的风潮，并在接下来的几百年中形成了独特的、丰富多样的诗歌形态。在被视为中国诗人

---

[1] B. J. Mansvelt Beck（马恩斯）关于这个时期的概述，载D. Twitchett（崔瑞德）、M. Loewe（鲁惟一）编的*The Cambrige History of China*（《剑桥中国史》），剑桥，1986年，第317—376页。

典型代表的屈原身上，我们能看到作诗的君子和独立歌者的形象，现在，这一形象已被歌颂（或批评）统治者的诗人形象所取代。不过，对统治者的神化并没有持续很久，并且很快就被为避世隐居而抬高自己地位的做法所取代[1]。诗人适应了无权无势的状态，这一变化在之后几百年中贯穿了中国文人的世界，无疑是中国文学最为重要的发展之一。

朴素更好还是精致和美更好，内容是否不需要形式，关于这类问题的争论从来没有真正得出过最终的结论。但至少在汉代结束之时，人们已经形成了一种观点，即文学是独立存在的领域，这使得人们能摆脱直到那个时候都通行的标准去观察这一问题。

对诗歌的反思最早体现在曹丕的诗作之中，从那之后，这种反思就没有停止过，只是程度不同。文学家们不断表达他们对于过去诗歌的看法，并在这种背景之下创作自己的诗歌作品。将文学创作从政治领域分离出来的一个结果就是，在公元2世纪有关个人的题材越来越多地进入诗歌之中，诗歌因此实现了某种独立性，尽管依然有人提出政治和道德方面的要求，但诗歌始终保持了这种特征。

建安时期（196—220），众多年轻文人希望能够为地方官吏和军官所用，并通过这种方式实现自己的政治抱负。正是有了这些人，才有了建安文学的繁荣。在这些起谋士作用的文人圈子里，诗歌蓬勃发展。我们只知道部分年轻文人和诗人的名字，只有个别人留下了比较详尽的信息或作品，主要是这类群体中有一些离经叛道甚至被认为是很孤僻的人。

这类谋士中的一个代表性人物是仲长统（180—220），他曾经在太原袁绍的外甥高干手下为官。据说他曾直言不讳地说高干虽然会选文人，却

---

[1] 见Ch. Holcombe（何天爵）的The Exemplar State. Ideology, Self-Cultivation, and Power in Fourth-Century China（《理想状态：5世纪中国的意识形态、自我修养和权力》），载HJAS（《哈佛亚洲研究学刊》）第49期（1989年），第93—139页。

不会挑选有能力的政治谋士。仲长统曾是曹操的近臣，但他似乎始终坚持独立而自由的思想，这一点在他的文章《乐志论》中有清晰的体现。[1]这种独立的精神也体现在他的诗歌作品中，例如被收录在他传记中的两首诗。其中一首诗包括四节四言诗，各四句，最后还有两句作为结尾。诗的第一节讲的是动物蜕皮的现象；第二节讲了一个自由的人像神仙一样在云端驰骋；在第三节，宇宙被描述成这个自由者的家；从第四节中我们能看到这个男人如何在这个家里自由来去；结尾的两句则提出了摆脱俗人事务的要求。

> 飞鸟遗迹，蝉蜕亡壳。腾蛇弃鳞，神龙丧角。
> 至人能变，达士拔俗。乘云无辔，骋风无足。
> 垂露成帏，张霄成幄。沆瀣当餐，九阳代烛。
> 恒星艳珠，朝霞润玉。六合之内，恣心所欲。
> 人事可遗，何为局促？[2]

仲长统的这种独立的精神和他避世的想法在第二首，也是更为出名的一首诗《见志诗二首·其二》中体现得更明显。这首诗依然是四言，诗的结尾写道：

> 百家杂碎，请用从火。抗志山栖，游心海左。
> 元气为舟，微风为舵。敖翔大清，纵意容冶。[3]

---

[1] 《后汉书》卷四十九；又见E. Balazs（白乐日）的*Chinese Civilization and Bureucracy*（《中国的文明与官僚体系》），纽黑文，康涅狄格州，1964年，第215页及以下。
[2] 《后汉书》卷四十九。
[3] 《后汉书》卷四十九；参见E. Balazs（白乐日）的*Chinese Civilization and Bureucracy*（《中国的文明与官僚体系》），第217页及以下。

在这里，诗人或诗的读者被视为与统治者一样的人，像皇帝一样面南而居。这些诗中体现出的诗人的独立性构成了后世所有诗歌的基础。直到这个时候，我们才真正看到构成主语的第一人称叙述者。因此，中国在这个时候才出现曹丕所创作的那类诗作，这并非偶然。

建安七子

曹丕在评价诗友们的作品时，除了提到他们的"赋"，还提到了他们的"诗"。这些赋和诗大量流传至今，其中的诗作大部分是五言诗——每一句都由五个字组成。这种形式在东汉时期发展起来，是与乐府诗的发展有密切关系的。直到今天，五言诗依然是最常见的诗歌形式之一。在唐代，五言诗虽然要遵循严格的格律，但是早期较自由的形式依然存在，这类诗被称为"古诗"。"古诗"除了五言诗，还包括形式更为自由的七言诗，汉代无名氏的《古诗十九首》为这种形式确立了基础。[1]清人沈德潜（1673—1769）选编的《古诗源》收录了从汉代到公元6世纪末的大约700首诗，从中我们能够看到诗人们对于形式自由的五言诗的喜爱，这种诗体在汉代末期达到第一个鼎盛期。

《古诗十九首》中包括了爱情、婚姻、友情、节日以及对荣誉和幸福的追求等具有普遍性的题材，其中多数诗的基调是哀伤的，感叹了离别和生命的短暂，这也是对公元2世纪末越来越严峻的政治局势的反映。我们

---

[1] 见J. P. Diény（桀溺）的*Les Dix-neuf poèmes anciens*（《古诗十九首》），巴黎，1963年；J. P. Diény的*Aux origins de la poésie Classique en Chine. Étude sur la poésie lyrique à l'époque des Han*（《中国古诗溯源：汉朝抒情诗研究》），莱顿，1969年；D. Holzman的*Les premiers vers pentasyllabiques dates dans la poésie chinoise*（《中国诗歌中的早期五言诗》），载*Mélanges de sinology offerts à Monsieur Paul Demiéville*（《献给戴密微先生的〈汉学杂编〉》），第2卷（巴黎，1974年），第77—115页。

能够在东汉末和三国时期的大部分诗歌作品中看到这种感伤的基调。这个时期最著名的诗人就包括曹氏家族的成员：曹操，他同时也是大量通俗作品的主人公，例如《三国志通俗演义》；曹操的儿子曹丕，他也是魏国的第一位国君；此外还有曹丕的弟弟曹植，以及受到曹氏父子推崇的诗人群体。

从用建安这个年号命名的诗人群体的作品中，我们依然能够看到后来被称为乐府的诗歌形式的影响，例如曹操的《苦寒行》：

> 北上太行山，艰哉何巍巍！
>
> 羊肠坂诘屈，车轮为之摧。
>
> 树木何萧瑟！北风声正悲。
>
> 熊罴对我蹲，虎豹夹路啼。
>
> 溪谷少人民，雪落何霏霏。
>
> 延颈长叹息，远行多所怀。
>
> 我心何怫郁？思欲一东归。
>
> 水深桥梁绝，中路正徘徊。
>
> 迷惑失故路，薄暮无宿栖。
>
> 行行日已远，人马同时饥。
>
> 担囊行取薪，斧冰持作糜。
>
> 悲彼东山诗，悠悠使我哀。[1]

但是其中一些诗依然延续着乐府诗中也有体现的《诗经》的四言诗传统，例如曹操诗作《观沧海》中的"东临碣石，以观沧海"。

以第一人称叙述者为特点的新诗歌形式在东汉末年的建安时期达到第

---

[1] 《曹操集》（北京，1959年），第6页及以下。

一个高峰，特别是围绕在曹氏家族周围的文人的作品，其中最重要的几位诗人被合称为"建安七子"，因卷入一桩阴谋而被曹操杀掉的孔融，以及徐幹（171—218）、阮瑀、刘桢（卒于217年）、应场（卒于217年）、陈琳（卒于217年），还有出身汉朝望族之家的王粲。陈琳以其为袁绍（卒于202年）和曹操撰写的公文而著称，这些文章已经初步显示出在接下来几百年中占据主导地位的"骈体文"风格，他更为出名的是乐府诗作《饮马长城窟行》。洛阳东南曹府的会客厅曾是"建安七子"聚首之处。曹丕在《典论》中这样评价七子充满活力的诗歌作品："于学无所遗，于辞无所假，咸以自骋骥骤于千里，仰齐足而并驰。"[1]

"建安七子"中最出名的是王粲，他的才华很早就为人所知。[2]公元190年，王粲从洛阳来到长安，这里是董卓的势力范围。因刻印石经而被载入文学史的著名文人、学者蔡邕非常欣赏王粲的才学，甚至许诺将自己的藏书赠予他。但是在公元192年董卓被杀之后，长安局势混乱，王粲因此决定南下荆州（大约为今天的湖北和湖南地区），为荆州牧刘表（142—208）效力。在那里，他不但创作了《登楼赋》，还写出了几首非常优美的诗歌作品。刘表死后，王粲促使其子刘琮与曹操结盟，因此获得曹操的赏识。在之后的几年中，王粲依附曹操获得了很高的官职，并对曹操及其统治大加赞颂。

从篇幅上看，王粲的赋已经短于绝大多数汉赋，他的这些作品得到了诸多认可，曹丕就曾经明确夸奖过他的辞赋作品。但五言诗才是王粲更为重要的贡献，其中最优秀作品包括写于公元215年前后效力曹操时的五首《从军

[1] 《曹操集》（北京，1959年），第6页及以下。
[2] 见R. C. Miao（缪文杰）的*Early Medieval Chinese Poetry. The Life and Verse of Wang Ts'an (A. D. 177–217)*（《中世纪早期的中国诗：王粲的生平与诗歌》），威斯巴登，1982年。

诗》和三首创作时间较早的《七哀诗》。[1]

"七哀"是乐府旧题，唐代评论家吕向认为这个题目指的是"痛而哀，义而哀，感而哀，怨而哀，耳目闻见而哀，口叹而哀，鼻酸而哀"。在王粲笔下，"七哀"只是指代一种形式，这个标题原本的含义在当时已经被人淡忘了。王粲《七哀诗》中的第二首这样写道：

> 荆蛮非我乡，何为久滞淫。
>
> 方舟泝大江，日暮愁我心。
>
> 山冈有余映，岩阿增重阴。
>
> 狐狸驰赴穴，飞鸟翔故林。
>
> 流波激清响，猴猿临岸吟。
>
> 迅风拂裳袂，白露沾衣衿。
>
> 独夜不能寐，摄衣起抚琴。
>
> 丝桐感人情，为我发悲音。
>
> 羁旅无终极，忧思壮难任。

这首诗也存在常见的以作者个人经历阐释内容的现象。王粲的确因战乱在公元193年离开长安去往中部的荆州地区，他在那里的生活显然并不如意，这些也体现在这首诗中，诗人将荆州地区称为"荆蛮"。他远离家乡，他的旅程也没有目的地，所有的动物到了晚上都能回家，但他却无法归乡。这首诗具有典型五言诗的特征，两句一组，常呈现出对仗的特点。在诗中，猿猴的叫声让人想起哀鸣，露水代表眼泪，大自然就这样衬托出诗人的哀伤，就像琴一样，用各种不同的形式应和着诗人的情绪，或者更确切地说：

---

[1]　见R. C. Miao的The Ch'i-ai shih of the late Han and Chin Periods（I）（《从汉末到晋的〈七哀诗〉》），载*HJAS*（《哈佛亚洲研究学刊》）第33期（1973年），第183—223页。

它们是在替诗人抒发哀伤。[1]收录在《文选》中的王粲的另外两首《七哀诗》，讲述了公元192年的政治动荡之后，长安城里混乱的局势：

> 出门无所见，白骨蔽平原。
>
> 路有饥妇人，抱子弃草间。
>
> 顾闻号泣声，挥涕独不还。
>
> "未知身死处，何能两相完？"[2]

建安文人的诗歌作品反映了当时的社会情况，并用不同的方式描述了作者的心绪和情感。面对时代给所有人带来的痛苦，有些人选择躲避和归隐，有些人则给事不关己的态度套上文明的外衣；有些人用药品麻醉自己，有些人则积极投身政治。不过从公元170年前后开始，公开结党拉派的行为遭到了压制。并且从那个时候起，不断有人论证为什么要抵制公开拉帮结派的行为。这种趋势从此成为历代政治生活的重要特征之一。

曹植不仅是建安时期最重要的作家之一，同时也是中国最著名的诗人之一。他有超过70首的诗作流传至今，数量超过了同时期的任何一位诗人，其中包含大量的赋及其他类型的作品。对曹植作品的研究，很大程度上要归功于被收录在《文选》中的30余篇作品。他被远远地隔离在皇权之外，不同于他的哥哥曹丕（即220—226在位的魏文帝），曹植经常被塑造成高尚的君子，代表着失意、遭遇不公待遇，继而只能够通过写作哀伤的诗来寻求安慰

---

[1] 关于这首诗，参见H. H. Frankel（傅汉思）的 *The Flowering Plum and the Palace Lady. Interpretations of Chinese Poetry*（《梅花与宫闱佳丽：解读中国诗》），纽黑文，康涅狄格州，1976年，第28页及以下。

[2] 《文选》卷二十三；参见J. D. Frodsham（傅德山）的 *An Anthology of Chinese Verse*（《中国诗集》），牛津，1967年，第26页及以下。

的那一类人。[1]但也有一些人反对这种观点，例如郭沫若就对曹植的性格提出了尖锐的批评。应该在多大程度上将曹植的诗看作他个人生活经验的反映，这对如何评价他起着至关重要的作用。

曹植的很多诗歌作品都流露出孤独与寂寞，例如作于公元211年战争期间的五言诗《送应氏》：

> 步登北芒阪，遥望洛阳山。
>
> 洛阳何寂寞，宫室尽烧焚。
>
> 垣墙皆顿擗，荆棘上参天。
>
> 不见旧耆老，但睹新少年。
>
> 侧足无行径，荒畴不复田。
>
> 游子久不归，不识陌与阡。
>
> 中野何萧条，千里无人烟。
>
> 念我平常居，气结不能言。[2]

在诗中，公元190年被战火毁坏的洛阳城映射出了作者的命运，而作者

---

[1] 见R. J. Cutter（高德耀）较新的论文 The Incident at the Gate. Cao Zhi, The Succession, and Literary Fame（《司马门事件：曹植、继位和文学声誉》），载*TP*（《通报》）第71期（1985年），第228—262页；R. J. Cutter的Cao Zhi (192–232) and His Poetry（《曹植和他的诗》），华盛顿大学，博士论文，1983年；R. J. Cutter的Cao Zhi's (192–232) Symposium Poems（《曹植诗集》），载*CLEAR*（《中国文学》）第6期（1984年），第1—32页。

[2] 《文选》卷二十；参见E. v. Zach的*Die Chinesische Anthologie*（《中国文学选集》）2卷本，剑桥，马萨诸塞州，1958年，第1卷，第305页；R. J. Cutter（高德耀）的Cao Zhi (192–232) and His Poetry（《曹植和他的诗》），华盛顿大学，博士论文，1983年，第231页及以下；H. H. Frankel（傅汉思）的Fifteen Poems by Ts'ao Chih. An Attempt at a New Approach（《曹植十五首诗新解》），载*JAOS*（《美国东方学会会刊》）第84期（1964年），第1—14页，此处第8—9页；H. H. Frankel: *The Flowering Plum and the Palace Lady. Interpretations of Chinese Poetry*（《梅花与宫闱佳丽：解读中国诗》），第46页及以下。

登上山之后看到了这一点。

悲愤诗也与蔡琰（生于约178年）这个名字联系在了一起。蔡琰是著名文学家蔡邕的女儿。在第一任丈夫死后，没有子女的蔡琰回到父母家中。汉末南匈奴叛乱时，蔡琰被掳走，成为匈奴左贤王之妻。蔡琰的这段经历为后来大量讲述她所受苦难的作品提供了素材，特别是她在匈奴左贤王死后，又按照部落传统，嫁给了左贤王的儿子。后来，蔡琰被曹操接回，此后据说又第四次再嫁董祀。关于她是否用骚体创作了18首五言诗这个问题，从苏轼之后，这种说法就不断遭到质疑，而这样的质疑应该不是没有道理的。[1]

文学批评的开端

与曹氏家族关系密切的诗人留下的作品中，除了大量的诗歌，还有三篇记录当时文学潮流的重要文章也得以流传：曹植于公元216年写给杨修（175—219）的信，曹丕于公元218年写给吴质的信，以及被萧统收录在《文选》卷五十二中曹丕的《典论·文论》。[2]

曹植写信时是25岁，他希望父亲能够将魏国的王位传给自己。这位可算得上当时最受人欣赏的诗人将作品寄给了相熟的杨修，也许是希望能够以此表达自己将政治事务放在文学创作之前的意愿，并申明自己的政治抱负。

---

[1] H. H. Frankel（傅汉思）的Cai Yan and the Poems Attributed to Her（《蔡琰和她名下的诗》），载CLEAR（《中国文学》）第5期（1982年），第133—156页。这篇文章中翻译了被归在蔡琰名下的诗。

[2] D. Holzman的Literary Criticism in China in the Early Third Century A.D.（《公元3世纪早期的中国文学批评》），载AS（《亚洲专刊》）第28期（1974年），第113—149页；R. C. Miao（缪文杰）的Literary Criticism at the End of the Eastern Han（《东汉末年的文学批评》），载LEW 16（1972年），第1013—1034页；译文，亦见Siu-kit Wong（黄兆杰）编的Early Chinese Literary Criticism（《早期中国文学批评》），香港，1983年。

在信的开头，曹植强调自己从少年时期就开始文学创作，所以有权利对当时的作家进行评论。接着他又指出，除了孔子的《春秋》，无论是书面的文本还是口头的流传都要经过不断改善，每个人的喜好也不相同。他说自己虽将少年时的作品附上，但他现在更重视的是政事，只有在无法参与政事的时候，他才会去撰写历史或严肃的文学作品，而这些事情他本是打算到老年之后才做的。曹植信中将文学创作放在政治事务之后，将文学与公众事务区别开，并将文学创作归于青年时期，将严肃的、符合道德标准的创作归于老年时期，以此说明文学与政治以及行为与道德评价之间的区别。杨修在回信中则更进了一步，他认为这两者截然不同，政治作为与文学创作之间不具有任何可比性。

曹植的哥哥曹丕出乎意料地成为魏国的第一任国君。在上述两封书信公开之后不久，他凭借一些关于文学的短文超越了弟弟，被誉为"中国文学批评之父"。

曹丕跟自己的弟弟一样，也想扬名后世，认为著书立说是仅次于政治作为的方法。他在写给亲信王朗（卒于229年）的一封信中说，自己选出了百余篇"文论"、诗和赋，打算给周围的人公开讨论。在此之前的一封完整保存下来的写给友人兼门客吴质的信中，他已经详细地表达了自己对文学的观点。他先是哀叹了与孔融、阮瑀并称"建安七子"的四位诗人于公元217年因瘟疫而死，并回忆了旧日里如何一起出游，如何一起恣意放情：

> 昔日游处，行则连舆，止则接席；何曾须臾相失。每至觞酌流行，丝竹并奏，酒酣耳热，仰而赋诗。当此之时，忽然不自知乐也。谓百年己分，可长共相保；何图数年之间，零落略尽，言之伤心！[1]

---

[1]《文选》卷四十二；参见R. C. Miao（缪文杰）的 *Literary Criticism at the End of Eastern tlan*（《东汉末年的文学批评》），第1031页。

曹丕说自己现在将这些朋友的作品收集在一处，读着那些名字就像看着"鬼录"。在评价了这些人的文学成就之后，他又感慨自己现在年纪增长，并被立为太子，永远不可能再有当初那样纵情的时光。信的结尾，他询问吴质最新的诗作，并流下眼泪。他的这封信可以被看作为文艺理论著作《典论·论文》的写作所做的准备。

《论文》开头就写道"文人相轻"，这是因为每一个人都将自己擅长的一面当作评价别人的标准，实际在文学（"文"）中，并不只存在一种风格（"体"），但很少有人擅长所有的风格。即便是杰出的"七子"，也没有哪个人甘愿被排在别人之后。但是，懂得审视自己的君子（这里指的是他自己）就能在评判他人能力之时躲开这类麻烦。在对"七子"进行了一番评价之后，他紧接着提出了一种反传统的观点，即反对过分看重古代圣贤的作用：

> 常人贵远贱近，向声背实，又患暗于自见，谓己为贤。[1]

接下来曹丕又写道，文学（"文"）只有一条根，但会有很多分枝。奏章（"奏"）和驳议（"议"）适宜文雅（"雅"），书信（"书"）和论说（"论"）应该合理（"理"），铭文（"铭"）和诔文（"诔"）崇尚事实（"实"），诗歌（"诗"）和赋文（"赋"）应该华丽（"丽"）。这种区分并不是为了要一一列举各种文体，而是用当时所谓"清议"的方式论述各种文体的特点。受曹丕文章的启发，人们继续尝试各种分类形式，其中陆机在《文赋》中提出的分类尤为受人推崇。

曹丕文论的核心是"气"这一概念，"气"被认为是个人独有的，不能沿袭，这种观点的源头可以上溯到庄子：

---

[1] 《文选》卷五十二。

文以气为主，气之清浊有体，不可力强而致。譬诸音乐，曲
度虽均，节奏同检，至于引气不齐，巧拙有素，虽在父兄，不能以
移子弟。[1]

曹丕认为文学是永恒不朽的，这与生命或尘世间的朋友不同。他认为就
是因为这一点，过去那些有天赋的人才会在处境很好或者处境不好之时拿起
纸笔著书，以让自己不朽。曹丕列举了《易经》的注解、礼仪典籍和徐幹的
《中论》，作为不朽文学作品的例子。有一种观点认为曹丕在这里列举的是
带有道德教育功能的文章，并认为曹丕跟弟弟曹植不同，曹丕的思想完全遵
循传统，而且他并不是直接针对文学作品。但也有王夫之（1619—1692）这
样的学者认为曹丕的见解比弟弟更加独到，而胡应麟（1551—1602）则认为
两人的成就同样高。

对曹氏兄弟的不同评价一直延续到现在，例如中国20世纪重要的文学史
家郭绍虞（1893—1984）就指出曹氏兄弟所持的皆为传统文学观，而罗根泽
（1900—1960）和朱东润（1896—1988）则认为曹丕的思想比曹植更具进步
性，因为他承认文学是独立的。当然，所有这些观点都必须放在当时文学背
景下去理解。但无可争议的一点是，曹丕通过使用"气"这个概念，同时将
创造力不能给予他人、也不能继承的观点（源自庄子哲学）用于文学作品，
由此使文学理论摆脱了传统的束缚，使中国诗人作为独立艺术个体而存在成
为可能。

从曹丕这篇《论文》的传播历史，我们就能窥见它的重要性。据传曹丕
曾将包含《论文》在内的《典论》写在白绢上，寄给自己的对手孙权。曹丕

---

[1]　《文选》卷五十二；本题材，亦见D. Pollard（潘乐德）的*Ch'i in Chinese Literary
Theory*（《中国文论中的"气"》），载A. A. Rickett（李克）编的*Chinese Approaches
to Literature from Confucius to Liang Ch'i-ch'ao*（《中国的文学观：从孔子到梁启
超》），普林斯顿，新泽西州，1978年，第43—66页。

的儿子曹叡命人将《典论》刻石，并于公元230年3月将这些刻石立在魏国的祖庙门前。人们将这篇文章的内容视为开国国君的明训，对于这篇文章的重视可以从下面这件事看出来：曹丕在文中否认防火衣的存在，但一些西域的使者却带着作为贡品的火浣布来到京城，此后人们便从刻石上抹掉了曹丕的这段话。根据杨炫之《洛阳伽蓝记》（成书于公元547年）的记载，这些刻石直到公元500年前后还立在最初的位置上，郦道元的《水经注》也证实了这一点。

建安之后的诗歌艺术不可避免地受到了当时政治局势和新的哲学思潮的影响，最重要的就是"清谈"运动和"玄学"。如果要列举建安时期之后诗歌领域的各个流派，首先要提到的就是"招隐诗"派，以及"玄言诗"派、"游仙诗"派、"田园诗"派、"山水诗"派、"咏物诗"派和"宫体诗"派等。这些文体或文类虽然题材各异，形式多样，但都体现出了避世的倾向，这是中国中古早期人文世界，或至少是文人，对外所表现出来的态度。

15. 清谈与玄学

"清谈"之风

汉末政治局势动荡，传统道德与行为规范或不再被人重视，或遭到质疑，文人阶层不得不寻找新的自我认知基础。他们找到的答案多种多样，进而让他们自己被有限度地归入不同的流派，虽然在后来的思想史中，区分不同的"运动"或"潮流"被证明是很有用的。[1]其中有一种文人活动在一定程度上左右了公元3世纪到4世纪的整个思想界，被称为"清谈"。

在汉朝末年，所谓"清谈"一开始指的是对他人做出恰当的评价，郭太（128—169）被认为是这种品评方式的开创者，他是一个与众不同且思维敏捷的人，是名士"八顾"之一，追随者众多。[2]关于这种品评的一个杰出例子，是司马光收录在《资治通鉴》中的一段将曹操与他的对手袁绍做比较

---

[1]　关于中国历史这个时期的研究，见W. Eichborn的Zur chinesischen Kulturgeschichte des 3. und 4. Jahrhunderts（《3世纪到4世纪中国文化史》），载*ZDMC* 91（1937年），第451—483页；J. D. Paper对3世纪这个转折期有很好的总结论述：*The Fu-tzu. A Post-Han Confucian Text*（《后汉儒学文章》），莱顿，1987年，第3—14页。
[2]　见《后汉书》卷六十八，以及《文选》卷五十八中蔡邕作郭有道碑文。

的话。[1]南朝宋临川王刘义庆（403—444）于公元420年前后撰写的小说集《世说新语》，以故事和对话的形式很好地记录了"清谈"之风。"清谈"主要依赖谈论者临场的机敏与语言的幽默，理解难度通常很大，几乎无法翻译。有些段落已经能够看到后来深受佛教禅宗影响的"公安派"善用的对话形式。

《世说新语》分为36个大的类别，例如"规箴""贤媛""豪爽"等，这本书中还有大量关于某人如何机智敏锐的记载，例如下面这个故事：

> 裴散骑娶王太尉女。婚后三日，诸婿大会，当时名士，王、裴子弟悉集。郭子玄在坐，挑与裴谈。子玄才甚丰赡，始数交，未快；郭陈张甚盛，裴徐理前语，理致甚微，四坐咨嗟称快。王亦以为奇，谓诸人曰："君辈勿为尔，将受困寡人女婿！"[2]

与"清谈"之风在某些地方相反的，是受儒家礼教影响的"名教"。"名教"将自己视为秩序的维护者，主张完全符合礼教要求的行为规范以及儒家的道德准则，这些规范至少在公元2世纪末社会陷入动荡之前都还是被游离于社会之外的边缘人所承认的。如果不考虑每个作家所属或后来被归入的流派，那么，影响并继而决定了这些人文学创作的，首先应当是他们的生活环境、经历过的特别事件以及他们的交际圈，例如公元3世纪晚期代表性诗人之一的潘岳。

潘岳（又名潘安，247—300）在他的家乡有奇童之称。后来的《世说新语》中记载了很多有关他的故事，从这些故事中，我们还能了解他有倾倒众

---

[1] 《资治通鉴》卷六十二；参见E. Balazs（白乐日）的*Chinese Civilization and Bureucracy*（《中国的文明与官僚体系》），第238页及以下。
[2] 《世说新语·文学第四》；译文参见R. B. Mather（马瑞志）的*Shih-shuo Hsin-yü. A New Account of Tales of the World*（明尼阿波利斯，明尼苏达州，1976年），第101页及以下。

多女子的容貌。潘岳在20岁左右的时候就写出了后来被收录进《文选》（卷九）的《射雉赋》，他经常因为近亲或朋友的故去而创作表达哀伤的作品，显然特别喜欢哀伤和多愁善感的基调。潘岳所创作的哀悼亡妻的诗是中国最早的此类作品，这些诗同样也被收录在《文选》（卷二十三）之中，其中的第一首诗在回忆了逝者之后，于结尾处这样写道：

> 如彼翰林鸟，双栖一朝只。
>
> 如彼游川鱼，比目中路析。
>
> 春风缘隙来，晨霤承檐滴。
>
> 寝息何时忘，沈忧日盈积。
>
> 庶几有时衰，庄缶犹可击。[1]

　　虽然个人生活的重要性已经大大提升，并体现在了上述这类文学作品之中，但绝大多数的作品依然还是源自公共生活、职务或者争取公众认可的需求。其中一个例子是在晋朝为官的潘岳所作的《藉田赋》。在这首赋中，潘岳歌颂了国君躬耕之事。潘岳的作品中还有一些记录自己在赴任途中的见闻以及公元296年至297年他离官期间的经历，其中最著名的《闲居赋》也被收录在《文选》（卷十六）中。在这篇赋中，潘岳比较了为官与离官的生活，讲述了与朋友饮宴雅聚、欣赏音乐、吟诗作对的乐趣。除潘岳之外，还有其他人因做官的原因而创作文学作品，这些人甚至还有更倾向于避世和哲思，例如因撰写《论语集解》而为人所知的何晏（卒于249年），他曾在正始年间（240—249）引领"清谈"之气，在政权更迭之时，他被当作失败一方的维护者而遭处决。《文选》卷十一中收录了他的作品《景福殿赋》。

---

[1]　《文选》卷二十三；关于庄子的典故，出自《庄子》第18章对庄子在妻子死后所做之事的描述。

"自然派"的代表：竹林七贤

对当时的文学创作产生了最为强烈与深远影响的是"自然派"，其中最出名的人物是被称为"竹林七贤"的诗人以及其他一些不随俗流的文人。据说在曹魏（220—265）末年，他们定期在洛阳附近的一个竹林之中聚会，七人分别为阮籍（210—263）、嵇康、山涛、刘伶（卒于265年后）、阮咸（234—305）、向秀（约227—272）和王戎（234—305）。他们应该是交往密切的朋友，但"七贤"之称却是洛阳城破（公元316年）之后流亡到南方的文人的一种理想化说法，这些文人将"七贤"视为榜样。"七贤"一开始表现得非常愤世嫉俗，但是在公元262年嵇康被处决之后，其中几个人的态度就变得比较温和，他们也像向秀一样，一边参与外部世界，一边追求内心的独立。

从大量对"七贤"不拘礼法的行为方式的记述中，后来人不无忐忑地看到了自己无法实现的梦想是如何被他们实现的。挑衅礼教、同时也挑衅堕落肮脏的世界的一种形式便是赤身裸体，至少在那些对世界持怀疑和回避态度的人眼里是如此。"七贤"中的刘伶，身后总是跟着一名捧着酒壶的仆人，另有一名仆人拿着把铲子，以便刘伶想喝酒的时候可以随时喝，他如果倒在了什么地方，可以将他就地掩埋。关于刘伶有这样一段故事：

> 刘伶恒纵酒放达，或脱衣裸形在屋中。人见讥之，伶曰："我以天地为栋宇，屋室为裈衣，诸君何为入我裈中？"[1]

类似的故事当然不一定要从字面去理解，因为它们就像前面的例子一样，不仅刻画了主要人物的机敏，更对人在宇宙中所扮演角色进行了本体论

---

[1] 《世说新语·任诞第二十三》。

思考，这一点与"玄学"所要做的是一样的。这些故事还使用酒醉这一题材，在之前的几百年间，这个题材已经被用来喻指辞官、无忧无虑的状态或摆脱社会的束缚。

"竹林七贤"中最著名的一位是嵇康，在历史上，他作为诗人的名气更大于他作为哲学家、音乐家的名气[1]。他也是隐士题材的绘画中非常受人喜爱的人物，他的外貌也不断被人演绎。有些人说他身高将近两米，就像一棵松树；还有人将他喝醉以后摇摇晃晃的样子比喻成要倾倒的玉山。嵇康由于言语不慎招来了杀身之祸，据说在去往行刑的路上，他还在弹奏七弦琴。

相比嵇康，"竹林七贤"中的阮籍与当权者打交道就显得更聪明一些，他用装傻的办法，拿醉鬼的假面具做掩护。[2]我们如今能够看到很多阮籍的赋文及论文，特别是他的82首《咏怀诗》。其中的第一首这样写道：

> 夜中不能寐，起坐弹鸣琴。
>
> 薄帷鉴明月，清风吹我襟。
>
> 孤鸿号外野，翔鸟鸣北林。
>
> 徘徊将何见，忧思独伤心。[3]

[1]　关于嵇康，见R. H. van Gulik（高罗佩）的*Hsi K'ang and His Poetical Essay on the Lute*（《嵇康和他的〈琴赋〉》），东京，1941年；D. Holzman的*La vie et pensée de Hi Kang (223-262)*（《嵇康的生平与思想》），莱顿，1957年；D. Holzman的*La poésie de Ji Kang*（《嵇康的诗》），载*JA*（《亚洲学报》）268（1980年），第107—177页，第323—346页；D. Holzman的*Les sept sages de la forêt des bambous et la société de leur temps*（《竹林七贤和他们所处时代的社会》），载*TP*（《通报》）第44期（1956年），第317—346页；R. G. Henricks（韩禄伯）的*Hsi K'ang. Philosophy and Argumentation in Thrid-Century China. The Essays of Hsi K'ang*（《三世纪中国的哲学与论文：嵇康的散文》），普林斯顿，新泽西州，1983年。
[2]　见D. Holzman的*Poetry and Politics. The Life and Works of Juan Chi A.D. 210-263*（《诗歌与政治：阮籍的生平与著作》），剑桥，1976年；Yi-t'ung Wang（王伊同）的The Political and Intellectual World in the Poetry of Juan Chi（《阮籍诗中的政治和文学世界》），载*Renditions*（《译丛》）第7期（1977年），第48—61页。
[3]　《阮籍集》（上海，1978年），第83页。

在公元3世纪的许多诗人中，还应提到张华（232—300）。除了那些在生前就已经赢得诸多赞誉和声望的赋，张华还写了许多优美的爱情诗，其中很多描写的是女性的情感世界（这在中国的诗歌中是一个很常见的现象）。

"玄学"

"玄学"这个早已被用在文学中的概念直到20世纪才被用来指称对中国中古早期文人的精神世界产生了深远影响的思潮，佛教对中国公元3世纪、4世纪的这种特殊思潮的影响并不是很容易被辨认。[1]代表"玄学"思潮的都是一些讨论或者注解"玄"的文章，因而，该思潮在中国文学史上只是处于比较边缘的地位。但就是因为嵇康、阮籍的名字与"玄学"联系在了一起，而且这种形而上的思维方式对诗歌领域大量的新发展趋势，特别是描述自然的诗歌起到了决定性的作用，所以我们在这里不能完全不提到它。

有一些文学作品被直接与"玄学"联系在了一起，例如诗人孙绰（314—371）和许询（300？—365？）的作品。一个很好的例子是孙绰的《秋日》，在这首诗中，作者将"自然"置于讲述的中心：

> 萧瑟仲秋月，飙戾风云高。
>
> 山居感时变，远客兴长谣。
>
> 疏林积凉风，虚岫结凝霄。
>
> 湛露洒庭林，密叶辞荣条。

---

[1] 参见M. Friedrich（傅敏怡）的Hsüan-hsüeh. Studien zur spekulativen Richtung in der Geistesgeschichte der Wei-Chin-Zeit (3. -4. Jahrhundert)（《中国魏晋时期思想史中的玄学》），博士论文，慕尼黑，1984年。

抚菌悲先落，攀松羡后凋。

垂纶在林野，交情远市朝。

淡然古怀心，濠上岂伊遥。[1]

孙绰当之无愧的名作是他的《游天台山赋》，这部作品是"玄言诗"的代表作，从语言方面来看，该赋符合"清谈"的风格。[2]这篇赋讲述了作者充满神秘感的自然游历体验。在一个简短的序之后，作者就开始讲述对"太虚"的向往，登山的过程同时也成为离开俗世与其中烦扰的过程。离开了可触可及的世界，穿越了黑暗并到达如天堂般的地方后，作者也获得了顿悟。

寻访隐士与山水诗的开端

在公元3世纪和4世纪早期描述自然的诗歌中，对于景物的描述还没有发展到与神秘的形式合而为一的程度。早期的一些赋文中曾出现过对自然的描写以及想象中的穿越山水直达天上的旅行，这个题材很快就为五言诗所用，收录在《文选》卷二十二中左思的《招隐诗》是其中最著名的作品之一。这种隐士诗并不像汉代的"招隐诗"，想将隐士从野兽及其他威胁中召回文明社会，而是要去探寻被当作追求目标的隐士的所在。

[1] 逯钦立编的《先秦汉魏晋南北朝诗》（北京，1983年），第901页及以下；W. Kubin（顾彬）的译文*Der durchsichtige Berg*（斯图加特，1985年），第156页；参见J. D. Frodsham（傅德山）的*The Murmuring Stream. The Life and Works of the Chinese Nature Poet Hsien Ling-yün (385–433), Duke K'ang-lo*（《潺潺的溪流：谢灵运的生平与创作》2卷本），吉隆坡，1967年，第1卷，第94页。
[2] 见R. B. Mather（马瑞志）的"The Mystical Ascent of the T'ient'ai Mountains", Sun Ch'o's Yu T'ient'ai-shan Fu（《孙绰的〈游天台山赋〉》），载*MS*（《华裔学志》）第20期（1961年），第226—245页。

　　"招隐诗"中最著名的几首由陆机、张华和王康琚等作于公元3世纪末。由于公元4世纪和5世纪早期动荡的政治局势，这类诗一直很受人欢迎，并且始终影响着人们对隐士以及隐居这一生存形式的看法。但也就是在这个时候，还出现了反对寻找隐士的诗，就像是入仕与出世这两种生存方式的并行存在一样，我们在不同的诗人那里既能够读到赞成寻找隐士的诗，也能够读到反对这一做法的诗。例如收录在《文选》卷二十二中的王康琚的《反招隐诗》：

> 小隐隐陵薮，大隐隐朝市。
> 伯夷窜首阳，老聃伏柱史。
> 昔在太平时，亦有巢居子。
> 今虽盛明世，能无中林士。
> 放神青云外，绝迹穷山里。
> 鹍鸡先晨鸣，哀风迎夜起。
> 凝霜凋朱颜，寒泉伤玉趾。
> 周才信众人，偏智任诸己。
> 推分得天和，矫性失至理。
> 归来安所期？与物齐终始。[1]

　　儒家学者始终秉持的这种态度很快又重新广为人们接受，在之后的几个世纪里，这种将遁世与做官相结合的做法成为文官的生存模式，他们可能以奔丧为由暂时离开官场几年或者哪怕只是几个小时，寄情于笔墨书画等艺术活动。跟在自己家里营造微缩山水一样，这些举动都是为了这个目的，这样

---

[1]《文选》卷二十二；参见E. von Zach的*Die Chinesische Anthologie*（《中国文学选集》2卷本），剑桥，马萨诸塞州，1958年，第1卷，第334页。

他们至少可以在业余时间一抒胸怀。[1]

从汉末开始，由于5世纪到6世纪出现了一些有关诗学的讨论，包括一些负面评价，文学特别是诗歌领域的发展情况变得模糊不清。这方面最重要的、对后世影响最大的是刘勰《文心雕龙》的"明诗篇"，在这篇文章里，刘勰对诗歌的发展进行了概括性叙述。

根据刘勰的观点，从南朝宋（420—479）开始，道教对诗歌的影响开始减退，同时，诗歌出现了向山水诗发展的新趋势。钟嵘（？—约518）在《诗品》中论述了道教的形而上学对当时诗人的影响，他提到的诗人包括孙绰和许询，以及"玄言诗"的其他代表性人物。类似的还有萧子显在《南齐书》文学家列传末的论述。萧子显认为长江以南地区的作家推崇道家之言，郭璞特别强调道家的神奇影响力，许询则将名理发展到极致（"郭璞举其灵变，许询极其名理"）。[2]直到清代，仍有人沿袭这种观点，文学评论家王世祯（1634？—1711）认为谢灵运是中国创作山水诗的第一人，他认为谢首先从山谷、山峰和山泉之中发现了情感。当然，山水诗在这位大师之前已经有了很长一段发展史。还有人将创作了《衡山诗》、名气不是很大的庾阐看作第一位真正开始创作山水诗的诗人。[3]

事实上，从公元5世纪开始才有真正的山水诗。因为从这一时期开始，诗歌中对情感的表达与对景物的描写才融为一体，而在此之前，诗歌或是只表达情感、内心，或是——特别是在赋文中——只描述外在世界。但山水诗的发展是有其基础的，正是由于赋与诗的相互影响，才有了将自然视为供人栖身甚至生活所在并寄情其中的做法，才有了山水诗形成的条件，中文"山

---

[1] 见R. Stein（石泰安）的Jardins en miniature d'Extrême-Orient（《东方的园林》），载*BEFEO*（《法国远东学院学刊》）第42卷（1942年），第1—104页。

[2] 《南齐书》卷五十二。

[3] 逯钦立编《先秦汉魏晋南北朝诗》（北京，1983年），第901页及以下，第874页。

水"概念中的"山"与"水"本身就已经体现了一种平行与对照。[1]

除诗赋传统外，玄言诗和游仙诗也是公元5世纪山水诗发展的前提条件。在游仙诗中，旅行的地点从天上挪到了人间，这一点昭示了一种方向性的改变。汉代末年，儒家正统派的国家学说越来越遭到质疑，"清谈"运动以及带有遁世性质的、对长生不老的追求为道家思想重新铺平了道路。这种新思潮的代表人物就是被称为"竹林七贤"的几位诗人。例如在阮籍的传记中，就说到他有的时候会登到山顶，俯看溪流，经常一连几天，流连忘返。登山这个爱好的普及在《晋书》的羊祜（卒于278年）传中也有体现：

> 祜乐山水，每风景，必造岘山，置酒言咏，终日不倦。尝慨然叹息，顾谓从事中郎邹湛等曰："自有宇宙，便有此山。由来贤达胜士，登此远望，如我与卿者多矣！皆湮灭无闻，使人悲伤。如百岁后有知，魂魄犹应登此也。"湛曰："公德冠四海，道嗣前哲，令闻令望，必与此山俱传。至若湛辈，乃当如公言耳。"[2]

原本的自然体验只有在脱离了寻找救赎或寻访另外一个世界中的有天赋者等目的后，才有可能形成自然诗，但中国诗歌发展史的一个特别之处恰恰在于：这种脱离虽然很早就已经开始，但始终没能真正完成，因为神灵与天才的

---

[1] J. D. Frodsham（傅德山）的The Origins of Nature Poetry（《自然诗的起源》），载AM（《亚洲专刊》）新刊第8期（1960年），第68—104页；W. Kubin（顾彬）译文：Der durchsichtige Berg；S. Bush的Tsung Ping's Essay on Painting Landscape and the "Landscape Painting" of Mount Lu（《宗炳的〈画山水序〉与庐山"山水画"》），载S. Bush、Chr. Murck编的Theories of the Arts in China（《中国艺术理论》），普林斯顿，新泽西州，1983年，第132—164页；Kang-i Sun Chang（孙康宜）的Description of Landscape in Early Six Dynasties Poetry（《六朝早期诗歌中的山水描写》），载Shuen-fu Lin（林顺夫）、S. Owen（宇文所安）编的The Vitality of the Lyric Voice（《抒情之声的生机》），普林斯顿，新泽西州，1986年），第105—129页。

[2] 《晋书》卷三十四；参见W. Kubin（顾彬）的译文Der durchsichtige Berg（斯图加特，1985年），第148页及以下。

世界从来没有被认为是无法进入的，人们不断踏上去往那里的路。文人对自己的要求是：只要有可能，就要在社会上为明君效力。因此，描写登山或旅行的诗从来都不仅仅是在表达投身自然的意愿，这些诗也是对自我存在的一种喻指，通常是用特别的形式表达自己对于做官和离官、朋友以及在过去映衬下的当下政治局势的态度。就像鲍吾刚（Wolfgang Bauer）所说：“从一开始，中国文学中的远游以及对现世苦难的哀叹就是紧密联系在一起的。”[1]

　　这类诗中有一些讲述的是逃离现世以及对远方的渴望，游仙诗就是用来概括这类诗的专门概念。这种游仙诗可以分为三类：一是屈原开创的代表避世和批判的诗歌传统，嵇康、阮籍和陶渊明（365—427）都属于这一类；二是受道教传统影响的类型，代表诗人有张华和郭璞，后者为《山海经》的作者或至少是主要为此书做注的人；三是浪漫或与情爱相关的类型，此类诗始于宋玉，主要代表人物还有后来的曹植、傅玄和鲍照（414？—466）。不过，绝大多数游仙诗都会同时包含上面的三种元素，只是比重各不相同而已，例如曹植用乐府诗风格创作的《远游篇》[2]就从不同角度体现了楚辞的影响，以此证明了楚辞传统的延续。

　　继建安之后，有很多诗人写过这种游仙诗，他们在这些诗中描述了一个精致的、宛若天堂的地方，那个地方不存在任何烦恼。这些诗人中最特立独行，同时也是最著名的一位就是上文提到过的郭璞，在将新道教义理“玄言”用于诗歌创作上，他贡献颇多。郭璞虽然还是在寻找神仙，但已经将神仙的天堂换成了隐士的居处。这些诗中的天才或神仙也成了现实描述的对象，与郭璞同时代的葛洪（284—364）所著的《神仙传》就是一个典型的例子。[3]

　　郭璞曾多次为他那个时代的当权者卜卦，他的文学创作受到了楚辞以及

---

[1]　W. Bauer（鲍吾刚）的*China und die Hoffnung auf Glück*（《中国人的幸福观》），慕尼黑，1971年，第254页。

[2]　《乐府诗集》卷六十四。

[3]　译文，见G. Güntsch的*Ko Hung. Das Shen-hsien chuan und das Erscheinungsbild eines Hsien*（法兰克福，1988年）。

潘岳的影响，他曾用一组（共19首）游仙诗来讲述自己的不幸。[1]郭璞的文学才华出众，曾对《穆天子传》和其他一些作品进行详细的注解，并对神仙的居处进行了严谨的探究，但这些都没能改变他的命运。公元324年，郭璞为大将军王敦（266—324）卜筮，结果不吉。于是，郭璞在正当年富力强之时被斩首。

除了受到道教形而上学思想的发展与传播的影响，山水诗的变化也与都城南迁到今南京附近后周边自然环境的变化有关。在南京附近和浙江东部地区秀丽的景色中，山水诗和山水画的创作真正开始了。当时的文人应该形成了多个不同的群体，其中一个群体包括书法家王羲之以及谢安、许询和僧人支遁（314—366）等人。他们一同渔猎、饮宴、作诗，王羲之作于公元353年的《兰亭序》为我们了解这些借"修禊"之机而在诗人经常聚首的兰亭相会的人提供了很多信息。

在这一年的"修禊"时节，24位文人在今浙江绍兴的会稽山聚首。他们把在这次聚会时所作的诗汇集成册，由王羲之为诗集作序，其中写道：

> 永和九年，岁在癸丑，暮春之初，会于会稽山阴之兰亭，修禊事也。群贤毕至，少长咸集。此地有崇山峻岭，茂林修竹；又有清流激湍，映带左右，引以为流觞曲水，列坐其次。虽无丝竹管弦之盛，一觞一咏，亦足以畅叙幽情。是日也，天朗气清，惠风和畅，仰观宇宙之大，俯察品类之盛，所以游目骋怀，足以极视听之娱，信可乐也。[2]

---

[1] 逯钦立编《先秦汉魏晋南北朝学》，第865页；《文选》卷二十一；参见 J. D. Frodsham（傅德山）的*An Anthology of Chinese Verse*（《中国诗集》），第92页及以下。
[2] 《艺文类聚·岁时中》（上海，1965年），第71页。

诗人们坐在溪水边，盛酒的杯子顺溪水漂下，杯子到谁的跟前停下，那么这个人就要作一首诗，等到晚上，所有人的诗被收集到一起，王羲之亲自为诗集题序。这篇序文共324个字，28行。直到今天，这篇《兰亭集序》依然是东亚地区最著名的一篇书法作品，只是原作已经随唐太宗（626—649在位）入葬，从那之后，传世的只有摹本。

在当时，园林不仅早已成为供人们切磋各种艺术以及诗歌、书法和风景画的地方，它本身也成了一件艺术品。早在建安时期，作诗就已经是文人的必备技能，兰亭的聚会则清楚地证明了在公元4世纪晋朝宫廷南迁之后，书法也已成为这些人必须掌握的技艺。在这个时期，楷书、行书和草书这三种最重要的字体已经形成。当然，除了这三种字体，古老的篆书和隶书依然也还在使用。通过书法而形成的审美标准，不论是对中国的文人阶层，还是对中国的美学，都起着决定性的作用，到今天依然如此。

山水画很快就替代了真正的山水，就像是作为缩微天地存在的园林替代了自然一样。它们被用于冥想，对佛教徒而言，这些画还可以帮助他们脱离人世的痛苦。宗炳（375—443）的《画山水序》与王微（415—453）的《叙画》很好地从理论方面介绍了这类具有禅意的山水画。[1]据说宗炳因不能亲自去自然中漫步，故而画出这些山水，然后在床上欣赏这些画，仿佛自己已进入山水之中一样。自然这一题材在中国文学作品中起着至关重要的作用，此后，人们就不断将公元4世纪到5世纪的一些诗人当作榜样，其中就包括陶渊明和谢灵运。

---

[1] 早期关于绘画的最重要文章的英文译本，见S. Bush、Hsio-yen Shih（时学颜）主编的*Early Chinese Texts on Painting*（《中国早期绘画理论》），剑桥，马萨诸塞州，1985年。

16. 做官与优雅的私人生活

对远方的渴望与现实生活

中国中古时代早期的诗人中最受后人赞誉的是陶渊明和谢灵运，他们在做官与离官之间摇摆。在诗歌中，他们坚持归隐后完美的理想状态；但对他们而言，能够为官同样很重要。虽然向往自然和远方，但在现实世界中有所作为同样也是文人的目标。在一开始，遁世只是那些无法在现实中有所作为者的最后一条出路，却因两个原因而变得诱人：首先，神仙的美好世界与佛祖的纯净国度是值得追求的；其次，由于政局动荡，为官变得极有风险。所以归隐田园，回到自己的土地上，就常常成为比较能够被人接受也比较安全的一条路。

北方的知识精英来到南方后，就为描述远方世界的文学作品找到了新的灵感。这不仅仅是因为景色变化与温和气候让他们有了新的感受，同时也是因为他们接触到了不同的音乐、歌谣和此前并不了解的地方神话传说，尤其是南方较自由的氛围，所有这些因素都对文学作品产生了深远的影响。个人的感受得以加强，这方面最典型的例子就是陶渊明。对世界和自然的丰富性的认识，特别是表现性与描述性的结合，成为公元4世纪到5世纪文学作品的特征。

在归隐与入仕之间不断摇摆的例子当时比比皆是，很多人的归隐与否与年龄无关，例如上文中曾经提到的孙绰。这位东晋时期著名的思想家、文学家，年轻时曾纵情山水，后来才开始做官，并且越做越大。尽管如此，他的文学作品始终流露出对自然的热爱。公元5世纪，人们对这种遁世，特别是对在做官与归隐之间反复摇摆的看法有所改变，这种改变在诗歌领域引起了非常惊人的、重要的变化。拒绝做官的人如果没有确实的理由，那么拒绝的结果可能就是再也不会获得任何官职。此外，隐居的行为常常会被看作是对朝廷的抗议，甚至可能招致危险。所以，辞官的事就越来越少了。早期归隐诗和隐士诗传达的生活态度为后来的诗人提供了建立自我认知的可能性，他们可以在欣赏这些诗歌的同时体味隐居的感觉。当然，拒绝为官的人还是有的，这其中就有宗炳的孙子宗测。宗测在南齐（479—502）初年辞官，他曾表达过自己对自然的热爱。跟祖父一样，宗测也擅长书法、绘画和古琴。辞官后，他回到祖父位于庐山的旧宅。在这里，他用画描述了传说中阮籍遇苏门山隐士孙登时的场景，孙登擅长长啸，据说他可以用这样的方式"应和自然"。

这个时期，人们对于归隐看法的改变，就像其他很多领域，例如宗教及其社会组织形式发生的转变一样，都是政治经济情况产生了变化的结果。公元5世纪到6世纪的特点是中央政权的势力越来越强，特别是在中国南方，同时，旧贵族阶层的生活水平和影响力都在下降，他们不再是僧人和诗人的赞助者，取代他们的是皇子甚或皇帝本人。

归隐田园的陶渊明

人们经常将陶渊明与杜甫（712—770）、李白相提并论。[1]但他的同代人和之后的几代人对他并不十分关注，例如钟嵘的《诗品》就将陶渊明的作品归为次一流之列。不过，萧统的《文选》已经收录了陶渊明的作品，使他重新回到人们的视野之中。对陶渊明的这种重新认定显然与萧统反对他那个时代诗歌艺术中新潮流的态度有关，但让陶渊明越来越受到认可的真正原因还在于他将简朴与毫无保留地流露内心情感相结合的特殊方式。

从宋代开始，陶渊明格外受到推崇。这一方面与宋朝大文学家苏轼对他的赞誉有关，苏轼甚至将陶渊明视为自己的前生，同时也与当时的人们开始远离直到唐代初期还占据主流地位的华丽繁杂的诗歌语言，开始放弃严格的诗歌规则有关。此外，这也是因陶渊明用一种近乎传统的方式表达了对家庭和友人圈的回归、对田园生活的人生理想的回归。随着体制越来越官僚化，他的作品也越来越受到重视。

明末"公安派"的代表人物非常注重诗歌表达个人情感的功能，他们认为陶渊明实现了这样的理想。在江盈科（1553—1605）的时代，诗歌与情感的关

---

[1] 关于陶渊明的文献非常多。作品的德语译文，见A. Berhardi的Tau Yüan-ming (365–428). Leben und Dichtungen（《陶渊明：生平与作品》），载*MSOS*（《东方语言研讨会报告》），第15期（1912年），第58—116页；E. v. Zach的T'ao Yüan-ming（《陶渊明》），载*MSOS*，第18期（1915年），第179—260页；E. Schwarz的Tao Yüan-ming. Pfirsichblütenquell. Gedichte（《陶渊明诗集：桃花源》），莱比锡，1967年；K. -H. Pohl（卜松山）编的*Tao Yuanming. Der Pfirsichblütenquell. Gesammelte Gedichte*（《陶渊明诗歌全集》），科隆，1985年；主要的英语译文，有W. Acker的T'ao The Hermit, Sixty Poems by T'ao Ch'ien (365–427)（《陶渊明诗60首》），伦敦，1952年；J. R. Hightower（海陶玮）的The Fu of T'ao Ch'ien陶渊明的赋，载*HJAS*（《哈佛亚洲研究学刊》）第17期（1954年），第169—230页；J. R. Hightower的*The Poetry of T'ao Ch'ien*（《陶潜诗集》），牛津，1970年；A. R. Davis的*T'ao Yüan-ming (A. D. 365–427). His Works and Their Meaning*（《陶渊明作品及分析》2卷本），剑桥，1984年。

系以几乎传统的方式得到了呈现。[1]对陶渊明的推崇一直持续到今天，他被视为民间诗人，是"封建社会的批判者"，与普通百姓同甘共苦。这一诗人形象的神化甚至在一定程度上影响了西方国家对他的接受，其实他的这一形象与他实际的个人经历是有矛盾的，这个被视为隐居者的人曾为官约13年之久。

不过，陶渊明后期的形象还是有事实依据的。在他的时代，陶渊明曾是一个特立独行的人，仕途并不顺利。他不屈服于一些地位在他之上的傲慢贵族，所以绝不可能长期在一个官位上任职。公元393年，他曾短暂地做过一段时间官，但很快就辞官回家乡务农。他于公元399年加入桓玄幕下，这是他为官生涯中又一个重要的阶段，但在桓玄镇压了几次贫苦农民（也许应该把他们称作叛民）的起义，并去东晋都城建康（今南京）请求国君赏赐之时，陶渊明就已经不在他手下任职了，而是成了刘裕的参军（此人在公元404年征讨并打败了桓玄），但不久之后，陶渊明就又从刘裕处辞官而去。

结合他的这种个人经历，我们也可以将陶渊明的诗歌理解为一个并不厌世者所表达的抗议，他只是不断因为感到心寒而选择退隐。陶渊明的同代人中有一些选择从理论角度来论证为什么不做官是最高理想，而陶渊明则希望能将做官与个人生活结合起来，但他生活的世界并不允许这样的理想存在。这样我们也就能够理解他为什么要在《桃花源记》中设计一个世外桃源来表示抗议了。[2]

这篇著名的描述理想社会的文章由一个散文体的序和一首诗组成，风格与当时的志怪小说有类似之处。文中讲到一位渔夫在一小片桃林中偶然发现

---

[1] 见J. Chaves（齐皎瀚）的The Panoply of Images. A Reconsideration oft he Literary Theory of the Kung-an School（《公安派文论研究》），载S. Bush、Chr. Murck编的Theories of the Arts in China（《中国艺术理论》），第341—364页，此处为第353页及以下。

[2] 这篇文章经常被翻译。例如J. R. Hightower（海陶玮）的The Poetry of T'ao Ch'ien（《陶潜诗集》），牛津，1970年，第254页及以下；F. Hausen，载K.-H. Pohl（卜松山）编的Tao Yuanming. Der Pfirsichblütenquell. Gesammelte Gedichte（《陶渊明诗歌全集》），科隆，1985年，第202页及以下；也参见W. Bauer（鲍吾刚）的China und die Hoffnung auf Glück（《中国人的幸福观》），慕尼黑，1971年，第266页及以下。

了通向一处世外桃源的入口，里面的居民生活安宁和乐。从那里返回后，渔夫将自己的经历讲给别人听，但后来再也没有人找到那个入口。这里所描述的桃花源或许并不是完全的空想，而是南部山区与世隔绝的某个小社会，虽然时局混乱，政治动荡，但这样的地方却能使那些留在现实世界中，寻求与周边环境相和谐的文人的理想状态得以实现。陶渊明的文章本身可以直接或间接地与公元300年前后一篇关于道教对天上世界详细描述的文章（伯夷的《桃花与石窟》）相联系。[1]

陶渊明已经脱离了前代孙绰所代表的更倾向于哲学思考的玄言诗传统，而将自我放在了观察的中心。但他平铺直叙的风格一开始就遭到了批评，使得他在很长一段时间里无人关注。在这一点上，陶渊明完全不同于他的朋友颜延之（384—456），颜延之的语言工于雕琢，风格华丽，与谢灵运、鲍照合称"元嘉三大家"（元嘉时期，424—453）。

在文学领域，陶渊明代表的是孤独者的形象，他遵从孟子著名的警示：在历史人物中寻找知音。不同于庐山僧人慧远（334—416）的众多俗家弟子，陶渊明并不追求向另外一个世界退隐[2]，而是要在眼前的世界中发挥自己的作用。他的《咏史诗》是在历史中为自己寻找榜样，这显示出了他突破界限、突破个体限制的倾向，我们因而看到了一个正在寻找自己道路的诗人。我们可以将这种基本矛盾看作古代中国，特别是唐代贵族阶层没落之后文官的一种进退两难的处境，陶渊明不仅在自己的生活中经历了这种窘境，而且还很好地在文学作品中对它进行了描述。

正因如此，陶渊明流传下来的诗作比当时所有其他作品的影响都更深远，特别是拥有众多注解的20首《饮酒》，其中的第5首开头写道：

---

[1] 见S. R. Bokenkamp（柏夷）的The Peach Flower Font and the Grotto Passage（《桃花与石窟》），载*JAOS*（《美国东方学会会刊》）第106期（1986年），第65—77页。
[2] 见E. Zürcher（许理和）的*The Buddhist Conquest of China*（《佛教征服中国》），莱顿，1959年。

> 结庐在人境，而无车马喧。
>
> 问君何能尔？心远地自偏。

　　在位时间很短的梁元帝（552—554在位）遵循了陶渊明的思想，认为能将官职和退隐结合在一起才是最高的生活理想，他将园林视为退隐的去处，从某种意义上说，真人是在园林中建立起自己的天地的。[1]做官与退隐结合在一起，而酒醉与清醒也无法再区分开来，因为人本来就既是醉的，又是清醒的。醉已不能再被视为逃避现实的行为，因为清醒也已经是一种远离世事的形式。[2]将嗜酒与青史留名结合在一起的做法非常清楚地说明了上文中所说的窘境。张翰就曾经说过"使我有身后名，不如即时一杯酒"。[3]白居易曾评价陶渊明"爱酒不爱名"，[4]而陶渊明则评论那些争名逐利之人（《饮酒》其三）是"有酒不肯饮，但顾世间名"。可见，陶渊明追求的是身后的声名。现世的功名被人视作与饮酒完全对立，但也有人以屈原或扬雄为先例，将理想安置在酒与世俗功名之外。《饮酒》的第13首就是一个例子，在这首诗中，醉酒与清醒被描述成停留在诗人胸中的两个互相不能理解的客人。

　　陶渊明的《止酒》是某种欢快情绪的表达，同时也是一篇"杰作"（德博语）。这首诗的每一句里，他都用了"止"这个含义颇多的字，这个字的意思既可以是"停"，也可以是"不停"，还可以是"只"：

---

[1] 《艺文类聚·全德志论》。

[2] 见H. Schmidt-Glintzer（施寒微）的Zum Thema Wein und Trunkenheit in der chinesischen Literatur（《中国文学中作为题材的酒与醉》），载F. Steppat编的*XXI. Deutscher Orientalistentag vom 24. Bis 29. März 1980 in Berlin. Ausgewählte Vorträge*（《1980.3.24—1980.3.29在柏林举办的东方学会讲座精选第二十一》），威斯巴登，1982年，第362—374页。

[3] 出自《世说新语·任诞第二十三》；参见R. B. Mather（马瑞志）的译文，第378页。

[4] 见H. S. Levy的*Translations from Po Chü-i's Collected Works*（《白居易作品翻译》），第1卷，纽约，1971年，第27页。

居止次城邑，逍遥自闲止。

坐止高荫下，步止荜门里。

好味止园葵，大懽止稚子。

平生不止酒，止酒情无喜。

暮止不安寝，晨止不能起。

日日欲止之，营卫止不理。

徒知止不乐，未知止利己。

始觉止为善，今朝真止矣。

从此一止去，将止扶桑涘。

清颜止宿容，奚止千万祀。[1]

　　这首诗中的主题后来一再被人使用，例如梅尧臣（1002—1060）就曾经用相同的题目写诗，在其中，他还添加了"中断"（止）这一意思。

　　据其表达的主题，陶渊明的诗也被称为"田园诗"，这种诗被认为不同于谢灵运所代表的"山水诗"。但这两种诗歌类型并不能被截然分开，在这个时代的很多诗人那里，我们都能够同时读到这两种类型的诗，例如不怎么有名气的湛方生，他的诗流传下来的只有几首，这些诗里就既有"田园诗"，也有"山水诗"。[2]

处在做官与实现诗人价值之间的谢灵运

　　谢灵运被誉为"山水诗"大师，是元嘉时期的大诗人。他既受道家与

---

[1]　G. Debon（德博）的 *Chinesische Dichtung. Geschichte, Struktur, Theorie*（《中国诗歌：历史，结构，理论》），莱顿，1989年，第234页。
[2]　湛方生最著名的诗是《还都帆诗》；见逯钦立编，《先秦汉魏晋南北朝诗》（北京，1983年），第944页。

佛家思想的影响，同时也受到了儒家传统的影响；[1]他的遁世带有道家的特点，也兼具儒家的特色。与比他年龄稍长的同代人陶渊明一样，谢灵运也认为刘氏家族掌权以及刘宋王朝的建立（420年）都属篡位。虽然他衣食无忧，但依然没能实现退隐的理想，在《入道至人赋》中，他这样写道：

> 爰有名外之至人，乃入道而馆真。荒聪明以削智，遁支体以逃身。于是卜居千仞，左右穷悬。……推天地于一物，横四海于寸心。超埃尘以贞观，何落落此胸襟。[2]

虽然设定了这样高的目标，但谢灵运并没有打算从刘宋宫廷的钩心斗角中退出来，最终，他自己也成了阴谋的牺牲品，并遭处决。虽然谢灵运家境殷实，作为诗人又很早就出名，但他并没能实现退隐田园的理想。这一方面是因为他要满足家族对他的要求，继承祖父的爵位和官职；另一方面也是因为他所依附的"篡位者"刘裕。在刘裕登基之前的七年，谢灵运就已经在他手下为官，所以也没法立即辞官而去。

公元422年秋，谢灵运放任永嘉（今浙江温州），这时的他依然被夹在官场和自我理想之间。他无法依照自己的选择归隐，做官与归隐之间无法解决的矛盾甚至被他转化成了对前代那些彻底隐居者的讽刺。不过，谢灵运要做的并不是寻找能够藏身其中的宫殿，而是寻找自己矛盾情感的出路。他将自然秩序纳入精神领域，在"理"之中寻找出路，但要实现这一点，就必须

---

[1]　见J. D. Frodsham（傅德山）的 *The Murmuring Stream. The Life and Works of the Chinese Nature Poet Hsien Ling-yün (385–433), Duke K'ang-lo*（《潺潺的溪流：谢灵运的生平与创作》）；R. B. Mather（马瑞志）的 The Landscape Buddhism of the Fifth Century Poet Hsieh Ling-yün（《五世纪诗人谢灵运的佛教山水》），载 *JAS*（《亚洲研究杂志》）第18期（1958年），第67—79页；F. A. Westbrook的Landscape Transformation in the Poetry of Hsieh Ling-yün（《谢灵运诗中的山水》），载 *JAOS*（《美国东方学会会刊》）第100期（1980年），第237—254页。
[2]　《艺文类聚·人部二十》。

放弃"想离开"的想法。所有这些都体现在了他的诗歌作品之中。我们今天对谢灵运的作品只有一些片面的了解而已，因为他的大约200卷作品中，流传下来的只有8卷。谢灵运的诗大约有100首，其中30余首被收录进《文选》而得以流传，这些诗大部分作于公元422年到432年间。

谢灵运作品中篇幅最长的是《山居赋》，[1]这篇赋文作于公元423年至426年他退隐会稽山（位于今浙江绍兴地区）期间。在这篇赋文中，谢灵运不仅描述了那个地区的风景，还讲到了自己的活动。这篇作品是六朝时期仅次于庾信《哀江南赋》的长赋，奠定了谢灵运作为他那个时代最著名诗人的地位。

与许多同代人一样，谢灵运也积极参与围绕佛教教理展开的讨论，他跟当时的一些佛教徒保持着频繁的往来，并曾经撰文讨论教理问题，其中用对话体写成的《辨宗论》尤为著名。在这篇文章中，谢灵运反对"渐悟"论，他支持的"顿悟"后来对禅宗的发展起到了至关重要的作用。[2]

谢灵运虽然才高，但并没有对后世诗人起到积极的影响。那些仿效谢灵运风格的诗人往往缺少个人特色，也因此遭到了批评，公元6世纪初期就有很多针对这种模仿的负面评价。

在谢灵运之后的一代诗人中，只有鲍照尝试形成自己的风格，从作品质量上看，只有颜延之可与鲍照相提并论。[3]为了表达自己的情感与观点，鲍照尝试了各种各样的诗歌和散文形式，但最成功的还是七言乐府诗，他的作品中大约有一半都采用了这种形式。当时的中国正处在分崩离析之中，这些诗很快就在中国北方广为人知，得到了很多人的喜爱，但是在它们的产生地南方，人们对这些诗却持有保留的，甚至是拒绝的态度，并认为这些诗"粗俗"。这样的形容不算完全错误，因为鲍照本就来自普通人家，由于这样的

---

[1] 《宋书》卷六十七。

[2] 《广弘明集》卷五十二。

[3] H. Kotzenberg的Der Dichter Pao Chao (gest. 466). Untersuchungen zu Leben und Werk（《鲍照的生平与作品》），波恩大学，博士论文，1971年。

出身，相较于当时贵族阶层而言，他更倾向于民间文学以及那些在民间广为流传的诗歌。所以我们也就能够理解为什么鲍照在刘勰的《文心雕龙》中没有得到谢灵运、颜延之那样得到重视。

在鲍照笔下，自然也常常是描述的对象，这一点与谢灵运和颜延之一样，但谢灵运除了被放逐的时候，绝大多数情况下都是出于个人乐趣而游历山水。鲍照则不同，旅行是他军中生活的一部分。《发后渚》这首诗是鲍照在《世说新语》作者刘义庆手下任职时所作，是鲍照山水诗的典型代表。[1]这首诗中所描述的并非谢灵运和颜延之作品中那种独立存在的景物，鲍照笔下的景物是随着观察者情绪的变化而不断变化着的，人能在自然之中感受到自己的孤独。鲍照不仅用诗的形式来描述风景，还会使用抒情散文的形式，我们今天能够看到的一个例子是他写给自己妹妹（同为诗人，但作品已佚失）的信。最晚从曹植开始，书信就已经成为表达内心情感的常见形式之一。

写这封信时，鲍照25岁，由此成为游记文学的创始人之一。通常被全部归在谢灵运名字之下的贡献，至少应该有一部分是属于他的。鲍照从都城建康去往刘义庆处（在今江西）求官途中，在大雷河边（今安徽）休息。在强烈的孤独感之下，他给自己的妹妹写了一封信，信的一开头就写到了旅途的艰辛。[2]在感叹了身在异乡的艰难之后，他将目光投向外部的景色，并开始了一段恢宏壮阔的描述，[3]景色让鲍照感慨万千，他将视线从眼前的景色上挪开，并在信的结尾向妹妹保证说会保重自己：

> 风吹雷飙，夜戒前路。下弦内外，望达所届。寒暑难适，汝专自慎，凤夜戒护，勿我为念。[4]

---

[1]　逯钦立编《先秦汉魏晋南北朝诗》（北京，1983年），第901页及以下，第1293页。
[2]　《鲍参军集注》（上海，1980年），第83页，《登大雷岸与妹书》。
[3]　同上，第84页。
[4]　同上，第85页。

公元466年，鲍照因在听信他人建议而妄图称帝的刘子项处任职，在兵败后死于乱军之中。除了模仿古代诗歌而创作的作品，让他为人所知的还有几篇赋，其中，收录在《文选》卷十一中的《芜城赋》是最著名的一篇。在他所有的作品中，我们都能体味到一位始终没能扬名立万的文官的失落。

南朝宫廷中的诗人

公元3世纪末到4世纪，隐士诗与山水诗逐渐失去吸引力，一方面是因为题材的枯竭，一方面是政治局势改变的结果。晋室南迁之后，文学活动也集中在所迁之处。这个时候，士族开始没落，诗人转而被吸引到位于南方的宫廷以及皇子们的王府，诗歌的风格也受到了影响。这时的诗歌一方面承袭了带有些许情色意味的乐府诗传统，同时也呈现出极强的艺术诗歌的特点。诗人身处权贵的府邸之中，所以在诗歌中触及政治话题显然是不明智的，但这种回避的态度实际上并不符合儒家将文学看作表达礼法形式的观点。

公元5世纪下半叶，随着南方皇族对诗人和学者的资助越来越多，新一代的诗人也开始形成。当时的诗人圈中最著名的是由竟陵王萧子良（460—494）召集的"竟陵八友"，其中才华最为出众的当数谢朓（464—499）。在谢朓的诗中，描述诗人群体和宫廷生活的作品占了很大比重。他最重要的作品有《游后园赋》，这篇赋文与谢灵运的《山居赋》有相似之处，只是篇幅短得多，其游历的地点也不再是广阔的山水，而是自成一个小天地的贵族园林。就像这些人工园林一样，文学作品也越来越被认为应该被精心雕琢的。与此相应的是一个较为狭窄的高雅文学概念的形成，除了不久后产生于这个环境之中的《文选》，公元5世纪晚期到6世纪的文学批评以及人们对形式越来越强的关注，也都是在这种文学观之下形成的。

南齐和之后的南梁（502—557）被认为是中国诗歌历史上的繁荣时期，涌现了一些大名鼎鼎的作家，例如因赋文《北山移文》而出名的孔稚珪（447—501），[1]因对"四声"的描述而进入文学史的历史学家兼文学家沈约[2]，以及江淹。[3]江淹因擅长模仿过去诗人的风格以及创作描述心情和生活状况的赋文而出名，他的《别赋》《恨赋》等被认为是当时赋文作品中的巅峰之作。对所有这些诗人来说，在为官与退隐之间选择已经成为过去，虽然绝大多数人也曾经一次或多次退出政坛，或者至少离开都城避祸，但这并不意味着他们能够真正退出，去过隐居的生活。

在后来成为梁武帝的萧衍（464—549）周围聚集了一群文人，其中包括曾是萧子良"八友"成员的任昉（460—508）。当时的一些皇子和南梁其他皇族成员的周围都有这样的文人圈，其中以萧衍长子即太子萧统召集的文人团体最为著名。萧统身边最著名的文人和诗人就是沈约，而与萧统关系最近的是他的老师，即仁心博爱的学者徐勉（466—535）。这位太子在29岁的时候，因为宫女划船造成的意外而身受重伤，继而身亡。应该是受到了老师的影响，萧统从小就对古代的文章，特别是诗歌，产生了浓厚的兴趣。他不仅支持建立了当时最重要的图书馆，而且大力资助了一些诗人，其中包括刘孝绰（481—539）、王筠（481—549）、殷芸（471—529）、陆倕（470—526）、到洽（477—529）等。王筠是沈约举荐的，沈约认为他的诗属当代最佳。通过这样举荐的方式，文学家可以凭借自己的文学才华，或至少是模

[1] 见J. R. Hightower（海陶玮）的Some Characteristics of Parallel Prose（《骈文的几个特点》），载J. L. Bishop（毕晓普）编的*Studies in Chinese Literature*（《中国文学研究》），剑桥，马萨诸塞州，1966年，第108—138页。

[2] 关于沈约，见R. B. Mather（马瑞志）的Shen Yueh's Poems of Reclusion. From Total Withdrawal to Living in the Suburbs（《沈约的隐逸诗：从完全的退隐到隐于郊》），载*CLEAR*（《中国文学》）第5期（1983年），第53—66页；R. B. Mather的*The Poet Shen Yüeh (441−513). The Reticent Marquis*（《诗人沈约：沉默的贵族》），普林斯顿，新泽西州，1988年。

[3] 关于江淹，见J. Marney（马约翰）的*Chiang Yen*（《江淹》），波士顿，马萨诸塞州，1976年。

仿某种风格的能力而获得皇族成员的资助，同时得到做官的机会，由此，文学方面的教育就成为提高社会地位的基础。建立于隋唐并且在之后成为文官行政体系支柱的科举制度，在这个时候已经有了雏形。由于仕途升迁与作诗能力联系在一起而造成的竞争，促成了不同学派和文风的形成。对诗人的推崇以及对书籍的收集在当时的皇族成员中很常见，除了萧统，他的弟弟萧纲（503—551）也是如此，[1]这与当时为行政机关寻找合适人选的行为是紧密联系在一起的。

宫体诗

　　南梁和南陈（557—589）的文学作品中有很大一部分被称为"宫体"，因为较之前代，此时的诗人与宫廷间多有着比前代更为密切的关系。宫体可以被认为是古体诗和近体诗之间的过渡形式，这种文风后来或是因为华丽甚至浮夸的辞藻，或是因为以爱情为主的题材选择而遭到批评。"宫体"这个名称在公元530年到549年间才首次使用，一开始只是代指某一题材，后来也用来指某一语言和形式。从广义上讲，所有与宫廷生活相关的诗歌作品，不论是与典礼、宫廷建筑还是"后宫"、妃嫔或宫人相关的，都可以被称为宫体诗。当然，这类诗歌的历史要更早，鲍照或王融（467—493）的诗实际已经具有这样的特点。但是从狭义的角度看，宫体诗多指萧纲府中流行的艳情诗。

　　公元5世纪到6世纪动荡的政治局势显然是诗歌能避免成为政治道德题材的最主要原因之一，诗人的灵感主要用在外部形式，特别是韵脚格律上。正是由于直到公元7世纪，大量的诗歌都是在皇帝的授意或委托之下创作的，

---

[1]　J. Marney（马约翰）的*Liang Chien-wen Ti*（《梁简文帝》），波士顿，马萨诸塞州，1981年。

这种诗人个性退居次位的诗歌才被称为"宫体诗"。

从公元5世纪末开始，就已经有一些正统教育的代表人物站出来反对"宫体诗"，但他们的反对都是"学术讨论式"的，因为这些反对过分追求形式和华丽的人并没能在自己的诗歌创作中树立起标准。对"宫体诗"的批评中有一种观点，即认为诗歌或者应体现诗人的个人情感，或者应具有教育或政治目的，但这种观点似乎仅限于提出批评而已，因为提出这种批评的《文心雕龙》本身用的就是它所反对的骈体。裴子野（469—530）的《雕虫论》也对这种追求藻饰的风格提出了批评。

皇子或国君的喜好极大地影响了当时的环境氛围，例如梁武帝，他喜爱南方充满感性色彩的乐府诗，这种乐府诗不同于北方乐府诗严肃甚至粗糙的风格，在当时人看来是"现代"的。此外，随着贸易和人民生活水平的提高，城市文化开始形成，所有这些都促成了一种自由而无忧无虑的诗歌风格的形成。当时流行的是四行诗的形式，南梁皇帝的很多诗都采用了这种形式。

对文学发展最为重要的事件发生于公元515年，50岁的梁武帝决定彻底改信佛教。或许就是因为这个改变，他的儿子萧统在与友人共同编订的《文选》中更加确定了一个原则，即不依照当时大家的喜好将乐府风格的艳情诗作为重点，而是更加侧重于严肃的文学作品。让陶渊明重新回到人们的视野中，并给予其高度评价的也是萧统。对陶渊明为人（这在当时很多人眼中是次要的）及作品的推崇，也影响到了萧统的弟弟萧纲对诗歌的看法，但他本人在进行文学创作的时候并没能摆脱华丽的风格。公元531年，萧纲在哥哥死后被立为太子，此后"宫体诗"又得到了很大的促进，被萧纲视为政治之外的一个独立领域。

所以，"宫体诗"是在这位太子，也就是后来的梁简文帝在位期间（549—551）才明确形成的。虽然后世不断有人指责宫体诗内容低俗，显示了风气的堕落，但这种观点只看到了"宫体诗"的一个方面。"宫体诗"诗人萧纲和徐陵（507—583）也曾经写过诸如围猎、斗鸡、贵族妇女织锦或其他一些与宫廷生活相关的内容，他们的诗歌成了记录当时生活氛围的一座不朽的纪念碑。

宫体诗原本并不是宫廷的发明，而是诗人们逐渐接受长江中下游地区繁华都市中早已存在的诗歌传统的结果。这种诗歌描绘的对象多为爱情或者爱情带来的痛苦，它们后来被纳入乐府诗之中也并非没有道理。公元4世纪初期，从北方逃来的贵族和宫廷人士接触到了这种诗歌形式，他们被当地城市中的富商的娱乐生活所吸引。一开始，人们只是用现成的曲调来配自己的诗，但很快，这种形式就发展成直接为这些南朝的音乐撰写歌词，或者创作新的曲调。"宫体诗"诗人创作的乐府诗有很多被保留了下来，例如王筠就有几首非常优美的乐府诗流传下来。南朝宫廷既轻松自由同时又注重艺术的生活方式，或多或少都对当时的诗人产生了影响。在这些诗人那里，除了严肃题材的诗歌，我们能够看到不少吟咏某个嫔妃的美貌，或者宫廷的娱乐活动以及位于长江下游的这座都城中的社交活动的作品。不过，对宫体诗的形成起到决定作用的，不仅是这个地区的乐府诗，还有用词细致精确的山水诗，以及描述事物的咏物诗。

宫体诗中比较特殊的，是那些借被冷落或被抛弃的妃嫔之口抒发哀怨的作品。这些"宫怨诗"的创作在唐代时依然在继续，我们可以将这些诗理解为对国君与臣子之间政治关系的比喻，大多数诗应该也就是为了表达这个意思。[1]最重要的收录宫体诗的作品集，是公元544年到548年之间徐陵奉太子萧纲之命编辑整理的《玉台新咏》。[2]这部收录爱情诗的作品集的序

---

[1]　见R. C. Miao（缪文杰）的Palace-Style Poetry. The Courtly Treatment of Glamour and Love（《宫体诗：优雅地讲述魅力与爱情》），载R. C. Miao编的*Studies in Chinese Poetry and Poetics*（《中国诗歌与诗学研究》），第1卷（旧金山，1978年），第1—42页。

[2]　关于徐陵，见Chang-Mee Lim（林长眉）的The Poetry of Hsu Ling（《徐陵的诗》），斯坦福大学，博士论文，1984年。

言，对我们认识宫体诗具有非常重要的作用，为后世评判宫体诗提供了很好的资料。

随着公元548年梁将军侯景起兵叛乱，攻破都城建康，曾在公元6世纪上半叶决定了南方宫廷对待文学和艺术态度的轻松氛围与审美趣味戛然而止。萧纲于公元551年被侯景的部下杀死。

南方陷入类似内战的混乱状态之后，北方的统治者趁机将一些南方的诗人据为己有。帝国处于分裂状态的时候，诗歌曾在南方繁荣发展，人们以此为傲，对在文学方面不是很有优势的北方不屑一顾。现在，北方的统治者们开始想办法使一些诗人投靠自己，有的时候甚至会使用强迫的手段，例如扣留南方使团中的文学家。公元6世纪的著名诗人中曾有三位被迫留在了北方，即庾信、王褒，还有上文提到的徐陵。宫体诗也通过这种方式进入了非汉族统治的宫廷中。

徐陵在被扣押于北朝及成为南陈的谋士后，曾大量撰文证明其羁留北朝的合法性，这些经历对他的诗歌产生了不小的影响。徐陵晚期的作品多了些严肃，少了些浮夸，由于语言的简练以及大量使用隐晦的典故而不是很容易理解。徐陵与早于他250余年的陆机一样，都将真正的文学作品比喻为精致的锦缎，并且始终认为这样的作品只可能在遵循其内在规律而非实现道德目的的前提下创作出来。

在被北朝扣留的诗人中，与徐陵交好的庾信是最重要的一位。庾信从少年时期就因为才华出众而在建康的宫廷中获得了诸多赞誉，他进一步完善了宫体诗，让宫廷生活仿佛呈现在舞台上一样。庾信赞同萧纲关于艺术独立性的看法，认为文学作品不是某种模仿或缩影，而是呈现了自己的现实。他所作的25首《咏画屏风诗》[1]描述的多为宫廷内的场景，在这些诗中，诗人用想象力打破了画与现实之间的界限。

---

[1]　见逯钦立编的《先秦汉魏晋南北朝诗》。

庾信曾经跟随萧纲之弟、以作品《金楼子》为人所知的萧绎（508—555）去往江陵（今湖北省荆州市）。他的第三个孩子以及诸多亲人的离世给他很大的打击，但尽管如此，在萧绎镇压起义并登基成为梁元帝（552—555在位）之后，庾信还是接受了在江陵为皇家重建藏书阁的任务。庾信人生中真正的转折发生在公元554年，当时，他出使统治中国西北地区的西魏，并被扣留在那里，从此再也没能返回。在远方帝国的宫廷中，庾信看着曾经带给自己辉煌的故国倾覆，这种痛苦他始终未能释怀，而忧伤甚至成了他的另外一种气质。虽然北方的统治者也给了庾信极高的官职，并且他与宇文一族的一些成员也有很深的交情，但这些都没能改变他的心境。庾信模仿阮籍所作的著名的《拟咏怀二十七首》应该就是写于刚到北方的最初几年里。[1]不过，记述北方陌生生活环境的最著名作品还是他的那篇《哀江南赋》。

---

[1] 这首诗的译文，见W. T. Graham, Jr.、J. R. Hightower（海陶玮）的Yü Hsin's Songs of Sorrow（《庾信的〈咏怀诗〉》），载*HJAS*（《哈佛亚洲研究学刊》）第43期（1983年），第5—55页。

17. 作品整理、文体理论与文学批评

文学体裁与陆机的《文赋》

思考不同文学体裁的区别是从建安时期开始的，并在公元500年前后达到了一个巅峰。刘勰的《文心雕龙》是这个时代最重要的诗学著作，它与《文选》这部最早按照体裁分类的作品一样，为我们提供了从这个时代直到公元6世纪的最重要资料。这两部作品虽各有独特之处，但都并非各自类别的第一部著作，而是继承了相当长的一段传统。

最古老的文学作品集是收录了305首诗歌的《诗经》，《楚辞》也是一部作品集，但这些作品集中收录的都是同一种体裁的作品。将不同体裁的作品收录在同一个作品集中，是从公元3世纪才开始的。也是在那个时代，人们开始全面意识到各种文学体裁的独特性。

根据文章功能进行体裁分类的做法从汉代就已经开始了，例如王充曾有过"五文"之说，他针对的是古代经典以及一些公文。最早对纯文学作品进行分类的是曹丕的《典论·论文》，这部著作我们在上文中已多次提到。在其中，曹丕提出了"四科"的说法。与曹丕类似的还有在他之后大

约30年的陆机。在《文赋》[1]中，陆机提到了10种体裁，并列举了这些体裁的特点：

> 诗缘情而绮靡，赋体物而浏亮。碑披文以相质，诔缠绵而凄怆。铭博约而温润，箴顿挫而清壮。颂优游以彬蔚，论精微而朗畅。奏平彻以闲雅，说炜晔而谲诳。[2]

后来的诗学著作又提出了其他的体裁分类方式，多数情况下，这些作品划定的类别更多，并且对各种体裁特点的描述也与陆机的观点大相径庭。例如刘勰就反对陆机对"说"的分类，后世谢榛（1495—1575）在《四溟诗话》中指出：用"浏亮"来描述赋是不准确的。不过，陆机并不是要将他知道的文章一一列举。在这篇用赋体撰写的简短文论《文赋》中，陆机想讲述的是文学作品，或者更确切地说，是文学创作的核心特征。

《文赋》全篇共1658个字，除去散文体的序（120字）和几句导引（25字），全文采用对仗的格式，其中大多数句子（131句）是6个字组成的对偶句，少数（17句）句子由4个字组成，只有9句不在这两种之内。作者刻意追求言简意赅，因此造成了词义的不确定性，这增加了《文赋》的翻译难度。目前已有的译文在有些地方出入很大，不过，这种情况在翻译中文诗歌

---

[1] 关于《文赋》，见E. R. Hughes（修中诚）的 *The Art of Letters. Lu Ch'i's "Wen Fu", A.D. 302. A Translation and Comparative Study*（《陆机的〈文赋〉：翻译与对比研究》），纽约，1951年；Achilles Fang（方志彤）的 *Rhyme-prose on Literature. The Wen-fu of Lu Chi*（陆机的《文赋》），载 *HJAS*（《哈佛亚洲研究学刊》）第14期（1951年），第527—566页；Siu-kit Wong（黄兆杰）编 *Early Chinese Literary Criticism*（《早期中国文学批评》），第39页及以下。
[2] 参见Achilles Fang（方志彤），同上，第536页。亦见D. R. Knechtges（康达维）的 *Wen xuan, or Selections of Refined Literature*（《文选》），《文选卷第十七》（普林斯顿，新泽西州，1982年），第2页。

的时候并不少见。[1]

在序言中，陆机解释了自己写这篇文章的目的：他想品评前人的文学创作，因为创作文学作品的困难不在于思想是否正确，而在于表达的技巧。诗学本身应该从描述诗人认知的态度和理念开始：置身于物外，带着感情与感知力地博览古代经典，观察整个世界和自己，接受春秋变化带来的触动，感受哀伤与喜悦；朗诵前人的优秀作品，在"文章之林府"中漫步，歌颂艺术的美好。被这样的情绪感染的诗人将书放在一边，拿起笔用文学的形式表达自己的感受。他会进入自己的内心，同时将整个世界纳入心中，他能找到绝妙的词汇，而这些词经常是已经好几百年没有人用过的，并且有自己独特的韵律；整个宇宙都被纳入文学形象之中，成千上万的事物从唇间跳出，汇聚在笔尖，而诗人则"伫中区以玄览"。[2]

"理"与"文"代表宇宙和文章的秩序，它们应协调一致，情感与表达不应该相互脱离。但是对诗人独特地位的这种强调并不是为了推崇绝对的主观主义，而是强调诗人要有描述整个宇宙的能力，要熟悉经典，能够挖掘早已被遗忘的词语（这也是成为学者的前提）。在这段之后，文章列举了一些规范，除了已经提到过的对于体裁的描述，还指出词与义以及表达与思想的一致是不可推翻的原则。诗学提出的建议首先针对的是诗人，但也可以为文学评论者所用。文章还认为应该用核心警句代替冗长的铺叙，要富于变化，避免低劣的模仿，避免不考虑对象的创作，或是忽视音乐而作赋的行为。在《文赋》的最后一段，作者又回到他诗学理论的出发点，再次强调灵感的作用。他用激昂的话语讲述了诗人通过文学以及文学容纳天地的特点而获得的

---

[1] 见L. Bieg、W. Baus的Ein Gedicht und seine Metamorphosen, 22 Übersetzungen von Li Bais Jing ye si（《一首诗和它的变形：李白〈静夜思〉的22种译文》），载Hefte für Ostasiatische Literatur（《东亚文学杂志》）第8期（1989年3月），第98—109页。
[2] 参见Achilles Fang（方志彤）的Rhyme-prose on Literature. The Wen-fu of Lu Chi（陆机的《文赋》），载HJAS（《哈佛亚洲研究学刊》）第14期（1951年），第532页。

能力：

> 课虚无以责有，叩寂寞而求音。函绵邈于尺素，吐滂沛乎寸心。[1]

《文赋》用精练的语言歌颂了那些从现世回归自然的诗人以及他们的个性和独特之处，这种态度在当时动荡的政局下很常见，我们也能理解是为什么。陆机的祖父曾参与孙吴的建立，孙吴被晋灭之后，陆机先是与自己的弟弟一起退隐到位于长江三角洲的祖宅，过了五年这样的退隐生活之后，他就去了洛阳，并在张华的帮助下谋到了遭官职。但几年之后，陆机就因为被牵扯进一桩谋反中而遭杀害。使陆机出名的不仅仅是他所作的赋文，还有他留下的数量可观的诗（包括乐府诗），但是其中一些作品显得过于流俗和肤浅，所以陆机也被用来证明一个常见的现象，即一个好的文学评论家很少能同时成为一个好的作家。[2]

在公元4世纪的时候，由于对个人风格的认识不断提升，人们相信一个学者的各种形式的表达都能体现出其个性，无论他是舞文还是弄墨。当时，美学还没有按照领域分类，所以美学的判断标准也是可以适用于各个领域的。有些判断标准以及对特点的描述本来是形成于其中的某一个领域，例如书法，但也被沿用于其他领域。

有的时候，一篇文章出名并不是因为它的文学价值，而是因为它的书法，王羲之的《奉橘帖》就是这样一个例子。该帖的名字源自这封信的内容，信中所写其实只是一则简短的口信："奉橘三百枚，霜未降，未可多

---

[1] 参见Achilles Fang（方志彤）的Rhyme-prose on Literature. The Wen-fu of Lu Chi（陆机的《文赋》），载*HJAS*（《哈佛亚洲研究学刊》）第14期（1951年），第532页。

[2] 对于陆机的诗，特别是其中音韵结构的研究，见V. Strätz的*Untersuchungen der formalen Strukturen in den Gedichten des Luh Ki*（《陆机诗歌的结构形式研究》），法兰克福，1989年。

得。"从后来的评论和收藏印我们能够看出，人们对这种书法作品的评价也在不断改变，精英文人通过这种方式了解自己，了解自己的传统。尽管各种艺术之间存在关联，但对文章的判定还是各有侧重，或主要作为书法作品，或作为绘画，或作为文学作品。

早期的作品集

对文学体裁特点的思考也体现在文集的结构原则上。[1]我们目前了解比较多的一部早期分类选集是挚虞的《文章流别集》，他与陆机属于同一个时代。虽然这部文集没有保存下来，但我们可以从一些其他文集流传下来的编者"论"中了解到该文集的情况。在这部文集中，挚虞还收录了用于预言的"图谶"，这说明他对文学的定义是非常宽泛的，几乎所有书面记录下来的文本都被他归入文学之列，大约200年后的刘勰也持同样观点。

挚虞的这部文集或许并不是此类书籍中最早的一部，但根据后来断代史中关于文学部分的描述我们能够知道，从那个时候开始，作品集就开始大量出现了。[2]除包含不同体裁的作品集之外，也有只收录一种体裁的文集，例如只收录"赋"的文集。这些早期的文集虽早已流失，但在公元6世纪刃《文选》成书的时候，它们还是存在的。遗憾的是，今天我们只能推测《文选》中有多少是萧统直接采用的，有多少是与原作不一样的。

公元5世纪、6世纪之交，在当时身处都城建康以及外地的统治者萧氏家族的部分成员的资助下，一些文学圈形成了。这些文学家不仅一起作诗，还一起品评文学作品，进行学术探讨。这种通过富有贵族的物质资助

---

[1] 见D. R. Knechtges（康达维）的 *Wen xuan, or Selections of Refined Literature*（《文选》）的引语部分。
[2] 见《隋书》卷三十五和《旧唐书》卷四十七。

及其在精神方面的引领而促进文学发展的形式并非第一次出现，汉末的曹氏家族就曾经聚集起这样的文学圈，即"建安文人"。"竹林七贤"也是这样的作家群体。

萧统就是生活在这样的文学环境中，加上他对书籍的了解，他制订了按照不同体裁编辑一部大的文集的计划。这个工作他不可能独立完成，据日本僧人空海（774—835）《文镜秘府论》中的记载，除了萧统，他的好友刘孝绰也参与了编写。[1]《文选》成书的具体时间已不可考，不过很多资料表明，这部诗文集应该是在梁武帝普通年间（520—527）完成搜集整理，并在公元526年之后编辑完成的。[2]

公元5世纪中叶应该是在保存和重新整理前人作品方面所做的整体工作都比较多的一个时期。相应的收集整理不仅限于文学领域，佛教徒和道教徒也在收集、分类并整理他们的作品，他们这样做的目的也不仅仅在于确定和维护正统。这里首先要提到的就是通常被认为是道教经典确立者的陶弘景（456—536），以及出生在都城的律学大师、传记作家僧祐（445—518）。他们与萧统一样，也开创了文本收集的传统，并且在这一领域制定了标准，其影响延续了之后的几个世纪。

《文选》一方面以一些体裁分类方面的文章为基础，例如曹丕的《论文》、陆机的《文赋》，还有刘勰的《文心雕龙》，同时也延续了编年史的做法。我们很难判断刘勰的著作对萧统编订《文选》是否产生过重大影响，不过萧统和刘勰显然都对萧纲非常喜欢的后来被称为"宫体"的那种烦琐、有时甚至很轻浮的风格有些反感。这一点，从萧统对《闲情赋》的批评就能看得出来，虽然他是非常推崇陶渊明的。亦师亦友的徐勉对萧统的影响，加上萧统本人对佛教的笃信，这些可能都是造成他反对感性作品的原因。《文

---

[1]《文镜秘府论》（北京，1975年），第163页。

[2] 见D. R. Knechtges（康达维）的 *Wen xuan, or Selections of Refined Literature*（《文选》）的引语部分。

选》使得"文"（文学）成为一个独立的概念，由此产生的文学内部的区分方式在接下来几个世纪中成为划分的标准。[1]这部书很早就有了注解，特别是在唐代时，该书不但有详细的注本，它还被当作提供指导的文学手册，这些都足以证明这部著作的地位。

此外，还有一件事能够证明《文选》的重要地位。《隋书·经籍志》中列举了自公元300年起的419部文学文集，其中312部已佚失，而剩下的文集除了少量的残篇，只有《文选》流传到今天。《文选》收录的761篇作品被分成38个不同的类别，除了一些古代的诗歌没有注明作者，有名字的作者共有130人。《文选》被后代的诗人当作寻找词语表达的宝库，这部书的影响力甚至跨越了中国的国境，成为日本平安时代（794—1192）文学创作和文学选集模仿的范例。

《文选》中用来区分标记不同体裁的概念中并没有出现不同于前代的新概念，但与《文心雕龙》对文学泛化的理解相比，《文选》对作品的选择值得我们关注，它表明编订者更侧重于形式上有严格规则的诗歌。书中对38个体裁概念的界定并不总是很清楚，且编者序言中说到的38种体裁名称在很多时候与文集中所使用的名称并不一致。《文选》原书分为30卷，公元658年左右出现的李善注本改为60卷，其中前半部分收录的都为赋文和诗歌这类的韵文，后半部分包含的35种体裁基本为非韵文形式。

这种按照体裁排列的形式同时也兼顾了不同作家的文章，汉代之后出现了"文笔"这个概念。此外，是否押韵成为基本标准之一，韵文经常被赋予比较高的地位，例如收录在《宋书》卷六十九中的范晔《狱中与诸甥侄书》。在这封信中，范晔比较了押韵和不押韵的文章，并且强调格律严格的

---

[1]　关于《文选》，见J. R. Hightower（海陶玮）的The Wen Hsüan and Genre Theory（《〈文选〉和文学体裁理论》），载HJAS（《哈佛亚洲研究学刊》）第20期（1957年），第512—533页。这部选集中的大部分作品译文，见E. v. Zach的Die Chinesische Anthologie（《中国文学选集》）2卷本；全译本将要出版，D. R. Knechtges；见D. R. Knechtges的Wen xuan, or Selections of Refined Literature《文选》。

形式会让文章具有更高的文学价值。由于沈约等人从宇宙秩序等角度出发，对声调的作用以及文章韵律性进行了思考，人们从公元6世纪开始更加严格地区分有规范的文学作品及其他类型的作品。这种区分对唐代律诗的形式规则及其使用方法的确立具有至关重要的作用，但并没有能长久地被人接受，反而很快就遭到激烈的攻击和批评，特别是晚唐时期一些将散文写得像诗、将诗写得像散文的文学家。

与其他许多形成于公元5世纪末的作品集一样，《文选》的编订者也同时有多个要实现的目的，除了保存作品、教育教化外，还有娱乐的目的。但娱乐功能是很有限的，因为从那个时候开始，中国南方就已经出现了一种明显的对于道德规范的严格追求，这种发展趋势被称为"儒教化"。

如果同时看一下当时的其他文集和类书，我们就能比较容易理解《文选》对文学概念的狭义解读。从这些著作中，我们能够看到普遍存在的专业化趋势。完整流传至今的最古老的农业类书《齐民要术》[1]为贾思勰（大约生活在公元5世纪）所著，正是产生于这种背景下，农业类书的出现说明：即便是在遁世的做法风行之时，上流社会在公共要务和人民福祉方面的努力也没有完全停止。在公元6世纪"儒教化"的过程中，我们已经能够看到诸如唐初学者王通（584？—617）[2]或唐太宗谋士魏徵（580—643）[3]这样的杰出人物。公元6世纪末的中国正处于长期分裂状态后重新追求统一的阶

---

[1] 关于此书以及此类农业类书残篇的研究，见Sheng-han Shih（石声汉）的*A Preliminary Survey of the Book "Ch'I min yao shu". An Agricultural Encyclopaedia of the 6th Century*（《〈齐民要术〉初探：6世纪的农业百科》），北京，1958年，1962年第二版；亦见F. Bray（白馥兰），载J. Needham（李约瑟）编的*Science and Civilisation in China*（《中国的科学与文明》），第6卷，第2部分：农业（剑桥，1984年），第55页及以下。

[2] H. J. Wechsler的The Confucian Teacher Wang T'ung (584?–617). One Thousand Year of Controversy（《儒家学者王通：持续千年的争议》），载*TP*（《通报》）第58期（1977年），第225—272页。

[3] H. J. Wechsler的*Mirror to the Song of Heaven. Wei Cheng at the Court of T'ang T'aitsung*（《天子之镜：唐太宗宫廷中的魏徵》），纽黑文，康涅狄格州，1974年。

段，在中国上流社会的文化中，颜之推（531—591）这位"佛儒"的《颜氏家训》是非常重要的著作。[1]在这部著作之后，许多"家训"涌现，由此开创的传统曾在宋代之后再次兴盛。[2]

公元6世纪按照题材分类的文集有徐陵奉萧纲之命编订的《玉台新咏》，这部收录爱情诗的著作是同类文集中最早的一部，[3]其中收录了从汉代直到公元6世纪中叶的相关诗歌，并多为6世纪的作品，这些作品后来被认为是宫体诗的典型代表。《玉台新咏》收录的众多诗歌中，有502首来自南朝，这些南朝的诗由113位作者创作，其中有12位女诗人。无论从题材还是从特定意象的使用上，这些诗在一定程度上可以被视为晚唐词的前身，此外，晚唐词也有源自民间的部分。

刘勰的《文心雕龙》

虽然与《文选》产生于相同的环境中，同样也由受到富有家庭或皇族资助的文人所作，延续的也是从建安时期就开始的文人传统，但刘勰在《文心

---

[1]　Teng Ssu-yü（邓嗣禹）的*Family Instructions for the Yan Clan (Yen-shih chia-hsün)*（《颜氏家训》），莱顿，1968年；亦见A. E. Dien（丁爱博）的Yen Chih-t'ui (531–591?). A Buddho-Confucian（《佛家儒者颜之推》），载A. F. Wright（芮鹤寿）、D. Twitchett（崔瑞德）编的*Confucian Personalities*（《儒家人格》），斯坦福，加利福尼亚州，1962年，第43—64页。

[2]　P. B. Ebrey（伊沛霞）完整地翻译了1178年的一份家训：*Family and Property in Sung China. Yüan Tsai's Precepts for Social Life*（《袁采的〈世范〉》），普林斯顿，新泽西州，1984年。

[3]　见A. M. Birrell的The Dusty Mirror. Courtly Portraits of Woman in Southern Dynasties Love Poetry（《南朝爱情诗中的女性形象》），载R. E. Hegel（何谷理）、R. C. Hessney的*Expressions of Self in Chinese Literature*（《中国文学中自我的表达》），纽约，1985年，第33—69页；A. M. Birrell的*New Songs from a Jade Terrace. An Anthology of Early Chinese Love Poetry*（《〈玉台新咏〉：中国早期爱情诗歌集》），伦敦，1982年。

雕龙》中提出的文学的观点却有所不同。[1]他的这部著作可以被认为是诗学专著，成书时间在公元500年前后，创作这部著作本身就是对当时文学领域以沈约、谢朓、王融为主要代表的革新运动的回应，这几位作家所代表的风格后来以年号永明（483—493）为名，被称为"永明体"。

刘勰的基本观点是他的"通变"论，他的这种理论一方面将文学在质量上的变化看作一步一步走下坡路的衰落史（例如第二十九卷中的论述），但同时他又认为文学的质量是政府和统治者本人好与坏的直接结果（第四十五卷）。这部著作体现了随着历史不断变化的文学观以及所有文学理论与史书编写之间始终存在的密切联系。文学被文官当作自我认知的手段，所以文学批评也始终保持着教化的功能，这些文官从根本上既不能也不愿放弃塑造世界的责任。

由于刘勰所持的整体观，《文心雕龙》不同于前代和当时的文学批评著作，它探讨的对象不仅是文学散文与诗歌，而且包括历史著作和哲学论述在内的所有文学作品。刘勰对文学的定义也符合这种广泛性：文学的源头在世界的整体秩序之中，文学就是这个整体秩序的体现，负责传递的是带有感情与判断力的人心。孔子的古代经典已经确立了文学的基本形式，刘勰以此为基础，将古代文本作为评判文学作品的标准，他认为古代经典实现了有效的秩序原则。虽然文学的风格和表现形式随着时间的推移在不断变化，但应该把这些变体视为枝叶，而那些经典才是真正的根，[2]《文心雕龙》就是要捋出这样一条线索。

---

[1] 《文心雕龙》有很多注释本，其中有些注释非常详细，全译本有Vincent Yuchung Shih（施友忠）的 *The Literary Mind and the Carving of Dragons*（纽约，1959年；香港，1983年新版）。亦见D. A. Gibbs的Liu Hsieh. Author of the Wenhsin tiao-lung，载 *MS*（《华裔学志》）第29期（1971年），第117—141页。

[2] 关于根和枝的比喻，见H. Schmidt-Glintzer（施寒微）的Viele Pfade oder ein Weg? Betrachtungen zur Durchsetzung der konfuzianischen Orthopraxie（《多条道还是一条路？儒家正统思想的推行》），载W. Schluchter编的 *Max Webers Studie über Konfuzianismus und Taoismus*（《马克斯·韦伯对儒学和道家思想的研究》），法兰克福，1983年，第298—341页，特别是第326页以下。

所以《文心雕龙》在第一部分中先从天地秩序的角度论述了文学的本质，并讨论了谶纬的价值。之后，刘勰分析了一些重要著作，例如包含在《楚辞》之中的《离骚》以及各种不同的文体风格和文学体裁。他提出"诗"最早是不能与音乐分开的，诗是感情的表达，属于文学的基本形式。"乐府诗"来自汉武帝（前141—前87在位）时期的采诗行为，而《诗经》就已经蕴含着"赋"的源头。刘勰还在书中为"颂""赞""祝""盟""铭""箴""诔""碑""哀"和"吊"等不同体裁的韵文寻找源头，并简要叙述了这些体裁到公元5世纪的发展历史。"史传"被归入非韵文的类型，最典型的代表是《尚书》和《春秋》，另外还有"诸子""论""说""诏""檄""移"以及章议和书信等。

在介绍了重要的文体类型之后，书的第二部分论述了文学创作的特殊问题以及语言的表达手段，谈到的话题包括作者个性与创作的关系、作品形式与内容的关系，还谈到了如何在新的环境中恰当地使用传统的形式和表达手段，以及骈体、比喻等修辞手法。书中着重讨论了骈体这种在六朝文学语言中非常典型的风格，而刘勰本人的语言风格也体现出了骈体的影响。《文心雕龙》在中国出版之后，就始终享有特殊的地位，经常被人与刘知幾的《史通》相提并论，直到近代仍被誉为文学世界的指南针，是所有作家和学者的指南。[1]

钟嵘的《诗品》

在中国文学批评史上，钟嵘的《诗品》是相较于《文心雕龙》影响更大

---

[1] 这种说法出自传记作家傅增湘；参见Vincent Yu-chung Shih（施友忠）的译本*The Literary Mind and the Carving of Dragons*，第XXXV页。

的诗学专著，这部著作延续的是品评文学等级的传统，[1]这种品评方式在从汉代开始的官吏举荐制度中很常见。钟嵘借用了品评诗人优劣的论述形式，对120余位作家进行了优劣高下的评价。

钟嵘在评论中明确地以前代著作（例如刘向及其子刘歆的《七略》）中的分级分类为依据。被他当作范例的还有撰写于公元235年前后的刘劭（190？—265）的《人物志》，以及刘义庆的《世说新语》等诸多著作。在钟嵘的时代，这一类的分级显然非常受人欢迎，而各种各样的艺术门类都有类似的分级，不仅仅包括书、画，还包括与诗歌一样被视为体现天地秩序的围棋，沈约和柳恽（465—517）都曾经写过《棋品》。

在钟嵘的时代，文学领域呈现出分化的局面，人们对沈约及其所属文学圈推行的韵律及平仄规则观点不一。一些思想比较保守的群体与思想较新的群体形成对立。前者的代表人物包括裴子野（469—530）和他的模仿者，这些人坚持的是古老的朴素风格。还有一些人继承了谢灵运的风格，《文选》的编订者萧统有段时间也曾拥护过这种风格，这些人试图调和新派和保守派的分歧。

对某个人的文学作品的评判会直接影响到此人的社会和政治地位，所以公元5世纪晚期和6世纪早期的诗学著作并不是产生于艺术的象牙塔中的，而是在当时的政治以及文学世界中扮演了重要的角色。当时所有的人对此都心知肚明，钟嵘在《诗品》的三篇对沈约表现出敌意的序言中就提

---

[1] 关于《诗品》，见H. Wilhelm的A Note on Chung Hung and His Shi-pin（《钟嵘和他的〈诗品〉》），载Tse-tsung Chow（周策纵）编的 *Wen-lin. Studies in Chinese Humanities*（《文林：中国人文研究》），麦迪逊，威斯康星州，1968年，第121—150页；Chia-ying Yeh（叶嘉莹）、J. W. Walls（王健）的Theory, Standards, and Practice of Criticizing Poetry in Chung Hung's Shih P'in（《钟嵘〈诗品〉的诗歌批评理论及标准》），载R. C. Miao（缪文杰）编的 *Studies in Chinese Poetry and Poetics*（《中国诗歌与诗学研究》），第1卷，第43—80页；J. T. Wixed（魏世德）的The Nature of Evaluation in the Shih-p'in (Gradings of Poets) by Chung Hung (A.D. 469-518)（《钟嵘〈诗品〉中文学评价的本质》），载S. Bush、Chr. Murck编的 *Theories of the Arts in China*（《中国艺术理论》），第132—164页。

到了这一点：

> 观王公缙绅之士，每博论之余，何尝不以诗为口实。随其嗜
> 欲，商榷不同……准的无依。[1]

在第二篇序言中，钟嵘说到了前代的文学批评：

> 陆机《文赋》，通而无贬；李充《翰林》，疏而不切；王微
> 《鸿宝》，密而无裁；颜延《论文》，精而难晓……观斯数家，皆
> 就谈文体，而不显优劣。[2]

与他之后的大多数文学评论家一样，钟嵘也认为建安时期是最具有文学创造力的时期，之后，文学就开始走下坡路。在《诗品》的第一篇序言中，钟嵘这样评论后来的文学作品：

> 永嘉时，贵黄老，稍尚虚谈。于时篇什，理过其辞，淡乎寡
> 味。爰及江表，微波尚传。[3]

及至后来的陈子昂（659—700）和李白，也将建安文学作为优于之后数代文学的典范而大加赞赏。如果我们对他们的诗学概念的理解没有错，那么人们似乎很喜爱这种酸涩与优美的脆弱之感。

按照钟嵘的看法，文学作品应该能够直接反映自己心中的情感：

---

[1]　〔清〕何文焕：《历代诗话·诗品》。
[2]　〔清〕何文焕：《历代诗话·诗品》。
[3]　同上。

> 若乃春风春鸟，秋月秋蝉，夏云暑雨，冬月祁寒，斯四候之
> 感诸诗者也。嘉会寄诗以亲，离群托诗以怨。[1]

虽然钟嵘的诗学理论强调个人的情感，但是从公元5世纪末开始，写作技术方面的因素在诗歌艺术中越来越占据主导地位，对于约定俗成的意象和题材的使用压制了独特性和个人的想象力。江淹就是一个例子，他因为模仿前代人的诗作而进入了文学史，但也有一些关于他的故事，说是诗人郭璞曾在梦中拿走了江淹的笔，而江淹一夜之间就失去了作诗的能力。

---

[1] 〔清〕何文焕：《历代诗话·诗品》。

18. "下等文学"与对超现实事件的记述

小　说

在中国古代，相对于诗歌和艺术性很强的散文，逸闻、志怪故事以及后来出现的传奇都不属于高雅文学之列，但恐怕也正是因此而更加受到大众的喜爱。既非儒家文学，也不被归入佛家或道家文学及传奇文学的作品都会被归为小说之列。用来指代特定散文形式的这个词本身带有明显的贬义（"小说"字面含义为"琐碎的言论"），直到随着时间的推移这一类作品逐渐增多，小说这个词才逐渐失去了轻蔑的含义，在20世纪初的白话文运动中，小说甚至被赋予了积极的含义。根据我们对这种在汉代之前就已经出现的叙事文学传统的了解，应该在很早的时候，就已经存在大量记述宫廷生活和日常事件的叙述类作品，它们的主要功能是娱乐或表达批判，属于早期论辩文学的范畴，但随着儒家学说的推广而遭到了压制。

"小说"这个概念的不明确性甚或矛盾性也显示了某些表达形式在产生早期所遭到的压制。《汉书·艺文志》中这样写道：

> 小说家者流，盖出于稗官。街谈巷语，道听途说者之所造
> 也。孔子曰："虽小道，必有可观者焉，致远恐泥，是以君子弗为
> 也。"然亦弗灭也。闾里小知者之所及，亦使缀而不忘。如或一言
> 可采，此亦刍荛狂夫之议也。[1]

这段话认为小说来自民间的议论和虚构，但是这种说法遭到了白话文运动最重要的倡导者胡适（1891—1962）的质疑。这个词的另外一种念法"xiaoshui"就可以作为反证，在《庄子》和《荀子》中，这个词可以被理解为"政治方面的建议""说服"或者"小道"。深入研究《汉书》中被列在"小说"之下的存世残篇，我们就能够看出班固对这一概念的定义并非从内容出发的，这个词应该是指"政治教化或说服"的功能。[2]

我们暂且将"小说"这个概念来源的模糊性放在一边，狭义的"小说"指的是公元2世纪之后出现的叙事文学，其素材常常是前代流传下来的，并且出自不同的地区。深受人们喜爱的传奇事件为中国中古时期的叙事文学提供了丰富的素材，它们不仅为我们记录下了当时有关人与信仰的想象以及神仙或神奇事件，而且还成就了中国叙事文学发展史上的一个重要阶段。编辑整理这类故事的动机除了出于对传奇故事的兴趣，还在于要使读者变得更加虔诚。像《穆天子传》或《山海经》这样对神奇事件或对人类世界边缘地带具有神秘感的描述也对这类故事产生了影响。佛经翻译者将印度的故事介绍给中国的普通读者，而这些来自国外的传说故事也对精英知识分子们产生了影响，并促使他们开始收集这样的故事。文人们出于不得已的原因去往一个陌生的地方后，就会接触到之前不了解的地区传说。在公元3世纪到4世纪的

---

[1] 《汉书》卷三十。
[2] 见H. Wilhelm的Notes on Chou Fiction（《滑稽笔记》），载D. C. Buxbaum, F. W. Mote（牟复礼）编的*Transition and Permanence. Chinese History and Culture*（《变化与永恒：中国历史与文化》），香港，1972年，第251—268页，特别是第251页以下。

民族迁徙中，很大一部分贵族成员的自我认知受到了极大的撼动，同时，适应新环境的需求也唤醒了新的力量。

由于后世对小说这种体裁的轻视，在一段时间内，它被视为民间文学，这也使得这一类文本在20世纪提倡民间文学的潮流中得到了特别的重视。对这种文学形式的重新认识，在鲁迅的重要著作《中国小说史略》中体现得非常明显。出于对这种文学形式的兴趣，许多收集志怪传说的作品集的残书重新被收集整理，由此形成的著作就包括鲁迅的《古小说钩沉》。[1]

这些"志怪小说"不仅为后来的叙事文学提供了丰富的宝藏，同时也反映了中国中古时期的宗教及文化情况。[2]知识阶层一直对这些源自宗教的想

---

[1] 这部文集1951年在北京出版。

[2] 鲁迅的《中国小说史略》是概括性的介绍，英文译本：Lu Hsun（鲁迅）的*A Brief History of Chinese Fiction*（北京，1959年）；德文译本：*Kurze Geschichte der chinesischen Romandichtung*。关于志怪小说，见K. J. DeWoskin（杜志豪）的The Six Dynasties Chih-kuai and the Birth of Fiction（《六朝志怪与小说的诞生》），载A. H. Plaks（浦安迪）编的*Chinese Narrative. Critical and Theoretical Essays*（《中国叙事文学：批评与理论文集》），普林斯顿，新泽西州，1977年，第21—52页。另见K. M. Schipper（施舟人）的 *L'Empereur Wou des Han dans la légende taoiste. Han Wou-ti nei-tchouan*（《道教传说中的汉武帝：以〈汉武帝内传〉为中心的研究》），巴黎，1965年；Chin-tang Lo（罗锦堂）的Popular Stories of the Wei and Chin Periods（《魏晋时期的民间故事》），载JOS（《东方文化》）第18期（1979年），第1—9页；Anthony C. Yu（余国藩）的"Rest, Rest, Pertubed Spirit!". Ghosts in Traditional Chinese Prose Fiction（《中国传统散文小说中的鬼魂》），载*HJAS*（《哈佛亚洲研究学刊》）第47期（1987年），第397—434页。——译本有W. Bauer（鲍吾刚）、H. Franke（福赫伯）的*Die Goldene Trube. Chinesische Novellen aus zwei Jahrtausenden*（《两千年的中国小说》），慕尼黑，1959年；Hsien-yi Yang（杨宪益）、Gladys Yang（戴乃迭）的The Man Who Sold a Ghost. Chinese Tales of the 3rd-6th Century（《卖鬼的人：3世纪至6世纪的中国小说》），北京，1958年；德语版：K. Zhao，1984年；K. J. DeWoskin的*Doctors, Diviners and Magicians of Ancient China. Biographies of Fang-shih*（《古代中国的方士》），纽约，1983年；C. C. Wang（王际真）的*Traditional Chinese Tales*（《中国传统故事》），纽约，1944年；Y. W. Ma（马幼垣）、Joseph S. M. Lau（刘绍铭）编的*Traditional Chinese Stories, Themes and Variations*（《中国传统故事、体裁与变体》），纽约，1978年；Karl S. Y. Kao（高辛勇）编的 *Classical Chinese Tales of the Supernatural and the Fantastic. Selections from the Third to the Tenth Century*（《中国古代志怪小说：3世纪到10世纪小说选集》），布卢明顿，印第安纳州，1985年；H. C. Chang（张心沧）的*Tales of the Supernatural*（《志怪故事集》），中国文学，第3卷，纽约，1984年。

象以及神鬼思想有所研究，随着社会政治条件的改变，特别是佛教和道教圣人影响力的增强，人们开始对志怪传奇全面产生了兴趣。在志怪故事中，我们能看到地方传说的痕迹。这些故事的核心或是影响某人的行为或某些人之间关系的超自然力量，或是人与一个或多个鬼怪之间的直接接触。[1]后一种故事里，主人公在面对鬼怪的时候常常毫无恐惧感，这种中国式的"理性"传统一直延续到近代。

大多数志怪故事集没有流传多久就已佚失，这些故事能流传下来首先应当归功于类书，特别是明代的此类书籍，一部分形成于20世纪的类书还对这些故事进行了重新的收集整理。《列异传》被认为是此类作品集中最早的一部，作者据说是曹操的儿子、曹魏的第一位国君曹丕。[2]这部书只留下一些残篇，其中包括收录在《太平广记》中的《蔡支妻》：

> 临淄蔡支者，为县吏。曾奉书谒太守。忽迷路，至岱宗山下，见如城郭，遂入致书。见一官，仪卫甚严，具如太守。乃盛设酒肴，毕付一书。谓曰："掾为我致此书与外孙也。"吏答曰："明府外孙为谁？"答曰："吾太山神也，外孙天帝也。"吏方惊，乃知所至非人间耳。掾出门，乘马所之。有顷，忽达天帝座太微官殿。左右侍臣，具如天子。支致书讫，帝命坐，赐酒食。仍劳问之曰："掾家属几人。"对父母妻皆已物故，尚未再娶。帝曰："君妻卒经几年矣？"吏曰："三年。"帝曰："君欲见之否？"支曰："恩唯天帝。"帝即命户曹尚书，敕司命辍蔡支妇籍于生录中，遂命与支相随而去。乃苏归家，因发妻冢，视其形骸，果有生验，须

---

[1] J. J. M. de Groot（高延）在他的著作 *The Religious System of China*（《中国宗教制度》，6卷本，莱顿，1892—1910）中将许多志怪小说用作研究宗教的资料。

[2] 这种说法非常值得怀疑。

臾起坐，语遂如旧。[1]

游历冥府这个题材后来非常受欢迎，佛教的代表人物也借用了这些故事，因为这些故事可以形象地说明善有善报的思想体系。这个题材在绘画领域也产生了深刻的影响，形成了"十殿阎罗"这一绘画题材。[2]这种关于死后世界的故事也被用于宣传目的，《洛阳伽蓝记》（成书于公元547年）中就有一篇关于地府的故事被用作给桧木涨价的宣传手段。[3]

最著名的一部志怪小说集是作于公元330年前后的《搜神记》，据传为历史学家干宝所作。[4]今传本中，编写者在序言里写明此书的目的是讲述志怪传奇，但这个版本应为后人重新修订过，与干宝最初的版本或有出入。下面这个小故事非常能代表《搜神记》的特点：

> 南阳西郊有一亭，人不可止，止则有祸。邑人宋大贤以正道
> 自处，尝宿亭楼，夜坐鼓琴，不设兵仗。至夜半时，忽有鬼来登
> 梯，与大贤语，眄目，磋齿，形貌可恶。大贤鼓琴如故。鬼乃去。

[1] 《太平广记》卷三百七十五。

[2] 见L. Ledderose（雷德侯）的*The Ten Kings and the Bureaucracy of Hell*（《十殿阎罗》），香港，1990年。

[3] 参见Yi-t'ung Wang（王伊同）的*Yang Hsüan-chih, A Record of Buddhist Monasteries in Lo-yang*（《杨炫之的〈洛阳伽蓝记〉》），普林斯顿，新泽西州，1984年。第153—156页。这部著作的另外一个译本，见W. J. F. Jenner的*Memories of Loyang: Yang Hsüan-chih and the Lost Capital (493-534)*（《洛阳的回忆：杨炫之和沦陷的都城》），牛津，1981年。

[4] 关于《搜神记》，见D. Bodde（卜德）的Some Chinese Tales of the Supernatural. Kan Pao and His Sou-shen chi（《中国志怪故事：干宝和〈搜神记〉》），载*HJAS*（《哈佛亚洲研究学刊》）第6期（1942年），第338—357页；K. J. DeWoskin（杜志豪）的The Sou-shen-chi and the chih-kuai-Tradition. A Bibliographic and Generic Study（《〈搜神记〉和志怪传统：书目与类属研究》），哥伦比亚大学，博士论文，1974年；R. B. Bailey的A Study of the Sou-shen chi（《〈搜神记〉研究》），印第安纳大学，博士论文，布卢明顿，1966年。译文，亦见K. J. DeWoskin的In Search of the Supernatural-Selections from "Sou-shen chi"（《寻找志怪：〈搜神记〉选集》），载*Renditions*（《译丛》）第7期（1977年），第103—114页。

于市中取死人头来，还语大贤曰："宁可少睡耶？"因以死人头投大贤前。大贤曰："甚佳！我暮卧无枕，正欲得此。"鬼复去。良久乃还，曰："宁可共手搏耶？"大贤曰："善！"语未竟，鬼在前，大贤便逆捉其腰。鬼但急言："死。"大贤遂杀之。明日视之，乃老狐也。自是亭舍更无妖怪。[1]

这个故事讲的是一个不怕鬼并降住了鬼怪的人，这是志怪故事中一个常见的人物类型，在近现代提倡理性的社会中，这种题材尤其受欢迎。[2]《搜神记》这一类的小说集涉及的主题非常广泛，从道家的仙人、隐士、术士，到神奇的法力，还包括如何与死者通灵以及遇见自然神等，此外也会讲到一些特殊的预兆，例如流产或者梦等对某些事件的影响。故事里会出现外形奇特的人和奇异的生物，也有动物或下雨、疾病这样的自然现象，此外还会出现各种神仙，例如土地神，也有以动物形象出现的神仙。《搜神记》的少数几个不太典型的故事讲的是现实世界中的术士或某个氏族的神话传说，其中一个很著名的故事中讲到了某个术士拥有让人惊讶的神奇能力，例如他可以将自己的舌头切下再接回去，还能够吞火吐火。[3]

这一类的故事、逸闻和笔记中有一些是对来自印度的故事素材的加工。一开始，这类作品被当作书写历史的资料来源，后来，它们渐渐形成了一个独立的领域。但尽管如此，志怪故事依然保留着史书的风格特点，它们不但会被归入某一个特定的历史时期，经常还会与现实中的人物联系在一起。

---

[1]《搜神记》卷十八。

[2] 中国科学院文学所所长、诗人何其芳编辑的《不怕鬼的故事》（北京，1961年；1978年新版）在序言中这样写道："世界上并没有过去的故事里所说的那种鬼，但是世界上又确实存在着许多类似鬼的东西。大而至于国际帝国主义……现代修正主义，严重的天灾，一部分没有改造好的地主阶级分子……"

[3] 参见D. Bodde（卜德）的Some Chinese Tales of the Supernatural. Kan Pao and His Sou-shen chi（《中国志怪故事：干宝和〈搜神记〉》），载*HJAS*（《哈佛亚洲研究学刊》）第6期（1942年），第338—357页。

小说与史书的关联

　　小说、故事与历史记载之间的相似性明显可见，这一点，从此类作品集中的"志""记""传"等部分的内容就能够看得出来。此类合集中甚至有一些首先是被当作记载历史事件信息的方式，其次才被归入娱乐的功能，例如《西京杂记》。这部著作据推测是公元500年到525年间由萧贲（约495—约552）所编，主要记录西汉时期的杂史。其他的一些作品集除了志怪，还有志人，在刘义庆的《世说新语》中，我们就能看到很多这样的内容。

　　除了《列异传》和《搜神记》这样的作品集，从公元3世纪开始，关于异境、异族的描写也形成了一种门类。这类作品中地理学和民族学的内容占很大比重，其中最著名的当数张华的《博物志》。[1]随着国家的扩张，汉代的时候就已经出现了对其他国家和民族的报道，但是对这种报道的收集和整理是公元3世纪才开始的，人们也是在这个时候才真正开始意识到世界的广大。

　　小说与史书著作的相似不仅是在形式方面，在很长一段时间里，人们在观念上也是将它们联系在一起的，直到唐代，传奇才彻底与历史著作脱离开来，但唐代的著名历史学家刘知幾还在批评"志怪"作品是劣质的史书。这种看法并不难理解，毕竟志怪的作者很大程度上都是在使用历史学家的创作手法，他们会指明信息出处，还有事件发生的时间和地点，但我们看不到任何迹象证明志怪集的作家或编者也认为自己是在书写历史。有一点需要我们注意，我们已知的作者绝大多数都是哲学或文学作品的作者。

　　"志怪"都为单纯的记述，没有评论或论述，也没有我们在史书或唐代篇幅较长的"传奇"中看到过的那种用以点明教育意义的后记。从某种意义上说，"志怪小说"延续的是古老的史传传统，其中经常会包含一些占星学的内容，这个构成元素已逐渐从史书中消失，虽然并不是彻底不见。从这

---

[1]　英语译本，见R. Greatrex（王罗杰）的*The Bowu zhi. An Annotated Translation*（斯德哥尔摩，1987年）。

个意义上看，"志怪小说"可以被视为旧的史书传统分裂之后产生的结果。《太平广记》中收集了汉至宋末各种类型的叙事作品，其中也收录了"志怪小说"，这说明这一文学形式在10世纪时已经不被看作历史著作了。

在干宝这样的作家作品里，史书与"志怪小说"之间的相似性体现得尤其明显，他的《搜神记》具有很强的史书特征。葛洪的一段话明确地说明了两者之间的关联，他在《抱朴子·自叙》[1]中这样写道：

> 凡著《内篇》二十卷，《外篇》五十卷，碑颂诗赋百卷……
> 又撰俗所不列者，为《神仙传》十卷，又撰高尚不仕者，为《隐逸
> 传》十卷，又抄五经、七史、百家之言，兵事、方伎、短杂奇要
> 三百一十卷，别有目录。[2]

从这段话中我们可以看出，"志怪小说"的素材或者核心内容通常已经在家族或宗族中流传已久，然后才被整理出版。这些作品，特别是受佛家思想影响的那些作品，体现出很明显的修身目的。同时它们也已比较明确地体现出批判意识，例如对鬼神的能力甚或鬼神是否存在表示的怀疑。公元3世纪到4世纪的人口大迁徙中，新的环境让人们认识了不同的传统，接触到新的神话和意象。特别是在中原人口迁徙的主要目的地南方，长江下游的吴国故地由此出现了北方文化与东南当地文化相融合的现象。[3]一些故事也体现出了民族特征，例如吴国将军孙策之死的故事，这个故事在《搜神记》和

---

[1] 参见J. Ware（魏鲁南）的*Alchemy, Medicine, Religion in the China of A.D. 320. The Nei P'ien of Ko Hung (Pao-p'u tzu)*（《中国的炼金术、医药和宗教：抱朴子内篇》），剑桥，马萨诸塞州，1966年；J. Sailey的*The Master Who Embraces Simplicity. A Study of the Philosopher Ko Hung A.D. 283–343*（《哲学家葛洪研究》），圣弗朗西斯科，1978年。
[2] 国学整理社辑《诸子集成》第八册《抱朴子》。
[3] 关于地方文化见W. Eberhard（艾博华）的*Lokalkulturen im Alten China, Teil 2. Die Lokalkulturen des Südens und Ostens*（《中国古代地方文化》），第2部分：南方和东方，北京，1942年，英语版：莱顿，1968年。

《三国志》的注解中都有记载。在故事中，孙策将他的一个对手绑住，丢在了烈日之下，并且违背了雨神的意旨将其杀死。我们能够通过该故事看到中国南方楚文化里将巫师剥去衣服暴晒求雨的风俗。[1]

作为最重要的文化史料，"志怪小说"不仅能让我们了解中国中古时期的风俗习惯、信仰、地方神话传说，还记录了当时的风物。例如《搜神记》（卷十三）中就提到被西域使者带到皇宫里的"火浣布"。其他的故事则多会讲到从神仙处得到的某些消息而带来的好处，例如下面这个故事里的男子，由于乐于助人，他保住了自己的财物：

> 糜竺，字子仲，东海朐人也。祖世货殖，家赀巨万。常从洛归，未至家数十里，见路次有一好新妇，从竺求寄载。行可二十余里，新妇谢去，谓竺曰："我天使也。当往烧东海糜竺家，感君见载，故以相语。"竺因私请之。妇曰："不可得不烧。如此，君可快去。我当缓行，日中，必火发。"竺乃急行归，达家，便移出财物。日中，而火大发。[2]

"志怪小说"中经常出现的程式化表达，也向我们提示了这些故事的悠久口传历史。例如南梁吴均（469—520）《续齐谐记》中收录的"阳羡书生"的故事，其中"情郎吐出娇娘"和"被吞掉的娇娘"这样的题材早在公元3世纪康僧会的《旧杂譬喻经》中就已经出现过，这个故事的核心内容应该是源自印度。[3]

---

[1] 《搜神记》卷一；亦见E. Schafer的Ritual Exposure in Ancient China（《古代中国的暴露仪式》），载HJAS（《哈佛亚洲研究学刊》）第14期（1951年），第130—174页。

[2] 《搜神记》卷四；亦见《三国志》卷八。

[3] 见Chin-tang Lo（罗锦堂）的Popular Stories of the Wei and Chin Periods（《魏晋时期的民间故事》），载JOS（《东方文化》）第18期（1979年），第1页。

夫妻之间的爱情或者争执、父母与子女之间的关系也是常见的题材，例如《搜神记》中的《儿化水》和《吴兴老狐》这两个故事：

儿化水

汉末零阳郡太守史满，有女，悦门下书佐；乃密使侍婢取书佐盥手残水饮之，遂有妊。已而生子，至能行，太守令抱儿出，使求其父。儿匍匐直入书佐怀中。书佐推之仆地，化为水。穷问之，具省前事，遂以女妻书佐。[1]

这里的主题是常见的私许终身。有些题材也被用于不同的主题，其中包括《吴兴老狐》中错认父亲的这个题材。在故事中，两个儿子因为混淆了父亲与鬼，竟错手打死自己的父亲。在《吕氏春秋》中的一个故事里，一个父亲杀死了自己的儿子，原因是他误以为自己的儿子是鬼。这个故事也出现在了《搜神记》中，不过在《搜神记》中，父亲杀死的是自己的两个儿子。

吴兴老狐

晋时，吴兴一人有二男，田中作时，尝见父来骂詈赶打之。儿以告母。母问其父。父大惊，知是鬼魅。便令儿斫之。鬼便寂不复往。父忧，恐儿为鬼所困，便自往看。儿谓是鬼，便杀而埋之。鬼便遂归，作其父形，且语其家："二儿已杀妖矣。"儿暮归，共相庆贺，积年不觉。后有一法师过其家，语二儿云："君尊侯有大邪气。"儿以白父，父大怒。儿出以语师，令速去。师遂作声入，父即成大老狸，入床下，遂擒杀之。向所杀者，乃真父也。改殡治服。一儿遂自杀，一儿忿懊，亦死。[2]

---

[1] 《搜神记》卷十一。

[2] 《搜神记》卷十八。

成书于公元前3世纪的《吕氏春秋》中也有这样关于混淆身份的故事，但其作用是表达政治思想：

> 梁北有黎丘部，有奇鬼焉，喜效人之子侄昆弟之状。邑丈人有之市而醉归者，黎丘之鬼效其子之状，扶而道苦之。丈人归，酒醒而诮其子，曰："吾为汝父也，岂谓不慈哉？我醉，汝道苦我，何故？"其子泣而触地曰："孽矣！无此事也。昔也往责于东邑人可问也。"其父信之，曰："嘻！是必夫奇鬼也，我固尝闻之矣。"明日端复饮于市，欲遇而刺杀之。明旦之市而醉，其真子恐其父之不能反也，遂逝迎之。丈人望其真子，拔剑而刺之。丈人智惑于似其子者，而杀其真子。[1]

《吕氏春秋》在这个故事后面补充了这样一段带有教育意义的话："夫惑于似士者，而失于真士，此黎丘丈人之智也……夫孪子之相似者，其母常识之，知之审也。"在当时高度官僚化、集权化，家庭关系居于次要地位的社会环境中，《吕氏春秋》的作者作为一个信奉法家思想的谋士，显然是将这个源自亲人间的矛盾转用在国君与臣子的关系上。但这种联系很快就被弃用，在《搜神记》的故事里，我们已经看不到这样的痕迹了。[2]

"人的故事"

在关于人的故事中，最著名的就是上文提到过的刘义庆的《世说新

---

[1] 《吕氏春秋》卷二十二。
[2] 《搜神记》卷十六。

语》，刘义庆同时还是一位慷慨的文学资助者。[1]这部文集收集了汉末到东晋末年的学者、官员以及其他上流社会成员的逸事，可以被看作笔记体的早期形式。刘义庆也曾收集过志怪故事，这证明在公元5世纪早期，志怪、逸事和其他类型的故事已经被分别收集整理。《世说新语》与《搜神记》的风格有相似之处，这种风格源自"清谈"对细节和区分的追求，以及向"四六体"发展的趋势（在"四六体"中，每句话都补以语助词，以此形成四字、六字相间成句的结构，因而得名）。几个世纪之后，韩愈和柳宗元对这种浮夸的文风提出了强烈的反对。例如下面这段摘自《世说新语》的话，共75字，但有34个字都可以删去，不会对内容有任何影响：

> 华歆、王朗俱乘船避难，有一人欲依附，歆辄难之。朗曰："幸尚宽，何为不可？"后贼追至，王欲舍所携人。歆曰："本所以疑，正为此耳。既以纳其自托，宁可以急相弃邪！"遂携拯如初。世以此定华、王之优劣。[2]
>
> ——《世说新语·德行第一》

所有这些故事都是文人的创作，但这些故事和民间故事之间很难区分开来，正如艾伯华（Wolfram Eberhard）在讲到中国民间童话起源的时候曾经说过的："一方面，百姓中认字的人会阅读并讲述文学作品中的故事，这些故事形式不断变化，最终演变成民间故事；另一方面，文人们在自己的著作中使用了很多原本来自民间的故事，于是，民间的素材经过加工，变成了文

---

[1]　全译本见Richard B. Mather（马瑞志）的*Shih-shuo Hsin-yü. A New Account of Tales of the World*。

[2]　参见吉川幸次郎的The Shih-shou hsin-yü and Six Dynasties Prose Style（《〈世说新语〉与六朝散文风格》），载*HJAS*（《哈佛亚洲研究学刊》）第18期（1955年），第124—141页；参见R. B. Mather（马瑞志）的*Shih-shuo Hsin-yü. A New Account of Tales of the World*，第8页。

学作品。"[1]要研究这种"不断的交换"在古代的故事中是如何进行的，相比研究后来的故事要更加困难，因为早期的故事都是通过后来的著作才为人所知的。

六朝时期（221—589），随着鬼怪和灵异故事逐渐发展成一个文学门类，它们也慢慢脱离了早期的形式，文人创作的鬼怪故事集开始出现，其后涌现出大量作品其中最优秀的当数蒲松龄的《聊斋志异》。

作品的流传及佛教的影响

翻译成中文的印度佛经故事的传播史相对来说比较容易还原，例如《本生经》和《百喻经》，这两部用于推广佛教的佛经故事集在公元10世纪之后的传播轨迹是非常清晰的，这类文章的来源甚至可以回溯到公元8世纪、9世纪，其中包括的"变文"我们将在另章论述。但相比较而言，志怪小说的流传轨迹就比较复杂，要研究这种文学形式是否（或者在多大程度上）受到佛教的影响，也比较困难。

前面已经提到过，中国中古时期的志怪故事经常是在前代故事的基础之上形成的，从反对"虚妄"的王充那里我们就能看得出来。志怪故事在六朝时期的流行与当时的宗教生活有紧密的关联，但我们今天已经无法确定传入中国之后的佛教在多大程度上促进了这种发展。

在收录这一类叙事作品的类书中，李昉（925—996）带领一批学者共同编写并于公元978年完成的500卷《太平广记》无疑是其中最重要的一部。如果没有这部书，那么很多唐代和唐以前的小说可能根本无法保留下来。除了《太平广记》，还应提到道世于公元668年编写完成的佛教类书《法苑珠

---

[1]　W. Eberhard（艾伯华）和A. Eberhard的*Südchinesische Märchen*（《中国南方童话》），杜塞尔多夫，1976年。

林》，其中收录了大量前代文集中的志怪故事。在这些类书之后，直到明朝晚期才又出现了个别作品集。1912年清王朝灭亡之后，大量的文本编辑整理工作重新开始，其主要目的是寻找与儒家经典相抗衡的民族文学，从那时开始，这个工作就一直在继续。这种编辑整理工作的成果有《五朝小说大观》《笔记小说大观》，王文濡模仿陶宗仪（1316—1403后）《说郛》而纂集的《说库》，[1] 还有鲁迅的《古小说钩沉》。

---

[1] 这部著作1915年在上海出版。

19. 佛教和道教文章

视野的拓宽

虽然中国的史书对佛教传入中国之后产生的影响关注并不多，但这个影响本身是不容小觑的。政治局势的混乱以及人们在精神领域寻找新方向的努力已为佛教的推广做好了准备。[1]公元2世纪末汉朝衰落并灭亡之后，一方面是已经存在的救世理想开始在更广泛的人群中普及开来；另外一方面是主动或被迫远离政治和官场的文人数量不断增多，他们对这种新思想的态度较之前开放，其结果就是视野开阔。帝国政局分崩离析，黄河流域以及东南部长江下游那些富庶地区大地主的势力不断增强，为佛教和道教中心的形成提供了经济基础。在北方，游牧和半游牧民族统治下的新兴王朝对佛教表现出

---

[1]　目前为止，用欧洲语言撰写的对中国早期佛教最好的研究著作为E. Zürcher（许理和）的 *The Buddhist Conquest of China*（《佛教征服中国》）；A. F. Wright（芮鹤寿）关于中国佛教史的概述虽然需要修订，但也不失为一部好著作：*Buddhism in Chinese History*（《中国历史上的佛教》），斯坦福，加利福尼亚州，1959年；Kenneth K. S. Ch'en（陈观胜）的 *Buddhism in China. A Historical Survey*（《中国佛教历史调查》），普林斯顿，新泽西州，1964年；Kenneth K. S. Ch'en的 *The Chinese Transformation of Buddhism*（《佛教的中国化》），普林斯顿，新泽西州，1973年。

了特别强烈的兴趣，因为他们能借此获得更多的合法性。

权力所有者经常是通过宗教运动来扩大自己的势力，而国家又需要对宗教运动进行一定的控制，随着这方面需求的增强，关于经书经典化的需求也增强了。公元1世纪到10世纪的时代特点就是有大量佛教文章由梵语和巴利语被翻译成汉语，同时，中国拥有了自己的佛经注疏，拥有了被理解为圣人启示的道教文章、俗家弟子所写的虔敬文章以及丰富的历史和传奇作品。此外，佛教的传播还促进了"俗讲"的发展，这种文体对中国本土叙事文学的形成起到了至关重要的作用。[1]

大部分产生于佛教和道教环境中的文章都是被收录在大型的佛经、道经内集中流传下来的，其中最早的经书集可以追溯到公元4世纪到5世纪。这种宗教文学的发展以及对大量复制文本的需求极大地促进了雕版印刷术的改进，这一点，我们在上文中已经论述过。保存至今的最古老雕版印刷品实物是公元704年至751年间印制在桑皮纸上的《陀罗尼经咒》。

早在公元2世纪甚至更早的时候，第一批佛经就被译成了中文。在接下来的几个世纪里，不仅佛经译文的数量增多，中国本土撰写的释文、注疏、僧人传记和教义文章都开始大量增加。公元4世纪时，出身于儒学之家的僧人道安（314—385）就已经编辑出了一部佛典目录，目的是整理和认定经典。这个目录没能保存下来，但是从生活在都城的高僧僧祐那里，我们能够了解到一些相关情况，他同时也为我们了解中国佛典编录工作提供了一些最早的记录。[2]我们无法确定究竟佛典的认定整理是否受到了道家经典编录的影响，但有很多资料都显示，无论是佛家还是道家，对经典的整理认定都是出于在儒家学说影响重新开始扩大的背景下为自己争取合法地位的需求。但

---

[1]　此处参见*CLEAR*（《中国文学》）第5期（1981年）上由V. H. Mair的一篇文章引起的争论。

[2]　见A. E. Link的The Earliest Chinese Account of the Compilation of the Tripitaka（《中国最早的〈大藏经〉编纂》），载*JAOS*（《美国东方学会会刊》）第81期（1961年），第87—103页。

这两家经典的来源并不一样，佛教徒将佛陀在印度亲口所说的话置于首位，只是这些文本后来部分失去了相应的地位；而道教徒不仅收集某一个祖师说过的话，主要还收集神仙所授的文本。

道家经典

除了被译为中文的佛教经典《大藏经》，古代中国的另外一部大型经书总集是《道藏》，[1]这个名字，我们可以翻译成*Vorratshaus des Rechten Weges*或者*Der Speicher der Rechten Lehre*。[2]道教经典的这种收集整理要归功于公元4世纪形成的上清派，据说在公元364年至370年间的今南京地区，上清派使者把这个教派最主要的文本授予大臣许谧（303—373）的随从、一个名叫杨羲（330—约386）的年轻人。[3]据说在一连好多天的午夜，许多神仙从上清天降下，向杨羲传授经书，亲自给他指点，并命他将这些经传给许谧及其子许翙（341—约370）。这些上清派经书后来被陶弘景收集编入《真诰》一书，成为上清派（或称茅山派）道士所奉要典。要理解人们对这些由神仙传授之作的重视，就得理解那个时代的特点。由于对世界将要覆灭的恐惧，这些经书被认为是保护自己不受邪恶力量侵害以及到达天界的唯一

---

[1]　见P. Demiéville（戴密微）的Les versions chinoises du Milindapañha（《〈弥兰王问经〉的中文版》），载*BEFEO*（《法国远东学院学刊》）第24期（1924年），第181—218页中标题为Sur les éditions imprimées du canon chinois（《关于中文经典的印刷版》）的附录。

[2]　引用率最高的版本是《正统道藏》（上海，1924年；台北，1976年翻印），其中包括1444年（以及1447年）印制的版本以及1607年补充的部分。（Vorratshaus des Rechten Weges意为"储存正确道路的地方"，Der Speicher der Rechten Lehre意为"储存正确学说的地方"。——译者注）

[3]　见M. Strickmann（司马虚）的The Mao Shan Revelations. Taoism and the Chinese Aristocracy（《茅山神启——道教和贵族社会》），载*TP*（《通报》）第63期（1977年），第1—64页；M. Strickmann的*Le Taoisme du Mao Chan. Chronique d'une Révélation*（《茅山神启》），巴黎，1981年。

方法。这些神仙所授的经书基本上都用诗句的形式写成，不论是题材还是文风，它们对后世诗歌的影响都十分大。道教的神仙，例如"青童"这个形象，为大量的文学作品提供了创作灵感。

道教经典的最初收集和整理受到了刚刚传入中国的佛教的影响。公元400年前后，在杨羲所造之经基础上形成的茅山派就依照佛经的模式，按三个部分整理并形成了自己的经典。从各种迹象看，其中的每个部分都对应一个特别的道教教派。道士陆修静（406—477）曾维护道教对应于佛教的地位，公元471年，他曾经对宋明帝说道教经书共有1228卷，其中1090卷已经流传于世，剩下138卷仍保存在天上。

在接下来的150年中，人们编纂了道教经书目录，补充了大量新作的文章，可以说这个时期经书编纂的特点既是盘点，也是扩充。尽管在接下来的几十年甚或几百年中出现了大量的新作文章，特别是在公元6世纪末、7世纪初的时候，但唐代依然是更趋于保守的一个时代，当时最受重视的还是公元4世纪的经书。公元8世纪中期，在皇帝监督之下编录的经卷集虽然在一定范围内得到传播，但接下来200年间政局的混乱却使得这部经卷集并没能保留到宋代。

道教发展的第二个重要阶段是从宋代开始的。宋代也是人文和经济领域一个"新时代"的开端，在这个时代，对道教经典的收集和整理经历了又一个高潮。[1]最早有据可查的合集《大宋天宫宝藏》成书于1019年，这部合集之所以能够形成，也是因为之前规模较小的道书合集以及目录编修工作。4565卷《大宋天宫宝藏》虽然没有流传下来，但主要的编者张君房（约1008—1029）撮其精要纂集的120卷《云笈七签》流传至今。

[1]　见J. M. Boltz（鲍菊隐）的*A Survey of Taoist Literature. Tenth to Seventeenth Centuries*（《10—17世纪道教文献通论》），伯克利，加利福尼亚州，1987年。关于宋代的分类，见D. Kuhn的Die Song-Dynatie (960–1279). *Eine neue Gesellschaft im Spiegel ihrer Kultur*（《宋代：反映在文化中的全新社会》），魏恩海姆，1987年；H. Schmidt-Glintzer（施寒微）编的*Lebenswelt und Weltanschauung im frühneuzeitlichen China*（《近代早期中国的生活与世界观》），斯图加特，1990年，引语部分。

虽然印刷术早就已经在使用，但这些文集还全部都是手抄本，直到在一心崇道的宋徽宗（1100—1125在位）的主持和授意下，于1114年在福州设立了专门的机构收集道书并刻印。在此之前几年，那里刚刚刻印了佛经。这部最早的雕版《道藏》被称为《政和万寿道藏》，在1118年至1120年间完成，共540函，5481卷。1234年至1236年间在福建刻印的经卷应该保存了很久，直到19世纪下半叶，这些经卷才在太平天国起义的动荡中被毁。

官方通过支持印制道教经典，就能对所有被官方允许存在的思想学说及著作进行监督，同时也可为证明王朝的合法地位提供依据。所以女真族的首领金世宗会命人将经文印版运往北京，并组织重新印刷。这项工作在1191年完成，并沿用唐代道藏的名字《三洞琼纲》刊行。这样的行为不仅对人的心灵修养有好处，同时拥有并传播这样的经书也是一个帝国强大的表现。1244年，成立不久的全真派收集整理了一部涵盖内容更多的道书集，在其中，他们特别关注自己的渊源。

12世纪时又出现了一大批神授道书与仪礼文章。在这个创作极为活跃的时期之后，又出现了一段集中编纂仪典的时期。今天仍在使用的1445年编纂完成的《大明正统道藏》中，就包括了大量13世纪和14世纪的仪典。根据施舟人（Kristofer Schipper）的研究，很多流传到今天的道教仪式都可以追溯到那个时期。这些道教经典一再被毁坏，加之战乱（即便不是全部原因，也是部分原因）等因素对道经的影响不可谓不大。1258年，道家与佛家当着当时占据中国北方的蒙古统治者进行了一场大辩论。在这场佛道大辩论中，道家败给了佛家。在那之后，一大批刻印的道经因被指为杜撰之作而遭销毁。[1]1281年，忽必烈（1215—1294）下令焚毁道经印版，这也是为什么明代1445年刊行的《道藏》内容少于之前两种的原因。

明代的《道藏》由正一派第43代天师张宇初（1361—1410）奉明成祖

---

[1]　见P. J. Thiel的Der Streit der Buddhisten und Taoisten zur Mongolenzeit（《元代的佛道大辩论》），载MS（《华裔学志》）第20期（1961年），第1—81页。

之命于1406年开始纂编，但直到张天师死后30余年的1445年才最终完成并刊行。这部被称为《正统道藏》的道经集在今天被当作标准版本。1607年，《正统道藏》续编了240卷，续编之后的印版曾经被收藏在北京紫禁城，1900年义和团起义时被外国军队所毁。

最值得一提的是，在公元5世纪第一次编辑整理之前，《道藏》就已经拥有持续百年的传统了。在这个传统中，被称为道家哲学核心作品的是归在老子名下的《道德经》以及庄周的《庄子》，但这实际只构成了一条次要的线索，这些经典与后来一些从来不被认为与道教相关的著作一起收录进了《道藏》，由此，一些非道教的文章也被保存了下来，免于佚失。哲学著作，与卜筮、炼丹、医学、天文、占星相关的作品，从先秦时期到16世纪的思想家与学者的著作，历史地理著作，对基础科学原理的说明，《道藏》收录的作品极其多样。这些被收录的文本时间跨越两千年，内容包罗万象，因此也能服务于各种用途，无论是文本批评，还是对中国科学发展史的研究。到目前为止，我们对道书整体情况的了解依然不充分。对于这部大型经集的系统研究是从20世纪70年代才开始的。要对其中的各种文本及其整体特点有所了解，至少还需要几十年时间。[1]

《道藏》中收录的不仅是道教的经书，它的内容更多，但同时也可以说是更少了：更多的意思是说，通过上文提到的编辑整理，一些与道教关联不大的著作也被收录了进去，这就好比将《荷马史诗》中的《奥德赛》或是柏拉图的对话录收进基督教文集中一样；说它更少，是因为显然还有一些著作没有被收录在内，其中有口头故事，也有书面文本，没有收录的原因是编辑并不知道它

---

[1] 目前关于道经最重要的论文，见Ofuchi Ninji（大渊忍尔）的The Formation of the Taoist Canon（《道经的形成》），载H. Welch（尉迟酣）、A. Seidel（索安）编的 *Facets of Taoism. Essays in Chinese Religion*（《道教面面观：中国宗教论文集》），纽黑文，康涅狄格州，1979年，第253—267页；陈国符的《道藏源流考》（北京，1963年）；P. van der Loon（龙彼得）的 *Taoist Books in the Libraries of the Sung Period*（《宋代收藏道书考》），伦敦，1984年。

们，或者它们被认为不适宜刊行。继17世纪的《万历续道藏》后，又有大量补充的著作被刊印，虽然曾经有过补充编辑，但直到今天，人们也没有正式通过续编《道藏》来对这些著作进行筛选和归类，其中尤其缺少的是大量散落在不同作家作品集之中的记录道教徒虔敬之情的文学文本。尽管如此，《道藏》依然是最主要的道书集成，道教徒不断回顾、维护着自己的古老传统，并将其传继下去，这种特点实际在古代中国的所有领域都能看得到。

　　道教宗教活动留给我们大量的文学作品，这些作品与中国其他领域的文学作品一样，形式多样，既有经书、注疏、诗歌、小说，同时也有传说、史书和哲学论文。这些作品是中国文学的一部分，但是由于其独特性，其中一些作品还被宣称为是神仙所授，所以需要单独进行论述。

　　早在汉代，《道德经》就曾经被认为是神仙所授，人们也依此进行阐释，从一些早期的注解中我们就能看出这一点。另外一部这样的作品是汉末的《太平经》，这部著作是在早期为"太平道"所做的文章之上编辑而成的，直到公元6世纪还在不断扩充，其中年代最早的部分是神人（天师）与他学生间关于教派、道德、理想的政治秩序以及长生不老之术等的对话。[1]

　　除这些神人传授的文章外，在早期道教中最重要的还有道士们传承下来的神仙系统，这些神仙可以被召唤来为人们提供帮助，也可以被驱逐。绝大部分具有神授性质的"律"也非常重要。[2]此外，还有对天地阴阳调和之术的规定。公元3世纪到4世纪出现了大量谈论炼丹术、草药和冥想功法的

---

[1]　关于《太平经》，见B. J. Mansvelt Beck（马史恩）的The Date of the Taiping jing（《〈太平经〉成书年代》），载TP（《通报》）第66期（1980年），第150—182页；B. Kandel的Taiping jing. The Origin and Transmission of the "Scripture on General Welfare". The History of an Unofficial Text（《〈太平经〉源流考：一部非官方文本的历史》），汉堡，1979年。

[2]　关于"谶纬"在道教中的作用，见A. Seidel（索安）的Imperial Treasures and Taoist Sacraments. Taoist Roots in the Apocrypha（《国之瑰宝和道教秘物——谶纬中的道教渊源》），载MCB（《汉学与佛学丛刊》）第21期（1983年），第291—371页。

书籍，这些著作取"太清"之名，被统称为《太清经》。[1]这些著作还包括
《黄庭经》，这本韵文形式的修身之作讲述了人体以及天上的宫与力，还有
两者之间的对应关系。通过冥想，人们想找到一条能与未经破坏的天地之气
合二为一的方法。

　　还有一些道书讲的是灵魂的游历，例如公元300年前后的一篇讲述游历
洞中世界的文章。这一类文章可追溯到更早时期的先例，陶渊明的名作《桃
花源记》也是由此获得的灵感，但《桃花源记》只是用了道教的思想形式，
实际上是描绘了一种符合儒家思想的社会形式。这个与洞庭湖中的洞庭山联
系在一起的洞中游历故事不断带给后代诗人以灵感，使他们创作出相应的作
品。[2]葛洪的曾孙葛巢甫（生活在公元400年前后）利用一些已经存在的经
文，造出一组新的文章，并将它们作为公元3世纪宗师托授的经文刊行。

　　这些被称为《灵宝经》的著作也提供修炼的方法，其中大量汲取了佛经
的教义，而葛洪的《抱朴子》起到了提纲挈领的作用。[3]这本著作引入了全
新的道家宇宙观及其特别的仪式与规则。[4]都出现在中国南方、由神授而得
的《太清经》《上清经》《灵宝经》也被称为"三洞"，这成为后来道书经
典化过程中的基本分类原则。

---

[1]　此处参见L. Kohn（孔丽维）编的*Taoist Meditation and Longevity Techniques*
（《道教冥想与长生术》），安娜堡，密歇根州，1989年。

[2]　见S. R. Bokenkamp（柏夷）的The Peach Flower Font and the Grotto Passage（《桃花
与石窟》），载*JAOS*（《美国东方学会会刊》）第106期（1986年），第65—77页。

[3]　见J. Sailey的*The Master Who Embraces Simplicity. A Study of the Philosopher Ko
Hung A.D. 283-343*（《哲学家葛洪研究》），圣弗朗西斯科，1978年。

[4]　关于"灵宝经"，见S. R. Bokenkamp的Sources of the Ling-pao Scriptures（《〈灵
宝经〉溯源》），载M. Strickmann（司马虚）编的*Tantric and Taoist Studies in Honour
of R. A. Stein*（《密宗和道教研Men'sikov究（斯坦因纪念集）》），第2卷（布鲁塞
尔，1983年），第435—487页；亦见M. Kaltenmark（康德谟）的"Ling-pao". Note sur
un terme du taoisme religieux（《"灵宝"，一个道教术语的解释》），载*Mélanges
publiés par l'institut des hautes études chinoises*（《法国汉学研究所文集》），第1卷
（巴黎，1960年），第559—588页。

佛教典籍以及受印度影响的文学

从一开始，中国佛家与道家宗教文学之间的联系与相互影响就形式多样，且程度很高。所以在早期的佛经翻译中就已经在使用道教的概念了，同时，一些佛教的教义也进入了道教的文章。[1]特别是从唐代开始，佛教传经、宣教方法及其解经方法的特别影响力，就已尤为显著，我们能从中看出佛教在传播教义过程中所使用的印度戏剧表演方法。[2]中国的说唱文学与戏剧都可以在这里找到源头。

说唱文学（即由韵文和散韵文组成的篇幅长短不一的叙事形式）的创作手法也能回溯到这种面向广大教众和各个阶层的宣教方式，但这种文学形式并不仅是为了教育民众，同时兼具娱乐的功能。这一形式在唐朝时就已经被用在了非佛教的题材上，例如在敦煌发现的"变文"。这种用大众化方式讲解佛教经文的"讲经文"形式，是"俗讲"的一部分。从公元4世纪开始，一些特定的庆祝活动会举行这样的"讲经文"。后来，这一形式也可以由信众捐出一定的费用后定制。不久后，道观也开始举行类似的"讲经文"。

但被收录在类似《法苑珠林》这种佛教类书里的大多数志怪小说都并非印度传到中国的佛教故事，而是纯粹的中国小说。不过，这并不影响那些源自印度并以中文传播的佛教叙事文学的流传。所有的本生故事的译文都属于这类文学，它们对民族叙事文学的影响不容小觑。此外，有资料显示，在佛教传入中国之前就已经有印度教的叙事素材传到中国。[3]

除了大量讲述佛陀释迦牟尼前生事迹，以此说明因果报应的本生故事之

[1]　见E. Zürcher（许理和）的Buddhist Influence on Early Taoism（《佛教对早期道教的影响》），载*TP*（《通报》）第64期（1980年），第84—147页。

[2]　向达的《论唐代佛曲》，载向达的《唐代长安与西域文明》（北京，1987年），第275—293页。

[3]　整体概述见V. H. Mair（梅维恒）A Partical Bibliography for the Study of Indian Influence on Chinese Popular Literature（《印度对中国俗文学的影响研究论文目录》），载*Sino-Platonic Papers*（《中国奇想论文集》）第3期（1987年），第1—214页。

外，还有大量的佛教譬喻被译成中文。[1]这些譬喻（即阿波陀那）为的是更加形象地解释各种教义内容。从时间上看，收录佛教譬喻的经集的时间要早于粟特僧人康僧会（卒于280年）翻译首部收录91个讲述释迦牟尼本生故事的《六度集经》。这些经集最早的有收录了12个故事的《杂譬喻经》（出现在公元186年之前）以及收录了32个譬喻的《菩萨度人经》，其他收录佛教譬喻的经集有《旧杂譬喻经》，这部由康僧会在公元251年到280年间翻译编录的譬喻集共收录61个故事，而由比丘道略（生活在约公元400年前后）集的《杂譬喻经》中收录了39个故事。同为道略辑录的《众经撰杂譬喻》中共有44个故事，这些故事用的是著名翻译家鸠摩罗什（344—413）的译文。[2]

收录佛教譬喻最多的《百喻经》被认为是由在公元480年前后到达中国南方的印度僧人求那毗地翻译的，但其中相当一部分内容是以许多已经存在的譬喻集为基础。这部譬喻集之所以有特殊的重要性，是因为它已经不再是简单的辑录，而是有了塑造一个叙述编辑者的意识，并采用了统一的叙述模式。这部著作可以被认为是中国叙事艺术最早的重要实例之一，并受到了后世人的推崇，包括在1914年购得了新出版的《百喻经》的鲁迅。

这些佛教故事的教化特征影响了中国的志怪故事以及对这些故事的编辑整理，使这些故事也具有了教化的性质。也有一些源自印度的传说在中国志怪故事风格的影响下改变了模样。例如段成式（803—863）就曾在他的《酉阳杂俎》中提出，《续齐谐记》里路边书生的故事应该是源自一个佛教故事。这个故事的题材是"被吞掉的娇娘"或"被吞掉的娇娘和情郎"，康僧会的《旧杂

[1] 见É. Chavannes（沙畹）的 *Cinq cents contes et apologues. Extraits du Tripitaka chinois et traduits en français*（《中华大藏经》），4卷本（巴黎，1910—1934）；L. N. Mensikov（孟列夫）的Les Paraboles Bouddhiques dans la Littérature Chinoise（《中国文学中的佛教故事》），载*BEFEO*（《法国远东学院学刊》）第67期（1980年），第303—336页。
[2] 今天汉语佛经的标准本为《大正新修大藏经》（东京，1922—1934）；入门书籍为P. Demiéville（戴密微）编的*Répertoire du canon bouddhique SinoJaponais. Fascicule annexe*（《中日佛教经典目录》），第2版（巴黎，1978年）。

譬喻经》中也有类似的题材。向这个故事演变的一个中间阶段是收录在《太平御览》（卷三五九）中的一个由荀姓作者所作的《灵鬼志》，这个故事还带有外来的特征。艾伯华曾经论述过这个童话题材带有共产主义思想的新形式。[1]

在六朝时期，人们习惯将鬼神思想以及认为恶行会受到超自然力量惩罚的观点与佛教联系在一起，所以很多志怪故事被归在佛教故事之中，颜之推的志怪故事集《冤魂志》就是这样。这个故事集选择志怪事件的唯一标准，就是那些被谋杀或被含冤处决的人会化成冤魂回来复仇。[2]《墨子》《左传》和其他汉代之前的著作里都有这样的故事。周代的故事中就已经出现了各种各样的复仇元素：冤魂或用棍子打死害人的人，或用刀刺死他，用箭射死他，逼他服毒，跳进他的嘴里使他窒息。有些时候，冤魂只要出现，就会让人死去。

如果仔细观察，我们就能发现这些带有佛教色彩的中国志怪故事可以分为三大类：在遭遇困境或危险的时候向神，并且经常是向观音菩萨请求帮助；讲述虔诚的意义，通常会指明因果报应，或用到中国传统风俗观念；僧人或俗人的高尚行为及其影响，这一点会通过他们的超凡能力来展现。

从语言和结构上看，佛教故事与志怪故事没有区别。除了在讲述游历地府的时候会出现倒叙，叙述内容都是按照实际的发生顺序排列的，只限于所叙述的事件或主要人物的一生，并不会像印度本生故事那样延伸到永世。志怪故事和佛教故事最重要的区别在于后者的教育目的，这样的故事并不满足

---

[1] 见W. Eberhard（艾博华）和A. Eberhard编的 *Südchinesische Märchen*（《中国南方童话》），科隆，1976年，第254页以下。

[2] 关于《冤魂志》，见A. E. Dien（丁爱博）的The Yuan-hun chih (Accounts of Ghosts with Grievaces). A Sixth Century Collection of Stories（《〈冤魂志〉：一部六世纪的故事集》），载Tse-tsung Chow（周策纵）编的 *Wen-lin. Studies in Chinese Humanities*（《文林：中国人文研究》），麦迪逊，威斯康星州，1968年，第211—228页。译本有A. P. Cohen的 *Tales of Vengeful Souls. A Sixth Century Collection of Chinese Avenging Ghost Stories*（《六世纪中国鬼魂复仇故事集》），台北，1982年。

于叙述一个神奇的故事，而是要说明教理的正确性以及信仰的意义，所以这些故事也会从志怪故事中取材，并为了这样的目的进行改编。

佛教故事中的某些元素具体是什么时候成为中国故事的固定组成部分，这一点我们常常无法得知。不过有些题材应该是很早就在中国出现了，例如几乎没有重量也没有大小的鬼，这个题材早在公元3世纪就已经成形，并且可以找到很长的发展历史。在这个故事里，一个行路人骗了一个鬼，说自己也是鬼，但这个鬼亮明了自己的身份。鬼背着行路人走了一段后，因为行路人的体重而产生了怀疑，而行路人很机智地解释说自己刚刚变成鬼，还没有变得像鬼那样轻飘飘的，所以才会有这样的体重。他接着又问了一个让自己摆脱这个鬼的问题：因为自己刚变成鬼，所以还不知道鬼最害怕什么。鬼的回答是"被人吐口水"。行路人于是向鬼吐了口水，驱走了这个鬼。我们很难判断人们是什么时候开始从把故事简单地拿来用发展到把素材改造成符合自己需求的样子再使用的，但有一点是中国所有这类故事共有的，那就是一个非自然的人或事件与一个"凡人"进行了接触，这个人要面对这种非自然事物，他有时是受害者，有时又是受益者。

从西晋洛阳于公元316年陷落到唐朝建立（公元618年）的这个时期，中国应该出现过大量带有佛教背景的故事集。但我们能够看到的只有其中10个故事集的部分或个别故事，这些故事大多被收录在于公元668年辑录完成的佛教类书《法苑珠林》中，为我们了解这种文体类型提供了很好的资料。

在这些讲述神奇事件的故事中，我们能够看到中国古老的志怪小说传统所产生的影响。这些志怪小说取材自古代的逸闻、神仙传说、神奇的异域、神奇的事件等。唐临（600？—659？）在《冥报记》[1]中就明确地提到了前

---

[1] 见D. E. Gjertson的A Study and Translation of the Ming-pao chi. A T'ang Dynasty Collection of Buddist Tales（《〈冥报记〉研究与翻译：唐代佛教故事集》），斯坦福大学，博士论文，1975年；亦见D. E. Gjertson的The Early Chinese Buddhist Miracle Tales. A Preliminary Study（《早期中国佛教传奇故事研究初步》），载JAOS（《美国东方学会会刊》）第101期（1981年），第287—301页。

代出自贾谊《新书》的一个故事：

> 孙叔敖之为婴儿也，出游而还，忧而不食。其母问其故。泣而对曰："今日吾见两头蛇，恐去死无日矣。"其母曰："今蛇安在？"曰："吾闻见两头蛇者死，吾恐他人又见，吾已埋之也。"其母曰："无忧，汝不死。吾闻之，有阴德者，天报以福。"人闻之，皆谕其能仁也。及为令尹，未治而国人信之。[1]

《妙法莲华经》在佛教传奇故事的传播上具有极为重要的作用。这部经书先有印度斯基泰人竺法护于公元286年翻译的译本，后鸠摩罗什在公元406年再次进行了翻译，其中的第24卷（鸠摩罗什的译文中为第25卷）中讲述了"观世音"（或"光世音"）这一形象。"观世音"形象在当时的民间信仰中地位如何，我们能从最早的佛教传奇故事集之一《光世音应验记》的标题上看出。公元399年，这个故事集由谢敷辑录，据说原著佚失。谢敷曾将此书馈赠给友人，友人的儿子傅亮（373—426）凭记忆将其重新写出，但他只记得其中的7个故事。这个故事集在中国早已不存，直到20世纪才在日本重新被发现，冢本善隆和牧田谛亮两位学者曾经对这些故事中的不同层次进行过研究。[2]这只是中国古代文本和书籍在海外，特别是在日本和韩国传播的众多例子之一。

其他此类记录传奇、玄妙故事的文集有《宣验记》，这部故事集的作者被认为是《世说新语》的作者刘义庆。此外还有张演的《续光世音应验记》、王琰的《冥祥记》。《冥祥记》共收录131个故事，是我们现在所知

---

[1] 《新书》卷六。
[2] 见冢本善隆的《古逸六朝观世音应验记研究》，载《京都大学人文科学研究所创立二十五周年纪念论文集》，第2卷（日本卷），京都，1954年，第234—250页；牧田谛亮的《古逸六朝观世音应验记研究》（京都，1970年）。

佛教故事中收录内容最多的一部。在这些故事集汲取素材并形成合集的作品中，最重要的一部无疑是我们已经多次提到过的《法苑珠林》，而这部书又成为《太平广记》的重要素材来源。

佛教史书与僧人游记

完整保存到今天的中国僧人传记中时间最早的一部，是南朝梁僧慧皎完成于公元530年的《高僧传》。[1]这部传记集共14卷，有257篇传记，该书还有自东汉以来附见者200余人，其成书时间为南梁，所以也被称为《梁高僧传》。后来又有很多模仿这个体例而作的续编。[2]《高僧传》是六朝时期散文作品的杰出代表。这部传记尚未明确区分虚构和事实。因此，它虽为传记作品，却不单可以被算作是史书和佛教圣徒传，该书还包含了大量传奇故事，也可以被归入叙述文学之中。

我们没有关于僧人慧皎出身的可靠资料，但知道他来自今浙江绍兴，这是当时的一个文化中心。他不但通晓佛教经文，特别是那些为僧人和信众规定纪律的经律，对世俗文本也很熟悉。在撰写《高僧传》的过程中，他利用了大量已有的资料，尤其是僧人宝唱于公元519年完成的《名僧传》。我们今天看到的《比丘尼传》也是宝唱的作品。[3]

慧皎希望通过自己的作品弥补正史对佛教僧团的忽视，同时也希望公众

---

[1] 见A. F. Wright（芮鹤寿）的Biography and Hagiography. Hui-chiao's Lives of Eminet Monks（《传记与圣传：慧皎的〈高僧传〉》），载《京都大学人文科学研究所创立二十五周年纪念论文集》，第1卷（京都，1954年），第383—432页。

[2] 道宣（596—667）的《续高僧传》（也称《唐高僧传》）；赞宁（919—1002?）的《宋高僧传》。

[3] 见K. A. Adelsperger Cissel的The Pi-ch'iu-ni chuan. Biographies of Famous Nuns from 317–516 C.E.（《〈比丘尼传〉：317—516的著名比丘尼》），威斯康星大学，博士论文，1972年。

能了解那些他非常推崇的僧人。不过，他也会记述一些传播错误教义的僧人以及其他宗教，他将这些宗教与佛教的关系比喻为万条溪流与大海（溪流汇入海中）。同时，他还致力于让佛教及僧人能够得到他那个时代的知识分子，特别是家乡上流社会贵族的认可，[1]他似乎对这个群体的人特别有认同感。

《高僧传》对已经固定下来的史书形式，尤其对司马迁《史记》开创的史书体例的效仿是显而易见的。这种效仿不仅体现在书的结构上，同时也体现在叙述手法和一些构成元素上，例如"赞"以及包含史学家个人观点的"论"。书中的僧人传记被分成10种不同的类别，每一类再按照时间排序。这10个类别（"门"）分别是译经、义解、神异、习禅、明律、亡身、诵经、兴福、经师、唱导。后记则写明了作者作此书的目的。

与佛教史书有些类似的还有关于西域的描写，这里指的是一些佛教国家以及去这些国家的经历。在中国的游记中，僧人们为了更好地理解教义，当然也是为了能从遥远的国度带回更多的知识而远行，去西方求取经书并写就的记录也因而享有特殊的地位。[2]唐代还存在大量非僧人所作的、对印度的描述，如今这些记述都已经佚失，我们对这些包罗万象的著作的了解仅限于一些图书目录的记载，例如《新唐书·艺文志》（卷五十八）中就列出了裴矩所著的《西域图记》3卷、公元7世纪上半叶王玄策所著《中天竺国行记》10卷以及公元656年应皇帝的命令而作的《西域国志》60卷。

去西域取经的僧人中，最著名的是中国佛教法相宗创始人玄奘（600？—664）。[3]但在玄奘之前，去过西域的僧人，有据可考的就至少有54人。最

[1]　见H. Schmidt-Glintzer（施寒微）的Der Buddhismus im frühen chinesischen Mittelalter und der Wandel der Lebensführung bei der Gentry im Süden（《中国中世纪早期的佛教以及南方乡绅生活方式的改变》），载Saeculum（《百年》杂志）23.3（1972年）。
[2]　见N. E. Boulton的Early Chinese Buddhist Travel Records as a Literary Genre（《作为文学体裁的早期佛徒游记》），2卷（乔治城大学，博士论文，1982年）。
[3]　关于玄奘的生卒年月，见杨廷福《玄奘年寿考论》，载《大公报在港复刊三十周年纪念论文集》（香港，1978年），第417—441页。

早去西域求法的著名僧人是朱士行（公元260年前后出发），这些人部分是独行，但绝大多数都是一行数人。[1]保存下来的公元8世纪之前的游记[2]中，最重要的是下面这四部：记录僧人法显在公元399年到414年间去往印度和锡兰求法的《高僧法显传》，这部书在西方主要是通过汉学家理雅各（James Legge，1815—1897）的译文而为人熟知；[3]记录宋云、惠生出使乌仗那（Udyana）和犍陀罗（Gandhara）事迹的《洛阳伽蓝记》；[4]记录玄奘见闻的《大唐西域记》[5]；义净（635—713）的《南海寄归内法传》。[6]

这些游记让我们看到了当时中国对佛教国家和旅行路线的了解程度，同时它们也是研究这些国家历史的重要资料。在对各个地区以及当地宗教生活的描述中，也包括对重要建筑物和传说的记载。但若要对这些记载进

[1] 关于这些求经者的记录，见梁启超的《中国印度之交通》，载梁启超的《佛学研究十八篇》（上海，1936年），以及释东初的《中印佛教交通史》（台北，1968年），第166—222页。关于朱士行，亦见E. Zürcher（许理和）的*The Buddhist Conquest of China*（《佛教征服中国》），第61页以下。

[2] 对去印度求经者的间接或散见各处的消息，目前还没有进行系统的研究。6世纪前僧人关于异域的著作大多已佚失，《玄奘与大唐西域记》（第122页）中列举了其中的几部，载季羡林等编的《大唐西域记校注》（北京，1985年）。

[3] J. Legge（理雅各）译本：*A Record of Buddhist Kingdoms*（牛津，1886年）。H. Cordier（高第）列举了其他译本：*Bibliotheca Sinica*（《汉学书目》）。其他最重要的西方语言译本，见S. Beal的*Si-yuki. Buddhist Records of the Western World, Translated from the Chinese of Hiuen Tsiang (A.D.629)*，2卷本（伦敦，1884年；加尔各答，1957年重印），第11—54页。

[4] 参见Yi-t'ung Wang（王伊同）译本*Yang Hsüan-chih, A Rekord of Buddhist Monasteries in Lo-yang*（《杨炫之的《〈洛阳伽蓝记〉》），第215页及以下（其中还列举了S. Beal和É. Chavannes（沙畹）的其他文献及翻译）。

[5] 节译本，见S. Julien（儒莲）的*Histoire de la vie d'Hiouen-thsang, et de ses voyages dans l'Inde entre les année 629 et 645 de notre ère*（《大慈恩寺三藏法师传》），巴黎，1851年；之后有S. Beal的全译本；其后是作为遗作出版的T. Watters的译本：*On Yuan Chwang's Travels in India (A.D. 629–645)*（《大唐西域记》），伦敦，1904—1905。关于辩机在《西域记》的编辑上做了多少工作，是有争议的。参见1930年出版的陈垣《大唐西域记撰人辩机》，载《陈垣学术论文集》，第1卷（北京，1980年），第449—473页。

[6] 译本见高楠顺次郎的*A Record of Buddhist Practices sent Home from the Southern Sea*；见高楠顺次郎的*A Record of the Buddhist Religion as practised in India and the Malay Archipelago (A.D. 671–695) by I-tsing*（《义净对印度和马来群岛佛教的记述》），牛津，1896年。

行综合评判，就必须结合其他关于外国和外国宗教的记述。[1]需要特别注意的是，绝大多数这种游记都不仅是旅行者自己的报告，而是会使用已存在的资料。道宣（596—667）完成于公元650年的《释迦方志》中就有对玄奘《大唐西域记》内容的总结，标题中的"方志"后来被用来指称记述地方情况的史志。

虔心向佛的证明

　　佛教与道教这两个对中国中古时期思想领域产生了持续深刻影响的宗教，在文学领域留下了几乎无处不在的痕迹。这一类的影响经常不再能被清楚地辨认出来，但我们能看到大量体现作者强烈信仰的文章和故事。除了僧祐的《弘明集》、道宣的《广弘明集》，流传下来的还有信徒们的誓愿和忏悔文。[2]作诗是文化的一部分，所以信徒们也会作诗。他们经常是出于祭亡的目的，或者是为了记录特别事件，不过也会用来对一些文章或信仰进行讨论。[3]例如追随竟陵王萧子良的年轻军官兼诗人王融，就曾经写过一系列表达自己虔心向佛的诗。[4]

---

[1]　关于唐代中国与其他国家的关系，特别是宗教交流的研究很多，例如D. D. Leslie（李渡南）关于中国与阿拉伯世界关系的著作：Islam in Traditional China: A Short History to 1800（《传统中国的伊斯兰教简史（1800年以前）》）堪培拉，1986年，第10页及以下。关于中国和印度在618年到704年之间的交流，见季羡林等编《大唐西域记校注》引语部分，第89页及以下。
[2]　见H. Schmidt-Glintzer（施寒微）的 *Das Hung-ming chi und die Aufnahme des Buddhismus in China*（《〈弘明集〉与佛教再中国的接受》）威斯巴登，1976年。
[3]　P. Demiéville（戴密微）曾经收集了关于死亡的诗：*Poèmes chinois d'avant la mort*（《中国绝命诗选》），巴黎，1984年。
[4]　见R. B. Mather（马瑞志）的Wang Jung's "Hymns on the Devotee's Entrance into the Pure Life"（《王融〈净行颂〉》），载*JAOS*（《美国东方学会会刊》）第106期（1986年），第79—98页；R. B. Mather的The Life of the Buddha and the Buddhist Life. Wang Jung's (468–493) "Songs of Religious Joy" (Fa-le tz'u)（《佛陀的生活与佛徒的生活：王融的〈法乐辞〉》），载*JAOS*第107期（1987年），第31—38页。

人们认为自己能够通过这类文学作品获得福报，能够更好地转世轮回。其他一些表达虔诚的文章只是作为某种功绩的附属品，这些文章主要是刊印佛经的前言以及捐赠者的铭文，它们是整部作品被念诵或被印刷的保证。一种常见的扩大自己功绩的方法就是尽量多印制、多念诵，或是让人专门念诵某篇经文。这种风俗对中国印刷术的发展作用极大，藏传佛教中的转经筒也是由此产生的。1900年前后，在位于丝绸之路上的敦煌发现的手抄本和刻印本中有大量附在经文副本上的后记，其中一篇后记的残篇标记日期为公元720年阴历四月八日（相当于公历5月19日）：

> ？？？
> 开元八□四月八日清信弟子孙思忠写的。[1]

公元900年7月8日，也就是唐朝面临覆灭、佛教的组织经历毁灭之后，在一篇碑铭中，一个母亲哀叹自己的儿子早逝。这里体现了一个自然神学的问题，即上天怎么会容忍好人遭遇不幸，而恶人却能够颐养天年。[2]

当然，这些佛教信徒的碑铭和文章还需要进一步研究，对于碑铭的详细研究能够大大丰富我们对古代中国的了解。同样地，这些刻印在石头上或纸上的虔诚文章，也能让我们看到被儒家经典忽视了的人们的信仰和情感世界。

10世纪中期的供奉画（单页），上半部分的图中是骑狮子的文殊菩萨，左右是两个侍从。这种雕版刻印的单子是为了积累福报，印数越多，福报越大。敦煌莫高窟中有大量这样的供奉画。

---

[1] 根据L. Giles（翟兰思）的Dated Chinese Manuscripts in the Stein Collection（《斯坦因藏品中注明日期的中国文献》），载*BSOAS*（《伦敦大学东方与非洲学院院刊》）第7卷（1935年），第809—836页，第8卷（1935—1937），第1—26页，第9卷（1937—1939），第1—25页以及第1023—1046页，第10卷（1940—1942），第317—344页，第11卷（1943—1946），第148—173页；此处为第9卷，第8页及以下。
[2] 见L. Giles, *Dated Chinese Manuscripts in the Stein Collection*（《斯坦因藏品中注明日期的中国文献》），第9卷，第1044页及以下。

第四部分

诗歌的黄金时代与传奇小说

（600—900）

20. 诗歌形式的发展

唐代的新文化

关于诗歌的讨论、唐朝与其他文化之间沟通的加强，尤其是因佛教的兴盛引起的对语言音韵形式的思考，都对文学创作产生了影响。诗歌的形式及韵脚一开始只是少数人关心的问题，到唐朝却引起了更多文人的关注。这些文人希望自己的文学作品能够得到官方的赞许和认可，以此换取功名利禄。

文学成就与社会地位、与功名的联系，因帝王及其继任者对文学越来越关注而变得更加密切。从东汉末年开始，很多统治者本人也是诗人，例如魏文帝曹丕（他的父亲曹操和兄弟曹植也长于诗歌），公元6世纪在位时间不长的梁简文帝萧纲也是为人熟知的例子。这些帝王对文学的喜爱并不总是羸弱的表现，一些文学成就卓著的帝王或他们子嗣、手足的个性有强也有弱。习文的风俗始于汉朝宫廷，并一直被保持下来，统治者练习书法等技能不但成为这种习俗的关键性内容，同时也是个人魅力的体现，例外的只有一些开国皇帝，特别是那些在马上打天下的北方游牧民族政权开国者。[1]

有一些统治者特别重视国家的文化教育。唐朝的第二位君主唐太宗（626—649在位）通常被认为是一位尚武的皇帝，但他在还是秦王的时候，就已经建立了一所"文学馆"，而他本人也一直热爱书法。他推崇"宫体诗"，但在个人化的诗歌创作中，他回避了前代人喜爱的男女私情的话题，而着力于咏物（"咏物诗"）。唐太宗关于诗歌及文学创作的观点，与宫廷内长期以来注重文学的传统是分不开的。唐朝有所延续了，但同样也具有全新的文化特征，这在很大程度上是国家重新统一、汉族与游牧民族之间以及各地区之间相互融合的结果。但对唐朝文学创作的繁荣具有决定性意义的，还是一些文学家通过个人创作争取认可的努力。[2]

翻译活动与通用语言

从汉朝以后，汉族政权与周边少数民族文化之间的交流就越来越密切，这对汉民族的自我认知及其文化都产生了深远的影响。[3]关于汉民族与少数民族语言的接触及其翻译活动最早的历史记载始于汉代，当时，一些少数民族语言里的概念也被音译过来。佛教进入中原地区并开始传播，这与汉族政权疆域和贸易范围的扩大相关。当时的贸易主要是向西北方扩展，通过海路，贸易也到达了印度支那，甚至是更远的地区。所有这些都引起了长达几百年的翻译活动，而这些翻译活动对中国文化和语言产生了持续的影响，也

---

[1] 见H. Franke（福赫伯）的Could the Mongol Emperors Read and Write Chinese?（《蒙古诸帝能读、写汉文吗？》），载AM（《亚洲专刊》）新刊第3期（1952年），第28—41页。

[2] 见V. H. Mair（梅维恒）的Scroll Presentation in the T'ang Dynasty（《唐代的卷轴画》），载HJAS（《哈佛亚洲研究学刊》）第38期（1978年），第35—60页。

[3] 见W. Bauer（鲍吾刚）编的China und die Fremden. 3000 Jahre Auseinandersetzung in Krieg und Frieden（《中国与外族：3000年的战争与和平》），慕尼黑，1980年。

丰富了中国的文化和语言。在翻译佛经的过程中出现了超过35 000个新的概念和表达方式。由于一些经书（包括大量被译成中文的佛经故事）的原文已经失传，如今只能看到中文的版本，这些中文的佛经译本已经成为非常珍贵的财富。

佛经在中国的翻译大致可以分为三个阶段。第一阶段从公元148年安世高抵达洛阳开始，第二个阶段为鸠摩罗什的译经活动，第三个阶段是玄奘的译经活动。很多来自边疆地区的译者都有多语言背景，同时，一些翻译中心也很早就出现。在这些翻译中心里，以团队的形式共同翻译同一个文本，[1]在这个过程中，一些口语化的表达方式就进入了译文，并出现在一些师生对话的书面记录里。在第二阶段，一些曾经非常受道教概念影响的专有名词被某些新的、独有的概念所取代。到了唐代，它们完全被更换为直接从梵语音译过来的专有名词。

从汉朝开始流行于知识分子阶层内的通语以洛阳方言为基础，洛阳是东汉、曹魏政权以及西晋的都城，这种通语在国家分裂、南北方对立的时期依然通行。洛阳衰落后，西晋政权迁都至今天的南京。但精英阶层在那里依然保留了说通语的传统，只是南北方的通语开始独立发展，到公元6世纪末时，两者之间的差异已经非常明显。颜之推在《颜氏家训》中对此就有过记述，作者在书中嘲笑了不同地区人的方言口音，这也证明人们还保有一些对洛阳音共同特征的记忆。隋朝重新统一南北方后定都长安，但洛

---

[1]　关于佛经翻译活动，见W. Fuchs（福华德）的Zur technischen Organisation der Übersetzungen buddhistischer Schriften ins Chinesische（《中国佛经翻译的技术组织问题研究》），载AM（《亚洲专刊》）第6期（1930年），第84—103页；E. Zürcher（许理和）的Late Han Vernacular Elements in the Earliest Buddhist Translations（《早期佛经翻译中的汉末白话元素》），载Journal of the Chinese Language Teachers' Association 12（《美国中文教师协会学报》），1977年，第177—203页；E. G. Pulleyblank（蒲立本）的Stages in the Transcription of Indian Words in Chinese from Han to Tang（《汉唐之间印度词汇翻译的不同阶段》），载K. Röhrborn、W. Veenker编的Sprachen des Buddhismus in Zentralasien（《中亚佛教语言》），威斯巴登，1983年，第73—102页。

阳音依然占据主导地位，并且在成书于公元601年的韵书《切韵》中也留下了痕迹。后来，长安方言逐渐占据上风，最终成为中国知识分子的通用语言，且成为现代汉语的基础，但这种晚期的中原话与汉末形成的早期中原话是有区别的。[1]

翻译上的问题并不仅是如何转译的问题，同时也体现了教义方面的纷争。公元647年，道教徒和佛教徒就《道德经》翻译成梵文时的若干问题展开了一场争论。作为佛教徒的代表，玄奘法师反对老子是佛陀老师的说法。在说到"道"这个概念时，玄奘建议将mārga音译为"末伽"。关于此事的记载如下：

> 诸道士等一时举袂曰。道翻未末伽失于古译。昔称菩提。此谓为道。未闻末伽以为道也。奘曰。今翻道德。奉敕不轻。须核方言。乃名传旨。菩提言觉末伽言道。[2]

这样的争论更说明语言标准化、清晰化的必要性，唐朝时集中的修典活动也应该放在这个大背景下去理解。

作为语言判断依据的辞书

早在佛教还未进入中原地区之时，辞书就已经出现了。最初的辞书主要是用来确定某些概念，例如成书于公元前200年前后的同义词词典《尔

---

[1] 关于唐代的语言发展，见E. G. Pulleyblank（蒲立本）的 *Middle Chinese. A Study in Historical Phonoloty*（《中古汉语：历史语音研究》），温哥华，1984年。
[2] 道宣：《集古今佛道论衡》卷三《文帝诏令奘法师翻〈老子〉为梵文事第十》。

雅》。[1]从某种意义上看，这部按照词义编纂的著作可以被认为是后来类书的雏形。《尔雅》为不同的概念收集了相关的文章和佐证，后来被列入了《十三经》，可见其地位重要。

另外一部早在汉朝时期就已形成的不同类型的辞书是《说文解字》，[2]这部辞书依据的是文字的不同形式。该书在公元100年前后由许慎编纂而成，并于公元121年呈现给皇帝。书中收录约9500个汉字，根据540个不同的组成部分，即所谓部首分类。虽然书中缺少发音方面的详细信息，但直到宋代，《说文解字》都被认为是古文字学与词源学的权威典籍。发音问题一直是被单独拿出来研究的，例如东汉末年的儒学大师郑玄就曾发现他所处时代的人的发音不同于前代。但直到唐朝，许多学者仍无法解释为什么《诗经》和其他同时期一些经典著作中某些本该押韵却并不押韵的现象。他们忽视了一点，那就是这些文本本身是没有问题的，只是发音产生了变化而已，所以这些学者经常会校正一些字，并通过这种方式使其押韵。

中国在语音研究方面影响最为深远的是"反切"这种注音体系。反切是将一个音节切分开，并用另外两个音节来标注其读音，其中第一个音节标注开头音，第二个音节标注尾音，例如用yi和zhou来标注you。这种注音法的发明者据说是孙炎（卒于260年前后），该方法发明之时尚未受到佛教的影响。反切最初被用来标注外来词的发音，所以主要用于佛教概念的翻译。同时，它也为系统地描述发音创造了基础，并使对汉语发音的系统描述最终在

---

[1]　W. S. Coblin（柯蔚南）的An Introductory Study of Textual and Linguistic Problems in Erh Ya（《〈尔雅〉语篇与语言研究》），华盛顿大学，博士论文，1972年；亦见A. v. Rosthorn（纳色恩）的Das Erh-ya und andere Synonymiken（《〈尔雅〉及其他同义词辞典》），载*Wiener Zeitschr. f. d. Kunde d. Morgenlandes*（《维也纳东方学杂志》）第49期（1942年），第126—144页。

[2]　见R. A. Miller的Problems in the Study of Shuo-wen chieh-tzu（《〈说文解字〉中的几个问题》》），哥伦比亚大学，博士论文，1953年；P. L. -M. Serruys（司礼义）的On the System of the Pa-Shou in Shuowen chieh-tzu（《论〈说文解字〉中的部首体系》），载《"中央研究院"历史语言研究所集刊》第55卷（1984年），第4期，第651—754页。

唐代大规模修典过程中得以实现。公元5世纪上半叶关于押韵体系的研究，还有沈约关于四声的理论，都明显地体现出佛教的影响。

中国在公元5世纪到17世纪出现的辞书虽然常常被划归个人名下，但统治阶层与宫廷也经常会对这些书表示兴趣，甚至会提供资助。《梁书·萧子显传》中有一段讲述了萧纲身边的一群文学家，从这段记载中，我们能看出在公元5世纪前后的南朝时期，人们对语言的研究与前面提到过的文学圈有多么密切的关系。这段话里提到了萧子显的儿子萧恺（506—549）：

> 恺才学誉望，时论以方其父，太宗在东宫，早引接之。时中庶子谢嘏出守建安，于宣猷堂宴饯，并召时才赋诗，同用十五剧韵，恺诗先就，其辞又美。[1]

书中还说：

> 先是时太学博士顾野王奉令撰《玉篇》，太宗嫌其书详略未当，以恺博学，于文字尤善，使更与学士删改。[2]

这部题为《玉篇》的辞书成书于公元543年，共30卷，如今我们看到的是经过唐代人加工的版本，因此我们已经无法直接看到当年萧恺的笔墨。《玉篇》显然还是按照书写规则来分类的，具体说就是在汉代《说文解字》540个部首的基础上总结出542个部首，有的还用反切法注出了读音。公元4世纪初逃向南方的王室后代非常执着于北方的方言，那些之前就来到南方的家族所说的方言始终是他们取笑和嘲弄的对象。萧纲对顾野王的保留态度主要也在于此，因为顾野王正是来自这样的一个南方家族。

---

[1] 《梁书》卷三十五。
[2] 《梁书》卷三十五。

随着佛教的传播，音韵学的地位越来越重要。同时，音韵学也对统治阶层在科举考试和日常生活中维持自己的地位起到了作用，这也是隋唐时期新辞书出版的原因。不过，这些辞书并不是用来记录当代语言的，而是为了使人们能够正确朗读。对中文读音特点的认识因为译经活动以及正确朗读佛教经典和一些后来的宗教祈祷语（即曼特罗和陀罗尼）的需求而得到了加强，同时，印度在语法和音韵学方面的成就也得到了中国学者的认可。

陆法言编纂的《切韵》于公元601年成书，这本书并没能完整地流传下来。这部辞典共分为193韵。作者在前言中提到，最终审定读音的是一个由学者组成的团体，这些人在隋朝初年时聚集于都城长安，他们中既有南方的学者，也有北方的学者。学者中最著名的当数《颜氏家训》的作者颜之推，他就是出生在南方的。《切韵》记录的还是早期中原话，而后来的辞书《韵英》记录的就已经是以长安方言为基础的晚期中原话了。慧琳和尚（737—820）的百卷长书《一切经音义》以及后来的一些佛经译文都体现了这种新的发音标准。

促使人们思考语音问题的，不仅有对佛教经典以及陌生西方佛教国家的探究之情，同时也因为人们对本国经典的正确读音开始变得不确定。陆德明（约550—630）的辞书《经典释文》正是为了解决人们关于确定读音标准的需求。在这本书中，作者运用超过230余个音切与训诂，收录了汉朝以来各时代的发音。

接下来几个世纪中大量出现的辞书，不仅是为了帮助人们解释大量古代书籍，同时也体现了对标准化的追求。在辑录古书的同时，这些辞书还促使一些已经废弃的说法和表达方式被重新使用。其中一部重要的辞书是陈彭年（961—1017）主持编修的《广韵》（1008年修订），这部书是对《切韵》的重修与扩展。《广韵》共收26 194字，无疑是中国辞书编纂史上最重要的著作之一。此类辞书中还有一部规模更大的《集韵》，收字53 525个，由丁度（990—1053）编纂，于1039年完稿。元朝时期由周德清（1277—1365）

编纂的《中原音韵》成书于1324年前后，这部书没有沿袭《广韵》的传统，收字仅6000余个。[1]

或许也是因为这样大量收集古代读音的做法越来越不能让人满意，所以从11世纪开始，就有学者反对这种将注意力放在发音上的做法。这些人中尤其要提到的是王安石和他的《字说》。在这部著作里，王安石将所有组合而成的字都视为会意字，并做相应的解释。虽然他的这种解字方式很快就被证明是站不住脚的，但他试图突破传统的做法却值得关注。著名学者郑樵（1104—1162）对王安石的这种做法提出了反对，他在《象类书》中分析了24 235个汉字的6种造字方式，指出其中90%都有"谐声"的成分，只有7%是表意字（指示和会意），3%是象形字。[2]

在接下来的几百年中，音韵学不断细化，并发展成为中国各种学问中非常重要的一种。从17世纪开始，人们从宋朝理性文字学出发，坚决地结束了各种关于音韵的推测，认识到语音对确定及改变汉字含义的重要性。[3]

对辞书的新发展及其整体现代性发展具有极大影响的，是清朝初年张玉书（1642—1711）等人奉皇帝之命编修，并于1716年刊行的《康熙字典》。这部字典以1615年梅膺祚所撰的《字汇》为基础之一，全书（加上书后所附"补遗"与"备考"两部分）共收字47 035个，约2000个异体字，涵盖214个部首。《佩文韵府》这部类书同样由张玉书奉命牵头编撰，康熙皇帝希望用这部书替代前代的韵书。这部书收录了超过10 000个词，其中多数为双音词，共106个韵，这些词按照第二个字的韵排列。书中还有大量用于说明的例子。大致完成于1782年的《四库全书总目》的编者认为，这部书加上《骈

[1] H. M. Stimson（白一平）的 *The Jongyuan in yunn. A Guide to Old Mandarin Pronunciation*（《古代汉语发音指南》），纽黑文，康涅狄格州，1966年。

[2] 见W. W. Lo（罗文）的 *Philology. An Aspect of Sung Rationalism*（《文字学：宋代理学的一个部分》），载 *Chinese Culture*（《九州学林》）17.4（1976年），第1—26页。

[3] 见B. A. Elman（艾尔曼）的 *From Philosophy to Philology. Intellectual Aspeckts and Social Change in Late Imperial China*（《从哲学到语言学：中华帝国晚期的知识分子和社会变革》），剑桥，马萨诸塞州，1984年。

字类编》就足以说明所有的双关问题。[1]与《佩文韵府》不同，《骈字类编》中的词分成12类，每一类按照词中的第一个字排序。

清代所有这些具有里程碑性质的语言学类书的编撰工作都有超过千年的历史为基础，尤其是公元500年前后南朝时期音韵学方面的研究，例如完善了永明体的周颙（卒于485年）、沈约为满足诵经需求而撰写的关于汉字四声的文章，但遗憾的是，这些文章已经失传。中国人对自己语言的研究始终和与其他语言文化的接触联系在一起，并且一直持续到现在。例如在人们发现用字母标记语音的优点之后（这或许是受到了意大利人利玛窦的影响），曾经爆发过一场大讨论，这场讨论很能体现精英知识分子的基本理念。六学者戴震（1724—1777）宣称拉丁字母不过是抄袭了中国的"反切"，他实际代表了一种常见的观点，即认为从外国进入中国的一切有用的、好的东西，都是产生于中国的，只是被人遗忘了而已。

对于诗歌音韵的认识

虽然道教认为教义文章是午夜时分由神仙传授给被选中之人的，但是在中国，人们并没有形成由缪斯将话语放进诗人嘴中这样的想象，这是特别的、具有超凡神仙力量的语言才会有的魅力。在中国，有这样来源的文章多是会遭到人们的怀疑，因为这些文章可能会挑战秩序，这样的事情也的确经常发生。实际上，抒发内心并用语言进行表达的是那些漫步于"书林"的人，虽然这样的抒发是受到周围环境影响的。在这里，我们特别需要关注的是一些对音韵格律有严格要求的文学形式，这些形式在南朝时期的文人圈内

---

[1]　关于《佩文韵府》，见M.Gimm（嵇穆）的Zur Entstehungsgeschichte der chinesischen Literaturkonkordanz P'ei-wen yün-fu（《〈佩文韵府〉：中国文学和谐论的起源》），载 *TP*（《通报》）第69期（1983年），第159—174页。

虽然流行，但并不容易做到。虽然从很早的时候开始，人们就将不同的文体风格归入不同的时期，但这样做的原因是希望不同的表达方式能并行存在，并非一定要将它们分出优劣。严羽（约1180—约1235）的《沧浪诗话》就有这样的归类：

> 风雅颂既亡，一变而为离骚，再变而为西汉五言，三变而为歌行杂体，四变而为沈宋律诗。[1]

这里的"沈宋"指的是初唐的沈佺期（卒于716年）和宋之问（卒于713年）。这种对文体起源的看法早在此前就已经存在，此后也不断出现。这类说法通常并不追求百分之百的正确性，说话人只是要找到一个历史归类而已。[2]根据这样的归类，文体风格不仅会被归入特定的时期，还会归给具体的作者，且人们会为了列举这些名字而不使用涵盖范围更大的概念。相应地，人们通过某些姓名来记住特定的文体风格，久而久之，有关这些文体曾经的规定也就被遗忘了。

有关作诗的详细韵律规则在公元6世纪末形成，一方面是因为上文论及的当时人对语言平仄规律的关注，另一方面也是因为诵经的需要。[3]而人们将最多的注意力放在了诗歌的韵律上，恐怕也并非有意为之。这当然与诗起源于歌的这一特点相关，但同时也是因为汉语不仅有四个基本声调（平、上、去、入），中古汉语还可分出阴阳二类，其音属于浊声母的即

---

[1] 《沧浪诗话校释》（北京，1961年；1983年第3版），第48页；参见G. Debon（德博）的 Ts'ang-lang's Gespräche über die Dichtung（《沧浪诗话》），威斯巴登，1962年，第63页。

[2] 我们从严羽在一段评论中对前代关于诗歌形式起源的说法所持的谨慎态度，就能够看出这一点。见《沧浪诗话校释》第48页。

[3] 见 R. W. Bodman 的 Poetics and Prosody in Early Medieval China: A Study and Translation of Kūkai's Bunkyō Hifurun（《中古早期中国的诗学与韵律学：空海〈文镜秘府论〉研究与翻译》），康奈尔大学，博士论文，1978年。

为"阳"，属于清声母的即为"阴"。[1]虽然律诗的发展细节已经很难还原，但我们如果仔细研究一些诗歌就会发现：从公元3世纪开始，人们就在有意识地使用这些语言元素，[2]特定的规则由此逐渐形成，直到公元500年前后，具有固定格律的诗从"齐梁体"中逐渐演化而出。正如上文所述，有关中文音韵规则的研究以及相关类书的编写，都对这种发展起到促进作用。

公开唱诵以及对格律的需求

有关南齐时期对声调的有意识运用，《南史》卷四十八对陆厥的记载就是一例。这段记载对严格的"永明体"进行了批评。我们能从中看出：在这个时期，人们已经在主动地使用声调，但实际上这并不是新出现的现象。因为从《诗经》开始，人们在作诗之时就很注意不使押韵的字出现不一样的声调。虽然我们无法证明佛教咏歌的要求和对诗歌音韵规则的严格规定之间有什么关联，但僧人、文学家与宫廷之间密切的关系以及当时一些作品中的证据，都说明这种关联是很有可能存在的。

例如笃信佛教、身边聚集了一群文人的竟陵王萧子良曾经在公元489年梦到自己在佛前唱诵"维摩诘赞"，他十分喜爱唱诵的音调和韵律，于是在第二天早晨就召集梵呗师，并确定了新的梵呗声调。从下面这段摘自慧皎《高僧传》中的话，我们也能看出佛徒梵呗与确定诗歌规则之间的关联：

---

[1]　见U. Unger（翁有礼）的Grundsätzliches zur formalen Struktur von Gedichten der T'ang-Zeit（《唐代诗歌基本结构研究》），载R. Ptak、S. Englert编的*Ganz allmählich*（《逐渐》），海德堡，1986年，第270—280页。

[2]　见V. Strätz的*Untersuchungen der formalen Strukturen in den Gedichten des Luh Ki*（《陆机诗歌结构形式研究》），法兰克福，1989年。

东土之歌也，则结韵以成咏；西方之赞也，则作偈以和声。[1]

从《六祖坛经》中我们能看出诗歌是如何被视为智慧与顿悟的表达。传说五祖曾要求弟子们作偈，以判断哪个弟子已经顿悟，顿悟的人将成为六祖。[2]

人们不仅规定了诗歌要遵守的规则，同时还总结了需要避免的错误，其中最著名的就是沈约所说的"八病"，《南史》的《陆厥传》中也提到了这"八病"，空海大师还曾经在他的《文镜秘府论》中提到另外一些"病"。[3]

沈约的"八病"指的是：

"平头"：指五言诗第一字、第二字不得与第六字、第七字同声，特别是第一字与第七字不得相同。

"上尾"：指五言诗第五字不得与第十字同声。

"蜂腰"：指五言诗第二字不得与第五字同声。

"鹤膝"：指第五字不得与第十五字同声。

"大韵"：指五言诗上下两句中的上九字中不得与韵相犯。

"小韵"：指除韵以外的九字之间互犯。

"旁纽"：即五言诗上下两句中不得有同声纽之字。

"正纽"：即五言诗上下两句中不得有同声纽之字，即便它们的声调

---

[1]　见R. W. Bodman的Poetics and Prosody in Early Medieval China: A Study and Translation of Kūkai's Bunkyō Hiforun（《中古早期中国的诗学与韵律学：空海〈文镜秘府论〉研究与翻译》），康奈尔大学，博士论文，1978年；A. v. Rosthorn（纳色恩）的Indischer Einfluß in der Lautlehre Chinas（《印度对于中国音韵学的影响》），载Sitzungsber. d. Akad. d. Wiss. in Wien, Phil.-hist. Kl., 219（1941年），第4期。
[2]　见Ph. B. Yampolsky的The Platform Sutra of the Sixth Patriarch（《六祖坛经》），纽约，1967年，第128—132页。
[3]　《文镜秘府论》（北京，1975年），主要参照第180页及以下、第212页及以下；《文镜秘府论校注》（北京，1983年），第402页及以下、第459页及以下。

不同。

关于“八病”的来源并没有确凿的资料，但有迹象显示它们可能是从书法理论中延伸出来的。

除了宗教仪式，有关作诗规则的规定尤其受到了文人的重视，唐朝时这一规定又在科举考试中起到了特别的作用。随着科举考试变得越来越重要，诗歌格律也成为各种手册里的内容。严羽对一些具有普遍性意义的标准和规则进行了总结，但如果不借助详细的注解，他的总结也很难被理解。[1]严羽所提出的对清晰的要求、革新的勇气以及一些核心概念都体现出禅宗对他诗学理论的影响。他关于“圆熟”的说法则是北宋时期诗学讨论的结果。《诗人玉屑》中的这段话摘自11世纪的一部作品：

> 谢朓尝语沈约曰：好诗圆美，流转如弹丸。故东坡答王巩云：“新诗如弹丸。”……盖谓诗贵圆熟也。余以谓圆熟多失之平易，老硬多失之干枯。能不失于二者之间，可与古之作者并驱。[2]

这里所体现的依然是对诗歌圆润、优美的矛盾看法，这种说法在11世纪的中国非常具有代表性。这段话将沈约视为诗歌格律最重要的创建者之一，虽然不是唯一的一位。后来的“近体诗”就是以沈约创建的诗律学为基础发展而来的，并在唐代达到巅峰。这种“近体诗”经常也被称为“律诗”“排律”或者“绝句”，是与形式相对自由的“古体诗”相对的一种诗歌体式。

韵诗的这种精细化发展的基础是“文”与“笔”的区分，其中的“文”是指符合特定规则的作品。公元5世纪到6世纪时用“文”“笔”区分文学作品和其他书面文本的做法后来也出现过，例如日本僧人空海就曾经引用一本

---

[1] 《沧浪诗话》，参见G. Debon（德博）的译文Ts'ang-lang's Gespräche über die Dichtung（《沧浪诗话》），第82页及以下。
[2] 同上，第175—176页。

叫作《文笔式》的著作：

> 文者，诗、赋、铭、颂、箴、赞、吊、诔等是也；笔者，
> 诏、策、移、檄、章、奏、书、启等也。即而言之，韵者为文，非
> 韵者为笔。[1]

不过到晚唐时期，这样的区分就已经过时了，因为当时已经出现了"诗"与"笔"（散文）以及"文"与"诗"的区分。"文"在当时已经不再指诗文，而是仅指散文，陆游（1125—1210）就曾在他的《老学庵笔记》中讲述过这种含义上的变化。[2]

绝句和律诗

唐代最常见的诗歌形式是绝句，也称短句。这种诗歌形式在很多方面遵循"近体诗"的规则，所以也称"律绝"，但就其本质而言，这个类型的诗有独立的发展历史。[3]五言的四行诗最早出现于汉代末年，带有非常明显的民歌特征。从东晋开始，"联句"这一形式开始受到越来越多人的喜爱。所谓"联句"，是指多人共同作诗，从一人一句渐渐发展成一人四句，并相连成诗。如果诗人找不到与自己联句的人，就自己写一首"绝句"，字面意思就是"割断

---

[1] 《文镜秘府论》（北京，1975年），第219页及以下。
[2] 参见Pauline Yu（余宝琳）的Formal Distinctions in Chinese Literary Theory（《中国文论中对文体形式的区分》），载S. Bush、Ch. Murck编的 *Theories of the Arts in China*（《中国艺术理论》），普林斯顿，新泽西州，1983年，第27—53页，此处为第36页。
[3] 见Shuen-fu Lin（林顺夫）的The Nature of the Quatrain from the Late Han to the High T'ang（《汉末到盛唐绝句的性质》），载Shuen-fu Lin、S. Owen（宇文所安）编的 *The Vitality of the Lyric Voice. Shih Poetry from the Late Han to the T'ang*（《诗歌韵律的活力：从汉末到唐代的诗》），普林斯顿，新泽西州，1986年，第296—331页。

的句子"。"绝句"和"联句"之间的这种关系，以及五言诗与民间诗歌，特别是乐府诗之间的关系，我们可以从徐陵编纂的作品集《玉台新咏》卷十中找到相关例子。尽管七言诗在中国的历史远比五言诗长，但七言绝句却是到唐代才出现的。隔行押韵的形式在早期五言诗中就已经开始使用，但是较早的七言诗却与隔行押韵的绝句不同，采用的是每行押韵的方式。

如果要研究五言绝句从开端直到唐代的发展，那么公元5世纪是其中最重要的阶段，而影响最大的则是南齐与南梁时期文人对乐府诗的模仿。何逊（？—约518）所作的送别诗《相送》就已经体现出了某些后来绝句的典型特征，尤其是对仗的使用：

> 客心已百念，孤游重千里。
> 江暗雨欲来，浪白风初起。[1]

人的遭遇不断地与大自然形成对比，或是与自然联系在一起，就像下面这两首五言绝句，作者分别是谢朓和庾信：

玉阶怨

> 夕殿下珠帘，流萤飞复息。
> 长夜缝罗衣，思君此何极。[2]

重别周尚书

> 阳关万里道，不见一人归。
> 唯有河边雁，秋来南向飞。[3]

---

[1] 丁福保：《全汉三国晋南北朝诗》（上海，1959年），全梁诗三，第1163页。
[2] 同上，全齐诗二，第803页。
[3] 同上，全北周诗三，第1607页。

早期的七言绝句，例如萧纲的《夜望单飞雁》：

> 天河霜白夜星稀，一雁声嘶何处归？
> 早知半路应相失，不如从来本独飞。[1]

律诗在平仄、押韵、停顿和对仗方面都有严格的规定，至少从理论上来讲是这样。在"平、上、去、入"四声中，除了平声，其他的三声都是"仄"。"平"相当于现代汉语普通话中的一声和二声，"上"和"去"分别对应三声和四声，"入"声在现代汉语中已经不存在了。

绝大多数律诗的规则也适用于绝句，因而，绝句这种中国诗歌中最浓缩的形式就成了"诗歌练习自律的最高学府"。[2]德博这样描述绝句："诗人们希望用词句引起联想，用意是在言词之外达到诗歌想达到的效果，所以他们才越来越喜欢这种诗歌形式。"[3]

直到清代，中国都没有出现真正的作诗方面的教科书，这并不是因为人们将作诗视为灵感或天生的能力，而是因为作诗技能的学习主要是通过模仿，特别是背诵前代的范例来获取的。在这个过程中，对于结构特点的模仿常常是无意识的。不过在唐代，人们对各种规则还是有意识地遵循，只是在之后的几百年间才逐渐遗忘。留学中国的日本僧人空海所著的《文镜秘府论》是了解中国诗韵学发展的重要资料，空海在其中引用了吴兢关于声调顺序的说法：

> 第一句头两字平，次句头两字去上入。次句头两字去上入，

---

[1] 丁福保：《全汉三国晋南北朝诗》（上海，1959年），全梁诗二，第950页。
[2] G. Debon（德博）的 *Chinesische Dichtung. Geschichte, Struktur, Theorie*（《中国的诗歌：历史、结构和理论》），莱顿，1989年，第92页。
[3] 同上。

次句头两字平。[1]

清代之后，现代学者瑜寿总结出了诗的12种格式，其中五言和七言律诗各2种，五言和七言绝句各4种。如果第一行的最后一个字押韵的话，那么就会产生一个变体，这样一共就是24种格式。

在《诗词格律》这本汉语诗律学方面的核心著作中，著名汉语语法学家、语言学家王力（1900—1986）用下面这个格式总结了律诗的基本规则：

A：－－＋＋＋－－　　　　　　×　　　　a：－－＋＋－－＋
B：＋＋－－＋＋－　　　　　　　　　　　b：＋＋－－－＋＋

从顺序上b接A，A接b，a接B等等，但如果第一句就开始押韵，那么前两句就成一组，这样A和B或者a和b就形成先后相连的关系。所以按照王力的研究，七言绝句的四种基本形式就是：1. BaAb，2. AbBa，3. bAaB，4. aBbA。[2]当然，在实际使用中并不是所有的诗都严格遵守这样的格式，随着时间的推移，一开始严格的规则慢慢开始放松。此外，对具体诗歌的研究显示：在唐代时，句尾的"仄"经常会有变化。

下面是王维的五言律诗《酬张少府》：

晚年唯好静，＋－－＋＋

万事不关心。＋＋＋－－

自顾无长策，＋＋－－＋

空知返旧林。－－＋＋－

---

[1] 《文镜秘府论》（北京，1983年），第56页。

[2] 我们可以通过将七言诗和五言诗合并在一个模式下，来简化对规则的描述，将重点放在句末的作用，特别是一些对立成分的内在关联上。见G. B. Downer、A. C. Graham（葛瑞汉）的Tone Patterns in Chinese Poetry（《中国诗歌中的平仄律》），载*BSOAS*（《伦敦大学东方与非洲学院院刊》）第26期（1963年），第145—148页；亦见G. Debon（德博）的*Chinesische Dichtung. Geschichte, Struktur, Theorie*（《中国的诗歌：历史、结构和理论》），莱顿，1989年，词条"Regelgedicht"。

松风吹解带，－－－＋＋

山月照弹琴。－＋＋－－

君问穷通理，－＋－－＋

渔歌入浦深。－－＋＋－[1]

除了格律，诗歌还有很多其他的规则和手法，例如"句眼"。[2]这种规则存在的时间并不长，且很快就因诗歌形式变得更为自由而退出了舞台，例如严羽曾经说过的"作诗正不必拘此蔽法，不足据也"。[3]

对严格规则的摒弃与禅宗对文学阶层各种艺术形式的影响不无关系，灵感因此重新有了空间，虽然有所限制，但它始终还是所有文学创作最重要的基础。尽管人们对自然的感发更加重视，且丢掉了规则的限制，但形式上的严格并没有完全消失。严羽的诗话中也显示出这种摇摆，德博特别强调了这一点，而杨万里的诗句"醉中得五字，索笔不能书"[4]则形象地描绘了这个现象。

中国诗歌只能用极少的字来表达，而这种表达只能依靠书面汉语习惯使用单音词的这一特点来实现，回文或图诗的形式正是在这样的基础之上形成的，无论是朝另外一个或多个方向读，这类诗都同样有意义。[5]

---

[1] 这首诗的德语译文，见G. Debon（德博）的 *Mein Haus liegt menschenfern, doch nah den Dingen. Dreitausend Jahre chinesischer Poesie*（《中国诗歌三千年》），慕尼黑，1988年，第270页。

[2] 关于"句眼"，见C. Fisk（费维廉）的 The Verse Eye and The Self-Animating Landscape in Chinese Poetry（《诗眼与中国诗歌的内在风景》），载 *Tamkang Review*（《淡江评论》）8.1（1977年），第123—153页。

[3] 《沧浪诗话校释》（北京，1961年），第72页。

[4] 见J. Chaves（齐皎瀚）的 Heaven My Blanket, Earth My Pillow. Poems by Yang Wan-li（《天地为衾枕：杨万里的诗》），纽约，1975年，第52页。

[5] H. Franke（福赫伯）做过很好的概述：Chinese Patterned Texts（《中国的图诗》），载D. Higgins编的 *Pattern Poetry. Guide to an Unknown Literature*（《图诗：一种未知文学的指南》），纽约，1987年，第211—219页。

　　应该是从公元3世纪开始，中国人就有意识地试验这些诗歌形式。到公元5世纪，当时的文学理论已经将回文诗当作独立的文体来介绍，且不仅提到回文诗，还有像《璇玑图》这样做成正方形的回文诗章。这篇绣在锦缎上的诗章由共841（29×29）个字组成，不论朝哪个方向读，都可成诗。相传《璇玑图》为公元4世纪一个官员的妻子所作，表达的是这个妻子对丈夫忠贞不渝的爱情。唐代还有一些环形或螺旋形的诗谜，这种诗就像迷宫，读的时候需要找到诗的开头和正确的阅读方向。12世纪晚期桑世昌（生活在约1140年）编纂的《回文类聚》上半部分就收录了这类"藏头"诗谜和其他类型的图诗，下半部分收录的是回文诗。[1]此书之后还有朱象贤（生活在约1700年）于1692年所编的《回文类聚续编》。回文诗以及以不同形式写成的诗谜直到现在依然深受人们喜爱，说明诗歌从文学、娱乐方面带给人们的享受；而从很多方面看，这也是民间享受诗歌的一种方式。

---

[1]　桑世昌还曾作《兰亭考》，以记录王羲之《兰亭序》中的诸多诗人。

21. 唐代的伟大诗人

初唐的宫体诗

唐代，特别是公元8世纪，可谓中国文学当之无愧的鼎盛时期，特别值得一提的是在这个时期从形式和文体上都完善起来的古典诗歌。但在相当程度上，对唐诗的推崇是之后几百年里理想化评判方式的结果，人们将这个时期的作品视为典范，使后世的所有其他作品都相形见绌。

因为唐代有浩如烟海的诗歌作品，所以从很早的时候开始，就已经有文学评论者对唐代的文学创作划分时期，并在作家之中区分高下，例如13世纪早期的严羽。李攀龙（1514—1570）从数量众多的唐诗中选出465首，收入《唐诗选》；后来的《全唐诗》收录2837位诗人的49 403首诗（前言为1707年），并将这些诗按下面四个时期收录：

初唐：约618—712

盛唐：713—765

中唐：766—835

晚唐：836—906

在这几个时期中，盛唐最受关注，盛唐时期出现了几位著名诗人，其中最重要的是杜甫，他被有些人视为"中国最伟大的诗人"，此外还有李白、孟浩然（689—740）和王维。除了上面已经提到过的诗歌集，我们还应关注《文苑英华》，这部完成于公元987年的文集收录了唐代的诗歌和散文，共1000卷。

如果没有前代的发展，我们无法想象会有唐代的文学作品及其繁荣，这个过程始于建安时期，在之后的几百年中，又经大量文人及文人群体而继续。在中国经历了几百年的分裂之后，隋文帝（581—604在位）统一了国家，并将政权中心建立在中国北方。在之后，他因为对朴素和简洁的追求，开始压制流行于南方的宫体文学作品，特别是所谓的"宫体诗"。皇帝的想法得到了他的大臣李谔（生活于公元600年前后）的支持，李谔为此撰写了《上书正文体》[1]。在这些措施之下，隋朝宫廷中出现了一批具有浓重教化意味的作品，但南方的文体风格并没有马上失去主导地位，初唐时期的诗歌从根本上可以看作六朝时期文学风格的延续。[2]文学作品的教化特征是随着公元8世纪到9世纪的思想诗以及带有批判性质的叙事诗的发展，才在大范围内推展开的，人们并不是在一开始就找到了可有效替代宫体诗的形式。

隋代反对宫体诗的人物中有两个值得一提，他们的影响一直延续到唐代，这两个人就是魏徵和李百药（565—648）。从李百药的作品中，我们能清楚地看到他先是如何身体力行地拥护隋朝的新文风，反对宫体诗，后又如何在唐太宗的宫廷中慢慢地放弃了新文风，转而支持宫体诗。魏徵的诗流传到今天的只有4首，如果不是因为他重要的历史地位，加之他的《述怀》被

---

[1]　〔清〕严可钧：《全隋文》卷二十。

[2]　关于初唐时期的诗歌，见S. Owen（宇文所安）的*Poetry of the Early T'ang*（《初唐的诗》），纽黑文，康涅狄格州，1977年。

李攀龙放在《唐诗选》的首要位置，那么他的文学作品恐怕不会引起多少关注。李攀龙之所以这样做，也是为了表达他对魏徵弃文从政，甚至对于拥护战争的做法的支持。魏徵的诗这样开头：[1]

中原初逐鹿，投笔事戎轩。纵横计不就，慷慨志犹存。

还有一个事实证明了初唐时期南方宫体诗传统的延续。李世民在即位之前的公元621年，就曾集18位文学家建立"文学馆"，这些人中包括著名的经学家孔颖达和历史学家姚思廉（卒于637年）。"文学馆"中有诗作传世的三位文学家都来自东南地区，其中的两位——虞世南和褚亮（558—645）都曾受徐陵的资助，而徐陵则是"宫体诗"诗人中最著名的一位。虞世南所著《北堂书钞》是中国早期最著名的类书之一，这是他在隋秘书郎任上编的。

虞世南曾受徐陵的资助和影响，强调道德意义的风气也同样对他产生了影响，他所作的描述边塞战争和戍边士兵生活的诗从数量上超过了他的"宫体诗"。在唐代，军事题材很流行，对勇武之气的轻视甚至贬低是随着社会情况的变化而开始的。这种轻武之气虽在唐代就已经出现，但是到了宋代已蔚然成风。唐代时，出于保障贸易的目的，国家在北方边界投入大量的军事力量，这使得"边塞诗"盛极一时。在这类诗中，驻守边疆的官员们除描述自己戍边的经历外，也会讲述战事或士兵的日常生活。[2]这种"边塞诗"的传统可以回溯到《诗经》，特别是从乐府诗开始的从军题材的诗歌，例如乐

---

[1] 关于魏徵，见H. J. Wechsler的*Mirror to The Son of Heaven. Wei Cheng at the Court of T'ang T'ai-tsung*（《天子之镜：唐太宗宫廷中的魏徵》），纽黑文，康涅狄格州，1974年。关于魏徵的文学成就，见S. Owen（宇文所安）的*Poetry of the Early T'ang*（《初唐的诗》），纽黑文，康涅狄格州，1977年。

[2] R. C. Miao（缪文杰）的*T'ang Frontier Poetry. An Exercise in Archetypal Criticsm*（《唐朝的边塞诗：原型批评研究》），载*Tsing Hua Journal of Chinese Studies*（《清华学报》），新刊第10卷第2期（1974年），第114—140页。

府诗"从军行"这个旧题在唐代仍经常被用到。唐代以创作这类从军诗或边塞诗著称的诗人有高适（约700—765）和岑参（约715—770），此外，王昌龄、杜甫甚至李白都曾经写过从军诗。杨炯（650—约693）也曾在一首《从军行》中表达了从军的愿望：

> 烽火照西京，心中自不平。
> 牙璋辞凤阙，铁骑绕龙城。
> 雪暗凋旗画，风多杂鼓声。
> 宁为百夫长，胜作一书生。[1]

　　有些表达和说法影射的是当时的事件或前代的文学作品，那个时候的知识分子应该是能够直接辨认出来的，但对学生或没有受过多少教育的人来说，要理解这些影射还是有困难的。为了给这些人提供帮助，也为了对用于学习的经典进行统一，除上文中已经提到过的辞书之外，人们还编写了类书和文集，其中值得一提的是初唐时期欧阳询等人奉皇帝之命编纂的类书《艺文类聚》，以及徐坚（659—727）所编综合性类书《初学记》。有愿望写诗或接到任务要就某个题材写诗的人可以在这些书中寻找建议，对后世撰写注疏的人来说，这些著作也可以帮助他们理解那些晦涩难懂的部分。因而，如果要从文学理论的角度研究某个比喻或概念在使用方面的变化，就不能不用到这些类书。

　　对前代诗歌的挖掘使旧的诗歌传统重新焕发生命力，同时也利于新旧融合。例如与宫体诗相比显得过于朴素的陶渊明的作品，在今天，陶诗被认为是中国唐代之前最成熟的诗作。公元6世纪早期的萧统《文选》就使他免于被遗忘，王绩（约589—644）更是将陶渊明当作仿效的对象，他的效仿不仅

---

[1] 《全唐诗》卷五十。

体现在文学创作上，同时也体现在人生态度上。在陶渊明所代表的好酒、特立独行的田园诗人形象中，王绩在"宫体诗"以及从道德角度出发对这种浮华风格的批评之间找到了自己的位置。至于王绩在现实生活中是否也嗜酒，是否也无心为官，这一点我们很难判断，因为就像从当时流传下来的许多资料一样，事实、传说和假托之作经常根本无法厘清。不过我们可以肯定的是，《旧唐书·王绩传》所称王绩归隐田园30年实际是杜撰的，我们只能将这种杜撰的意图解释为历史学家想给他塑造隐士的形象。比起历史著作，我们对诗歌的记述要更加谨慎，因为诗歌的大部分内容都是关于诗人自己的，特别是记录在自序中的那些。我们只能将已经约定俗成的题材当作前提去理解，诸如嗜酒、无妻无子等经常只是对某种题材或情绪的借用，其中最重要的信息并不在于作者说了什么，而是要看他的作品与之前的同类作品相比改变了什么。

王绩简洁的语言和简单的句式被认为是矫饰造作的宫体诗中的一股"清新的风"，这种风格体现了他对阮籍和陶渊明等隐士诗人的重新发掘。他对阮籍的看法与魏徵对阮籍的看法正好相反，后者将阮籍视为对魏国的灭亡深感痛心的道德之士，而王绩与很多诗人一样，都从阮籍和陶渊明的归隐中看到了某种理想的实现。他们并没有考虑到这些归隐之举中存在的矛盾，这说明王绩所感兴趣的并非这些隐居行为的思想前提及其与生存环境之间的关系，而是与之相关联的氛围以及由此引发的情绪。[1]这种慕古之风以及对前代和前代人物浪漫化的曲解，越来越成为唐代文学作品的特征。[2]

从公元8世纪早期开始，人们开始放弃宫体诗。这个时期的文学创作主

[1] 见G. Lang-Tan的*Der unauffindbare Einsiedler. Eine Untersuchung zu einem Topos der Tang-Lyrik (618–906)*（《找不到的隐者：唐诗中的隐士主题研究》），法兰克福，1985年。
[2] 见H. H. Frankel（傅汉思）的The Comtemplation of the Past in T'ang Poetry（《唐诗中的古代情结》），载A. F. Wright（芮鹤寿）、D. Twitchett（崔瑞德）编的*Perspectives on the T'ang*（《唐代概况》），纽黑文，康涅狄格州，1973年，第405—429页。

要跟"初唐四杰"联系在一起，包括上文中已经提到过的杨炯以及王勃（约650—676）、卢照邻（约637—约686）和骆宾王（约638—684）。尽管这四位诗人的共同之处更多的是在骈文而非诗歌方面，且除此之外，他们之间也并没有什么关系，但后世总是将他们视为一个团体。在中国的文学史中，我们经常能看到这类的合称。这四人的一个共同之处在于他们都远离宫廷，并凭借个人色彩极强的诗歌著称于文坛，他们为盛唐时期较宫体诗朴素以及个性化的风格奠定了基础。

陈子昂被认为是公元7世纪真正对"宫体诗"进行了革新和超越的诗人，[1]杜甫曾将他归入"复古"一派，包括韩愈在内的许多诗人都曾盛赞他，韩愈更是将他视为诗歌创作巅峰期的真正开创者。[2]元朝时，元好问（1190—1257）称赞陈子昂的功绩堪比"平吴"，在这里，元好问指的是南方的"宫体诗"以及地方特点在诗歌风格转型时期的作用。[3]从公元7世纪末开始，北方冷硬的风格开始流行，这与长安当地的方言逐渐成为标准语显然是有关系的。元好问将陈子昂的文学成就与范蠡的平吴事业相提并论，说明不仅是书法，中国的文学也以一种理想化的方式，对中国越来越受到压制的勇武与侠义传统进行了一定程度的补偿。

虽然后世对初唐时期的诗歌有很多贬低之词，但我们应该认识到，诗歌（特别是律诗这一形式）的发展基础恰恰就是在初唐形成的。在这个过程中，武则天时期及她之后唐中宗时期的宫廷诗人起到了重要的作用。其中最重要的诗人是宋之问和沈佺期，他们被视为律诗形式的完善者。

宫体诗被带有更鲜明个人特色的诗歌取代，并非一蹴而就，这实际是

---

[1] 见Mau-tsai Liu（刘茂才）的Der Dichter und Staatsmann Ch'en Tzu-ang (661-702) und sein "jenchi" -Konzept（《诗人兼政治家陈子昂的隐士思想》），载OE第24期（1977年），第179—185页。

[2] 见S. Owen（宇文所安）的The Poetry of Meng Chiao and Han Yü（《孟郊与韩愈的诗》），纽黑文，康涅狄格州，1975年，第10页及以下。

[3] 见J. T. Wixted（魏世德）的Poems on Poetry. Literary Criticism by Yuan Hao-wen (1190-1257)（《论诗的诗：元好问的文学批评》），威斯巴登，1982年。

一个渐进的过程，在一些已经被归入盛唐时期的诗人的作品中，我们依然能看到这两种风格的并存，例如张说（667—731）和他举荐的张九龄（673或678—740）的作品。张九龄不仅与宋之问、沈佺期交好，同时也与王维和孟浩然交好，但是他的文学创作主要集中在公元720年到740年间，所以他被归入盛唐时期。除了大量带有盛唐时期风格的诗歌作品，他还延续陈子昂的风格，创作了大量复古风格的诗歌。

盛唐时期（713—765）

最早的典型盛唐风格的代表诗人[1]是王维和孟浩然。[2]这两位诗人的名字经常一起出现，而他们的确不仅个人经历类似，在对自然的细腻描写方面，他们也有共通之处。在王维诗中，这种细腻描写尤甚。王维少年早熟，15岁时来到京城洛阳和长安，并在那里成为王公贵族的宠儿。直到今天，王维依然受到人们的喜爱。恐怕没有任何一位唐朝诗人像王维那样拥有如此之多的外语译本，而他的绝句与律诗因篇幅短小而受人推崇。以下面这两首诗为例：

送沈子福归江东

杨柳渡头行客稀，罟师荡桨向临圻。

唯有相思似春色，江南江北送君归。

---

[1]　见S. Owen（宇文所安）的 *The Great Age of Chinese Poetry. The High T'ang*（《中国诗歌最伟大的时代：盛唐》），纽黑文，康涅狄格州，1981年。
[2]　关于王维和孟浩然，见Pauline R. Yu（余宝琳）的 *The Poetry of Wang Wei*（《王维的诗》），卢布明顿，1980年，第197页；P. W. Kroll的 *Meng Hao-jan*（《孟浩然》），波士顿，马萨诸塞州，1981年；S. Schuhmacher的 *Wang Wei. Jenseits der weißen Wolken. Die Gedichte des Weisen vom Südgebirge*（《王维，在白云之上：南山智者的诗》），科隆，1982年。

与卢员外象过崔处士兴宗林亭

绿树重阴盖四邻，青苔日厚自无尘。

科头箕踞长松下，白眼看他世上人。[1]

　　除了古诗（也作"古体诗"），王维和孟浩然也写了大量近体诗。这些诗让京城的官员记起了自己遁世的梦想，也因此受到追捧。王维在很多诗的自然描绘和地点描述中透露出禅意，这些禅意源自佛教和道教修行的传统，这也符合当时的思想和宗教氛围，因为佛教禅宗就是在这个时候迎来了第一个繁荣期。王维诗歌中最吸引人的是他精心选择的比喻以及语言简洁但含义深远的写作手法，这些都营造出了宁静的感觉。例如"独坐幽篁里""明月松间照""明月来相照""山月照弹琴"等诗句都能代表王维的典型风格，这些诗句暗示诗人独自一人身在属于自己的林间空地上。关于空间在王维诗中的含义，可以从他的五言近体诗《过香积寺》中看出。[2]在这首诗中，诗人在冥思的最后找到了一个僧人，或者说，他指的是自己。在另外一些诗中，诗人会突然来到一个宁静的所在，让人联想起陶渊明"桃花源"中那个天堂一般的地方，但这个地方不同于陶渊明的描写，并不是另外一个幸福的社会，而是一种脱离世俗和顿悟的状态。这一点在王维19岁时所写的七言诗《桃源行》中体现得尤为明显。[3]

---

[1] 〔清〕赵殿成：《王右丞集笺注》（上海，1961年；1984年再版），卷十四，第264页，以及卷十四，第261页；德语译文，见G. Debon（德博）的*Chinesische Dichter der TangZeit*（《中国唐朝的诗人》），斯图加特，1964年，第21—23页。

[2] 《王右丞集笺注》卷七。

[3] 参见Pauine R. Yu（余宝琳）的论文Wang Wei's Journeys in Ignorance（《王维的遁世之旅》），载*Tamkang Review*（《淡江评论》）8.1（1977年），第73—87页；亦见Yuntong Luk（陆润棠）的Wang Wei's Attitude towards Mountains. His Perception of Space（《王维对山的看法：他的空间观念》），载*Tamkang Review*（《谈江评论》）8.1（1977年），第89—110页。

李白名字里的"白"也可以念作bó。在西方，人们熟悉的是李太白这个名字。他与杜甫同为唐代最有名的诗人，但比起杜甫的严肃，欧洲人显然对李白的狂放不羁与嗜酒更感兴趣。克拉邦德（Klabund）将李白视为心灵的知己，古斯塔夫·马勒（Gustav Mahler）在1908年完成的《大地之歌》（*Das Lied von der Erde*）里用了汉斯·贝特格（Hans Bethge）翻译的六首李白的诗为歌词，这些都非偶然。李白不受拘束的个性自然也为他引来了许多批评，例如王安石就曾经说，李白的诗十句里面有九句都是在讲妇人和酒。

李白传世的作品后由王琦（1696—1774）编辑整理，并于1758年（或1759年）刊行了注疏本，但据说其中只收录了他作品的十分之一。[1]这部作品集中共收录赋7首，古诗59首，乐府149首，古、近体诗779首以及散文58篇。杨万里认为最能体现"太白体"特色的是七言绝句《山中答俗人》：

> 问余何意栖碧山，笑而不答心自闲。
> 桃花流水窅然去，别有天地非人间。[2]

李白被认为是一个嗜酒的诗人，在四川的山中与隐士为友。君特·艾希（Günter Eich）和德博翻译了李白的一些诗作，他们的德语译文不但让我们体会到了作者对恣意放纵的享受，同时也非常传神地再现了诗人对着

---

[1] 关于李白的主要论文和译文，见A. Waley的*The Poetry and Career of Li Po 701–762 A.D.*（《李白的诗歌与生平》），伦敦，1950年；G. Debon（德博）的*Li Tai-Pe. Nachdichtungen von Klabund*（《李太白：克拉邦德的改译》），莱比锡，1916年；法兰克福，1986年重印。
[2]《李太白全集》（北京，1977年），卷十九，第874页；译文见G. Debon的*Li Tai-bo, Gedichte*（《李白诗集》），斯图加特，1970年。

月亮充满幽默感的安静的沉思，例如《月下独酌》[1]和《将进酒》这两首乐府诗。[2]

有观点认为：从诗中提到"酒"和"月"的频率就能看出上文中提到的李白与杜甫之间的区别。郭沫若为李白所担的酒鬼之名提出了辩护，他指出：在杜甫的作品中有300篇提到了酒，占21%；而李白仅有170篇作品提到了酒，占所有作品的16%。李白对"月"这个意象的使用被认为是他与突厥文化间的相通性的证明，因为在突厥文化中，人们对月亮就有强烈的爱好。在李白的千余部作品中，月亮被提到了403次，而杜甫在1457首诗中只提到了167次。李白的家族的确有中亚血统，这个家族据说曾与西方做过生意。据传，李白喜欢用一种外族的语言作诗，有可能是一种突厥语，而且他似乎也曾用中亚的曲调来作诗。

杜甫[3]的诗多沉重的思考，正如卫礼贤（Richard Wilhelm）译过的《倦夜》，这首诗营造了苍穹与空旷大自然下哀伤和疲惫的氛围；[4]或是德博翻译过的那首哀叹外族军队入侵的《村夜》。[5]同样描写战乱状态的诗还有《捣衣》和《月夜忆舍弟》。

---

[1]《李太白全集》，卷二十三，第1062页及以下；译文见G. Eich，载Gundert等编的*Lyrik des Ostens*（《东方诗歌》），慕尼黑，1952年；1982年新版，第303页；参见H. H. Frankel（傅汉思）的*The Flowering Plum and the Palace Lady*（《梅花与宫闱佳丽》），纽黑文，康涅狄格州，1976年，第14页。

[2]《李太白全集》，卷三，第199页；译文见G. Debon（德博），载W. Gundert等编的*Lyrik des Ostens*（《东方的诗歌》），第302页。

[3] 关于杜甫的文献非常多，此处仅列举一些：William Hung（洪业）的*Tu Fu. China's Greatest Poet*（《杜甫：中国最伟大的诗人》），剑桥，马萨诸塞州，1952年，2卷本。——杜甫作品的译文，见E. v. Zach的*Tu Fu's Gedichte*（《杜甫诗集》），剑桥，马萨诸塞州，1952年，2卷本；亦见D. Hawkes的*A Little Primer of Tu Fu*（《杜诗入门》），牛津，1967年；香港1987年重印。——Shirleen S. Wong（黄秀魂）研究了杜甫的绝句：The Quatrains (chüeh-chü) of Tu Fu（《杜甫的绝句》），载*MS*（《华裔学志》）第29期（1970—1971），第142—162页。

[4] R. Wilhelm（卫礼贤），载W. Gundert等编的*Lyrik des Ostens*（《东方的诗歌》），慕尼黑，1952年；1982年再版，第312页。

[5] G. Debon（德博），载W. Gundert等编的*Lyrik des Ostens*（《东方的诗歌》），第315页。

与许多同代人一样，杜甫也深受"安史之乱"（755—763）的影响，这场类似内乱的战争给很多人带来了天翻地覆的变化，比如失去官职，或者面临好友的死亡。一种记载对被战争毁掉的都城的痛苦回忆的废墟诗已经有很长的历史了，在"安史之乱"之后，这类诗又有了新的素材。杜甫以《咏怀古迹》为题的五首七言律诗[1]就是这个类型的诗：

> 支离东北风尘际，漂泊西南天地间。
>
> 三峡楼台淹日月，五溪衣服共云山。
>
> 羯胡事主终无赖，词客哀时且未还。
>
> 庾信平生最萧瑟，暮年诗赋动江关。[2]

这组诗中"古迹"的具体所指并不像其中提到的人物那样容易确定。这一首诗是关于倒数第二句提到了"庾信"。庾信本是南朝梁派往西魏的使者，但被困在长安，被迫效力于北朝。这组诗的其他四首分别说到了诗人宋玉、公元前33年嫁入匈奴的王昭君、蜀汉第一任国君刘备以及对刘备忠心耿耿的丞相诸葛亮。借助这些人物，杜甫在战乱的动荡艰辛中寻求慰藉。除了宋玉，所有这些人都不得不远离家乡，他们生活的政治环境与杜甫所面对的环境有一些相似之处。杜甫在这些诗中所感慨的人生短暂与人世间的虚荣并不只是指这些历史人物，同时也是在讲述自己的命运。

杜甫诗中的怀古与离别一样，都是中国诗歌最常见的题材。[3]这种将视角转向过去，通过怀古来描述自己情感的做法是诗歌的常规做法，正如陆机在讲述离别的诗《豫章行》中所写的"乐会良自古，悼别岂独今"。[4]

---

[1] 洪业等编纂的《杜诗引得》（上海，1985年重印），第471—473页；德语译文，见E. v. Zach的 *Tu Fu's Gedichte*（《杜甫诗集》），第2卷，第565页。

[2] 同上。

[3] 洪业等编纂的《杜诗引得》（上海，1985年重印），第327页。

[4] 《文选》卷二十八。

　　贯穿杜甫诗歌的忧伤基调不仅是出于他那个时代的政治动荡的原因，同时也与他个人的性格有关，这一点在他的《八哀诗》中体现得最为明显。[1]在夔州期间（766—768），杜甫作了一些诗，在诗中，他对自己之前的生活进行了很多思考和记录。这组诗里写到了八位唐玄宗时期（712—756在位）的人物，其中有些人是他认识的，但这八人都已经不在世。《八哀诗》用五言古诗的形式写成，篇幅很长。诗歌语言用典丰富，表达隐晦，对重要的事件只是暗示，例如关于"安史之乱"，诗中便用"胡马"或者"胡尘"代替。

　　《八哀诗》的第五首写的是杜甫的老朋友李邕（678—747），诗中有这样一段：

> 放逐早联翩，低垂困炎厉。
> 日斜鵩鸟入，魂断苍梧帝。
> 荣枯走不暇，星驾无安税。
> 几分汉廷竹，夙拥文侯彗。
> 终悲洛阳狱，事近小臣敝。
> 祸阶初负谤，易力何深哜。[2]

　　这几句诗中有大量的典故。"日斜鵩鸟入"一句出自贾谊谪居长沙时所作的《鵩鸟赋》。"星驾无安税"一句出自《诗经》第50首，讲的是李邕虽然命运坎坷，但始终不忘自己的使命。"终悲洛阳狱"并不是说李邕真的去了洛阳的监狱，实际上，他是被关在了长安的监狱中，这一句暗指的是600年

---

[1]　参见E. v. Zach的*Tu Fu's Gedichte*（《杜甫诗集》），第2卷，第461页及以下；亦见Shan Chou（周姗）的Allusion and Periphrasis as Modes of Poetry in Tu Fu's "Eight Laments"（《杜甫〈八哀诗〉中的典故与迂回表达》），载*HJAS*（《哈佛亚洲研究学刊》）第45期（1985年），第77—128页。
[2]　杜甫《赠秘书监江夏李公邕》，德语译文见E. v. Zach的*Tu Fu's Gedichte*（《杜甫诗集》），第2卷，第471页及以下。

前曾经被关在洛阳监狱中的蔡邕。这句只是众多例子中的一个，它要求读者有相应的知识。这些知识并不一定是当时诗歌传统的组成部分，而是直接引用了前代发生的事情，只有对历史非常熟悉的人才能一下就看懂。"夙拥文侯篲"一句用的是魏文侯礼遇子夏的典故，[1]是礼贤下士的意思。所以，上文中引用的这一段诗描述的是李邕被贬斥到南方并死在监狱中的事。

中唐（766—835）和晚唐（836—906）

与李白这位嗜酒的浪漫诗人以及杜甫这位忧郁诗人身边的朋友不同，白居易及其周围的诗人朋友正好与伟大思想家韩愈生活在同一个时代，这些诗人也受到了当时革新运动的影响，所以他们所面对的创作环境是完全不一样的。[2]相比前代的文学家，他们会经常地把自己的作品拿出来相互讨论，例如白居易写给元稹（779—831）的信就是这样。元稹是《莺莺传》的作者，我们在下文中还会讲到他。同时，我们也能在一些作家（特别是白居易）的笔下看到新的社会批判的基调，例如他的"新乐府"系列诗作。德国剧作家布莱希特受到亚瑟·威利（Arthur Waley）英语译文的启发，也转译过几首诗，其中最著名的转译作品有Die Freunde（德语意为"朋友"，原作为《古

---

[1] 参见《文选》卷四十。

[2] 关于白居易的研究，见A. Waley的 The Life and Times of Po Chü-i. 772-846 A.D.（《白居易的生平及其时代》），伦敦，1949年；E. Feifel的 Po Chü-i as a Censor. His Memorials Presented to Emperor Hsien-tsung during the Years 808-810（《作为谏官的白居易：808—810年白居易给唐宪宗的上书》），海牙，1961年。——译本有H. Levy译的 Translations from Po Chü-i's Collected Works（《白居易文集》），2卷本（纽约，1971年）；H. Levy、H. Wells译的 Translations from Po Chü-i's Collected Works（《白居易文集》），第3、第4卷（圣弗朗西斯科，1976年和1978年）。——Peng Yoke Ho（何丙郁）、Thean Hye Goh、（吴天才）、D. Parker的 Po Chü-i's Poems on Immortality（《白居易关于永恒的诗》），载 HJAS（《哈佛亚洲研究学刊》）第34期（1974年），第163—186页。R. Alley的 Bai Juyi. 200 Selected Poems（《白居易诗歌二百首》），北京，1983年。

越谣歌》）、Die große Decke（德语意为"大被子"，原作为白居易《新制绫袄成感而有咏》）和Bei der Geburt seines Sohnes（德语意为"在他儿子出生时"，原作为苏轼《洗儿》）。[1]

威廉·贡德特（Wilhelm Gundert，1880—1971）依据亚瑟·威利的译文，这样评价白居易的诗："这些诗或许没有达到李白的高度、杜甫的深度，只是一个高尚而温和的灵魂在用朴素的、充满感情和温暖的语言反映着百姓的日常生活，也因此更加能打动百姓的心。"[2]白居易传世3000余首诗，而这段话讲出了这些诗的一个根本特征。白居易与他的朋友，即最早刊行他作品的元稹观点相合，他们都更加推崇杜甫而非李白。由于风格简朴，白居易不仅吸引了大量的喜好者，同时还打破了逐渐趋于僵化的诗歌形式。

与韩愈努力打破诗歌和散文之间界限的做法不同，白居易专注于诗歌形式，而他的成功也证明这个选择是正确的。他在世的时候，就已经有许多诗作被人传唱，甚或被题在学馆、寺庙和旅馆的墙上作为装饰。正因为白居易的作品广受欢迎，所以当时已经有盗版出现，元稹就曾因为此事而抱怨过。而后世的杜牧（803—853）将白居易和元稹诗作的流行视为文学的转向，也从一个侧面证明了元稹所言为实。

元稹是没落的北魏宗室后裔，因为科举考试成绩优异而受到关注。[3]但他后来之所以能够仕途顺遂，得到升迁，主要还是因为他的诗歌作品受到了皇帝的喜爱。在同代人中，他因诗作而受到推崇，与白居易一起创领了当时的诗风。元稹和白居易都倡导语言的朴素、清晰，是"新乐府运动"的倡导者。这个运动以对政治和社会的讽刺为特点，但遗憾的是，他们的政治讽刺

---

[1] 参见A. Tatlow的Brechts Chinesische Gedichte（《布莱希特的中国诗》），法兰克福，1973年。

[2] W. Gundert等编，Lyrik des Ostens（《东方的诗歌》），第554页。

[3] 关于元稹，见A. C. Y. Jung Palandri（容芷英）的Yüan Chen（《元稹》），波士顿，马萨诸塞州，1977年；Lily Hwa的Yüan Chen (A.D. 779–831). The Poet-Statesman, His Political and Literary Career（《元稹：诗人政治家的政治生涯和文学创作》），伊利诺伊大学，博士论文，1984年。

作品并没有起到多少作用。

除了这些最著名的诗人，唐朝中期还有许多同样也很重要的诗人，这里只能列举其中几位，其中一位就是因《竹枝词》出名的刘禹锡（772—842）。[1]刘禹锡的很多乐府诗也很有名，在这些乐府诗中，他大量使用文字游戏，这种手法在早期乐府诗中很常见。此外还有孟郊（751—814），他创作了用以纪念一位老人的《秋怀十五首》，另有柳宗元和韩愈，不过两人主要还是因为他们倡导的古文运动而出名，他们对唐朝中期的文学发展起到了重要的作用。[2]这里还需要提到的有杜牧，他经常被称为"小杜"，用以区别于杜甫。杜牧作品的风格体现了"安史之乱"后唐朝晚期人文思想的发展，[3]他最著名的作品之一是《题宣州开元寺水阁》，这首诗采用律诗的形式，从内容和形式上都因对仗和对比而著称。[4]

李贺（790—816）[5]是中唐时期一位非常特别的诗人。他专心于从现实

[1]　此处参见W. Kubin（顾彬）的Der Empfindsame und der Leidvolle. Bemerkungen zu Liu Yü-hsis "Bambuszweigliedern" (822)（《多情与忧愁：论刘禹锡的〈竹枝词〉》），载R. Ptak、S. Englert编的Ganz allmählich（《逐渐》），海德堡，1986年，第120—131页。

[2]　见E. v. Zach的Han Yü's Poetische Werke（《韩愈诗集》），剑桥，马萨诸塞州，1952年；S. Owen（宇文所安）的The Poetry of Meng Chiao and Han Yü（《孟郊与韩愈的诗》）。

[3]　见W. Kubin（顾彬）的Das lyrische Werk des Tu Mu (803-852). Versuch einer Deutung（《杜牧诗集》），威斯巴登，1976年。

[4]　参见W. Kubin（顾彬），同上，第135页；亦见H. H. Frankel（傅汉思）的The Flowering Plum and the Palace Lady（《梅花与宫闱佳丽》），第149页及以下。

[5]　关于李贺，见M. T. South的Li Ho. A Scholar-offical of the Yüan-ho Period (806-817)（《李贺：唐宪宗元和年间的学者》），阿德莱德，1967年；工藤直太郎的The Life and Thoughts of Li Ho, the T'ang Poet（《唐代诗人李贺的生平及思想》），东京，1969年；工藤直太郎的Chinese Romanticism. The Life and Thoughts of Li Ho Part II（《中国的浪漫主义者：李贺的生平及思想，第二部分》），东京，1972年；Kuo-chi'ing Tu（杜国清）的Li Ho（《李贺》），波士顿，马萨诸塞州，1979年。译文见J. D. Frodsham（傅德山）的The Poems of Li Ho (791-817)（《李贺诗集》），牛津，1970年；J. D. Frodsham的Li Hō. Goddesses. Ghosts, and Demons. The Collected of Poems of Li Hō（790—816）（《李贺诗集：神仙和鬼怪》），伦敦，1983年。

到非现实的过渡，因此使得古老的、在当时已受到压制的祭祀诗传统重新焕发了生命力，其诗歌风格主要受到中古早期长江下游乐府诗的影响。李贺最喜欢召唤水神，他带有奇幻色彩的诗并不都发生在天界，其中一部分也发生在人间。这些诗营造了一种神秘的氛围，所以在很早的时候就被称为"鬼仙之辞"。也正是出于这个原因，在近现代，李贺被认为是"中唐时期最有分量的诗人"（德博）。他的《苏小小墓》就是这样一首诗，该诗回忆了南齐时期钱塘最有名的一个歌姬：

> 幽兰露，如啼眼。
>
> 无物结同心，烟花不堪剪。
>
> 草如茵，松如盖。
>
> 风为裳，水为珮。
>
> 油壁车，夕相待。
>
> 冷翠烛，劳光彩。
>
> 西陵下，风吹雨。[1]

德博认为这首词是苏小小曾经唱过的。"烟花不堪剪"这一句让人联想起《搜神记》里的一个故事，这个故事李贺一定也是知道的。故事主角韩重喜欢一个名叫紫玉的姑娘，却不能娶她。韩重外出求学归来时，紫玉已死，韩重只能去她的墓前拜祭。紫玉的魂魄从墓中走出，交给韩重一块玉，作为自己爱情的证明。当韩重想拥抱紫玉的时候，紫玉变成了一股烟。[2]李贺并没有为了去天上世界而改变人间世界，而是将玄幻的内容带入

---

[1] 《李贺诗歌集注》（上海，1977年），第56页；见J. D. Frodsham（傅德山）的 *The Poems of Li Ho (791–817)*（《李贺诗集》），牛津，1970年，第30页；G. Debon（德博）的*Chinesische Dichter der Tang-Zeit*（《中国唐朝的诗人》），斯图加特，1964年，第67页。

[2] 《搜神记》卷十六。

了现实世界。[1]

　　李商隐（813—858）也是唐代非常有特点的一位诗人，他的作品被11世纪初的"西昆体"诗人当作仿效的对象，很多人认为他的诗是中国诗多义性的典型代表。[2]中唐和晚唐时期的文学作品因倾向于繁复与荒诞，且多显得虚泛（这里并不仅指李商隐的作品），而与巴洛克风格的作品有类似之处。[3]李商隐最著名的诗作《锦瑟》最能体现他的这种巴洛克风格：

　　　　　　锦瑟无端五十弦，一弦一柱思华年。

　　　　　　庄生晓梦迷蝴蝶，望帝春心托杜鹃。

　　　　　　沧海月明珠有泪，蓝田日暖玉生烟。

　　　　　　此情可待成追忆？只是当时已惘然。[4]

　　如果想穷尽这首诗所有的含义和所有可能的解释，那足可以写成一本书。刘若愚（James J. Y. Liu）总结了其中五种最重要的解释：

[1]　关于李贺诗中的玄幻内容，见J. D. Frodsham的*Li Ho. Goddesses, Ghosts, and Demons. The Collected Poems of Li Ho (790-816)*（《李贺诗集：神仙和鬼怪》），伦敦，1983年；E. H. Schafer的*The Divine Woman. Dragon Ladies and Rain Maidens in T'ang Literature*（《神女：唐代文学中的龙女和雨神》），伯克利，加利福尼亚州，1973年，第104页及以下；也见F. L. Mochida的 Structuring a Second Creation. Evolution of the Self in Imaginary Landscape（《构建另一个形象：虚构景色中自我的演变》），载R. E. Hegel（何谷理）、R. C. Hessney的*Expressions of Self in Chinese Literature*（《中国文学中自我的表达》），纽约，1985年，第70—122页。
[2]　关于李商隐，见刘若愚的*The Poetry of Li Shang-yin. Ninth-Century Baroque Chinese Poet*（《李商隐：中国九世纪的"巴洛克"诗人》），芝加哥，1969年；叶嘉莹〔J. R. Hightower（海陶玮）译〕的Li Shang-yin's "Four Yan-t'ai Poems"，载Stephen C. Soong〔宋淇（林以亮）〕编的*A Brotherhood in Song. Chinese Poetry and Poetics*（《诗中情意：中国诗歌与诗学》），香港，1985年，第41—92页。
[3]　将"巴洛克"作为时期的名称用于中国文学的做法，见黄德伟的Toward Defining Chinese Baroque Poetry（《关于中国巴洛克诗歌的界定》），载*Tamkang Review*（《淡江评论》）8.1（1977），第25—72页。
[4]　《李商隐诗选》（北京，1978年），第173页及以下。

1. 这是一首爱情诗，可能是写给一个名叫"锦瑟"的女子，或是为了追忆一个不知名的女郎，或者为了纪念赠送作者一张锦瑟的两个宫嫔。

2. 苏东坡将这首诗理解为对锦瑟演奏时的四种声调的描述。

3. 李商隐写这首诗是为了纪念自己死去的妻子。这种解释在17世纪时第一次出现，后来又不断有人进行补充论证：一张瑟有25根弦，断了之后就变成50根。大家都知道，"断弦"是常见的用来指代丧妻的比喻，每根弦对于诗人而言都是一年，所以他的妻子死时是25岁。蝴蝶和杜鹃指的都是人死之后的化身，珠泪是诗人自己流下的，玉指的是葬礼。

4. 诗人为哀叹自己的命运而作。诗的前两句指诗人的年龄，庄子的梦指世间变化，第4句叹的是理想的幻灭。第5句暗示李德裕被贬到"玉崖"并在那里死去的事，第6句指的是位高权重却让人难以亲近的令狐绹。最后两句暗示诗人自己悲惨的命运。

5. 这首诗是李商隐为自己的诗歌集所作的序，所以可以借以理解他的诗歌作品。[1]

有些解释者也会将多个可能性结合起来。刘若愚和其他几位现代的研究者则驳斥了上述所有的解释，并建议将这首诗理解为"人生如梦"这个题材的变体：人生和爱情尤其不真实，充满偶然，就像琴弦的数字；庄子的梦暗示的就是持续的假象，在这个梦中，梦与真实的界限是模糊的。刘若愚推测这首诗是李商隐晚年之作，是对让他觉得仿佛一梦的人生的回顾。只有诗是永存的，就像音乐停止之后的琴弦。刘若愚的这种解释方式，我们也是能够接受的。对这首诗的众多解释通常是以作者经历和历史背景为出发点，这种接受和理解的形式是中国古代文学的典型特征。

要理解唐代的诗歌，我们必须记住一点，除了本土丰富的传统资源，当时的大多数诗人还接触到了边疆地区游牧民族的诗歌和音乐，即便他们自己

[1] 见刘若愚的 *The Poetry of Li Shang-yin. Ninth-Century Baroque Chinese Poet*（《李商隐：中国九世纪的"巴洛克"诗人》），第52页及以下。

或他们的祖先并不是来自那些地区。李白非常喜欢用月亮这一意象就是一个例子。因此，这些诗人与前代的联系之中还掺加进了一些世界主义的痕迹。

唐代之所以能有大量诗歌作品流传下来，其原因也在于诗歌、杂文和书信都是向掌权者或重要官员自荐并谋得官职的手段。为了能找到保荐人，文人会将作品寄给那个被认为可以让自己获取官职的人，这种做法被称为"投卷""行卷"或"温卷"，[1]因这一风俗而产生了大量诗歌作品。但唐代的短篇小说或传奇并不是这样出现的，下文会讲到这一点。

在唐朝的诗人中，还有杰出的女诗人。《全唐诗》中共有超过130位女诗人，其中最著名的是薛涛（768—832），她出身官宦之家，在父亲死后，她为养家而沦为歌伎。[2]薛涛的才华很快就为人所知，与她打交道的都是上流社会之人。她成了当时最受欢迎的歌女之一，也曾与其他诗人交流诗作，例如裴度（765—839）、令狐楚（766—837）、刘禹锡、白居易，她与元稹的交往尤为密切。薛涛所作的超过500首诗中流传下来的只有大约90首，其中多数为爱情诗。这些诗的基调除了痛苦，也有甜蜜和嘲讽。

唐代的大多数诗人都受到了佛教思想和仪式的影响，诗歌的语言因为佛教用语以及新吸收来的民歌元素而大大丰富。形成于唐代的禅宗吸引了诸多文人，[3]这一点在王维身上体现得尤为明显，此外还有刘禹锡、孟浩然、白居易和元稹等。[4]有些诗人的作品甚至就被尊为禅诗，例如寒山子的诗。根据记载，寒山子是一位在浙江天台山修行的僧人，与名叫"拾得"的烧火僧

---

[1] 见V. H. Mair（梅维恒）的Scroll Presentation in the T'ang Dynasty（《唐代的卷轴画》），载*HJAS*（《哈佛亚洲研究学刊》）第38期（1978年），第35—60页。

[2] 见J. Larsen的*Brocade River Poems. Selected Works of the Tang Dynasty Courtesan Xue Tao*（《锦江集：唐代歌妓薛涛诗集》），普林斯顿，新泽西州，1987年。

[3] 见P. Demiéville（戴密微）的Le Tch'an et la poesie chinoise（《中国诗歌中的禅》），载*Hermès*第7期（1970年），第123—136页；转载于P. Demiéville的Choix d'études bouddhique（《佛学研究论文集》），莱顿，1973年，第456—469页。

[4] 见Kenneth K. S. Ch'en（陈观胜）的*The Chinese Transformation of Buddhism*（《佛教的中国化》）中的Literary Life一章（普林斯顿，新泽西州，1973年），第173—239页。

共为一对愚痴之人。用"寒山"这个名字流传下来的诗实际出自唐朝的不同年代。[1]这个时代的其他一些佛教僧人，例如贯休（832—912）[2]，以及道教的传奇人物，如吴筠（？—778）[3]和曹唐（约847—873）[4]，也都有诗作流传。近年来，这些作品越来越受到关注。

---

[1]　对寒山诗出现时间的研究，见E. G. Pulleyblank（蒲立本）的Linguistic Evidence for the Date of Han-shan（《寒山诗时间的语言学考证》），载R. C. Miao（缪文杰）编的 *Studies in Chinese Poetry and Poetics*（《中国诗歌与诗学研究》），第1卷（旧金山，1978年），第163—195页。译文见B. Watson的 *Cold Mountain. 100 Poems by the T'ang Poet Hanshan*（《唐代寒山诗100首》），纽约，1962年；S. Schuhmacher的 *Han Shan. 150 Gedichte vom Kalten Berg*（《150首寒山诗》），杜塞尔多夫，1974年。

[2]　关于贯休，见E. H. Schafer的Mineral Imagery in the Paradise Poems of Kuan-hsiu（《贯休天堂诗中的矿石想象》），载 *AM*（《亚洲专刊》）新刊第10期（1962年），第73—102页。

[3]　关于吴筠，见E. H. Schafer的 Wu Yün's Cantos Pacing the Void（《在虚空中踱步的吴筠诗》），载 *HJAS*（《哈佛亚洲研究学刊》）第41期（1981年），第377—416页；E. H. Schafer的Wu Yün's Stanzas on Sylphdom，载 *MS*（《华裔学志》）第35期（1981—1983），第309—345页。

[4]　关于曹唐，见E. H. Schafer的 *Mirages on the Sea of Time. The Taoist Poetry of Ts'ao T'ang*（《时间海洋上的海市蜃楼：曹唐的道家诗》），伯克利，加利福尼亚州，1985年。

22. 唐人传奇和变文

叙事文学中的传奇

唐代不仅是诗歌发展的鼎盛时期，也是中国文学史上叙事文学与历史、宗教著作完全脱离的一个时期。[1]只有明白这一点，我们才能理解为什么在唐代会出现大量因带有传奇色彩内容而被称为"传奇"的作品，这些作品在西方研究中被称为Tang-Novelle。唐传奇既不同于早期的"志怪小说"，也不同于后来的"笔记"，这些故事大多选择都城长安为故事的发生地，且叙事结构也更加复杂。作者经常会在叙事中加入诗歌，偶尔还有书信。即便故事本身没有被安置在一个叙事框架内，多数情况下，在带有教育含义的结尾处也会出现一个作为事件直接或间接经历者的叙述者。叙事框架的使用在唐代传奇中很常见，第一人称叙述者一开始是隐藏的，所以读者或听众的代入感可以在不同角色之间转换。《任氏传》除了传奇或玄幻元素，还有在都城

---

[1] E. D. Edwards对《唐代丛书》所收录的文章用内容提要的方式进行了概括性的介绍：*Chinese Prose Literature of the Tang-Period A.D. 618–906*（《中国唐代的散文》），2卷本（伦敦，1937—1938）。

生活的背景下，结合人物社会地位以及（通过科举或举荐）社会地位的提高，对人际关系展开的描述。值得一提的是，这个故事并没有讲到狐仙任氏的来历，也没有讲这个狐仙为什么会四处走。可以说，传奇里已经没有任何因果报应的思想了。

直到近代，唐代形成的传奇还不断地在被人使用，例如1916年苏曼殊（1884—1918）发表在《新青年》上的《断簪记》。唐传奇还为后来的许多改编、扩充之作或是剧本提供了素材。从内容上看，唐传奇通常可以分为四类：爱情故事、[1]历史故事、英雄小说和讲述神奇事件的故事。从公元7世纪到10世纪，大约有240部此类小说以一个或多个版本传世。

公元8世纪到10世纪曾有大量传奇小说集刊行，其中大多都已佚失，也有部分小说集被后代重新编辑整理。唐代的这类文集中比较重要的是牛僧孺（780—848）编纂的《玄怪录》，李复言的《续玄怪录》，以及牛僧孺之外孙、《游仙窟》的作者张鹭（字文成，约657—730）之曾孙张读（卒于889年）编纂的《宣室志》。另外一部重要的传奇小说集是陈翰所编的《异闻集》。后世的类书和文集中包括编于公元977年至978年的《太平广记》，陶宗仪的《说郛》残书以及18世纪的《唐代丛书》（又名《唐人说荟》）。[2]

目前，我们还不能明确地说出为什么这些小说会被记录下来，为什么作者在多数情况下都会被标注出来——这与早期的"志怪小说"相反。陈寅恪和刘开荣认为这些小说的作者希望借此在"行卷"之时引起关注，马幼垣也持此观点，但也有人持反对意见〔例如美国汉学家梅维恒

---

[1]　见Joseph S. M. Lau（刘绍铭）的Love and Friendship in T'ang chu'an-ch'i（《唐传奇中的爱情和友情》），载*MS*（《华裔学志》）第37期（1986—1987），第155—168页。

[2]　见E. D. Edwards的*Chinese Prose Literature of the Tang-Period A.D. 618-906*（《中国唐代的散文》），2卷本（伦敦，1937—1938）。

（Victor H. Mair）〕。[1]不管怎样，常常隐含教育含义的唐人传奇反映了当时的社会和道德矛盾。在当时，除了旧贵族，知识分子及官员精英群体也开始形成，只是这个群体的自觉意识还没有成形。

唐人传奇与前代的志怪小说一样，都是以传奇故事为内容。关于这些故事的功能，著名诗人、画家、虔心道教并因一首《步虚词》而出名的顾况（约730—806后）在为朋友戴孚所编的志怪小说集而作的序中这样写道：

> 予欲观天人之际，察变化之兆，吉凶之源，圣有不知，神有不测，其有干元气，汨五行。圣人所以示怪、力、乱、神，礼乐行政，著明圣道以纠之。故许氏之说天文垂象，盖以示人也。古文"示"字如今文"不"字，儒者不本其意，云"子不语"，此大破格言，非观象设教之本也。[2]

这些小说讲的是天与人之间的联系和界限（天人之际），换句话说，它们讲述的是跨越原本被分隔开的两个世界，例如人与鬼、死者与生者、男人与女人。

有关如何跨越界限的玄幻故事以及记载传奇事件的故事在前代就已经出现过。《太平广记》卷三一六引用了《列异传》（成书于约公元220年）里的《谈生》，讲述的就是这样一个故事。在这个故事中，谈生娶了一个

---

[1] 关于这场讨论，参见下列论文：陈寅恪的Han Yü and the T'ang Novel（《韩愈和唐代小说》），载HJAS（《哈佛亚洲研究学刊》）第1期（1936年），第39—43页；Y. W. Ma（马幼垣）的Prose Writings of Han Yü and ch'uan-ch'i Literature（《韩愈的散文和传奇文学》），载JOS（《东方文化》）第7期（1969年），第195—223页；V. H. Mair（梅维恒）的Scroll Presentation in the T'ang Dynasty（《唐代的卷轴画》），载：HJAS（《哈佛亚洲研究学刊》）第38期（1978年），第35—60页。
[2] 这方面的例子很多。见《文苑英华》（台北，1967年，翻印版），卷七百三十七，第5下—6上页；亦见G. Dudbridge（杜德桥）的The Tale of Li Wa. Study and Critical Edition of a Chinese Story from the Ninth Century（《〈李娃传〉：九世纪之后的中国传奇故事研究与批评》），伦敦，1983年，第61页及以下。

女鬼，在某个约定的期限之前，他被禁止看自己妻子脱掉衣服的样子。但他没有遵守约定，于是，他的妻子不得不重新变回鬼魂。但妻子给他留下了一件珠袍，谈生可以卖掉这件珠袍，用换来的钱养活自己和儿子。这件珠袍被王侯买去，王侯认出这是女儿的陪葬品，于是认为谈生是盗墓贼。谈生虽然辩解，但没有人相信他。直到王侯看见谈生的儿子与自己的女儿长得很像，才相信了谈生所说的话。[1]这个故事的传奇之处在于美丽女鬼的身份，她用衣服遮掩的半截身体还保留着白骨的特异状态。小说并没有讲她是怎么生的儿子，但这样奇异的事件不论在中国，还是在同时代的欧洲，都完全不会引起像古罗马诗人贺拉斯（前65—前8）在《诗艺》开头写到过的那种嘲笑。[2]

唐代晚期传奇的特点是现实与非现实世界或梦之间有着明确的界限，例如《枕中记》和《任氏传》。前代的故事中，传奇成分经常被当成现实来处理，而在唐传奇中，传奇与现实之间的对立才是核心。[3]同时我们注意到，不管是往哪一边的跨越，都是可以返回的，如同失去效力的梦一样。相应地，梦中的时间也与实际的时间不同，进入"另一个世界"的人经常（自以为）离开了很长时间后才回到原来的状态，而实际只过去了很短的一段时间。就这样，跨越界限成为一种个人对超常状况的体验，现实世界被置于非现实世界之上，而非现实世界不过是对现实世界结构的复制。

---

[1] 《太平广记》（北京，1961年；1981年第2版），卷三百十六，第2501页及以下。

[2] 载*Sämtliche Werke. Lateinisch und deutsch*（《贺拉斯全集》拉丁语和德语版），慕尼黑，1964年，第230页及以下；关于这个话题也见Chr. W. Thomsen, J. M. Fischer编的*Phantastik in Literatur und Kunst*（《文学与艺术中的幻想因素》），达姆施塔特，1980年。

[3] 关于中国文学中的玄幻题材，见Yu-hwa Lee的*Fantasy and Realism in Chinese Fiction. T'ang Love Themes in Contrast*（《中国虚构文学中的幻想与现实主义：与唐代爱情主题的对比》），圣弗朗西斯科，1984年；Y. W. Ma（马幼垣）的Fact and Fantasy in T'ang Tales（《唐传奇中的现实与幻想》），载*CLEAR*（《中国文学》）第2.2期（1980年），第167—181页；亦见E. H. Schafer, E. H. Schafer: *The Divine Woman. Dragon Ladies and Rain Maidens in T'ang Literature*（《神女：唐代文学中的龙女和雨神》），第104页及以下。

由于结构上的一致性，加之传奇成分依然被当作历史事件来叙述，我们由此能看出：传奇小说并不是全新的形式，它与中国人的祖先观念、鬼神思想有关；同时，传奇小说的出现也在于人们无法想象出一个完全不同的传奇事物，当时的中国人对正常世界有过强的依赖性，这一点，从中国历史上曾有过的各种理想、乌托邦和对天国的想象中，我们都能清楚地看出。同时，这种曾经的依赖性直到今天依然存在于文学作品中，虽然常常披着真实故事的外衣。但实际上，含有传奇成分的内容满足了人们的某种需求，触动了读者、听众或观众心灵中的某一根弦，因此发出的声音，值得我们仔细去倾听。

从现实世界延伸出的这个传奇世界存在的前提是要确认并规定界限，所以即便是非现实部分的空间极度扩张，根植于现实中的合理世界依然能够屹立不倒。即便是李白这样不受约束的诗人，他的《梦游天姥吟留别》也遵守着这样的规约。

《任氏传》和其他传奇

沈既济（约750—约797）的《任氏传》讲的也是这种阴阳两界之间的跨越。在故事里，一个狐仙先是进入了人类的世界，然后又有一个人来到鬼神的世界。狐仙最终接受了郑生的求爱，并说"人间如某之比者非一"，而她却是一群"异物"中的"异物"，因为她是一个没有威胁的狐仙。作为呼应，叙述者在故事的结尾说，世界上的异物也有人的感情，同时还感叹郑生不懂"变化之理"和"神人之际"：

> 嗟乎，异物之情也，有人道！遇暴不失节，徇人以至死，虽今妇人，有不如者矣。惜郑生非精人，徒悦其色而不征其情性。向

使渊识之士，必能揉变化之理……[1]

　　根据沈既济的记录，《任氏传》是他于公元781年贬官外放途中所作。[2]这个故事成为之后几个世纪中传奇故事的模仿对象，且在叙事文学领域引领了新的发展方向。同时，这种叙事也从已有几百年历史的志怪故事中获得了很多素材。

　　唐传奇中年代最早的一篇是张鷟的《游仙窟》，该作品曾在中国失传多年，直到19世纪才从日本传回中国。在这个故事中，作者以自叙的口吻讲述了年轻的官员如何遇见一位美丽女子的故事，并用第一人称描述了年轻官员的情感，故事体现出唐代小说在爱情这个话题上的开放态度。小说采用了接近白话的文体，并糅合了散文、诗歌、词等形式。[3]

　　大多数唐传奇都被放置在特定的历史背景之中，其中特别典型的是陈鸿的《东城老父传》，陈鸿传世的另外一部作品是公元806年的《长恨歌传》。《东城老父传》与唐代的大部分传奇一样，最初应该是作为单行本刊行的。在这个故事中，从唐玄宗即位到作者所在的大约公元810年或811年之间的这段时间构成了故事的时间线索，其内容主要是批判唐玄宗和唐朝宫廷的荒淫无度。由此可见，唐传奇从本质上来说也是继承了史书传统的。不

[1]　《太平广记》，卷四五二，第3697页。

[2]　译文见Fredrick C. Tsai的Miss Jen任氏传，载*Renditions*（《译丛》）第8期（1977年），第52—58页，以及Wm. H. Nienhauser, Jr.（倪豪士）的Miss Jen（《任氏传》），载Y. W. Ma（马幼垣）、Joseph S. M. Lau（刘绍铭）编的*Traditional Chinese Stories. Themes and Variations*（《传统中国故事：题材与变体》），纽约，1978年，第339—345页。

[3]　见Chun-han Wang（王钟翰）的The Authorship of the Yu-hsien-k'u（《〈游仙窟〉的作者》），载*HJAS*（《哈佛亚洲研究学刊》）第11期（1948年），第153—162页；H. S. Levy的*China's First Novellette, The Dwelling of Playful Goddesses, by Chang Wen'ch'eng (ca. 657-730)*（《中国最早的中篇小说：张文成的〈游仙窟〉》），东京，1965年；德语译文，见W. Bauer（鲍吾刚）、H. Franke（福赫伯）的*Die Goldene Truhe. Chinesische Novellen aus zwei Jahrtausenden*（《中国两千年的短篇小说》），慕尼黑，1959年；1988年再版。

过，新的表达方式使这种对时代的批判从史书传统的束缚中摆脱出来，有助于作者表达自己的道德观，同时又不必始终遵从史传传统对于正确性的要求。

沈既济所作的《枕中记》除了收录在《异闻集》（这部传奇小说集被收录在《太平广记》和曾慥《类说》里）中的版本，文学作品集《文苑英华》还收录过一个经过改编的、差异很大的版本。这个故事的核心是一个梦以及梦中的经历。[1]一个掌握了长生不老之术的道人住在一家客栈中，年轻的卢生也住到了这里，他很快就开始感叹自己"大丈夫生世不谐"的失意。在一番简短的讨论后，卢生感到困倦了，道士便从自己的行李中拿出一个青瓷枕给他。卢生枕着这个青瓷枕睡着后，从枕头旁边一个变得越来越大的孔中钻了进去，在那里，他官运亨通，直到最后死去。对于枕中一生的描述构成了故事的主体，卢生从梦中醒来的时候，主人蒸的黍都还没有熟，也就是说，相对于梦中的一生，实际流逝的时间是非常短暂的。年轻人意识到自己其实并不想要梦中的那种生活，他依然不确定自己的经历是梦还是现实，但是明白了人生的道理，并向道人表示感谢。

梦与醒、幻想与现实的对比自古以来就是中国文学作品中非常受喜爱的题材，这一题材从佛教那里又获得了更多的启发。最古老、同时也是最著名的关于梦的记述，当数庄子梦蝶的故事。成书于公元4世纪到6世纪、据说为刘义庆所编的《幽明记》（幽与明分别指鬼和人的世界）中收录了一个名为《焦湖柏枕》的故事，故事中，一个商人夜宿焦湖寺，枕在柏枕上睡了一觉，梦到自己娶了一个高官的女儿，尽享荣华富贵。这个故事篇幅短小，可以被视为此后同类以梦为母题的唐传奇的雏形，包括因"黄粱梦"而为人熟

---

[1] Wm. H. Nienhauser, Jr.（倪豪士）的译文，载 Y. W. Ma（马幼垣）、Joseph S. M. Lau（刘绍铭）编，*Traditional Chinese Stories. Themes and Variations*（《传统中国故事：题材与变体》），第435—438页。

知的《枕中记》，以及李公佐（770—847）所撰《南柯太守传》，这些故事都非常详细地描述了人物的梦中经历。

《枕中记》的题材——与其他唐传奇一样——在17世纪时被蒲松龄（1640—1715）所用，蒲松龄以此为基础，用书面语写了一部篇幅长一倍的小说。在蒲松龄的小说中，年轻男子在贬官外放途中被强盗所杀，后转世投胎变成了女人。他历尽苦难，直到再次面临被杀的危险时，才从梦中醒来。蒲松龄改编过的唐传奇还有李公佐的《南柯太守传》（蒲作《续黄粱》）。在《南柯太守传》的故事中，男子在梦中进入蚁穴，在那里娶了公主，并当上了"南柯太守"。

唐传奇中最著名的一部是被归在元稹名下的《莺莺传》，这部著作另外一个为人熟知的名字是《会真记》。[1]作品中有大量诗歌以及一封莺莺写给离开自己的张生的信，信的风格细腻，是没有产生过真正书信体小说的中国文学中最著名的文学书信之一。这部小说在13世纪初被改编成了《西厢记诸宫调》，在元代时又被改编为同名杂剧。[2]

《李娃传》[3]与《任氏传》一样，都因被收录在《太平广记》和《类说》中而得以保存。两书所标出处都为陈翰的《异闻集》，这显然是当时的

---

[1] 见论文及其中所附 J. R. Hightower（海陶玮）译文：Yüan Chen and "The Story of Yingying"（《元稹和〈莺莺传〉》），载 *HJAS*（《哈佛亚洲研究学刊》）第33期（1973年），第90—123页。

[2] 关于莺莺这个人物形象的变化，见 Lorraine Dong 的 The Many Faces of Cui Yingying（《崔莺莺的多种面孔》），载 R. W. Guisso（桂时雨）、S. Johannesen（编）的 *Woman in China. Current Directions in Historical Scholarship*（《中国的女性：历史研究的新方向》），刘易斯顿，新泽西州，1981年，第75—98页。也见 Li-li Ch'en 的 *Master Tung's Western Chamber Romance (Tung Hsi-hsiang chu-kung-tiao). A Chinese Chantefable*（《董解元西厢记诸宫调》），剑桥，1976年，以及 W. L. Idema（伊维德）对这部著作的分析，载 *TP*（《通报》）第64期（1978年），第132—144页。

[3] 名为 Die Dame in der Hauptstadt 的译文，见 W. Bauer（鲍吾刚）、H. Franke（福赫伯）的 *Die Goldene Truhe. Chinesische Novellen aus zwei Jahrtausenden*（《中国两千年的短篇小说》），第106页及以下。

一部小说集。但两个版本的《李娃传》出入很大，所以我们可以认为两部著作中所收录的《李娃传》都是经过改编加工的。[1]此外，也不能排除我们今天看到的《太平广记》卷四八四中的版本（现存最早的版本刊行于1567年前后）与公元981年的版本之间存在着因对文本进行继续加工而出现不一致的情况。目前《类说》最早的版本也是出自16世纪的，但是以前代抄本为基础。除了这些版本，《李娃传》还存在大量节本，直到16世纪《太平广记》开始大范围流传后，全本《李娃传》才开始重新为人所知，不过在不同版本中，这个故事经常会有不同的标题。

　　《李娃传》据说是由白居易的弟弟白行简（776—826）所著。关于白行简，我们所知很少。作品的撰写时间也不清楚，绝大多数人认为是写于公元9世纪的前10年里。

　　故事的开头写道："天宝中，有常州刺史荥阳公者，略其名氏，不书。"[2]这个人的儿子，也就是李娃的情郎，似乎是匿名的。但能确定的是，他是唐代最著名的家族之一——荥阳郑氏的成员，因此这部小说也可以被认为是时人对这个家族的记述。作品中既有对事实的记录，也有文学的虚构。《李娃传》的核心内容或许年代更早，且与郑氏家族无关：一个叫李娃的妓女引诱了一个富有才华的高傲年轻人，并耗尽了他所有的钱财，但当她看到这个年轻人落魄之后，又决定倾其所有，帮助他入仕为官，重新获得社会地位。通过这种方式，李娃变成了一个行善的女性，郑氏家族与都城的浮华生活这两个在一开始完全没有交集的世界也因此交缠并融合成一体。与《任氏传》比照一下，我们就能看出这个故事的结构。在《任氏传》中，享乐之风和官宦之家属于两个世界，是分隔开的。而

---

[1]　见G. Dudbridge的*The Tale of Li Wa. Study and Critical Edition of a Chinese Story from the Ninth Century*（《〈李娃传〉：九世纪之后的中国传奇故事研究与批评》），伦敦，1983年。

[2]　W. Bauer（鲍吾刚）、H. Franke（福赫伯）的*Die Goldene Truhe. Chinesische Novellen aus zwei Jahrtausenden*（《中国两千年的短篇小说》），第107页。

《李娃传》却将早期传奇中的元素糅合在一起，并形成了新的结构模式。在故事的结尾，妓女成为道德的楷模，任氏死去了，而李娃却获得了成功。这两种不同的结局让我们看到这些新叙事类型提供给作者的创作空间。

像《李娃传》中荥阳郑氏这样能当作历史背景的元素，在绝大多数唐传奇中并不容易找到。在《任氏传》中，任氏死于长安东后被迅速下葬，此后尸骨又被挖出的情节，似乎是在暗示皇帝妃子杨玉环之死。公元756年，唐玄宗被迫下令杀死杨贵妃，但在结束流亡并从四川返回之后，他希望能体面地安葬杨贵妃。用任氏的故事暗指杨贵妃之死，这一点我们可以理解成是为了强调"红颜祸水"的说法。《莺莺传》中的张生也意识到了这种危险，他恰恰也是因为崔莺莺的美貌而将她解释为"异物"。向界限两边的跨越都是有可能的，所引起的混乱也会让人得到教训。从这个角度看，《莺莺传》的结尾实际是重新稳固了这个界限，尽管是以失去爱情、贬低美丽和压抑感情为代价的。元稹对莺莺的评价不是很明确，但沈既济对任氏品德的评价却是非常确定的。

后世对李娃这个题材的加工改编以及对李娃品德的评价，对处在变化中的社会道德也具有指导意义。十三四世纪的杂剧经常使用唐传奇中的题材，16世纪南方的戏剧（戏文和传奇）也是一样。17世纪某部小说对妓女形象的正面塑造，也能让我们隐约看出李娃这个形象的影响。[1]李娃的形象最终还影响了中国对小仲马《茶花女》的翻译，这部著作最早在1899年由后来非常有名的翻译家林纾（1852—1924）所译。

---

[1]　P. Hanan（韩南）的The Making of The Pearl-sewn Shirt and The Courtesan's Jouwel Box（《〈蒋兴哥重会珍珠衫〉和〈杜十娘怒沉百宝箱〉撰述考》），载*HJAS*（《哈佛亚洲研究学刊》）第33期（1973年），第148页。

道家的神仙传说

如果不提道家的神仙传说，那么有关唐代小说和传奇的介绍就是不完整的。杜光庭所撰《墉城集仙录》是我们首先要提到的。这部作品虽然没有独立的版本传世，但被收录在《云笈七签》中。在这部作品里我们能读到一些关于道家女仙的故事，这些神仙常常跟中国南方的一些仙山联系在一起。[1]杜光庭还编写过一些类似旅行手册的著作，例如介绍了仙山之下迷人景色的《洞天福地岳渎名山记》以及介绍了道教从发源到公元6世纪历史的《历代崇道记》，他尤其出名的是《虬髯客传》这篇小说。[2]

《虬髯客传》的故事发生在隋末，以唐建立之前的事件为背景。李靖带着隋朝大臣杨素的宠妓红拂私奔时遇见了一个留着虬髯的陌生人，这名虬髯客向他询问谁是天下的能人，李靖说到了李世民（599—649），也就是后来唐朝的第二位国君。虬髯客第一次见到李世民的时候就看出他气度不凡，能够统治天下。于是，虬髯客放弃了自己君临天下的想法，将全部身家留给李靖和红拂后就离开，并在另外一个国家自立为王。

作者通过这个故事想表达的意思是，人应当顺应天意，由上天选择真正的统治者，而不应该意图反叛。读者对这位被塑造成英雄、李世民对手的虬髯客产生的好感，在此人消失之后便将注意力转移到了李世民身上。所以，这部小说也可以被理解成是一部将民间宗教传统和地方英雄形象纳入国家崇

---

[1] 关于杜光庭及其《西王母传》，亦见S. Cahill（柯素芝）的Reflections of a Metal Mother: Tu Kuang-t'ing's Biography of His Wang Mu（《杜光庭的〈西王母传〉》），载N. J. Girardot（吉瑞德）、J. S. Major（编）的Myth and Symbol in Chinese Tradition（《中国传统神话与象征》），〔＝ Journal of Chinese Religion. Symposium Issue 13&14，（《中国宗教杂志》研讨专刊）第13/14期〕，（1985/86），第127—142页；亦见F. Verellen（傅飞岚）的Du Guangting (830–933). Taoiste de cour à la fin de la Chine médiévale（《杜光庭（830—933）：中国中世纪的宫廷道教》），巴黎，1989年。
[2] 译文见W. Bauer（鲍吾刚）、H. Franke（福赫伯）的Die Goldene Truhe. Chinesische Novellen aus zwei Jahrtausenden（《中国两千年的短篇小说》），第126页及以下。

拜的作品，它巧妙地将道家传统中的救世主元素与儒家君权神授的思想结合在一起。《虬髯客传》拥有多个版本，其中的三个核心人物是李靖、红拂和虬髯客。这个题材后来又经过多次加工改编，特别是在明代的戏剧作品中，例如凌濛初的《虬髯翁》以及张凤翼（1527—1613）的《红拂记》。

敦煌文献

20世纪初在位于丝绸之路东端绿洲之上的敦煌洞窟中发现的大量抄本，如今主要收藏于英国大英图书馆、法国国立图书馆和中国国家图书馆。这些文献对我们了解中国的宗教、思想史、经济史和社会史都具有极高的价值，并使我们对许多问题有了全新的认识。当然，也有些问题是由于这些文献才出现的。敦煌抄本大多是手抄的佛经和注释，但其中也有一些孔子著作的注解以及从中古波斯语翻译成汉语的摩尼教唱颂文和论，[1] 此外还有许多文学作品，这些作品大大丰富了我们对说唱文学和曲词的认识。在敦煌发现的散文、叙事诗和曲词虽然也出版了现代版本，例如《敦煌变文集》和《敦煌歌辞总编》，但这些远远不能满足文本研究的需要。[2] 而一些比较深入的研究显示，《敦煌变文集》中收录的只有少部分是属于狭义上的"变文"。

"变文"用散文的形式表达宗教或世俗内容，其中夹杂着用于歌唱的部分。亚瑟·威利认为翻译"变文"这个词没有意义，他建议将bianwen作为国际通用的文学体裁概念来使用，并将其解释为"不同寻常的事件"。

---

[1] 见H. Schmidt-Glintzer（施寒微）的*Chinesische Manichaica*（《中国摩尼教》），威斯巴登，1987年。

[2] 王重民等（编）的《敦煌变文集》，2卷本（北京，1957年）；任半塘编的《敦煌歌辞总编》，3卷本（上海，1987年）。

"变文"的德语译文中，最贴切的应为Wandlungstexte（意为"变化的文本"），因为从狭义上讲，"变文"讲的是在佛陀、菩萨或神仙影响下产生的变化，这个变化则是交由善于讲述的叙述者或表演者来完成的。人们认为可以通过听或看这些"变化"而获得醒悟。[1]

"变文"的历史可以回溯到公元8世纪到10世纪，其内容主要是用不同寻常的事件来讲述佛教的义理，语言风格为口头语或接近口头语。有些"变文"是有基本素材的，并且多为历史素材，人们只是将这些素材改成了变文而已。可以说，"变文"是最早有记录的口头语文本。现在普遍的观点认为，"变文"的产生、散文夹杂以七言为主的叙事诗的形式以及变文的分类和界定等，与佛经的解释和普及，同时也与从公元4世纪就开始的"讲经"或"俗讲"有关。

对变文这一概念的定义与界定最重要的无疑是其来源问题。《敦煌变文集》的编者认为对仗、诗歌形式和节奏等中国本土元素是"变文"的基本形式，但也有人认为这些元素是一些添加成分，它们只是覆盖在原本的宗教意图之上，并最终使"变文"世俗化。对于认为"变文"结合了佛教讲经传统和叙事传统的观点，目前是存在争议的。从作者基本不关注真实的时间或空间，而他们自己也完全没有被指出这一点，我们可以看出这是一种民族文学，而非官方承认的文体。虽然我们所知的所有"变文"都出自气候干燥的甘肃西北部敦煌石窟，但这些作品本身并不像是出自偏僻之地。

被《敦煌变文集》编者王重民称为"变文"的80篇作品，语言风格接近唐代的口语，并且都用韵文的形式写成。这些作品中符合狭义"变文"概念的只有约20篇，这些作品可以回溯到被引进中国的配合变相图的故事朗

---

[1] 见V. H. Mair（梅维恒）的*T'ang Transformation Texts. A Study of the Buddhist Contribution to the Rise of Vernacular Fiction and Drama in China*（《唐朝的变文：论佛教对中国白话小说和戏剧发展的影响》），剑桥，马萨诸塞州，1989年。

诵。[1]这20篇作品中有一部分是源自相同传说的不同版本，所以这些变文中只有7个故事。即便我们将标准放宽，也只有12个不同的故事和它们的28个文本可以算作"变文"。[2]其中最重要的有《降魔变文》《大目乾连冥间救母变文》[3]《伍子胥变文》[4]《张义潮变文》《孟姜女变文》[5]。学者白化文（Pai Hua-wen）认为这些文本中有一些不属于狭义变文的范畴，例如《伍子胥变文》《孟姜女变文》《秋胡变文》，他认为这些文本虽然功能是供说唱，但并不配合图一起使用，所以应该属于"大鼓书"。其他一些在标题中带有"变文"这个词的作品，以及大量没有标题的文本则属于佛教的"俗讲"或"讲经文"。[6]作为唐代受佛教影响的民间文化的一部分，"变文"对后世文学的发展，特别是戏剧和说唱艺术的形成具有极为重要的意义。[7]

说唱文学是公开表演的叙事文学的基本形式，同时也是中国民间文学的

[1] 见V. H. Mair（梅维恒）的*Painting and Performance. Chinese Picture Recitation and Its Indian Genesis*（《图画与表演：中国的看图朗诵及其印度源头》），火奴鲁鲁，夏威夷，1988年。

[2] 这些变文的译文，可见V. H. Mair（梅维恒）的*Tun-huang Popular Narratives*（《敦煌通俗叙事文学》），剑桥，1983年。

[3] 这篇作品对"目连救母"这个题材产生了深刻的影响，直到近代仍然在民俗仪式及戏剧中占有固定的位置；见D. Johnson（姜士彬）编的*Ritual Opera, Operatic Ritual. "Mulien Rescues His Mother" in Chinese Popular Culture*（《仪式戏剧和戏剧的仪式：中国流行文化中的"目连救母"》），伯克利，加利福尼亚州，1989年；V. H. Mair（梅维恒）的Notes on the Maudgalyāyana Legend in East Asia东亚的目连传说，载*MS*（《华裔学志》）第37期（1986—1987），第83—93页；S. F. Teiser（太史文）的*The Ghost Festival in Medieval China*（《中国中世纪的鬼节》），普林斯顿，新泽西州，1988年。

[4] 见D. Johnson（姜士彬）的The Wu Tzu-hsü Pien-wen and Its Sources（《伍子胥变文及其来源》），载*HJAS*（《哈佛亚洲研究学刊》）第40期（1980年），第93—156页以及第456—505页。

[5] 见顾颉刚（1893—1980）等的相关论文：《孟姜女故事论文集》（北京，1984年）。

[6] 见Pai Hua-wen（白化文）著、V. H. Mair译的What's is Pien-wen?（《什么是变文》），载*HJAS*（《哈佛亚洲研究学刊》）第44期（1984年），第493—514页。

[7] 关于借助图片讲故事的习俗起源于印度的研究，见V. H. Mair（梅维恒）的*Painting and Performance. Chinese Picture Recitation and Its Indian Genesis*（《图画与表演：中国的看图朗诵及其印度源头》）。

基本形式。虽然这种表演形式是在佛教的影响下才开始形成的，但我们可以认为在唐代已经有了专业的、非佛教背景的讲书人在使用这种形式。唐传奇中所延续的志怪小说的元素也进入了说唱形式的文学作品之中，这种形式特别适合用来吸引行人倾听。说唱文学的一个最关键元素在于它的内容，这些作品的内容奇特、惊人，讲的是谋杀、爱情、失败和惩罚。[1]

在敦煌发现的民间文学作品虽然体现出不同的语言层次，但都是由专业人士创作的，尽管这些人有可能并非知识精英或社会精英。敦煌之所以能够保留下来如此多的文本还有一个原因：在佛教寺庙中，抄写是俗家弟子的任务，正因如此，我们才能够看到这些变文。这也说明了为什么相同的文本会有不同的版本。这些文献多为抄本，所以保存下来的经常只是一些残篇。佛教寺庙很早就成为俗家人学习的场所，在敦煌找到的大量习字手稿就是一个很好的证明。[2]

---

[1]　见W. Brown的研究：From Sutra to Pien-wen. A Study of "Sudatta Erects a Monastery", and the Hsiang-mo Pienwen（《从佛经到变文》），载*Tamkang Review*（《淡江评论》）9.1（1978年），第67—101页。

[2]　见E. Zürcher（许理和）的Buddhism and Education in T'ang Times（《唐代的佛教与教育》），载Wm. Th. de Bary（狄百瑞）、J. W. Chaffee（贾志扬）编的*Neo-Confucian Education. The Formative Stage*（《宋明理学教育：形成阶段》），伯克利，加利福尼亚州，1989年，第19—56页。

23. 古文运动和禅宗的"语录"

唐代社会的动荡与尚古风潮

文学领域的新思潮并不是在"安史之乱"后才出现的，虽然类似唐传奇的文学形式的出现必须置于社会转型的背景之下才能够解释。在这个时期之前的很多文学作品中，我们实际已经能体味到愤怒的情绪，预感到将要发生的战争、流亡以及混乱。不过，大批文学家是经过"安史之乱"造成的政治动荡之后，才开始对矫饰的文学风格（特别是骈体文）产生不满。只是他们找到的解决办法并非为新局势寻找新方案，例如在文学语言中模仿口头语，而是开始怀念起汉代早期和周代。这种崇古的风潮是逐渐兴起的，目的在于回归源头，向古代寻找可以遵循的标准，这种做法实际就是要上溯到孔子。早在唐朝之前，就已经有人提出过这种要求，例如刘勰的《文心雕龙》，虽然刘勰自己使用的是骈体，但他却明确提出了仿效古代经典的主张。

在文学领域明确提倡"复古"的是陈子昂，也正是这一点，使他后来获得了韩愈和其他一些人〔例如宋祁（998—1061）等人〕的赞誉。在附在某首诗前的信中，陈子昂这样写道：

> 文章道弊五百年矣。汉魏风骨，晋宋莫传，然而文献有可征
> 者。仆尝暇时观齐、梁间诗，彩丽竞繁，而兴寄都绝，每以永叹。
> 思古人，常恐逶迤颓靡，风雅不作，以耿耿也。[1]

虽然号称"复古"，但这并不意味着要完全照搬古人，这个口号实际是提倡革新，尤其是要推行孔子的理念。

在这种思想领域的革新中，为师者起着至关重要的作用，这也就解释了为什么寻求复古始终与寻找理想的师者形象、寻找可以成为榜样的人联系在一起，例如在公元754年历史学家、文学家萧颖士（717—759）就曾被他的弟子比作孔子："先师微言既绝者千有余载，至夫子而后渢美无度，得夫天和。"[2]这些常常极受追随者和学生尊敬的老师代表了理想的学者类型：道德高尚，精于文字，而且有能力担任要职。

唐代学者之间的区别也常常体现在他们的宗教立场上，有些人虔信佛教，有些人则更倾向于道家。但有些文学家对宗教的信仰程度也会发生变化，有些人甚至会改变所信仰的宗教。这种现象的出现有很多原因，在有些例子上，能明显地看出投机的因素。

构成主要改革力量的是那些亲身经历了动荡的文人，他们的人生规划完全被时局打乱。从出身看，这样的文人多来自没落的贵族家庭，他们不能够指望世袭官职或继承财产，只能依靠科举考试或他人的保举，因而他们的忠诚也更多地给予了唐王朝，而非自己的家族。正因如此，他们更愿意仿效汉代，而不是这个让他们家族获得权力和声望的分裂的帝国。这些文人提倡恢复儒学，并将这种主张用文章形式表达出来，其中就包括一些带有教育性质的文章和家训。

那些因战乱而仕途受阻的人更是认为有必要对唐代的思想基础进行反

---

[1] 陈子昂《与东方左史虬修竹篇》，载《全唐诗》卷八十四。
[2] 《全唐文》（北京，1983年），卷三九五。

思。在此前，关于精神思想方面的批评就以各种形式出现过，其中就有刘知
幾对官修制度的反对。[1]但随着战乱和公元756年长安的沦陷，加之大量藏
书被毁，人们的安全感丧失，此外，大量的官职由武官而非文官担任。对很
多人来说，他们已经没有了长期进行文学工作的基础，所以这一时期的文学
创作主要集中在短篇散文上，例如传记、书信、奏议、序言等，都是一些应
时之作。虽然各种散文体裁的写作风格早已由一些范例固定了下来，但从公
元8世纪中期开始，散文开始透露出批判性，且观点也更为鲜明。韩愈正是
延续了此类文章的风格，到了宋代，韩愈这类作者因被视为"古文"的代表
人物而备受重视。

在思想潮流的转变过程中，"文"这个概念起到了至关重要的作用。
"文"最初的含义是指模板或某种形式的、有规律的重复，在古代经典中就
已经反复出现，[2]例如《易经》用"天文"指天体和它们的位置，以及中国
自己的地形地貌，用"人文"指音乐、礼仪和写下的话语等。一些思想家从
"文"和世界的对应关系上得出结论，认为由"人文"便可知历史形势。在
生前就受人推崇、被视为古文运动先驱的学者李华（715—766）曾在《质文
论》[3]中提出"文"与虚假是相关联的，代表简单、理性的"质"与代表精
致、浮华的"文"是相对的，应该在"文""质"之间寻求一种平衡。李华
的这种主张带有明确的针砭时弊的意味，因为他认为当时的"文"过盛。可
见，"文"并不仅代表宇宙或人类的秩序，同时也代表人的主观品质，即感
情和价值观。由此，"文"就成了一种指标，可用来衡量世界、社会和各个
朝代的秩序。在这种前提之下，有些人便用"文"和"质"（形式和内容）

[1] 关于刘知幾，见M. Quirin的*Liu Zhiji und das Chun Qiu*（《刘知幾和〈春秋〉》），
法兰克福，1967年。
[2] 见D. McMullen（麦大维）的Historical and Literary Theory in the Mid-Eighth
Century（《八世纪中叶的历史文学理论》），载A. F. Wright（芮鹤寿）、
D. Twitchett（崔瑞德）编的*Perspectives on the T'ang*（《唐代概况》）纽黑文，康涅
狄格州，1973年，第307—342页。
[3] 《全唐文》卷三百十七。

的对立关系来批评六朝是一个有"文"无"质"的时期。

李华及其同代人用以改变这种状况的方式之一，就是以散文的形式评述历史人物和事件，贬今崇古。东汉时期的经学家郑玄就曾秉持这样的态度，他主张"正"，将"正"等同于先秦时期，并与衰落和"变"相对立。

"文"这个核心概念存在多义性，评价标准变得无法统一，因而出现了很多完全不一样的，甚至相互矛盾的说法，特别是在将"文"作为独立概念使用时，或是像李华那样将"文"用作其他概念，如"质"的反义词时。上文中被誉为"夫子"的萧颖士就用"文"来指代一种理想状态：

> 至哉文乎！天人合应，名数指归之大统也。[1]

历史进程被视为"文"的一种表现，断代史是对其进行的反思。李华写于公元748年的一段话是这样说的："化成天下，莫尚乎文。文之大司，是为国史，职在贬惩劝，区别昏明。"[2]特别是在"安史之乱"后，认为文学首先应该育人树德的观点开始流行起来。[3]

在相关讨论中，我们能找到各种各样试图用"文"这个概念将学者的活动，例如绘画、书法、诗歌等统一起来的努力，"文"的含义也因此更加丰富。同时，"文"也以一种特殊的形式被用来指书面文字，例如我们能透过一些明君的"文"看出"文"的影响力，这些影响力超越朝堂远达社会。

---

[1]《为陈正卿进续尚书表》，载《全唐文》卷三百二十二。

[2] 李华《著作郎厅壁记》，载《全唐文》卷三百十六。

[3] 见颜真卿（709—784）的相关论述，载《全唐文》卷三百三十七，第10下—第11上页；参见P. K. Bol（包弼德）的Culture and the Way in Eleventh Century China（《中国十一世纪的文化与道路》），普林斯顿大学，博士论文，1982年，第33页；D. McMullen（麦大维）的Historical and Literary Theory in the Mid-Eighth Century（《八世纪中叶的历史文学理论》），载A. F. Wright（芮鹤寿）、D. Twitchett（崔瑞德）编的Perspectives on the T'ang（《唐代概况》）纽黑文，康涅狄格州，1973年，第333页。

随着文学批评的不断变化，一些古代经典甚或更古老的作品不断被人重新评价，连《楚辞》也被人视为文学走下坡路的开始。相应地，"安史之乱"以前的唐代文学被人高度赞誉，而此后的文学却被同样一批人贬斥。公元8世纪到9世纪，出于教育目的而对文学进行的重新评价导致有人开始反对一切感官刺激和异域风情，"古文运动"的许多代表人物就认为唐代十分流行的传奇小说价值并不高。

"复古"与古文运动

"古文运动"应该被视为包括了诗歌、散文等文学创作各个领域的"复古"运动的一部分。[1]很多人可以毫不困难地将对古代的推崇与佛教思想以及所有对异域及奇特事物的喜爱结合在一起，而有些人的观点则更为严谨，他们几乎只接受中国先秦时期的理想，这其中就有柳宗元和韩愈。这些人在自己所反对的诗歌传统之上构建了自己的思想，这也不奇怪，因为"复古"中的"古"并不是要回归过去，而是重建一种理想的状态。

"古文"是在比较晚的时候才被用来指代与"复古"运动相关的散文革新运动，在六朝时期，这个词主要是指儒家经典，之后又泛指所有符合儒家传统的文章。"古文"这个概念是从李翱（约772—836）[2]之后才有了新的、精练浓缩的含义，它被用来指代一种文体以及对时代持批判态度的论辩方式。但随着时代的变迁，"古"这个概念的含义依然在不断变化，在南宋时期，公元8世纪盛唐时期的诗人就已经被认为是"古"的了。

[1] 见Ch. Hartman（蔡涵墨）的 *Han Yü and the T'ang Search for Unity*（《韩愈和唐代统一的努力》），普林斯顿，新泽西州，1986年，特别是从第217页及以下。
[2] 见R. Emmerich（艾默力）的 *Li Ao (ca. 772–ca. 841). Ein chinesisches Gelehrtenleben*（《李翱传》），威斯巴登，1987年。

在唐代的作品中，"古文"这个词还被用来指"模仿古代风格的文学作品"，直到宋代出现了一本无名氏所编的《古文苑》，这个词才有了专门的含义，明清之后的一些古文集也开始采用这一含义。根据这个含义，能被称为"古文"的文章首先应该是独立完整的；其次，文章只针对一个话题，没有多余的添加；最后，文章应该包含道德或哲学方面的论说。

唐代的文章经常不遵循这些标准，所以对宋代的理学而言，要梳理"古文运动"的传统并不容易。在唐代，很多作家无法摆脱造作的骈体，只有少数几位重要作家因其朴素的文风被视为古文体的开创者或先驱，其中包括萧颖士、李华、贾至（718—772）、独孤及（744—796）和梁肃（753—793）、元结（719—772），其中元结可以算作这几位作家中最有名的一位。与古文运动有关的作家中，我们特别要提到的是柳宗元和韩愈。

韩愈和柳宗元被认为是唐代古文运动中最重要的代表人物。虽然后世的评价过于将他们两人的风格视为相互对立，认为韩愈写作主要是为了教人，而柳宗元则主要是为了自娱，但这种说法也并不算错。韩愈和柳宗元同样都追求先秦时期的朴素之风，但他们的思想实际是先进的，并不是要倒退。在继承先秦理想的时候，他们试图将古代文本和传统的影响力弱化，甚或丢弃，这一点在韩愈的《师说》中体现得很明显：

> 是故无贵无贱，无长无少，道之所存，师之所存也。……是故弟子不必不如师，师不必贤于弟子。闻道有先后，术业有专攻，如是而已。[1]

作于公元812年、假托老师与学生直接对话的《进学解》，带有很强的

---

[1] 《韩昌黎文集校注》（台北，1967年，第2版），第24页。

自传色彩，[1] 文中说：

> "……诸生业患不能精，无患有司之不明；行患不能成，无患有司之不公。"
>
> 言未既，有笑于列者曰："先生欺余哉！……"

在长长的一段对学问和老师德行的赞扬后，学生对老师低下的社会地位发出了感叹：

> 冬暖而儿号寒，年丰而妻啼饥。头童齿豁，竟死何裨。不知虑此，而反教人为？[2]

这篇文章不仅为韩愈带来了声誉，还带来了被提拔的机会。对话沿用汉赋的形式，体裁则属于"设论"。该体裁始于东方朔的《答客难》，扬雄的《解嘲》和班固的《答宾戏》是这个形式的继续。《进学解》采用了这种虚拟对话场景的传统形式，讲的是一位认为自己的能力并没有得到相应重视的文官，这种不重视也许是来自当时的掌权者，也许指的是他认识的人。"设论"这种古老的形式在唐代的古文运动中被用于新话题，并得到了发展。

韩愈作品的题材丰富多样，包括辞别或送别友人同行之作和大量的墓志铭，其中还有一篇为柳宗元作的墓志铭。而他最著名的作品除了《论佛骨

---

[1] 见M. K. Spring的 Han Yü's Chin-hsüeh chieh. A Rhapsody on Higher Learning（《韩愈的〈进学解〉：一篇关于高等教育的赋文》），载*T'ang Studies*（《唐学报》）第4期（1986年），第11—27页；M. K. Spring的 A Stylistic Study of Tang guwen. The Rhetoric of Han Yu and Liu Zongyuan（《唐代古文的文体学研究：韩愈与柳宗元的修辞手段》），华盛顿大学，博士论文，1983年。
[2] 《韩昌黎文集校注》，第25页。

表》，就应该是哲学论文《原道》了，这篇文章在语言上仿照的是《中庸》和《大学》的论证方式。[1]与柳宗元一样，韩愈作品中的诗歌和散文也是同等重要的，只是由于后来"古文"这个概念被专门用来指散文，所以这位复兴儒学运动奠基者的诗歌作品常常被人忽略，就像是这位被认为严肃而不苟言笑的学者时常被人忽略的幽默一面那样。[2]

与天生的师者韩愈不同，柳宗元通常被认为是一个天生的艺术家。[3]柳宗元曾因为与王叔文派关系密切而被贬官，[4]他的作品如果不是因为经刘禹锡整理出版，或许不会有几篇能流传下来。柳宗元被认为是最早开始写山水游记的作家之一，特别是在被贬官到中国南方和中部地区时，他曾经创作过大量这类作品，其中几篇以游记体写成，例如《永州八记》，并由此实际开创了游记的体裁。[5]

柳宗元不仅是描写类散文的伟大开创者，这种描述的手法同样也体现在他的诗歌作品中，例如《雨晴至江渡》这首诗：

江雨初晴思远步，日西独向愚溪渡。

---

[1] 见J. K. Rideout（莱德敖）的The Context of the Yuan Tao and the Yuan Hsing（《〈原道〉与〈原性〉》），载*BSOAS*（《伦敦大学东方与非洲学院院刊》）第12期（1948年），第405—408页；译文见Wm. Th. de Bary（狄百瑞）等编的*Sources of Chinese Tradition*（《中国传统典籍》），纽约，1960年。

[2] 见J. R. Hightower（海陶玮）的Han Yü as a Humorist（《幽默的韩愈》），载HJAS（《哈佛亚洲研究学刊》）第44期（1984年），第2—27页。

[3] J. M. Gentzler的*A Literary Biography of Liu Tsung-yüan*（《柳宗元传》），纽约，1973年。

[4] 关于这场没有成功的改革，见D. Twitchett（崔瑞德）编的*The Combridge History of China*（《剑桥中国史》），第3卷（剑桥，1979年），第601页及以下。

[5] 关于柳宗元的山水描写，见A. R. Davis的The Fortunate Banishment. Liu Tsung-yüan in Yung-chou（《幸运的流放：柳宗元在永州》），载*JOS*（《东方文化》）4.2（1966年），第38—48页；亦见J. M. Hargett（何瞻）的*On the Road in Twelfth Century China. The Travel Diaries of Fan Chengda (1126–1193)*（《走在12世纪的中国：范成大的游记》），斯图加特，1989年，第20—25页。

渡头水落村径成，撩乱浮槎在高树。[1]

最能代表柳宗元特点的是《中夜起望西园值月上》[2]这首诗，而他的《江雪》则是中国文学史上最著名的诗作之一：

千山鸟飞绝，万径人踪灭。

孤舟蓑笠翁，独钓寒江雪。[3]

这首诗让人仿佛在看一幅画，很能体现诗与画的相通。如果说王维的作品是"诗中有画，画中有诗"，那么这句话同样也适用于擅长用语言作画的柳宗元。

柳宗元的诗歌语言非常简朴，与他散文的风格很难区分，而他的散文又和诗很接近，所以也被称为"无韵的诗"。这种诗与散文的融合是早期"古文运动"的一个特点，下面这篇柳宗元的《至小丘西小石潭记》就是一个很好的例子：

从小丘西行百二十步，隔篁竹，闻水声，如鸣佩环，心乐之。伐竹取道，下见小潭，水尤清冽。全石以为底，近岸，卷石底以出，为坻，为屿，为嵁，为岩。青树翠蔓，蒙络摇缀，参差披拂。

潭中鱼可百许头，皆若空游无所依。日光下澈，影布石上，佁然不动，俶尔远逝，往来翕忽，似与游者相乐。

潭西南而望，斗折蛇行，明灭可见。其岸势犬牙差互，不可知其源。

---

[1]《柳宗元集》（北京，1979年），卷四十三。
[2]《柳宗元集》，卷四十三。
[3]《柳宗元集》，卷四十三。

坐潭上，四面竹树环合，寂寥无人，凄神寒骨，悄怆幽邃。以其境过清，不可久居，乃记之而去。[1]

"古文"不仅语言朴素简洁，"古文"作家还会使用战国作家和汉代作家曾经使用过的大量修辞手段。除了表达，"古文"还以其谋篇布局和论证模式见长，其中一些甚至成为后来几百年间学生学习的内容。与韩愈的散文类似，柳宗元的散文也经常是为教育服务，他的一些作品会让人联想起《庄子》书中的故事，例如他的《种树郭橐驼传》。[2]

在"复古"的过程中，柳宗元与他的同代人一样，都使用了"寓言"这一古老的体裁，并加以发展。这些寓言不同于"笔记"之处主要在于其教育目的，关于这一点，寓言与唐传奇类似。但不同于唐传奇的是，寓言的篇幅短很多，结构也更为简单。这类寓言多是对旧的、人所熟知的题材进行重新加工。传统论辩术中一个特别受人喜爱的题材是"千里马"，用来比喻贤能的大臣和官吏，这个题材在战国时期的文章中就曾经出现过，后来也一再被用到。[3]韩愈就曾在一篇短文中利用这个比喻并提出疑问：是真的没有千里马，还是没有识得千里马的伯乐？马也被用于其他的比喻中，例如白居易著名的《八骏图》就经常被解释为对唐宪宗（805—820在位）的批评。

宋代的历史学家非常清楚，"古文体"虽然是由韩愈和柳宗元发展到第一个鼎盛时期的，但其酝酿与准备阶段早在他们之前就已经开始了。这些史学家采用唐代就已经存在"古文体"的观点，将"古文运动"开始的时间

---

[1]《柳宗元集》，卷二十九。
[2] 译文见Shih Shun Liu（刘师舜）编的 *Chinese Classical Prose. The Eight Masters of the T'ang-Sung-Period, Selected and Translated*（《唐宋八大家文选》），香港，1979年。
[3] M. K. Spring在她的文章 Fabulous Horses and Worthy Scholars in Ninth-Century China（《九世纪中国的骏马与高士》，载*TP*（《通报》）第74期（1988年），第173—210页）中进行了概述。

回溯到曾为唐太祖撰写过诏书的西魏大臣、文学家苏绰（498—546）那里，在诏书中，苏绰仿效的是《尚书》的风格。刘知幾曾在《史通》中说道："寻宇文初习华风，事由苏绰。至于军国词令，皆准《尚书》。太祖敕朝廷他文，悉准于此。"[1]另外一个被认为奠定了古文体基础的人是李谔，他在《上书正文体》中建议改革公文的文体，提出教育百姓和纠正世风的必要性，还将汉朝之后在他看来属于艳情文学的作品斥为堕落无用之作，原因是这些作品只会引起混乱。

因此，古文运动从一开始就主要是对六朝文风的反对，从那个时候开始，"古文"就都带有论战或至少是驳斥的倾向，尽管不同文章之间经常会体现出很大差别。"古文"传统下的看问题角度由此成为后世儒家美学的基础，例如在成书于公元945年的《旧唐书》中，编者在《儒学传》的序言里这样写道：

> 近代重文轻儒，或参以法律，儒道既丧，淳风大衰，故近理国多劣于前古。[2]

这里的"文"带有贬义，这个词在上文论及李华的《文质论》时已经提到过，杜佑（735—812）在类书《通典》中也曾尝试在"艺文"的兴盛与国家的衰落间找到联系。杜佑应该明白他自己所使用的"文"与他批评的"文"是有区别的。但这位法家的史学家对"文"的批判，或某些道德维护者对"文"的批判，都应放在一个前提之下去理解，即"文"在求官的时候会起到非常重要的作用。人们还可能会产生一种观点，认为过于注重形式的文学作品会成为勤政和朴素生活的障碍。

所谓"古"，指的不仅是"古代""古文"，也指"古代的人"，指撰

---

[1] 《史通·外篇·杂说中》。
[2] 《旧唐书》卷一百八十九上。

写文章或作为这些文章内容的"古人"。从韩愈的一篇文章中，我们也能看出"文"这个词的丰富含义。在这篇文章中，韩愈认为应该以作者的意图，而非语言或风格为标准：

> 或问："为文宜何师？"必谨对曰："宜师古圣贤人。"曰："古圣贤人所为书具存，辞皆不同，宜何师？"必谨对曰："师其意不师其辞。"又问曰："文宜易宜难？"必谨对曰："无难易，惟其是尔。"[1]

尽管在古文运动中，"文"经常被理解为散文，但这个概念最初实际是指所有文本，因此也指所有的文学作品。以苏东坡为核心的文人群体就是从这个角度出发，将杜甫的诗和韩愈的散文视为革新运动的典型代表。这个群体认为"文"不仅指写下来的文字，还指书法和绘画。后来认为"古文运动"主要与散文有关的观点因吕祖谦所编的《古文关键》而得到加强。在这部文集中，编者收集了韩愈、柳宗元、欧阳修、曾巩、苏洵、苏轼、苏辙、张耒等作家的作品，其中包括书信、杂文、序和其他类型的散文。这部文集说明吕祖谦在选编的时候，不再是以教育意图为标准，而是以文体为标准。

早期"古文"的代表人物是由不同群体组成的，公元8世纪中期的第一代人物主要思考的是"文"这个概念的含义，而韩愈和柳宗元等则是在"文"这个概念之前树立了"道"的合法地位。

从"文"这个概念含义的扩大上，我们可以看到将个人目的与对其行为的评判统一在同一个原则之下的努力。构成框架的不再是家庭或国家，而是宇宙天地。同时，在官府任职或为此做准备也成为文人对自己所提要求的前提，文学创作、针砭时弊与为官的学问、行为之间不是分裂的，"文"含

---

[1] 《韩昌黎集》（香港，1964年），卷十九，第80—81页。

义的扩大不仅让"君子"有可能入仕，甚至还会要求他们这样做。"安史之乱"之后，人们开始通过更加清晰地说明道德的价值，强调"道"这个概念，寻找打破传统统治形式的方法。这种趋势我们不仅能从韩愈这种将个人思想当作主要观察对象的文人身上看出，也能从像柳宗元这样对其背后历史背景更感兴趣的人身上看出。柳宗元认为应该寻找"道之源"，他的思想集中体现在公元813年提出的"文以明道"[1]上。韩愈的女婿李汉在为韩愈作品集所作序言的开篇就写道："文者，贯道之器也，不深于斯道，有至焉者不也？"[2]

在从事文艺作品创作的人眼中，"古文运动"是缺少文学性和精致性的。然而在11世纪古文运动的代表人物看来，唐代的运动证明了"道"是蕴含在"文"中的，"道"能在儒家价值观的基础上重建统一、文明的中华帝国。但后来的思想家批评"古文运动"时却认为他们对"文"的强调遮蔽了"道"。例如朱熹就曾经说过：

> 陈曰："'文者，贯道之器。'且如六经是文，其中所道皆是这道理，如何有病？"曰："不然。这文皆是从道中流出，岂有文反能贯道之理？文是文，道是道，文只如吃饭时下饭耳。若以文贯道，却是把本为末。以末为本，可乎？其后作文者皆是如此。"因说："苏文害正道，甚于老佛，……"[3]

这是一种新的理解，在北宋时期尚不流行，当时的人们将"文"和"道"理解成同一个事物的两面。

---

[1]《柳河东集》（上海，1974年），卷三十四，第542页。

[2] 参见Diana Yu-shih Mei的 Han Yü as a ku-wen Stylist（《古文家韩愈》），载 *Tsing Hua Journal of Chinese Studies*（《清华学报》）新刊第7卷第1期（1968年），第143—207页。

[3]《朱子语类》（台北，1962年），卷一百三十九，第5367页。

禅宗的语录

虽然唐代中晚期的佛教禅宗对书面流传的文本持保留态度，且更加重视口头的开示，但弟子们还是会随时记录他们师父说过的话。在这里要顺便提一下的是，韩愈虽然在文章中公开反对佛老，但实际上，他一生都跟佛寺的成员保持着密切的往来。

直接用于传递观点的师生对话形式反映在了佛家弟子记录下来的师父"语录"中，这些语录在某种程度上也记录了传递的过程。一开始的问答形式发展到后来逐渐变得只收集师父的话，称为"语录"。[1]这个词第一次出现是在公元10世纪末《宋高僧传》的卷二十里以及书中的其他几个地方，而在更早一些的《祖堂记》[2]中出现过其他用来指代这种文本的词。语录这一体裁最早是出现在记录马祖道一（709—788）思想的文本里。马祖道一的门人打破了之前佛徒传教的习惯，开始面向更广大的受众。根据马祖道一的思想，道从根本上而言是每个人都可以接触到的，它在每个人说的话里，不需要经过特别的学习。大珠慧海的《顿悟要门》和百丈怀海（720—814）的《百丈广录》继续发展了这个思想。语录流传中最关键的一点是这些话不能脱离说话时的前因后果，这一点，临济义玄（卒于867年）就曾经提到过，《临济录》[3]就出自他之手。

---

[1] 见柳田圣山作、J. R. McRae译的The "Recorded Sayings" Texts of Chinese Ch'an Buddhism（《中国禅宗的"语录"》），载Whalan Lai、L. R. Lancaster编的Early Ch'an in China and Tibet（《中国和西藏的早期禅宗》），伯克利，加利福尼亚州，1983年，第186—205页。关于"语录"，见Isshū Miura、R. F. Sasaki的Zen Dust. The History of the Kōan and Kōan Study in Rinzai (Lin-chi) Zen（《临济禅"公案"的历史及其研究》），纽约，1966年。

[2] 见P. Demiéville（戴密微）的Le Recueil de la Salle des Patriarches. Tsou-t'ang tsi（《考究〈祖堂集〉源流》），载TP（《通报》）第56期（1970年），第262—286页。

[3] 见R. Ch. Mörth的Das Lin-chi lu（《临济录》），汉堡，1987年。《临济录》的译文，见R. F. Sasaki的The Record of Lin-chi（京都，1975年）；P. Demiéville（戴密微）的Entretiens de Lin-tsi（巴黎，1972年）。

　　源自传教活动的中国禅宗语录不仅充满了智慧、幽默和机智，其意义还在于这些语录保留了当时的口头语。最初，这些语录只是作为笔记在弟子间流传，到公元10世纪时才开始刊印发行，"语录"这个词是在那个时候才有了体裁的概念。当时编辑出版的语录集中有公元952年刊行的《祖堂记》，尤为特别的是引出了一系列类似作品的道原的《景德传灯录》（1002年刊行）。[1]

　　记录禅师语录的重要文集除了《临济录》和《马祖语录》，还有曹洞宗开山之祖洞山良价禅师（807—869）的语录。直到今天，曹洞宗寺院中的僧人还会每天吟诵他的共94句的《宝镜三昧歌》。[2]

　　11世纪，被视为理学创始者的程颐、程颢兄弟的弟子，将禅宗的这种记录师父言行并传于后世的做法引入了刚刚形成的理学之中。这种记录与禅宗的语录一样，也用口头语撰写，例如2卷的《程颐语录》、14卷的《张九成语录》等诸多著作。这类作品中最重要的一部当数43卷的《朱熹语录》。[3]

　　一些禅师的语录在当时特别流行，读者众多。克勤法师（1064—1136）所编的《碧岩录》第八则开头这样写道：

> 　　会则途中受用，如龙得水，似虎靠山；不会则世谛流布，羝羊触藩守株待兔。有时一句，如踞地狮子；有时一句，如金刚王宝剑；有时一句，坐断天下人舌头；有时一句，随波逐浪。[4]

[1]　《景德传灯录》的节译本，见Chuan-yuan Chang（张钟元）的 *The Original Teachings of Ch'an Buddhism*（《禅宗的原始教义》），纽约，1969年。

[2]　见W. F. Powell的 *The Record of Tung-shan*（《洞山语录》），火奴鲁鲁，夏威夷，1986年。

[3]　G. Kallgren（高歌蒂）的Studies in Sung Time Colloquial Chinese as Revealed in Chu His's Ts'üan-shu（《从〈朱子全书〉看宋代的白话》），载 *BMFEA*（《远东文物博物馆馆刊》）第30期（1958年），第1—165页。

[4]　W. Gundert的 *Bi-Yän-lu. Meister Yuan-wu's Neiderschrift von der Smaragdenen Felswand*（《碧岩录》），3卷本（慕尼黑，1960—1973），此处为第3版，1973年，第1卷，第183页。

下面这个理学语录的例子出自《朱子语类》：

> 因说僧家有规矩严整，士人却不循礼。曰：他却是心有用处。今士人虽有好底，不肯为非，亦是他资质偶然如此。要之其心实无所用，每日闲慢时多。如欲理会道理，理会不得，便掉过三五日，半月日，不当事。钻不透，便休了。既是来这一门，钻不透，又须别寻一门。不从大处入，须从小处入，不从东边入，便从西边入。及其入得，却只是一般。今头头处处钻不透，便休了。如此，则无说矣。有理会不得处，须是皇皇汲汲然，无有理会以不得者。譬如人有大宝珠，失了，不著紧寻，如何会得！[1]

一些在中国收集刊行的语录——就像很多中国的佛教书籍一样——在日本得到了比在其故乡更高的重视，并且在那里拥有诸多注释本。其中包括无门慧开（1182—1260）的48卷《无门关》，这本书的名字可以用德语译为Die Schranke ohne Tor（意为"没有门的屏障"）或Zutritt nur durch die Wand（意为"只可穿墙而入"）。[2]

无论佛教还是道教，它们都将教义争论变成论战文章或讽刺文章，并用这种特别的方式丰富着中国的文学，传承着在汉代之前就已经形成的论辩中的某些方法。佛教徒和道教徒之间的争论，特别是关于两种宗教哪种该占上风的问题，竟成为普通人接受教育时的内容，因而被一些作家当作嘲讽的对象。其中的一个讽刺作品《茶酒论》在敦煌的寺院中经常会被

[1] 郑振铎的《插图本中国文学史》，北京，1957年，第622页；参见Shou-yi Ch'en（陈受颐）的 *Chinese Literature. A Historical Introduction*（《中国文学史》），纽约，1961年，第371页。

[2] 此书的译本有：W. LIebenthal（李华德）译的 *Wu/men Hui-k'ai, Ch'an-tsung Wu-men kuan. Zutritt nur durch die Wand*（海德堡，1977年）；H. Dumoulin译的 *Mumonkan. Die Schranke ohne Tor. Meister Wu-men's Sammlung der achtundvierzig Kōan*（美因茨，1975年）。

抄写。在敦煌文献中，这篇据称由一个名叫王敷（生活在公元8世纪或9世纪）的人所作的讽刺小品有不少于6个抄本。[1]这篇文章讲到茶和酒要争出高下，直到最后水出场制止了它们的争论，并要求它们和解。这种不同信仰之间的融合在当时是一个趋势，类似王敷这篇讽刺文的作品也必须放在这个背景下去理解。

---

[1]　见Tsu-lung Chen（陈祚龙）的Note on Wang Fu's Ch'a Chiu Lun（《王敷的〈茶酒论〉》），载Sinologica（《中国学》）第6期（1961年），第271—287页。

24. 民歌、叙事诗和为歌伎创作的歌曲

用于娱乐的民歌和歌曲

在敦煌发现的文献中除佛教诗以及以诗的形式加工改编旧素材而形成的叙事作品外，还有民歌和叙事诗。编纂于公元10世纪的《云谣集》收录了33首无名氏所作的曲子词，其中部分是公元7世纪的作品，非常感人地描述了普通人的情感世界。[1]

唐代的民歌和曲子词并非像后世一些作品出版者认为的是由白居易和刘禹锡开创的，而是来自南方的传统民歌，并结合了本土的歌曲和中亚的音乐。不过，一些文学家很快就在这些新的形式，特别是新曲调带来的启发下开始为这种深受喜爱的形式创作歌词，所以我们经常很难判断流传下来的早期曲子词中哪些是纯粹的民歌，哪些是经过诗人加工过的。从《韩朋赋》这部作品中，我们就能看出上层社会的文学创作是如何从很早的时候就开始与其他阶层的作品混合在一起的。《韩朋赋》只保留了"赋"的一些早期特

---

[1]　由任二北校勘的《敦煌曲校录》（上海，1955年）现在已经被新的版本替代：任半塘（即任二北）的《敦煌歌辞总编》，3卷本（上海，1987年）。

征，用非常巧妙的方式讲述了一个古老的故事：一个乡下的姑娘爱上了同乡的一个年轻男子。姑娘因为美貌被带入王宫。姑娘与爱人分别前曾经向他许诺自己的忠贞。在王宫中，姑娘多次拒绝王的引诱，最终用自杀的方式摆脱了他。姑娘的未婚夫听说这件事后，也选择了自杀。这对情侣被分别埋在道路的两边，他们的灵魂先是变成象征忠贞爱情的鸳鸯，后又变成松树，枝条在道路上方交缠在一起。

400余首公元8世纪到10世纪间的歌曲作品都将作者标为"王梵志"（意思是一个姓王的维护信仰的人），这些作品也属于民歌，在当时应该是广为流行的，甚至直到宋代依然深受喜爱。但它们是在敦煌经卷被发现之后，才重新引起较大关注的。[1]

唐代最著名的这类作品当数"词"，这些"词"先是在城市的娱乐场所里被演唱，后来又有一些诗人利用已有的、部分来自南方的民歌和自由的艺术歌曲等形式创作这一类的作品。[2]这种词的形式在唐代，特别是从"安史之乱"后随着社会局势的变化而开始发展，并在接下来的几个世纪中成为最重要的文学表达手段，所以"词"这种文体经常与其发展到鼎盛时期的宋代联系在一起。[3]

---

[1]　见P. Demiéville（戴密微）的*L'Oeuvre de Wang Le Zélateur (Wang Fan-tche)*（《王梵志的作品》），巴黎，1982年。

[2]　见M. L. Wagner的*The Lotus Boat. The Origins of Chinese Tz'u Poetry in T'ang Popular Culture*（《荷花船：唐代俗文化中词的起源》），纽约，1984年。

[3]　关于词的结构形式，见G. W. Baxter（白一平）的Metrical Origins of the Tz'u（《词的起源》），载*HJAS*（《哈佛亚洲研究学刊》）第16期（1953年），第108—145页。关于词的形成，见Shih-chuan Chen（程石泉）的The Rise of the Tz'u, Reconsidered（《词的起源再考证》），载*JAOS*（《美国东方学会会刊》）第90期（1970年），第232—242页；Kang-i Sun Chang（孙康宜）的*The Evolution of Chinese Tz'u Poetry from Late T'ang to Northern Sung*（《词的发展：从晚唐到北宋》），普林斯顿，新泽西州，1980年。关于词的评价，见James J. Y. Liu（刘若愚）的Some Literary Qualities of the Lyric (Tz'u)（《词的文学性》），载C. Birch（白芝）编的*Studies in Chinese Literary Genres*（《中国文学文体研究论文集》），伯克利，加利福尼亚州，1974年，第133—153页。——S. M. Ginsberg的*A Bibliography of Criticism on T'ang and Sung Tz'u Poetry*（《唐宋词研究书目》），麦迪逊，威斯康星州，1975年。

"词"是为固定曲调创作的"曲子词",所以也有观点将其视为乐府的延伸发展形式。这种观点之所以能站得住脚,是因为"乐府"这个词是公元5世纪才开始用作文体名称的,且其中也包括了民歌。敦煌文献证明"词"并不是文学家的发明,但在"词"中,我们还是能看出这种形式与宫廷的联系,宫廷里的歌舞宴乐表演非常普遍,从很早的时候就已经有证据能证明这点。

一开始在都城娱乐场所中表演的歌曲之所以能在中国广泛流传,与"安史之乱"后宫廷乐坊解散、乐坊成员流落到各个地方有关。很多城市在之后出现了"妓馆",在这些场所,除了出现可以被视为之后几百年间发展起来的戏曲形式前身的虚构类叙事民歌,还出现了文人专为歌伎创作的具有诗歌性质的曲子词。在晚唐时期,作诗也是娱乐场所中歌伎的必备技能,甚至也有歌伎创作出了非常优秀的作品,例如薛涛。由孙启纂编、于公元884年刊行的《北里志》中有这方面的详细记述,汉学家戴何都(Robert des Rotours)曾全文翻译过这部著作。[1]

这些曲子词的标题指的是固定的曲调(词牌),而词牌不是随意选择的,它与歌词的主题之间显然存在一定的关联,至少在唐代以及五代时期,主题和曲调之间是存在这样的关联性的,例如《南乡子》就总是跟温暖迷人的南方联系在一起,《女冠子》至少在唐代的时候还是固定用来表达强烈的情感的。[2]用这种词牌写成的曲子词都具有词的特征,例如固定的表达,典

---

[1] 见R. des Rotours(戴何都)的*Courtisans chinoises à la fin des T'ang, entre circa 789 et le 8 janvier 881. Pei-li tche (Anecdotes du quartier du nord) par Souen K'i*(《唐末的中国歌伎:孙启的〈北里志〉》),巴黎,1968年。

[2] 见E. H. Schafer的The Capeine Cantos. Verses on the Divine Loves of Taoist Priestesses(《"女冠子"中的爱情诗》),载*Asiatische Studien*(《亚洲研究》)第32卷第1期(1978年),第5—65页;S. Cahill的 Sex and the Supernatural in Medieval China. Cantos on the Transcendent Who Presides over the River(《中世纪中国的性与超自然现象》),载*JAOS*(《美国东方学会会刊》)第105期(1985年),第197—220页。

型的、与题材相关的词汇等，相同词牌下的词则组成了一个整体，例如讲述长江的河神及其爱情故事的《临江仙》。

曲调和题材之间的这种密切关联在信奉道教的诗人所创作的玄歌道曲中体现得最为明显。[1]但从宋代开始，这种关联性就开始消失。宋代的创作使用的是"填词"的方法，只是这个表达是到了明代才出现的。这些词牌被记录在类书中，例如收录了660个词牌的《词律》，或收录了共826个词牌、2306个变体形式的《词谱》。[2]由此，词成为与"近体诗"和"律诗"并存的又一种诗歌形式。

由后蜀（933—965）一个下级官员赵崇祚（约934—965）编辑的《花间集》是对词人正式认可的一个例子，既通音律，又能作诗、并因词作而著称的欧阳炯（约896—971）于公元940年为这个集子作序。《花间集》共收录了公元850年至940年间18位作者的500首词作品。[3]公元850年之前词作家的作品经常还与五言或七言绝句类似，由20个字或28个字组成，从公元850年开始，篇幅更长、由两段或多段组成的词作数量开始增多。不过，在演唱时加在歌词之中的类似"啦啦啦"这样的词并没有记录在传世的作品中。

著名的词人

温庭筠（约801—866）出身于北方一个官宦家庭，很年轻的时候就因多才多艺而远近闻名。据说他不仅擅长吹笛鼓琴，还长于文学创作，尤其擅

---

[1]　此处参见E. H. Schafer和S. Cahill的论文。

[2]　G. W. Baxter（白一平）的*Index to the Imperial Register of Tz'u Poetry (Ch'in-ting Tz'u-p'u)*（《钦定词谱》），剑桥，马萨诸塞州，1956年。

[3]　译本见L. Fuesk的*Among the Flowers. The Hua-chien chi*（纽约，1982年）。

长赋体。通常人们认为他放浪不羁的生活方式是他屡举进士不中、仕途不顺的原因。他频繁出入城市中的秦楼楚馆，与女诗人、歌伎鱼玄机（约844—868）[1]结成多年的好友，同时也成为最早的一位为歌伎写词的著名诗人。虽然在他之前已经有李白、刘禹锡和白居易这些诗人尝试过词的创作，但温庭筠显然是有意识地在使用这种形式。他生前就已经有两部词集流传于世了，其中一部是3卷的《握兰集》，一部是10卷的《金荃集》，但这两部作品集如今都已经佚失。温庭筠虽然也创作过其他体裁的重要作品，但他最出名的还是词作品，因为他给词这种形式注入了新的活力。

从温庭筠的几首词中，我们能清楚地看出文人词的特点。例如下面这首《菩萨蛮》：

> 水精帘里颇黎枕，暖香惹梦鸳鸯锦。江上柳如烟，雁飞残月天。
> 藕丝秋色浅，人胜参差剪。双鬓隔香红，玉钗头上风。[2]

这首《菩萨蛮》非常能代表温庭筠词作的特点。上、下两阕之间没有直接的联系，词中的"我"是谁并不明确，这首词可以有三种解释。根据第一种解释，全知的观察者在上阕中描述了一个孤独的女子，她在暖香中进入梦乡；下阕描述的是梦中的世界，女子在梦中站在河岸边。在第二种解释中主体是一个男子，他在上阕中回忆自己与一个女子的分离，他曾经与这个女子在一起，并在天光放亮的时候不得不离开；下阕讲的则是这个女子来送他。在第三种解释中，这个"我"是一个女子，她讲述了自己的经历。这种联系或者说缺少联系正是温词的特点，也就是所谓的"意在不言中"。他的词中

---

[1] 见D. Kuhn的 *Yü Hsüan-chi. Die Biographie der T'ang-Dichterin, Kurtisane und taostischen Nonne*（《鱼玄机传》），海德堡，个人印制，1985年。

[2]《全唐诗》，卷八百九十一，第10064页；参见Kang-i Sun Chang（孙康宜）的 *The Evolution of Chinese Tz'u Poetry from Late T'ang to Northern Sung*（《词的发展：从晚唐到北宋》），第35页。

极少使用代词或连词，缺少有指示功能的成分，所以含义丰富，而温庭筠也因此备受推崇。

另外一个例子是他的《更漏子》：

> 柳丝长，春雨细，花外漏声迢递。
>
> 惊塞雁，起城乌，画屏金鹧鸪。
>
> 香雾薄，透帘幕，惆怅谢家池阁。
>
> 红烛背，绣帘垂，梦长君不知。[1]

在这首词中，第4句到第6句尤其难解释。大雁、乌鸦和画上的鹧鸪之间看上去并没有什么关联，但是其中正蕴含着这首词的美。词的开头描述春天的景色，人们只听到细雨和更漏的声音。柳树象征别离，让人想起远方的爱人，这种感觉因为远处的鸟、飞走的鸟和不真实的鹧鸪而更加强烈。但如何解释这首词最后都在于读者，读者可以利用马赛克般排列在一起的各种意象拼出自己认为合理的图像。温庭筠在这里使用的是律诗中也很常见的意联的原则。与"双调"不同，"单调"——这两种都被称为"小令"——意思通常很清晰，都是讲一个女子和她的情人。在早期的"双调"中，词中的"我"通常是一个被离弃的孤独女子，其他词人还在延续这种传统，但温庭筠已经有意识地在摒弃这种做法了。

对于韦庄（约836—910）人生的前几十年，我们所知很少。[2]他第一次

---

[1] 《全唐五代词》（上海，1986年），第206页；参见Kang-i Sun Chang（孙康宜），同上，第37—39页。

[2] 关于韦庄的诗，见J. T. Wixted（魏世德）的 *The Song-Poetry of Wei Chuang (836-910 A.D.)*（《韦庄诗集》），坦佩，亚利桑那州，1979年；R. D. S. Yates（叶山）的 *Washing Silk. The Life and Selected Poetry of Wei Chuang, 834-910*（《浣纱集：韦庄生平及诗词》），剑桥，马萨诸塞州，1988年。

为人所知是在公元880年，这一年，他来到京城参加科举考试，但由于黄巢军进攻，长安于公元881年1月8日沦陷。韦庄跟很多人一起逃到洛阳，未能在科场遂意直到十余年后的公元894年，他才终于得中进士。他曾写过长篇叙事诗《秦妇吟》来讲述黄巢起义时的事，这是中国古典诗歌中篇幅最长的诗之一。这首诗曾经长期流失，后来在敦煌重新被发现。《秦妇吟》的名气非常大，韦庄也因此得到了"秦妇吟秀才"的雅称。这首诗中的"内库烧为锦绣灰，天街踏尽公卿骨"[1]更是成为千古名句。

　　韦庄的诗都被收录在他的《浣花集》中。公元903年，这部文集由他的弟弟韦蔼编辑刊行，他的诗因此得以保留。而韦庄的词则多数被收录在《花间集》中。词人韦庄上承温庭筠，下接冯延巳（约903—960）[2]和李煜。与温庭筠一样，韦庄词中也不断出现作为题材的卧室。[3]在形式上，他主要使用"小令"。但与温词的曲折委婉不同，韦庄的词直接明了，此外，韦庄的词多用口头语的表达方式，这些特点使他的词相比《花间集》中占多数的温词及其模仿者的作品要更加接近在敦煌发现的民歌以及后来的词作。韦庄的词多为连贯的叙事口吻，而不会将两个独立的场景或意象排列在一起，这一点也不同于温庭筠的词。这种叙事性也说明了为什么我们能从韦庄同用《菩

---

[1] 参见L. Giles的The Lament on the Lady of Ch'in（《秦妇吟》），载TP（《通报》）第24期（1925—1926），第305—380页；亦见TP（《通报》）第25期，第346—348页；其他译文有：D. J. Levy的*Chinese Narrative Poetry. The Late Han through T'ang Dynasties*（《中国的叙事诗：从东汉到唐》），杜伦，1988年，第138—149页；R. D. S. Yates，载Wu-chi Liu（柳无忌）、Irving Y. Lo（罗郁正）编的*Sunflower Splendor. Three Thousand Years of Chinese Poetry*（《中国诗歌三千年》），布卢明顿，印第安纳州，1975年。

[2] 冯延巳词的译文，亦见D. Bryant（白润德）的*Lyric Poets of the Southern T'ang. Feng Yen-ssu, 903–960, and Li Yü, 937–978*（《南唐诗人冯延巳和李煜》），温哥华，1982年。

[3] 见M. Workman的The Bedchamber Topos in the Tz'u Songs of Three Medieval Chinese Poets. Wen T'ing-yün, Wei Chuang, and Li Yü（《中世纪中国词人笔下的卧室题材：温庭筠、韦庄和李煜》），载Wm. H. Nienhauser, Jr.（倪豪士）编的*Critical Essays on Chinese Literature*（《中国文学批评》），香港，1976年，第167—186页。

萨蛮》所填的一组词中看出一个连贯的故事。[1]作品的张力在他笔下是用另外一种形式体现出来的，例如通过田园幸福生活和离别的对比。他的《女冠子》中就出现了梦、想象与现实间的对比：

> 昨夜夜半，枕上分明梦见。语多时。依旧桃花面，频低柳叶眉。
> 半羞还半喜，欲去又依依。觉来知是梦，不胜悲。[2]

文人词有大量从诗歌中借用来的语言表达。温庭筠多借用近体诗的表达方式，而韦庄则更受到古体诗的影响。温庭筠经常会用错位的手法描述有生命和没有生命的对象，例如处于静态的女子，被描述成有生命和感情的物体。但这种赋予无生命之物感情的做法在中国诗歌传统中早已有之，例如被收录在《唐诗三百首》[3]中且被多次翻译的杜牧的《赠别》里就有这样的说法："蜡烛有心还惜别，替人垂泪到天明。"[4]

文人词中的"我"具体是什么人，是一个女子，还是泛指的某个人，这一点经常是不清楚的。直到词发展到后期，成为诗人表达思想情感的方式以后，这个问题才逐渐变得比较容易回答。例如韦庄两首《女冠子》中的下面

---

[1] 《全唐五代词》，第526—530页；参见J. T. Wixed（魏世德）的*The Song-Poetry of Wei Chuang (836–910 A.D.)*（《韦庄诗集》），第6—10页；Kang-i Sun Chang（孙康宜）的*The Evolution of Chinese Tz'u Poetry from Late T'ang to Northern Sung*（《词的发展：从晚唐到北宋》），第45页及以下。

[2] 《全唐五代词》，第556页；参见E. H. Schafer的*The Capeine Cantos. Verses on the Divine Loves of Taoist Priestesses*（《"女冠子"中的爱情诗》），载*Asiatische Studien*（《《亚洲研究》》）第32卷第1期（1978年），第5—65页；J. T. Wixed（魏世德）的*The Song-Poetry of Wei Chuang (836–910 A.D.)*（《韦庄诗集》），第44页；Kang-i Sun Chang（孙康宜）的*The Evolution of Chinese Tz'u Poetry from Late T'ang to Northern Sung*（《词的发展：从晚唐到北宋》），第42页及以下。

[3] 这部编录于18世纪的唐诗集，至今依然是此类文集中受众最广泛的一部。目前为止最权威的译文，见W. Bynner（柏宾）的*The Jade Mountain*（纽约，1964年）；双语版本有：*Three Hundred Poems of the T'ang Dynasty*（618—906）（台北，1971年）。

[4] 参见W. Kubin（顾彬）的*Das lyrische Werk des Tu Mu (803–852). Versuch einer Deutung*（《杜牧诗集》），第201页。

这一首，该词有一个具体的时间，有些人认为词中的"我"是一个女子，有些人认为是不确定的某一个人，就像韦庄词中经常出现的那样：

> 四月十七，正是去年今日，别君时。忍泪伴低面，含羞半敛眉。
>
> 不知魂已断，空有梦相随。除却天边月，没人知。[1]

不仅是在韦庄的词中，在他的诗中我们也能看到他标记日期的习惯，例如在他那首著名的《秦妇吟》的开头："中和癸卯春三月，洛阳城外花如雪。"韦庄词中的这种历史感经常与一些带有自传性质的细节结合在一起。与温庭筠类似，韦庄也将词和诗作为表达情感及他与女性浪漫故事的手段，但是在战争、政治或历史事件这一类题材上，他只使用诗这种形式。

民歌对文人词的影响应该是多方面的，虽然我们并不是总能说出具体的例子。[2]例如很多诗人会利用流行的"联章"形式，柳永（约987—约1053）和后来的欧阳修就很喜欢使用这种形式。像乐府诗一样，词人们也使用口头语的表达方式，例如韦庄组词《菩萨蛮》中的"遇酒且呵呵"。即便是在温庭筠笔下，我们也一样能看到民歌的痕迹。比起"双调"，这种痕迹在"单调"中更加常见，或许是因为"单调"与"绝句"一样，在形式上都与篇幅短小的民歌有类似的地方。例如温庭筠的下面这首《南歌子》：

---

[1] 《全唐五代词》，第555页；见Kang-i Sun Chang（孙康宜）的 *The Evolution of Chinese Tz'u Poetry from Late T'ang to Northern Sung*（《词的发展：从晚唐到北宋》），第56页；J. T. Wixed（魏世德）的 *The Song-Poetry of Wei Chuang (836–910 A.D.)*（《韦庄诗集》），第42页；E. H. Schafer的 The Capeine Cantos. Verses on the Divine Loves of Taoist Priestesses（《"女冠子"中的爱情诗》），载 *Asiatische Studien*（《《亚洲研究》》）第32卷第1期（1978年），第5—65页。

[2] 参见M. L. Wagner的论文 The Lotus Boat. The Origins of Chinese Tz'u Poetry in T'ang Popular Culture（《荷花船：唐代俗文化中词的起源》）。

手里金鹦鹉，胸前绣凤凰。偷眼暗形相，不如从嫁与，作鸳鸯。[1]

这些原本用于演唱的词产生于城市中的秦楼楚馆，但很快地，就有诗人创作歌词给歌伎演唱，且这种形式成了诗人用来表达自己情感的手段。这些歌曲应该是感人的，但它们的曲调都没有保留下来，所以我们也无法对这些歌曲有完整的了解。

公元10世纪的五代时期，中国北方主要被少数民族政权掌握，而长江上游地区的蜀国（今四川地区）以及长江下游的南唐地区则异常繁华起来。在这些地方，小令极为流行，特别是在南唐，这里不仅延续了词的传统，还有了新的发展。

词在使用方面的革新主要和李煜这个名字联系在一起。[2]尽管词从为歌伎创作的歌词发展为文人词是一个渐进的过程，但李煜被认为对这种转变起到了特别的作用。例如王国维就曾经说："词至李后主，而眼界始大，感慨遂深。"其结果就是曲子词变成了文人词。在《花间集》中用于歌伎演唱的那些词里，"我"经常是女子（除了韦庄的个别作品），李煜的词则多用来表达他自己的个人情感。

李煜一生中有两件事尤为重要：一是964年他妻子的死，二是975年他被囚禁在开封。在囚禁中度过的人生最后几年被认为是他文学创作中最为

---

[1] 《全唐五代词》，第224页。

[2] 李煜词的译文，见A. Hoffmann（霍福民）的 *Die Lieder des Li Yü, 937-978. Herrscher der Südlichen T'ang Dynastie. Als Einführung in die Kunst der chinesischen Lieddichtung aus dem Urtext vollständig übertragen und erläutert*（《南唐后主李煜词全译及分析：中国词艺术入门》），科隆，1950年；1982年香港翻印；D. Bryant（白润德）的 *Lyric Poets of the Southern T'ang. Feng Yen-ssu, 903-960, and Li Yü, 937-978*（《南唐诗人冯延巳和李煜》）；D. Bryant（白润德）的The "Hsieh hsin en" Fragments by Li Yü and his Lyric to the Melody "Lin chiang hsien"（《李煜的〈谢新恩〉和〈临江仙〉》），载 *CLEAR*（《中国文学》）第7期（1985年），第37—66页。

重要的阶段，但将李煜的作品明确地与他个人经历联系在一起，这样做至少是有风险的，例如他的《破阵子》就被绝大多数评论者认为是作于被囚禁期间的。[1]

在被囚禁期间，过去的时光对李煜而言成了一个梦想，王国维这样写道："词人者，不失其赤子之心者也。故生于深宫之中，长于妇人之手，是后主为人君所短处，亦即为词人所长处。"但李煜的这种软弱也曾遭到一些人的猛烈批判，例如11世纪著名的文学家、诗人兼官员苏东坡就曾经这样评价李煜："后主既为樊若水所卖，举国与人，故当恸哭于九庙之外，谢其民而后行，顾乃挥泪宫娥，听教坊离曲！"[2]

李煜词最典型的是对于否定词的使用，例如下面的这些诗句：

> 心事莫将和泪说，凤笙休向泪时吹。[3]

或者：

> 寻春须是先春早，看花莫待花枝老。[4]

或者：

---

[1] 这首词收录在《全唐五代词》中，第487页；译文及注解，见A. Hoffmann（霍福民）的 *Die Lieder des Li Yü, 937—978. Herrscher der Südlichen T'ang Dynastie. Als Einführung in die Kunst der chinesischen Lieddichtung aus dem Urtext vollständig übertragen und erläutert*（《南唐后主李煜词全译及分析：中国词艺术入门》），科隆，1950年，第129—130页。
[2] 〔宋〕苏东坡：《东坡志林·跋李主词》。
[3] 〔五代〕李煜：《望江南》，载《全唐五代词》，第457页。
[4] 〔五代〕李煜：《子夜歌》，载《全唐五代词》，第454页。

归时休放烛花红，待踏马蹄清夜月。[1]

我们还经常能看到用于加强叙述或感叹语气的词，例如"更""无疑"等，以及疑问、比喻、象征等手法，例如：

问君能有几多愁，恰似一江春水向东流！[2]

上面的两句词是李煜著名的词《虞美人》中的结尾，这首"双调"上下阕各4行，字数为7—5—7—9和7—5—7—9，形成结尾的9字句也可以理解为"5+4"的句式，是后世最经常被引用的句子。用春草指代忧愁的例子有：

离恨恰如春草，更行更远还生。[3]

这种比喻后来一再被人采用，例如欧阳修：

离愁渐远渐无穷，迢迢不断如春水。[4]

以及秦观（1049—1100）：

---

[1] 〔五代〕李煜：《玉楼春》，载《全唐五代词》，第481页。
[2] 〔五代〕李煜：《虞美人》，载《全唐五代词》，第444页；亦见《全唐诗》，第10047页。
[3] 〔五代〕李煜：《清平乐》，载《全唐五代词》，第459页。
[4] 〔北宋〕欧阳修：《踏莎行》，载《全宋词》（北京，1965年；1980年第2版），卷一，第123页。

倚危亭，恨如芳草，萋萋刬尽还生。[1]

公元10世纪的词人，例如李煜和上文中提到过的冯延巳、李璟（916—961）等，不但为接下来几个世纪文人词的繁荣发展，同时也为构成中国说唱艺术核心的杂曲发展奠定了基础。

---

[1] 秦观：《八六子》，载《全宋词》，卷一，第456页。

第五部分

正统与自由之间：文官的文本
（900—1350）

25. 科举、印刷术和审查

类书和手册

宋朝（960—1276）时，某些之前只是初露端倪的发展得以兴盛。唐朝的统治土崩瓦解之后，五代时期（907—960）中国某些地区的文化和经济的进步极大地动摇了旧统治阶层的地位。因此，唐朝的结束同时被视为中国中古时期贵族社会的终结。[1]这些变化改变了宋朝文人的处境。国家科举考试制度越发重要，印刷术的普及使更广泛的居民群体获得受教育的机会，也促使他们为此付出更多的努力。考试制度、行政管理的需要，加之印刷术提供的新的可能性，所有这些都促进了各种类书、手册和文集的编写。建立于公元960年的宋朝希望通过对知识和传统的整理来为自己正名。[2]

以文字方式保存的遗产浩如烟海，因此，在很早的时候，中国就产生了

---

[1] 见D. G. Johnson的*The Medieval Chinese Oligarchy*（《中古中国的寡头政治》），博尔德，科罗拉多州，1977年。

[2] 见Thomas H. C. Lee（李弘祺）的*Government Education and Examinations in Sung China*（《宋代中国的政府教育与考试》）香港，1985年。

对它们进行整理的需要，以及对某种方便使用这些以文字记录下来的知识手段的需求。编纂类书的工作可以追溯到汉代，并在唐代经历其初次繁盛。那时，标准化的知识成为成功完成各项国家考试的前提条件。在此后的几个世纪里，许多皇帝都把支持和资助包罗万象的类书的编写视为己任。因为这些官方的努力，有些可谓鸿篇巨制的作品得以产生。它们大多不是由单个作者，而是由专门的委员会纂录而成，就规模而言，在任何其他的发达文化里都无可匹敌。

当时，类书的编排原则并不总是相同的。它们同样取决于每部作品的整体构思，也取决于每部作品的委托者及编写者的世界观。类书，所谓按类整理的书籍，这个名字本身就指向分类编排方式与宇宙秩序理念间的密切关联。这种关联在文艺理论里也有清楚的体现，[1]反映了中国人思维方式的基本特征，即对自然和人类世界的所有现象进行分类，将它们区分为"类"和"子类"。

学子将这些类书和会要（汇集的典章制度）视为教科书，文人把它们用作工具书和指南，官员用它们来指导实践，在历史前例中为自己的决定寻找依据，诗人则在其中寻找前人的名言警句。类书就这样为学者、诗人以及中国文学里丰富的指涉提供了有益的环境，在某些时候，这类书甚至是这些言外之意产生的前提。因此，将类书称为"中国文化最典型的创造"肯定是有道理的。[2]

可归为类书的作品特征迥异，它们之间的界线并不总是很明确。特别难区分的是首先作为引言汇编的类书和按类整理的文集及同样按类编排的词典，而类书又很可能发源于词语注释和词典，这使得进行此类区分变得尤为

---

[1] 见Kiyohiko Munakata（宗像清彦）的Concepts of Lei and Kan-lei in Early Chinese Art Theory（《中国早期艺术理论中的类与感类的概念》），载S. Bush, Chr. Murck主编的*Theories of the Arts in China*（《中国的艺术理论》）普林斯顿，新泽西州，1983年，第105—131页。

[2] 见H. Franke（福赫伯）的Chinesische Enzyklopädien（《中国的类书》），载G. Debon（德博）主编的*Ostasiatische Literaturen*（《东亚文学》），威斯巴登，1984年，第91—98页；概况亦可参见M. Loewe（鲁惟一）的*The Origins and Development of Chinese Encyclopaedias*（《中国的类书的起源和发展》），伦敦，1987年。

困难。成书于公元前2世纪、分为19篇的《尔雅》和刘熙（生活在公元2世纪）的《释名》就可以被看作类书的前身。同样可以被看作类书前身的还有格言和哲学类作品，如刘向的《说苑》和《风俗通义》。

最早的类书是公元220年魏文帝曹丕所撰的《皇览》。此书据传共40部，120卷，为后来许多类书所提及。其他早期的以残编形式保存下来的类书有成书于公元522年但作者不详的《雕玉集》以及成书于公元7世纪初的《编珠》。最早的保存完整的类书是虞世南所撰共160卷的《北堂书钞》和公元620年由欧阳询主持编修的《艺文类聚》。这两部作品要归为文学类书类，其中引用了许多已经散失的作品。徐坚编纂的《初学记》正如书名所示，为学生查检事类所用。全书分为23部和313个子目，内容以政治为主，但也涉及宗教、动物学、天文学、风俗和其他。[1]

在唐朝时，就像其他领域那样，文学和类书也开始专门化。以前那种综合性的类书为处理单个题目的专业性类书所替代，其中以像《唐六典》这样的官府公文汇编为主。考虑到国家考试越来越重要，这也不足为奇。杜佑所撰的记录历代典章制度沿革的《通典》最为清楚地反映了唐朝后期理性化的趋势。[2]杜佑的作品分九类，凡200卷。与此不同的是，南宋郑樵撰修的《通志》则遵循了《史记》的编纂原则。

《通典》后最重要的类书是马端临（约1254—1323）于1307年完成的《文献通考》，[3]其续编为王圻（约1565—1614）所撰的《续文献通考》。

---

[1] 用西方语言对这些及以后的类书让所作的最好概述，是Ssu-yü Teng（邓嗣禹）、K. Biggerstaff（毕乃德）的*An Annotated Bibliography of Selected Chineses Reference Works*（《中国参考书选目解题》），剑桥，马萨诸塞州，第三版，1971年。

[2] 有关《通典》，另见D. McMullen（麦大维）的*State and Scholars in T'ang China*（《唐代的国家与学者》，剑桥，1988年，第201页及以下）中的论述。

[3] 见Hok-lam Chan（陈学霖）的"Comprehensiveness" (t'ung) and "Change" (pien) in Ma Tuan-lin's Historical Thought（《马端临的史学思想中的通与变的概念》），载J. D. Langlois（兰德璋）主编的*China under Mongol Rule*（《元朝统治下的中国》），普林斯顿，新泽西州，1981年，第27—87页。

不可不提的一部类书是成书于1322年的《元典章》，这本管理细则也是了解那
个时期文化和社会史的重要文献。特别是像《唐大诏令集》（成书于1070年）
和《宋大诏令集》（编撰于1131年至1162年间）这样的作品，除去其作为历史
文献的价值，写作风格也成为后世的典范。

对文学传承有着特殊意义的类书是宋代早期的"宋四大书"：成书于
公元983年的《太平御览》，[1]成书于公元978年、主要采录小说笔记的《太
平广记》，[2]成书于公元987年、辑集诗文的《文苑英华》，以及王钦若
（962—1025）所辑采录宋朝以前统治者和官吏传记材料的《册府元龟》。
"宋四大书"的前三种均由李昉主持编写。宋代的类书中还必须要提到的是
王应麟（1223—1296）所辑的《玉海》。此书凡200卷，包含参加最高级国
家考试的考生所应具备的知识。[3]

明朝初年成书的《永乐大典》可以说是一项浩大的工程，最多时曾有超
过2000名学者参与编纂。这项工程由明太祖（1368—1398在位）敕令编写，
直至明成祖朱棣（1402—1424在位）时才付诸实施，最终于1409年完成，有
11000册，共22877卷。今天只存残篇，某些条目引用了翔实的文史记载。[4]
规模较小且流传较广的是类书《三才图会》。三才指的是天、地、人，这部
作品由王圻所辑，序中注明时间为1607年。本书以图像说明为主，而非辑
录文史记载。中国类书的顶峰是成书于1725年的《古今图书集成》，全书共

---

[1] 参见J. W. Haeger（海格尔）的The Significance of Confusion. The Origin of the T'ai-
p'ing yü-lan（《乱世的意义：〈太平御览〉的起源》），载JAOS（《美国东方学会
会刊》）第88期（1968年），第401—410页。

[2] 目录见E. H. Schafer的The Table of Contents of the T'ai p'ing kuang chi（《〈太平广
记〉的目录》），载CLEAR（《中国文学》）2.2（1980年），第258—263页。

[3] 有关宋代其他的类书，参见Y. Hervouet（吴德明）主编的A Sung Bibliography
（《宋代书录》），香港，1978年。

[4] 见L. C. Goodrich（傅路德）的More on the Yung-lo ta-tien（《再谈〈永乐大
典〉》），载Journal of the Hong Kong Branch of the Royal Asiatic Society of Great Britain
and Ireland（《皇家亚洲学会香港分会会刊》）第10期（1970年），第17—23页。

5020册，分10 000卷，6109部。[1]

其他类书涉及专门的知识领域，比如各类本草文献，这种类书专注研究植物，特别是有药用价值的植物；[2]还有的记录编织技艺、灌溉方法或农业技术。而方志和地方志则自成体系，记述道府州县的历史地理和文化经济。

文学教育

作为踏进仕途的前提，国家考试越来越重要，人们对文学教育的态度因此改变也不足为怪，但我们并不清楚能读书写字的人所占的比例，对当时人受教育的程度也只能推测。占人口3%～5%的受过一些教育的男性居民（按其时大约一亿的总人口计算是300万到500万间）估计都认为自己属于文官阶层，称自己为士大夫。而他们当中真正取得职位的可能不足20%。据贾志扬（John W. Chaffe）的分析，每年有约20万人参加府试，其中只有差不多1%的人能通过考试，[3]当然，各地区的情况可能差别很大。古时的中国，教育方面的努力似乎只涉及男性居民。而在女性居民中，只有那些出身上层社会

[1]　目录见L. Giles（翟兰思）的*An Alphabetical Index to the Chinese Encyclopedia Ch'in Ting Ku Chin T'u Shu Chi Ch'eng*（《〈古今图书集成〉按字母顺序编排的索引》），伦敦，1911年。

[2]　见P. U. Unschuld（文树德）的*Pen-ts'ao. 2000 Jahre traditionelle pharmazeutische Literatur Chinas*（《本草：两千年中国传统药学文献》），慕尼黑，1973年；J. Needham（李约瑟）的*Science and Civilisation in China*（《中国科学技术史》，剑桥，1954年及以后）对生物、地质、矿物及技术诸知识领域的文献做了系统的整理。

[3]　见J. W. Chaffee（贾志扬）的*The Thorny Gates of Learning in Sung China. A Social History of Examinations*（《中国宋代从学的荆棘之门：科举之社会历史研究》），剑桥，1985年；E. S. Rawski（罗友枝）的*Education and Popular Literacy in Ch'ing China*（《清代中国的教育与流行文学》），安娜堡，密歇根州，1979年；有关公元11和12世纪的教育的概述，参见Thomas H. C. Lee（李弘祺）的Sung Schools and Educations before Chu Hsi（《朱熹前的宋代教育机构与教育》），载Wm. Th. de Bary（狄百瑞）、J. W. Chaffee主编的*Neo-Confucian Education. The Formative Stage*（《新儒学教育的形成期》），伯克利，加利福尼亚洲，1989年，第105—136页。

或贵族，或者那些出家为尼者，才有机会接受教育。在这方面，地区间的差别也相当大。

　　教育日益制度化，而许多采用佛教寺院制度的学校和书院扮演着突出的角色，[1]人们的精神文化生活也因此发生了变化。寺院承袭的书写文化可通过在敦煌发现的大多出自唐人的手稿窥见大略。如韩愈佐证的那样，[2]师生关系自唐代起在很大程度上受到禅宗寺院里的师徒关系的影响，这种关系既创造了新的社会关系，也因其常常超越地区的性质而构成了某种与占统治地位的地区结构相对的力量。"从根本上人是可教育的"的观念虽然在古代就已经存在，[3]且菩萨普渡世人的观念在中国得以被接受，[4]但自此童年被认为是生命里单独的阶段，是教养和教育的阶段。[5]

　　通过石刻所记载的某官办小学的学规，我们可以知晓那些已有些基础的男童的学习状况：

　　　　教授每日讲说经书三两纸，授诸生所诵经书文句音义，题所学书字样，出所课诗赋题目，撰所对属诗句，择所记故事。

[1]　见Thomas H. C. Lee（李弘祺）的Chu hsi, Academies and the Tradition of Private Chiang-hsüeh（《朱熹：书院与讲学的传统》），载Chinese Studies（《中国研究》）2.1（1984年），第301—329页。

[2]　见Ch. Hartman（蔡涵墨）的Han Yü and the T'ang Search for Unity（《韩愈与唐代对统一的追求》），普林斯顿，新泽西州，1986年，第162页及以下。

[3]　见D. J. Munro的The Concept of Man in Early China（《古代中国"人"的概念》），斯坦福，加利福尼亚州，1969年。

[4]　见L. S. Kawamura主编的选集The Bodhisattva Doctrine in Buddhism（《佛教中的菩萨说》），滑铁卢，安大略省，1981年。

[5]　见Thomas H. C. Lee（李弘祺）的The Discovery of Childhood. Children and Education in Sung China（《童年的发现：宋代中国的儿童与教育》），载S. Paul主编的Kulur. Begriff und Wort in China und Japan（《文化的概念与表达在中国与日本》），柏林，1984年，第159—189页；G. Linck（顾铎琳）的Der Jadestein, der noch geschliffen werden muß-Zur Sozialgeschichte des Kindes in der chinesischen Kaiserzeit（《尚须琢磨的璞玉：中国封建时期的儿童社会史研究》），载J. Martin、A. Nitschke主编的Zur Sozialgeschichte der Kindheit（《童年的社会史研究》），弗赖堡，1986年，第75—111页。

诸生学课分为三等。

第一等。

每日抽签问所听经义三道，念书一二百字，学书十行，吟五七言古律诗一首，三日试赋一首或四韵，看赋一道，看史传三五纸，内记故事三条。

第二等。

每日念书约一百字，学书十行，吟诗一绝，对属一联，念赋二韵，记故事一件。

第三等。

每日念书五七十字，学书十行，念诗一首。[1]

在极少的情况下，结束学校教育也同时意味着准备考试的完成。大多数学生是借助家庭教师，之后通过在书院的学习来准备考试，但主要还是通过不懈的自学。这个过程经常要用几年的时间，有时是几十年。

那些建立了真正图书出版业的新兴城市中心对教育事业的扩大起了重要的作用。不少作者受到鼓舞，希望他们的作品能被更广泛的公众所了解，这又使得有些作者能通过写作或编辑工作维持生计。如前所述，图书印刷技术的完善最初主要是因为佛教徒需要尽可能多地复制佛教文本。但图书印刷不久后成为影响中国社会的力量，却不再是因为宗教的需求，而是因为贸易和管理中对表格、手册和课本的大量需求。对学习的渴求，特别是读书写字能力的渴求，一直以来就是儒家传统的组成部分，但在根本上也为佛教僧侣阶层的教育传统和组织形式所影响。居民受教育比例的不断提高，图书印刷技术的发达以及培训和考试业的繁荣与国家的考试制度彼此联系紧密，它们有时相互妨碍，但大多数时相互促进、相互推动。

---

[1]《金石萃编》（上海，1893年），卷一百三十四，第6页下。

　　由于全面彻底地掌握最重要的文本被认为是踏上仕途的前提，对男童的教育很早便开始，并且是借助初级课本和比较简单的作品。其中一本教授读书写字的初级课本就是《三字经》，它被认为是《玉海》的作者王应麟所著，但实际上可能在元统治时期才成书，此后它便无处不在。三个字组成的句子适合教学，人们早就发现了这点，这从朱熹的学生、理学家陈淳（1159—1217）的言语里便可得知：

> 　　予得子，今三岁，近略学语，将以教之，而无其书，因集《易》《书》《诗》《礼》《语》《孟》《孝》经中明白切要四字句，协之以韵，名曰训童雅言，凡七十八章一千二百四十八字，又以其初未能长语也，则以三字先之，名曰启蒙初诵。（后略）[1]

　　所以，如陈淳佐证，《三字经》是有前身的。[2]其他初级课本还有包含568个姓的《百家姓》和据称是周兴嗣（卒于521年）一夜白头写就的《千字文》。通过《孝经》，青少年要学会如何在社会关系中正确行事。为此，他们常常被要求以范例为鉴，就像吕本中（1084—1145）所著《童蒙训》里所辑录的那些一样。

　　在蒙学课本中，我们可以看出哪些道理被认为是最重要的。比如陈淳的这本蒙学课本完全受到唐和唐以前贵族道德传统的影响，虽然它在形式上已与像著名书法家虞世南所著的《兔园册》这样的在宋代还广泛流传的旧蒙学课本有区别。《三字经》里，总是三个字构成一个意思或一句话，四至八句话构成一个段落。整本书共1068个字，不同的字却只有514个。这些字里只

---

[1] 陈淳的《北溪文集》，《四库全书》卷十六，第4—8页。
[2] 见James T. C. Liu（刘子健）的The Classical Chinese Primer. Its Three-Character Style and Authorship（《古代中国蒙学课本：其三字体及作者身份研究》），载*JAOS*（《美国东方学会会刊》）第105期（1985年），第191—196页。

有少数是复杂的，而大部分笔画较少，所以这本以教授儒家礼法为主要意图的蒙学课本既容易读又容易记。虽然《三字经》的使用在民国时期已明显减少，章炳麟还是在1928年进行了重订，然而他的做法仍无法阻止新课本的传播。旧的蒙学课本已经过时，并受到猛烈的攻击，但随着1981年4月《新道德"三字经"》在上海出版，这种课本的形式又重获新生，而宋朝以来许多的蒙学课本都没有获得像《三字经》这样的成功。

各种手册、课本和工具书的增多不仅使教育更加普及，对待文本的方式也随之发生了变化，书法因而也重新得到评价。由于那些需要长期保留的文本也必须印刷，书法便成了纯粹的艺术形式和自我修养的手段。文本如今更容易获取，所以也不用像以往那样熟记它们，印刷技术在带来方便的同时，也重新挑起了争论，即教育的最高目标是追求全面的类书式的知识，还是应当关注其根本和精华。

科举考试

科举考试是宋朝社会重要的构成部分。如果某府的居民认为考试本身有不当之处，那么有时确实会发生动乱。[1]这样的情绪很容易理解，因为考试成绩关系到不只个人的而且是整个家族的命运，而地位、权力和财富在很大程度上取决于所取得的职位。尽管除国家考试外还有其他能取得职位的途径，比如推荐、买官，通过与高官的亲属关系或经由辅助性的职位而升迁，

---

[1]　有关科举考试，见R. des Rotours（戴何都）的 *Traité des Examens*（《论考试》），巴黎，1932年；W. W. Lo的 *An Introduction to the Civil Service of Sung China. With Emphasis on Its Personnel Administration*（《宋代中国的文官管理》），火奴鲁鲁，夏威夷州，1987年；Thomas H. C. Lee（李弘祺）的 The Discovery of Childhood. Children and Education in Sung China（《童年的发现：宋代中国的儿童与教育》），载S. Paul主编的 *Kulur. Begriff und Wort in China und Japan*（《文化的概念与表达在中国与日本》），柏林，1984年。

但那些通过国家考试取得官职的人不仅享有最高的威望，也有最好的升迁机会。这当然是宋朝统治者制定相关政策的结果。考试制度作为制度化、形式化的程序自公元589年就已存在，到宋朝才成为选拔官吏的基本手段。隋唐时期，国家考试置六科，其中三科以专业考试（法律、书法和数学）取士；其他三科以综合知识考试取士，分为秀才、举人以及最高等最重要的进士。唐朝时，那些能参加在都城按确定周期举办的考试的考生，或是经由府的官吏的推荐，或是要完成在京城学校的学业。

当然，考试制度总有它的批评者，有些人批评的是考试制度的某个方面；而另一些人，比如郑樵，则从根本上反对它。有关考试制度的改革中最著名的也是影响最大的要数欧阳修推行的改革，这些改革不断重新定义着自宋朝以来与国家考试制度紧密相连的教育概念。

对那些想要参加考试的人来说，备考不仅占据着他们的童年和青年时代，而且常常也占据着他们成年的大部分时间。成功通过殿试的考生平均年龄通常在35岁，在公布的考生名单里，不只有才成年的考生，也有已过六旬的考生，这种情况的产生有很多原因。有些人因为不利的条件很晚才完成必要的学业，而有些人由乡试经府试、省试再到殿试的过程是相当吃力的，考试不合格的情况时有发生。但考试不合格并非总是因为考生的能力不够，而是常为名额规定所限，根据这样的规定，只有一定数量的考生可以通过考试，特别是每级考试都规定了通过的比例。[1]在这种考试制度下，只有很少的考生能够参加殿试，他们的教育目标基本上是被这种考试制度的要求所影响，即便年岁已高，他们也并非没有通过考试取得官职的希望。

为准备国家考试，考生要学习历史、诗赋和儒家经典。后者包括五

---

[1] 见Thomas H. C. Lee（李弘祺）的The Social Significance of the Quota System in Sung Civil Service Examinations（《宋代科举考试中的名额制度的社会意义》），载 *Journal of the Institute of Chinese Studies, The Chinese University of Hong Kong*（《香港中文大学中国文化研究所学报》）第13期（1982年），第287—318页。

经：《论语》《孟子》《书经》《诗经》《易经》；三种礼制经典，即《礼记》《仪礼》《周礼》，还有《春秋》及其"三传"，自南宋起还包括《孟子》。对官吏制度有详细研究并对其改革提出过重要建议的范仲淹（989—1052），在他写于1030年的文章里阐述了这些文本对政治道德和社会教育的意义：

> 夫善国者，莫先育才。育才之方，莫先劝学。劝学之要，莫尚宗经。宗经则道大，道大则才大，才大则功大。盖圣人法度之言存乎《书》，安危之几存乎《易》，得失之鉴存乎《诗》，是非之辨存乎《春秋》，天下之制存乎《礼》，万物之情存乎《乐》。故俊哲之人，入乎六经……[1]

对考生的要求当然不只限于对这些经典的认识。南宋时殿试分为三个部分，最后部分的题目或为经义或为诗赋，而前两部分的内容是就哲学或政治的根本问题进行讨论，谓论；而对政治或行政实践中的三个问题提出建议，谓策，这里涉及的问题完全可能是复杂的实际问题。在这两部分的考试里，经史知识是必不可少的，因为在论述过程中使用历史上的例子或至少指示这样的例子是非常重要的。参加经义考试的考生在考试的第一部分要回答他们自己选择的有关经典的三个问题，并回答有关《论语》和《孟子》的各一个问题，而那些专注于诗赋的考生要就某个提给他们的确定题目写作诗赋各一首。为了能通过这样的考试，对这些最重要文本的准确掌握，甚至是逐字逐句的掌握是必要的。这当然也从根本上影响了考生的学习行为。

---

[1]《范文正公集》，《四部丛刊》本，卷九，第73页。

印刷技术和审查制度

印刷技术的普及当时就被认为是进步的特征，后来也总是这样。比如，钱大昕在他的《补元史艺文志》序中写道：

> 唐以前藏书皆出钞写，五代始有印板。至宋而公私板本流布海内。自国子监秘阁刊校外，则有浙本、蜀本、闽本、江西本，或学官详校，或书坊私刊。士大夫往往以插架相夸。[1]

私家图书馆成为地位的象征，有些文人对收藏书籍有着相当的热情，至少自宋朝起就出现了许多私家藏书的目录。它们提供给我们一些如今多已亡佚的著作的信息，其中有的散见于知名的收藏地。这些著作不只被收藏在中国，还有大量被藏于国外，比如日本。但私家图书馆却仍不及国家图书馆，特别是皇家的图书馆。皇家图书馆的收藏不只包括文物和象征权力的物件，也包括绘画、书法和书籍，它们还担负着代表皇权的功能。[2]

女真人和元朝统治时期，图书馆事业和图书印刷技术得到了推动，因为这样做有利于构建朝廷统治的合法性。[3]大规模的编纂工程，比如18世纪

---

[1] 《补元史艺文志序》，《二十五史补编》（上海，1937年），卷九，第73页。

[2] 见L. Ledderose（雷德侯）的Die Kunstsammlungen der Kaiser von China（《中国皇帝的艺术品收藏》），载L. Ledderose主编的*Palastmuseum Peking. Schätze aus der Verbotenen Stadt*（《北京故宫博物院：紫禁城中的珍品》），法兰克福，1985年，第41—47页。有关宋室南渡后的馆阁，参见J. H. Winkelman的The Imperial Library in Southern Sung China, 1127-1279. A Study of the Organization and Operation of the Scholarly Agencies of the Central Government（《南宋秘书省：中央政府的学术机构的组织和运作研究》），载*Transactions of the American Philosophical Society*（《美国哲学学会会刊》）新刊卷64，第8部分，1974年。

[3] 见K. T. Wu（吴光清）的Chinese Printing under Four Alien Dynasties（《辽金元及西夏的印刷》），载*HJAS*（《哈佛亚洲研究学刊》）第13期（1950年），第447—523页。

编纂的《四库全书》和《古今图书集成》，通常也有着这样的目的，即通过雇佣关系建立责任关系，以此消除文人特别是那些举足轻重的文人对政府的抵抗。至于这样的工程在多大程度上也被用来禁毁不利于政府统治的著作，仍然存在着争议，[1]但在这里面，国家对审查的需要肯定扮演着相当重要的角色。

古代中国的统治者总是倾向于把批评性著作看作国家衰落的原因，而不是把它们当成对衰落的批评。因此，批评必须经过巧妙的伪装，为的是不直接以批评的形式出现。[2]秦始皇焚书的记载虽有夸大的嫌疑，但自那以后，焚书、禁书以及作者因作品而受到迫害是寻常的事，为证明审查的正当性而提出的论据有时不只是政治的，也是宗教的，如韩愈在他的《原道》里就要求焚毁佛教和道教的著作。汉以后，中国民间确实流传着许多预言性的或另具神秘性的文本。它们多披着道教的外衣，[3]常为颠覆性的活动提供口号，比如《推背图》。[4]

大量公布禁书目录，以求审查的全面彻底，这是明朝以后的事。当然，

---

[1]　见顾颉刚的《明代文字狱祸考略》，L. C. Goodrich（傅路德）译，载*HJAS*（《哈佛亚洲研究刊》）第3期（1938年），第254—311页；L. C. Goodrich的*The Literary Inquisition of Ch'ein-lung*（《乾隆朝的文字狱》），巴尔的摩，马里兰州，1935年，及纽约，1966年第二版；R. K. Guy（盖博坚）的*The Emperor's Four Treasuries. Scholars and the State in Late Ch'ein-lung Era*（《皇帝的四库：乾隆晚期的学者与国家》），剑桥，马萨诸塞州，1987年，特别是第157—200页。

[2]　关于这种伪装（特别在赋中），见F. A. Bischoff（比肖夫）的*Interpreting the Fu*（《释赋：中国文学修辞学研究》），威斯巴登，1976年，特别是第13页及以下。

[3]　参见A. Seidel（索安）的Imperial Treasures and Taoist Sacraments. Taoist Roots in the Apocrypha（《皇家宝藏和道教圣物》），载*MCB*（《汉学与佛学丛刊》）第21期（1983年），第291—371页。

[4]　见W. Bauer（鲍吾刚）的*Das Bild in der Weissage-Literatur Chinas. Prophetische Texte im politischen Leben vom Buch der Wandlungen bis zu Mao Tse Tung*（《中国预言文学中的图像，政治生活中的预言文本——〈易经〉至毛泽东》），慕尼黑，1973年；另见W. Bauer的Zur Textgeschichte des T'ui-pei-t'u, eines chinesischen "Nostradamus"（《中国的诺斯特拉达姆斯：〈推背图〉版本史》），载*OE*第20期（1973年），第7—26页。

这也反映了印刷技术的普及。[1]乾隆年间（1736—1795）的审查制度尤为严格，这一观点并无异议。然而，中国学界后来对此特别强调，也是因为这里涉及的是满族统治时期的审查制度，相比之下，对其他压制措施的评价常常要缓和很多。但通过乾隆时期的审查，我们能够对封建后期的审查行为有更详细的认识。其时，曾有过详细的有关审查的规定。

在判定某本书是否要禁时，主要是看以下八个方面：

这本书是不是反对朝廷或鼓励起义的？

这本书是否损害了被朝廷引为范式的过往朝代的声誉？

这本书是不是对边境安全和稳定有着战略意义的地理学著作？

这本书是不是被排斥的作者的著作或包含在该作者的著作中？

这本书是否包含有关儒家经典的非正统观点？

著作的风格是否有文学性？

对满汉关系的描述是否会产生不利影响，特别是在关系紧张时期？

这本书是否与某些政治团体或组织，特别是明朝末年的这类组织有关？[2]

许多著作因各种形式的审查而被禁毁，但有些著作也许正是因为这样的原因而被特别小心地收藏起来，得以保存。[3]这些审查措施对文人的意识本身造成的后果可能是最显著的，特别是通过教育，某种潜在的自我审查和自

---

[1]　Hok-lam Chan（陈学霖）的*Control of Publishing in China. Past and Present: The Forty-fourth George Ernest Morrison Lecture in Ethnology 1983*（《中国古今出版监督考》，堪培拉，1983年）中也强调这点。

[2]　见L. C. Goodrich（傅路德）的*The Literary Inquisition of Ch'ein-lung*（《乾隆朝的文字狱》），巴尔的摩，马里兰州，1935年；纽约，1966年第二版，第44页及以下。

[3]　最好的清代禁毁书目，是姚觐元编的《清代禁毁书目四种》（上海，1937年）；另见雷梦辰编的《清代各省禁书汇考》（北京，1989年）。

我调整已经成为自然的倾向。

　　审查措施不只涉及那些容易引起政治争论的著作，也涉及那些被认为有伤风化的著作，"精神污染"也被认为是危害国家的。如自元朝起，首先被审查的都是一些读者广泛，而内容与儒家正统和伦理要求相背的作品，特别是小说和戏曲。[1]这种严格是儒家学说发展成为意识形态的漫长过程的结果。自汉朝起，它开始成为国家的正统学说，而此前则是各家争鸣的多元化体系。

---

[1]　王利器的《元明清三代禁毁小说戏曲史料》（上海，1981年）；Tai-loi Ma（马泰来）的Novels Prohibited in the Literary Inquisition of Emperor Ch'ein-lung, 1722–1788（《乾隆帝文字狱所禁小说》），载Winston L. Y. Yang（杨立宇）、C. P. Adkins主编的Critical Essays on Chinese Fiction（《中国小说批评文集》），香港，1980年；阿英的《关于清代的查禁小说》，载《小说二谈》（上海，1958年），第136—142页。

26. 文艺理论和新古文体

司空图

公元9世纪末至公元10世纪初的某些文学潮流首先是谋求新的自我认识的结果。候补官吏和官吏阶层的思想不再以中古早期的贵族传统为根据，他们看问题的方法主要体现在提倡模仿古代质朴明晰文风的古文运动中。就像中国发生过的许多事件那样，比起通过文本，对这场运动本身的理论性和纲领性的表述，更便于说明该运动。

在很长一段时间里，诗歌被认为是诗人感情和思想的表达（"诗言志"），但逐渐地也产生了这样的观点，即诗歌也可以被理解为某种艺术形式。唐朝时就已经有许多诗人赞同这样的看法，但创造力强的时代在对艺术的观察和思考方面往往鲜有成绩，唐朝也是如此。诗学和诗论的繁盛，要待宋朝和以后的几百年。在理论发展的先行者中，司空图（837—908）被认为是最成熟的一位。他首次简练地表达了诗歌要从诗歌本身去理解的思想，提出尝试不从单个诗人出发来确定诗歌的风格。[1]

史书中强调司空图"哀帝弑，图闻，不食而卒"的非凡行为，认为他体现了可被后辈视为典范的忠诚，但他真正的声望来自他的文艺理论和文艺批评，其顶峰是由24首诗构成的《二十四诗品》。这种以诗歌为形式的文艺批评在中国并不鲜见，杜甫就采用过这样的形式，元好问更把它发挥到了极致。

司空图继续发展前人已经发现的诗之味与食之味的类比关系（就像苏轼后来表述的那样），并提出"味外之旨"的说法。司空图的美学里还有两种概念要强调，即"全工"和"全美"。前者指的是凭借任何媒介或体裁进行表达的能力，后者指的是作品从任何角度看都是美的。司空图并不认同存在更好或更美的体裁的观点。他以为，某种体裁或某种风格的作品是不是美的，完全取决于作者的功夫。他在《题柳柳州集后序》中写道：

> 愚观文人之为诗，诗人之为文，始皆系其所尚，既专，则搜研愈至，故能炫其工于不朽，亦犹力巨而斗者，所持之器各异，而皆能济胜，以为勍敌也。[2]

所以作品优劣的关键不在体裁，而在于作者的表达能力。司空图把这种能力比拟为金属，根据形状和构成的不同，它可以产生不同的音

---

[1] 关于司空图，见 M. A. Robertson 的 To Convey What Is Precious. Ssu-k'ung T'u's Poetics and the Erh-Shih-ssu Shih P'in（《传达微妙之物：司空图的诗学与〈二十四诗品〉》），载 D. C. Buxbaum、F. W. Mote（牟复礼）编的 Transition and Permanence. Chinese History and Culture（《变迁与永恒：中国历史与文化》），香港，1972年，第323—357页；Pauline R. Yu（余宝琳）的 Ssu-k'ung T'u's Shih-p'in: Poetic Theory in Poetic Form（《司空图的诗品：诗体中的诗论》），载 Ronald C. Miao（缪文杰）编的 Studies in Chinese Poetry and Poetics（《中国诗歌及诗学研究》），圣弗朗西斯科，1978年，第81—103页；Yoon-wah Wong（王润华）的 Ssu-k'ung T'u. A Poet Critic of T'ang（《司空图：唐代的诗人批评家》），香港，1976年。
[2] 《司空表圣文集》，《四部丛刊》本，卷二，第3上—下页。

色。这种作者特有的表达能力，即所谓格，来自作者内在的理智特征。根据这种内在表达意愿的根本性意义，司空图就笔迹能反映人格的这一特质写道：

> 人之格状或峻，其心必劲，心之劲，则视其笔迹，亦足见其
> 人矣。[1]

表达的结果与内在的表达能力是相应的，它的美不是片面的，而是全面的。这种表达不是要表现某个场景或某个图像，而是要表现景外之景或象外之象。在司空图看来，与作者的内在天分相对应的是诗作的灵气，象与景只有表现出象外之象与景外之景才是完整的。

这种主张诗歌应为艺术而艺术的看法，实际与唐代诗人白居易、元结、元稹把诗歌看作批评、指导和教训的手段的观点有所不同。在司空图之前，殷璠已表达过类似的观点。他在《河岳英灵集》的序里写道：

> 夫文有神来、气来、情来，有雅体、野体、鄙体、俗体，编
> 纪者能审鉴诸体，委详所来，方可定其优劣，论其取舍。[2]

情乃对景的反应。陆机在他的《文赋》里就已经这样提出，但直至旧题为王昌龄撰、只保留残篇的《诗格》（甚至可能成书于宋朝），"情"与"景"这对概念才得到系统的应用。至少从那以后便普遍见于文献中，而它的含义当然也在变化。但大体而言，情和景被看作是相应的概念，要在诗歌里相融合。比如，一句诗写作者的感情，一句诗就写他周围的景色。

"意外之意"的看法得以发展，尤其得益于佛教和道教圈子对精神问

---

[1]《司空表圣文集》，《四部丛刊》本，卷三，第6页。
[2] 殷璠：《河岳英灵集》，《四部丛刊》本，前序，第1页。

题的思考。在佛道圈子里，人们深切地体会到将直觉所捕捉到的东西恰当地表达出来是十分困难的，以致不久就得出这样的结论，即真正的诗根本无法用语言表达出来。换言之，真正的诗在它表层的意思之外另有它层或多层含义。这种包含多层意思的情况，司空图在《二十四诗品·含蓄》中这样表述：

> 不着一字，尽得风流。
>
> 语不涉己，若不堪忧。
>
> 是有真宰，与之沉浮。
>
> 如渌满酒，花时反秋。
>
> 悠悠空尘，忽忽海沤。
>
> 浅深聚散，万取一收。[1]

　　诗中可能没有对某具体对象的描写，却能捕捉到自然的整体内涵。诗的目的不是认识世界的某个方面，而是认识世界的整体。这在司空图题为《二十四诗品·形容》的诗里是如此表达的：

> 风云变态，花草精神。
>
> 海之波澜，山之嶙峋。
>
> 俱似大道，妙契同尘。
>
> 离形得似，庶几斯人。[2]

---

[1]　郭绍虞：《诗品集解》（香港，1965年），第21页。

[2]　郭绍虞：同上，第21页。

文学作为改良世界的手段

司空图还相信，相比作文，作诗更难，因此，诗要高于文。但在唐朝时，诗和文的区别逐渐简化为两者与其古代范式的关系的不同。由于唐朝知识分子对某种新的统一的追求，六朝时的文艺理论家将"文"分为经学、史学、哲学和文学的工作又失去了意义。

这种变化也体现在对"文"这个概念的理解的改变中。六朝时，"文"还常被认为与公文相对立；在唐朝时，"文"则用来指代散文。后来，随着对宫廷诗和骈文体的攻击逐渐消退，再加上公元8世纪时的融合努力，"文"成为散文和诗歌的统称，这表现在了周敦颐那句"文以载道"的名言里。但同时，"文"和诗的某种区别仍旧保持着。按照这种区分，只有在政治和行政日常中使用的散文被称为文，这样的文是用来阐明道理和思想的，而作为感情和意图表达的诗地位则较低。

这种区别中显示的知与行的对立，从根本上构成了那个时代新儒学运动中的哲学争论的背景，特别是发生在以程颐、程颢、朱熹为根据的程朱学派和以学者陆象山（陆九渊）命名的象山学派之间的争论。[1]

后来的史书将对文的推崇与宋朝统治者关联了起来。比如，主持修撰《宋史》的脱脱（1314—1356）在该书《文苑传》的序里写道：

> 自古创业垂统之君，即其一时之好尚，而一代之规橅，可以豫知矣。艺祖革命，首用文吏而夺武臣之权，宋之尚文，端本乎此。太宗、真宗其在藩邸，已有好学之名，及其即位，弥文日增。

---

[1] 关于这两种哲学流派间的关系，见余英时的《朱熹哲学体系中的道德与知识》，载Wing-tsit Chan（陈荣捷）主编的*Chu Hsi and Neo-Confucianism*（《朱熹与新儒家》），火奴鲁鲁，夏威夷州，1986年，第228—254页；另见余英时的《清代儒家智识主义初论》，载*Tsinghua Journal of Chinses Study*（《清华学报》）新刊卷11，第1—2期（1975年）。

自时厥后，子孙相承，上之为人君者，无不典学；下之为人臣者，自宰相以至令录，无不擢科，海内文士，彬彬辈出焉。国初，杨亿、刘筠犹袭唐人声律之体，柳开穆修志欲变古而力弗逮。庐陵欧阳修出，以古文倡，临川王安石、眉山苏轼、南丰曾巩起而和之，宋文日趋于古矣。南渡文气不及东都，岂不足以观世变钦。作《文苑传》。[1]

　　脱脱将朝代的命运和诗歌的质量等同起来。这样，北方国土的失去就相当于文学走向没落。这种关系被证明是最沉重的负担，影响直至今日，因为国家权力与文学之间的密切关系就这样被确定了下来。作为教育的媒介以及官吏选拔的标准，"文"的意义重大，改良世界因而成了文学的目的。公元1000年的殿试卷里就有"以文来改变和完善世界"的题目。但不久人们就发现，这样的观念不仅会束缚文学，还会把政治引向错误的方向，因而开始稍稍放松对文学的这种严格要求。苏轼也认识到了过高评价文学改革世界的性质的危险。1061年，他提出不要把文学看作现实："臣窃以为今之患正在于任文太过。是以为一定之制，使天下可以岁月必得，甚可惜也。"[2]

　　宋朝初期，以唐代诗人李商隐为范式的、被认为矫揉造作的"西昆体"还占据着统治地位，而欧阳修对西昆体的反对最后取得了成功，这也使得文学领域新的发展成为可能。[3]欧阳修的诗论见于其晚年撰写的《六一诗话》。至少根据某种解释，这里面的"六"分别指藏书、金石遗文、琴、

---

[1]　《宋史》，卷439。

[2]　《东坡应诏集》，卷二，策别第七，国学基本丛书；参见P. K. Bol（包弼德）的 Culture and the Way in Eleventh Century China（《公元11世纪中国的文化与道》），普林斯顿大学，博士论文，1982年，第42页。

[3]　见Yu-shih chen（陈幼石）的 The Literary Theory and Practice of Ou-yang Hsiu（《欧阳修的文学理论与实践》），载A. A. Rickett（李克）主编的 Chinese Approaches to Literature from Confucius to Liang Ch'i-ch'ao（《中国文学观：孔子到梁启超》），普林斯顿，新泽西州，1978年，第67—96页。

棋、酒以及与它们交谈的他自己。[1]这类诗话那时开始流行，它们不只是理论的讨论，还经常包含趣闻逸事和对谈话的报道，因此同时具有娱乐和消遣的性质。当然，它们也被用来品评优劣，比如下面这段欧阳修评价其朋友梅尧臣的文字：

> 梅圣俞尝于范希文席上赋《河豚鱼诗》云："春洲生荻芽，春岸飞杨花。河豚当是时，贵不数鱼虾。"河豚常出于春暮，群游水上，食絮而肥。南人多与荻芽为羹，云最美。故知诗者谓只破题两句，已道尽河豚好处。圣俞平生苦于吟咏，以闲远古淡为意，故其构思极艰。此诗作于樽俎之间，笔力雄赡，顷刻而成，遂为绝唱。[2]

欧阳修称赞了他的朋友。像这样的称赞，有时还带有取乐或讥讽的色彩，是这种诗话体裁的典型特征。当然，诗话也因其娱乐价值而更受欢迎了。

自然的概念和诗歌的独创性

中国中古时期的开端大致与汉朝的瓦解同时。在由中古贵族社会过渡到实行官僚制度、以宋朝为开始的早期近代社会的过程中，世界观方面的诸变化也反映在了有关自然概念的变化之中。公元11世纪的诗人所理解的自然不是物质的自然或美丽的风景，这个自然的概念首先指的是理，也就是事物变化或不变的法则。有人认为理的这两个方面同样重要，有人则强调其中的一

---

[1] 见Shung-in Chang（张双英）的The Liu-i Shih-hua of Ou-yang Hsiu（《欧阳修的〈六一诗话〉》），亚利桑那大学，博士论文，1984年。
[2] 据《历代诗话》（北京，1981年），第265页。

个方面，例如欧阳修就把这一法则首先理解为事物的表现和多样性。就像许多同时代的人那样，欧阳修也遇到过这样的问题：如果说文学作品是对外在的、变化的事物的反映，那么，文学作品如何能够不朽呢？

在《送徐无党南归序》（约1050年）里，欧阳修这样表述有关实现不朽的问题：

> 草木鸟兽之为物，众人之为人，其为生虽异，而为死则同，一归于腐坏，澌尽，泯灭而已。而众人之中有圣贤者，固亦生且死于其间，而独异于草木鸟兽众人者，虽死而不朽，逾远而弥存也。其所以为圣贤者，修之于身，施之于事，见之于言，是三者所以能不朽而存也。[1]

不是所有写下来的东西都能持久，欧阳修用《汉书·艺文志》《唐书·艺文志》提到的作品中只有2%得以保存下来的这一事实，强调了这种认识。某部作品是否流传下来，成为衡量其价值的依据。某部作品成为不朽，也就是说其值得留存，并不是因为它采用了特别的样式，而是因为它本身就是不朽的。这种对所有事物背后的法则的指示，似乎打开了走出某种两难境地——要么只是模仿古代的范式，要么创造新的、不同的东西——的路。

如何创造有价值的作品成为那个时代知识分子思考的问题，就该问题的争辩和沟通构成了那时文学话语的主要部分。如后来被称为江西诗派最重要代表的黄庭坚在给朋友的信中提出欲追配古人，须得其笔意的观点，并认为作文务求诚恳，但语言不可流于粗俗。[2]为免入俗套，黄庭坚风格奇崛，与

---

[1] 《欧阳修全集》（台北，1971年），第297页。
[2]　Lin Lü的Huang T'ing-chien's Theories of Poetry（《黄庭坚的诗论》），载 *Tamkang Review*（《淡江评论》）10. 3/4（1980年），第429页。

当时古文运动的理想构成某种对立。同时代的陈师道（1053—1102）在《后山集》里写道："王介甫以工，苏子瞻以新，黄鲁直以奇。"[1]

对此，黄庭坚有自己的解释，比如在写给外甥的《答洪驹父书》里，他这样写道：

> 自作语最难，老杜作诗，退之作文，无一字无来处。盖后人读书少，故谓韩杜自作语耳。古之能为文章者，真能陶冶万物，虽取古人之陈言入于翰墨，如灵丹一粒，点铁成金也。文章最为儒者末事，然索学之，又不可不知其曲折，幸熟思之。[2]

所以，黄庭坚完全不认为"古人之陈言"不能焕发新的光彩；相反，他认为某些"陈言"亦可重获新生，就像点铁成金。他认为，诗不只要让普通的事物变得艺术，也要将陈旧的事物变得新鲜。换言之，以俗为雅，以故为新，这是黄庭坚明确的目标。有这样追求和看法的不只是他，苏轼也有类似的观点，但他对"陈言"的使用限于用典。

在10世纪后期和11世纪，人们主要讨论的是文学的本质及其不朽条件之类的理论性问题，探讨一些普遍性的概念。南宋以后，人们转而批评性地研究单个的作品。这种转变的典型代表是姜夔（约1155—1209）。他的诗论见于他为自己的诗写的短序以及他的文章《诗说》中。姜夔称，《诗说》为1186年南岳"异人"所赠。按照他自己的说法，他起初遵循的是黄庭坚的范式，后来，就像比他年长的杨万里（1127—1206）、陆游（1125—1210）、范成大（1126—1193）、尤袤（1127—1194）和萧得藻（生活在12世纪末）

---

[1] 陈师道：《后山集》，《四部备要》，卷二十三，第3页上。

[2] 《豫章黄先生文集》，《四部丛刊》本，卷十九，第22页下—第23页下；参见Lin Lü的Huang T'ing-chien's Theories of Poetry（《黄庭坚的诗论》），载*Tamkang Review*（《淡江评论》）10.3/4（1980年），第430页。

那样，他认识到必须找到自己的诗作风格。

在他大约于1204年前后完成的《白石诗词集》序中，姜夔这样表述他的这种认识：

> 作诗求与古人合，不若求与古人异。求与古人异，不若不求
> 与古人合而不能不合，不求与古人异而不能不异。……其来如风，
> 其止如雨，如印印泥，如水在器，其苏子所谓不能不为者乎？[1]

作诗当然要有学养，但诗仿佛是自成的，无意为诗而意已至，在无心的状态下自然产生。有些矛盾的是，在后来，姜夔遭到了批评，他的诗被认为做作，且没有任何内涵。

诗是逐渐形成的，还是突然产生的？自12世纪中叶起，对该问题的讨论更多地采用理学学说的概念。此前，这种对立是以禅宗的顿悟和渐悟学说为条件的，理学内部后来对该问题的思考只有联系这种背景才能理解。唐朝时，诗歌和禅学虽然繁荣，但到了宋朝，禅学和诗学间的关系才认真地被加以研究。此后，诗歌创作的过程大多不再只以道教的哲学概念来加以讨论，而是联系佛教的觉悟学说来分析。如果说苏轼更强调创作过程的豁然与直接的话，那么，与他同时代的黄庭坚却提醒自己周围的人以及学生，要通过对传统和古诗文的不断学习，来为自身的文学表达创造基础。[2]

---

[1]　姜夔的《白石诗词集》，夏承焘校辑（香港，1972年），第2页；另见郭绍虞的《中国文学批评史》（上海，1979年），第259页；参见Shuen-fu Lin（林顺夫）的 Chiang K'uei's Treatises on Poetry and Calligraphy（《姜夔关于诗与书的论文》），载 S. Bush, Chri. Murck编的 Theories of the Arts in China（《中国的艺术理论》），普林斯顿，新泽西州，1983年，第296页。

[2]　见R. J. Lynn（林理彰）的 The Sudden and the Gradual in Chinese Poetry Criticism. An Examination of the Ch'an-Poetry Analogy（《中国诗歌批评中的突然的与逐渐的概念：禅与诗的类比的研究》），火奴鲁鲁，夏威夷州，1987年，第281—427页。

画与题画：艺术之为整体的思想

对诗的自然天成的崇尚也反映在为别人的画作题上文字的做法上。这种风气在诗人及其朋友的圈子里尤其盛行。[1]绘画和书法及绘画和文学间的密切关系始自公元3世纪，自山水画和诗成为普遍的艺术现象，美学的诸概念被同样运用到不同的艺术门类里。欧阳修强调形与意，即知觉与概念（或情感）的区别。他把这样的概念同样用于画作和诗作，如梅尧臣的《观杨之美盘车图》。由于这幅表现牛车渡涧之情景的画已褪色，这首诗可以为观者提供欣赏的依据。而欧阳修完全把重点放在了这首诗上：

> 古画画意不画形，梅诗咏物无隐情。
>
> 忘形得意知者寡，不若见诗如见画。[2]

同样地，就他自己的书法和他所效仿的范式间的关系，欧阳修谦虚地表示：应当取其意，而不法其形。[3]

这种题写在器物或画作上的文字，自汉代起就构成了独立的题材，并

---

[1] 见H. Kotzenberg的*Bild und Aufschrift in der Malerei Chinas. Unter besonderer Berücksichtigung der Literatenmaler der Ming-Zeit (1368–1644) T'ang Yin, Wen Cheng-ming und Shen Chou*（《中国画中的画与题画：着重考察明代的文人画家唐寅、文徵明和沈周》），威斯巴登，1981年；J. C. Y. Watt主编的*Renditions*（《译丛》）第6期（艺术专题），1976年。

[2] 《欧阳文忠公文集》，《四部丛刊》本，卷六，第7页上—下。

[3] 关于画论中的儒学成分，见J. F. Cahill（高居翰）的Confucian Elements in the Theory of Painting（《画论中的儒学成分》），载A. F. Wright（芮鹤寿）主编的*The Confucian Persuasion*（《儒教》），斯坦福，加利福尼亚州，1960年，第115—140页。另见S. Bush的*The Chinese Literati on Painting. Su Shih (1037–1101) to Tung Ch'i-ch'ang (1555–1636)*（《中国士大夫论画：自苏轼而至于董其昌》），剑桥，马萨诸塞州，1985年；S. Bush, Hsioyen Shih（时学颜）主编的*Early Chinese Texts on Painting*（《中国早期论画的文本》），剑桥，马萨诸塞州，1985年。

在宋朝时历经繁荣，这主要与苏轼、黄庭坚相关联。[1]由于依附单个的器物（主要是画作，当然也有金石），这些文字散落在各处，后来被收集了起来，其中以明清时所收为最多。题画的文字分为"题画赞"，大多以画为对象的"题画诗""题画记"以及简单的"题跋"。最古老的形式应当是题画赞，它们在公元5世纪时就曾被大量收集起来。其中，曹植的题画赞有着特别的魅力，张彦远（约815—875后）在完成于公元847年的《历代名画记》中也提到过曹植的题画赞。[2]六朝时，题画赞由四言体发展到五言体，也被用于赞颂宗教艺术作品，比如佛像。

苏轼曾主要以他的画家朋友兼老师文同（1018—1079）为榜样，谈论心与手的统一，要求"天工与清新"。在苏轼看来，无论在诗歌还是绘画里，这都是最重要的，因为作品传达的印象要新鲜，但也要是熟悉的。他认为不同的艺术形式间存在密切的关联。他曾在《文与可画墨竹屏风赞》里这样表述这种关系："诗不能尽，溢而为书，变而为画，皆诗之余。"而这其中重要的是创作意愿的表达，而不是所凭的媒介。[3]

在苏轼看来，感知的能力是得道的前提，因而首先要对自己的感情足够警觉。苏轼认为，人的感情指的不是单个人的感情，而是与周围的人和整个宇宙，当然也和过去构成更普遍的关系。在这种关系里，对所有生灵和事物的短暂性、相对性的意识与某种忧伤的感性相联系。自汉朝瓦解后，这种忧

---

[1]　见R. C. Egan（艾朗诺）的Poems on Paintings. Su Shih and Huang T'ing-chien（《关于画的诗：苏轼与黄庭坚》），载HJAS（《哈佛亚洲研究刊》）第49期（1989年），第365—419页；另见H. C. Chang（张心沧）的Su Tung-p'o's Poems on Wu Tao-tzu（《苏东坡关于吴道子的诗》），载Tamkang Review（《淡江评论》）1.1（1970年），第15—28页。

[2]　见W. Acker的Some T'ang and Pre-T'ang Texts on Chinese Painting（《唐及唐以前论画的文本若干》两卷）（莱顿，1954年）。

[3]　关于程颐与苏轼对感情与自然间的关系的看法，见Chr. Murck的Su Shih's Reading of the Chung yung（《苏轼读〈中庸〉》），载S. Bush、Chr. Murck编的Theories of the Arts in China（《中国的艺术理论》），普林斯顿，新泽西州，1983年，第278页及以下。

伤常常体现在文人的诗作里。苏轼在他的散文《凌虚台记》里也表达了这种感情。[1]

当然，苏轼也知道可以暂时摆脱这种体现在诗中的、因世间万物无法长久而产生的伤感，甚至可以享受这种存在着的无常。这点从他1082年所作的《赤壁赋》的结尾中可以看出，诗人对他的朋友说道："是造物者之无尽藏也，而吾与子之所共适。"《后赤壁赋》中的气氛却完全不同。诗人登上赤壁，最后还是无法承受朋友远去和身处自然的寂寥之感。[2]

新古文体逐渐被接受

后世将古文传统最重要的代表合称为"唐宋八大家"。[3]他们分别是唐代的韩愈、柳宗元以及宋代的欧阳修、曾巩、王安石、苏洵、苏轼和苏辙，其中以欧阳修最受推崇。这样的排序虽然考虑到了11世纪的古文代表是以200多年前的韩愈为依据的，但同时也掩盖了古文确实有新的发展。古文的叫法主要是通过明朝时期文人〔特别是茅坤（1512—1601）〕所辑的《唐宋八大家文钞》才逐渐被普遍接受的，但唐代作者和宋代作者对待古文的态度是有显著区别的。唐代的作者不排斥怪奇的手法，而宋代的作者力求

---

[1] 苏轼的《经进东坡文集事略》，郎晔选注（北京，1957年），卷四十八，第807页；参见Chr. Murck主编的 *Theories of the Arts in China*（《中国的艺术理论》）普林斯顿，新泽西州，1983年，第286页及以下。

[2] 见Diana Yu-shih Chen（陈幼石）的Change and Continuation in Su Shih's Theory of Literature. A Note on his Ch'ih-pi fu（《苏轼文学理论中的变与常：〈赤壁赋〉注释》），载*MS*（《华裔学志》）第31期（1974—1975），第375—392页；参见B. Watson（华兹生）的*Su Tung-p'o. Selections from a Sung Dynasty Poet*（《东坡居士轼书》），纽约，1965年，第92页。

[3] 选译本：Shih Shun Liu（刘师舜）主编的*Chinese Classical Prose. The Eight Masters of the T'ang-Sung-Period, Selected and Translated*（《中国古典散文：唐宋八大家》），香港，1979年。

通俗易懂的风格。[1]

　　新古文运动的创立者欧阳修和苏轼反对"时文体"，若没有他们，估计韩愈和柳宗元根本不会这样有名。然而，韩愈提出的"奇"与"高"的要求对以刻削为工的散文体的发展实际有推动作用，这种要求完全与宋代思想家所持的观点相背，这些思想家认为文学应当是对世界的真实描写。散文方面，这种倾向矫揉造作的、在某种意义上重拾骈体文传统的"时文体"主要代表是杨亿（974—1020），而被称为时文体的主要是晚唐公文里讲究的"四六体"。在诗歌方面，时文体这种叫法指的是晚唐那种词藻华丽的语言风格，它最重要的代表是李商隐。在宋代，因为《西昆酬唱集》，这种风格也被称为西昆体。

　　欧阳修并不是最先反对"时文体"，提倡冷静质朴的散文体的人。在他之前，也有作者赞美过韩愈和柳宗元的作品，主要是王禹偁（954—1001）、丁谓（966—1037）和柳开（947—1000）。提倡古文体的作者编辑了文集，以回应982年仍旧按照西昆体传统辑成的《文苑英华》。这些文集中除去后来奉敕于1814年辑成的《全唐文》，最著名的就是成书于1011年的《唐文粹》。

　　在11世纪初，究竟什么样的文体可被称为古文，人们其实并不清楚。这点可以从柳开的《应责》中得知。在回答何为古文时，他这样写道：

　　　　古文者，非在辞涩言苦，使人难读诵之；在于古其理，高其
　　　　意，随言短长，应变作制，同古人之行事，是谓古文也。[2]

　　王禹偁在《答张扶书》里写道：

---

[1]　见Yu-Shi Chen（陈幼石）的 *Images and Ideas in Chinese Classical Prose. Studies of Four Masters*（《中国古典散文中的意象与观念：韩柳欧苏古文论》），香港，1979年。
[2]　《河东先生集》，《四部丛刊》本，卷一，第11页上。

夫文传道而明心也。古圣人不得已而为之也。……既不得已而为之，又欲乎句之难道邪，又欲乎意之难晓邪？……近世为古文之主者韩吏部而已。吾观吏部之文，未始句之难道也，未始意之难晓也。

王禹偁以被认为出自韩愈的格言结束了这封书信。其中，古文这个概念的模糊性和相对性完全体现了出来：

故吏部曰：吾不师今，不师古，不师难，不师易，不师多，不师少，惟师是尔。[1]

欧阳修为何与许多其他的作者一样，无法真正遵循韩愈的道。就这一问题，他在《记旧本韩文后》中这样坦率地表述：

是时天下学者，杨、刘之作，号为时文，能者取科第，擅名声，以夸荣当世，未尝有道韩文者。予亦方举进士，以礼部诗赋为事。年十有七，……固怪诗人之不道，而顾己亦未暇学，徒时时独念于予心，以谓方从进士干禄以养亲。苟得禄矣，当尽力于斯文，以偿其素志。[2]

---

[1] 王禹偁的《答张扶书》，载《小畜集》，《四部丛刊》本，卷十八，第11页下—第12页下；关于王禹偁的生平与作品，见徐规的《王禹偁事迹著作编年》（北京，1982年）。
[2] 《欧阳修全集》，中国学术名著丛刊，第536页；另参见Yu-shih Chen（陈幼石）的The Literary Theory and Practice of Ou-yang Hsiu（《欧阳修的文学理论与实践》），载A. A. Rickett（李克）主编的Chinese Approaches to Literature from Confucius to Liang Ch'i-ch'ao（《中国文学观：孔子到梁启超》），普林斯顿，新泽西州，1978年，第67—96页，特别是第70—71页。

欧阳修与钱惟演（977—1034）、尹洙（1001—1047）的结识或许可以被看作新古文体诞生的时刻。钱惟演因任官地变动，曾要求欧阳修和尹洙写文章祝贺。欧阳修先完成约千字的文章，却发现尹洙的文章虽长不及己半，但简单质朴，是更好的文章。从此，欧阳修便常与尹洙会面，同他喝酒，谈论有关文学的见解。最后，欧阳修写出比尹洙之文还短的文章，并得到了后者没有任何保留的赞赏。就这样，欧阳修被认为给简单质朴的古文增添了优雅之风。[1]

欧阳修这种挥洒自如的古文里（甚至是他所有的古文里）最著名的就是《醉翁亭记》。这篇文章是他于1046年贬知滁州期间写成的。文章结构通过重复使用表示结束语气的“也”而得以突出。文章以这样的语句结束：

> 已而夕阳在山，人影散乱，太守归而宾客从也。树林阴翳，鸣声上下，游人去而禽鸟乐也。然而禽鸟知山林之乐，而不知人之乐；人知从太守游而乐，而不知太守之乐其乐也。醉能同其乐，醒能述以文者，太守也。太守谓谁？庐陵欧阳修也。

这篇文章常被用来证明欧阳修嗜酒，可他于1036年的《与尹师鲁第一书》中这样写道：

> 然士有死不失义，则趋而就之，与几席枕藉之无异。……每见前世有名人，当论事时，感激不避诛死，真若知义者，及到贬所，则戚戚怨嗟，有不堪之穷愁形于文字，其心欢戚无异庸人，虽韩文公不免此累……故师鲁相别，自言益慎职，无饮酒，此事修今

---

[1]　关于欧阳修的散文，见R. C. Egan（艾朗诺）的 *The Literary Works of Ou-yang Hsiu (1007–1072)*（《欧阳修的文学著作》），剑桥，1984年。

亦遵此语。[1]

当然，欧阳修对酒的态度在他1045年至1048年贬知滁州期间可能发生过变化。但在那个时代，他文章里体现的对待自己命运的方式是典型的。那时候，清醒冷静的态度更得到崇尚，仕途中的挫折不再被当作隐遁或傲逸的理由。

欧阳修其他著名的文章还有《朋党论》《秋声赋》以及为与刘昫《唐书》相区别并对此有所补充的《新唐书》。特别值得一提的是《新五代史》，这部作品（特别在各卷序言里）有许多体现他散文风格的例子。

新古文体以简单为原则，把韩愈当作根据。但欧阳修评价文学时的"信简常"原则，也可以被理解为对唐代古文传统的批评。他反对该传统崇尚的"高"与"奇"的理想，这点特别清楚地体现在《与石推官第二书》中。欧阳修在这封于1035年写给他的朋友石介（1005—1045）的信里这样写道：

> 今足下以其直者为斜，以其方者为圆，而曰我弟行尧、舜、周、孔之道，此甚不可也。……然足下了不省仆之意。凡仆之所陈者，非论书之善不，但患乎近怪自异以惑后生也。[2]

通过科举考试，古文体才得以真正被接受。1044年，当时范仲淹推行了他的改革政策，欧阳修重新考虑此前已被提及的把治国理政及解读经典作为国家考试题目的建议。当欧阳修于1057年被委以负责在京城举办的国家考试的职务后，他便以此制定了考试题目，但此举招致了各种各样的反对，反对的主体主要是那些仍以传统方式准备考试的考生。1057年，曾巩及苏轼、

---

[1]《欧阳修全集》，中国学术名著，第491页。
[2]《欧阳修全集》，中国学术名著丛刊，第483页及以下。

苏辙两兄弟参加年初的考试及第，他们的文章得到普遍的赞赏，让那些考试制度改革的批评者失去了批评的理由。1061年，他们被推荐到京城参加专门的考试。当时因疾病而身体虚弱的欧阳修为苏轼的考官，而司马光为苏辙的考官。这次考试，每名候选者要事先上交50篇文章，关于历史经典及时事政局的题目各半。考试时，候选者要在一日内完成6篇各500字的以经典为题的散文，另一日需完成一篇3000字的关于皇帝就当下某现象命题的文章。阅卷结束，北宋统治的地域里并没有考生在这次考试中取得一、二等。共有4名考生获得三等，其中一名就是苏轼。除去许多散文，苏轼的文章中还有大量不同类型的短文流传下来，比如笑话或逸事，后来被辑录成笔记出版。除去他的两篇以赤壁为题的赋，苏轼其他重要的作品还包括《日喻》《武昌九曲亭记》《放鹤亭记》。以散文著称的还有王安石[1]这位有胆识的改革者，虽然他的新法政策后来遭到批评，但在此后几百年里，他的部分文章作为古文范本而流传。

科举制度的发展以及古文体最终被接受，对文学界产生了深远影响。除去讲究质朴、反对骈俪的语言风格外，历史的题目和经典得到了特别的重视，这才为后来几百年在经典方面的学问积累创造了基础。比如《中庸》原是《礼记》中的一篇，直至朱熹把它抽出，与《大学》《论语》《孟子》合为"四书"。苏轼在他应举的文章里提到了《中庸》。事实上，这部作品此前就因各种原因而获得关注。比如某些杂家尝试利用这篇作品，把佛教、道教及儒家传统联系起来，契嵩和尚（卒于1072年）曾借助《中庸》来阐述他有关佛教维系国家的功能的观点。

---

[1]　见H. R. Willamson的 *Wang An-shih*（《王安石》2卷），伦敦，1935年，1937年。另见J. W. Walls（王健）的 *Wang An-shih's Record of an Excursion to Mount Pao-shan. A Translation and Annotation*（《王安石的〈游褒禅山记〉》）中的翻译与注释，载Wm. H. Nienhauser, Jr.（倪豪士）主编的 *Critical Essays on Chinese Literature*（《中国文学批评论文选》），香港，1976年，第159—166页。

　　宋朝宗室退到南方后，仍有作者继续以古文体写作，比如朱熹[1]、著名的词人辛弃疾（1140—1207）以及政论文章作者陈亮（1143—1194）。在女真人统治的北方，同样非常热心于宗教事务的赵秉文（1159—1232）、刘中（卒于约1210年）以及以文艺批评闻名的王若虚（1174—1243）、元好问继续采用这种文体。在蒙古族统治时期，古文的传统得到了延续，这主要得益于像刘因（1249—1293）、姚燧（1238—1314）和虞集（1272—1348）这样的作家。事实上，在后来的几百年间，对文人阶层的散文体构成影响的还是宋代的古文家的文章。

---

[1]　关于朱熹对文学理解，见R. J. Lynn（林理彰）的Chu Hsia s Literary Theorist and Critic（《作为文学理论和批评家的朱熹》），载Wing-tsit Chan（陈荣捷）主编的*Chu Hsi and Neo-Confucianism*（《朱熹与新儒学》），火奴鲁鲁，夏威夷州，1986年，第337—354页；关于他的诗，见Li Chi的Chu Hsi the Poet（《诗人朱熹》），载*TP*（《通报》）第58期（1972年），第55—119页。

27. 宋代的文学流派

唐诗作为范式

虽然宋代文人清楚地意识到唐代的文学成就主要体现在唐诗的卓越上，宋代的诸文学流派都有了可为依据的唐代范式，但他们对待唐代文学的方式并不相同。官吏及候补官吏阶层内部诸流派的形成也是这个阶层寻求自我认识的表现。这个阶层不被容许公开建立政党，因此美学取向和文学范式上的认同成了重要的替代。

虽然文学总是以这样的或那样的方式与为官生活及上层社会的文化世界相联系，但这并不意味着每个官吏都是文人。有的高级官吏并不会写诗，但懂得写诗的官吏往往享有特别的声望，当然有时是在他们死后，特别是在其仕途并不那么顺利的情况下。文学作品常因不幸才得以产生，在被放逐或被贬谪到远离京城的边地途中写成。相应地，在中国，艺术家和局外者的这两种身份也常常相通，但即便是暂时地或持久地陷于不幸的文人，也仍旧保有国家秩序观念和所属阶层的世界观。[1]

就像宋代大部分知识分子那样，那个时代的诗人尝试把自己归到某种久远的传统中，归到某种不可争辩的相继或承袭的系统中。这一点在陈与义（1090—1139）《简斋诗外集》序里对宋代十分重要的"正统"概念的使用上就表现得非常明显。陈与义认为，苏轼和黄庭坚取法杜甫，这样虽然保证了正统，即正确的相承关系，但两人对正统的承袭都没有完全成功，所以最好还是自己取法杜甫为宜。[2]

有些宋代诗人尝试去模仿唐代诗人，有些则故意与唐代诗人作诗的方法相区别。他们要求某种与之相对的诗歌形式，还有些效法某个特定的诗人或是以他们为榜样，但许多作者还是把自己以及自己的生活经验作为诗歌创作的源泉。他们有时称自己比任何唐代作者都更加接近诸现象的本质。面对得到各方称赞的唐诗，他们为自己的独特性寻找根据，并为它辩护，但这种尝试让新式诗歌招致了同时代作者的贬低。[3]

宋诗的意义也因宋诗的规模及其作者的数量而得以凸显。《全唐诗》辑录了2837位诗人，而厉鹗（1692—1752）所撰的《宋诗纪事》里提及的诗人则有3812位。由于诗歌得到了更广泛的传播，特别是得益于宋代印刷技术的发达，某些诗人保留下来的诗作之多是任何唐代诗人都无法企及的。比如陆游有9200首诗流传下来，而杨万里有3000首，梅尧臣有2800首，苏轼有2400首，范成大有1900首，王安石有1400首。

---

[1] 这层关系在归隐者这里也被强调。见D. S. Nivison（倪卫德）的Protest against Conventions and Conventions of Protest（《对惯例的抗议与抗议的惯例》），载A. F. Wright（芮鹤寿）编的The Confucian Persuasion（《儒教》），第177—201页。

[2] 关于宋代对某种传统的重构的思想，见H. Schmidt-Glintzer（施寒微）的Die Identität der buddhistischen Schulen und die Kompilation buddhistischer Universalgeschichten in China（《中国各佛教宗派的身份认同及世界佛教史的编纂》），威斯巴登，1982年，第26页及以下。

[3] 见S. H. Sargent（萨进德）的Can Latecomers Get There First? Sung Poets and T'ang Poetry（《后来者居上？宋代的诗人与唐诗》），载CLEAR（《中国文学》）4.2（1982年），第165—198页。

鉴于宋诗与唐诗是相区别的，是沿袭唐音还是效法宋调，成为总被后世提及的问题。与在创作中以联想为主的唐诗不同，宋诗中描述性和叙事性的成分更为突出。就题材而言，宋诗更善于反映日常生活和重要社会事务，而夸张点说，唐诗主要以花鸟风月为主。唐诗对忧愁的抒发以及蕴含的某种激昂之情，与宋诗对忧愁的超越以及蕴含的某种哲学话语和安宁淡泊的倾向相对。宋诗找到了许多新题材，也放弃了某些题材，比如浪漫的爱情。[1]

晚唐体

宋代初期有特别忠实的唐诗模仿者。王禹偁效法白居易针砭时弊的叙事诗，他的文风因而被称为“白体”。杨亿、丁谓和刘筠创作了像李商隐那样的无题诗，他们的风格被称为“西昆体”。南宋之时，还有作者恪守唐代的范式，其中最为著名的是被称为“永嘉四灵”的徐照（卒于1211年）、徐玑（1162—1214）、翁卷（活跃在1185—1211年间）和赵师秀（1170—1219），他们为唐风的复兴做出了贡献。有关公元10世纪和11世纪诗歌创作的记忆，在公元12世纪之时已经变得有些淡薄了，这一点从当时的某些作品中就可以看出。这些作品尝试回顾宋代前期的诗歌，也正是因为它们，某些诗人才被划分为某些诗派。元代诗人方回就在写给朋友的一篇散文里指出，效法晚唐的做法并非始自“四灵”。

“晚唐体”的叫法更多是种时间界定，而不是指称某种风格，但在被划为晚唐体的诗人这里仍有某些共同的东西。潘阆（卒于1009年）、林逋（967—1028）、魏野（960—1019）和寇准（961—1023）效法的是贾岛及其后继者所作的恬适的风景诗，魏野和寇准大多作五言律诗。这些诗人中不

---

[1] 宋诗概论，见吉川幸次郎的《宋诗概说》，英译本 *An Introduction to Sung Poetry*（剑桥，马萨诸塞州，1967年）。

只潘阆和魏野隐而不仕，林逋也常栖于西湖畔，在那里创作风景诗，而这些诗较少记事。林逋在少年梅尧臣拜访了自己的西湖隐所后写的那首诗是个例外。即便是宋真宗时任宰相的寇准写的诗，其内容也是关于那个窄狭的、在他看来似乎充满愁怨的世界。这些为后来诗论家所归纳的诗人群体间的区分是含混的，如被归为"昌黎诗派"的梅尧臣曾为"晚唐体"代表林逋的作品作序，而序言注明的日期是1053年7月1日。[1]但在文艺批评和论战中，不同取向甚或不同诗派的界限仍是明显的。欧阳修曾记录过有关"晚唐体""九僧"的逸事，讽刺了这种文体的刻板和贫乏：

> 当时，有进士许洞者，善为辞章，俊逸之士也。因会诸僧分题，出一纸，约曰："不得犯此一字。"其字乃山水风云竹石花草雪霜星月禽鸟之类，于是诸僧皆搁笔。[2]

白　体

宋初的几十年间，诗作虽大抵效法唐代的旧体，但某种改变已现端倪。比如，"西昆体"最著名的作者杨亿就已经不只写悲伤的爱情了，他的有些诗作，比如《狱多重囚》《民牛多疫死》，反映了他对政治和社会问题的体察。这些革新最重要的先驱是王禹偁，他是济州巨野磨坊主之子，28岁时进士及第，在地方做过官，也在京城做过文职。王禹偁的诗被辑录在估计生前就计划好的30卷《小畜集》里，该书与他的生平有着紧密联系。[3]

---

[1]　《宛陵先生集》，《四部丛刊》本，卷六十，第1页下—第2页下。

[2]　《六一诗话》，何文焕辑《历代诗话》（北京，1981年），第266页；另见J. Chaves（齐皎瀚）的 *Mei Yao-ch'en and the Development of Early Sung Poetry*（《梅尧臣与早期宋诗的发展》），纽约，1976年，第77页。

[3]　有自序传世，注明时间为咸平三年十二月三十日，也就是他去世前大约一年。

王禹偁是后来被称为"白体"的诗风的重要代表。简单的语言和社会意识被认为是白体诗的特征。王禹偁有意宗法"白体"传统，写了许多有关农作的诗。《畲田词五首》的序里有这样的话："其词俚，欲山甿之易晓也。"[1]王禹偁诗歌技艺之佳最好的例证莫过于《对雪》了。[2]在这首诗以及他的其他作品中，我们能找到许多和杜甫的诗相似的地方。但不同于杜甫诗歌的志向高远，也不同于白居易的诗，王禹偁的诗歌语言往往更恬适宁静。欧阳修和苏轼曾为王禹偁的画像题赞。王禹偁有时被称为宋诗之宗，因为他的诗已经指向后来的发展了。

西昆体

"西昆体"的名称来自《西昆酬唱集》，这部文集包含了17位诗人的248首诗，他们均在真宗执政时期（997—1022）仕宦。而正如标注日期为1104年的序里所述，西昆是"取玉山策府之意"。以杨亿为首的"西昆体"作者效法的是李商隐雅艳伤感的文风，他们的诗多采用七言律诗的形式，就像许多李商隐的诗那样，命名为《无题》。[3]

宋初的"西昆体"和后来的诸风格是如此不同，以至于后来的宋诗开先河者王禹偁寄诗给杨亿、李宗谔（964—1012）和丁谓，乍看起来有些意外，但年轻时的王禹偁似乎以这些作者为尊，虽然不久后他便完全脱离了这

---

[1] 《小畜集》，《四部丛刊》本，卷八，第11页下—第12页下；参见J. Chaves（齐皎瀚）的*Mei Yao-ch'en and the Development of Early Sung Poetry*（《梅尧臣与早期宋诗的发展》），纽约，1976年，第60页。

[2] 《小畜集》，《四部丛刊》本，卷四，第7页上—第8页上；参见J. Chaves（齐皎瀚），同上，第61页及以下；另见钱锺书的《宋诗选注》（北京，1958年）。

[3] 见《西昆酬唱集》，《四部丛刊》本，卷二，第6页上；参见吉川幸次郎的《宋诗概说》，英译本*An Introduction to Sung Poetry*（剑桥，马萨诸塞州，1967年），第51页。

些人的风格。此外，当时对不同风格和取向的区分并不像后世诗论家那样严格。西昆体其他重要的代表是刘筠、张咏（946—1015）和钱惟演。

昌黎诗派

"昌黎诗派"以韩愈及其同道者（特别是孟郊）为宗。依传统看法，它反对西昆体，为新诗开辟了道路，其成员包括像欧阳修、梅尧臣、苏舜钦（1008—1049）这样的著名诗人。[1]他们通常被描述为完全摒弃了宋初诗风的变革者，但这种看法并不正确，虽然他们的确想打破"西昆体"和"晚唐体"造成的局限。方回所说的"晚唐体"为梅尧臣代表的"新唐体"所取代，其实表达的是与上述看法相似的意思。认为欧阳修变革散文、梅尧臣革新诗歌的传统观点，估计要以这种简单化的归类倾向为背景去理解。

韩愈自谓郡望昌黎，这个诗派的文学取向在它的名称中就能明显地体现出来。而欧阳修自比韩愈，梅尧臣自比孟郊，他们同样认为唐末诗歌已经衰落，因而要重新取法于《诗经》和《离骚》、阮籍和陶渊明、杜甫和李白。

梅尧臣和欧阳修对孟郊的兴趣体现在两人的彼此唱和中。这种往来始于1047年，当时欧阳修以《秋怀二首寄圣俞》赠梅尧臣，梅尧臣同样以两首题为《依韵和欧阳永叔秋怀拟孟郊体见寄二首》的诗为回应。两人的接触和诗

---

[1] 关于梅尧臣，参见 P. Leimbigler 的 *Mei Yao-ch'en (1001–1060). Versuch einer literarischen und politischen Deutung*（《梅尧臣：文学与政治的解释尝试》），威斯巴登，1970 年；J. Chaves（齐皎瀚）的 *Mei Yao-ch'en and the Development of Early Sung Poetry*（《梅尧臣与早期宋诗的发展》）；M. E. Workman 的 Mei Yao-ch'en and Huang T'ing-chien. Literati Poets of Northern Sung (960–1126)（《梅尧臣与黄庭坚：北宋的士大夫诗人》），载 *Tsinghua Journal of Chinses Study*（《清华学报》）新刊第 13 期（1981 年），第 161—195 页。关于欧阳修，见 James T. C. Liu（刘子健）的 *Ou-yang Hsiu. An Eleventh Century Neo-Confucianist*（《欧阳修：11 世纪的新儒者》），斯坦福，加利福尼亚州，1967 年，关于诗，特别是第 131—141 页；R. C. Egan（艾朗诺）的 *The Literary Works of Ou-yang Hsiu (1007–1072)*（《欧阳修的文学著作》）。

歌方面的交流也发生在其他时候，如1057年他们参与并组织礼部的考试时，就为消磨时间而彼此交换诗歌。总的来说，酬唱的形式，特别是无拘无束的聚会以及共同饮酒、庆祝，在旧时和当代的诗歌交流中起着重要的作用。如告别将去远离京城的地方任职的朋友，这种情况就为酬唱提供了特别的时机。这个时候通常会有开怀畅饮的告别聚会，参与者在席间举行诗歌比赛，沉湎在离别的忧伤里。

某些作者可以作出独立且非常有个性的诗，虽然他们通常创作一些标准题材的诗。梅尧臣就是个好的例子，他的诗歌题材主要包括日常生活、个人感情、社会政治问题以及古玩、艺术品等。梅尧臣于1035年就任建德县令，发现官署只有篱笆而没有围墙，无法管理官署的公职人员，于是他马上命人建造围墙。他在《建德新墙诗》里描述了这个过程。在这首诗里，他揭示了这样的事实，即官署不断地以建造官衙的篱笆为名向居民征收捐税，而这些捐税最后流进了官署的口袋里。诗的最后这样描写这堵最终还是建成了的官衙围墙：

> 岂唯御貙豹，亦以防狐狸。
> 且有内外隔，绝闻闾巷卑。
> 安然兹燕息，来者勿吾隳。[1]

1040年秋，梅尧臣写了一首长诗，这首诗对事件的描述就像展开的画轴那样生动。他给这首诗取了一个详细的题目，即《送师厚归南阳会天大风遂宿高阳山寺明日同至姜店》。类似的还有一首名为《同谢师厚宿胥氏书斋闻鼠其患之》的诗。他在1046年写了《稚子获雀雏》，翌年写了一首关于自己眼疾的诗，后又在1049年写了一首关于自己新生的几缕白发的诗。梅尧臣作

---

[1] 《宛陵先生集》，《四部丛刊》本，卷四，第3页下至第4页上。

品中的悼亡诗包括写给死去的次子的诗，同样也有不以具体事件为题材的关于眼泪和愁苦之情的诗。在1044年为悼念他死去妻子写的几首律诗里头，有一首是这样的：

> 结发为夫妇，于今十七年。
>
> 相看犹不足，何况是长捐！
>
> 我鬓已多白，此身宁久全?
>
> 终当与同穴，未死泪涟涟。[1]

梅尧臣那些对社会政治问题作出评论的诗里，《田家语》让人印象尤为深刻。这首诗因1040年皇帝下的"凡民三丁籍一，立校与长，号'弓箭手'，用备不虞"的诏书而作。这首诗的开头是这样的：

> 谁道田家乐? 春税秋未足！
>
> 里胥扣我门，日夕苦煎促。
>
> 盛夏流潦多，白水高于屋。
>
> 水既害我菽，蝗又食我粟。
>
> 前月诏书来，生齿复版录；
>
> 三丁籍一壮，恶使操弓韣。[2]

梅尧臣以生物为题材的寓言诗意蕴丰富，效法赋的传统。他以古玩和艺术品为题材的诗则是那个时代复兴的对古物兴趣的表达，这种兴趣也体现在

---

[1] 《宛陵先生集》，《四部丛刊》本，卷十，第16页上—下。

[2] 《宛陵先生集》，《四部丛刊》本，卷七，第7页上—第8页上；另见J. Chaves（齐皎瀚）的*Mei Yao-ch'en and the Development of Early Sung Poetry*（《梅尧臣与早期宋诗的发展》），纽约，1976年，第165页。

收藏艺术品和为古玩编制目录中。梅尧臣的朋友欧阳修特别专心于此，也正是因为欧阳修，我们才有了首部金石资料集《集古录》。这些诗作里描述的许多艺术品都已亡佚，但有些器物，比如画作，正是根据这些诗作的描述而被后世伪造，或者说被重构，然后就被当成真品。

宋代诗人中最著名的，在创作方面也应该是最多面的，就是我们已多次提及的苏轼，他同样也以词见长，他的别称东坡更为世所熟知。[1]苏轼任公职，同时又是诗人、散文家、文艺评论家、画家和书法家，他的才能超出同样从事文学的父亲苏洵和弟弟苏辙。作为诗人，苏轼生前就相当出名，各体诗歌都有出色的作品，既有古诗也有律诗，既有词也有赋。他最著名的作品就是以赤壁为题材的《前赤壁赋》和《后赤壁赋》。

苏轼之后最著名的诗人无疑是博学而怪僻的黄庭坚，[2]因而存在"苏黄诗派"的说法，苏黄即指苏轼和黄庭坚。南宋的"江西诗派"就是以"苏黄诗派"为根据的。"苏黄诗派"的成员也包括张耒、晁补之和秦观。但陈师道是否也属于这个诗派，则存在争议。黄庭坚和苏轼的关系始自1078年，当时，34岁的黄庭坚把一首诗给了比自己年长9岁的苏轼看，苏轼非常欣赏。但他们之间的关系似乎也没有保持这样的融洽，因为苏轼后来曾说黄庭坚不过是一个模仿者。

---

[1]　对这位诗人非常个人的但也非常出色的描述，是林语堂的《苏东坡传》（纽约，1974年）。译本有C. D. LeGros Clark（李高洁）的 *Selections from the Works of Su Tung-p'o*；B. Watson（华兹生）的 *Su Tung-p'o. Selections from a Sung Dynasty Poet*（《东坡居士轼书》），纽约，1965年；Yuan-zhong Xu（许渊冲）的 *Su Dong-po. A New Translation*（香港，1982年）。

[2]　关于黄庭坚，见J. H. Rupprecht的 *Huang T'ing-chien. A Study of His Literary Theories and Poetic Style*（《黄庭坚文学理论与诗歌风格的研究》），华盛顿大学，博士论文，1972年；L. Bieg的 Huang T'ing-chien (1045-1105). Leben und Dichtung（《黄庭坚：生平与文学创作》），达姆施塔特，1975年；A. A. Richett（李克）的 Method and Intuition. The Poetic Theories of Huang T'ing-chien（《方法与直觉：黄庭坚的诗论》），载A. A. Rickett（李克）主编的 *Chinese Approaches to Literature from Confucius to Liang Ch'i-ch'ao*（《中国文学观：孔子到梁启超》），普林斯顿，新泽西州，1978年，第97—119页。

关于苏轼和黄庭坚，严羽在他的《沧浪诗话》里有这样的描述：

> 至东坡、山谷始自出己意以为诗，唐人之风变矣。山谷用工尤为深刻，其后法席盛行海内，称为江西宗派。[1]

江西诗派

以该诗派精神领袖兼楷模黄庭坚的家乡来为诗派命名的做法始自吕本中，大约是在1119年吕本中作《江西诗社宗派图》，自黄庭坚以下，列出包括自己在内的25名诗人，以之为法嗣，并评价黄庭坚找到了通往韩愈和杜甫的作品的途径。根据后来的某些文学史家的看法，此诗派由陈师道创立，其追随者被认为有以下这些诗人：陈与义、[2]杨万里、[3]陆游[4]和范成大。[5]"江西诗派"究竟是确实存在，还是只是后来的构造？虽然就这一问题仍存在疑问，但是上述作者还是被后世当作一个群体来看待。

在所有这些诗人里，我们都可以找到将他们区别于其他诗人的根本特

---

[1] G. Debon（德博）译的《沧浪诗话》（威斯巴登，1962年），第62页。

[2] 见J. M. Hargett（何瞻）的The Poetry of Chen Yu-yi, 1090–1139（《陈与义的诗》），印第安纳大学，博士论文，1982年；D. R. McCraw的The Poetry of Chen Yu-yi（1090—1139）《陈与义的诗》，斯坦福大学，博士论文，1986年；D. R. McCraw（麦大伟）的A New Look at the Regulated Verse in Chen Yuyi（《陈与义的律诗之新见》），载CLEAR（《中国文学》），第9卷（1987年），第1—21页。

[3] 见J. Chaves（齐皎瀚）的Heaven My Blanket, Earth My Pillow. Poems by Yang Wan-li（《天地即衾枕：杨万里的诗》），纽约，1975年；J. D. Schmidt（施吉瑞）的Yang Wan-li（《杨万里》），波士顿，马萨诸塞州，1976年。

[4] 见B. Watson的The Old Man Who Does as He Pleases. Selections From the Poetry and Prose of Lu Yu（《陆放翁诗文选》），纽约，1973年；Ho Peng Yoke et al.（何丙郁等）的The Poet Alchemist（《诗人术士》），堪培拉，1972年；M. S. Duke的Lu You（《陆游》），波士顿，马萨诸塞州，1977年。

[5] 见G. Bullett的The Golden Years of Fan Cheng-ta. A Chinese Rural Sequence（《范成大的黄金岁月》），剑桥，马萨诸塞州，1946年。

征。比如，我们在陈与义这里既找不到欧阳修的叙事倾向，也找不到苏轼的豪放与黄庭坚的隐逸，而是用简单的抒情语调，描写了风景的美感，或是某种新奇的敏感，或是某种对光线的突出强调。

宋代诗歌在12世纪后半叶及13世纪初经历了再次繁荣，这主要与陆游、杨万里和范成大有关。他们当中，陆游当然最为重要，他的游记也为世人所推崇。[1]《剑南诗稿》由他自己按时间顺序而辑，由其长子于1221年最后编次而成，收录了约9200首他的诗。陆游的诗歌里常出现梦境，如果考虑到他既无法在政治上实现自己所宣扬的收复被女真人占领的北方的目标，自己的生活中似乎也没有经历过很多的幸福，这种现象也就不足为奇了。陆游的诗虽以爱国思想为中心，但也多专注于道教思想和炼丹术的题材。与此相应，"狂"是他创作中期的核心概念。在田园诗方面，他和陶渊明的作品都是最知名的。范成大为官比陆游成功，在四川时，范成大曾任陆游的上级，存世有《石湖居士诗集》，其中收录1916首诗。他与陆游同样来自中国的东南部，陆游来自浙江绍兴，范成大来自江苏苏州，后来所谓的浙派和吴派之分（分别指浙江和江苏两省），可能是从这两位诗人而来。和陆游一样，范成大对农村生活也有某种感情，常把它作为自己诗歌的题材，并且也写了很多游记。

杨万里有多部诗集存世。在保存下来的他最早的诗集的序中，他写道自己初学"江西诗派"作诗，此后却把这些作品全部烧毁。他保存下来的最早的诗还流露出某种"江西诗派"的影响，这些诗全部创作于1162年以后，那一年，宋孝宗登基，杨万里36岁。杨万里总在努力效法唐朝诗人。据称在1178年，杨万里在诗歌创作方面突然醒悟，这很像佛教徒冥想中的顿悟。杨万里的语言不落窠臼，使用许多通俗的语言表达，常常处理独特的题材。

所谓"江湖派"是指那112位宋朝末年的作者，他们不是因为某种理论

---

[1]　Chung-shu Chang（张春树）、J. Smythe的*South China in the Twelfth Century. A Translation of Lu Yu's Travel Diaries July 3-Dezember 6, 1170*（《12世纪的华南：陆游的〈入蜀记〉》），香港，1981年。

或某种纲领而相联系，而只是因为他们的作品均收录在最初为南宋书商陈起（生卒年未知）刊行，其底本却未传于世的《江湖集》里。此派最著名的代表是以词闻名的刘克庄（1187—1269），而姜夔虽然后来也被收录在这部诗集里头，却不被认为是"江湖派"的作者。出于政治原因，"江湖派"诗歌不久就受到攻击，刘克庄的一首诗也因此被从诗集中删去。

对宋诗的贬低主要是受到了严羽的影响。作为《沧浪诗话》的作者，严羽认为相对唐代的诗歌来说，近代的诗歌，也就是他所指的宋代的诗歌，是一种没落：

> 诗者，吟咏情性也。盛唐诸人惟在兴趣，羚羊挂角，无迹可求。故其妙处透彻玲珑不可凑泊，……近代诸公乃作奇特解会，遂以文字为诗，以才学为诗，以议论为诗，夫岂不工？终非故人之诗也。盖于一唱三叹之音有所歉焉。[1]

严羽批评宋诗存在普遍不足，也批评了它的散文性。与严羽相似，宋代晚期的其他批评家也把宋诗和唐诗对比起来看。江湖派最多产的诗人刘克庄就是如此。他到了相当的年纪，才对唐诗产生兴趣。有关唐诗，他在《竹溪诗序》中说：

> 唐文人皆能诗，柳尤高，韩尚非本色。迨本朝则文人多，诗人少，三百年间虽人各有集，各有诗，各自为体，或尚理致，或负材力，或逞辨博，少者千篇，多至万首，要皆经义策论之有韵者尔，非诗也。[2]

---

[1] G. Debon（德博）译的《沧浪诗话》（威斯巴登，1962年），第61页及以下。
[2] 刘克庄的《后村先生大全集》，《四部丛刊》本，卷九十四，第14页上及第816页；亦刊印于郭绍虞编的《宋金元文论选》（北京，1984年），第409页。

这样的看法并不少见，其他的文学评论家也要求复归唐诗，但这种看法到明朝时才得到广泛的支持。而宋诗的风格与宋朝的灭亡构成因果关系的看法，在这里头发挥了重要作用。事实上，宋诗和唐诗并不总是被当作整体来看待，通常的做法是将两者区别对待。比如元好问，他生活在中国北部女真人统治的地区，曾公开赞赏欧阳修和梅尧臣的诗，而严厉批评"江西诗派""四灵""江湖派"的作品。

非汉族统治下的文学

虽然在非汉族统治的朝代，只有很少的诗作流传于世，即便保存下来的诗也很少得到认可；但在非汉族统治的时期，诗歌依然属于自我认识和社会生活的根本媒介。[1]在女真人创立的金代，元好问之前的诗坛活跃着赵秉文（1159—1232）和王若虚（1174—1243）。元好问主要因他所编的金代诗歌集《中州集》而闻名。

蒙古族于1234年首先攻灭中国北部女真人统治的金朝，最后于1278年征服整个中国，建立元朝。对中国的大部分文人来说，蒙古人征服中国意味着异常深刻的变化，他们的文学创作也不能不在整体上受到影响。元朝（1206—1368）最全面的诗文集是苏天爵（1294—1352）所辑，于1336年首次刊行的《国朝文类》，辑录了几乎所有元代早期和中期的重要文学家的作品。

像戴表元（1244—1310）这样在宋朝担任过公职，后又为新朝代服务的

[1]　关于女真统治下的士大夫文化，见P. K. Bol（包弼德）的Seeking Common Ground. Han Literati under Jurchen Rule（《求同：女真统治下的汉族文士》），载*HJAS*（《哈佛亚洲研究学院》）第47期（1987年），第461—538页；另见牧野修二的Transformation of the Shih-jen in the Late Chin and Early Yuan（《金末元初士人的转变》），载*Acta Asiatica*（《亚洲学刊》）第45期（1983年），第1—26页。

人，在当时人看来显然是与忠心相背的。[1]而和戴表元不同，许多人曾通过做家庭教师以及出售自己的作品来维持生计。这在从前是难以想象的，但自印刷技术普及后，这种做法在宋朝时就已经是比较常见的了。事实上，这种做法同时也是一种抗议。有些文人，比如马致远（约1251—1321），还以其他的方式——撰写杂剧——来表示抗议。

有的人同意在蒙古人的统治下担任官职，比如身为宋宗室的主要以书画闻名的赵孟頫（1254—1322）[2]，虽然他的内心也许怀有某些保留，就像他在为画家张琦画作所题的《题商德符学士桃源春晓图》中所表达的那样。[3]还有的人并没有保留，而是尽心竭力地为元朝服务，比如以清幽的山水诗著称的虞集，他博学多识，与杨载（1271—1323）、范梈（1272—1330）和揭傒斯（1274—1344）并称为"元诗四大家"。虞集所作的题画诗见于元代众多著名画家的画作里。而元代的文人画则模糊了绘画和文学的区分。画家以自己的笔迹，题自己的诗于自己的画作上。吴镇（1280—1354）对这种形式的产生起到了重要的作用。他与倪瓒（1301或1306—1374）、黄公望（1269—1354）和王蒙（1308或1301—1385）合称"元四家"。[4]

对唐诗的重新提倡特别得益于严羽的诗论的推动，诗的体裁因此得以复兴。这种体裁在后来的朝代里也将保持其主导地位，而同时，词和唐乐府也被后世所模仿。这里特别要提到的是杨维桢（1296—1370），他不是那么知

---

[1] 见吉川幸次郎著、J. T. Wixted（魏世德）译的 *Five Hundred Years of Chinese Poetry, 1150–1650*（《中国诗歌五百年》），普林斯顿，新泽西州，1989年，第44—75页。

[2] 关于赵孟頫，见Chu-tsing Li（李铸晋）的The Role of Wu-hsing in Early Yüan Artistic Development under Mongol Rule（《五行在元初艺术发展中的作用》），载 J. D. Langlois（兰德璋）编，*China under Mongol Rule*（《元朝统治下的中国》），第331—370页。

[3] 《松雪斋文集》，《四部丛刊》本，卷三，第35页；参见J. Chaves（齐皎瀚）的 *The Columbia Book of Later Chinese Poetry. Yüan, Ming, and Ch'ing Dynasties (1279–1911)*（《哥伦比亚中国晚期诗选：元明清》），纽约，1986年，第23页。

[4] 关于画与题画的关系，见R. C. Egan（艾朗诺）的Poems on Paintings. Su Shih and Huang T'ing-chien（《关于画的诗：苏轼与黄庭坚》）；另见H. C. Chang（张心沧）的Su Tung-p'o's Poems on Wu Tao-tzu（《苏东坡关于吴道子的诗》），第15—28页。

名，但极具表现力，以乐府诗的传统为宗，以李白的笔调来创作乐歌。在下面这首名为《独禄》的乐歌里，他特别提到了自己所效法的楷模：

> 古乐府独禄篇，为父报仇之作也，太白拟之，转为雪国耻之词，予在吴中见有父仇不报而与之共室处者，人理之灭甚矣，为赋此词，以激立孝子之节云。

> 独禄独禄，恶水浊。
> 仇家当族，孝子免污辱。
> 孝子躯干小，勇气满九州。
> 拔刀削中睨父仇。
> 父仇未报，何面上父丘。
> 漆仇头，为饮器；
> 脔仇肉，为食嚼，头上之天才可戴。[1]

此外，孝的题材后来在明末清初非常受欢迎，比如在吴嘉纪（1618—1684）和屈大均（1630—1696）这里，这种现象的出现实际也是因为杨维桢。

---

[1] 《铁崖先生古乐府》，《四部丛刊》本，卷一，第13页；参见J. Chaves（齐皎瀚）的 *The Columbia Book of Later Chinese Poetry. Yüan, Ming, and Ch'ing Dynasties (1279–1911)*（《哥伦比亚中国晚期诗选：元明清》），第58页。

28. 诗话和笔记

文人团体和新的公共领域

在唐代，考生在诗歌方面的才能是选拔官吏时极为看重的。但到了宋代，这种重要性有所降低。尽管如此，还是总有通过诗作而自荐的例子，比如欧阳修。1023年，17岁的欧阳修"随州取解，以落官韵而不收"，在1027年再次应考不中后，他便带着自己的文章，去寻找可能的提携者。在汉阳，欧阳修拜访了当时在朝廷颇有名望的学者胥偃。胥偃看中了欧阳修的文章，便将其留下，翌年带他到京城开封。欧阳修在京城取得了成功，这可能也离不开与其保持着密切关系的晏殊（991—1055）的帮助。欧阳修最初在洛阳使相钱惟演处任职，钱惟演周围聚集着一批年轻作者，于是欧阳修得以与这些人接触。他在洛阳的文人环境中生活了一段时间（1031—1034），其间所参与的多是庆祝活动，而不是过多的行政事务，大多时间闲散无事。在此后的年月里，他不断地结识其他对文学感兴趣的官吏。他从与梅尧臣的关系中受益良多。

评价同时代作者的诗作以及探讨过往时代作者的诗作，对文人来说仍是重要的消磨时间的方式。这种活动不只以娱乐为目的，而且具有价值导向的作用。在这种评价活动中产生的诗话体裁直至20世纪初一直受到欢迎。这类诗话因常具有逸事的性质，且包含对诗人们会面交游的叙述，成为了解每个时期的文人生活的很好途径。同时，哲学的发展也体现在这些诗话里。哲学虽说不总是影响着诗歌本身，但还是影响着人们对诗歌的思考。

除去行政的官僚化，还有其他因素影响着千年之交以后的文学生活。不断加深的城市化促进了图书的交易，文学公共领域的产生唤起了新的娱乐需求。因此，在学者和候补官吏的诗歌外，适应不同兴趣和偏好的通俗文学产生了。辑录了笑话、逸事、笔记或其他有价值内容的书籍出版了，比如食谱，适合在集市旁讲述的故事和唱咏的诗歌也以书的形式刊行。这些带有民间色彩的作品以及被称为应用文的作品虽然受到了文人的重视，但文人真王感兴趣的仍旧是诗歌和对诗歌传统的研究。这种研究或独自在书房中进行，或发生在朋友和同道间。

学者举行会面，以高雅的方式消磨时光，这是一种被社会高度认可的活动形式，正如《论语》里所说的："君子以文会友，以友辅仁。"[1]这种会面不是靠单个的文人来推动的，而是以亲戚师生关系或是同辈关系构成的群体为根本的组织形式。在这样的群体中，有的人不问世事，有的人热心于政治或社会事业，尽管各自有不同的兴趣，文学仍旧是决定性的因素。最早的被称为文社的文学团体，出现在建安时期的曹家周围。如同在传统中国，狭义上的文学始终处在教育精英阶层的精神语境和政治道德语境中；文学团体也不只专心于文学，他们同样专注于其他艺术形式，比如书法以及哲学和宗教问题。这种公共文学领域里的活跃源于公元3世纪和4世纪的文人清谈活动，而这些清谈团体中最著名的就是"竹林七贤"，佛教徒中则有慧远在庐山倡建的由普通教徒构成的白莲社。即便在19世纪晚期日渐政治化的社团

---

[1]　《论语·颜渊》。

里，文学也仍旧是决定性的因素，比如1892年由杨衢云组织的辅仁文社。辅仁文社成立最初的目标是创办报纸和学校，不久却发展成为某种革命组织，并于1895年卷入发生在香港的起义活动。当时，孙中山（1866—1925）也参与其中。

在大部分文人的聚会上，饮酒有着重要的社会功能。在唐代的上层社会里，已经有悠久传统的聚会畅饮成了最受欢迎的消遣方式。饮酒常常会伴着复杂的规则，即所谓的酒令，这种酒令自汉代起就不断被重新表述。[1]关于这样的社交集会，除许多在这种场合或活动结束后写的诗中有记述外，《太平广记》里辑录的有些文章以及宋代笔记中也有描述。其中，有种酒筵常常是在凌晨举行，席间进行猜谜、掷骰子和抽签的游戏。但贵族的饮酒聚会最终还是属于中古早期的现象。自宋代起，遵守饮酒的程序和规矩虽仍旧重要，但饮酒主要变为象征性的，文人出格之举的倾向被抑制，取而代之的是对清醒的推重。

知名的文人，如白居易和元稹，常把朋友召集在身旁，与他们探讨文学话题，举行诗歌比赛，批评彼此的诗作。在11世纪的洛阳，耆英会的成员包括司马光、富弼（1004—1083）和文彦博（1006—1097）这样的学者。南宋的时候，诗社不只在城市以及城市周边地区固定举行，而且也会在较偏远的，特别是风景优美的地方举办。有些重要的知识分子甚至为举办这样的聚会修建了专门的场所，而这种场所也成了绘画的题材。[2]

诗人社团性质的改变可能最清楚地表现在自宋朝起流行的诗话体裁里。在过去，"自然"主题总是存在着的，不只被用来当作诗话的评价标准以及

---

[1] 见D. Harper（夏德安）的The Analects Jade Candle: A Classic of T'ang Dringking Custom（《论语玉烛：唐酒令经典》），载*T'ang Studies*（《唐学报》）第4期（1986年），第69—89页；D. Pollak的Literature as Game in the T'ang（《作为唐代游戏的文学》），载S. Allen、A. P. Cohen编*Legend, Lore, and Religion in China*（《中国的传说与宗教》），圣弗朗西斯科，1979年。

[2] 关于士大夫的生活，见N. Vandier-Nicolas（樊隆德）的*Chinesische Malerei und Tradition der Gelehrten*（《中国画与学者传统》），维尔茨堡，1983年。

获取诗人身份的途径，它还能带来的快乐，这主要是因为"自然"常与文人身处的现实相反。对诗人兼书法家王羲之周围的诗人群体的记忆始终保持着鲜活，准确地说，是对永和九年（公元353年）暮春之初在兰亭的聚会的记忆，酒杯由回环的溪水送至参会者面前。这场聚会不断被后世文人效仿。程颐在《禊饮诗序》里有这样的记述："颍川陈公廙始治洛居，则引流回环，为泛觞之所。元丰乙末，首修禊事，公廙好古重道，所命皆儒学之士。"[1]

各类艺术在杭州文雅的环境里得到了发展。杭州旧称武林，在中国北方被女真人占领以后，成为南宋的行在。懂艺术的文人和富有的商人是这座城市的主角。各类表演者，如唱歌的、跳舞的、杂耍的，均有相应的观众。这些观众乐意接受这些表演，但主要是因为他们有相当的财力。当时杭州的娱乐场所被称为瓦子，在《都城纪胜》《梦粱录》这类就体裁而言当归为地理书籍、广义上讲也应算作笔记的作品中均有记述，这两本书的作者都不知名。此外，《西湖老人繁盛录》和由周密所著的《武林旧事》也是同类作品。杭州的生活并非纯粹的欢乐，很多的文人，特别是那些从北方来的文人，他们感觉南方的生活像是流亡。在他们看来，如今被女真人所占的中原才是真正的中国文化的根本所在。但也有不少文人感觉生活在杭州西湖畔及周围的山谷中，就好比是生活在仙境里。[2]

至于交流诗作，则要考虑某个特定的主题或某种确定的声韵，要么所有参与者都依循某种押韵的格式，要么通过抽签确定每位参与者要遵守的规则。这样的诗歌交流活动被称为酬唱，酬唱的成果常被整理成集。[3]

---

[1] 《河南程氏文集》，《二程集》（北京，1981年），卷八，第584页。
[2] 见A. Mittag（闵道安）的Vom "Reiseaufenthaltsort" zum "Goldschmelztiegel". Hangchou und die Akkomodation der shi-ta-fu-Schicht in der Südlichen Sung-Zeit（《由"旅游地"到"熔炉"：杭州与南宋士大夫的适应》），载H. Schmidt-Glintzer（施寒微）主编的*Lebenswelt und Weltanschauung im frühneuzeitlichen China*（《中国近代早期的生活世界与世界观》），斯图加特，1990年，第97—132页。
[3] 但某些作品只是记录这样的活动发生时的印象，比如《西昆酬唱集》其实不是西昆体诗人相互唱和间产生的作品的集子。

　　元朝初年估计有许多由忠于宋朝的诗人组成的社团，其中最著名的是"月泉吟社"。它因一部诗集而闻名，最著名的代表是谢翱（1249—1295）、方凤（1241—1322）、吴思齐（1238—1301）和吴渭（生活在13世纪）。吴渭虽是这个诗社的主持者和组织者，是他让这个团体闻名的。但关于他，我们再没有更多的了解。后来的文献中曾记录此社团以"赋春日田园杂兴诗"为主题来征集诗歌。这次征诗活动在1286年秋至1287年春举行，吸引了很多诗人。诗社在收到的2735首诗里评选出280首，最终选出60首结集。前30名获得上等绸缎，前50名得到1笔墨，前60名还能获赠月泉吟社最新的诗集。

　　虽然随着时间的推移，人们对宋朝的忠诚度逐渐降低，但总是不断有这样的人，他们更喜欢深居简出，沉湎于闲暇无事的生活。诗人高启（1336—1374）就是这样，他曾如此描述他所在的文人圈子的氛围：

　　　　余以无事，朝夕诸君间，或辩理诘义，以资其学；或赓歌酬诗，
　　以通其志；或鼓琴瑟，以宣堙滞之怀；或陈几筵，以合宴乐之好。虽
　　遭丧乱之方殷，处隐约之既久，而优游怡愉，莫不自有所得也。[1]

　　在此后的明朝，这种向往隐退的态度再次浮现，特别是明朝中期以后，即16世纪和17世纪初。当时，那些与书院关系紧密的甚或是书院组成部分的社团加强了对年轻人的培养，甚至部分地将他们组织起来。[2]当明朝的统治因清兵入关而分崩离析之时，这些人回想起了宋朝末年形成的忠诚和退隐

---

[1] 《高青丘诗集注》，《凫藻集》，《四部备要》，卷二，第31页；参见F. W. Mote（牟复礼）的 *The Poet Kao Ch'i*（《诗人高启》），普林斯顿，新泽西州，1962年。
[2] 见J. Meskill（墨约翰）的 *Academies in Ming China. A Historical Essay*（《明代书院》），图森，亚利桑那州，1982年；另见W. S. Atwell的From Education to Politics: The Fu She（《自教育而至于政治：复社》），载Wm. Th. de Bary（狄百瑞）主编的 *The Unfolding of Neo-Confucianism*（《新儒学的形成》），纽约，1975年，第333—367页。

的传统，又重新酝酿出了这种态度。有些社团，比如由阎修龄创立的‘望社”，潜心为诗，朝夕行吟，在某种程度上逃避现实，而其他社团则披着某种纯文学的外衣来追求其政治目的。

清朝统治者对学者的支持旨在减少此类主要存在于明朝末年的社团的吸引力，或至少使这些社团显示出局限性。鉴于它们在明朝末年（尤其是清朝初期）所扮演的角色，只要是学者社团，都被清朝统治者以极大的不信任对待，在顺治年间（1644—1661）甚至被明确禁止。[1]

文学批评和诗话

有关诗的标准的探讨常包含戏谑与讽刺。这种戏谑与讽刺常出现在有关苏轼的逸事里：

> 秦少章尝云：“郭功甫过杭州，出诗一轴示东坡，先自吟诵，声振左右，既罢，谓坡曰：‘祥正此诗几分？’坡曰：‘十分。’祥正喜，问之，坡曰：‘七分来是读，三分来是诗，岂不是十分耶？’”[2]

诗的评价方式还有以诗评诗。金代最著名的文学家兼史学家元好问创作了《论诗绝句三十首》，其中第18首诗是这样的：

---

[1]　见L. A. Struve（司徒琳）的The Hsü Brothers and Semiofficial Patronage of scholars in the K'ang-hsi Period（《徐氏兄弟及康熙时期对学者的半官方的扶助》），载HJAS（《哈佛亚洲研究学刊》）第42期（1982年），第231—266页，特别是第257页及以下。
[2]　苏轼的《调谑编》，《五朝小说大观》第1页上。

> 东野穷愁死不休，高天厚地一诗囚。
>
> 江山万古潮阳笔，合在元龙百尺楼。[1]

这首诗把韩愈和孟郊的诗作了对比。孟郊的人生以忧愁为特征，因此元好问借用了杜甫"死不休"的表达。元好问想说的是，孟郊的诗因诗人自身的愁苦而受到局限。在"高天厚地一诗囚"里，相对天地间的距离，孟郊的这种局限显得尤为突出；同时，这句也暗指孟郊自己的话，孟郊曾在《赠别崔纯亮》里问"谁谓天地宽"，在《冬日》里说"一生虚自囚"。孟郊的确是他的诗的囚徒，他迷失在了自己诗的世界里，因为他总是努力去改进和完善自己的诗。

随着民众受教育程度的逐步提高，个人发表作品的情况越来越常见，雕版印刷和新的消费阶层的产生为此创造了条件。这些作品常因它们不那么成系统的特征而被简单地称为笔记，这些所谓的笔记中也包括诗话。诗话不只探讨文学文本和诗学原则，也被用来表达观点，以逸事的形式记述事件。诗话虽始于欧阳修，但作为诗歌评价的集合，这一体裁能成为后世人喜用的比照和指引，这估计是他在写《六一诗话》时完全没有预见的。而欧阳修的作品正好满足了当时的某种需求，这点可以从他同时代的司马光为续欧阳修的作品而创作的《续诗话》中看出。首先视自己为史学家的司马光认为，有关诗的评价也应当被记录和流传。

宋代的名言集也可被当作最早的诗话，[2]这里只提以下几种：许颛的

---

[1]　见J. T. Wixted（魏世德）的*Poems on Poetry. Literary Criticism by Yuan Hao-wen（1190–1257）*（《关于诗的诗：元好问的文学批评》），威斯巴登，1982年，第140页及以下。

[2]　见Y. Hervouet（吴德明）主编的*A Sung Bibliography*（《宋代书录》），香港，1978年，第449页及以下。

《彦周诗话》、严羽的《沧浪诗话》[1]、魏庆之的《诗人玉屑》[2]、蔡正孙的《诗林广记》。后来最重要的诗话集，包括何文焕所辑的《历代诗话》（序写于1770年），和丁福保（1874—1952）为补《历代诗话》而于1916年编辑的《历代诗话续编》。丁福保还辑有《清诗话》，郭绍虞于1983年以《清诗话续编》补之。

魏庆之《诗人玉屑》中"一字之工"一节记述了以下这个补字的故事，从中可见诗话文体之一斑：

> 诗句以一字为工，自然颖异不凡。如灵丹一粒，点铁成金也。浩然云："微云淡河汉，疏雨滴梧桐。"上句之工，在一"淡"字，下句之工，在一"滴"字，若非此两字，亦焉得为佳句也哉！如陈舍人从易偶得杜集旧本，文多脱误；至送蔡都尉云"身轻一鸟"，其下脱一字。陈公因与数客各用一字补之，或云"疾"，或云"落"，或云"起"，或云"下"，莫能定。其后得一善本，乃是"身轻一鸟过"，陈公叹服。余谓陈公所补四字不工，而老杜一"过"字为工也。……足见吟诗要一两字功夫，观此，则知余之所论，非凿空而言也。[3]

对后来的诗学讨论产生过深刻影响，比《诗人玉屑》和所有其他11世纪、12世纪的诗论都更为重要的是《沧浪诗话》。这部作品直接影响了公共舆论的形成，有些作者把严羽的规范用于具体的诗作和诗人，比如高棅（1350—1423）在《唐诗品汇》里就是如此，因而这部作品也影响了对过去

---

[1]《沧浪诗话》（威斯巴登，1962年），由G. Debon（德博）完整译成德语并作出色的评注。
[2] 德语选译本：V. Klöpsch（吕福克）的 *Die Jadesplitter der Dichter*（波鸿，1983年）。
[3]《诗人玉屑》（上海，1978年），第141页及以下；德译本：第35页及以下。

诗歌的评判。

《沧浪诗话》像是一种宣言。严羽把盛唐时期的诗看作真正诗学的完美实现，是自发性与适当性的结合。他认为这种完美只能通过某种更高的认识以及某种明显受禅宗影响的妙悟取得。然而，严羽不只表述了诗歌的理想，也指出了引发诗歌没落的一种"变"。他在中唐和晚唐时期的诗歌里就已发现这种"变"。严羽反对宋诗，特别是"江西诗派"的诗作。他认为，除去宋初的有些作者，如欧阳修和梅尧臣外，大多数宋代诗人的诗都是笨拙和枯燥的。与严羽观点相对立的看法，在明代的"公安派"中达到顶峰，但"公安派"没有创作出如《沧浪诗话》这样的纲领性作品。这种对立或许是可以理解的。反对复古的"公安派"推重宋诗，特别是苏轼的诗，将苏诗看作范式，"公安派"追随者反对像法古者那样把诗严格地分为"正确的"和"不正确的"。

例如，严羽在《沧浪诗话》里说：

> 夫学诗者以识为主，入门须正，立志须高，……行有未至，可加工力；路头一差，愈骛愈远，由入门之不正也。[1]

这与朱熹和吕祖谦合撰的（或者说合辑的）《近思录》里的这段话相似：

> 圣人之道，坦如大路，学者病不得其门耳。得其门，无远之不到也。求入其门，不由于经乎？……觊足下由经以求道，勉之又勉，异日见卓尔有立于前，然后不知手之舞、足之蹈，不加勉而不

---

[1] 德译见G. Debon（德博）《沧浪诗话》，第59页；另见R. J. Lynn（林理彰）的 Orthodoxy and Enlightenment. Wang Shih-chen's Theory of Poetry and Ist Antecedents（《正统与开明：王士禛的诗学及其前身》），载Wm. Th. de Bary（狄百瑞）编的 *The Unfolding of Neo-Confucianism*（《新儒学的形成》），纽约，1975年，第217—161页，此处为第219页及以下。

能自止也。[1]

严羽总被指责以禅喻诗。有些作者，比如钱谦益就认为，将诗与禅宗觉悟进行比较是不合适的，因为觉悟发生在语言之外，而诗产生于语言之中。任事实上，钱谦益或许并没有理解严羽的意思，严羽只想把禅学与诗作类比。

笔　记

在中国，笔记和随笔与书写本身一样，都有着悠久的历史。宋朝时，随着新的公共领域的出现，随笔作为单独的体裁而形成。这种新的体裁体现出文人的某种分享自己零散记录的需求。有关京城生活的笔记和笑话汇编，以及历史及地理观察汇编，同样也可算作这种体裁。日记、游记和神怪故事集也可被囊括其中。[2]其他文学体裁中使用的素材最初也常出现在笔记中。而苏轼被认为是许多笑话集和逸事集的作者，同时，他也是许多逸事的主角，后来还成为北方杂剧中颇受欢迎的角色。[3]

最早以笔记为名发表作品的是著名史学家兼政治家宋祁。他所撰的《宋景文公笔记》中既有对旧时典故的记录，也有对奇闻逸事及其他事件的记述和观察。虽然笔记所包含的题目种类不断地在丰富，笔记最后也被用来收录

[1]《近思录》，《丛书集成》，卷二，第44页；参见Wing-tsit Chan（陈荣捷）的 *Reflections on Things at Hand*（《〈近思录〉英译本》），纽约，1967年，第47页。
[2]　关于笔记的体裁，见H. Franke（福赫伯）的 *Beiträge zur Kulturgeschichte Chinas unter der Mongolenherrschaft. Das Shan-kü sin-hua*（《元朝统治时期中国的文化史：杨瑀的〈山居新话〉》）的导论（威斯巴登，1956年）；另见Y. Hervouet（吴德明）主编的 *A Sung Bibliography*（《宋代书录》），香港，1978年。
[3]　见W. L. Idema（伊维德）的Poet versus Minister and Monk. Su Shi on Stage in the Period 1250–1450（《诗人相对官吏与僧徒：1250—1450年间舞台上的苏轼》），载 *TP*（《通报》）第73期（1987年），第190—216页。

谜语和其他文学体裁，但个人历史的书写与笔记之间还是保存着某种特别紧密的关系。这是因为，个人的历史书写以及对新旧事件的记述，早在宋朝以前就已成为某种文官理想的内化表达。按照这种理想，个人同时是独立的观察者和批评者。[1]某些笔记成了常被引用的文化史的原始材料，其中较为重要的有陶宗仪的《南村辍耕录》、罗大经（卒于1248年）的《鹤林玉露》和周密的《齐东野语》。

但若只把笔记作者所记述的东西看作随手的笔录的话，这种评价是不公允的。因为有些作品，如沈括（1031—1095）所撰的因其技术和自然科学部分而闻名的《梦溪笔谈》[2]，或洪迈（1123—1202）所撰的以志怪形式包含许多讽刺内容的《夷坚志》，具有特别的性质。之所以把它们归入笔记这一体裁，只是表示没有更合适的体裁名称。传世的笔记作品中，《夷坚志》因其特别的文学价值而应被给予更多的关注。

《夷坚志》自1161年来陆续成书，作者洪迈具有多方面的天分，且相当多产，他也以收藏和编写文学作品闻名。[3]此外，他还撰有许多其他笔记作品，特别是分五集的《容斋随笔》。《夷坚志》的内容多为异闻杂录，是

---

[1] 关于中国的个人历史书写，见H. Franke（福赫伯）的Some Aspects of Chinese Private Historiography in the Thirteenth and Fourteenth Centuries（《公元13和14世纪的中国个人历史书写的若干方面》），载W. G. Beasley（毕斯里）、E. G. Pulleyblank（蒲立本）主编的*Historians of China and Japan*（《中国和日本的史学家》），伦敦，1961年，第115—134页。

[2] 见G. Gauler的Das Meng-ch'i pi-t'an des Shen-kua. Die Memoiren eines Staatsmannes und Universalgelehrten der Nördlichen Sung-Zeit (960–1126)（《沈括的〈梦溪笔谈〉：一位北宋的政治家和全面的学者的回忆录》），维尔茨堡，博士论文，1987年。

[3] 关于《夷坚志》，见Fu-jui Chang（张馥蕊）的Le Yi Kien Tche et la Société des Song（《〈夷坚志〉与宋代社会》），载*JA*（《亚洲学报》）第256期（1968年），第55—93页；W. Eichhorn（艾士宏）的Zwei Episoden aus dem I-chien chih（《〈夷坚志〉故事两篇》），载*Sinologica*（《中国学》）第3期（1953年），第89—96页；K. L. Kerr的Yijian Zhi. A Didactic Diversion（《〈夷坚志〉：教说上的变化》），载*Papers on Far Eastern History*（《远东史研究集刊》）第35期（1987年3月），第79—88页；Bonita Mei-hua Soohoo Lam的Hong Mai and the Yi Jian Zhi洪迈与〈夷坚志〉》），亚利桑那大学，硕士论文，1986年。

当时叙述作品取材的最重要来源，书中包含许多有文学价值的记述，有些还非常独特。这部笔记小说集原有420卷，估计在14世纪的时候，就已残阙近半，今传本仅包括200多卷，大约2700个故事。它被看作《太平广记》后最重要的小说集，其中的素材几乎被后世所有的文学体裁所使用。[1]

这部集的名字就是纲领性的，它取自《列子·汤问》。其中，在对"其广数千里，其长称焉，其名为鲲"的鱼以及"其名为鹏，翼若垂天之云，其体称焉"的鸟的描述后，有这样的话："世岂知有此物哉？大禹行而见之，伯益知而名之，夷坚闻而志之。"像夷坚那样，洪迈也想记录不可思议的、闻所未闻的事情。当他搜集奇闻异事的消息传开后，就收到了从各处寄来的相关记述。他把它们陆续出版，逐渐取得当时读者的肯定，就这样，他辑成了中国历史上内容最为丰富的小说集之一。

《夷坚志》明显承袭了志怪变文和传奇的传统。除去记述各种各样的事件和现象，比如药方或某些神秘教派的习惯，以及对宋代学者的诗文的记述，该书还特别包括了对一些异闻的叙述。于是，那些在唐代还被当作史料来看待，最晚自11世纪起却不再被如此肯定的事件记录，因《夷坚志》而得以传世。该书继承了历史书写的传统，这点清楚地体现在洪迈的写法中：他为故事注明日期，让其发生在某些特定的地点，并将故事与某些历史人物联系起来。他自称所记述的都是发生在近60年的事情。

同时，洪迈努力说明每个事件的原因，以证明自己是当时强大的理性主义潮流的代表；他还承袭了佛教因果报应的学说，因此在《夷坚志》的故事中，因果报应往往会发生在人物转生之后。有关恶有恶报的记述同时有着这样的意义，即因世间的不公而给读者以补偿。但在某些情况下，由神怪执行

---

[1] 关于《夷坚志》的影响，见Fu-jui Chang（张馥蕊）的L'influence du Yi-kien tche sur les oeuvres litteraires（《〈夷坚志〉对文学作品的影响》），载*Études d'histoire et de littérature chinoises offerts au professeur Jaroslav Prusek*（《中国历史与文学研究（献给普实克教授）》），巴黎，1976年，第51—61页。

的过度惩罚又会被取消。[1]

在许多故事里，宋代风行的有关善恶最后可能相互抵消的看法也体现了出来。比如，书中有这样的记述，某张氏女子梦里被告知将被雷击死，以此为前世某件不为已知的恶行赎罪。在最后时刻，出于对自己婆婆的担心，张氏才得以免于这种命运。

> 绍兴二十九年闰六月，盐官县雷震，先雷数日，上管场亭户顾德谦妻张氏，梦神人以宿生事责之曰："明当死雷斧下。"觉而大恐，流泪悲喧，姑问之，不以实对。姑怒曰："以我尝贷汝某物未偿故耶，何至是！"张始言之，姑殊不信。明日暴风起，天斗暗，张知必死，易服出屋外桑下立，默自念震死既不可免，姑老矣，奈惊怖何，俄雷电晦冥，空中有人呼张氏曰："汝实当死，以适一念起孝，天赦汝。"又曰："汝归益为善。"[2]

有关梦中遇见鬼神或其他超自然生物的记述相当普遍。若女子被罪恶的鬼怪以人形或蛇形引诱，那么叙述者实际暗示的是这种不幸是该女子自己招致的，因为这样的事情不会发生在守妇道的女子身上。但有时女性也因自身不带偏见的行为而得到丰厚的回报。比如，《夷坚志》中有这样的故事：有个衣衫褴褛的乞丐来到一家茶肆要茶喝，老板的女儿恭敬地为乞丐沏了茶，且不收钱，这个乞丐便总来这间茶肆索茶喝。虽然茶肆的老板不愿看到他，但这种善行还是持续月余。某日，这个乞丐将自己剩下的茶给这位女子喝，女子因害怕这茶可能不干净而倒了些在地上。这时，有股异香升起。闻到异香后，女子便把这杯茶喝净，且马上觉得神清体健。这个乞丐告知女子自己是吕洞宾，要予

---

[1] 《夷坚志》（北京，1981年），第17页及以下。
[2] 《夷坚志》（北京，1981年），第180页。

她富贵。可这个质朴的女子只求得到长寿和相称的财富。她最终如愿以偿。[1]

还有些作品，比如刘斧（约1040—1113后）所著的《青琐高议》（该书也收录了其他作者的作品），有时也被归在笔记中。但实际上，这些作品包含短篇和中篇小说，更应该被归入《太平广记》之类的书中。各类个人记述自宋朝起就逐渐增多，笔记也随之增多，至今已有数百种刊行并流传下来。此外，有些书则完全按照宋朝时流行的类书的样子，将不同思想家的言论结集起来，这也是文学世界和教育状况的某种表达，比如《近思录》。1175年后的数年间，《近思录》由朱熹、吕祖谦共同完成，摘录了周敦颐、程颐和张载的言论，共有622条。

随着官吏制度的完善以及行政管理的逐渐专业化，某些官吏不可避免地把他们在文学方面的志向和追求转移到了工作上，例如某些汇编中就有许多与作者为官生活相关的记述。但也有些作品完全专注于某一特定对象，有极高的文化史价值。有关海外地理的记述尤其值得关注，比如成书于1276年的赵汝适（1170—1231）的《诸蕃志》。此书是作者任提举福建路市舶司时所写，记载了各国的风土物产。[2]

陆九渊的《象山先生全集》成书于公元13世纪，近半是书信。诸如书信之类的文学样式在许多作品中可见，某些作者的作品甚至多由这样的文学样式构成。此外，许多在今天被作为标准本使用的全集实际是后世编纂的结果，如《朱子全书》就是由李光地（1642—1718）等奉敕编修，该书完成于1714年，其原始材料来自《朱文公文集》和《朱子语类》。《朱子语类》为朱熹的学生及再传弟子最初于1270年出版，共140卷，实际是朱熹的讲学语录。

---

[1] 《夷坚志》（北京，1981年），第7页及以下。
[2] 见F. Hirth（夏德）、W. W. Rockhill（柔克义）的*Chao Ju-kua. His Work on the Chinese and Arab Trade in the Twelfth and Thirteenth Centuries*（《赵汝适：其论公元12世纪和13世纪中国与阿拉伯贸易的作品》），即《夷坚志》英译本（台北，1967年再版）。

游 记

还有一类常被归为笔记的作品就是游记。到了宋代，笔记逐渐增多，它一方面承袭了《穆天子传》的写作传统，记述旅行见闻或佛教朝圣见闻的传统；另一方面，它在很大程度上受到某种诗歌和散文形式的风景描写（特别自谢灵运和柳宗元起）的影响。[1]这些旅行描写多以日记为基础，在结构上也显示出与笔记这一体裁的关联性。因而，日记就体裁而言要归于笔记当中。这并非偶然，其特点就是每日记录。最著名的例子就是陆游于1170年成书的日记体游记《入蜀记》。[2]

有关旅游时注意事项的说明早就存在，比如沈括就有这样的作品传世。旅行因商路的改善而变得更方便。此外，按照官吏体制和轮换制度，官吏要定期前往新地任职，旅行变得越来越平常。[3]这样，游记因其实用性而成为受欢迎的读物。于是，除了实用的说明，许多作者会在记述中尽显自己的文学知识和造诣。

游记既有关于短期出游的，也有关于较长时间的旅行的。苏轼的《石钟山记》记述的是短期出游。这篇游记首先对有关石钟山的记录提出疑问，[4]然后注明准确的日期，描写自己的出游过程以及游览过程中听到的山的"铿然有声"。结尾处，作者批评了那些在他之前虽然记述过这种自然现象，但

---

[1] 见J. M. Hargett（何瞻）的 *On the Road in Twelfth Century China. The Travel Diaries of Fan Chengda (1126-1193)*（《在12世纪的中国旅行：范成大的游记》），斯图加特，1989年，第9页及以下。

[2] 见Chung-shu Chang（张春书）、J. Smythe的 *South China in the Twelfth Century. A Translation of Lu Yu's Travel Diaries July 3-December 6, 1170*（《12世纪的华南：陆游的〈入蜀记〉》），香港，1981年。

[3] 范本是欧阳修1036年自开封往陕州途中共180日纪行所作《于役志》；见《欧阳修全集》，卷五，第77—82页。

[4] 见J. M. Hargett（何瞻）的 Some Preliminary Remarks on the Travel Records of the Song Dynasty (960-1279)（《宋代游记初探》），载 *CLEAR*（《中国文学》）第7期（1985年），第67—93页，此处第74页及以下。

并未查实这种现象及其原因的作者。文章所包含的探究事物本质的风气是当时中国的自然观察的特征，也反映出11世纪人们看待事物时尤为突出的理性主义视角。

有关使者出使的记述与那些到某些具体地方（比如山或湖）进行短期旅游的记述性质不同，更不用说与那些描写前往某地任职的路途见闻或前往外族居住地的旅行见闻的差异了。[1]还有一种游记与旅行路线的特殊性有关：由于较远的旅行常借助船只，经由江河或运河完成，许多游记几乎就是河流走向的描写，这一点也反映在了它们的书名中。[2]

[1]　见J. M. Hargett（何瞻）的Some Preliminary Remarks on the Travel Records of the Song Dynasty (960-1279)（《宋代游记初探》），载CLEAR（《中国文学》）第7期（1985年），第77—85页。另见É. Chavannes（沙畹）的Voyageurs chinois chez les Khitan et les Joutchen（《接近契丹和女真的中国之旅》），载JA（《亚洲学报》）9.11（1898年），第361—439页；J. M. Hargett的Fan Ch'eng-ta's (1126-1193) Lan-p'ei lu. A Southern Sung Embassy Account（《范成大的〈揽辔录〉：一名宋信使的记录》），载Tsinghua Journal of Chinses Study（《清华学报》）新刊卷16，第1—2期（1984年），第119—177页；É Chavannes的Pei Yuan Lou. Récit d'un voyage dans le Nord（《北辕录》），载TP（《通报》）第5期（1904年），第163—192页；H. Franke（福赫伯）的A Sung Embassy Diary of 1211-1212. The Shih-Chin lu of Ch'eng Cho（《一名宋信使1211—1212年的日记：程卓的〈使金录〉》），载BEFEO（《法国远东学院学刊》）第69期（1981年），第171—207页。
[2]　见J. M. Hargett（何瞻），同上，第85页及以下。

29. 文人词、鼓子词和诸宫调

宋代的词

与诗相对，词的音韵错综变幻，句法长短参差。词在唐代形成和发展，而这种发展在宋代仍得以继续，甚至可以说达到了顶峰。[1]因而，人们常常把宋代与词联系起来。词在宋代获得了更多欢迎的一个原因是，相比诗的诸种形式，词提供了更多的表达可能，可以更方便地接纳民间的成分。此外，词在宫廷中也非常受欢迎。据记载，宋太宗（976—997在位）和宋仁宗（1023—1063在位）不只喜爱音乐，而且为词的诸种形式贡献了许多词调。

曲子词可被看作后世叙事诗歌和戏曲唱段的前身，它们的存在主要因敦煌考古发现而得到证实。如果说这些曲子词明显带有叙事性质，那么晚唐和

---

[1] 宋词的德译本，见A. Hoffmann（霍福民）的*Frühlingsblüten und Herbstmond. Ein Holzschnittband mit Liedern aus der Sung-Zeit 960–1279*（《春花秋月：宋词木刻本》）；一般性研究，见James J. Y. Liu（刘若愚）的*Major Lyricists of the Northern Sung, A.D. 960–1126*（《北宋主要词家》），普林斯顿，新泽西州，1974年；Kang-i Sun Chang（孙康宜）的*The Evolution of Chinese Tz'u Poetry. From Late T'ang to Northern Sung*（《晚唐迄北宋词的演进》），普林斯顿，新泽西州，1980年。

五代时期的词则更具抒情性。成书于公元940年的《花间集》让词的体裁在某种程度上得到了正式的肯定，自那时起，词就应当被归在文人诗歌里，而不是民间文学中。为此奠定基础的主要是早期词人温庭筠、韦庄和李煜。而词新的变化要到11世纪初才出现。

总有将文人词的发展划分不同阶段的尝试，但所有这些整理的尝试，依据的都是词的某一方面。刘若愚曾把词人分成四组。第一组的词人只将词这种文体用于有限的题材和情绪，同时，这些词人十分注意演唱的要求，归在这组里的是唐五代时期和宋代早期的词人。第二组词人的主要代表是苏轼和辛弃疾，这些词人将词应用于任意题材，不考虑是否适合歌唱，这些作者的词也被称为狭义上的文人词。第三组作者继续把词当作歌唱形式来使用，注重音乐特别是歌唱的效果，有时他们会忽视词的内容和含义，这组作者主要包括周邦彦（1056—1121）和张演（1248—约1320）。第四组词人通常只是逐字逐音地模仿以前的词人，对曲调常缺乏理解，这一组包括许多宋代词人。

对词的发展起到重要作用的是柳永。他不仅将文人风格与民间风格相融合，使两种风格不分彼此，从而改变了词的性质，他还使所谓的慢词（一种新的，比小令稍长的文学形式）得到了普遍的肯定。[1]小令的形式虽然继续被使用，且来自南方的作者欧阳修和晏殊也促进了小令的发展，但取得更多关注的是自公元8世纪起就作为民间歌谣出现，且在1019年就在国家仪式中被使用的慢词。虽然从时间上看，吴曾在其《能改斋漫录》中给出的解释（在公元12世纪）实际与其解释对象相距甚远，但这并不能说明他的解释是错的：

---

[1]　关于柳永，见J. R. Hightower（海陶玮）的The Songwriter Liu Yung（《词家柳永》），第1部分，载*HJAS*（《哈佛亚洲研究学刊》）第41期（1981年），第323—376页；第2部分，载*HJAS*（《哈佛亚洲研究刊》）第42期（1982年），第5—66页。

　　慢曲当起于宋仁宗朝。中原息兵，汴京繁庶，歌台舞榭，竞赌新声。耆卿失意无俚，流连坊曲，遂尽收俚俗语言，编入词中……其后东坡、少游、山谷等相继有作，慢词遂盛。[1]

　　小令最多由60字构成。与小令不同，慢词分阕，字数在70字至240字间，其中又分为长调和中调。被称为"领字"的固定表达是慢词所特有的，比如"莫是"或"更能消"。独特的"镜头视角"是柳永词的特色，即视野通过接连相继的片段而被逐渐构建起来。《夜半乐》就是个好的例子：

　　冻云黯淡天气，扁舟一叶，乘兴离江渚。渡万壑千岩，越溪深处。怒涛渐息，樵风乍起，更闻商旅相呼；片帆高举。泛画鹢、翩翩过南浦。

　　望中酒旆闪闪，一簇烟村，数行霜树。残日下、渔人鸣榔归去。败荷零落，衰柳掩映，岸边两两三三、浣纱游女。避行客、含羞笑相语。

　　到此因念，绣阁轻抛，浪萍难驻。叹后约、丁宁竟何据！惨离怀、空恨岁晚归期阻。凝泪眼、杳杳神京路，断鸿声远长天暮。[2]

　　苏轼的词普遍被认为是词的新高峰。没有什么想法是不能在苏轼的词里表达的，没有什么题材是不能在苏轼的词里出现的。[3]苏轼确实将词的形式用于所有可以想到的题目，在他之前，这些题目只以诗的形式或以其他某

---

[1] 转引自王力的《汉语诗律学》（上海，1958年），第528页。

[2] 《全宋词》（北京，1965年），卷1，第37页；另见James J. Y. Liu（刘若愚）的 *Major Lyricists of the Northern Sung, A.D.960–1126*（《北宋主要词家》），普林斯顿，新泽西州，1974年，第66页及以下。

[3] 关于苏轼的词，见James J. Y. Liu（刘若愚）*Major Lyricists of the Northern Sung, A.D. 960–1126*（《北宋主要词家》），普林斯顿，新泽西州，1974年；R. Simon的 *Die frühen Lieder des Su Dong-po*（《苏东坡早期的词》），法兰克福，1985年。

种文学样式被处理。对他来说，有着特别意义的不只是爱情，自己的愁苦、对朋友的感情都会在词里得到表达。所以，苏轼也让男性吟唱他的词作，在《与鲜于子骏书》里，苏轼说道：

> 近却颇作小词，虽无柳七郎风味，亦自是一家。呵呵！数日前……作得一阕，令东州壮士抵掌顿足而歌之……颇壮观也。[1]

苏轼在词的历史中有如此突出的地位，这与他相对较晚开始从事词创作有关，也就是在他已经掌握了诗这种体裁后才写词的。苏轼是35岁（1072年）到杭州任通判时才开始写词。由于他使用了很多诗的创作技巧，因而有这样的说法，说他是"以诗为词"。苏轼用词的形式来表达自己最内在的感情，而诗的体裁则被用于即兴创作。这也体现在他以词的形式表运自己对妻子之死的忧伤上。[2]苏轼把陶渊明和王维视作范式，与他们有着相同的世界观。除了词，他还按陶渊明诗的声韵格式创作了约120首诗。在自己的词里，苏轼常表达出对陶渊明的赞赏，并把自己看作陶渊明的化身。下面这首《江城子》是这样说的：

> 梦中了了醉中醒。
>
> 只渊明，是前生。
>
> 走遍人间，依旧却躬耕。
>
> 昨夜东坡春雨足，乌鹊喜，报新晴。
>
> 雪堂西畔暗泉鸣。

---

[1]　据Kang-i Sun Chang（孙康宜）的*The Evolution of Chinese Tz'u Poetry. From Late T'ang to Northern Sung*（《晚唐迄北宋词的演进》），普林斯顿，新泽西州，1980年，第160页。

[2]　江神子（亦作江城子），《全宋词》，卷1，第300页；关于苏轼的词的特点，见孙康宜的论述，同上，第169页及以下。

北山倾，小溪横。

南望亭丘，孤秀耸曾城。

都是斜川当日景，吾老矣，寄余龄。[1]

苏轼把自己等同于某些形象和传统，这也体现在他的许多诗作里，比如《西江月·平山堂》里就有这样带着庄子哲学色彩的句子：

休言万事转头空，未转头时皆梦。[2]

又如《临江仙·送钱穆父》里有这样的句子：

人生如逆旅，我亦是行人。[3]

苏轼还为自己的词写序，这些序可以被看作是他为诗歌创作而做的准备。同时，这些序常常包含自传的成分和典故。通过这样的方式，词以非常确定的方式与词人自身的生活相关联，而词人的生活现实也与某一特定的历史地点建立起了某种关系。

苏轼以后的词人或被归在豪放派，或被归在婉约派。这种区分似乎首先自李清照（1084—约1151）开始。这种区分也体现出了对苏轼的批评，认为他忽视了当时的音乐。尽管如此，就我们所知，苏轼对音乐亦付出过努力。主要生活在北宋时期的词人叶梦得（1077—1148）和晁补之被视为豪放派的代表，秦观、晏殊、晏几道（1038—1110）、周邦彦和李清照则被视为婉约

---

[1] 《全宋词》，卷1；参见Kang-i Sun Chang（孙康宜）的 *The Evolution of Chinese Tz'u Poetry. From Late T'ang to Northern Sung*（《晚唐迄北宋词的演进》），普林斯顿，新泽西州，1980年，第163页及以下。

[2] 《全宋词》，卷1。

[3] 《全宋词》，卷1。

派的代表。南宋词人辛弃疾[1]、陈亮和元好问被归在豪放派，而姜夔和他的追随者被视为婉约派。周邦彦是苏轼同时代的作者，1083年作《汴都赋》献给当时的统治者，因此被招进最高的教育机构任职。即使是在他去世很久以后，他仍因那些为吟唱而作的词闻名于世，这些词后来也多被模仿。[2]

除去17首诗，李清照还有约60首词传世，[3]这些词让她成为历史上最著名的女词人。李清照的诗往往具有政治和社会批判性，形式上更严谨，语调上更生涩。而在词里，她自己的感情和情绪得到表达，词中既包含她在悠闲日子里的感情，也包含一些忧愁、痛苦和孤独的感情。她最著名的词作包括下面这首按词牌《声声慢》填写的词，恩斯特·施瓦茨（Ernst Schwarz）曾翻译为《傍晚雨中的寡妇》(Witwe im Abendregen)。这首词的上阕是这样的：

> 寻寻觅觅，冷冷清清，凄凄惨惨戚戚。乍暖还寒时候，最难将息。三杯两盏淡酒，怎敌他、晚来风急？雁过也，正伤心，却是旧时相识。[4]

---

[1] 关于辛弃疾（1140—1207），见Irving Y. Lo（罗郁正）的Hsin Chi-chi（《辛弃疾》），纽约，1971年；G. Malmqvist（马悦然）的 On the Lyrical Poetry of Shin Chihjyi (Hsin Ch'i-chi) (1140–1207)（《论辛弃疾的词》），载BMFEA（《远东文物博物馆馆刊》）第46期（1974年），第29—63页。

[2] 见J. R. Hightower（海陶玮）的The Songs of Chou Pang-yen（《周邦彦的词》）；载HJAS（《哈佛亚洲研究学刊》）第37期（1977年），第229—272页。

[3] 关于李清照，见Pin-ching Hu（胡品清）的Li Ch'ing-chao（《李清照》），纽约，1966年；译本包括Paitchin Liang（梁佩琴）的Oeuvres Poétiques complètes de Li Qingzhao（《李清照诗词集》），巴黎，1977年；K. Rexroth, Ling Chung的Li Ch'ing-chao. Complete Poems（《李清照诗词全集》），纽约，1979年；E. Schwarz的Chinesische Frauenlyrik. Tzi-Lyrik der Sung-Zeit von Li Tsching-Dschau und Dschu Schu-dschen（《宋代女词人李清照和朱淑贞的词》），慕尼黑，1985年；Hong-chiok Ng（黄凤祝）、A. Engelhardt的Li Qingzhao. Gedichte（《李清照的诗》），波恩，1985年；Jiaosheng Wang（王椒升）的The Complete Ci-Poems of Li Qingzhao（《李清照词全集》），载Sino-Platonic Papers（《中国奇想论文集》）第13期（1989年10月）。

[4] 据E. Schwarz，同上，第65页；参见Hong-chiok Ng（黄凤祝）、A. Engelhardt，同上，第81页。

1101年，李清照与赵明诚结婚。婚后，夫妻俩曾经有过很长一段时间的幸福生活，但金兵入据中原后，两人便饱受战乱之苦。丈夫的去世无疑是李清照生命中的转折点。而关于她的生活，我们只能通过她的诗歌来推断和把握。比如，李清照早期的作品充满活力和清丽的表达，被认为与她作为上层社会女子的悠闲生活有关，而那些感伤的词则普遍被认为是她于丈夫去世后所作。她的这首《如梦令》应该出自她创作的早期：

> 昨夜雨疏风骤，浓睡不消残酒。试问卷帘人，却道海棠依
> 旧。知否，知否？应是绿肥红瘦。[1]

以事物为题材的诗歌自六朝起就受到欢迎，可想而知，这种偏爱也在词这种体裁中反映出来。这样的咏物词在唐朝和北宋时已出现，但到南宋时，这种形式才成为风尚，特别是在越来越多的诗社中。而其中有许多诗社位于今杭州地区，也就是当时为躲避女真人而南渡的宋室都城及周边地区。这些咏物词特别喜欢以自然中的小事物为对象，比如花鸟鱼虫，并使用隐喻的表达手法，倾向于以图像为象征。相对于词中的事物，词中的"我"会退到次要的地位。这些咏物词在某种意义上继承了诗的用典和隐喻传统，以及赋的以事物为题材的传统。除去咏物词，还有描写场景或风景的词，记载作者生活的咏事词以及描述相关历史事件的咏史词。

姜夔是一位偏爱创作咏物词的作者。当时的作者以六朝晚期的风气为宗，姜夔亦追随时尚，追求出世的理想。[2]1190年，他取号白石道人，从此

---

[1] 《全宋词》，第927页；G. Debon（德博）译，载G. Debon（德博）的*Chinesische Dichtung. Geschichte, Struktur, Theorie*（《中国诗歌：历史、结构和理论》），莱顿，1989年，第262页；另见G. Debon（德博）的*Mein Haus liegt menschenfern, doch nah den Dingen*（《幽居近物情》），慕尼黑，1988年，第188页。

[2] 见Shuen-fu Lin（林顺夫）的*The Transformation of the Chinese Lyrical Tradition. Chiang K'uei and Southern Sung Tz'u Poetry*（《中国诗歌传统的改变：姜夔和南宋词》），普林斯顿，新泽西州，1978年。

寄食为生，辗转飘零，最后在穷困潦倒中死去。姜夔与杨万里、范成大皆为挚友。在最初时，姜夔只是把词本身作为词的题目的替代品，而在词序的创作上颇下功夫，以至于这些序常常与词本身有着同样的长度。后来，他也因此受到批评，比如胡适就认为，姜夔的词序比他的词本身要好。在以下这首题为《莺声绕红楼》的词中，序与词之间的界限并没有被明显地体现出来：

> 甲寅春，平甫与予自越来吴，携家妓观梅于孤山之西村，命国工吹笛，妓皆以柳黄为衣。
> 十亩梅花作雪飞。冷香下、携手多时。两年不到断桥西。长笛为予吹。人妒垂杨绿，春风为、染作仙衣。垂柳却又妒腰枝。进前舞丝丝。[1]

此外，在下面这首《齐天乐》的序里，姜夔讲到蟋蟀和"同赋"，而词本身讲的是所有文人因蟋蟀的鸣叫声而被勾起的愁苦之情。这首词的序是这样的：

> 丙辰岁，与张功父会饮张达可之堂。闻屋壁间蟋蟀有声，功父约予同赋，以授歌者。功父先成，辞甚美。予裴回茉莉花间，仰见秋月，顿起幽思，寻亦得此。蟋蟀，中都呼为促织，善斗。好事者或以三二十万钱致一枚，镂象齿为楼观以贮之。[2]

---

[1]《全宋词》，卷3，第2170页；参见Shuen-fu Lin（林顺夫）的 *The Transformation of the Chinese Lyrical Tradition. Chiang K'uei and Southern Sung Tz'u Poetry*（《中国诗歌传统的改变：姜夔和南宋词》），普林斯顿，新泽西州，1978年，第84页。
[2]《全宋词》，卷3，第2175页及以下。

事实上，这样的词并不是信手写成，而是下功夫雕琢的。姜夔也承认，自己曾为修改一首词而花去十天的时间。

和姜夔一样，吴文英（约1212—约1272）[1]后来也作过几首《齐天乐》，但这些词只有很短的序。吴文英的词能体现出某种空间与时间，以及现实与想象交融的特质。这些词字句工丽，但也词意晦涩，后来评论家对此褒贬不一。

吴文英曾作词描写自己游览古代半传说性质的统治者大禹的陵墓，这种游览又与自然、与自我相结合。他的这首题为《齐天乐·与冯深居登禹陵》的词是这样写的：

> 三千年事残鸦外，无言倦凭秋树。逝水移川，高陵变谷，那识当时神禹。幽云怪雨。翠萍湿空梁，夜深飞去。雁起青天，数行书似旧藏处。
>
> 寂寥西窗久坐，古人悭会遇，同翦灯语。积藓残碑，零圭断壁，重拂人间尘土。霜红罢舞。漫山色青青，雾朝烟暮。岸锁春船，画旗喧赛鼓。[2]

---

[1] 关于吴文英，见Grace S. Fong（方秀洁）的Wu Wenying's Yongwu Ci: Poem as Artifice and Poem as Metaphor（《吴文英的咏物词：诗词作为技巧与隐喻》），载 *HJAS*（《哈佛亚洲研究学刊》）第45期（1985年），第323—347页；Grace S. Fong 的*Wu Wenying (ca. 1200–ca. 1260) and the Art of Southern Song Ci Poetry*（《吴文英与南宋词的艺术》），普林斯顿，新泽西州，1987年；Chia-ying Yeh Chao（叶嘉莹）的Wu Wen-ying's Tz'u: A Modern View（《谈梦窗词的现代观》），载*HJAS*（《哈佛亚洲研究刊》）第29期（1969年），第53—92页。另见Chia-ying Ye Chao的On Wang I-sun and his Yung-wu Tz'u（《论王沂孙和他的咏物词》），载*HJAS*（《哈佛亚洲研究刊》）第40期（1980年），第55—91页。

[2] 《全宋词》，卷4，第2883页及以下；参见Chia-ying Ye Chao（叶嘉莹）的Wu Wen-ying' Tz'u. A Modern View（《谈梦窗词的现代观》），载C. Birch（白芝）主编的*Studies in Chinese Literary Genres*（《中国文学体裁研究》），伯克利，加利福尼亚州，1974年，第167页。

　　除了姜夔和吴文英，史达祖（约1160—约1210）、张演、王沂孙（1240—1290）和周密也是南宋的重要词人。但直到明朝晚年，这些作者的词才被重拾，特别是以姜夔为范式的、忠于明朝的陈子龙（1608—1647）。在清代，词的创作经历了真正的复兴，以至于最后产生出不同的词派，并出现对词的创作理论的讨论。追求南宋词淳雅之风的"浙西词派"以朱彝尊为主要代表，与之相对的是清中期以唐代、五代和北宋词体为宗的"常州词派"。这里值得注意的是朱彝尊，他长于作诗，被视为当时中国南方最好的诗人，与当时被认为是中国北方最好诗人的王士祯（1634—1711）齐名。王士祯的诗取法唐诗，同时认为词在南宋时达到完美。

　　"常州词派"，特别是它的创立者张惠言（1761—1802）及其弟张琦（1764—1833）认为，温庭筠的词应当被当作讽喻作品来读。比如，他们以为，温庭筠那首关于孤独女子的词《菩萨蛮》实际表达的是官吏的失落，就好像它承袭了屈原的那些感时伤世的传统。在他们看来，这样的理解才能使词和《诗经》处在同等的高度。不久，以促进词创作为目的的文学社开始出现，其中最著名的是北京的"宣南词社"。这些结社成员的目标包括收集和刊行旧词。比如王鹏运（1849—1904）所辑的《宋元三十一家词》和朱祖谋（1857—1931）所辑的《彊村丛书》。而最重要的理论专著是况周颐（1859—1926）所著的《蕙风词话》和王国维所著的《人间词话》，后者被认为是近代最著名的词论家。

讲唱文学形式

　　词的诸种形式被文人拿来，后被减去音乐成分而独立使用，但在词出现前，早就有以配合音乐公开吟唱为目的的其他文学样式的产生。中国最早的文学作品就是用来公开吟咏的。《诗经》《楚辞》和乐府诗之后，唐代出现了受印度文化影响的散文韵文交错、说白歌唱相间的变文。这样的说唱文学形式自唐代而变得越来越普遍。除去元明时期的平话（该形式为后来小说的产生准备了条件），自元朝统治时期开始出现的宝卷也源于这种讲唱传统。即便是晚清的弹词，仍可识别出某种口头讲唱的传统，一如在宝卷和评话那里，这种讲唱或解说图画，或借图画来充实自己。[1]

其他越来越多地包含表演成分的讲唱形式，有鼓子词、诸宫调和在元代经历了繁荣的杂剧。宋代出现了一种特殊的讲唱样式，叫作缠达。这种用来消遣的音乐样式使用了不同的诗的形式。这些有表演成分的娱乐方式逐渐开始使用专门的舞台，在城市的娱乐区找到了自己的观众，在这里，娱乐行业确立了自己的地位。不久，许多戏剧团体开始有偿演出，为居民提供娱乐。不同的娱乐形式（讲故事、歌唱和舞蹈以及哑剧）构成了后来的杂剧的基础，这种体裁基本上是通过吟唱诗词来描述情景的，所以看上去像某种诗词的联结体。而鼓子词则被看作杂剧的直接先驱。

鼓子词，这种在宋代显然非常受欢迎的娱乐形式，不是为百姓而作，而是为文人的庆祝和聚会而作。[2]但是后来的鼓子词，比如明初的那些，它们的散文部分已经非常接近白话，这些作品也是为更广大的观众而作的。鼓子词的名字来自（除管弦乐器外）在歌唱的部分或为突出用散文描述的事件所使用的鼓；与此不同，诸宫调在演出时用来伴奏的只有弦乐器。鼓子词与唐代的变文之间有某种相似性，它们都是由长篇幅散文段落构成的，同时，这些段落间穿插有韵文；变文里穿插的是诗，鼓子词里则多为词。现存最久远

---

[1] 关于这层关系，见V. H. Mair（梅维恒）的*Painting and Performance. Chinese Picture Recitation and Its Indian Genesis*（《绘画与表演：中国的绘画叙事及其起源研究》），火奴鲁鲁，夏威夷州，1988年。

[2] 关于鼓子词，见A. Lévy的Un document unique sur un genre disparu de la littérature populaire（《关于一种通俗文学中消失了的体裁的文献》），载A. Lévy的*Études sur le conte et le roman chinois*（《中国话本小说》），巴黎，1971年，第187—210页。

的鼓子词出自公元11世纪，题材是在后世也非常受欢迎的莺莺的故事，它虽是根据元稹的传奇小说《莺莺传》改编而成的，但在有些重要的地方，已脱离它的原本。

这部以莺莺为题材的鼓子词的作者表示，之所以用鼓子词处理这一题材，为的是能让歌伎配乐演唱。这部鼓子词应该也包含舞蹈的成分，这点至少可以推断出来。鼓子词里穿插于散文间的曲子通常会依循某种特定的词调，而与此不同的是，诸宫调使用了许多不同的曲牌。鼓子词在音乐方面的单调，也是这种体裁只风行很短的时间且不久就被诸宫调所取代的原因。与缠达和诸宫调相同，鼓子词的特点也是以第三人称叙述事件，所以说，它们都是对事件的转述，而不是行为者自己对其行为的描述。

与其他有音乐伴奏的讲唱形式相同，缠达中的许多成分也来源于以往的娱乐艺术形式；就题材而言，缠达的借用也是多种多样的。但与多数其他体裁不同，缠达里没有散文韵文交错的情况，而完全由诗词构成。因此，缠达这个词源不明，可能是汉语里的外来语的词语，最好翻译成"描述场景的组歌"。[1]缠达不是连贯的故事，而是由许多较短的、有着宽泛的共同主题的故事或片段集合而成。现存的六种缠达，作者多以写词著称，这肯定不是巧合。但除去文人所作的缠达，应该也有专门进行娱乐艺术创作的作者写成的底本。缠达的底本以舞蹈和歌唱的形式来演出，同时也使用表情作为表现的手段。在为组歌编写底本时，这些作者以四种不同的文学样式为根据：乐府，特别是唐乐府；诗；短篇历史小说、志怪小说或唐传奇；赋。

与鼓子词相同，诸宫调也是一种讲唱的叙事体裁。北宋时期，诸宫调诞生于今山西地区，后在女真人统治的金代得到了极大的发展。与鼓子词不

---

[1]　关于缠达，见H. K. Josephs的The Chanda. A Sung Dynasty Entertainment（《缠达：一种宋代的娱乐形式》），载TP（《通报》）第62期（1976年），第167—198页；E. H. Crown的Jeux d'Esprits in Yüan Dynasty Verse（《元代韵文中的思想游戏》），载CLEAR（《中国文学》）2.2（1980年），第182—198页。

同，诸宫调由若干通过散文段落相互衔接的、有着不同曲调的单曲或套曲构成，曲调的变化也是这种体裁之所以被称为诸宫调的原因，且诸宫调有时会被翻译成"集成曲"。[1]元杂剧在结构上分折的作法，实际已经出现在诸宫调的这种曲调和韵律的变化中。元杂剧每折里只有一位演唱者出场，与此相似，诸宫调也只有一位演唱者。诸宫调里用的曲子与词相似，这种曲子后来也被用于北方的杂剧里；诸宫调大多由两个曲子和三句的尾声构成，有时这些曲子也被连缀成套。

诸宫调的内容大多讲述风流韵事，而很少讲述战争事件，且多有讽刺、有趣的表达。在公元12世纪初，特别是在它被介绍到汴京（今河南省开封）后，便在全国流行起来。最早的诸宫调已经散失，有关它们的记述只保存在一些笔记中，比如孟元老所撰的《东京梦华录》（序作于1148年）。[2]虽然相关信息有限，但仍旧可以推断，在当时，诸宫调的形式应当是非常多样的，不仅有为高雅的娱乐而作的，也有为街头巷尾的表演而作的。

此外，有些笔记包含有关诸宫调表演形式的信息。比如，描述诸宫调音乐伴奏的规模不大。在这些笔记里，我们找到一些已经亡佚的诸宫调作品以及诸宫调表演者的名字。我们也可以从那些仅存的诸宫调底本，以及后来的那些描述诸宫调演唱者的杂剧中找到相关信息。胡祗遹所著的《黄氏诗卷序》里有对演唱诸宫调的歌伎的指导，且举出九种她们要具备的主要资质，

---

[1]　关于诸宫调，见W. L. Idema（伊维德）的Performance and Construction of the Chu-kung-tiao（《诸宫调的演唱及其结构》），载JOS（《东方文化》）第16期（1978年），第63—78页；Li-li Ch'en（陈莉莉）的Some Background Information on the Development of Chu-kung-tiao（《诸宫调发展的背景》），载HJAS（《哈佛亚洲研究学刊》）第33期（1973年），第224—237页。

[2]　见S. H. West的The Interpretation of a Dream. The Sources, Evaluation, and Influence of the dongjing meng hua lu（《释"梦"：〈东京梦华录〉的来源，评价与影响》），载TP（《通报》）第71期（1985年），第63—108页；S. H. West的Cilia, Scale and Bristle. The Consumption of Fish and Shellfish in the Eastern Capital of the Northern Song（《纤毛、鳞和刚毛：宋代东京鱼虾蟹及贝类的食用》），载HJAS（《哈佛亚洲研究刊》）第47期（1987年），第595—634页。

我们可以由此推断诸宫调的演唱方式。其中讲道：

> 女乐之百伎，惟唱说焉。一、姿质浓粹，光彩动人；二、举止闲雅，无尘俗态；……七、一唱一说，轻重疾徐中节合度，虽记诵闲熟，非如老僧之诵经；……九美既具，当独步同流。近世优于此者，李心心、赵真（真）、秦玉莲。今黄氏始追踪前学，可喜可喜。持卷轴乞言，故谕之如此。[1]

诸宫调和大部分的书以及其他篇幅较长的印刷物一样，都被分为卷，每次表演者只演出一卷。因而在通常情况下，每卷都会在故事发展的紧要关头终止。这种让每次演出都以某种悬案结尾，以唤起观众对故事进展的兴趣的做法，对讲述的和吟唱的故事本身的结构不是没有影响；分段落的叙述更多地被采用，也成为后来小说的特点。除去这些诸宫调共同的特点，中国不同的地区也产生了特别的诸宫调的样式。但史料记载的贫乏只容许将它们最粗略地分成南曲诸宫调和北曲诸宫调。就南曲诸宫调而言，只有作者不详的《张协状元》传世，收录在只部分被保存下来的《永乐大典》（始辑于1403年，成于1408年）中。

就北曲诸宫调而言，有三部作品（或至少是它们的重要部分）传世。其中最早的那部是《刘知远诸宫调》。20世纪初，俄国探险队在中国西北的沙漠中发现了它的残文。[2]这部诸宫调讲述的是五代后汉政权（947—950）的建立者刘知远及其妻李三娘的故事。这个故事在当时显然是非常受欢迎的，除了《五代史平话》，元南戏《白兔记》和明代戏曲《刘知远白兔记》也取

---

[1] 《紫山大全集》，《四库全书珍本四集》本，卷8，第13卷上—下；参见W. L. Idema（伊维德）的Performance and Construction of the Chu-kung-tiao（《诸宫调的演唱及其结构》），载*JOS*（《东方文化》）第16期（1978年），第595—634页。

[2] 见M. Dolezelova-Velingerova（米列娜）、J. I. Grump的*Ballad of the Hidden Dragon*（Liu Chih-yüan chu-kung-diao）（《刘知远诸宫调》英译本），牛津，1971年。

材于此。《五代史平话》流行于公元14世纪，是当时最受欢迎的南戏剧本之一，剧情感伤且包含许多超自然的成分；《刘知远白兔记》出自公元16世纪末，从性质来看更为冷静，把事件作为史实来叙述。故事的核心是刘知远和李三娘的坚贞爱情：一位员外看出为他干农活的刘知远有成大器的潜质，于是把自己的女儿李三娘嫁给他。员外死后，他的儿子们却刁难、欺侮刘知远。最后，刘知远留下已经怀孕的妻子出走，来到北方的太原。在太原，当地的节度使非常器重他，把自己的女儿嫁给他。而他的首任夫人李三娘因为拒绝她兄弟让她改嫁的要求，而被命令做最卑贱的工作，最后孤单地生下一子。这个儿子后被送到太原，刘知远现任妻子把他当作自己的儿子来抚养。在随后的12年里，刘知远因为屡立战功，官至所辖地区（今陕西省境内）的安抚使。他的儿子在一次外出打猎中遇到自己的生母，他当然没有认出自己的母亲来。但在她把自己悲惨的命运讲给他听后，他非常感动，并向她保证，他的父亲刘知远会安排寻找她的丈夫的。由于怀疑自己就是这位被找的丈夫，刘知远决定让他这位忠诚的妻子来自己这里。他首先乔装打扮与她会面，然后以最高的礼遇把她接到家中。她的兄弟受到惩罚，刘知远从此和两位妻子以及他的儿子过着幸福美满的生活。

这三部作品对该题材的处理十分不同。这里以对李三娘和刘知远初次会面的描述为例加以说明。在《刘知远白兔记》（16世纪）里，李三娘的父亲和舅舅都坚信刘知远将来能成大事，所以李父决定招他做自己的女婿。由于不确定三娘是否同意，他们安排两人偶遇。见面后，三娘马上爱上了这位英俊的青年。在《白兔记》（14世纪）里，三娘和他的父亲看见蛇在睡着的刘知远身上蜿蜒。李因此决定把三娘嫁给刘知远，虽然三娘对此表示反对。在《刘知远诸宫调》（12世纪）里，李父把刘知远带回家中，三娘夜里看到一条金色的蛇如何消失在刘知远的鼻子里，她认为，这表示刘知远将来会当上皇帝。她叫醒刘知远，告知他自己愿意嫁给他，因为她不愿错过成为皇后的机会。刘知远为此感到诧异，拒绝了她，但是她把自己看到的讲给她的父母，最后得以让刘知远留在家中。

　　戏曲作家王伯成所作的《天宝遗事诸宫调》，今只存残曲，讲述的是唐玄宗和杨贵妃之间的爱情，延续着对这个如此受欢迎的题材的多种多样的文学加工传统，传奇剧本《长生殿》达到了这种传统的顶峰。仅有的被完整保存下来的诸宫调是董解元以元稹的传奇小说《莺莺传》为底本，于公元13世纪初改写的《西厢记诸宫调》，与众多其他本子一样，也在叙述着这个中国最著名的爱情故事。《西厢记诸宫调》由184个散文段落和5263句韵文构成，与用文言写成的《莺莺传》不同，它在语言方面混合了文言和白话。[1]在内容方面，它相比底本也有了很大的变化。

　　《莺莺传》里，莺莺与张生长久结合的障碍在两人自身；《西厢记诸宫调》里，这种障碍被移到了外面。因而，该障碍变得可以被解决。原本爱情关系的失败转变成了两个男人为夺一个女人的争斗。莺莺因为同情张生虚弱的体格而爱上了他。当张生因为生病久留京城时（不是像《莺莺传》里那样出于好胜的心理），他的竞争对手（莺莺的表兄）散布留言，称张生已经娶了京城好人家的女儿。当莺莺的母亲同意把自己的女儿嫁给这位殷勤的表兄时，就像解决剧情的神那样，张生以前的朋友出现了。这位朋友因为在镇压暴乱时立功而被委以要职，他指出，表兄妹不许结婚，就这样解决了此事。最后，张生和莺莺结婚了，故事有了圆满的结局。这种改写也应当被看作这个最初只面向受过教育的上层社会的题材的通俗化表现。除了通过表演，作品里的人物形象还通过行为、言语和第三者的叙述而得到刻画，主角还有内心独白。这些形象表现出某种陈规俗套的特点：莺莺母亲是狡猾的、八面玲珑的年长女性；杜将军战无不胜，是位公平且有能力的管理者；法聪和尚的形象被刻画成"不清不净，只有天来大胆"；张生的竞争对手是位粗鲁的纨

---

[1]　英译本，见Li-li Ch'en（陈莉莉）的*Master Tung's Western Chamber Romance (Tung Hsi-hsiang chu-kung-tiao). A Chinese Chantefable*（《董解元〈西厢记诸宫调〉》），剑桥，1976年。

绔子弟；张生和莺莺则是郎才女貌，是完美的情侣。张生谙识艺术，心思细腻，是一位懂得享受的追求者，他的手指如春天出生的竹笋，整日自怜，稍有心情不对就生病。这种对张生形象的刻画确实是显得夸张、讽刺。与之相反的是，此处莺莺的形象比之《莺莺传》里要实际得多，她没有寄给张生讲究的物件，而是寄给他袜子和保暖的内衣。

几十年后，王实甫（约1200—1280）在这部结构宏伟的诸宫调作品的基础上，编写成杂剧剧本《西厢记》。总体来看，诸宫调被主要流行于元朝统治时期的杂剧所取代，以至于陶宗仪在他的《南村辍耕录》（序写于1366年）里已经可以说，在他的时代，几乎没有人能理解董解元的《西厢记诸宫调》。这部诸宫调的底本还是保留了下来，这不仅是因为它在文学方面的品质，也因为王实甫的杂剧对这个题材的处理。王实甫依此编成的杂剧直至今日都非常受欢迎，因为这对情侣的行为被认为体现出对封建时代的传统礼教的反抗。

虽然所有上述提到的体裁都可以被看作杂剧发展的前身，但这些体裁中的第三人称叙事如何转变为第一人称叙事的问题，还是没有解决。从这方面看，似乎没有一种可以被看作这种真正的戏剧形式的前身的底本。但有些记载让我们得以知道城市里的消遣方式和娱乐世界的真实面貌，以及戏曲是如何产生的。[1] 此外，收录于杨朝英（约1270？—1352）所辑《朝野新声太平乐府》里的套曲《庄家不识勾栏》是杜仁杰（生活在13世纪）所作的，对戏曲的演出有详细的记述。[2]

---

[1] 见本书第24节。

[2] 《朝野新生太平乐府》（台北，1961年），卷9，第1—3页。英译本，见J. I. Crump（珂润璞）的Yüan-pen, Yüan Drama's Rowdy Ancestor（《院本：元杂剧吵吵闹闹的前身》），载*LEW* 14（1970年），第473—490页，此处为481—483页；S. H. West的*Vaudeville and Narrative. Aspects of Chin Theater*（《金代戏曲诸方面》），威斯巴登，1977年，第12页及以下；D. Hawkes的Reflections on some Yüan tsa-chü（《对某些元杂剧的思考》），载*AM*（《亚洲专刊》）新刊第16期（1971年），第69—81页。

　　这部套曲讲到院本，尤其是那些用来吸引观众和赚钱的滑稽讽刺的本子。我们可以把演出这样院本的表演团体，看作后来的杂剧演出团体的前身。而"院本"的叫法，当时在女真人统治的中国北方地区，常被用来指代那些在舞台上或在专门场所中进行演出的戏剧底本，这些底本在公元13世纪的中国南方被叫作杂剧。在明清时期，如陶宗仪在《南村辍耕录》里强调的，院本这一表达被用来指称其他形式的戏剧底本，所以这个时期所记载的院本绝不同于公元13世纪的院本。[1]

[1]　见W. L. Idema（伊维德）的Yüan-pen as a Minor Form of Dramatic Literature in the Fifteenth and Sixteenth Centuries（《院本：公元15和16世纪的戏曲文学中的一种小样式》），载CLEAR（《中国文学》）第6期（1984年），第53—75页。

30. 戏剧

元朝统治时期的杂剧

在20世纪以前，中国没有以纯粹念白形式表演的戏剧。除了念白，所有的戏剧表演同时都包含演唱和舞蹈的成分，所以最好使用杂剧这一概念。杂剧，也被称为北曲或元曲，在公元13世纪和14世纪的元朝统治时期，以及公元15世纪早期达到顶峰。除了杂剧，中国还有两种重要的戏剧，它们分别是南戏和京剧。南戏活跃于公元14世纪早期至17世纪中期，也被称为温州杂剧、传奇或昆曲；京剧也被称为皮黄，自公元17世纪中期才开始盛行，其文学地位却非常低。[1]

戏剧在中国的开端几乎完全不明。结合动作、语言和音乐的娱乐方式在中国虽然也有悠久的历史，但直至公元13世纪中叶左右，才有以文字形式记

---

[1] 关于中国戏曲史总论，见W. Dolby（杜为廉）的 *A History of Chinese Drama*（《中国戏曲史》），伦敦，1976年；C. Mackerras（马克林）主编的 *Chinese Theater. From Its Origins to the Present Day*（《中国戏曲：自开端至今日》），火奴鲁鲁，夏威夷州，1983年。

载的戏曲底本出现。这些戏曲作品大多是杂剧，它们的产生经历了漫长的孕育过程，在此过程中，许多成分共同发生着作用。[1]戏剧很可能与影戏和偶戏一样，都是到唐代才出现的，所有这些戏剧形式都源自印度的范式。[2]当然，自古代起，中国已有仪式和歌舞的表演。[3]它们被接纳到宫廷后，仪式性表演和部分娱乐性表演很早就有了变化。有关杂技和武术的技艺，在汉代的时候就有记载，后来也成为杂剧的成分，且同时作为独立的技艺而流传至今。汉代就有关于百戏的记述，它主要指的是当众表演的乐舞杂技。唐代出现过两种简单的戏剧形式，即歌舞戏和参军戏。歌舞戏中，一名或多名舞蹈演员以哑剧的形式表演，由伴唱的合唱者演唱故事，这是舞台上表现故事情节的最早证据。参军戏的最简单形式是由两位表演者间的对话构成的，其中一位以参军的身份出场，常以政治或文化批评为题。

印度的影响在后来的戏剧作品里仍可见到，比如在南宋的戏文中。这种戏文是南戏的雏形，出自中国东南沿海的温州地区。在离温州不远的天台山国清寺，人们发现了迦梨陀娑作的《沙恭达罗》的残本。[4]戏剧表演与寺院，以及与城市、农村的寺庙之间的某种密切关系在后来的几百年里仍旧保持着，庙宇常是各地的中心。此外，戏剧与庙宇、与宗教代表之间的关系总是简单的。这也是因为戏剧的主题只在极少数情况下是与宗教有关的。在中国，从未有过渎神的戏剧，应当也与此有关。同时，杂剧常被用来宣扬受佛

---

[1]　关于中国戏曲早期历史的详细叙述，见W. Dolby（杜为廉）的*A History of Chinese Drama*（《中国戏曲史》），伦敦，1976年。

[2]　参见V. H. Mair（梅维恒）的*Tun-huang Popular Narratives*（《敦煌通俗叙事文学作品》），剑桥，1983年，第13页及以下；另见V. H. Mair的*Painting and Performance. Chinese Picture Recitation and Its Indian Genesis*（《绘画与表演：中国的绘画叙事及其起源研究》），火奴鲁鲁，夏威夷州，1988年。

[3]　见P. Van der Loon（龙彼得）的Les Origines rituelles du théâtre chinois（《中国戏剧源于宗教仪典考》），载*JA*（《亚洲学报》）第265期（1977年），第141—163页。

[4]　关于《沙恭达罗》，见K. Mylius的*Geschichte der altindischen Literatur*（《古印度文学史》），慕尼黑，1988年，第225页及以下。

教和道教影响的道德观念。后来的戏剧作品（大部分为杂剧），仍旧会体现出它们的祭祀仪礼的来历，这表现在它们以道德说教为目的，总是试图拨乱世、反诸正，且该目的常常只是暗中宣扬而不直接呈现。

为何杂剧自公元13世纪起盛行，就此问题已有许多解答。大城市的产生以及城市中心的增多肯定起了重要的作用。此外，许多从前的文职官员在元朝统治时期已不再做官，转而以写曲子为生；[1]而富商长久以来对戏剧的资助也是一个重要的原因。但杂剧的产生和发展其实并不以上述诸原因为条件，而应当从各种因素的整体变化中去理解，尤其是其观众来自各个社会阶层和群体。事实上，杂剧应该被看作不同文学和音乐传统交汇的结果，而如今被称为说唱文学的传统对杂剧有着特别的意义。唐代的变文，以及后来词与各式体裁（比如唐传奇中的体裁，还有诸宫调）的结合，对杂剧的影响是至关重要的。在这些文学体裁中，故事情节还是由一位单独表演者来叙述的。而杂剧从这些体裁中借用了曲词与说白相间的结构、连续性的叙述结构，以及表演者在舞台上的自我介绍。在以前的体裁里，这些通常是由叙述者以描述形式来完成的。同样有着以往范式可参考的，是以诗或其他形式的语言描述来创造某种情节背景（甚或某种思想）的环境的做法，它的好处在于不需要复杂的舞台布置。

除了诸宫调，传统杂剧的前身还有两宋时期在城市的勾栏瓦肆间流行的歌舞杂技表演。这种表演当时已被叫作杂剧，而在女真人统治的金代，这种表演也被叫作院本。[2]金代的院本由四段构成，包括有音乐形式的序幕和尾

---

[1]　关于曲子，见第389页及以下；关于元杂剧，见B. L. Riftin（李福清）的*A Basic Study of Yüan Drama*（《元杂剧基础研究》），莫斯科，1979年；Chung-wen Shih（时钟雯）的*The Golden Age of Chinese Drama. Yüan Tsa-chü*（《中国戏剧的黄金时代：元杂剧》），普林斯顿，新泽西州，1976年。

[2]　见本书第29节最后注释中的文献；关于宋至明曲曲的、基础的资料研究，有W. L. Idema（伊维德）、S. H. West的*Chinese Theatre 1100–1450. A Source Book*（《中国戏曲史料（1100—1450）》），威斯巴登，1982年。

声。整出剧首先是一幕滑稽的独角戏，接着是一幕喜剧，然后是较严肃的情节剧，最后一段常由对农民的愚昧的嬉闹模仿构成。这种四段式结构后来成为元朝统治时期通常被分为四折的杂剧的范式。

比这结构更具特点的是表演者所扮演的角色，这种杂剧有五种角色，分别是末泥、引戏、副净、副末和装孤。副净和副末曾扮演主要角色，但随着演唱的越发重要，前两种角色发展成主要角色。元杂剧中的角色在首次出场时，通常要做自我介绍。主要男性角色叫作正末，主要女性角色叫作正旦，副末和冲末指的是男性次要角色。除此之外，还有孛老、徕儿、卜儿和魂旦等次要角色。也有一些严肃的形象，比如判官或官宦，最后还有丑角。

在很大程度上，中国戏曲的形式是由演出方式，特别是有限的演出空间来决定的。这些戏曲首先在寺庙的场子或院落里演出，后来逐渐产生了三面遮拦的戏台。公元11世纪时，已经出现关于寺庙戏台的记载。因为没有布景，没有写实的道具，观众的想象及其情绪的调动要依赖描述、音乐、唱词和表演者的表现力。表演中，戏目经常被中断，于是不得不休息，休息的时间或被用来演出其他短小的节目，比如杂技，或被用来喝茶。戏目场景的标志性和它们的象征性因而得到突出，而故事情节的发展被相应弱化。[1]

元杂剧被辑录在两部集子里，共162种。其中100种收在由臧懋循（卒于1620年）编纂、于公元1615年刊行的《元曲选》里。散落于各处的其余62种后被收在1959年才辑成出版的《元曲选外编》里。这162种元杂剧大部分由五部分或六部分构成，包括楔子、四折，经常还包括散场。钟嗣成的《录鬼

---

[1]　关于演出实践，见D. Hawkes的 Reflections on Some Yüan tsa-chü（《关于某些元杂剧的思考》），载AM（《亚洲专刊》）新刊第16期（1971年），第69—81页；J. I. Crump（珂润璞）的Chinese Theatre in the Days of Kublai Khan（《忽必烈时期的中国戏曲》），图森，亚利桑那州，1981年。

簿》（自序写于1330年）中有当时相关剧作家的记载，并附有收录约320种
杂剧作品的目录。钟嗣成一生的大部分时间在杭州度过，因南宋迁都于此，
杭州有了重要的意义，勾栏瓦肆也因此而繁盛，且拥有悠久的传统。杂剧在
当时是如何风行的，可由以下这一则约公元13世纪末颁布的禁令中得知。禁
令这样表述：

> 诸民间子弟，……辄于城市坊镇演唱词话，教习杂戏，聚众
> 淫谑，并禁治之。诸弄禽蛇、傀儡，藏撅撒钹……禁之，违者重
> 罪之。[1]

由某些台本里规定的且经常不易被理解的动作可推知，表演伎艺有着
久远的历史。通过标准化动作来表现某些特定的行为和感情，成为中国表演
艺术固定的组成部分。某些特定的动作代表特定的行为，比如旅行、因失恋
而产生的苦闷、谩骂、叹息、给粮食称重、丢失钱财、让杯子掉落、准备宴
席、写字、听隔壁房间的动静、相互敬酒、开门、感到寒冷等。此外还有诸
如"虚下"的手法，虚下时，表演者只是背向观众。

中国北方是杂剧的故乡，公元13世纪下半叶时，有三处戏曲的中心，
分别是诸宫调曾经兴盛的山西南部的平阳路、山东的东平路以及当时元代
的都城大都（也就是今天的北京）。这些地方生活着那时最著名的杂剧作
者，其中最著名也最多产的是关汉卿（约1240—约1320）。有关他的生
平，我们几乎一无所知。[2]被认为是他写的剧本有60多种，其中只有18种被

---

[1] 见J. I. Crump（珂润璞）的*Chinese Theatre in the Days of Kublai Khan*（《忽必烈
时期的中国戏曲》），图森，亚利桑那州，1981年，第23页。

[2] 关于关汉卿生平最详细的研究，是A. W. E. Dolby（杜为廉）的Kuan Han-ch'ing
（《关汉卿》），载*AM*（《亚洲专刊》）新刊第16期（1971年），第1—60页。

完整保留下来，另有3种只存有残本[1]，部分作品有若干不同的版本，其中较早的版本还比较质朴无华，不同于明清时经编者改动过的常配有插图的版本。关汉卿在他的剧本里处理了几乎所有当时流行的题材。值得注意的是，他没有处理梁山泊起义的题材。与当时的杂剧不同，他的剧本的主要角色大多为女性。

他最著名的剧本《窦娥冤》[2]是严肃的公案剧，也被称为悲剧。剧本的楔子里交代，高利贷债主寡妇蔡氏同意免去贫穷的应举书生窦天章的债务，条件是书生得把自己7岁的女儿给蔡氏8岁的儿子当童养媳。第一折讲的是13年后，蔡氏之子已死，书生之女窦娥与婆婆蔡氏两人相依为命。一个流氓和他的儿子张驴儿以敲诈的手段想强迫两个寡妇再嫁，但因窦娥的反抗，这种企图没有成功。在第二折里，张驴儿指望用放了毒药的羊肚儿汤药死蔡氏，这样让年轻的窦娥的境遇变得更糟。但因为蔡婆拒绝喝这羊肚儿汤，最后是张驴儿的父亲喝下了这汤，并中毒身亡。于是，张驴儿指控窦娥谋杀，打算以此让她屈服。但窦娥坚决反抗，张驴儿就把两名女子告到衙门。虽然受尽拷打，窦娥坚决不认罪，但当太守也要严刑拷打她的婆婆时，她认了罪。第三折描写了对她的处决。刽子手同意了窦娥的要求，将一领净席和丈二白练挂在旗枪上。窦娥指天为誓，如果她委实冤枉，被处死后，她的血都将飞在白练上，身死之后，天降三尺瑞雪，且自此以后，大旱三年。所有的起誓后来果皆应验。在第四折里，窦娥的父亲窦天章已经为官，以肃政廉访使的身份登场。在看卷文时，注意到年轻女子因药死张驴儿父亲而被处死的卷文。他把这卷文搁在旁边，睡着了。这时，窦娥的鬼魂出现了。但当他醒来时，这

[1]　关于关汉卿，见W. Oberstenfeld的*Chinas bedeutendster Dramatiker der Mongolenzeit, 1280-1368. Kuan Han-ch'ing*（《元朝统治时期中国最重要的剧作家关汉卿》），法兰克福，1983年。有些剧本的英译本，见Xianyi Yang（杨宪益）、Gladys Yang（戴乃迭）的*Selected Plays of Guan Hanqing*（《关汉卿戏曲选集》），上海，1958年；北京，1979年，第二版。
[2]　对此剧本的研译专著，是Chung-wen Shih（时钟雯）的*Injustice to Tou O*（*Tou O Yüan*，《窦娥冤》），剑桥，1972年。

鬼魂又消失了。当他想继续看卷文时，这鬼魂把灯弄得忽明忽暗，把窦娥药死公公公案的卷文又放在最上面。这样重复了几次，直到窦天章明白过来，听了窦娥鬼魂的叙述。窦娥的父亲因此要求解送所有涉案的人，在审判中确定了窦娥的清白，找出了真正的凶手。

这故事源出《汉书》里的记述及其在《搜神记》里的扩展，但比之原来的版本已有很大的变动。因迫于自己的处境而把自己的孩子交出去，这是中国早期杂剧里反复出现的主题。最后，血缘关系重新得到应有的重视，有时，好心付出的养父母要做出牺牲。大多因贪官污吏的参与而导致的不公，常会在剧末时，因某一与这位被抚养孩子的父亲有着某种关系的公正法官而得到改正。

在关汉卿的《蝴蝶梦》[1]里，因为法官包拯的智慧，王婆不用为保全丈夫王老汉前妻的两子而抵命（王老汉有三子，为报父仇，三人打死皇亲，并被追究责任，而王婆决心牺牲自己的亲生儿子）。这种由公正的法官主持公道的作品在当时非常受欢迎，它们构成了独立的样式。在关汉卿的《陈母教子》里，一位果断坚定的母亲是主要角色。[2]关汉卿剧本中大部分官吏的妾室和寡妇最后会与高级官吏或候补官吏结婚。这表明，关汉卿也希望指出当时的社会问题。

除去他那些以女性为主角的社会批评性的剧本，关汉卿还创作了历史剧，这些剧作以男性为主要角色，内容更多的是关于战斗，比如《单刀会》

---

[1] 英译本，见Xianyi Yang（杨宪益）、Gladys Yang（戴乃迭）的*Selected Plays of Guan Hanqing*（《关汉卿戏曲选集》），上海，1958年；北京，1979年，第二版，第67页及以下。

[2] 见J. P. Seaton的Mother Ch'en Instructs Her Sons. A Yüan Farce and Its Implications（《〈陈母教子〉：一出元代滑稽戏及其含意》），载Wm. H. Nienhauser, Jr.（倪豪士）主编的*Critical Essays on Chinese Literature*（《中国文学批评论文选》），香港，1976年，第147—157页。

这部颂扬英雄关羽的作品。[1]自公元16世纪起，王实甫所作的以传奇小说《莺莺传》为底本的杂剧《西厢记》中的第五本，被认为也是关汉卿所作。但这种说法没有站得住脚的根据[2]，这部作品更应该被整体当作王实甫的作品来看待。有关王实甫，我们对他所知并不多。第五本之所以被认为是关汉卿创作的，也许是因为该本与传奇小说的结尾不同。在该本中，追求者张生通过京城的考试，之后成功与莺莺结婚。这部杂剧也受了董解元《西厢记诸宫调》的影响。

除少数例外，在中国帝制时期，文人阶层并不重视杂剧。直至公元20世纪，这种态度才被某种愈发强烈的对民间文学的兴趣所替代。[3]其中也包括对关汉卿的兴趣。但直到20世纪50年代，关汉卿才成为最著名的杂剧作者，有时甚至被塑造成"革命的中国的莎士比亚"，他被称为"人民的代言者""反对不公的斗士""民主的先驱"等。1961年，剧作家田汉（1898—1968）将自己的剧本《关汉卿》搬上舞台。关汉卿的杂剧作品里，《窦娥冤》重新占据了重要的地位，如许多其他旧的杂剧那样被改写，并加上带有时代特色的口号，以《六月雪》为题上演，同时作为书而刊行。

另外一位元代著名杂剧作者马致远有7种剧本传世。其中，《汉宫秋》

---

[1]　关于此形象，见G. Diesinger的*Vom General zum Gott. Kuan Yü (gest. 220 n. Chr.) und seine postume Karriere*（《"由将至神"：关羽（卒于220年）及其"死后的生涯"》），法兰克福，1984年。

[2]　此剧本的德译本，见V. Hundhausen（洪涛生）的*Das Westzimmer. Ein chinesisches Singspiel in deutscher Sprache*（《西厢记》），北京/莱比锡，1926年；莱比锡，1978年，新版，新副标题。英译本，见S. I. Hsiung（熊式一）的*The Romance of the Western Chamber*（*His Hsiang Chi*，《西厢记》），伦敦，1935年；纽约，1968年，新版。另见Shu-hwa Yao（姚舒华）的The Design Within. The Symbolic Structure in Hsi-Hsiang-chi（《内部谋篇：〈西厢记〉中的象征结构》），载*Études d'histoire et de littérature chinoises offerts au professeur Jaroslav Prusek*（《中国历史与文学研究：献给普实克教授》），巴黎，1976年，第319—337页。

[3]　见C. Mackerras（马克林）的Modern Chinese Scholarship on Theatre History. A Bibliographical Essay（《现代中国戏曲史学：一篇书目论文》），载*Papers on Far Eastern History*（《远东历史论文集》）第13期（1976年）。

被视为杂剧文学中的优秀作品，这部剧以浪漫手法讲述了汉代王昭君被迫出塞和番的故事。[1]而《黄粱梦》的主题则是解脱。[2]在马致远的其他剧本里，道教以及隐退避世的主题有着重要意义。由于传统批评家专注的是杂剧中的曲子，而马致远也因他的曲子和诗句得到了称赞。除去杂剧中的曲子，他也被认为是最著名的散曲作者之一。此外还有一位杂剧作者孟汉卿，我们熟悉他是因为他的剧本《魔合罗》。[3]

杂剧作者白朴（1226—1306后）实际更因散曲创作而出名。他见于书面记载的15种剧本只有《梧桐雨》[4]和《墙头马上》传世。白朴因前者而闻名于世，其剧本与马致远的《汉宫秋》有某种相似性，白朴估计也受到了马致远的影响。《梧桐雨》以李隆基与杨贵妃的爱情为题材，虽然情节贫乏，但因作品的曲子和语言表现力而不断受到观众的喜爱。白朴所以能如此出色地发挥自己诗歌方面的才华，可能是因为他在年幼时曾受父亲的朋友、金代著名诗人元好问的多方扶持。

此外，非常受人喜爱的杂剧还有《赵氏孤儿》。该剧作者是出生在大都的纪君祥，但除此剧本外，我们对他再无所知。剧本取材于公元前6世纪时

---

[1] 此剧本的德译本，见A. Forke（佛尔克，M. Gimm主编）的*Chinesische Dramen der Yüan-Dynastie. Zehn nachgelassene Übersetzungen von Alfred Forke*（《元代的中国戏曲：弗尔克翻译遗作十种》），威斯巴登，1978年。

[2] 见Yuan-shu Yen（颜元叔）的Yellow Millet Dream. A Translation / Yellow Millet Dream. A Study of Its Artistry（《〈黄粱梦〉的翻译及其艺术研究》），载*Tamkang Review*（《淡江评论》）6.1（1975年），第205—249页；马致远另一部杂剧的英译本，见Shiao-ling Yu（余孝玲）的Tears on the Blue Gown, by Ma Chih-yuan (fl. 1251)（《青衫泪》），载*Renditions*（《译丛》）第10期（1978年），第131—154页。

[3] 见H. Höke的*Die Puppe (Mo-ho-lo). Ein Singspiel der Yüan-Zeit*（《〈魔合罗〉：元杂剧一种》），威斯巴登，1980年。

[4] 德译本，见A. Forke（佛尔克）的*Chinesische Dramen der Yüan-Dynastie. Zehn nachgelassene Übersetzungen von Alfred Forke*（《元代的中国戏曲：弗尔克翻译遗作十种》），威斯巴登，1978年；关于此杂剧，另见P. Z. Panish的Tumbling Pearls. The Craft of Imagery in Po P'u's Rain on the Wu-t'ung Tree（《罗珠：白朴的〈梧桐雨〉中的意象技巧》），载*MS*（《华裔学志》）第32期（1976年），第355—373页。关于白朴，见J. Th. Cavanaugh（甘乃元）的The Dramatic Works of the Yuan Dynasty Playwright Pai P'u（《元代剧作家白朴的戏剧作品》），斯坦福大学，博士论文，1975年。

的故事。[1]屠岸贾残杀赵盾全家后，赵家只有在其父亲赵盾死后出生的赵武免于此祸。赵武为赵家的门客程婴所救，藏在熟人的家中。当屠岸贾命令诛戮所辖范围内所有六个月以下的婴儿时，程婴按照赵家老臣的建议，把自己的儿子假充赵武藏起来。他的儿子后来还是被杀死。此后不久，屠岸贾把这位程婴当作自己的心腹来看待，让他在自己家中做宾客，并收养了真正的赵武为义子，他当然不知道这就是赵家的遗孤。20年后，这个男孩成长为强壮的男子，最初收养他的这位程婴作手卷描画了赵家的故事给他看，还描画了所有为赵家付出生命的人。赵武获知了自己的身世，迫切地要报赵家的冤仇。第五折写晋悼公要擒拿屠岸贾，命赵武将他"暗暗的自行捉获"。赵武毫不犹豫。此后他"复姓赐名赵武，袭父祖列爵卿行"，复得他的财产。赵家的门客也获得褒奖。公元18世纪时，该剧就在欧洲引起重视，比如在伏尔泰这里。公元19世纪，茹理安（Stanislas Julien）将它译成法语（1834年），名为《中国孤儿》，广为流传。

后来，题材成为元杂剧最常用的分类标准。最早的分类出现在夏庭芝（约1316—1368）的《青楼集》中。[2]这部作品写的是当时的声伎和女伶，其中论及不同种类的杂剧，比如驾头杂剧、花旦杂剧、软末泥杂剧以及闺怨杂剧、绿林杂剧。

明太祖第十七子朱权（1378—1448）撰《太和正音谱》，注明的成书时

---

[1] 关于《赵氏孤儿》的研究，见Wu-chi Liu（柳无忌）的The Original Orphan of China（《最初的中国孤儿》），载Comparative Literature（《比较文学》）第5卷（1953年），第193—212页；英译本，见Pi-twan H. Wang（黄碧端）的《赵氏孤儿》，载Renditions（《译丛》）第9期（1978年），第103—131页。
[2] 刊印于《中国古典戏剧论著集成》（北京，1959年），卷2；节译本，见A. Waley的The Green Bower Collection（《青楼集》），载A. Waley的The Secret History of the Mongols（《蒙古秘史》），伦敦，1963年，第89—107页；W. L. Idema（伊维德）、S. H. West, Chinese Theatre 1100-1450. A Source Book（《中国戏曲史料（1100—1450）》），第95页及以下及多处。

间是1398年，现存本估计出自公元15世纪末，其中提到另外三种杂剧，即君臣杂剧、脱膊杂剧和神佛杂剧。此诸组剧本外，朱权又提出12科，它们当然与前述种类相连属：

> 杂剧有十二科，一曰神仙道化；二曰隐居乐道，又曰林泉丘壑；三曰披袍秉笏，即君臣杂剧；四曰忠臣烈士；五曰孝义廉节；六曰叱奸骂谗；七曰逐臣孤子；八曰钺刀赶棒，即脱膊杂剧；九曰风花雪月；十曰悲欢离合；十一曰烟花粉黛，即花旦杂剧；十二曰神头鬼面，即神佛杂剧。[1]

再简单些，这些科可分为四大类，即讲述浪漫爱情的杂剧，多以美满的结局收尾；贯穿儒家内容的杂剧，用来道德说教；宣传道教或佛教道德学说的剧本；讲述隐遁者的剧本。

宋代晚期和元代的南戏以爱情和家长里短为主要内容，而不是以历史和英雄为题材，但还是有些包含英雄题材的剧作残本存世。其中就有以唐传奇《昆仑奴》为底本的《磨勒盗红绡》。故事中，崔生爱上了某勋臣家的姬妾红绡，并为此害了相思病，不知道该怎么办。最后，他把自己的心事吐露给家中的昆仑奴磨勒。昆仑奴展现出了超凡的本领：他首先打死勋臣府中的猛犬，深夜越过墙垣屋脊，将崔生送到府内，与他爱慕的红绡会面。这位美貌的女子告诉崔生自己被逼为姬的不幸遭遇，请求他和自己共同逃走。磨勒随后背着崔生和红绡飞出峻垣，带他们从府中逃出。次日早晨，勋臣家仆发现红绡被劫走后，勋臣说道："必定是侠士所为，这事不要声张，以免惹祸招灾。"崔生与红绡自此相亲相爱。两年后，红绡在街上被勋臣家仆役暗中认出，于是事情败露。勋臣遂命手下兵丁围住了崔生的院落，擒拿磨勒。磨勒却飞出高垣，不知所向。

---

[1] 《太和正音谱》，刊印于《中国古典戏剧论著集成》（北京，1958年），卷3，第24页及以下。

据说，十多年后，磨勒在集市上买药，"容颜如旧耳"。

在中国北方，英雄题材的剧本比在南方多，这些剧本特别喜欢使用水泊梁山农民起义故事中的段落和内容。该题材涉及的主要是北宋末年宋江等36位好汉，它最早的文学加工出现在《大宋宣和遗事》中，后来，这个题材被扩展成长篇小说《水浒传》。宋江最后投降朝廷，招降后还被派去讨伐方腊。《水浒传》据称是施耐庵于元末（约1330年）写成，最初的36位好汉也变成了后来的108位好汉。

梁山好汉里有位名叫李逵的尤为突出。元代的观众肯定非常喜欢这个形象，6位作者的14种传世作品中都写有李逵的故事。[1]李逵的形象天真烂漫，胆大敢为，总是同情被压迫者或弱者，有着强烈的正义感。元代北方的戏曲对李逵形象的表现也受到了戏曲表演形式的影响，因为只有男主角和女主角演唱，所以李逵必须有相应的表演者来扮演，而扮演者通常是位庄严的、有肚子的男中音。后来，这个形象常由脸谱角色，具体来说，是由"净"的角色来表演，所以可以更为粗暴，而少些庄严。

公案剧中有种特殊的形式叫作平反公案剧。[2]已经提到过的杂剧《魔合罗》和《窦娥冤》都属这类公案剧。其他传世的此类作品包括《神奴儿》《勘头巾》《救孝子》《金凤钗》《灰阑记》。在所有这些作品里头，第一折或第二折里都会出现某种判决，而这种判决会在末尾经重新审理而被更正。

---

[1]　其中最知名者，是康进之的《李逵负荆》；英译本，见J. I. Crump（珂润璞）的 *Chinese Theater in the Days of Kublai Khan*（《忽必烈时期的中国戏曲》），图森，亚利桑那州，1980年，第200—245页。

[2]　见G. A. Hayden的 *Crime and Punishment in Medieval Chinese Drama. Three Judge Pao Plays*（《中古中国的罪与罚：包公剧三种》），剑桥，马萨诸塞州，1978年；G. A. Hayden的 The Courtroom Plays of the Yüan and Early Ming Periods（《元代及明初的公案剧》），载*HJAS*（《哈佛亚洲研究学刊》）第34期（1974年），第192—220页；Ching-hsi Perng（彭镜禧）的*Double Jeopardy. A Critique of Seven Yüan Courtroom Dramas*（《双重陷阱：七种元公案剧批评》），安娜堡，密歇根州，1978年。

在无名氏所作的《神奴儿》里，女子勒死了丈夫醉酒后抱至家中的侄子。由于找不到男孩儿，在第三折里，梦里已经被告知真相的家仆和孩子母亲被控谋杀。严刑拷打之下，母亲承认杀子。最后一折里，包公出场，审理这段公案。最后，借助招来的死者鬼魂查明案情，真正的罪犯被惩罚，公正得以恢复。

不只是在元杂剧中，明代晚期的公案剧，比如《龙图公案》中，或是清代晚期的地方戏曲中，公正的包公都是最受欢迎的形象之一。[1]他的原型是历史人物包拯（999—1062）。[2]

在《勘头巾》中，乞丐无意打破了刘员外家的尿缸，争吵后威胁刘员外道，"后巷里撞见你，敢杀了你"。楔子中，刘员外的妻子招来与自己有私情的道士，要他杀了自己的丈夫，并栽赃给乞丐。于是，乞丐被告谋杀。在拷打之下，乞丐屈打成招，甚至说将头巾和环子藏匿在某处。有入牢打草苫的庄家听到乞丐屈招的供词，告诉了道士，道士随后将两件物品放在乞丐说的地点。收了贿赂的令史判定乞丐谋害刘员外罪名成立。六案都孔目张鼎却认为该判决没有说服力。府尹于是限张鼎三日内找出真相。不久，张鼎便查明刘妻和道士这两名通奸者就是真正的案犯。两人最后承认犯罪的事实，乞丐随后被释放。张鼎被府尹加官赐赏，污吏则被流口外为民。

李潜夫的杂剧《灰阑记》早在欧洲闻名，其故事曾多被改编，比如被布莱希特改编。《灰阑记》的剧情是这样结束的：包公命人在法庭中央画上灰阑，将两位女子争夺的孩子放在灰阑内。其中有位女子因不想弄疼孩子，不肯使劲拽孩子出灰阑，于是被证明是孩子真正的母亲。

---

[1] 见G. A. Hayden的*Crime and Punishment in Medieval Chinese Drama. Three Judge Pao Plays*（《中古中国的罪与罚：包公剧三种》），剑桥，马萨诸塞州，1978年。

[2] 关于包拯，见B. Schmoller的*Bao Zheng (999–1062) als Beamter und Staatsmann*（《包拯（999—1062）：作为官吏与政治家》），波鸿，1982年。

早期的杂剧评论者只关注曲子，因而有些在今天被视为元代戏曲名家的作者，比如关汉卿，此前并未得到很高的评价。例如王骥德（卒于1623年）在他的《曲律》里这样写道：

> 元人诸剧，为曲皆佳，而白则猥鄙俚亵，不似文人口吻。盖由当时皆教坊乐工先撰成间架说白，却命供奉词臣作曲，谓之"填词"。凡乐工所撰，士流耻为更改，故事款多悖理，辞句多不通。[1]

对曲子过高的评价前文也有提及。元代以后的批评家常用曲来指代杂剧，而在元代，更全面的、更能贴切表达的戏曲已经存在了。

直至李渔（1611—1680）的出现，才有了一位本身就是戏曲作家的戏曲批评家。[2]但在他的《闲情偶寄》中，他根本没有讨论元代的杂剧。重新思考戏剧开端的功劳还要归于王国维，他在中国文学史上的意义亦是开创性的。王国维对自己的这种角色应当非常清楚，他曾写道：

> 世间为此学者自余始，其所贡于此学者亦以此书为多，非吾辈才力过于古人，实以古人未尝为此学故也。[3]

自明朝以来，有关元代戏剧的讨论还充斥着其他的声音，比如把元代戏剧描述为对社会的抗议表达。元代戏曲作品的状况被认为同时说明了这个朝代走向衰落的原因，后来的作者也持这样的看法，比如郑振铎。他们认为，

---

[1] 见王骥德的《曲律》，《百部丛书集成》本，卷三，第23页下。
[2] 见H. Martin的*Li Li-wenig über das Theater. Eine chinesische Dramaturgie des siebzehnten Jahrhunderts*（《李笠翁论戏曲：公元17世纪的戏曲构建》），海德堡，1966年。
[3] 王国维的《宋元戏曲考序》，刊印于《王国维遗书》（上海，1983年），第15册，第1页下。

元代的戏曲首先不是用来消遣的，不是用来满足对充满刺激的内容的渴望的，而是用来抨击当时的不公和黑暗的。

元朝统治时期的剧曲和散曲

元朝统治时期的文学创作有许多范式可法。这里面，除去旧的、其创作有相应手册可参考的曲调，作为杂剧主要组成部分的曲子也起着重要的作用。这些曲子后来被称为曲或散曲，这样叫是因为在中国，体裁的名称总体上是模糊的。事实上，自古以来，为公开吟咏创作的歌曲或诗词都会被叫作曲或散曲。自公元15世纪起，这个名字才专门被用来指代元代的曲子。当时，它们还被称为词或乐府。

散曲在某种程度上承袭了词，但还是与词有所不同。北曲的传统是最重要的，相比南曲，它有着非常不同的曲调。说起元朝统治时期的杂剧中的曲或散曲，大多时候指的就是北曲，它们是13世纪和14世纪的杂剧的基本构成部分。剧曲（或戏曲）与散曲之间存在区别，后者独立于杂剧，成为当时的文人喜爱的表达方式。元朝统治时期，在中国北方受欢迎的曲子的前身可追溯到女真人统治的金代，但主要是风行于1230—1340年。这个时期不只有大约162部杂剧中的诸多曲子，还有大约5500种散曲流传下来，这些作品如今都被辑录在散曲总集《全元散曲》中。[1]元代本身只有4本散曲集传世。其

---

[1] J. I. Crump（珂润璞）的The Study of Yüan Song Poetry Comes of Age（《元散曲研究成年》），载CLEAR（《中国文学》）4.2（1982年7月），第233—241页；W. Schlepp（施文林）的San-ch'ü. Its Technique and Imagery（《散曲：技巧与意象》），麦迪逊，密尔沃基州，1970年；J. I. Crump（珂润璞）的Songs from Xanadu. Studies in Mongol-Dynasty Song Poetry（San-ch'ü）（《来自上都的曲子：元散曲研究》）安娜堡，密歇根州，1983年；Richard F. S. Yang（杨富森）、Charles R. Metzger的Fifty Songs from the Yuan. Poetry of 13th Century China（《元曲五十种：公元13世纪中国的诗歌》），伦敦，1967年。

中，杨朝英所编的《阳春白雪》[1]和《太平乐府》最为著名。

依照不同调式，曲子的写作有约350种曲牌，但这种格律并不像词那样严格。和词相同，曲由长短不一的句子构成，所以也被认为是词的姊妹体裁。蒙古人的统治结束后，那些曲调被忘记了，但曲子本身仍旧受到欢迎。后来，学者和爱好者为这些曲子写作曲谱，对句子结构和声韵节律也有了详细的研究，这样就能对曲调和韵律做出更准确的描述，虽然它们也许永远不能被完全重构。[2]散曲的主要形式包括小令和散套，前者的名称仿照的是相近的某种词的形式的名称，它常为5句29字；后者或是通过重复某种曲调（这种形式被称为幺篇），或是通过连缀不同曲调而构成组曲，它们可以包括最多50支曲子，最多超过2000字。曲词也包含本调之外的衬字和叹词，这是曲的特点之一，但如今，我们已无法确切地说明哪些字是衬字。由于形式上的灵活，曲作者有比较大的自由。但小令的种类相比散套的种类来说要少很多，散套主要出现在杂剧中。

曲子估计源于口头的传统和金代的诸宫调。许多曲子都是曲作者从诸宫调那里借来的，或是模仿它们创作出来的。与诸宫调相同，元代的曲子也吸收了蒙古人和女真人的许多语言表达，音乐方面的借用估计也是相当多的。

就如同早期的词创作，曲子的创作首先也是以描写爱情为主的，此后，内容的范围有所扩大。与词不同的是，曲子保持着对风月场所的描写，当然，这并不意味着曲作者总是出没于花街柳巷。白朴的《题情》是这样写的：

> 笑将红袖遮银烛，不放才郎夜看书。相偎相抱取欢娱，止不

---

[1] 对此的研究，见K. W. Radtke的*Poetry of the Yuan Dynasty*（《元代的诗歌》），堪培拉，1984年。

[2] 见D. R. Johnson的*Yuan Music Dramas. Studies in Prosody and Structure, and a Complete Catalogue of Northern Arias in the Dramatic Style*（《元代北曲之结构与曲律及全元戏曲北词谱》），安娜堡，密歇根州，1980年。

过迭应举，及第待何如。[1]

除去爱情，对闲适、醉酒、孤独和恬退的描述也颇受欢迎。而小令还有许多其他的题材和用途，比如作为打油诗或其他诙谐的娱乐方式。[2]

金代和元代早期有众多或知名或无名的诗人、文官，采用了曲这种新形式。后来，即使杂剧作者（如关汉卿、马致远）也在杂剧以外创作散曲。[3]马致远传世的曲子有115首，套数6套，主要借助历史或神话形象描写隐逸生活。他的某些曲子也描写爱情。他的小令以《秋思》最为著名，后来不断成为模仿的对象：

枯藤老树昏鸦，小桥流水人家，古道西风瘦马。夕阳西下，断肠人在天涯。[4]

这首曲子描写的是某种静态的景象，没用任何动词，其灵魂在于秋天的气氛和代指故乡的茅舍，与天涯沦落者之间的对比。

在众多的散曲作者里，突出的只有几位，比如张养浩（1270—1329）和贯云石（1286—1324）。贯云石的散曲题目之多，没有其他作者能及，他

---

[1] 见J. I. Crump（珂润璞）的*Songs from Xanada. Studies in Mongol-Dynasty Song-Poetry（San-ch'ü）*（《来自上都的曲子：元散曲研究》），安娜堡，密歇根州，1983年，第33页；参见隋树森编的《全元散曲》（台北，1969年再版），第195页。
[2] 见E. H. Crown的Jeux d'Esprits in Yüan Dynasty Verse（《元韵文中的思想游戏》），载*CLEAR*（《中国文学》）2.2（1980年7月），第182—198页；K. W. Radtke, *Poetry of the Yuan Dynasty*（《元代的诗歌》），堪培拉，1984年。
[3] 见Sherwin S. S. Fu（傅孝先）的Ma Chih-yüan's San Ch'ü（《马致远的散曲》），载*Tamkang Review*（《淡江评论》）6.1（1975年），第1—17页。
[4] 见R. J. Lynn（林理彰）的*Kuan Yün-shih*（《贯云石》），波士顿，马萨诸塞州，1980年。

也是对元曲有过论述的仅有的几位元代作者之一，[1]如在给杨朝英所编的散曲总集《阳春白雪》写的序中，贯云石就有相关论述。[2]当时，他把曲称为词，显然是想把曲归在某种古老的传统里，即宋代的词的传统和古时帝王时代的乐府传统。

曲越来越被重视，这也体现在像周德清（1277—1365）所撰的《中原音韵》这样的作品中。不久，元曲本身成为诗学讨论的对象。例如在明代文学批评家王世贞的《曲藻》中，贯云石被归为最著名的元曲作者之一。后来，李调元（1734—1802）在他的《雨村曲话》里对此提出了批评。

明代的戏剧：年轻的学者和舞台上的历史

元杂剧虽然没有随着明朝的建立而被禁止，而是得以继续演出，在此期间，元杂剧甚至经历了某种程度的复兴，但在15世纪末，它还是完全消失了。明代和清代早期占统治地位的戏曲形式是由南戏演变而来的传奇。南戏，旧称戏文，很长时间都处在被完全遗忘的状态。直到20世纪，借助新发现的底本，南戏的特点才被人们认识。作为某种地区性的娱乐形式，它出现在公元12世纪的中国东南部，所以它也根据永嘉（今浙江省温州）这个地区来命名，被称为永嘉杂剧或温州杂剧。由于明代的传奇主要来自南戏，南戏一词有时会被用来指代所有南方的杂剧形式，后来也同时被用来指代明代的杂剧。但南戏概念本来指的是明代以前的南方杂剧，而这种南方杂剧已经是某种地方的民间词调和南方的里巷歌谣，与北方都市的诸种曲艺形式的混合物了。

因为是已经灭亡的朝代的戏曲，南戏长期遭受鄙视，但还是有约170本

---

[1]　见R. J. Lynn的Some Attitudes of Yüan Critics toward the San-ch'ü（《元代批评家对散曲的若干态度》），载*LEW* 16.3（1974年）。
[2]　见R. J. Lynn，同上，第130页。

传世。它们当中有些虽出自明代，但大多数估计出自南宋和元代。这些南戏作品吸取了词和民间诗歌中的许多成分，因此有时也被批评格调不高。这种贴近百姓的娱乐形式能有怎样的功能，可参见周密《癸辛杂识》别集卷上"祖杰"条：

> 温州乐清县僧祖杰，……无义之财极丰，……有寓民俞生，充里正，不堪科役，投之为僧，名如思。……本州总管者，与之至密，托其寻访美人。杰既得之，以其有色，遂留而蓄之。未几，有孕。众口籍籍。遂令如思之长子在家者娶之为妻，然亦时往寻盟。俞生者不堪邻嘲诮，遂挈其妻往玉环以避之。杰闻之大怒，遂俾人伐其坟木以寻衅。俞讼于官，反受仗。……意将往北求直。杰知之，遣悍仆数十，擒其一家以来，二子为僧者亦不免。用舟载之僻处，尽溺之，……其事虽得其情，已申行省，而受其赂者，尚玩视不忍行。旁观不平，唯恐其漏网也，乃撰为戏文，以广其事。后众言难掩，遂毙之于狱。越五日而赦至。[1]

　　显然，早期南方的杂剧有着浓厚的时代和社会批判特征。徐渭（1521—1593）的《南词叙录》使我们对南戏有了这样的认识，他认为值得注意的、但今已亡佚的《赵贞女》和《王魁》具有这些特征。这些作品描写的文官形象都非常差。《赵贞女》写了应举者中举后，为娶更好人家的女儿，而离开了自己的妻子。因此，此人招致显然是超自然力量的惩罚。《王魁》写了潦倒书生王魁的故事，有妓女倾慕他的才华，支持并资助他，让他最后应举成功。但中状元后，王魁否认自己原先的承诺，娶了父亲安排的良家之女为妻。妓女因此含愤自杀，她的鬼魂此后跟随王魁，王魁不久后也死去。

---

[1] 周密：《癸辛杂识》，别集卷上，《百部丛书集成》本，第40页下至第43页上。

　　许多南戏采用了杂剧的题目和题材，有些则完全是对成功杂剧的复制。南戏虽受欢迎，但在元末以前，南戏在文人圈子里少有追随者。面对在短时间复兴的北方杂剧，直到公元16世纪，作为传奇戏的南戏才趋向兴盛。传奇囿于其地方性，与民间因素关系密切，因而容易对文官有不好的看法，但当它从这样的关系中脱离出来后，这种新形式便成为精英的媒介。这也可以解释，为何传奇与元杂剧的作者有所不同，明代许多传奇的作者都是有名的学者。

　　元杂剧通常由四折构成，与此不同，明传奇分为许多出（30出至50出不等，有时甚至超过200出）。此外，在传奇中，往往有四名或更多的演唱者出场，音乐也较杂剧变化更多。传奇多以某种物品为题（比如琵琶或簪子），它们在情节中往往有着至关重要的作用。每出又有自己的短标题，用来说明主要情节。这些短标题通常以某主角演唱的曲子开始，之后是简短的韵文，然后是角色的自我介绍。

　　头一出或引子介绍的是作品内容。第二出里，生将出场，生通常面有胡须。第三出里，旦及其家庭成员（多为父亲或母亲，或两者同时）出场，场合多为花园中的节日或生日庆祝。其他重要的角色是末、净和丑。这些角色有他们代表性的行头，人们可以从他们的涂面化妆认出这些角色来，特别是净的角色。行为和事件的成分相当的刻板化，在表现某些事件时，比如与母亲告别前往京城，在旅途中观赏风景，或参加科举考试，其动作都是固定的。

　　高明（约1301—约1370）的《琵琶记》被普遍看作首部具有较大影响的传奇戏，它在很大程度上促成了这种体裁的风行。高明来自浙江永嘉，在《琵琶记》里，他对南戏《赵贞女》的题材做了改编。[1] 与底本不同，高明让这本戏以团圆结束，主角没有被暴雷震死，而是在与妻子团聚后，得到旌

---

[1]　J. Mulligan的The Lute. Kao Ming's P'i-p'a chi（《琵琶：高明的〈琵琶记〉》），纽约，1980年；C. Birch（白芝）的Tragedy and Melodrama in Early Ch'uan-ch'i Plays. "Lute Song" and "Thorn Hairpin" compared（《早期传奇戏中的悲剧与情节剧：〈琵琶记〉与〈荆钗记〉之比较》），载*BSOAS*（《伦敦大学东方与非洲学院院刊》）36.2（1973年），第228—274页。

表。这部剧的主角蔡伯喈年轻时专心学习，准备应举，但考虑到要把年迈的
父母与妻子留在家中，就不禁迟疑是否当赴京应考。最后，蔡伯喈奉父命前
往应考，随即高中状元，并成为被多方追求的结婚对象。他无法推辞丞相的
催促，同意与丞相的女儿结婚。在此期间，蔡伯喈的家乡发生饥荒，虽然蔡
妻百般努力，公婆还是被饿死。于是，妻子弹唱琵琶词，求乞进京，寻找丈
夫，告诉他父母的离世。在找到丈夫和他的新妻子后，三人共同返回蔡伯喈
的家乡，服孝三年。剧本最后以主角重回京城任职结束。由于对所有成分的
出色处理，这本戏非常受欢迎，成为后来传奇戏的范式。据称，明朝的建立
者朱元璋（1368—1398在位）欣赏《琵琶记》更甚于五经，曾遣使征召高
明，后者佯狂不出才得以解脱。据说，皇帝每日命人演出此戏。某日，演奏
者未能到场，皇帝干脆让人把南曲换成北曲，和相应的配器一同演出。

　　与朱元璋一样，明朝其他统治者也鼓励戏曲的发展，此举肯定是出于宣
传目的。据称，明熹宗（1620—1627在位）曾亲自扮演过戏中皇帝的角色。
与这种对戏曲的推崇形成了奇怪反差的是对演员的歧视。根据1369年重新颁
布的某项公告，演员不准参加科举考试。1389年的某项公告则规定驻京军官
和士兵不准学习唱戏，否则将被割去舌头，这项公告也可以理解为国家努力
把社会各领域、各团体进行分隔。

　　明朝其他的知名传奇包括《荆钗记》和《杀狗记》，但其传本出自
公元16世纪末或公元17世纪初。这些本子的流传时间较晚，与公元14世纪
的早期传奇及公元十六七世纪传奇体裁的盛行期之间，相隔甚远，其原因
在于文人对这种新形式的接受是有所迟疑的。在许多杂剧被改写（主要在
1550年至1700年间）后，写作传奇才成为知名文人偏好的活动。同时，那
些戏曲演出团体仍旧有属于自己的不那么知名的戏曲作者。这些作品中有
许多本子可作为案头欣赏，因此颇受欢迎，进而产生了给那些购买力强的
读者印行的插图本。

元杂剧的形式规范逐渐放松，同时，其他或长或短的舞台或曲艺形式也汲取了杂剧的成分。虽然发生了许多变化，但有些叫法和名称还是被保留了下来，这有时会造成混乱。在论及元杂剧的时候，上文已经提及院本。院本是作为在勾栏瓦肆中进行演出的底本。

明代只有两位作者有这样独立的院本传世。其中最有创造性的就是李开先（1502—1568）。据称，他曾撰写过6种院本，但只有2种传世，即《园林午梦》和《打哑禅》，后者是对佛教僧侣的单纯讽刺。《园林午梦》写的是有位渔翁思考《西厢记》主角崔莺莺和朱有燉（1379—1439）《曲江池》里的角色妓女李亚仙孰高孰低的故事。中午时，这位渔翁在园林里睡着了，梦见这两位对手以歌唱的形式进行争论，这种争论后由各自的女仆继续进行。最后，双方竟然动起手来，渔翁这时也从梦中醒来。陈铎（字大声，陈大声的名字更为知名）尤以散曲著称，他的院本《太平乐事》被保存下来，该作品更应被看作一出连缀起来的闹剧。

何为院本，就其形式特征而言，实际并不清楚。而这样短小的，有时只有一折的杂剧之所以会作为院本而出现，比如王九思（1468—1551）的《中山狼院本》[1]，估计是这些作品吸取了某些演唱成分，融入短小的一折杂剧中，且取消了杂剧要有四折的规定。这种发生在15世纪和16世纪的形式的消解，也体现在比如徐渭《四声猿》当中的杂剧《渔阳弄》里，该剧写的是祢衡对篡权者曹操的鬼魂的击鼓痛骂。[2]

如前所述，元杂剧并没有随明朝的建立而消亡，在15世纪初甚至经历了某种繁荣，这主要与朱有炖有关。他是公元15世纪最著名的杂剧作者，撰

---

[1]　见J. I. Crump（珂润璞）的Wang Chiu-ssu. The Wolf of Chung Shan（《王九思：〈中山狼〉》），载Renditions（《译丛》）第7期（1977年），第29—38页。传奇小说《中山狼传》，见马中锡（1446—1512）的《东田文集》。

[2]　见J. Faurot（傅静宜）的Hsü Wie's Mi Heng-A Sixteenth Century Tsa-chü（《徐渭的祢衡：公元16世纪的杂曲》），载LEW 17（1973年），第282—304页。

有31种杂剧。当然，作为皇家的成员，朱有炖有着最好的条件，在世时就可以刊行自己的所有作品。[1]杂剧在公元15世纪末时几乎完全消失。由于传奇和杂剧之间的相互借鉴、模仿，两者的区别也逐渐变得模糊，以至于难以区分。作为区别两者的特征，最后只剩下杂剧相对较短的这一点。

自15世纪左右起，文学批评家主要根据使用的音乐来评判传奇戏，并逐渐区分出不同的唱腔。其中最有名的是魏良辅创立的，以其故乡昆山（位于今江苏）命名的昆山腔。这种唱腔逐渐变得流行，最后成为戏曲音乐中最受欢迎的唱腔。其他所有唱腔都不能同它竞争[2]，这与梁辰鱼（1519—1591）《浣纱记》的成功很有关系。这本戏写的是《吴越春秋》所载的公元6世纪吴越战争时的故事。直到公元18世纪，占据中国戏曲舞台的这些以昆山腔演唱的戏曲题材都表现出了明显的感伤倾向，爱情（不是战争或公案）成为戏曲的中心。

在题材方面，明代的戏曲基本采用已有剧目中的素材。比如，元代剧作家马致远对公元816年白居易写的《琵琶行》进行了加工，糅以白居易与女子间的爱情关系，此后，顾大典就同样的题材写成了名为《青衫记》的30出传奇戏。在白居易《琵琶行》这首叙事诗中，叙述者在岸边送别朋友时，看见近岸的舟中有人在弹琵琶，"听其音，铮铮然有京都声"，原来是位"年长色衰"如今"委身为贾人妇"的昔日长安歌妓。诗人应对京都的回忆以及所弹奏的音乐而感动，于是"使快弹数曲"，以至眼泪沾湿了自己的青衫。马致远在他的杂剧里，让这位女子有了名字，还添加了其他形象，主要是加进了发生在京都的离别故事，为的是让这次相遇变为重逢。

---

[1] 见W. L. Idema（伊维德）的*The Dramatic Oeuvre of Chu Yu-tun（1379–1439）*（《朱有炖的戏曲作品》），莱顿，1985年。

[2] 见Isabel K. F. Wong（黄琼潘）的The Printed Collections of K'un-ch'ü Arias and their Sources（《昆曲集及其曲目出处》），载*CHINOPERL Papers*（《中国演唱文艺学会论集》）第8辑（1978年），第100—129页；Hsin-nung Yao（姚莘农）的The Rise and Fall of K'un-ch'ü（《昆曲的兴衰》），载*T'ien Hsia Monthly*（《天下月刊》）第2卷（1936年），第63—84页。

明代戏曲的其他典范还有相传为王世贞所作的（但估计是梁辰鱼所撰的）《鸣凤记》，以及汤显祖（1550—1616）的《牡丹亭》。《牡丹亭》又称《还魂记》，包含55出。汤显祖是"公安派"代表人物袁宏道（1568—1610）的朋友。[1]这本戏于公元1598年写成，被认为是南戏风格的最成熟的表现。这部描写浪漫爱情的作品写的是12世纪的故事，以太守女儿杜丽娘游牡丹园后做的爱情梦为开始。杜丽娘因游园感伤而害了病，临死前，看见自己镜中的形象不由惊愕，于是画下了自己从前的面容。三年后，赴京应试的书生爱上了她的自画像，此后两者在梦中幽会。最终，这位年轻女子得以回生。经过各种曲折和困难，这本戏以团圆收尾。结构上虽有不自然的地方，但这本戏仍旧是杰出的作品，不只因为它引经据典、轻柔婉折的曲子，也因为女主角在阴间停留、胡判官对她的评判以及她还魂的故事情节。

如果说在元代的英雄剧本里，主角还显得很温和，比如在那些描写水浒传故事的杂剧里头（包括胆大果敢，但同情弱者和受压迫者的李逵形象）。到了明代，净的角色变得更加阴险或残忍了。梅鼎祚（1549—1615）采用唐传奇《昆仑奴》的题材，于公元1586年写成的杂剧，较此前各版本的加工也已有了很大的变化。在梅鼎祚的剧里，家中歌伎被劫走的勋臣变成了平定安禄山叛乱的将军，这样一来，读者对这对相爱的人的好感明显降低。超自然

---

[1] 译本有V. Hundhausen（洪涛生）的*Die Rückkehr der Seele. Ein romantisches Drama*（《还魂记：汤显祖的浪漫戏剧》三卷），莱比锡，1980年；C. Birch（白芝）的*Tang Xianzu. The Peony Pavilion*（*Mudan Ting*，《牡丹亭》），布鲁明顿，印第安纳州，1980年；研究有C. T. Hsia（夏志清）的Time and the Human Condition in the Plays of T'ang Hsien-tsu（《汤显祖笔下的时间与人生》），载Wm. Th. de Bary（狄百瑞）编的*Self and Society in Ming Thought*（《明代思想中的自我与社会》），纽约，1970年，第249—290页；John Y. H. Hu的Through Hades to Humanity. A Structural Interpretation of The Peony Pavilion（《自冥府至人间：〈牡丹亭〉的结构分析》），载*Tamkang Review*（《淡江评论》）10.3/4（1980年），第591—608页；C. Birch的The Architecture of the Peony Pavilion（《牡丹亭的构造》），载*Tamkang Review*（《淡江评论》）10.3/4（1980年），第609—640页。

的成分则被加强，特别是昆仑奴磨勒的形象，他学道修仙后，约崔生与歌伎相会，要他们离开尘世。因此，这个角色不再是一个英雄的形象。

中国舞台上演出的所有这些历史题材剧作的特征是，剧作家通过这些剧，并不是想表现世界应当是怎样的，而是想表现这世界本来是怎样的，以及曾经是怎样的。历史记载为戏曲作品提供了题材，自中国戏曲发展之初就是如此。比如，段安节的《乐府杂录》就论及历史形象出现在舞台之上的现象。[1]这当中，历史事实不只被以多种方式加工，而且本身也有改变。情况多是这样的，首先围绕着某历史形象有轶事产生，这些逸事后被当作历史，或是被越来越普遍地记录于笔记中。最后，这些逸事体现在了多种多样的文学样式中。

明代以历史为题材的杂剧，具有代表性的是孔子后人孔尚任（1648—1718）写的40出《桃花扇》。这种传奇戏的艺术也对叙述文学产生了影响。对白的机智和戏剧的讽刺体现在后来几个世纪的著名长篇小说当中，这些小说有许多章回读起来就如同看舞台演出一般。明代白话长篇小说、短篇小说与明代戏曲十分接近，而与《水浒传》《金瓶梅》的编次参校有关的作者、编者也工戏曲。凌濛初（1580—1644）、冯梦龙（1574—1646）这样的小说家均是如此。就抒情画面、鄙俚诙谐、战争场面和童年幻想之间的交替而言，最好的例证就是前面提到的《牡丹亭》。这样突兀的交替在演出的时候当然经常不容易被理解，这也说明为何许多戏本后来不是主要为舞台演出，而是为案头欣赏写的了。

---

[1] 见M. Gimm（嵇穆）的*Das Yüeh-fu tsa-lu des Tuan An-chieh*（《段安节的〈乐府杂录〉》），威斯巴登，1966年，第272页。

第六部分

儒家的环境和民间的娱乐
（1350—1850）

31. 明代的诗文和民间文学

明代诗歌的四个时期

明代最初的200年，也就是公元14世纪末和公元15世纪，文学的各个领域几乎都没有新的发展。造成这种结果的原因是元明易代之际的诸种发展、国内战乱以及对文士来说不甚明朗的局势，而明朝建立者的专制倾向也使局势变得复杂而危险。直至公元15世纪末"前七子"的出现，才有了某种新文学观点的代表。在散文方面，15世纪的"台阁体"被16世纪初的"新古文体"所取代。这种发展与八股文的流行有关。

在戏曲方面，15世纪也没有什么新的创造，更多的是对已有戏曲文献的研究。直至昆山腔开始风行，有才华的戏曲作者出现，戏曲才经历了某种复兴。白话短篇小说同样如此，这种体裁在公元16世纪时才有如后来冯梦龙和凌濛初作品中所体现的那种形式。长篇小说也一样，其主要作品均出自明代晚期。明代的戏曲作品，特别是中篇和长篇作品，在文学史上得到了特别的关注，译本众多也是这种重视的体现。而明代的诗歌则遭到冷遇，部分的原因在于当时的文人往往身兼诗人、戏曲家和散文家。在流传过程中，他们的诗歌作品常被忽视。后世对诗歌的贬低，特别是对明代早期诗歌的贬低，原因当然也在于自16世纪兴起的某种反古的风气。以及此后，特别是自20世纪早期推崇进步的文学运动以后，对明代晚期有个性的、反对传统的作者的强烈兴趣，而反传统的作者中最著名的代表就是袁宏道。

戏曲方面，特别是以晚明的昆山腔演唱的戏曲作品变得非常长，有50出至60出。与此相同，散文作品在16世纪也发展成长篇小说。较长的戏曲作品要求某种新的处理关目的方式，这就形成对角色情感经历的细分，以及对不同社会阶层和场所的吸收。戏曲的观众与明代的白话小说的读者并不都是老百姓，从数量上来看，这类受众仍旧只是一小部分文人。除供文人欣赏的戏曲和小说外，还有讲唱文学和民间戏曲，所以这里也可以说是存在两种文学。

戏曲之外，明代的诗歌也很有特色。若把明代的诗歌按时间划分阶段的话，比较常见的是分成四个时期。[1]第一个时期至1380年左右。这个时期的代表性诗人是高启和刘基（1311—1375），他们的诗歌基本是元代晚期诗歌的延续。[2]第二个时期从1380年到1470年。文学的所有领域，特别是诗歌的某种程度的没落贯穿这一时期。因而，李昌祺（1376—1452）更多的不是因为他的诗作，而是因为他的传奇小说集《剪灯余话》而闻名。而那时也已有文人在为诗歌的复兴做准备，比如林鸿（约1340—约1400）曾尝试模拟盛唐时期的诗人，高棅曾选编《唐诗品汇》，该书非常有影响力。

第三个时期从1470年左右至15世纪末，这段时期正值明中叶，其特点

---

[1]　见J. Chaves（齐皎瀚）的 *The Columbia Book of Later Chinese Poetry. Yüan, Ming, and Ch'ing Dynasties（1279-1911）*（《元明清中国诗歌哥伦比亚读本》），纽约，1986年；D. Bryant的 Three Varied Centruries of Verse, A Brief Note on Ming Poetry（《诗歌的三个多样的世纪：明代诗歌笺注》），载 *Renditions*（《译丛》）第8期（1977年），第82—84页。

[2]　关于明代最重要的诗人，见L. C. Goodrich（傅路德）、Chaoying Fang（房兆楹）的 *Dictionary of Ming Biography 1368-1644*（《明代名人传（1368—1644）》2卷），纽约，1976年。

是诗歌的新意识，其中，唐诗的范式处在诗歌的中心地位。这场也被称为新古典主义的运动最主要代表是李东阳（1447—1516），他同时也作为政治家而闻名。到了"前七子"这里，这场文学运动经历了真正的兴盛。七子中最具代表性的是李梦阳（1473—1530）与何景明（1483—1521），他们与徐祯卿、边贡、康海、王九思、王廷相五位作者并称为"前七子"。

与诗歌的这种以唐代为宗的倾向并行，散文方面也有模拟唐宋八大家的尝试。这种尝试的代言者是唐顺之（1507—1560）和归有光（1507—1571）。当对唐诗复兴的追求因这种散文运动而开始退居次席时，维护唐诗的史称"后七子"的诗人团体出现了。第四个时期从公元15世纪末至明朝灭亡。在这一期间，诗歌只居次要地位，因为有才华的作者此时都专注于长篇小说和短篇小说的创作。

明初最让人耳目一新的诗人无疑是张羽（1333—1385），他与杨基（1326—1378后）、徐贲（1335—1393）、高启齐名，并称"吴中四杰"，同属"北郭十友"。从张羽按乐府诗风格写的《贾客乐》中，我们能清楚地看到经济关系的变化如何体现在明初的诗作当中。诗中商贾形象代表着无拘无束，该诗也流露出某种道家出世传统的色彩。自唐中叶以来对商贾的普遍贬低[1]，在这里更多地被某种羡慕所代替：

> 长年何曾在乡国，心性由来好为客。
>
> 只将生事寄江湖，利市何愁远行役。
>
> 烧钱酾酒晓祈风，逐侣悠悠西复东。
>
> 浮家泛宅无牵挂，姓名不系官籍中。

---

[1]　D. Holzman的The Image of the Merchant in Medieval Chinese Poetry（《中国中世诗歌中商贾的形象》），载R. Ptak（葡萄鬼）、S. Englert主编的Ganzallmählich. Aufsätze zur ostasiatischen Literatur, insbesondere zur chinesischen Lyrik（《东亚文学特别是中国诗歌论文集》），海德堡，1986年，第92—108页。

嵯峨大舶夹双橹，大妇能歌小妇舞。

旗亭美酒日日沽，不识人间离别苦。

长江两岸娼楼多，千门万户恣经过。

人生何如贾客乐，除却风波奈若何。[1]

　　徐贲的《贾客行》读起来亦是如此。诗中写的是商贾舟中的漂泊生活和他的富有，以及他不用缴捐税或服徭役。[2]张羽的《古朴树歌》[3]用的是传统题材，赞美古木的持久，即使曾经丧乱，也没受到损伤。除去对自然的持久仿照外，高启还在诗中描写了与忧愁为伴的退隐生活。[4]

　　第二个时期的最知名文人中有出身江西某没落贵族家庭的杨士奇（1365—1444）。杨士奇不仅是当时成功的政治家，也是知名诗人，又能作画，尤其擅长画竹。他早年丧父以及暂时被收养的经历无疑极大地影响了他的作品，被收养的这种情况在当时并不少见，而他自己在很长时间内对被收养一事并不知情。他的诗中特别有名的是那首估计于晚年时期所作的淡泊利禄的诗《题宝义堂》。[5]

---

[1] 张羽的《静居集》，《四部丛刊》三编本，卷二，第1页上；参见J. Chaves（齐皎瀚）的 *The Columbia Book of Later Chinese Poetry. Yüan, Ming, and Ch'ing Dynasties（1279-1911）*（《元明清中国诗歌哥伦比亚读本》），纽约，1986年，第82页。

[2] 《北郭集》，《四部丛刊》续编本，卷一，第7页上；参见J. Chaves（齐皎瀚）的 *The Columbia Book of Later Chinese Poetry. Yüan, Ming, and Ch'ing Dynasties（1279-1911）*（《元明清中国诗歌哥伦比亚读本》），纽约，1986年，第115页。

[3] 张羽的《静居集》，《四部丛刊》三编本，卷二，第3页上下；参见J. Chaves（齐皎瀚）的 *The Columbia Book of Later Chinese Poetry. Yüan, Ming, and Ch'ing Dynasties（1279-1911）*（《元明清中国诗歌哥伦比亚读本》），纽约，1986年，第83页。

[4] 《高太史大全集》（序于1371年；台北，1964年再版），卷四，第15页下—第16页上；另见J. Chaves（齐皎瀚）的 *The Columbia Book of Later Chinese Poetry. Yüan, Ming, and Ch'ing Dynasties（1279-1911）*（《元明清中国诗歌哥伦比亚读本》），纽约，1986年，第134页。

[5] 杨士奇的《东里全集》，《四库全书珍本》七集本，卷一，第28页上；另见J. Chaves（齐皎瀚），同上，第139页。

　　杨士奇推崇宋代的散文，其诗风朴素真实，文风简洁平易，推动了台阁体的产生。和许多中国诗人相同，他的诗虽更多的是闲时所作，但仍要作为工作的一部分来看待。值得肯定的还有他的编修工作，比如1416年，他参与编著了凡350卷的《历代名臣奏议》。政治上不如杨士奇灵巧的解缙（1369—1415）也是当时的重要诗人，曾官至内阁首辅，但最后下狱，家眷被流放辽东。

　　沈周（1427—1509）是中国最著名的画家之一，吴派最重要的代表，同时也是一位著名诗人。他不只教门生作画，也教他们作诗。[1]吴派的代表还有书法家兼诗人祝允明（1461—1527），因丑闻而多有争议，后来在民间成为传奇形象的唐寅（1470—1524），以及文徵明（1470—1559）。[2]他们在某些方面虽承袭唐诗，但总体还是受到更为冷静的宋诗的影响。

　　明诗新正统的建立与前后七子相关，他们以盛唐时期的诗为理想，宗法曾模拟唐诗的李东阳这样的前辈。前后七子的成员虽有着共同的拟古主张，但各有爱好，如"前七子"中最年长的王九思就非常喜欢唐代诗僧寒山的一些古怪作品，他的散曲几乎比他的诗还要出名。对李东阳效仿得最为严格的是李梦阳，他25岁左右开始追随李东阳。在唐代诗人当中，他主要以杜甫为宗，对杜诗的过度模仿使他自己的诗完全失去了个性。

　　李梦阳主要在北京为官，在公元16世纪的最初几年里，他算得上是当时京城举足轻重的年轻诗人，也是哲学家王阳明（1472—1529）的好友。晚年的李梦阳被证明是善辩的幕僚、批评家和教育家。重建朱熹修复过的，且

---

[1]　关于作为画家的沈周，见R. Edwards的The Field of Stones. A Study of the Art of Shen Chou（《石田：沈周艺术研究》），华盛顿，1962年；J. Cahill（高居翰）的*Parting at the Shore. Chinese Painting of the Early and Middle Ming Dynasty, 1368-1580*（《江岸送别：明代初期和中期的绘画（1368—1580）》），纽约，1978年，第82页及以下。
[2]　见J. Cahill（高居翰），同上，第211页及以下；R. Edwards的*The Art of Wen Cheng-ming*（1470—1559）（《文徵明的艺术》），安娜堡，密歇根州，1976年。

为儒家学院范式的白鹿洞书院，也是李梦阳的功劳。[1]为此，他曾撰写《白鹿洞书院新志》。虽然诽谤性的指控几次使李梦阳遭到贬谪，甚至被革职，但作为诗人，他仍逐渐变得知名起来。晚年，他还将自己的诗作和散文整理出版。除了李梦阳，"前七子"当中重要的作者还有何景明，他擅长各种诗体，是当时的作者中最为多面的。

"前七子"当中还有王廷相（1474—1544），他似乎对佛家学说颇有兴趣。在绘画方面，如同"前七子"中的其他几位，他更倾向于浙派，而非吴派。康海（1475—1540）同样是"前七子"的成员，与李梦阳和王九思是朋友。与王九思一样，康海更多因其杂剧和散曲而非因其诗作而闻名于世。"前七子"成员维系关系的基础，肯定是对唐诗的推崇，但同样重要的是他们之间密切的政治关系，这可能是他们结合起来的根本原因。但是他们之中也存在冲突，比如边贡（1476—1532），他是宦官刘瑾的反对者，而王九思和康海则被认为与刘瑾有某种关系。边贡喜爱唐代的新乐府诗，特别是白居易写的批评社会现实的那些作品，他的《运夫谣送方文玉督运》就是沿袭这种传统的例子。

明代有许多诗人其实是难以被归类的，杨慎（1488—1559）就是如此，他可能是16世纪最著名的诗人。杨慎虽出身名门，却因政治上的反叛而被谪往西南戍边。因为在那里投荒35年，他有关这个地区的记述不只有文学价值，而且还有历史和民俗学方面的重要价值。除去诗与诗论，他也作词和曲。此外，他是明代最重要女诗人黄娥（1498—1569）的丈夫。和杨慎同样，李开先也不好归类，他虽和某些被认为继承了诗学正统的诗人（如康海和王九思）是朋友，但他的诗作仍有独到之处。1541年，他与王廷相被一同卷进了皇家宗庙失火案，后回乡闲居，写作了许多文学作品，其中包括杂剧和诗歌，也包括画评。

---

[1]　见J. W. Chaffee（贾志扬）的Chu Hsi and the Revival of the White Deer Grotto Academy, 1197-1181 A.D.（《朱熹与白鹿洞书院的复兴（1197—1181）》），载TP（《通报》）第79期（1985年），第40—62页。

公元16世纪中叶，有诗人和批评家想复兴并沿袭以李梦阳为首的前七子的拟古纲领，后来被称为"后七子"。"后七子"之首是李攀龙（1514—1570）。李攀龙更多的是因为他所编撰的集子，而非他的文学作品而闻名。从1544年至16世纪50年代，他在当时的京城任职，但不久被削籍，从此过着家居的生活。前七子几乎都来自北方，而后七子的家乡都在南方。正因为有着这层关系，该团体在其成员早年于京城任职之时就已经认识了。除李攀龙之外，通常被算作"后七子"的还有谢榛，最年长的、同时也是七人精神领袖的徐中行（1517—1578）、梁有誉（1519—1554）、宗臣（1525—1560）、吴国伦（1524—1593）以及后来以诗论闻名的王世贞。

徐渭是当时最有独创性的书画家，风格奇纵恣意，成为后来者的模范。他也是一位优秀的戏曲作者，特别是他《四声猿》中所集的四种剧本，剧本中描写的女性有时比男性更加优秀。徐渭于1559年写成的《南词叙录》对我们认识南戏有着重要的意义。徐渭的诗虽没有受到特别重视，但仍对那些围绕在袁宏道周围的追求个性的晚明诗人有着重要的影响。实际上，徐渭的诗也是因为他们才被发掘的。袁宏道的这种新发现堪比门德尔松（Felix Mendelssohn Bartholdy）对巴赫（Johann Sebastian Bach）音乐作品的重新发现。徐渭的父亲是绍兴地区（在今浙江省）的官宦，他自己则曾任浙江总督胡宗宪的幕僚。在职期间，徐渭不只帮助总督取得了军事和策略上的成功，他代笔的《代进白鹿双表》为当时的皇帝所赏识，也使总督在京城名声大噪。如此看来，徐渭的仕途似乎会十分光明，但到了1565年，总督被革职后下狱，徐渭担心自己受牵连，自杀未遂。不久后，据说是因嫉妒发狂，他杀死了自己的妻子，因此被判死罪。后来死罪被免，徐渭在下狱七年后被释放。[1]

---

[1]　有关徐渭和他的机敏与幽默，在民间流传着许多故事，他因此也被称为中国的"捣蛋鬼提尔"。见H. S. Levy的*China's Dirties Trickster. Folklore about Hsü Wen-ch'ang (1521–1593)*（《中国最大的恶作剧能手徐文长（1521—1593）》），阿灵顿，弗吉尼亚州，1974年，第7页。

明代的散文

明代散文方面的重大发展主要是在长篇小说和中篇小说领域。明初，历史编撰和公文写作处于首要地位，当时亟须建立起行政制度，并对过去朝代的历史进行全面评价。这里首先要提及的是新儒家"金华学派"的代表宋濂（1310—1381）。明朝建立后，宋濂奉敕主修《元史》，与大部分"金华学派"的儒家学者同样，以古文体为宗，也用骈体撰写过几种作品。[1]在修史以及其他朝廷委任的正式工作之余，他还作有《浦阳人物记》。明初其他的重要散文家还有以文名世的刘基，以及与宋濂共同编修《元史》的王祎（1322—1373），两人都以古文见长。

明朝的统治稳固后，在公元15世纪，"台阁体"成为风行的文体。这种文体虽不是中世早期骈体文意义上的骈体，但也有讲究对仗的长句。这种文风主要与"三杨"相关，即前文已经提到的杨士奇以及杨荣（1372—1440）、杨溥（1372—1446）。然而，到了15世纪末就有许多作者反对这种文体，比如"前七子"，他们在诗歌方面以唐代为宗，在散文方面则取法秦汉。

针对"前七子"在散文方面的这种拟古倾向，也存在反对的力量，后者不认同这种对古代的不自然且缺乏真实感情的模拟。这些批评者中，有些推崇唐宋八大家的文体，而反对"前七子"的这种拟古的文体，但他们并不要求模仿八大家的文章，比如唐顺之、茅坤和归有光。而王世贞在反对"前七子"的同时，主张文没有外在的规范，与诗相同，文也必须出自作者的内在。以袁宏道及其兄弟的家乡命名的"公安派"，指的是16世纪末和17世纪初聚集在袁氏兄弟周围的作者群体，后来（主要是在20世纪），他们得到了

---

[1] 关于金华学派，见J. D. Langlois, Jr.（兰德璋）的Political Thought in Chin-hua under Mongol Rule（《元朝统治下的金华的政治思想》），载J. D. Langlois, Jr. 主编的China under Mongol Rule（《元朝统治下的中国》），普林斯顿，新泽西州，1981年，第137—185页。

高度的重视。这些作家注重自身的个性和内在的性情，反对拟古者的形式主义和严格。

对明清散文有着持久影响的是自1487年起成为科举考试标准文体的八股文。[1]这种文体对明代所有的文学尝试都造成了约束，进而造成了文体的贫乏，黄宗羲（1610—1695）对此曾表示惋惜。但事实上，这种文体的风行为文学新发展的产生创造了有利条件，并且直至20世纪，都持续影响着散文的写作。八股文因袭宋代被当作考试内容的经义的做法，但直至元朝恢复国家考试，对考试内容及形式进行约束，它才为科考文章的标准化（也包括形式上的）奠定了基础。

八股文普遍被认为产生于1386年。这年的考试根据《论语》第十六篇"季氏"第二章的"天下有道，则礼乐征伐自天子出"出题，应试者黄子澄就此题目作的文章包含八股文所有的特点。虽然这种文体的规范在1487年才被确定下来，此后也不是没有发生过变化，但他的这篇论文还是被认为是最早的以八股文形式写成的文章。其他著名的按照严格规范撰写文章的作者包括王鏊（1450—1524）、赵南星（1550—1627）和汤显祖。到了20世纪初，八股文虽然遭到许多力求文化革新的作家的极力反对。但也有些作家，比如周作人（1885—1967），将这种文体看作中国文学体裁发展中的顶峰。作为这种文体的推崇者，他们承袭了包括章学诚和焦循（1763—1820）这样的知名作家的传统。还有的作家甚至认为这种文体是对元杂剧的继承，只是如今把儒家的题目（而非想象的素材）当作研究对象。

无论如何，在16世纪的中国，认为练习写作八股文可以完整表达道德和文学修养的观点，是非常普遍的。把这种以经典为宗、以简洁风格写

---

[1] 关于八股文，见Ching-i Tu（涂经诒）的The Chinese Examination Essay. Some Literary Considerations（《中国八股文的文学性探讨》），载MS（《华裔学志》）第31卷（1975年/1974年），第393—406页。

就的文章叫作"时文"。看似没有道理，但当时受过教育的人完全不认为时文与古文有任何矛盾之处。对他们来说，八股文的教育是共同的经历，如果考虑到这点，这种叫法就有了合理之处。这种文体主要被用来考察在有压力的条件下，按形式上的严格要求，用对仗句式表达清晰的思想的能力。那么，那些出色地掌握这种文体的人，在其他方面也最可能取得成果，获得声望。

这里要指出的是，要求八股文的作者以古代圣贤的口吻说话，并没有导致这些人对古代范式盲目机械的模拟；相反，对经典熟练自如的把握，总是能帮助他们越过反讽和戏仿的边界。对八股文形式规范的注重也导致产生小品这种文学体裁，这些表面上与以前短的散文作品或以笔记这一体裁写成的作品相似的文章，在16世纪时构成了某种新的形式上严格但内容上比较随意的体裁。这些短文自16世纪末开始结集印行，是有意而创作的随笔。在这类作品中，作者主观的视角是决定性的，题材经常是奇闻逸事，使用双关语和不寻常的修辞手法。

受这种文体影响的不只是16世纪和17世纪的长篇小说，也包括游记，后者如徐弘祖（1587—1641，其号霞客更为知名）的作品，他遍访山川和朋友，所作《徐霞客游记》是中国游记写作的顶峰。[1]

民间文学集

许多元代和明代的诗歌，特别是词和散曲，在语言风格上近于口语，因而往往被看作民间文学。但如果仔细观察的话，它们其实是对民歌的模仿。某些作者的这种尝试实际反映了文化阶层与百姓间某种新的关系。

---

[1] 关于游记的体裁，见第360页及以下；关于《徐霞客游记》，目前的权威本是1980年上海的刊本；节译本，见李祁的 *The Travel Diaries of Hsü Hsia-k'o*（香港，1974年）。

明代有些学者对民间文学越来越感兴趣，不只是以前的民间故事集中或散落在类书和其他集子中的被认为属于民间文学的作品（比如志怪小说）会被搜集起来，某些学者还会直接辑录当时活生生的民间文学。这种工作承袭了以前的民俗学兴趣。这种兴趣曾经体现在宋以来的游记或关于中国边境地区的记述当中。这些16世纪民间诗歌的搜集者当中，最重要的应该算上文提到过的杨慎，但他编的《古今风谣》里的诗都是他从更早的书里采撷来的。约200年后，来自四川的李调元编了民歌集《粤风》，标志着系统地辑录民歌的开始。虽然吴淇（1615—1675）后来被证明是这些民歌的真正收集者，但文学民俗学的开端还是与李调元的名字联系在了一起。

以增补改订小说和写作戏曲名世的冯梦龙所辑的《山歌》，常常被认为是最早的民歌集。这本民歌集在1934年时才重被发现，里面包含的其实只是作者自己仿照民歌或受民歌启发而写的歌。[1]这本凡10卷的集子所辑的歌有383首，据说是冯梦龙于1609年后在他老家苏州搜集的，只有最后一卷的歌是来自安徽桐城。这些歌大部分是四句至五句，包含30～40字。只是最后几卷辑录了较长的超过百字的歌，其中最长的有差不多1400字，叫作《烧香娘娘》。[2]

这些歌大部分是情歌，其中包含色情内容，有些甚至是猥亵的。

许多歌开头把心爱的女子比作某种物件，而有些歌里，心爱的男子也被这样比喻，比如下面这首歌里是这样写的：

> 结识私情像气球，
>
> 一团和气两边丢。
>
> 姐道郎呀，

---

[1]　见C. Töpelmann的*Shan-ko. Von Feng Meng-lung. Eine Volksliedersammlung aus der Ming-Zeit*（《冯梦龙辑山歌：明代民歌集》），威斯巴登，1973年。

[2]　见C. Töpelmann的*Shan-ko. Von Feng Meng-lung. Eine Volksliedersammlung aus der Ming-Zeit*（《冯梦龙辑山歌：明代民歌集》），威斯巴登，1973年，第431—438页。

> 我只爱你知轻识重随高下，
>
> 缘何跟人走滚弄虚头。[1]

这些歌估计都不是真正的民歌，因为它们过于下流。[2]但这些自由的语言把民间社会当作它们生长的环境，较之社会上层，普通百姓在道德方面没有那么拘束。这些歌中，有的不是出自冯梦龙，而是取自朋友或以前的诗人，但这种情况总会被标示出来。在仿照民歌进行再创作或在搜集民歌时——后者是对民间语言的某种体察，冯梦龙不只限于民歌和故事，他也采集笑话，收录在《笑府》中。

比冯梦龙的民歌集还要早的是几种15世纪后半叶于北京刊印的刻本，1976年，它们才在上海的某座古墓中被发现。这些本子有些有名字，叫作"说唱词话"或"词话"，但里面既没有词也没有曲，其他相同的这类本子还没有被发现过。[3]它们有时看起来像唐代的变文，但我们却无法证明这两种形式之间是否存在实质的相关性。但没有疑问的是，我们应当把这些本子记录的内容看作后来的讲唱文学形式（比如清代的鼓词和弹词）的前身。这些内文是为吟咏或表演所作的、部分以旧本为底本的说唱文学，是明代白话文学的重要见证，指向的或许是某种久远的口头传承的历史。这些本子经常处理历史题材，所以在后面讨论小说前身的时候，还要再次回溯它们。事实

---

[1] 同上，第307页。

[2] 关于色情文学，见H. Franke（福赫伯）的概述: Chinesische erotische Literatur（《中国色情文学》），载G. Debon（德博）编的 *Ostasiatische Literaturen*（《东亚文学》），威斯巴登，1984年，第98—106页；另见R. H. van Gulik（高罗佩）的 *Sexual Life in Ancient China. A Preliminary Survey of Chinese Sex and Society from ca. 1500 B.C. till 1644 A.D.*（《中国古代房内考：中国古代的性与社会》），莱顿，1961年；晚近发现的关于此题目的文献，见D. Harper（夏德安）的The Sexual Arts of Ancient China as described in a Manuscript of the Second Century B. C.（《公元前2世纪的手稿中所描写的中国古代的性技巧》），载 *HJAS*（《哈佛亚洲研究学刊》）第47期（1987年），第539—593页。

[3] 见D. T. Roy（芮效卫）的The Fifteenth-Century Shuo-ch'ang tz'u-hua as an Example of Written Formulaic Composition（《明成化年间说唱词话作为书面的有固定格式的创作的范例》），载《中国演唱文艺研究会论集》第10期（1981年），第97—128页。

上，词话曾作为历史小说作者的底本，或者与历史小说采用了相同的素材，后一种情况的可能性往往更大。

今有上百种宝卷存世，它们的来历仍旧不明。[1]这些散韵相间的本子承袭了变文的传统，几乎都带有佛教色彩。由于与民间宗教关系密切，这些文本被正统观念所鄙视，有时甚至遭到批判或禁止，尽管它们并不怀疑既存的秩序。[2]已知的最早宝卷是《香山宝卷》，写的是某位不肯结婚的女子的故事，注明的成书时间是1103年[3]，书名估计是后来加的。作为体裁概念，宝卷的叫法估计在16世纪时才产生，刊本也自16世纪起才出现，而存世的抄本可能最早出自14世纪。

那些能看出地方特色的宝卷，是研究民间宗教的重要资料。这样的资料也证实，传统中国不存在（或只在很小程度上存在）主观意识上的阶级矛盾。宝卷实际延续着宗教群体为国家安康祈祷的古老传统，它们帮助维系旧秩序，尽管是出于该群体的宗教理想，而现实也开始被用理想来衡量。宝卷通常在家庭或小地方流传，并且是在特定的场合，有时会以插图或卷轴作为补充，由单个说唱者公开演出。这位说唱者通常还有其他职业，从父亲或叔伯那里学到相应的知识，并把这些知识传递下去的。尽管这种风俗曾在20世纪六七十年代遭到公开批判，但直至今日，仍在许多地方活跃着。

---

[1] 最好的专著是泽田瑞穗的《增补宝卷研究》（东京，1963年；1975年新版）；宝卷目录，见李世瑜的《宝卷综录》（上海，1961年）；另见傅惜华的《宝卷总录》，载《汉学论丛》第2期（巴黎，1951年），第41—103页。

[2] 关于宝卷与民间信仰关系的问题，见D. L. Overmeyer的Attitudes Toward the Ruler and State in Chinese Popular Religious Literature. Sixteenth and Seventeenth Century Pao-chüan（《对中国民间宗教文学中的统治者和国家的态度：公元16和17世纪的宝卷》），载HJAS（《哈佛亚洲研究学刊》）第44期（1984年），第347—379页；D. L. Overmeyer的Values in Chinese Sectarian Literature. Ming and Ch'ing pao-ch'üan（《中国宗教教派文学中的价值：明清宝卷》），载D. Johnson（姜士彬）等人主编的Popular Culture in Late Imperial China（《中华帝国晚期的民间文化》），伯克利，加利福尼亚州，1984年。

[3] G. Dudbridge（杜德桥）的The Legend of Miao-shan（《妙善传说》），伦敦，1978年。

32. 明代的小说

社会的危机和新的受众

唐末宋初，随着城市化的日益加深，以前就曾零星存在过的职业说话者和说话者行会开始出现。在当时的都市里，特别是在北宋都城开封以及后来人口过百万的南宋都城临安，找到有兴趣的听众。关于这些，最好的史料就是上文提到过的关于京城及其娱乐场所的记述。敦煌出土的唐代变文已经指向某种久远的讲说传统，其中，说话者还常用图画来说明。讲话的素材开始大多是宗教或历史故事，但宋代就已经有了多类说话者，他们或说爱情、公案、奇遇故事，或说灵怪故事。这些故事应该是以口头方式代代相传，也可能有过说话的底本，但都没能保存下来。

长久以来，最早记录下来的白话故事一直被认为是说话的底本。13世纪时的平话以及最早因16世纪时刊行的本子才变得可考的话本[1]，虽表现出

---

[1] 关于话本的概念，见J. Prüsek（普实克）的 *The Origins and Authors of the Hua-pen*（《话本的起源和作者》），布拉格，1967年；C. Birch（白芝）的 Some Formal Characteristics of the Hua-pen Story（《话本的若干形式特征》），载 *BSOAS*（《伦敦大学东方与非洲学院院刊》）第17期（1955年），第346—364页；Ch. J. Wivell的 The Term hua-pen（《话本的概念》），载 D. C. Buxbaum、F. W. Mote（牟复礼）主编的 *Transition and Permanence. Chinese History and Culture*（《变迁与恒久：中国历史与文化》），香港，1972年，第295—306页。

了书写的故事的某些特点，但并不是讲话者的底本，而是以某读者群体为对象，专为他们写的文学作品。开始时，只是面向那些购买力强的读者印行，印数不多且多数装帧华美。当时，居民中读书识字者的比例不过5%，最多不超过10%，潜在读者的数量本来就是有限的。汇聚在话本名下的作品，有时被看作是讲话者的底本，特别在20世纪上半叶，这种做法是为了使新的白话文学具有某种尽可能接近百姓的传统。

但可以肯定的是，用白话写下来的故事与城市里的说话者之间存在着某种关系。某些叙述技巧（如在情节要紧处结束回目，以及也见于明清长篇小说的某些叙述者的动作），可能与说话者本身的存在有关，但更有可能是后来补充的。那些支持白话故事与说话者所使用素材实际有着相对独立关系的论据是，虽然白话故事逐渐被运用到小说当中，但直至近世，说话者使用的底本都是用书面语而不是口语创作的。所以，不能将小说与市集上演述的故事同样看成当时社会状况的写照。

散文作品中处理的题材并不总是新的，它们往往来自更早的，有时甚至是非常早的底本，或是由其他体裁处理过的题材的综合。比如有些诸宫调把唐传奇搬上了舞台。同样，某些话本是以散文形式对杂剧加以概括，或是对用书面语写的小说进行加工。

白话文学中的白话极少指当时的口语。方言表达早就在文学作品中出现了，比如六朝的乐府诗。白话的成分也已经出现在如公元5世纪《世说新语》这样的作品里，然后还以各种形式，出现在敦煌重新发现的唐代本子中。受当时方言影响的还有禅师语录，以及仿照它们所作的哲学家朱熹的语类，后者是对朱熹的哲学以及当时口语的最重要记录。此外，口语的成分也出现在徐梦莘（1126—1207）所撰《三朝北盟会编》（序写于1196年）以及元杂剧的说白部分。[1]

---

[1] 白话文学史的经典叙述是胡适的《白话文学史》（上海，1928年；1986年再版），但只有上卷出版。

唐代大部分白话文本，比如敦煌出土的本子，都是为口头表演而写的。后来的白话文学，包括刊行的宝卷当中的大部分，几乎都是为案头阅读而写的。尽管如此，口语的倾向往往被看作是有益的。李渔就曾建议，在教妇女读书识字时，还是应当以传奇小说作为开始，"以传奇、小说所载之言，尽是常谈俗语"，即使只认识其中几个字，通常也能悟出其他的字来。当然，白话和文言间的边界总是模糊的，主要是两者遵循着同样的句法。根据对同样题材的不同处理，可以判断不同本子面向的受众是谁。一般来说，给教育程度较高的对象写的读本或戏曲底本，往往包含更多能产生距离感的成分，音乐色彩和抒情色彩更浓，且使用神话素材和典故；而给教育程度较低的对象所作的本子中，滑稽成分、惊奇成分和叙述成分要远多于抒情及音乐成分。

因而，白话文学中的白话指的不是口语，而是与口语相近的书面语。比如小说家冯梦龙，他是苏州上层社会中的一员，所以说的是属于吴语的苏州方言中上层社会所使用的变体。[1]另外，冯梦龙不只熟悉这种方言的变体，还掌握北方话，也就是当时通用的官话。这种染上了东南腔调的北方话，即所谓下江官话，是冯梦龙写作用的语言。因而，冯梦龙在不使用文言的时候，写的其实是北方话的某种相对标准的形式，而不是当时的亦或是当地的口语。所以，此处和下文提及的白话，实际指的是社会上层所使用的北方话的标准形式。较之用北方话的书面语形式创作的文学，用其他方言（比如吴语、闽南语或粤语）写的严格意义上的白话文学极少有传世。

总的来说，如果暂且不考虑迁都造成的方言影响的话，在中国古代，文言始终不变的传承对大部分文学作品具有决定性的影响。元朝统治时期废除科举考试的举措曾造成文言的间断，所以当时也有用某种间有口语的混合语写的铭文。文言是在19世纪末20世纪初之后的改革运动中，才逐渐被北方白话代替的。

---

[1] 冯梦龙掌握苏州方言，他自己用这种方言写过若干歌曲。

14世纪的《中原音韵》是早期的北方话标准化及推广的尝试。自16世纪起，女性读者数量增加，这对读者群的扩大应当起了不小的作用。针对唐以来对女性普遍的压迫，在唐时就已存在的反对潮流在明代再次壮大。吕坤（1536—1618）的《闺范图说》（序作于1590年）很好地反映了当时的情况。这部作品以当时社会上层女性为对象，体现出当时在女性问题上的某种新意识。这部著作以《列女传》为依据，其中的指示和说明可以证实：16世纪时的人们普遍喜欢读色情文学，生活闲散，且这并不限于社会上层。尽管如此，劝告和教训还是不断出现。阅读行为也因此受到影响，特别是在阅读风行的长江下游地区。

明初的文言短篇小说

明代后期的白话小说和古典小说同样承袭着以前的传奇和小说传统，无论这些小说是仍旧依附于历史故事，还是作为教化的工具，或是作为排解愁闷的文学而脱离了历史本身。自明代起，有关长篇小说和短篇小说形式间的区别的意识日益形成。晚明时期，冯梦龙曾指出两种形式之间的区别；他还把短篇小说与元杂剧、长篇小说与明代较长的杂剧传奇做了对比，借此说明这两种体裁的本质特征。短篇小说很难被删去任何一处，一旦删去，它就失去了根本；与短篇小说不同，长篇小说有总的叙述结构，其中包含许多单个的故事。

尽管有时会被排斥甚或被禁止，明初的有些模仿唐传奇的文言小说集仍然十分受欢迎。这里首先要提的是以散文和诗歌名世的瞿佑（1341—1427）所撰的《剪灯新话》（序作于1378年）。[1]这本集子以及后来类似集子中的

---

[1]　见H. Franke（福赫伯）的Eine Novellensammlung der frühen Ming-Zeit. Das Chien-teng hsin-hua des Ch'ü Yu（《明初的短片小说集：瞿佑的〈剪灯新话〉》），载*ZDMG*（《德国东方学会杂志》）第108期（1958年），第338—382页。

某些短篇小说，曾作为戏曲的底本或此后话本的底本，比如在冯梦龙或凌濛初的作品中。《剪灯新话》在日本的影响力几乎比在中国还大。在日本，它对高雅的消遣文学产生了深远的影响。仿效它所作的集子（它们的名字点出了这种关系）不少，包括李昌祺在谪役房山期间所作的凡21篇的《剪灯余话》。[1]李昌祺在《剪灯余话》中直言不讳地指出职权滥用的现状，或是进行道德的议论。总的来说，《剪灯余话》中的短篇小说具有更文学的游戏的性质，与《剪灯新话》里的短篇小说一样，它们似乎正是因为有时接近于不当的艳情故事，而在有文化的上层社会中特别受欢迎。邵景詹（生活于16世纪末）所撰的《觅灯因话》是对这两本集子的模仿，但几乎无名。[2]

这种消遣文学是如何风行，又是如何被厌恶，可以在1442年的这篇有关考试和教育事业的奏议中看出，其中论及《剪灯新话》的地方是这样写的：

> 近有俗儒假托怪异之事，饰以无根之言，如《剪灯新话》之类。不惟市井轻浮之徒争相诵习，至于经生儒士，多舍正学不讲，日夜记忆，以资谈论……[3]

这些有时被国家禁止的短篇小说是如此受欢迎，它们所用的题材被其他文学体裁所采用。比如，1627年，也就是李昌祺之后200年左右，凌濛初印行的短篇小说集《初刻拍案惊奇》中，采用了《剪灯余话》里的《芙蓉

---

[1] 见H. Franke的Zur Novellistik der frühen Ming-Zeit. Das Chien-teng yü-hua des Li Ch'ang-ch'i（《论明初的短篇小说：李昌祺的〈剪灯余话〉》），载*ZDMG*（《德国东方学会杂志》）第109期（1959年），第340—401页。
[2] 见H. Franke的Eine chinesische Novellensammlung des späten 16. Jahrhunderts. Das Mi-teng yin-hua（《16世纪末的中国短篇小说集：〈觅灯因话〉》），载*ZDMG*（《德国东方学会杂志》）第110期（1961年），第401—421页。
[3] 据H. Franke（福赫伯）的 Eine Novellensammlung der frühen Ming-Zeit: Das Chien-teng hsin-hua des Ch'ü Yu（《明初的短片小说集：瞿佑的〈剪灯新话〉》），载*ZDMG*（《德国东方学会杂志》）第108期（1958年），第338页。

屏记》。虽然篇幅长短从文言底本的不到2000字增加至白话小说的差不多7200字，但内容上没有根本变化，只有许多细节上的补充。[1]

话　本

明代的话本至少部分以文言底本为根据，这底本多为唐代和明初的传奇。《京本通俗小说》被证明是伪造后，在"三言"和"二拍"前的已知最早话本是《六十家小说》中的本子。洪楩的这六本集子出自16世纪中期。

曾有研究者尝试找出话本的沿革，并根据话本的出处，把它们分别归进以下三个阶段：[2]早期阶段晚至15世纪初；中期阶段晚至16世纪中期；而主要以冯梦龙和凌濛初为代表的后期阶段，时间大约晚至17世纪中期。虽然没有话本在第三个阶段之后流传，但这种确定话本来历的尝试并非没有意义。

在可能是最早的话本（但只能在后来的集子中看到）中，共有34种传世，其中22种出自元代，12种出自明代。这些早期话本的特点是情节集中在几个重要事件上，冯梦龙《醒世恒言》的第14篇可作为例子。这篇话本分成六部分：

周大郎之女周胜仙与范二郎某日在金明池游赏时相遇，两人无法直接交谈。这位姑娘思量道："若还我嫁得一似这般子弟，可知好哩。今日当面挫过，再来那里去讨？"于是，她借和卖水人争吵之际，说话给坐在旁边的范二郎听。她说道："……年一十八岁……我是不曾嫁的女孩儿。"

之后，这女孩儿害了病。家中请来隔家的王婆给孩子看病。王婆发现，

---

[1]　关于文言与白话本的关系，见H. Franke的Eine umgangssprachliche Erzählung und ihre schriftsprachliche Vorlage（《白话故事及其文言底本》），载*Wissenschaftl. Zeitschr. D. Karl-Marx-Univ. Leipzig*（《莱比锡卡尔·马克思大学科学杂志》）第9卷（1959年/1960年），社会学与语言学论丛，第5号。
[2]　见P. Hanan（韩南）的*The Chinese Vernacular Story*（《中国白话故事》），剑桥，马萨诸塞州，1981年。

这孩子的病是心病，是爱上了范二郎。于是，她说服女孩儿的母亲同意这门婚事。

后来，出门在外的父亲周大郎回到家中，他不同意这门婚事，不肯接受这样的女婿，"他高杀也只是个开酒店的"，女儿因此死去。

情节在这里明显间断，转而写暗行者朱真计划盗墓。他的母亲警告他，说他的父亲曾经掘坟，揭开棺材盖，忽然，尸首看着他笑起来，父亲吃了惊，回来后不久便死了。话本对这盗墓者有详细的描述，包括他是如何掘开这女孩儿的坟，盗走细软的。他这样对尸首说："小娘子莫怪，暂借你些个富贵，却与你作功德。"后来，他按捺不住，奸污了这女孩儿，这时，女孩儿睁开眼，把他抱住，估计是这女孩儿把他当成了自己牵挂的范二郎。

次年正月十五这天，女孩儿逃离这盗墓者的家，与范二郎相见。可是，后者把她当作鬼魂，失手打死。

范二郎被官府捉走，投进监狱。在狱中，范二郎梦见与女孩儿相见。最后，这掘坟之人被揭穿，神灵出现在审理本案的薛孔目的梦中，证实了已被判罪的范二郎的清白。

这篇话本的序简短，写的是太平年代闲暇时的娱乐活动。与后来的话本不同，这里没有实际指出是谁的罪过，也几乎没有道德或说教语气，只是暗示沉溺于感情容易导致灾祸。[1]

比之以往，中期阶段话本中商贾和店家出现的频率更高。南宋都城临安仍是最重要的故事发生地。这个时期的故事也是用经典传奇作为底本，但和以往的小说不同，除去戏曲底本，它们也用史书和传记，特别是以把此前学

[1] 同样知名的是《警世通言》第八卷写碾玉观音的故事。《京本通俗小说》所录此话本的德译本，见 *Die Jadegöttin. Zwölf Geschichten aus dem mittelalterlichen China*（《玉观音：中古中国故事十二种》），柏林，1977年，第329—349页；另见 Richard F. S. Yang（杨富森）的 *Eight Colloquial Tales of the Song*（《宋代白话小说》），第3—29页；P. Hanan（韩南）的 *The Chinese Vernacular Story*（《中国白话故事》），剑桥，马萨诸塞州，1981年，第33—36页。

者笔记当中的逸事当作底本。洪楩就是后一种情况。洪楩把自己看作《夷坚志》作者洪迈的后人，在辞去京城并不重要的职务后，于1545年回到杭州，专事校刊。也许洪楩首先重新印行了《夷坚志》，此外，他还刊刻了《書诗纪事》，重印了《文选》以及其他作品，但其中只有几种话本集是面对普通读者的。

在20世纪初，几种于16世纪纂辑的话本被发现，并以编者的号"清平"题作《清平山堂话本》，1957年谭正璧将其校注刊行。后来，随着更多故事被发现，这本1541年至1551年间辑成的集子被发现其最初标题为《六十家小说》，编者是洪楩。这名字是仿照不久前顾元庆（1487—1565）所辑的《广四十家小说》。但与洪楩的集子不同，后者采撷的是文言作品。《清平山堂话本》最初由6个单独的、各有作者的话本集构成，这本集子中的话本如今有29篇存世。1941年，诗人、文学史家戴望舒（1905—1950）又找到了这些单个集子的名字。这样，洪楩辑的这本集子重新被发现，自此，它可以被看作已知的最早的话本集。在它之后，又出现了众多其他的集子，但它们经常只是取来以前的集子中的故事稍作改动。

晚明故事的特点是"奇"。比如，旅行者没及时找住处歇息，最后精疲力竭，无法继续赶路，于是就近找个地方歇脚。歇脚处多半是破旧的寺庙或荒落的农家，然后就遇见了离奇的事。虽然叙述者表面上批评这种离奇，称其为离开正路，但多数作者私底下对这种事是喜欢的。这种离奇也包括对猥亵及色情内容的描写。这可以看作打破传统道德观念的尝试。在明代最后的几十年里，这样题材的小说开始多起来。[1]

---

[1] 见K. McMahon（马克梦）的 *Causality and Containment in Seventeenth-Century Chinese Fiction*（《公元17世纪中国小说中的诱惑与克制》），莱顿，1988年。

冯梦龙的三本集子以及凌濛初的两本集子是晚明最重要的话本集。[1]冯梦龙的话本集合称"三言"，和许多其他集子一样，有的刊本内含丰富的插图。每本集子包括话本40篇，全经冯梦龙仔细加工、校勘，并冠以题目。其中第一本，即《古今小说》，后来又名为《喻世明言》，在1620年至1624年间刊行；其余两本，即《警世通言》和《醒世恒言》，在1624年至1627年间刊行。此后不久，凌濛初辑成两本集子，统名为《拍案惊奇》。[2]第一本于

[1]　见J. L. Bishop的*The Colloquial Short Story in China. A Study of the San-yen Collection*（《中国的白话短篇小说：〈三言〉研究》），剑桥，马萨诸塞州，1956年；A Lévy的*Études sur troi recueils anciens des contes chinois*（《三部中国小说古辑本研究》），巴黎，1971年；P. Hanan（韩南）的*The Chinese Short Story. Studies in Dating, Authorship, and Composition*（《中国短篇小说：关于年代、作者和撰述的研究》），剑桥，马萨诸塞州，1973年；A. Lévy的*Inventaire analytique et critique du conte chinois en langue vulgaire*（《中国通俗话本小说分析与评论性目录》），3卷（巴黎，1978年，1979年，1981年）；P. Hanan（韩南）的*The Chinese Short Story. Studies in Dating, Authorship, and Composition*（《中国短篇小说：关于年代、作者和撰述的研究》），剑桥，马萨诸塞州，1973年。这些话本集属于最多被译成外语的中国文学作品。着重见H. Acton, Yi-Hsieh Lee（李宜燮）的*Four Cautionary Tales*（《四种醒世故事》），伦敦，1947年；Hsien-yi Yang（杨宪益），Gladys Yang（戴乃迭）的*The Courtesan's Jewel Box. Chinese Stories of the 10th–17th Centuries*（《杜十娘怒沉百宝箱：宋明平话选》），北京，1957年；C. Birch（白芝）的*Stories from a Ming Collection*（《明代小说选》），布鲁明顿，1958年；Chang Tsung-tung（张聪东）的*Ling Meng-chu. Chinesischer Liebesgarten. Der Abt und die geborene Wu und andere Erzählungen aus der Ming-Zeit*（《凌濛初的中国爱情花园：知观与吴氏及其他明代小说》），黑雷纳尔布，1964年；Tat-hang Fung的*Feng Meng-lung. Die schöne Konkubine, und andere chinesische Liebesgeschichten aus der Ming-Zeit*（《冯梦龙：美妾及其他明代中国爱情故事》），威斯巴登，1966年；Tat-hang Fung的*Feng Meng-lung, Ling Meng-chu, Neuer chinesischer Liebesgarten. Novellen aus den berühmtesten erotischen Sammlungen der Ming-Zeit*（《冯梦龙与凌濛初的中国爱情新花园：明代著名色情小说选》），图宾根，1968年；W. Dolby（杜为廉）的*The Perfect Lady by Mistake and Other Stories by Feng Menglong（1574–1646）*（《冯梦龙：钱秀才错占凤凰俦及其他故事》），伦敦，1976年；L. Bettin、M. Liebermann译的*Die Jadegöttin. Zwölf Geschichten aus dem mittelalterlichen China*（《玉观音：中古中国故事十二种》），柏林，1966年；A Lévy的*L'amour de la renarde*（《狐女之爱》），巴黎，1970年；Huan-yuan Li Mowry（李华元）的（《〈情史〉中的中国爱情故事》），哈姆登，康涅狄格州，1983年；J. Scott的*The Lecherous Academician and Other Tales by Ling Mengchu*（《凌濛初：好色的监生及其他故事》），伦敦，1973年。

[2]　见W. Baus的*Das P'ai-an Ching-ch'i des Ling Meng-ch'u. Ein Beitrag zur Analyse umgangssprachlicher Novellen der Ming-Zeit*（《凌濛初的〈拍案惊奇〉：明代白话短篇小说分析》），法兰克福，1974年。

1628年出版，叫作《初刻拍案惊奇》，第二本于1632年出版，叫作《二刻拍案惊奇》，以示区别。

冯梦龙是哲学家王阳明及其学说的追随者。他认为，文饰是没落的表现，并将《诗经》奉为理想。在前面提过的《山歌》的序里，他表示，文学在《诗经》中还是完全的。在他看来，只有民歌保存了自己的纯朴。这种观点肯定也影响了他对故事的选择。这些故事所取的题材或旧或新。有些话本似乎是他自己或是他的合作者所作。

他最重要的合作者包括席浪仙，《醒世恒言》中有若干篇出自他之手，包括第26篇，该篇写的是薛少府变成了一条鱼的故事。故事的核心来自唐传奇故事，写的是梦中做鱼。[1]和其他话本一样，故事以诗开头，然后介绍薛少府为官的经历，风格接近史书。若干插曲之后，写其同僚堂上饮酒，经几番周折终于找到合适的鱼佐酒，谁知这鱼恰好是薛少府所变，无论薛少府如何控诉和悲叹，其同僚都如不闻，只有读者明白这里头发生的事，哭笑不得。[2]

凌濛初与冯梦龙一样生长在太湖边上，也反对雕琢的文风。凌濛初在故事里评论诸如嗜赌、打猎以及解剖之类的行为，他以为这些行为多数是多余的，有损无益。[3]有时他的风格是简单的批评，间有讽刺的语气。与冯梦龙一样，他的话本多半有相似的结构：先是题目、开篇的诗以及议论，在用于渲染的故事之后才是主要的故事，最后还是以诗作为结尾。这种基本结构常因插叙以及叙述者的干预而得到扩充。这表明，作者想在一开始就

---

[1] 关于这部唐传奇，见A. Waley的*The Secret History of the Mongols*（《蒙古秘史》），伦敦，1963年，第70—72页。

[2] 《醒世恒言》，第二十六卷（香港，1958年），第534页及以下。关于这个故事，见A. Lévy的*Inventaire analytique et critique du conte chinois en langue vulgaire*（《中国通俗话本小说分析与评论性目录》），卷一、二（巴黎，1979年），第720页。

[3] 按固定程序规定验尸，包括尸体解剖，在中国有悠久的历史。见宋慈（1186—1249）所著《洗冤集录》，其中包括相应的要求和说明。英译本，见B. E. McKnight（马伯良）的*The Washing Away of Wrongs. Forensic Medicine in Thirteenth-Century China*（《〈洗冤集录〉：13世纪中国的法医学》），安娜堡，密歇根州，1981年。

调动起读者的好奇心。这也体现在题目中所使用的引发兴趣的表达，比如
"惹羞""遇虎""迷魂""生仇死报""乘乱聘娇妻""计""备棺迫活
命""智擒船上盗"等。

　　冯梦龙与凌濛初的集子很快便风行起来，所以也被其他编选者使用。无
名氏所辑《今古奇观》（序作于1638年）几乎全部是以这些集子为根据的。
这本选集里的话本不断被重印，并且很早便有了多种翻译，所以对中国短篇
小说在欧洲的传播有深远的影响。它们处理的题材包括离奇的爱情故事、神
鬼故事和非凡的壮举，这肯定有助于它们的流行。[1]晚明还有一部无名氏所
辑凡15篇的话本，集名为《醉醒石》。

　　与明末的话本集不同，以笠翁之号闻名的戏曲家李渔于1658年刊行的
《十二楼》中所辑故事，或是因文学之外的启发而自行创作，或是另有出
处。[2]所有故事中都有座楼，以前小说中的说教的语气在这里几乎全无。在
这些使用框形结构、最多分为六回的构造非常精巧的故事中，李渔的语言接

---

[1]《今古奇观》重要译本有：Le Marquis D'Hervey-Saint-Denys（德理文）的*Six Nouvelles Nouvelles*（《中国故事新六篇》），巴黎，1892年；E. Griesebach的*Kin-ku ki-kuan. Neue und alte Novellen der chinesischen 1001 Nacht*（《〈古今奇观〉：中国的〈天方夜谭〉中的古今小说》），斯图加特，1880年，再版题为《中国短篇小说选》（J. Tschichold编，巴塞尔，1984年）；F. Kuhn的*Wundersame Geschichten aus alter und neuer Zeit*（《今古奇观》），柏林，1938年；Tsiu-sen Lin（林秋声）的*Der Liebespfeil. Eine Geschichte aus Gin Gu Ki Guan*（《陈御史巧勘金钗钿》），柏林，1938年；E. Butts Howell的*The Inconstancy of Madam Chung, and Other Stories from the Chinese*（《〈庄子休鼓盆成大道〉及其他中国故事》），伦敦，1924年；E. Butts Howell的*The Restitution of the Bride, and Other Stories from the Chinese*（《〈裴晋公义还原配〉及其他中国故事》），伦敦，1926年；关于此选集的研究，见M. Cartier（贾永吉）的Le marchand comme voyager. Remarques sur quelques histoires die Chin-ku ch'i-kuan（《贾客：评〈今古奇观〉中的若干故事》），载*Études d'histoire et de littérature chinoises offerts au professeur Jaroslav Prusek*（《中国历史与文学研究——献给普实克教授》），第39—49页。关于F. Kuhn译作的中国版本，见H. Kuhn的*Dr. Franz Kuhn (1884–1961). Lebensbeschreibung und Bibliographie seiner Werke*（《弗朗茨·库恩博士：生平及其著作目录》），威斯巴登，1980年。
[2] 德译本，见F. Kuhn的*Die dreizehnstöckige Pagode. Altchinesische Liebesgeschichten*（《〈十二楼〉：古代中国爱情故事》），柏林，1939年；F. Kuhn的*Der Turm der fegenden Wolken*（《云彩塔》），法兰克福，1975年。

近文言的传统。故事的内容或是教化的，或是稍带有色情的。其中，李渔写了许多"离奇"的事，比如某秀士先后娶的妻室的丑态，或某开香铺的同性恋者的命运。

晚明话本中受欢迎的题材也包括公正法官的故事，且多半是以传奇法官包拯为中心的讼案故事。这种题材在元代和明代早期的戏曲中已经出现，其他体裁，比如明初的传奇和词话也从这些戏曲中取材。20世纪60年代晚期，一座15世纪的墓中出土了18种词话，其中有8种写的是包公。

公案小说集《百家公案》插图本于1594年在杭州印行，另有本子于1597年刊行。[1]这本集子的前19篇应为编选者安遇时所作，第30至第40篇及第72至第100篇出自另一名作者之手，第41至第71篇则为又一名作者所撰。除去其他公案小说集，这本集子也曾作为著名的、广为流传的《龙图公案》的底本，《龙图公案》同样包括百篇。[2]公案故事的内容常常围绕各种罪行展开，包括为官者的罪行、不守戒律的和尚的罪行，还有宦官的罪行，这些故事中描写的十六七世纪的世风是对其黑暗面的夸张。后来，荷兰的外交官兼东方学家高罗佩受此启发，拟公案小说的风格，使用其中的成分，创作了以狄公为主角的中国探案故事。[3]

[1]　P. Hanan（韩南）的Judge Bao's Hundred Cases Reconstructed（《百家公案考》），载HJAS（《哈佛亚洲研究学刊》）第40期（1980年），第301—323页。
[2]　见Y. W. Ma（马幼垣）的Themes and characterization in the Lung-t'u kung-an（《〈龙图公案〉的主题与角色考辨》），载TP（《通报》）第59期（1973年），第179—202页；W. Bauer（鲍吾刚）的The Tradition of the Criminal Cases of Master Pao Pao-lung-an (Lung-t'u kung-an)（《〈包公案〉〈龙图公案〉的传统》），载Oriens（《远东》）第23—24卷（1974年），第433—449页；Y. W. Ma（马幼垣）的The Textual Tradition of Ming Kung-an Fiction. A Study of the Lung-t'u jung-an（《明公案小说的版本传统：〈龙图公案〉研究》），载HJAS第35期（1975年），第190—220页。
[3]　比如R. H. van Gulik（高罗佩）的The Chinese Maze Murders（《迷宫案》），东京，1951年；R. H. van Gulik的The Chinese Bell Murders. Three Cases solved by Judge Dee（《铜钟案：狄公断案三种》），伦敦，1958年；R. H. van Gulik的The Chinese Gold Murders（《黄金案》），伦敦，1959年。

　　除公案小说外，在16世纪和17世纪的话本中，还有许多其他种类，这里特别要论及的是写爱情和鬼怪的话本。后者通常有三种角色和四种主要情节。三种角色分别是主人公（多半是未婚的年轻男子），化身为年轻女子的鬼怪、动物或死者的鬼魂，以及驱邪的法师（多半是道士），这些法师有可以祛除魔法的手段。四种主要情节是相遇、爱情、危险的征兆和法师的干涉。情节的发展多半是这样的：年轻男子春日到城外园林游赏，遇见年轻女子，一见倾心，并与之发生关系；不久，他发现这种关系危及了他的生命，于是找来道士；道士随后让女子现出原形。

　　在明代的话本之外，篇幅较长的小说不久便出现了。这种体裁自宋代起逐渐形成，至于它具体是如何形成的，今天只能部分地被重构。这种篇幅较长的小说也依赖在短篇小说中实验过的叙述技巧。

33. 古典长篇小说及其前身

平话与说话

虽然今天所见的中国古典长篇小说中较早的《三国志通俗演义》和《水浒传》的刊本是出自十六七世纪（当时正是它们兴盛之时），但人们普遍认为这些作品产生于1400年左右。长久以来，古典长篇小说都被认为源自宋代说话的传统，而以受过教育的读者为对象的平话，则可被视为古典长篇小说的前身。然而，对平话的仔细研究显示，古典长篇小说的发展在很大程度上独立于说话的传统，故事讲述者的视角是在较晚时期才被引入这种体裁之中的。

十三四世纪的平话（并不是所有这类作品的标题中都有"平话"一词）可能源自宋代的某种话本传统，当时，唐代用来教王子读书的、以历史事件为内容的诗被按年编次，并以解释和记述的文字相连成书。这些起到连接作用的文字多半不是取自刊印数量很少的正史，而是取自当时似乎非常流行的民间编撰的历史。平话这一体裁不久也开始接纳其他内容，除讲史之外，也出现了写其他内容的平话。[1]

中国最早的平话中有两种残本留在了日本，其中有一本名为《大唐三藏取经诗话》，写的是唐玄奘取经的故事，这部作品是16世纪长篇小说《西游记》的雏形。这本平话可能在13世纪，至迟在14世纪时就有刊本行世。无论是在内容上还是在形式上，这本平话都与其他已知平话不同，因为它实际上不是对历史的演述，而是由许多奇遇和奇迹故事连接而成的，有着浓厚的宗教色彩。这本平话把这次著名的旅行分成17回，每回长短不齐，形式上皆以诗结尾。

其他存世的平话都以中国历史事件为题材，比如出自14世纪上半叶的《三国志平话》[2]以及由若干平话组成的《五代史平话》。1321年至1323年间于建安（今福建省建瓯市）印行的平话集《全相平话五种》，今存于日本，除去《三国志平话》外，还包括《武王伐纣平话》《七国春秋平话》《秦并六国平话》[3]《前汉书平话》。最长的平话是出自14世纪初的《宣和遗事》，这部作品可算作野史，其内容叙述北宋衰亡的经过[4]，略具《水浒

[1]　见W. L. Idema（伊维德）的Some Remarks and Speculations Concerning p'ing-hua（《有关平话的若干评论与猜想》），载TP（《通报》）第60期（1974年），第121—172页，另刊印于W. L. Idema的*Chinese Vernacular Fiction*（《中国白话小说》），莱顿，1974年；A. E. Mclaren的Ming Chantefable and the Early Chinese Novel. A Study of the Chenghua Period Cihua（《明代说唱文学与早期中国小说：明成化说唱词话研究》），澳大利亚国立大学，博士论文，1983年。

[2]　见J. I. Crump（珂润璞）的Ping-hua and the Early History of the Sankuo Chih（《平话及〈三国志〉的早期历史》），载*JAOS*（《美国东方学会会刊》）第71期（1951年），第249—255页；A. E. Mclaren的Chantefables and the Textual Evolution of the San-kuo-chi yen-i, Part I（《花关索说唱词话与〈三国志演义〉版本演变探索》第1部分），载*TP*（《通报》）第71期（1985年），第159—227页。

[3]　见R. Ruhlmann（于儒伯）的On The Great Wall. Some Chinese Views of War, Aggression and Defense as expressed in a 14th Century Tale（《在长城上：公元14世纪的故事中体现的若干关于战争、侵略和防卫的中国的观点》），载*Études d'histoire et de littérature chinoises offerts au professeur Jaroslav Prusek*（《中国历史与文学研究——献给普实克老师》），巴黎，1976年，第259—273页。

[4]　A. Lévy却认为《宣和遗事》不是平话；参见Y. Hervouet（吴德明）主编的*A Sung Bibliography*（《宋代书录》），香港，1978年，第486页。

传》的雏形。[1]

　　所有这些平话都是辑文言文和白话文，掇拾成书，点缀以文件、信札或诗词。平话的文字是洗炼的，各种成分的拣选显然经过深思熟虑，无法在不损伤整体的条件下被简单略去。《武王伐纣平话》写的是纣王宠妃妖媚险毒、纣王之子助武王伐纣的故事。此话本是长篇小说《封神演义》的雏形，开始时枚举了此前的各朝各代，然后描写商朝的建立[2]，并间以记录和故事，比如写纣王与玉女相会，后者的美貌让纣王着迷，虽然玉女本为泥身，纣王却无法忘记，直至某夜玉女再次出现在纣王面前，与他说起话来。这个故事是《封神演义》中相似故事的蓝本，但后者故事中，这位女子不再是玉女，而是女娲氏。

　　从十三四世纪的平话中可以看出，当时白话显然已在各领域风行，不仅是在对禅师的言谈或理学家的论学记录中，民间编撰的史书以及词曲和公文中也是如此。同样的书坊，除去刊行部分装帧奢华、有时每页都有插图的话本，也印行其他的野史，所有这些书籍都以读书识字的读者特别是文官为对象。通过对单独的历史事件或更大的历史关联的再现，或是将这些作品置于道德教化文学的传统当中，平话变得与《太上感应篇》这样的作品一样[3]，

---

[1] 见W. O. Hennessey的The Song Emperor Huizong in Popular History and Romance. The Early Chinese Vernacular Novel Xuanhe yishi（《民间历史与文学中的宋徽宗：早期中国话本〈宣和遗事〉》），密歇根大学，博士论文，1980年；W. O. Hennessey的Proclaiming Harmony（《宣和遗事》），安娜堡，密歇根州，1981年；W. O. Hennessey的Classical Sources and Vernacular Resources in Xuanhe yishi. The Presence of Priority and the Priority of Presence（《〈宣和遗事〉中的旧籍材料与民间故事材料：优先的存在与存在的优先》），载CLEAR（《中国文学》）第6期（1984年），第33—52页。
[2] 见Ts'un-yan Liu（柳存仁）的Buddhist and Taoist Influences on the Chinese Novel 1. The Authorship of the Feng-shen yen-i（《佛道教影响中国小说考·第1集〈封神演义〉的作者》），威斯巴登，1962年。
[3] 关于同名的较早作品的宋代评论，见Y. Hervouet（吴德明）主编的A Sung Bibliography（《宋代书录》），香港，1978年，第370页及以下。

成为明初分发给军队和皇室的、装帧华丽的善书的前身[1]，也成为后来古典长篇小说的前身。在这些取材于平话的小说身上，已几乎看不出它们原来的平话色彩。出自16世纪的《钟馗全传》是个例外。这本小说在形式上（无论是章节的处理，还是以诗结尾的手法）与《大唐三藏取经诗话》极为相近。仅有的行世刊本被保存在日本，每页上三分之一是插图，其余为10行文字，每行17字。

在所有的文学体裁当中，无论是叙述类的还是戏曲类的，历史素材都占有突出地位，这种地位常体现在其题目中。于是，民间传说和神话传统，与根本上注重真诚和史实的教育精英的历史观点，常常会有重新的结合。[2]用已亡佚作品的题名来创作新作品的做法也相当时兴。比如1306年印行的徐天祜（1262年进士）所注的《吴越春秋》，这部作品辑录传说、片段和轶事，其中叙述的成分居于首要地位，虽然作者采用许多史书记录作为依据。[3]在这种或可称为伪史书的作品中，内容总是在表现历史人物的成败，当然，这些人物很少作为个体，多数是作为某一类型而出现。一如在舞台上，我们在历史小说中也可以找到程式化的角色，这些角色容易为读者或观者所熟悉，可以被轻易地认出来。除去王侯将相，英雄有着重要的地位。大部分的读者或观者显然特别容易对这样的形象产生认同。这些作品中也没有寻常的父亲和儿子角色，总是出现坏的或好的父亲，无耻的或

[1] 见酒井忠夫的Confucianism and Popular Educational Works（《儒家与善书》），载Wm. Th. de Bary（狄百瑞）主编的Self and Society in Ming Thought（《明代思想中的自我与社会》），纽约，1970年，第331—362页。
[2] 封建时期总体如此，虽然形式各不相同；关于明初的历史书写，见Hok-lam Chan（陈学霖）的The Rise of Ming T'ai-tsu (1368-98). Facts and Fictions in Early Ming Official Historiography（《明太祖（1368—1398）的兴起：明初官修历史中的事实与虚构》），载JAOS（《美国东方学会会刊》）第95期（1975年），第679—715页。
[3] 德文全译本，见W. Eichhorn（艾士宏）的Heldensagen aus dem unteren Yangtse-Tal (Wu-Yüeh ch'un-ch'iu)（《吴越春秋》），威斯巴登，1969年。

孝敬的儿子，诸如此类。[1]

　　尽管我们今天认为平话和话本都不是说话的底本，它们是给受过教育的读者写的，但这完全不会降低对职业说话表演者的重要性。根据图画资料，说话的伎艺估计早在唐以前便产生，宋朝时特别盛行。[2]这至少可以通过当时对京城的某些描写而得知，这些记录对我们了解当时的娱乐场所也是重要的。

　　笔名罗烨的作者所作或所辑的《醉翁谈录》，最初可能是给说话表演者的底本，其中罗列了许多说话的题目。由这本估计出自元代的作品当中，我们可以推知，当时说话有不同的流派，它们通常专门演说某类故事。[3]说话的内容应多为父子间或兄弟间的口耳相传，或许也有秘不外传的底本存在，但我们对此一无所知。完全有可能的是，说话表演者有时把诸如变文这样的文字当作自己演说的底本。

---

[1]　见R. Ruhlmann（于儒伯）的Traditional Heroes in Chinese Popular Fiction（《中国通俗小说中的传统英雄》），载A. F. Wright（芮鹤寿）主编的The Confucian Persuasion（《儒教》），斯坦福，加利福尼亚州，1960年，第141—176页；关于公元20世纪的长篇小说中英雄形象以至英雄类型的连续性，见Joe C. Huang的Heros and Villains in Communist China. The Contemporary Chinese Novel as a Reflection of Life（《反映生活的当代中国小说》），伦敦，1973年。

[2]　对说话的传统于宋朝以前很早已产生的看法的批评，见Yau-woon Ma（马幼垣）的The Beginning of Professional Storytelling in China. A Critique of Current Theories and Evidence（《职业说话在中国的开端：当前理论及证据批评》），载Études d'histoire et de littérature chinoises offerts au professeur Jaroslav Prusek（《中国历史与文学研究——献给普实克教授》），巴黎，1976年，第227—245页。关于小说与说话的关系，另见P. Hanan（韩南）的Sung and Yüan Vernacular Fiction. A Critique of Modern Methods of Dating（《宋元白话小说：现代考订年代方法的批评》），载HJAS（《哈佛亚洲研究学刊》）第30期（1970年），第159—184页，及W. L. Idema（伊维德）的Storytelling and the Short Story in China（《中国的说话与话本》），载TP（《通报》）第59期（1973年），第1—67页，刊印于W. L. Idema的Chinese Vernacular Fiction（《中国白话小说》），莱顿，1974年。

[3]　见G. Foccardi（傅卡迪）的Lo Yeh. The Tales of an Old Drunkard（《罗烨：〈醉翁谈录〉》），威斯巴登，1981年。

文官的古典长篇小说

晚明的长篇小说不只脱胎于十三四世纪的平话，这些小说的作者于短篇小说之外，也采用史书以及元与明初杂剧中的素材。[1]这些作品折射出了明代盛衰之世情。16世纪，由外观之，中国社会较为太平，弘治（1488—1505）、正德（1506—1521）、嘉靖（1522—1566）和万历（1573—1620）四朝相继。同时，这个世纪的中国社会也经历了许多激烈的内部论争，文官阶层的政治化或许只有两宋之交时的程度要深。这种发展与当时经济的繁荣，与居民数量的迅速增长密不可分，所以要区分不同的作者和读者的群体。近世的研究者指出，这些小说实为文人小说，并非是供普通读者阅览的。但无论面向哪种读者，小说题材往往是相同的。[2]

对这些长篇小说的产生具有促进意义的是教育领域的诸种变化，包括教育的普及，特别是书院的建立，这些书院很快成为培育国家行政机构接班人的最重要场所。受教育者数量的增长意味着读者群体的扩大，加上由文官及其候补官员构成的文化环境（这种环境诞生于一个繁荣的、迅速变化中的社会），这是理解中国古典长篇小说所必须考虑的背景。此外，王阳明的新哲学也影响了小说的创作。他的哲学继承了陆九渊的心学，吸取了许多禅学成分，影响遍及全国。

除了自我意识的提高以及新的宗教观念，造成当时文坛活跃局面的是些世俗的因素，比如印刷术和图书业的发达。知识分子的思想态度不只体现在长篇小说中，也反映在绘画和书法中。各种艺术形式的共同点是它们都带

---

[1]　关于中国的长篇小说，见鲁迅的《中国小说史略》（北京，1959年）；R. E. Hegel 的 *The Novel in Seventeenth-Century China*（《中国17世纪的小说》），纽约，1981年；Y. W. Ma（马幼垣）的 The Chinese Historical Novel. An Outline of Theme and Contexts（《中国历史小说：主题与语境述要》），载 *JAS*（《亚洲研究杂志》）第34期（1975年），第277—294页。

[2]　见 A. H. Plaks（浦安迪）的 *The Four Masterworks of the Ming Novel. Ssu ta ch'i-shu*（《四大奇书》），普林斯顿，新泽西州，1987年，重点见第5—52页。

有一种讽刺的态度。这既出现在陈洪绶（1598—1652）的某些画作中，也出现在当时许多文学作品当中。在当时，上一个世纪的"台阁体"遭到了普遍的反对。尽管如此，八股文虽然后来遭到了诸如黄宗羲和顾炎武等人，以及《儒林外史》和《红楼梦》等作品的讥讽，但在16世纪，八股文始终被视为文学能力和道德素养的体现，是当时散文领域的时风。

　　明代四部最重要的长篇小说在16世纪时都有抄本和刊本行世，并已具备后来定本之大部，这绝非偶然。在此之前，当然有过对这些题材的各种处理，但这样形式的，特别是这样长度的小说，在16世纪之前似乎是没有的。小说对题材带有批判性和讽刺性的处理方式，也是新颖的。当然，不是晚明的所有长篇小说都是如此，所以也曾有人建议将《三国演义》《水浒传》《金瓶梅》《西游记》单独归为一类。即使不是如此，在讨论十六七世纪的长篇小说时，这四部作品也总要居于首要地位。

　　当时暂无其他可与之媲美的作品，直至约一百五十年后，《儒林外史》《红楼梦》刊行，才可与之齐名，并称"六大经典小说"。[1]若以"四大奇书"而论，它们主要面对的是城市中的读者，因此，我们可以称之为小说，虽然西方的这些体裁概念很难被移用于这些白话长篇叙事作品中。这些小说多次被节译或全译成多种欧洲语言，且主要是因弗兰茨·库恩（Franz Kuhns）的译法相当自由的译本而传于欧洲。吴承恩（约1500—约1582）的《西游记》初因亚瑟·威利（Arthur Waley）的译本为西方读者所识，但要待余国藩（Anthony C. Yu）才有了完整的英语译本。16世纪的长篇历史小说与后来的长篇小说一样，屡被加工增删，以致同样的题名之下常有若干迥异的本子存在。中国的"四大名著"也是如此。

---

[1]　见C. T. Hsia（夏志清）的*The Classic Chinese Novel. A Critical Introduction*（《中国古典小说》），纽约，1968年；德译本，有*Der klassische chinesische Roman. Eine Einführung*（法兰克福，1989年）。

一如明代多数由许多片段构成的，或只是简单连接成的长篇小说，描写公元3世纪历史事件的《三国志通俗演义》的起源也可追至唐代，虽然其最古的行世本子出自16世纪。[1]14世纪的《三国志平话》或许是后来的《三国演义》的底本。[2]其最早的行世本子，也许也是最早的刻本，是嘉靖年间的《三国志通俗演义》，此本所依据的是被认为由罗贯中（约1330—约1400）所撰的《三国演义》。虽然罗贯中的本子至初次印行可能已经经过了多次加工，但我们还是要认为此本为罗贯中的作品。《三国演义》之外，还有其他作品被认为是罗贯中所撰的，包括下文要论及的《水浒传》的部分以及若干其他的历史小说和戏曲底本。[3]

撰写《三国演义》时，罗贯中依据的是《三国志平话》或某部相近的作品，削去了许多在他看来不可信的东西，又拾取了许多其他描写三国时代的史书中的段落。除此之外，他还采用了陈寿的《三国志》以及裴松之的注。这本小说以浅近文言写成，包括许多历史记载和诗文，清楚地表现出了此时的文学作品转而面向那些只多少识些字的读者的发展趋势。16世纪的刊本分为240回，后来的刊本也是如此，比如1591年的插图本；17世纪

[1] 该长篇小说注重完整性的译本，见C. H. Brewitt-Taylor（邓罗）的*San Kuo, or Romance of the Three Kingdoms*（《三国演义》两卷），上海，1925年；Nghiem Toan, Louis Ricaud的*Les trois royaumes*（《三国演义》三卷），西贡，1960—1963年；巴黎，1987年新版）；节译本，见F. Kuhn的*San Kwo Tshi（Die Drei Reiche）*（《三国演义》），柏林，1940年；后以*Die Schwurbrüder vom Pfirsischgarten*（《桃园结义兄弟》）为题刊行（科隆，1953年）。

[2] 见A. E. Mclaren的Ming Chantefable and the Early Chinese Novel. A Study of the Chenghua Period Cihua（《明代说唱文学与早期中国小说：明成化说唱词话研究》），澳大利亚国立大学，博士论文，1983年；J. I. Crump（珂润璞）的P'ing-hua and the Early History of the San-kuo Chih（《平话与〈三国志〉的早期历史》），载*JAOS*（《美国东方学会会刊》）第71期（1951年），第249—256页；B. L. Riftin（李福清）的*Problems of the Development of the Chinese Historical Narrative*（《中国历史叙事的发展的诸问题》），莫斯科，1964年。

[3] 见Ts'un-yan Liu（柳存仁）的On the Authenticity of the Historical Romances of Lo Kuan-chung（《论罗贯中历史小说的真伪》），载Ts'un-yan Liu的*New Excursions from the Hall of Harmonious Wind*（《和风堂散策新集》），莱顿，1984年，第212—288页。

时，又经毛宗岗修改（约1679年），分为120回，并加以评语。

小说的情节始于汉朝的衰亡。汉帝的远支皇族刘备，与其结义弟兄——曾为地主兼酒商的张飞和曾是亡命好汉的关羽，决意共同扑灭黄巾军，保卫汉室。起义被镇压后，肆无忌惮的将军夺取了权力，其中就包括后来成为刘备主要敌手的曹操，其子曹丕建立了曹魏。除曹魏外，还有刘备建立的蜀汉，以及位于东南地区的吴国。三国夺取统治地位的争斗构成了这本小说的主题。刘备在小说中被认为是汉室合法的继承者，其成功却取决于足智多谋的诸葛亮的辅助。120回中有70回主要是在写诸葛亮的事迹。

清代学者曾屡屡指摘《三国演义》既不与史实相符，以至于不能被当作史书，也并非充满想象力，以至于不能成为好的文学。章学诚曾评价说《三国演义》是"七实三虚"。总的来说，这部作品和许多其他作品一样，常常成为被争论的对象。胡适就认为《三国演义》的作者及其修改者、编辑者均是来自乡下的普通儒生，既非文学的天才也非卓越的思想家，这不但是他自己的代表性观点，也是他对中国文学传统的代表性态度。与此不同，其他学者视《三国演义》为此类作品中的旷世佳作，并以蒋大器所作《三国志通俗演义序》为依据，其注明的写作时间是1494年（其真实性实有疑问）。该序这样写道：

> 前代尝以野史作为平话，令瞽者演说，其间言辞鄙谬，又失之
> 于野，士君子多厌之。若东原罗贯中以平阳陈寿传，考诸国史，自
> 汉灵帝中平元年，终于晋太康元年之事，留心损益，目之曰《三国
> 志通俗演义》。文不甚深，言不甚俗，事纪其实，亦庶几乎史。[1]

---

[1] 《三国志通俗演义》，万历本，中国国家图书馆，序，第6页上—第7页下；见 C. T. Hsia（夏志清）的 *The Classic Chinese Novel. A Critical Introduction*（《中国古典小说》），纽约，1968年，英文本第38页及以下，德文本第53页及以下。

指出平话与瞽者之间的关系，这虽然是后世的发明，但该序还是准确地点出了这部作品的特点：更加远离以公开演说或场景表现为条件的体裁。把《三国演义》称为史诗而不是小说估计会更合适。顾路柏（Wilhelm Grube，1855—1908）就将其称为中国的"民族英雄史诗"。同时，他还指出这本小说的另外一个特点，即它描绘了中国历史上朝代的反复更替。相应地，小说里的角色和情节为后来处理这种现实及其价值导向提供了范式。

对历史或伪历史事件的文学加工与后来的政治行动的关系，在另一部古典长篇小说《水浒传》中体现得尤其清楚。在某些起义活动中，它几乎被奉为经典。[1]《水浒传》写的是北宋末年（约1125年）某伙强盗的事迹。[2]自初次刊行后，它便不只供消遣，直至近世，它依然是公共讨论以及批评和审查的对象。

一如《三国演义》，《水浒传》也是历史演义，但不同的是，《水浒传》所写之事几乎完全是虚构的，且其语言也和当时的口语更为接近。脱脱主编的《宋史》中只有关于宋江等36人的零星记载：他们开始时所向披靡，官兵中无敢抗者，后被招降，并于1121年与官军同讨方腊。对这帮人的最早演绎见于14世纪初的《宣和遗事》，此后，经多次加工改写，故事变得更加丰满，起义者人数最后增至108人。

16世纪中叶，今存最古的《水浒传》小说本子刊行。之后在1614年，

---

[1] 见J. Chesneaux（谢诺）的The Modern Relevance of Shui-hu chuan. Its Influence on Rebel Movements in Nineteenth-and Twentieth-Century China（《〈水浒传〉的现代意义：其对公元19和20世纪中国反抗运动的影响》），载Papers on Far Eastern History（《远东历史论集》）第3卷（1971年），第1—25页。

[2] 全译本有S. Shapiro（沙博理）的Outlaws of the Marsh（《水浒传》三卷），北京，1980年；J. Dars（谭霞客）的Shi Nai-an, Luo Guan-zhong. Au bord de l'eau（《水浒传》两卷），巴黎，1978年；部分近乎改写而非严格迻译的节译本，是P. S. Buck（赛珍珠）的All Men Are Brothers（《四海之内皆兄弟》），纽约，1933年；F. Kuhn的Die Räuber vom Liang Shan Moor（《梁山泊的强盗》），莱比锡，1937年。

120回本刊行。[1]金圣叹（1608—1661）将此本改成70回本，只保留120回本的前71回，并把头回改作楔子。《水浒传》以此70回本传播最广。两种本子的区别主要在于起义的结局。在120回本中，好汉最后全部死去，在70回本中，他们最后相聚，发誓忠于彼此，捍卫自己宏伟的理想。

这本小说的前因与产生相当复杂，但还是可以指出以下节点：在金代和南宋时，以传说和故事形式存在的素材被不断扩充，北方杂剧已取材于此。元末明初南方有说有唱的词话催生出最初的小说本子，其中还增加了征辽的内容。16世纪末，这一小说本子又有更多的补充，但也开始有删节。1600年左右，产生了改订的本子，后来成为该小说最初的完整本。如上所述，这个本子在17世纪中再次被加工，主要是删减，小说结尾被修改了。工于诗歌的金圣叹[2]除批点此书外，还批点了《西厢记》。他与李贽（1527—1602）、袁宏道的看法一致，将《西厢记》《水浒传》《庄子》《史记》《离骚》《杜工部集》并称为"六才子书"。《水浒传》当然只是众多历史长篇小说中的一部，但其地位肯定是最高的。这些小说将奇遇和军事活动放在中心位置，但对描写史实不再有兴趣了。这些以战争和英雄为题材的文学的产生过程十分漫长，例如《说岳全传》也是如此，从这些过程中，我们可窥知体裁的细分和融会，以及后来特色的形成和古典长篇小说的产生。[3]

在明末，《水浒传》的故事显然为世人所乐道，以至于陈忱（1613—约

[1] 关于《水浒传》流传历史的研究，有R. G. Irwin的*The Evolution of a Chinese Novel. Shui-hu-chuan*（《一部中国小说的演变：〈水浒传〉》），剑桥，马萨诸塞州，1953年；R. G. Irwin的Water Margin Revisited（《重新审视〈水浒传〉》），载*TP*（《通报》）第48期（1960年），第393—415页；A. H. Plaks（浦安迪）的Shui-hu-chuan and the Sixteenth-Century Novel Form. An Interpretative Analysis（《〈水浒传〉与公元16世纪小说的形式》），载*CLEAR*（《中国文学》）2.1（1980年），第3—35页。
[2] 见John C. Y. Wang（王靖宇）的*Chin Sheng-t'an*（《金圣叹》），纽约，1972年。
[3] 见C. T. Hsia（夏志清）的The Military Romance. A Genre of Chinese Fiction（《军事传奇：中国小说体裁一种》），载C. Birch（白芝）主编的*Studies in Chinese Literary Genres*（《中国文学体裁研究》），伯克利，加利福尼亚州，1974年，第339—390页。

1670）受此启发创作了《水浒后传》。[1]一如其他长篇小说，《水浒后传》也只能放在时代背景下去理解。这部在明代灭亡后最终于清代写成的小说，在某种意义上产生于明遗民无法实现的希望，他们让部分梁山好汉在海外建立基业。为了掩饰作者的身份，避免产生任何忠于明朝的嫌疑，小说的作者注明续写于明代。这本凡40回的小说，续120回本第119回中所记李俊之事：

> 且说李俊三人竟来寻见费保四个，不负前约，七人都在榆柳庄上商议定了，尽将家私打造船只，从太仓港乘驾出海，自投化外国去了，后来为暹罗国之主。童威、费保等都做了化外官职，自取其乐，另霸海滨，这是李俊的后话。[2]

写好汉去往海外建立基业，更多的是一种权宜之法，但对陈忱来说，其实是一种新的可能。当时，远走海外是完全现实的，忠诚的臣民在海外建国，这种想法对经历了明朝瓦解和消亡，但并未放弃对其忠诚的志士来说，应当极具魅力，甚至使他们神往。在创作这部作品时，陈忱不只受到了《水浒传》中某些章回的启发，也受了其他作品，特别是短篇小说的影响。

长篇小说美化历史人物的一个例子是晚明的《英烈传》。[3]一如多数中国的长篇小说那样，这部作品有不同的题名和版本，其中最长者被认为是明代诗作家、学者徐渭所作。这部作品把明初大臣刘基写得神通广大，书中的

---

[1] 见E. Widmer（魏爱莲）的 *The Margins of Utopia. Shui-hu houchuan and the Literature of Ming Loyalism*（《乌托邦的边缘：〈水浒后传〉与明遗民文学》），剑桥，马萨诸塞州，1974年。
[2] 施耐庵的《水浒全传》（北京，1954年），一百一十九回，第1793页。
[3] Hok-lam Chan（陈学霖）的 *Liu Chi (1311–1375) in the Ying-Lieh Chuan. The Fictionalization of a Scholar-Hero*（《〈英烈传〉中的刘基（1311—1375）：一名学者英雄的演义》），载 *Journal of the Oriental Society of Australia*（《澳大利亚东方学会会刊》）第5卷（1967年），第25—42页。

刘基不仅有超自然的能力，而且还是兵法家、术士，能未卜先知。中国的历史小说常以诸如此类的美化手段将英雄形象及其代表的道德原则介绍给广大读者。另外，恰恰是因为这些作品，中国社会才被全面儒家化。

在《英烈传》中既有关于刘基的史料和逸事，也有其他的素材。背景是明朝的兴起，刘基作为明朝建立者朱元璋的幕僚为之献计献策。故事以刘基因蒙古统治者没有对自己的功绩给予应有的肯定而弃官隐居开始，他宣称自己是元世祖忽必烈最信重的幕僚刘秉忠（1216—1274）之孙。某日，刘基见某处岩壁崩裂，想进时，有声音道洞中全是猛兽，但刘基却不在乎。他穿过裂缝，来到洞中，在石室中发现一本书，经道教专家指点，得知这本书是治国之书。此后，刘基凭借从书中得到的能力，完成了非凡之举。《英烈传》不只直观地表现刘基的形象，也旨在为明朝正名。其中多数回目在之前的小说或道家传说中均可找到前身。

历史小说特殊的一类是侠义小说，多依晚明以来的旧本刊行。[1]其中也包括钱彩编次的凡80回的长篇小说《说岳全传》。小说写的是传奇宋将岳飞（1103—1142）率军抗击金兵的故事，这个题材之前很久就曾在民间文学和戏曲中多次被处理过。[2]

虽由历史事件出发，《封神演义》更多还是神魔小说，该书涉及许多宗教观念和传说素材。《封神演义》凡百回，写的是殷周斗争和武王伐纣。[3]长久以来，许仲琳被认为是它的作者，但如今可以肯定的是，它的作者是晚明道士

---

[1]　见C. T. Hsia（夏志清）的The Military Romance. A Genre of Chinese Fiction（《军事传奇：中国小说体裁一种》），载C. Birch（白芝）主编的Studies in Chinese Literary Genres（《中国文学体裁研究》，伯克利，加利福尼亚州，1974年。

[2]　见J. Degkwitz的Yue Fei und sein Mythos. Die Entwicklung der Yue-fei-Saga bis zum Shuo Yue quanzhuan（《岳飞及其神话：岳飞的传说至〈说岳全传〉的发展》），波鸿，1983年。

[3]　关于《封神演义》，见W. Grube（顾路柏）的节译本Feng-shen-yen-i. Die Metamorphosen der Götter. Historisch-mythologischer Roman aus dem Chinesischen（《〈封神演义〉：中国的历史神话小说》），莱顿，1912年；另见Ts'un-yan Liu（柳存仁）的Buddhist and Taoist Influences on Chinese Novels, vol. 1. The Authorship of the Feng-shen yen-i（《佛道教影响中国小说考·第1集〈封神演义〉的作者》），威斯巴登，1962年。

陆西星（1520—1601？）。后者同时谙识儒家思想，晚年时则倾向于佛教。写《封神演义》时，他以元代《武王伐纣平话》为依据，并广泛地采集其他材料（主要是佛教和道教传说）。故事以苏妲己为中心。纣王娶之为妃，但妲己死在了途中。为纣王所渎而心存怨恨的女娲命狐精幻作其状以害纣王，狐精助纣为虐，终引发动乱。后武王兴兵诛之，交战之中，神佛错出，有助殷者，有助周者。最后，幻作苏妲己的妖怪被神杀死，战争中有功者被封神。

16世纪中还出现了熊大木（约1506—约1579）编撰的若干历史长篇小说。[1]此外还有长篇小说《钟馗全传》广为流传，[2]其作者至今无法确定。钟馗为驱妖逐邪之神，在民间深受喜爱，这也体现在扬州画派代表、以手指作画著称的高其佩（1672—1734）的半仪式行为中，据载，他每年五月五日五时会为钟馗像点画眼睛。同样出自16世纪的是凡20回的《平妖传》，[3]该书后经冯梦龙增补。冯梦龙还于1627年后将余邵鱼编写的《列国志传》改编成《新列国志》。17世纪，蔡元放又将其改编成《东周列国志》刊行。

出自晚明的还有小说《南游记》《东游记》《北游记》[4]《西游记》，只十几年后，便被汇集成《四游记》。小说以章回形式，混合神话和历史成份，其中，《四游记》与吴承恩百回本《西游记》内容大体相当，由此引发

---

[1] 见W. L. Idema（伊维德）的Storytelling and the Short Story in China（《中国的说话与话本》），载TP（《通报》）第59期（1973年），第1—67页，刊印于W. L. Idema的Chinese Vernacular Fiction（《中国白话小说》），莱顿，1974年第158页及以下。

[2] 译本，见Cl. du Bois-Reymond的Dschung-kuei. Bezwinger der Teufel（《驱妖逐邪的钟馗》），波茨坦，1923年；D. Eliasberg的Le roman du pourfendeur de démons（《打鬼者的小说》），巴黎，1976年。

[3] P. Hanan（韩南）的The Composition of the P'ing-yao zhuan（《〈平妖传〉著作问题之研究》），载HJAS（《哈佛亚洲研究学刊》）第31期（1971年），第201—219页；德译本，见M. Porkert（满晰博）的Luo Guangzhong, Der Aufstand der Zauberer. Ein Roman aus der Ming-Zeit in der Fassung von Feng Menglong（《明长篇小说、罗贯中的〈平妖传〉（据冯梦龙增补本）》），法兰克福，1986年。

[4] 见G. Seaman的Journey to the North. An Ethnohistorical Analysis and Annotated Translation of the Chinese Folk Novel Pei-yu-chi（《〈北游记〉：一部中国民间小说的民族历史学分析及注译》），伯克利，加利福尼亚州，1987年。

了关于两种作品关系的讨论，但尚无定论。[1]

　　吴承恩的神魔小说《西游记》是中国最受欢迎的长篇小说之一，主要写了孙悟空和玄奘西天取经途中经历的"八十一难"。取经队伍还包括猪八戒、沙和尚和白龙马。[2]这部小说的寓意可以概括为：要分辨正邪真伪，见恶必除，除恶务尽。这部小说及其前身受到了僧徒对唐代玄奘前往天竺取经的记录的启发。虽然吴承恩被认为是《西游记》的作者，其百回本却非出自其手，而是最早产生于17世纪后半叶。在对这部小说的出处和前身的研究中，孙悟空的形象当然得到了特别关注，开始时，他估计只是保护唐僧去往天竺取经的年轻和尚，在小说中却占有举足轻重的地位。[3]

　　百回本《西游记》可分为长短不一的五部分：

---

[1]　见G. Seaman的*Journey to the North. An Ethnohistorical Analysis and Annotated Translation of the Chinese Folk Novel Pei-yu-chi*（《〈北游记〉：一部中国民间小说的民族历史学分析及注译》），伯克利，加利福尼亚州，1987年，第5页及以下。

[2]　最重要的译本，有Anthony C. Yu（余国藩）的*The Journey to the West*（4卷，芝加哥，1977—1983年）；W. J. F. Jenner的*Wu Cheng'en. Journey to the West*（《吴承恩：〈西游记〉》3卷），北京，1982—1986年；其他译本有A. Waley的*Monkey*（伦敦，1942年）；德译本有*Monkeys Pilgerfahrt*（苏黎世，1974年），后再版改题为*Wu Ch'eng-en, Der rebellische Affe. Die Reise nach dem Westen*（《吴承恩所著〈叛逆的猴子〉：〈西游记〉》），莱因贝克，1961。重要的研究，有Ts'un-yan Liu（柳存仁）的*Wu Ch'eng-en. His Life and Career*（《吴承恩评传》），载*TP*（《通报》）第43期（1967年），第1—97页；Anthony C. Yu的*Heroic Verse and Heroic Mission. Dimensions of the Epic in the Hsi-yu chi*（《英雄的诗句与英雄的使命：〈西游记〉中的史诗维度》），载*JAS*（《亚洲研究杂志》）第31期（1972年），第879—897页；Anthony C. Yu的*Narrative Structure and the Problem of Chapter Nine in the Hsi-yu chi*（《〈西游记〉的叙事结构与第九回的问题》），载*JAS*（《亚洲研究杂志》）第34期（1975年），第295—311页；R. Campany（康儒博）的*Demons, Gods, and Pilgrims: The Demonology of the Hsi-yu chi*（《妖怪、神和朝圣者：〈西游记〉的妖怪学》），载*CLEAR*（《中国文学》）第7期（1985年），第95—115页。

[3]　见Ts'un-yan Liu的*The Prototypes of Monkey*（《〈西游记〉的原型》），载*TP*（《通报》）第40期（1964年），第55—71页；G. Dudbridge（杜德桥）的*The Hundred-Chapter Hsi-yu chi and Its Early Versions*（《百回本〈西游记〉及其早期版本》），载*AM*（《亚洲专刊》）新刊第14期（1969年），第141—191页；G. Dudbridge的*The Hsi-yu chi. A Study of Antecedents to the Sixteenth-Century Chinese Novel*（《公元16世纪中国小说〈西游记〉前身研究》），剑桥，1970年。

前7回写孙悟空出世得道，大闹天宫，后为如来所降；

第8回写如来造经，观音访僧，其间，也见到了玄奘后来的弟子；

第9回至第12回记玄奘父母遇难及玄奘复仇、魏徵斩龙、唐太宗游地府还阳后命做水陆大会、玄奘应诏西行；

第13回至第97回写玄奘往西天取经之事，一行人经历了"八十一难"；

第98回至第100回写玄奘等拜见如来，取得真经，东返成真。如来道："圣僧，汝前世原是我之二徒，名唤金蝉子。因为汝不听说法，轻慢我之大教，故贬汝之真灵，转生东土。今喜皈依，秉我迦持，又乘吾教，取去真经，甚有功果，加升大职正果，汝为旃檀功德佛。"[1]

几乎与玄奘同时代，还存在三种对其西天取经的记录，但之后的公元7世纪至13世纪，基本没有记述三藏法师传说形成的文字。可被视为后来百回本前身的最初本子见于13世纪，尽管我们无法确定直接关系。根据图像资料，我们可以肯定的是，于文字记载外，还存在以三藏法师为题材的叙述传统。对此题材的文字处理的较早证据，是一本较古的《西游记》残本，某些学者称之为初稿。此残本见于始辑于1403年、成于1408年的《永乐大典》，但后者自身也只有残本传世。[2]

《西游记》的续书，则有学者、诗人并曾出家为僧的董说（1620—1686）增订其父初稿《西游补》，于明亡前刊行（1641年）。[3]书中描写鲭

---

[1] 参见Anthony C. Yu（余国藩）的 *The Journey to the West*（《西游记》4卷），芝加哥，1977—1983年，此处为卷四，第425页。

[2] 《永乐大典》卷131—39所录参本中的情节与百回本《西游记》第十回中的情节相仿。见G. Dudbridge（杜德桥）的 *The Hundred-Chapter Hsi-yu chi and Its Early Versions*（《百回本〈西游记〉及其早期版本》），载*AM*（《亚洲专刊》）新刊第14期（1969年），第167—169页。

[3] 译本见Shuen-fu Lin（林顺夫）、L. J. Schulz的 *The Tower of Myriad Mirrors. A Supplement Journey to the West, by Tung Yüeh*（1620-1686）（《万镜楼：董说撰西游补》），伯克利，加利福尼亚州，1978年；关于作者，见F. W. Brandauer（白保罗）的 *Tung Yüeh*（《董说》），波士顿，马萨诸塞州，1978年。

鱼精迷惑孙悟空入梦幻，最后也想用这种办法来捉住玄奘。这本小说虽叙述枝蔓，但构造巧妙，堪称佳作。其魅力既在于该书对《西游记》及其他作品的多种多样的指涉，也在于对孙悟空经历的神话的、梦幻的且常是讽刺的描写。晚明还有长篇小说《西洋记》，作者是此外几乎无名的罗懋登（约1600年前后在世）。[1]小说写的是郑和下西洋之事，之前已有明代杂剧和其他民间文学体裁对该故事有过加工。

历史题材的长篇小说常常包含真实的或虚构的历史，叙述英雄、将领和大臣的事迹。与此不同，长篇小说《金瓶梅》的书名是由小说中三名女性角色的名字各取一字而成，是一部描摹城市中产阶级生活的世情小说。[2]小说以北宋灭亡为背景，描写了西门家的兴衰，以见世态之炎凉。由于时间关

---

[1]　见J. J. L. Duyvendak（戴闻达）的A Chinese Divina Commedia（《中国的〈神曲〉》），载TP（《通报》）第41期（1952年），第255—316页；J. J. L. Duyvendak 的 Desultory Notes on the Hsi-yang chi（《〈西洋记〉随笔》），载TP（《通报》）第42期（1953年），第1—35页；R. Ptak（葡萄鬼）的Cheng Hos Abentuer im Drama und Roman der Ming-Zeit（《明代戏曲与小说中郑和的历险》），斯图加特，1986年；R. Ptak的Hsi-Yang Chi-An Interpretation and Some Comparisons with Hsi-Yu chi（《〈西洋记〉：一种解读及若干与〈西游记〉的比较》），载CLEAR（《中国文学》）第7期（1985年），第117—141页。

[2]　译本有O. Kibat、A. Kibat（祁拔兄弟）的Djin Ping Meh. Schlehenblüten in goldener Vase（6卷，汉堡，1967—1969年；1987年再版）；C. Egerton的The Golden Lotus（4卷，伦敦，1939年）；最古传世本《金瓶梅词话》的译本，是A. Lévy的Fleur en fiole d'or（2卷，巴黎，1985年）。德语区最知名的译本，仍旧是F. Kuhn的Kin Ping Meh, Oder die abenteuerliche Geschichte von Hsi Men und seinen sechs Frauen（莱比锡，1930年）。关于《金瓶梅》最重要的研究，是P. Hanan（韩南）的The Text of the Chin P'ing Mei（《〈金瓶梅〉版本及其他》），载AM（《亚洲专刊》）新刊第9期（1962年），第1—57页；P. Hanan的The Sources of the Chin P'ing Mei（《〈金瓶梅〉探源》），载AM（《亚洲专刊》）新刊第10期（1963年），第23—67页；P. Hanan 的 Introduction to the French Translation of Jin Ping Mei cihua（《法译〈金瓶梅词话〉序言》），载Renditions（《译丛》）第24期（1985年），第109—129页；K. Carlitz（柯丽德）的Puns and Puzzles in the Chin P'ing Mei. A Look at Chapter 27（《〈金瓶梅〉中的双关语和谜语》），载TP（《通报》）第67期（1981年），第216—239页；V. Cass（邓为宁）的Revels of a Gaudy Night（《俗丽之夜的狂欢》），载CLEAR（《中国文学》）4.2（1982年），第213—231页；K. Carlitz的The Rhetoric of Chin p'ing mei（《〈金瓶梅〉的修辞》），布鲁明顿，印第安纳州，1986年。

系，小说作者可以吸取《水浒传》中的成分，主要是对宋徽宗时朝廷腐败的
描写。

虽然使用众多材料，并选取此前小说中的成分，但《金瓶梅》中的情
节和角色的刻画基本是独立展开的。汲取的成分经常只为完成某种特定的
目的，比如选用民歌来抒发行为者的感情。《金瓶梅》标志着中国长篇小
说达到了新的层次，与《三国演义》《水浒传》不同，它不再是旧的故事
的混合体。

《金瓶梅》最早传世本的序中，题兰陵笑笑生著，这肯定是假名。
关于作者身份，一说是学者王世贞，一说是作家兼画家徐渭，但这些推断
都站不住脚。该书写作时间的考证则相对可靠，即写于1582年至1596年之
间。该书初次印行于1610年或1611年，但这个本子没能流传下来。最早的传
世本在20世纪30年代才重新被发现，这一传世本出自1616年以后的几年中，
题名《金瓶梅词话》。书名里的"词话"或是因作品中使用的白话，或是因
作品中使用的歌谣。万历时期的刊本间杂许多民歌，后来的刊本，包括今天
流行最广的17世纪末张竹坡（1670—1698）的评刻本，略去了这些成分。值
得注意的是，张竹坡评刻本包含了张竹坡本人所作的对《金瓶梅》的解读。[1]

小说作者在开始时就采用了巧妙的手法。引子中写道，史上伟大的男子
常常依恋美貌的女子，以至于无法自拔。之后，小说以《水浒传》中的情节
作为开始，宋徽宗时期宋江手下的好汉、武大的弟弟武松出场了。但作者没
有过多描写武松和其他好汉的事迹，而是很快地就将目光投向小说主角潘金
莲，她为了嫁给西门庆而害死了自己的丈夫武大。武大死后，作品着重描写

[1] 见D. T. Roy（芮效卫）的Chang Ch-p'o's Commentary on the Chin Ping Mei（《张
竹坡对〈金瓶梅〉的评点》），载A. H. Plaks（浦安迪）主编的*Chinese Narrative.
Critical and Theoretical Essays*（《中国叙事文：批评与理论文汇》），普林斯顿，新
泽西州，1977年，第115—123页。张竹坡评点译文，见*Renditions*（《译丛》）第24期
（1985年），第63—101页。关于张竹坡的《金瓶梅》解读，见D. L. Rolston主编的
How to Read the Chinese Novel（《如何读这本中国小说》），普林斯顿，新泽西州，
1990年。

西门庆及其妻妾，特别是潘金莲的风流韵事。西门庆因药铺和丝绸生意家道昌盛，他行贿得官，交通权贵，周旋士类，结交宦官。通过行贿，他逃脱税捐，破坏国家对盐的专营。伴随其权力扩张的，是对女性的追求和占有，继而使得妻妾因嫉妒而发生激烈冲突。西门庆先后娶潘金莲和李瓶儿为妾，家中六名女子间因争宠出现了各种阴谋。

小说假西门庆的阴谋勾当以及他对地方事务的干涉，描摹了万历年间的世态。不可否认的是，西门庆的角色暗指某位当权者，小说描写其贪赃枉法以斥时事，借六名女子的形象以遣官吏。西门庆堕落的表现使他不久便依赖方药，并在33岁时淫纵暴卒。西门庆死后，他的妻子成为主人，赶走家中的某些成员，但潘金莲仍与西门庆的女婿私通，直至不久后被杀。

作者在第87回时才回到《水浒传》中武松杀死潘金莲为兄报仇的情节。结末稍近，写西门庆之妻经普净和尚指点，知遗腹子孝哥实为西门庆托生，遂使出家，以弥补其父的罪过，自己收丈夫生前小厮于膝下。小说结尾处指出北宋山河支离，并再次表明，其中描写要结合当时国家的状况来读。最终，恶有恶报，善有善报。

《金瓶梅》的基调虽是教化的，却因"猥亵"成分而屡次被禁，或只以"净化"的本子传世。其淫秽成分也体现在关于王世贞的逸事中。据称，他为杀严世蕃以报父仇，知其好读淫秽之书，遂将毒置于每页书稿中，这样，严世蕃在迅速读完这本暗中送至其手中的书稿后，便中毒身亡。

在中国，性自古就得到重视，被认为与宇宙间的因素有直接关系。及至13世纪，介绍房中术的书仍旧盛行。此后几百年儒家的过分拘谨，造成了对这种古老的自由的压抑，也导致性的内容此后要着教化的外衣出现，比如后面要论及的李渔的《肉蒲团》，但这些书的刻本中的插图，仍足以引发读者的想象。17世纪的艳情小说，比如《株林野史》[1]和《昭阳趣

---

[1]　F. K. Engler的*Dschu-lin yä-schi. Ein historisch-erotischer Roman aus der Ming-Zeit*（《〈株林野史〉：明代历史色情长篇小说》），汉堡，1971年。

史》[1]，也要结合这样的背景来读。

　　小说种类的多样与明中叶以来居民不同娱乐需求的日益分化相符合，到18世纪以前，中国社会保持着繁荣的态势。随着以更广泛的读者为对象的短篇小说和长篇小说的出现，文学的概念也在发生变化。这对文学理论的爱好者造成了挑战，他们中的有些人还只专注于更严格的样式和更古老的文学，有些人则对新的事物完全持开放的态度。

---

[1]　F. K. Engler的*Der Goldherr besteigt den weißen Tiger. Ein historisch-erotischer roman aus der Ming-Zeit*（《〈昭阳趣史〉：明代历史色情小说》），苏黎世，1980年。F. K. Engler另有译作*Aprikosenblütenhimmel. Erotischer Roman über die Schlafzimmerkunst aus China*（《〈杏花天〉：中国关于房中术的长篇小说》），慕尼黑，1984年。关于色情文学的重要知识与材料，见R. H. van Gulik（高罗佩）的*Sexual Life in Ancient China*（《古代中国的性生活》），莱顿，1961年。

34. 因时而变还是效法古代

文学为整体的概念的解体

中国的历史上，在效法古代的时期之后，总会出现自觉本身独特之处并因时而变的时期。比如西汉的东方朔就认为，他的时代正处在文化发展的顶峰。这样的看法总还具有某种赞颂的味道，即肯定当前的状态以至当下的统治者。有时，这种赞颂中也包含某种讽刺。某些赞颂也明显包含着劝告色彩，比如《文选》第四十九卷所辑干宝的文章，其中就强调了东晋时的繁荣以及当时所取得的成就。

此外，何为古，何为范式，人们对这一问题的看法并非不变。比如挚虞在其《文章流别集》中称汉以前的作者为古，他主要是指《诗经》中的作者和屈原。在唐代，建安时期的诗人即为古，而宋代又以盛唐诗人为古。

在"法古"的观点之外，总有这样的看法，即任何时期相对其他时期都是一种变化，因而人们要求事物应当符合自己，要有自己的美学，而音乐总被用来说明这种变化。事实上，古代的统治者就已依具体的情况来改变音乐了。同时，在文学领域，总有观点认为某些形式只在某些时期盛行。比如明代胡应麟在《诗薮》中就提出诗在唐代已穷尽，这样词和曲才得以兴起。汉以前，"变化"还没有被等同于"变坏"，但此后，变化的概念便常与没落和衰败相连。古时已有相应的观点可依，比如《左传·襄公二十九年》中认为体现秩序与和谐的歌才是美的。

但汉亡后，关于固定秩序的信念就被严重动摇，特有规律，尤其是个体的风格受到肯定，不再被视为对国家秩序的危害。这些个性主义思想的萌芽不久又被遏止，以宇宙论为根据的美学假定凡文学皆为有秩序的世界的反映，并由此建立起一种诗学的基础。这种诗学认为文学包含"道"，这种观点在早期以柳宗元和韩愈为代表的、视诗文为文学组成部分的古文运动中达到高峰。之后，理学为其提供了理论基础，这体现在宋代以来的许多诗学专著中。这些15世纪末至18世纪初提出的理论均受到了严羽《沧浪诗话》的影响，无论它们是赞同还是反对严羽的观点。[1]

关于如何对待传统，汉末以来，其实所有可能都被尝试过。每个时代都可有自身的文学成就，虽与古代相异，但仍可自立，持此种观点者几乎各个时代都有，但只是少数而已。在这个问题上，体裁的多样性是一个特别的问题。在实践中，人们实际无法总是保持文学的整体性，所以要为每种体裁和样式的独特性找出新的理由。比如李东阳曾尝试将诗文加以区别，只取形式为标准，而不评骘高低。按他的理论，具备某些音乐方面的性质的文均可称为诗。在《怀麓堂诗话》中，他反对黄庭坚"诗文各有体，韩以文为诗，杜以诗为文，故不工耳"的观点，但也承认，他那个时代的作者不懂得如何写诗，他们缺少写诗的能力。于是，自15世纪起，文学又出现新的分化，诗的

---

[1] 见R. J. Lynn（林理彰）的The Talent Learning Polarity in Chinese Poetics. Yan Yu and the Later Tradition（《中国诗学中的才学倾向：严羽和后期传统》），载*CLEAR*（《中国文学》）第5期（1985年），第157—184页；R. J. Lynn（林理彰）的 Alternate Routes to Self-Realization in Ming Theories of Poetry（《明代诗学中自我实现的交替路径》），载S. Bush、Chr. Murck主编的*Theories of the Arts in China*（《中国的艺术理论》），普林斯顿，新泽西州，1983年，第317—340页。

相对地位提高了。

作为这种新的评价的根据，李东阳还指出，《诗经》为后世之楷模，后世诗"不过为排偶之文而已"。他虽赞赏唐代的诗人，特别是杜甫，但不主张效仿。他认为诗应有独立之存在，进而想使诗脱离与宇宙秩序之间的关系，乃至教诲的责任。其他作者（如李梦阳）也有类似的尝试，但这些尝试没有使诗获得解放，而是使诗与文分离，以至于古文运动和理学的思想家要求的文学之整体再次面临解体。

直至清代，才有新的研究观点出现。当时，有作者重拾黄庭坚的批评，比如吴乔在他的《围炉诗话》中认为，李白和杜甫的文不是真正的文，欧阳修和苏轼的诗也不是真正的诗。

法古还是求新

十五六世纪的文学几乎为复古运动所左右，其代表皆宗李梦阳"文必秦汉，诗必盛唐"[1]之言，其领导者是已提及的前后七子。

唐时，复古指复归秦汉散文的质朴，这里主要是指诗歌的复古。"文必秦汉，诗必盛唐"是对该运动目标最精练的概括。有些作者，比如"前七子"的代表何景明，甚至提出了唐后无诗的说法。李攀龙的《古今诗删》也是这种态度的表现，其中未辑任何宋元时的诗。

对复古者来说，在诗的领域，盛唐是楷模。他们遭到其他诗人和理论家的反对，在这些人看来，这种复古是盲目的拟古。这种反对在以袁宏道及其兄弟为代表，由钱谦益（1582—1664）持续至清初的公安派中体现得最明

---

[1]　《明史》，卷二百八十六，第7348页。

显。[1]在公安派看来，宋诗胜于唐诗，因为前者少求形式的完备，多重性情的抒发。主要有两种作品引起了这些反复古者的反感，即严羽的《沧浪诗话》和高棅的《唐诗品汇》，后者是复古者的理论和实践指南。

这种复古的观点在明初因朱元璋正名的需要而变得更加坚定。对法规和准绳的需求让诸如高棅《唐诗品汇》这样的作品有了生长的土壤。高棅是闽中十才子之一，闽中十才子的领袖林鸿渴望复归黄金时代的唐代，并希望剔除元代诗歌领域里的异端。比如，《唐诗品汇》的《五言古诗叙目》中有这样的话：

> 诗莫盛于唐，莫备于盛唐，论者惟李、杜二家为尤，其间又可
> 名家者十数公……此皆宇宙山川英灵间气，萃于时以钟乎人矣。[2]

按高棅的看法，诗人与其诗风是相同的，即使两者皆拘泥于时代风气。这里体现出与当时其他诗学理论的某种相似性，这些理论也都认为诗是性情的直接抒发。[3]

在这种贵盛唐的运动之外，另有以诗来实现自我的观点，但多数明初的诗人，比如高启，在复古和抒发性灵之间选择了折中的态度。而杨维桢与何孟春（1474—1536）这样复古运动的先驱必须算在这些诗人之内，后者的《余冬诗话》明显表现出了对宋诗的喜爱。以各自观点而论，杨维桢似乎与贵唐者差别不大，他也把诗看作性情的吐露。不同的是，他强调诗人在创作

---

[1] 见A. Lévy的Un document sur la querelle des anciens et des modernes more sinico（《袁宗道论古文与时文之争》），载*TP*（《通报》）第54期（1968年），第251—274页。

[2] 高棅的《五言古诗叙目》，载《唐诗品汇》（上海，1982年再版），第6页下—第7页上；参见R. J. Lynn（林理彰）的Alternate Routes to Self-Realization in Ming Theories of Poetry（《明代诗学中自我实现的交替路径》），载S. Bush、Chr. Murck主编的*Theories of the Arts in China*（《中国的艺术理论》），普林斯顿，新泽西州，1983年，第321页。

[3] 同上，第321—324页。

中的自主，承认每个时代、每个作者都自然有其独特之处，比如他在《李仲虞诗序》和《张北山和陶集序》中说：

> 诗者，人之情性也，人各有情性，则人有各诗也，得于师者，其得为吾自家之诗哉？[1]

> 诗得于言，言得于志，人各有志，有言以为诗，非迹人以得之者也。[2]

他认为，评诗与评人的标准是相同的："人有面目骨体，有情性神气；诗之丑好高下亦然。"[3]

公安派的表现主义

公安派以其代表袁宗道（1560—1600）、袁宏道和袁中道（1570—1626）出自公安（在今湖北省境内）而得名。[4]代表作家还有陶望龄（1562—1609）、江盈科和黄辉（1553—1612）。有的作家把他们看作当时

---

[1]　杨维桢的《李仲虞诗序》，载《东维子文集》，《四部丛刊》本，卷七，第2页下；参见R. J. Lynn（林理彰）的Alternate Routes to Self-Realization in Ming Theories of Poetry（《明代诗学中自我实现的交替路径》），载S. Bush、Chr. Murck主编的 Theories of the Arts in China（《中国的艺术理论》），普林斯顿，新泽西州，1983年，第329页。

[2]　杨维桢的《张北山和陶集序》，载《东维子文集》，《四部丛刊》本，卷七，第3页上；参见R. J. Lynn，同上，第329页。

[3]　杨维桢的《赵氏诗录序》，载《东维子文集》，《四部丛刊》本，卷七，第1页下；参见R. J. Lynn，同上，第329页。

[4]　关于公安派，见Chih-p'ing Chou（周质平）的Yüan Hung-tao and the Kung-an School（《袁宏道与公安派》），剑桥，1988年；M. Vallette-Hémery的Yuan Hongdao (1568–1610). Théorie et pratique littéraires（《袁宏道：文学理论与实践》），巴黎，1982年。

文学正统的反叛者，有的作家，特别是现代的敬仰者，则赞赏他们是中国的浪漫主义者，以内心直接的表达而非摹仿见长。在20世纪，做如此评价者主要是周作人，也包括因介绍中国的书而名于西方的林语堂（1895—1976）。这种对公安派的理想化或是对它的贬低，同样出自评价者寻求各自导向的需要，但他们并未识其本质。

袁氏兄弟并不是在反对正统派诗人，他们的批评主要针对的是正统派诗人的平庸的追随者。这也体现在公安派的作家与正统的名家之间有某些重要概念和观点是相同的。晚明公安派并不是一个针对复古运动的文学派别，关于这一点，我们要放在当时的政治和思想背景下去理解。万历时期（1572—1620）是一个充斥着没落和混乱的时代，有许多农民起义和群众游行，比如在苏州，许多文人和百姓举行了抗议，反对勾结熹宗（1620—1627在位）乳母客氏、专断国政的残忍宦官魏忠贤（1568—1627）。总的来说，当时的环境有利于自我意识的发展和对特立独行的追求，这不只体现在诗歌当中，也体现在其他各种艺术当中，比如在与袁宏道交好的画家董其昌（1555—1636）的画中。在哲学方面，朱熹的声名衰落，王阳明的学说特别是他提出的“致良知”的学说，却从者甚众。这种学说以孟子为根据，以流行的人皆有佛性之说为支持，有利于个人主义的生长。当然，王阳明不只要求给予个人更大的自由，也要求个人应当承担更多的责任。另外，处在这种传统中的还有后来很少被欣赏，且在世时就遭排斥的哲学家李贽，袁宏道与之结交肯定不是偶然的。[1]

16世纪时，人们对自我的重新发现[2]也体现在宗教方面，比如忏悔和每日

---

[1] 关于李贽，见J. F. Billeter（毕来德）的*Li Zhi, philosophe maudit（1527–1602）*（《李贽：被诅咒的哲学家》），日内瓦，1979年；Hok-lam Chan（陈学霖）的*Li Chih 1527–1602 in Contemporary Chinese Historiography*（《当代中国史学中的李贽》），白原市，纽约州，1980年。

[2] 见J. Chaves（齐皎瀚）的The Expression of Self in the Kung-an School. Non-Romantic Individualism（《公安派中的自我表达：非浪漫主义的个人主义》），载R. E. Hegel、R. C. Hessney主编的*Expressions of Self in Chinese Literature*（《中国文学中的自我表达》），纽约，1985年，第123—150页。

反省自己行为的做法。最著名的是主张禅净融合的袾宏和尚（1535—1615）提出的约束自己、每日清点自己功过的要求。[1]袁氏兄弟受这种革新的佛教和王阳明新儒学的影响，与朋友创办了放生社，以吃素和在屠夫手中购买将要被宰杀的动物的方式来积累德行。对以前后七子为代表的主张复古、宗法盛唐诗学的放弃，也要置于这种思想革新中去理解。因为这些崇古的作者不把诗看作性灵的抒发，而是竭力摹仿古代，以求复归这理想状态。

袁氏兄弟的态度与之完全相对，他们认为文学要因时而变。对此，袁宏道在给丘长孺的信中是这样表述的：

> 大抵物真则贵，真期我面不能同君面，而况古人之面貌乎？唐自有诗也，不必《选》体也，初、盛、中、晚自有诗也，不必初、盛也。李、杜、王、岑、钱、刘，下追元、白、卢、郑，各自有诗也，不必李、杜也。赵宋亦然。……今之君子，乃欲概天下而唐之，又且以不唐病宋。夫既以不唐病宋矣，何不以不《选》病唐，不汉、魏病《选》，不《三百篇》病汉，不结绳鸟迹……扫土而尽矣。[2]

公安派成员的观点是，当然要学古，只是不要限于盛唐。比如，袁宏道

---

[1] 见Chün-fang Yü（于君芳）的 *The Renewal of Buddhism in China. Chu-hung and the Late Ming Synthesis*（《佛教在中国的复兴：袾宏与晚明的融合》），纽约，1981年；另见Peiyi Wu（吴百益）的Self-Examination and Confession of Sins in Traditional China（《传统中国的自省与忏悔》），载*HJAS*（《哈佛亚洲研究学刊》）第39期（1979年），第5—38页。

[2] 《袁中郎尺牍》，刊印于《袁中郎全集》，《中国学术名著》本，第9页及以下；参见J. Chaves（齐皎瀚）的*Pilgrim of the Clouds. Poems and Essays by Yüan Hung-tao and His Brothers*（《〈云游集〉：袁宏道及其兄弟的诗文》），纽约，1978年，第16页及以下；袁宏道文章的译本，另见H. Butz的*Yüan Hung-tao's Reglement beim Trinken (Shang-cheng). Ein Beitrag zum essayistischen Schaffen eins Literatenbeamten der späten Ming-Zeit*（《袁宏道的〈觞政〉：一位晚明士大夫的散文创作》），法兰克福，1988年；M. Valette-Hémery的*Yuan Hong-dao, Nuages et Pierres. Proses*（《袁宏道：云与石》），巴黎，1982年。

在《雪涛阁集序》中说：

> 近代文人，始为复古之说以胜之。夫复古是已，然至以剿袭
> 为复古，句比字拟，务为牵合，弃目前之景，摭腐滥之辞。[1]

在批评复古运动的弊病时，公安派的代表参照了欧阳修对"西昆体"的批评。欧阳修实际只是批评附庸风雅者，而不是批评"西昆体"及其知名代表，比如杨亿和刘筠。

明末清初，因这种对宋诗的新评价，而产生了若干重要的宋诗总集。其中，最值得注意也最知名的是吴绮（1619—1694）所辑的《宋金元诗永》，吴之振（1640—1717）和吕留良（1629—1683）所编的《宋诗钞》，厉鹗和马曰琯（1687—1755）所辑的《宋诗纪事》，《宋诗纪事》共录有宋诗人3812名。"兴趣"是公安派的核心概念，可译成因某种环境而产生的灵感。对"趣"的讨论尤为详细，如袁宏道在给李龙湖的信中称陶渊明和谢灵运是六朝时仅有的好诗家，认为"陶公有诗趣"。"趣"字实际有很多含义。袁宗道在《偶得放翁集快读数日志喜因效其语》中称赞宋代诗人陆游"尽同元白诸人趣"。如此看，"趣"可译成诗的技法，也可译成内涵或风格。在中国的文艺理论讨论中，"趣"的说法当然不是到了明代才出现的，而是由来已久。公安派作者也宗法某种更古的传统，他们视明初某些诗人为自己的前身，如前面已提到的江盈科称，明初的高启、杨基、张羽和徐贲尚作"诗人之诗"。[2]

---

[1] 《袁中郎文钞》，录于《袁中郎全集》，《中国学术名著》本第7页；参见J. Chaves（齐皎瀚），载S. Bush、Chr. Murck主编的 *Theories of the Arts in China*（《中国艺术理论》），普林斯顿，新泽西州，1983年，第343页。

[2] 转引自J. Chaves（齐皎瀚）的 The Expression of Self in the Kung-an School. Non-Romantic Individualism（《公安派中的自我表达：非浪漫主义的个人主义》），载R. E. Hegel、R. C. Hessney主编的 *Expressions of Self in Chinese Literature*（《中国文学中的自我表达》），纽约，1985年，第347页。

主张本性和独到的徐渭对效仿者的批评最为严厉。他在《叶子肃诗序》中是这样写的：

> 人有学为鸟言者，其音则鸟也，而性则人也；鸟有学为人言者，其音则人也，而性则鸟也。此可以定人与鸟之衡哉？今之为诗者，何以异于是？[1]

《牡丹亭》的作者汤显祖也支持所有艺术门类中的本性说。他在《合奇序》中这样写道：

> 世间惟拘儒老生不可与言文。耳多未闻，目多未见，而出其鄙委牵拘之识，相天下文章。宁复有文章乎？予谓文章之妙不在步趋形似之闻。自然灵气，恍惚而来，不思而至。[2]

判断某作品是否为原创，并不只是取决于它与其他作品是否相同。袁宏道和袁宗道兄弟俩与画家兼文艺理论家董其昌的某次交谈，可用来说明这种矛盾的观点。袁宏道在《叙〈竹林集〉》中有这样的记述：

> 往与伯修过董玄宰。伯修曰："近代画苑诸名家，如文徵仲、

[1] 《徐文长三集》，卷十九，录于《徐渭集》（北京，1983年），第519页；参见 R. J. Lynn（林理彰）的 Alternate Routes to Self-Realization in Ming Theories of Poetry（《明代诗学中自我实现的交替路径》），载 S. Bush、Chr. Murck 主编的 *Theories of the Arts in China*（《中国的艺术理论》），普林斯顿，新泽西州，1983年，第334页及以下。
[2] 《汤显祖诗文集》（上海，1982年），第1078页（即《玉茗堂文集》，卷五）；参见 R. J. Lynn（林理彰）的 Alternate Routes to Self-Realization in Ming Theories of Poetry（《明代诗学中自我实现的交替路径》），载 S. Bush、Chr. Murck 主编的 *Theories of the Arts in China*（《中国的艺术理论》），普林斯顿，新泽西州，1983年，第335页及以下。

唐伯虎、沈石田辈，颇有故人笔意不？"玄宰曰："近代高手，无
一笔不肖古人者，夫无不肖，即无肖也，谓之无画可也。"余闻之
悚然，曰："是见道语也！"

　　故善画者，师物不师人；善学者，师心不师道；善为诗者，
师森罗万象，不师先辈。[1]

明代抒发性灵的思想的兴起，当然也要联系当时个人主义的兴起来看，
后者特别体现在哲学家李贽的作品当中，他对当时文学的影响颇深。袁宏道
在《徐文长传》中将备受公安派推崇的徐渭描写成个人主义的代表：

　　文长既已不得志于有司，遂乃放浪曲蘖，恣情山水，走齐、
鲁、燕、赵之地，穷览朔漠。其所见山奔海立、沙起云行、风鸣树
偃、幽谷大都、人物鱼鸟，一切可惊可愕之状，一一皆达之于诗。
其胸中又有勃然不可磨灭之气，英雄失路、托足无门之悲。故其为
诗，如嗔如笑，如水鸣峡，如种出土，如寡妇之夜哭，羁人之寒
起。虽其体格时有卑者，然匠心独出，有王者气，非彼巾帼而事人
者所敢望也。[2]

袁氏兄弟和公安派把对盲目崇尚唐诗的批评和抒发性灵的态度宣布为纲

---

[1]　《袁中郎文钞》，录于《袁中郎全集》，《中国学术名著》本，第9页；参见
J. Chaves（齐皎瀚）的The Expression of Self in the Kung-an School. Non-Romantic
Individualism（《公安派中的自我表达：非浪漫主义的个人主义》），载R. E. Hegel、
R. C. Hessney主编的*Expressions of Self in Chinese Literature*（《中国文学中的自我表
达》），纽约，1985年，第352页。

[2]　《袁中郎文钞》，第1页，录于《袁中郎全集》（台北，1964年）；参见R. J. Lynn
（林理彰）的Alternate Routes to Self-Realization in Ming Theories of Poetry（《明代诗学
中自我实现的交替路径》），载S. Bush、Chr. Murck主编的*Theories of the Arts in China*
（《中国的艺术理论》），普林斯顿，新泽西州，1983年，第333页及以下。

领，两者结合，并产生了影响，然而这种影响并不长久。明末清初时呈有批评复古者，如钱谦益[1]和袁枚（1716—1798）[2]，但相比较下对宋诗的轻视仍占上风，直至近世。这也与明初及清初相仿的某种复古运动的复兴有关。它先是以某种松散的形式出现，18世纪时又让位于某种严格形式，但总还是容许如王士禛这样好表达个性的作者的存在。[3]

清初的语文学与经学

在明代，修齐治平的儒家理想因无视道德理想的专制统治以及个人的堕落而无法实现。所以，17世纪明代的灭亡多被视为儒学的失败，无论是在国家还是个人的层面。因而，清初文人和知识分子在寻找新方向时，认为无法再以16世纪时自我修养的理想为依据，而是应当去寻找某种通往儒学源头，特别是儒学经典的直接路径。坚决、客观地应用语文学的知识和其他科学知识，比如应用受西方影响的天文学以考定时间，这造成了某种对意料之外事物的开放态度，而这样的态度此前在中国是不曾有过的。当时的学者主要生活在长江下游的富足地区和京城，我们关于中国古代及其经典的知识有相当

[1] 见K. L. Che的Not Words But Feelings-Ch'ien Ch'ien-i (1582–1664) on Poetry（《不是言语而是感情：钱谦益论诗》），载*Tamkang Review*（《淡江评论》）6.1（1975年），第55—75页；J. Chaves（齐皎瀚）的The Yellow Mountain Poems of Ch'ien Ch'ien-i (1582–1664). Poetry as Yu-chi（《钱谦益的黄山游记：作为游记的诗歌》），载*HJAS*（《哈佛亚洲研究学刊》）第48期（1988年），第465—492页。

[2] 见A. Waley的*Yuan Mei. Eighteenth Century Chinese Poet*（《袁枚：公元18世纪的中国诗人》），伦敦，1956年。

[3] 见R. J. Lynn（林理彰）的Orthodoxy and Enlightenment. Wang Shih-chen's Theory of Poetry and Its Antecedents（《正统与悟：王士禛的诗论及其前身》），载Wm. Th. de Bary（狄百瑞）主编的*The Unfolding of Neo-Confucianism*（《新儒学的形成》），纽约，1975年，第217—261页。

大的一部分要归功于这些人。[1]

17世纪，文人的兴趣在转向语文学的同时，也转向了一些非常实际的问题。这有若干原因，首先是严格的审查造成并保持了知识分子的去政治化。对他们来说，魏忠贤对东林党的迫害还历历在目，于是，经学正好为他们提供了庇护所，特别是当审查几乎只针对反政府的言论，其他文学领域并未受牵连。

清政府懂得通过资助文学的学术工程而让文人依附于政府。这其中，考订训释的工作使得难以理解的、散落的文字得到了整理。今文经学也因此复兴，以至于长久以来被冷落的西汉文献又得到了应有的肯定。这种被称为汉学的运动的最终结果是对儒学的重新评价。由此，人们不仅愿意接受政治和社会的根本改革，也以儒家本来的价值为根据，积极地为之奋斗。

清代的学者间并没有太多共识，不同训解传统的追随者之间，以及汉学和宋学的学者之间存在着争论和分歧。最后，每个学术传统内部也发生了变化，所以可以说当时是各家争鸣的局面，这在后来的中国应当是几乎没有再出现过。[2]1829年，在广东刊行的《皇清经解》是对十七八世纪经学的全面概括，全书分为1400余卷，搜集经学著作70余家，180余种。这部作品要以变化了的形式，延续纳兰性德（1655—1685）辑唐宋元明诸家经解并加以汇刻的《通志堂经解》。[3]

---

[1]　见B. A. Elman的*From Philosophy to Philology, Intellectual and Social Aspects of Change in Late Imperial China*（《从理学到朴学：晚期中华帝国思想与社会变化的诸方面》），剑桥，马萨诸塞州，1984年；Ying-shih Yü（余英时）的Some Preliminary Observations on the Rise of Ch'ing Confucian Intellectualism（《清代儒家智识主义兴起初论》），载*Tsinghua Journal of Chinses Study*（《清华学报》）新刊卷11，第1—2期（1975年）。

[2]　梁启超关于清代思想史的权威专著，其英译本见Immanuel C. Y. Hsü（徐中约）的*Intellectual Trends in the Ch'ing Period, by Liang Ch'i-ch'ao*（《清代学术概论》），剑桥，马萨诸塞州，1959年。

[3]　见B. A. Elman的*From Philosophy to Philology, Intellectual and Social Aspects of Change in Late Imperial China*（《从理学到朴学：晚期中华帝国思想与社会变化的诸方面》），剑桥，马萨诸塞州，1984年。

推动清代学术专门化的是政治实践与文学实践的日益分化，以科举入仕的机会逐渐减少，为这种发展提供了有利的条件。没能当上官的知识分子有不少在国家或私人资助的纂修工程中找到了用武之地。比如，宋荦（1634—1713）在出任江苏巡抚时，召集知名学者于幕下。他命人重建某宋代学者在苏州的避暑居所，并举办文学活动，扶植后进。此外，他还设立图书馆，藏书十万余卷。关于江宁织造曹寅（1658—1712），我们知道的是，他对罕见的书籍感兴趣，且自己资助刊刻那些装潢繁复、部分有插画的书籍。由于清初禁止书院和知识分子结社，对许多学者来说，官吏和商贾的资助是仅有的安身的可能。

17世纪最知名的资助者是来自江南昆山（今属江苏）的徐乾学（1631—1694）和徐元文（1634—1691）兄弟。他们是明代遗民顾炎武的外甥[1]，但与其舅父不同，他们接受了清政府的聘用。比如，徐元文（自1679年起）与其兄徐秉义（1633—1711）自1684年起奉命编纂《明史》。这项工程在京城进行，有许多在1679年举办的专门考试中被选拔出来的江苏学者参与其中。同样出自这个时期的还有辑录1375种古体文章的《古文渊鉴》，于1685年至1686年间编注成集，后被译成满文，徐乾学应当参加了它的编选工作。这本选集效法经典，内容以教化为主，自19世纪起，其地位逐渐衰落。而同样依年编次且多有评注的《古文观止》却流传甚广，直至近世，仍被用来学习古文。徐乾学虽推崇朱熹的学说，却因其学术工程间接地成了后来汉学的推动者。他在编修《大清一统志》时提拔过的学者包括经学家、数学家兼地理学家阎若璩（1636—1704）、历史地理学家顾祖禹（1631—1692），而刘献廷（1648—1695）因这项工程成为京城最知名的语言学家和地理学家。

清朝时，150余项国家工程使科学得到了发展。在这些工程中找到安身

---

[1]　见L. A. Struve（司徒琳）的The Hsü Brothers and Semiofficial Patronage of Scholars in the K'ang-hsi Period（《徐氏兄弟及康熙时期对学者的半官方扶助》），载*HJAS*（《哈佛亚洲研究学刊》）第42期（1982年），第231—266页。

之所的学者在工作之余还常可以专注自己的爱好。若干出自这些工程的作品由1673年设立的武英殿修书处刊印。修书处也进行彩色套印，刊印时使用活字。[1]不只经解和正史在这里刊行。1728年虽出现了政治上的动荡，内容繁复的类书《古今图书集成》（凡万卷）也在这里排印。为此，修书处造了超过150万个铜活字。其他大型工程，比如《佩文韵府》和《全唐诗》，则在曹寅主持的官书局扬州诗局印行。

最浩大的工程是《四库全书》，由纪昀（1724—1805）主持编修，360余名学者参与，另有几千名其他协作者。[2]1772年二月，乾隆帝诏令各省督抚于管辖地内搜集珍稀的书籍送至京城，也请藏书家进献所藏书籍。纂修由此开始，并于次年三月成立由学者组成的委员会。22年后，《四库全书总目提要》汇编成书，对10250余种作品分别撰有提要。其中，3593种作品重新刊印，刊本共332卷。这项工程当然有其弊病，清廷于18世纪70年代末至80年代初执行审查举措，其间，禁毁了2400种著作，抽毁窜改者几百种。[3]所以，这项工程不只是清朝推动学术和书籍业的最好的范例之一，借此也可窥见当时仍非常不自由的思想环境。

如《四库全书》和录存名目这样的工程有着古老的传统，秦始皇和多数中国的统治者都是这种传统的承袭者。他们总想保持对思想界，特别是对印行文字的控制。同样处在这种传统中的还有刘向、刘歆对经典的校订和阐述，以及王尧臣（1003—1058）等编辑、于1041年刊行的《崇文总目》，书名出自开封宫廷藏书处崇文院。1126年，崇文院因女真人的进犯而几乎全部被毁，后于南宋临安尝试重建，其结果体现在1177年至1178年间刊行但已亡

---

[1] Shiow-jyu Lu Shaw（卢秀菊）的 *The Imperial printing of Early Ch'ing China*（《清初殿版书籍考》），圣弗朗西斯科，1983年。

[2] 见R. K. Guy（盖博坚）的 *The Emperor's Four Treasuries. Scholars and the State in Late Ch'ien-lung Era*（《皇帝的四库：乾隆晚期的学者与国家》），剑桥，马萨诸塞州，1987年。

[3] 见L. C. Goodrich（傅路德）的 *The Literary Inquisition of Ch'ien-lung*（《乾隆朝的文字狱》），巴尔的摩，马里兰州，1935年；纽约，1966年第二版；关于审查，见第317页及以下。

佚的《中兴馆阁书目》中。由这些国家工程也可以看出，拥有卷帙浩繁的藏书和最著名的画作是各朝各代合法性的根本构成部分。这种对中国文化有着深远影响的传统自汉代起，一直延续至20世纪。

当然，文学也总让这些学者得以放松，并减轻了他们思想上的负担。许多因纂修而得到提拔的学者在闲暇时以多种方式进行写作。有些撰写笔记，比如《四库全书》总纂官纪昀有《阅微草堂笔记》传世，它是《夷坚志》后内容最丰富的志怪故事集。[1]对教育有着重要的推动作用的还有提督学政，任职者中不乏响亮的名字，最知名的代表估计是毕沅（1730—1797）和阮元。

宋以来，致力于培养和宣传新儒家道德的书院与国家教育机构间总是存在着某种紧张关系。宋明书院的目的主要在于培育有魄力的品行端正的政治领袖，因此，道德教育及经史之学处于中心地位。明末，书院数量显著增加，它们不再只是教育和思想讨论的场所，也为政治党派的形成提供了环境。当时最重要的以实现政治目的为主的社团是东林书院[2]和复社。

清政府虽竭力阻止或禁止政治结社，但还是有许多学者结成文社。比如，顾炎武[3]曾参加于1650年成立的惊隐诗社，其成员创作的关于明朝的文章遭到政府追究，诗社不久遂陷于困境。其他社团还有阎修龄（1617—1687）为培养其子而创立的望社，以及黄宗羲与万斯大（1633—1683）、万斯同（1638—1702）创办的讲经会，其研究包括《尚书》真伪的问题，这是清代经学讨论中最流行的问题之一。

清政府一开始对书院和结社充满怀疑。1652年起，清政府曾在短时间内禁止创立书院。但为满足人们不断增长的教育需求，清政府在1713年至

---

[1]　节译本，见*Konrad Herrmann*（莱比锡，1983年）。

[2]　见H. Busch（卜恩礼）的The Tung-lin Academy and Its Political and Philosophical Significance（《东林书院及其政治与哲学意义》），载*MS*（《华裔学志》）第14期（1949—1955），第1—163页；述要，见J. Meskill（穆四基）的*Academies in Ming China. A Historical Essay*（《明代书院》），图森，亚利桑那州，1982年。

[3]　关于清代最著名的人物，见A. W. Hummel（恒慕义）主编的*Eminent Chinese of the Ch'ing Period*（《清代名人传略》），华盛顿，1943年。

1715年间颁布法令，准许开办义学。1733年，雍正帝最终准许创办由国家控制的书院。在这些新的以应举为目的的书院中，学生主要练习的是八股文。作为对这种死板方式的反应，18世纪后半叶出现了专门以研究经史为目的的书院。

17世纪和18世纪的散文

我们有关明代文学的知识也几乎都来自清初这些学者的著述，比如黄宗羲编的今存482卷的《明文海》。除了如归庄（1613—1673）、顾炎武、因孔尚任《桃花扇》中的角色而闻名的侯方域（1618—1655）、邵长蘅（1637—1704）和全祖望（1705—1755）等奉行的古文，在清初，骈体文也得到复兴，代表包括尤侗（1618—1704）、陈维崧（1625—1682）和毛奇龄（1623—1716）。但这些作者中的多数只摹仿古代楷模，所以他们被称为六朝派或晚唐派。只有袁枚是个例外，他用骈体文写成的那些文章独具个性。

影响18世纪散文的主要是桐城派，其主要代表方苞（1668—1749）、刘大櫆（1698—1779）和姚鼐（1732—1815）均来自桐城，并因此得名，这一派要求复归先秦两汉及唐宋的文风。桐城派的重要性不在于其成员所作的文章，而在于他们所编的文集，比如姚鼐的《古文辞类纂》。但自18世纪末起，有些学者明确反对桐城派生硬拘谨的风格，其中包括经学家阮元以及来自杭州的诗人、学者龚自珍（1792—1841）。

清代真正有开创性的作品出自文言小说领域。这里要提及的主要是蒲松龄的《聊斋志异》，该书对文言有深远的影响；当然还有文白相间的长篇小说，其中首先要提的是曹雪芹（1715—约1764）的《红楼梦》。白话小说在17世纪中叶已达到顶峰，文言小说此时也取得初步成就，但若暂不考虑个别的作品，比如1664年刊行的陈忱的《水浒后传》，长篇小说的时代实际尚未到来。

35. 面向民众的民间文学

城市文化和广泛的受众

16世纪以来，城市繁荣，文学也随之有了新的发展。南京作为明代的文化中心，其地位逐渐被扬州、苏州和北京所取代，这些城市的影响力遍及全国。经济的发展也引起了印刷业的扩张。城市文化的兴盛不仅使当时只占全国居民5%的城市居民，也使全国其他地方的居民接触到文学作品。

几百年来，仕宦机会的缺乏使得文化活动在官宦环境外独立发展。有文化的富商的资助在很大程度上促进了这种发展。但应举者之多，表明入仕仍是人们的追求目标。其明显体现就是因科考而产生的群体对立。比如1711年，扬州乡试中有许多盐商子弟中举，落榜者对此表示强烈抗议，并指控总督和正主考官受贿。超过千名应试者在城中集会，并将财神爷锁于府学之内以示抗议。调查历经9个月，满汉分歧也贯穿其间，正主考官、副考官和同考官，以及若干中举者被判死罪。但此种情况并不多见，职位的竞争常在暗中进行。

18世纪的中国，城市中不只有学校，也有剧院及其他娱乐场所，听者观者众多，特别是在某些节日或特殊的日子。促进文学在社会中发展的，除了城市中的娱乐业，还有通行的交流方式，特别是商业、行政和社会各领域对书面化的要求。由于城市文化的发达，居民也开始对文化物件产生兴趣，某些热爱文艺的商贾家中出现了相当可观的收藏，富有的爱好者对戏曲的资助推动了地方风格的形成，以至马克林（Colin Mackerras）对此有了"地方戏曲之黄金时代"的说法。戏曲演出、故事演述和诗词写作主要出现在各种仪式活动上，这些活动既有私人的，比如葬礼、婚礼或送别；也有公共的，比如庙会或乡村节日。

由于经济的繁荣，特别是长江中下游地区，民间出版活动在18世纪兴起。某些为世人所乐道的作品以简单的形式和便宜的价格刊行。当时流传最广的作品有长篇小说《三国演义》《水浒传》《西游记》。其中，《西游记》的题材特别适合舞台演出，或是以绘画形式来表现。小说中独具特色的形象及其要经历的劫难特别适合娱乐之用。

文学短样式

应当被归在文学范畴中的也包括各种最初只是口耳相传的文学短样式，比如笑话、幽默的或讽刺的逸事、谜语、成语和童谣，但它们很早就已见于文学作品中，后来（主要是11世纪）也出现了专门辑录它们的集子。这些短样式受到广泛的欢迎，除词之外，它们也许是文学领域专门化程度最低的部分，不只以某个特定群体或阶层为对象。

虽然我们很难判定某部作品是为哪一群体所作，但在很多时候，我们还是可以看出该作品每次加工的目标读者。其中，作者与其加工的素材间的距离是判定其所面对读者的最可靠依据。面向精英的和面向群众的体裁虽各有特色，但两者之间还是存在某种深刻的联系的，其细节却已无法考证。[1]

除去娱乐性质的以及有时是批评和讽刺性质的作品，多数作品是带有教化性质的，它们以各种形式传播，比如戏曲、有伴奏的演说、短篇小说或诗词。[2]旨在教化百姓的最重要形式包括在1670年始推广，后不时被重新颁布的康熙帝的《圣谕》。[3]这类文本之前也曾经有过，特别是洪武帝朱元璋的上谕。康熙帝的《圣谕》有16条，每条7个字，语法结构相同。洪武帝的上谕已有推演和解释，知名的是1587年刊行的钟化民所作的《圣谕图解》。不久，也有推衍和阐释康熙帝《圣谕》的作品产生。其中有些作品带有大量插图，许多则以白话写成。这些作品旨在宣扬儒家学说，在清代时，刊行者众多，其作者多为官吏，想以此劝诫子民，其中许多作品的语言风格多样，因而，读者皆能在某种程度上受到触动。

由四字构成的成语其实是一些固定说法，大量见于文学作品中，是中国教育的公共财富。[4]此外还有其他特殊形式，比如歇后

[1] 见D. Johnson（姜士彬）等主编的Chinese Popular Literature and Its Contexts（《中国通俗文学及其语境》），载CLEAR（《中国文学》）3.2（1981年），第225—233页；综述，见V. H. Mair（梅维恒）、M. Belmont Weinstein的Folk Literature（《民间文学》），载Wm. H. Nienhauser, Jr.（倪豪士）的The Indiana Companion to Traditional Chinese Literature（《印第安纳中国传统文学指南》），布鲁明顿，印第安纳州，1986年，第75—82页。

[2] 见酒井忠夫的Confucianism and Popular Educational Works（《儒家与善书》），载Wm. Th. de Bary（狄百瑞）主编的The Unfolding of Neo-Confucianism（《新儒学的形成》），纽约，1975年，第331—366页。

[3] 见V. H. Mair的Language and Ideology in the Written Popularizations of the Sacred Edict（《圣谕普及注释中的语言与正统》），载D. Johnson（姜士彬）等主编的Popular Culture in Late Imperial China（《中华帝国晚期的民间文化》），伯克利，加利福尼亚州，1984年，第325—359页。

[4] 关于成语，见A. H. Smith（明恩溥）的Proverbs and Common Sayings from the Chinese Together with much Related and Unrelated Matter（《汉语谚语俗语集》），上海，1926年；C. H. Plopper的Chinese Religion Seen through the Proverb（《由谚语看中国宗教》），上海，1926年；W. Kuhn的Das Pekinger Sagwort-Eine Einführung（《北京俗语导论》），载W. Kuhn、K. Stermann的Zielsprache Chinesisch. Beiträge zur Sprachbeschreibung und-unterrichtung（《目标语言汉语：语言描写与教学论集》），波恩，1986年，第31—51页。

语。[1]歇后语是不完整的句子，听者或读者要自己补充。它们常带有戏谑的性质，但作者或说话者也常自己作出补充。比如，在想表达难于保全自己的意思时，就可以说，"泥菩萨过河——自身难保"。前部分常是描述性的，后部分多取自固定说法、成语或其他常用说法，有时也只是个单字。歇后语常常会用到语言游戏或历史典故，但有些没有解释也可以理解，比如，"豁牙子吃西瓜——道儿多"。[2]歇后语通常与日常语言联系紧密，因而外来者在缺少解释的情况下是无法理解的。此外，这些说法中的多数不是在全国，而是只在某些地区流行，所以主要见于方言作品及某些地方传统中，比如地方戏曲。童谣也常是地区性的，自汉以来被视为百姓情绪的表达。[3]如同占卜文字中的说法，某些同样采用谜语形式的说法被史学家称为童谣，其实则是政治宣传的口号。

晚近的所谓谜语其实已见于古代，[4]被叫作"廋辞"或"隐语"，常用隐射的言辞来传递消息。《滑稽列传》中记载齐威王（前356—前320在位）"喜隐，好为淫乐长夜之饮，沉湎不治"。"滑稽多辩"的淳于髡（前385—前305）所以"说之以隐"：

---

[1]　见J. L. Kroll的A Tentative Classification and Description of the Structure of Peking Common Sayings（Hsieh-hou-yü）（《北京歇后语试分类与结构表述》），载JAOS（《美国东方学会会刊》）第86期（1966年），第267—276页；E. Schmitt的Fünfzig Hsieh-hou-yü aus T'ai-yüan-fu（《太原府的五十种歇后语》），载AM（《亚洲专刊》）第9期（1933年），第568—579页；W. Eberhard（艾伯华）的Pekinger Sprichwörter（《北京谚语》），载Baessler-Archiv，卷24，H. 1（1941年），第1—43页；Hung-ning Samuel Cheung（张洪年）的A Study of Xie-hou-yu Expressions in Cantonese（《广东话歇后语研究》），载Tsinghua Journal of Chinses Study（《清华学报》）新刊第14期（1982年），第51—102页。

[2]　E. Schmitt，同上，第570页。

[3]　见G. Vitale的Pekinese Rhymes（《北京儿歌》），北京，1896年；K. Johnson的Peiping Rhymes（《北平歌谣》），北平，1932年。

[4]　谜语的德译本，见Mau-tsai Liu（刘茂才）的Der Tiger mit dem Rosenkranz-Rätsel aus China（《老虎挂念珠：中国谜语》），柏林，1986年；另见Mau-tsai Liu的《中国谜语本质绪论》，载OE第26期（1979年），第48—56页。

"国中有大鸟，止王之庭，三年不蜚又不鸣，王知此鸟何也？"王曰："此鸟不飞则已，一飞冲天；不鸣则已，一鸣惊人。[1]"

猜谜不久就成为游戏，产生出许多形式，这里面不只谜面常要作得漂亮，回答也要用隐语的形式。[2]非常受欢迎的是字谜。谁能将正确的成分组合起来，就猜出了答案。谜语常利用同音字，有些谜语还要求谙识经典。在晚近的谜语集中，也有内容不太正经的。比如下面这个谜语的谜底是夜壶：

小奴好似郎君妾，从未与郎同床歇。急时拉奴床上去，兴尽即与奴分开。[3]

下面的谜语的谜底是扇子：

有风不动，无风动；不动无风，动有风。

下面的谜语的谜底是喷壶：

说我不是喝家，我有百杯之量；说我不是嫖家，常往花街柳巷；若还三日不去，多少花子思想。

这个谜语的巧妙之处在于用语的双关，比如妓女也叫作花，花街柳巷也指妓院。

---

[1] 《史记》。
[2] 比如东方朔（前154—前93）请射覆，问《易经》以为根据。见《汉书》。
[3] 白启明的《河南谜语》（广东，1929年），第117页。

笑话估计总是受欢迎的，所以很早就已辑录在专门的集子里。[1]比之成语和谜语，依其性质，笑话更像是讲唱艺术中为人喜闻乐见的部分。所以，与后来的滑稽短剧一样，笑话在民间表演者的演出中以及城市的勾栏瓦舍中很早就扮演了重要角色，成为戏曲的重要构成部分。据《汉书》卷六十五《东方朔传》和《史记》卷一百二十五《滑稽列传》所记，东方朔以"口谐辞给"名于世。笑话或俳谐的故事已见于《孟子》和《庄子》，[2]但最早的真正的笑话集据称是三国时期邯郸淳所撰的《笑林》。[3]之后应当不断有笑话被辑录成书。若说这类辑录了大量笑话的作品都是源自10世纪之前，其真实性却要得到根本怀疑。但某些古代笑话集，比如以辩才名世的隋朝人侯白所撰《启颜录》，至少有传世的残本以及后来的专书或类书中收录的遗闻为证，这些残本后被辑录于《历代笑话集》。[4]

明末清初，笑话集空前兴盛。最著名的是只存于日本的冯梦龙所编的《笑府》，其部分收录于《笑林广记》。特别受欢迎的当然是色情笑话[5]，

---

[1] 笑话的翻译见H. A. Giles的*Quips from a Chinese Jest-Book*（《中国笑话选》），上海，1925年；G. Kao（乔治高）的*Chinese Wit and Humor*（《中国幽默文选》），纽约，1946年；G. Kao的From a Chinese Thesaurus of Laughs（《笑府》），载*Renditions*（《译丛》）第9卷（1978年），第37—42页。对中国幽默的概述，见C. T. Hsia（夏志清）的The Chinese Sense of Humor（《中国人的幽默感》），载*Renditions*（《译丛》）第9卷（1978年），第30—36页。文献目录见A. Lévy的Notes bibliographiques pour une histoire des histoires pour rire en Chine（《中国笑话史书目》），载A. Lévy的*Études sur le conte et le roman chinois*（《中国话本小说》），巴黎，1971年，第67—95页。

[2] 见D. R. Knechtges（康达维）的Wit, Humor, and Satire in Early Chinese Literature（to A.D. 220）（《中国早期文学（至公元220年）中的机智、幽默与讽刺》），载*MS*（《华裔学志》）第29期（1970—1971年），第79—98页；A. P. Cohen（柯文）的Humorous Anecdotes in Chinese Historical Texts（《中国史书中的风趣逸事》），载*JAOS*（《美国东方学会会刊》）第96期（1976年），第121—124页。

[3] 见W. Eichhorn（艾士宏）的Die älteste Sammlung chinesischer Witze（《最古的中国笑话集》），载*ZDMG*（《德国东方学会杂志》）第94期（1940年），第34—58页。

[4] 1956年由上海古籍出版社刊行。

[5] 见H. S. Lévy的*Chinese Sex Jokes in Traditional Times*（《传统中国荤笑话》），台北，1974年。

其中，占有特别地位的主题，首先是讲述缺乏性经验的素材，然后到了封建时代的晚期，则主要变为妻子出轨的故事。这种现象也见于叙述性作品当中。[1]

许多古代辑本中的笑话难于理解，原因也在于笑话常由文字游戏构成，或是其中采用的典故不再可以假定为已知。但许多笑话与今天还在讲的笑话相似。笑话描述的对象是任何在其他文化中也会引起嘲讽的现象。当然，笑话何时逾越了界限，或造成尴尬，或不再可以被理解，也因时间或听者的变化而变化。笑话中常提及听者使其发笑，这时称其为诙谐逸事更为适合。笑话的某种特殊形式是戏仿，特别是文学戏仿，非常受中国文人的喜爱，估计最初是产生于诗社中，其传统也主要于此地得到保存。[2]

古代中国的童话只留下了残存的痕迹。其多数见于叙述性作品中，如战国哲学家著作中那些用来说明问题的故事和记录，中古时的志怪作品，以及唐以后的长篇小说及白话和文言短篇小说。此外，许多童话以口头形式传播，或又回到这种传统当中，以至于最后还是有许多得以保存下来。[3]中国疆域内的少数民族叙述传统直至晚近才进入文学研究的视野。诗人常于童话

---

[1]　见Yenna Wu（吴燕娜）的The Inversion of Marital Hierarchy. Shrewish Wives and Henpecked Husbands in Seventeenth-Century Chinese Literature（《婚姻中的女尊男卑：17世纪中国文学中的悍妇与怯夫》），载HJAS（《哈佛亚洲研究学刊》）第48期（1988年），第363—382页。

[2]　见H. Franke（福赫伯）的A Note on Parody in Chinese Traditional Literature（《中国传统文学中的戏仿》），载OE第18期（1971年），第237—251页。

[3]　德译本，见R. Wilhelm（卫礼贤）的Chinesische Volksmärchen（《中国民间童话》），耶拿，1914年；W. Eberhard（艾伯华）的Volksmärchen aus Südost-China（《中国东南的民间童话》）；W. Eberhard的Erzählungsgut aus Südost-China（《中国东南的叙事材料》），柏林，1966年；R. Schwarz主编的Chinesische Märchen. Märchen der Han（《中国童话：汉代童话》），莱比锡，1981年；分类，见W. Eberhard的Typen chinesischer Volksmärchen（《中国童话的类型》），赫尔辛基，1937年。对童话讲述者的记录，是B. Hensman、Mack Kwok-ping（麦国屏）的Hong Kong Tale-Spinners. A Collection of Tales and Ballads. Transcribed and Translated from Story-Tellers in Hong Kong（《茶余故事》），香港，1968年；B. Hensman的More Hong Kong Tale-Spinners（《茶余故事拾遗》），香港，1971年。

和地方色彩浓重的传说中寻求启发，或对如此取得的素材进行加工。其中，在历史的坐标中给予所有要叙述的内容以确定的位置，几乎总是决定性的因素，因而事件有了具体的发生时间和确定的真实的发生地点。

明代开始，对民间故事的兴趣日益增长，尽管这种兴趣有些多变。20世纪初，民间艺术运动实际上才稳定下来，然后也尝试采辑中国不同地区的，特别是众多少数民族的童话及其他口头传统作品。

清代的戏曲

明初，民间和地方戏曲发展成上层社会的文学戏曲，或是为购买力强的观者占为己有，到清代才复炽。而仪式和节庆戏曲则有着数百年的传统，演出主要会在市场、村庄、庙会或其他特殊的场合进行。为此要请专门的戏班，这些戏班间等级分明，有固定的演出剧目，有正经的节目单，委托者可以选择演出的剧目。剧目又分成不同的类。1600年成书的《乐府红珊》将所辑剧目分成16类，如庆寿、诞育、分别、思忆、报捷、访询、游赏、邂逅和风情等。[1]这种戏曲的传统与各地自治的传统有着密切的联系，也有证据表明存在着这样的规矩：谁若违反约定和惯例，就要承担演出的费用。农村戏曲演出的原因多为家庭节日、悼念死者、祭拜祖先、加冠及笄、科举考试等。演出很少是公共的，多只限于宗族或亲戚，且选择某戏班剧目中的一种或几种。

---

[1] 见田仲一成的The Social and Historical Context of Ming-Ch'ing Local Drama（《明清地方戏曲的社会与历史语境》），载D. Johnson（姜士彬）等主编的*Popular Culture in Late Imperial China*（《中华帝国晚期的民间文化》），伯克利，加利福尼亚州，1984年；P. Hanan（韩南）的The Nature and Contents of the Yüeh-fu hung-shan（《〈乐府红珊〉考》），载*BSOAS*（《伦敦大学东方与非洲学院院刊》）26.2（1963年），第346—361页。

影戏和傀儡戏是特别的表现形式[1]，至迟从唐代起就出现了，但据某些观点，它们在唐以前即已存在。这种形式对既存素材做了改编，一如其他表现形式那样，会依当时风尚的变化，改编的方式也发生相应改变。影戏的底本也如同其他的戏曲底本那样，区分出佛教、道教和历史内容的本子，以及区分出自上层社会的本子，风俗戏本子，喜剧、粗俗的滑稽戏本子，以及只有单只皮影演出的本子。[2]

对多数居民来说，讲唱文学特别是戏曲的意义，要远超过案头文学。[3]所以，不难理解的是，戏曲在中国总有区域或地方特色，且丰富多样，形式有几百种之多。这与语言及方言的使用有关，但主要是因为曲调的多样。于

---

[1] W. Grube（顾路柏）译、B. Laufer主编的*Chinesische Schattenspiele*（《中国影戏》），慕尼黑，1915年；G. Jakob、 H. Hensen的*Das Chinesische Schattentheater*（《中国影戏》），斯图加特，1933年；B. March的*Chinese Shadow-Figure Plays and their Making*（《中国影视及其制作》），底特律，伊利诺伊州，1938年；J. Raaba的*Die Donnersgipfel-Pagode. Ein Beitrag zur Geschichte des chinesischen Schattenspiels*（《雷峰塔：中国影戏历史》），波恩，1940年；Mau-tsai Liu（刘茂才）的Puppenspiel und Schattenspiel unter der Sung Dynastie. Ihre Entstehung und ihre Formen（《宋代傀儡戏与影戏的产生与形式》），载*OE*第41期（1978年），第97—120页；R. Helmer Stalberg的*China's Puppets*（《中国的傀儡戏》），圣弗朗西斯科，1984年；S. Broman的Eight Immortals Crossing the Sea（《八仙过海》），载*BMFEA*（《远东文物博物馆馆刊》）第50期（1978年），第25—48页；S. Broman的*Chinese Shadow Theatre*（《中国影戏》），斯德哥尔摩，1981年；R. Simon的*Das chinesische Schattentheater. Katalog der Sammlung des Deutschen Ledermuseums Offenbach am Main*（《中国影戏：美因河畔奥芬巴赫皮革博物馆馆藏目录》），奥芬巴赫，1986年。
[2] 关于社会的和历史的语境，见田仲一成的The Social and Historical Context of Ming-Ch'ing Local Drama（《中国地方戏曲的社会和历史语境》），载D. Johnson（姜士彬）等主编的*Popular Culture in Late Imperial China*（《中华帝国晚期的民间文化》），伯克利，加利福尼亚州，1984年，第143—160页。关于某地方传统内部的变化的研究见田仲一成的A Study of P'i-p'a chi in Hui-chou Drama-Formation of Local Plays in Ming and Ch'ing Eras and Hsin-an Merchants（《关于徽戏中〈琵琶记〉的研究：明清地方戏曲的形成与徽商》），载*Acta Asiatica*（《亚洲学刊》）第32期（1977年），第32—72页。198种影戏的目录及一种出自福建的影戏的底本，见*Occasional Papers of the European Association of Chinese Studies*（《欧洲汉学研究会不定期刊物》）第2辑（巴黎，1979年）。
[3] 关于居民的识字能力，见E. Sakakida Rawski（罗友枝）的*Education and Popular Literacy in Ch'ing China*（《清代教育与公家识字》），安娜堡，密歇根州，1979年。

宋元南戏（也称温州杂剧）、元杂剧和明传奇（特别是明季形成的昆腔）之外，[1]还有许多地方的、有时甚至因戏班而异的形式和变体。[2]

明代以后，出于江苏的优雅婉转的昆腔日益受到诗人和观众的喜爱。特别是洪昇（1645—1704）于1684年写成的传奇剧本《长生殿》和孔尚任于1699年写成的《桃花扇》，使这种唱腔可以延续。此外，还有其他声腔，比如形成于江西的弋阳腔和出于西北的秦腔，前者曲调喧杂明快，多有土俗的、以白话表演的节目穿插其间。这些剧种多因同乡商会或行会的资助而流行于京城。京剧就是在糅合了这些剧种的某些成分的基础上于19世纪产生的。

作为明以来文人喜闻乐见的表现形式，传奇这一体裁在易代后仍得到继续发展。清初最著名的戏曲作者是孔尚任。孔尚任是孔子后人，除去几本专著，还作有诗文。《湖海集》（1689年）辑录了孔尚任在淮扬疏浚黄河入海口时所作的诗文。他似乎是在任职户部后才开始写作传奇剧本的。

孔尚任的首部传奇是1694年与顾彩合作写成的《小忽雷》。小忽雷是唐代宫中乐器，孔尚任对此有所研究。剧本以这种乐器为中心展开，讲述了发生在公元9世纪的文人与宫女之间的爱情故事。与以往剧本不同，《小忽雷》已显示出某种确考史实的努力。这在共40出的《桃花扇》中还要显著。

《桃花扇》这个故事的主要发生地是南京，写的是学者侯方域与秦淮名妓李香君之间的爱情，描绘了大敌当前，为国家危亡担忧的志士与自私地把持权位的朝臣之间的冲突。《桃花扇》是中国古代最重要的历史剧，

---

[1] 见Hsin-nung Yao（姚莘农）的The Rise and Fall of K'un-ch'ü（《昆曲的兴衰》），载*T'ien Hsia Monthly*（《天下月刊》）第2卷（1936年），第63—84页；Isabel K. F. Wong（黄琼潘）的The Printed Collections of K'un Ch'ü Arias and Thier Sources（《昆曲集及其曲目出处》），载*Chinoperl Papers*（《中国演唱文艺学会论集》）第8卷（1978年），第100—129页。

[2] 见C. P. Mackerras（马克林）的The Growth of Chinese Regional Drama in the Ming and Ch'ing（《明清地方戏曲的发展》），载*JOS*（《东方文化》）第9期（1971年），第8—91页。

经多次易稿，于1699年写成，不久便进行了首演，是中国最受欢迎的戏曲作品之一。[1]其成功的原因，估计首先在于作者忠于1643年至1646年明亡之时发生在南京的史事，为此，他不只参照史书的记载，也诉诸自己的回忆；此外，《桃花扇》比之其他传奇，有更多的散文段落，其语言总体来说也更为朴实和通俗。这部传奇剧之所以为世人所乐道，肯定与作者如此直白地将晚近发生的事件作为题材有关，同样起到重要作用的是贯穿全剧的爱国基调。[2]

侯方域往来于聚集在李香君及其养母周围的学者之间，爱上了这位年轻美貌的女子。但因为侯方域的贫穷，特别是因为阴谋，两者没能结合。故事结尾，清兵胜利后，两人虽再次相遇，但此前发生的事情让他们看到了尘间世事的短暂，遂决定出家。这本按传奇体裁的方式品评时世的历史剧不是以大团圆结束，因其过失而造成南明政权[3]灭亡的侯方域最后与相爱的女子告别了尘世。

文人就这样被置于失败者的地位上，而以丑角形象出场的说书者柳敬亭则处于旁观者的位置上。这个角色因其头脑简单，在某种程度上代表着百姓的声音，代表着在危机和变迁中依然不变的价值取向。这样的形象并不是新出现的，百姓的声音总被看作治乱的反映。明末，冯梦龙就曾称民歌和纯粹的东西是真实的、正确的，与雅致、造作相对。此时新出现的一种现象是，

[1]　孔尚任《桃花扇》的全译本，有Shih-hsiang Chen（陈世骧）、H. Acton、C. Birch（白芝）译的*K'ung Shang-jen. The Peach Blossom Fan*（《孔尚任的〈桃花扇〉》），伯克利，加利福尼亚州，1976年；重要的研究，有R. E. Strassberg（韩禄伯）的*The World of K'ung Shang-jen. A Man of Letters in Early Ch'ing China*（《清初作家孔尚任的世界》），纽约，1983年。

[2]　见L. A. Struve（司徒琳）的The Peach Blossom Fan as Historical Drama（《作为历史剧的〈桃花扇〉》），载*Renditions*（《译丛》）第8期（1977年），第99—114页；L. A. Struve的History and The Peach blossom Fan（《历史与〈桃花扇〉》），载*CLEAR*（《中国文学》）2.1（1980年），第55—72页。

[3]　见L. A. Struve的*The Southern Ming, 1644-1662*（《南明（1644—1662）》），纽黑文，康涅狄格州，1984年。

文人的理想也成了社会问题。在清初，文人正是在竭力寻求新的自我认识，于是，此前被人接受的价值观要从总体上被重新审视。

传奇剧本篇幅长，由许多段落构成，包含对白、吟诵及咏叹之类，演出常持续两日之久。在这样的形式中，作者可以详细描写各种关系和阴谋。在西方，只有在历史长篇小说中是这样的。因此，比之正史及其他文献，比之说话者演说的历史和长篇小说所讲述的历史，戏曲对历史的表现更深刻地影响了人们对历史的看法。在孔尚任这里，舞台上对历史的表现旨在再现历史，说明个人不可避免地会陷入更大的事件，尽管角色会在舞台上表明，且用相应的话强调，他们只是在表演，所演之事并非现实。这也可称为间离效果。

戏曲在对时代和社会的批评方面也毫不吝啬。这里以《桃花扇》第四出为例。这出戏里，孔尚任让反面角色阮大铖出场，他是李香君周围的文人中阴谋党的成员。历史上，阮大铖是18世纪30年代和40年代南京知名的剧作家和文人。通过阮大铖，孔尚任想指出某种在明末常见并为他所痛斥的，一些人持有的对文化的过分崇尚、高度的美学化以及政治上无视道德的态度。

清初的戏曲作品还有洪昇的传奇《长生殿》。作者在家乡时已开始构思，后于京城做国子监监生时写成，并于1684年首演。[1]因该剧于1689年佟皇后丧葬期间演出，作者的监生之籍被革。被削籍回乡的原因被认为还包括戏中，特别是第廿八出《骂贼》中，有辱骂进犯的番族的话。因此直至去世，洪昇在家乡杭州的西湖畔过着潦倒的生活。他也是一位有才华的诗人，他的戏曲著作共12种，今存者只有《长生殿》和《四婵娟》。

《长生殿》的素材取自唐玄宗宠妃杨贵妃的悲剧故事，这一素材常是

---

[1] 英译本，见Hsien-yi Yang（杨宪益）、Gladys Yang（戴乃迭）的*Hung Sheng, The Palace of Eternal Youth*（《洪昇：〈长生殿〉》），北京，1955年。

文学加工的对象，洪昇的传奇应当被看作是对这种传统的继承。白居易曾以
《长恨歌》歌唱杨贵妃的悲惨命运，此前，白居易之友陈鸿就已作有同样以
此为题材的传奇小说。但在洪昇的传奇之前，有关这个故事的创作以白朴的
《梧桐雨》影响最大。以爱情为主题的《长生殿》不只因充满诗意的清丽曲
词清丽而占有特殊地位，故事将个人的爱与对国家的爱（也就是忠）相对，
也反映了清初价值观的某种变化。

　　剧中事件的背景是唐玄宗时唐朝由盛而衰，以及被任命抵御中国北方番
族的安禄山于公元755年起兵叛乱，这场被称为"安史之乱"的叛乱直至公
元763年才被平定。传奇以两支曲子开始（第一出），歌唱了爱情和忠贞、
唐玄宗和杨贵妃的命运以及两人在月宫的再次相会。第二出以唐玄宗叙述自
己爱情中的幸福及他的新宠开始，以两人定情结束。在这出戏中就可看出，
这位统治者已沦为阴谋中任由他人摆布的棋子。除穿插描写宫廷内政治的场
次外，还描写了爱情的发展，并于第廿二出天宝十载七月七夕长生殿山盟海
誓达到高潮。在第廿五出中，玄宗逃往蜀中，途中，杨贵妃被迫自缢。但乱
世中，其魂魄仍陪伴于玄宗左右，直至两位钟情者最后重圆。

　　这本传奇不只描写公元8世纪60年代发生的政治事件，也表现了当时统
治阶级内部的冲突，且不时论及百姓疾苦。相对作品对政治的论及，作品的
社会批判态度，对感情的强调，以及对尘世外公正的突出，都使之成为17世
纪中国文学的典型例子。

　　对戏曲来说，扬州盐商的戏台是其最重要的演出场所，戏台上主要演
出以优雅的昆腔演唱的戏曲，但也有以民间声腔演唱的作品。[1]18世纪，盐
商甚至被要求资助戏曲。其中最知名的是江春。18世纪最著名的戏曲作家蒋
士铨（1725—1785）的《四弦秋》即因其支持而得以上演，演出时还邀请了

---

[1]　见C. P. Mackerras（马克林）的The Theatre in Yang-chou in the Late Eighteenth
Century（《戏曲在18世纪末的扬州》），载Papers on Far Eastern History（《远东历
史论集》）第1卷（1970年），第1—30页。

诗人袁枚做客。据称,袁枚对旦角男演员的演出十分喜爱,专门作诗记其伎艺。江春不只支持昆腔,除了1773年后即创办的昆腔班社,还支持花部班社搬演地方戏,这些戏在农村非常受欢迎。

京剧在19世纪初因昆腔的衰落而产生,但也因其他戏曲(主要是南方民间戏曲)而地位提升。[1]比如,乾隆帝巡幸中部和南部地区时,对某些地方戏曲非常喜爱,遂请若干班社进京。其中,四大徽班在京剧的形成阶段扮演了特殊的角色。但直至19世纪后半叶,京剧才始兴盛,根本原因在于老生脚色行当的产生,之前旦是主角,在京城多由非常年轻的演员扮演。[2]

总的来说,京剧的产生代表了一种贫乏,但同时还是有许多其他剧种与之并存或新产生,这些剧种几乎未被研究过,某些如今估计也已永远散失无法再现。我们要把这看作旧社会消亡和寻找新形式的反映。

除京剧外,大鼓也有着重要的地位,特别是在中国北方。这种说唱形式始于乡间,后也适应了城市观众更高的要求,并流传至今。其名字来自表演者于板之外使用的鼓,另有一种或几种弦乐伴奏。这些演唱者用的底本叫作大鼓书,今有若干种传世,[3]但如同其他戏曲形式中使用的底本一样,在此

---

[1] 关于京剧的详细书目,是David Shih-p'eng Yang(杨世彭)的*An Annotated Bibliography of Materials for the Study of Peking Opera*(《京剧研究材料注解书目》),麦迪逊,威斯康星州,1967年;早期研究与翻译,有L. C. Arlington的*The Chinese Drama*(《中国戏曲》),上海,1930年;A. C. Scott(施高德)的*The Classical Theatre of China*(《中国古典戏曲》),伦敦,1957年;详细的研究,有C. P. Mackerras(马克林)的*The Rise of the Peking Opera 1770–1870. Social Aspects of the Theatre in Manchu China*(《京剧的兴起(1770—1870):清代戏曲的诸社会方面》),牛津,1972年;有关音乐学的方面,见G. Schönfelder的*Die Musik der Peking-Oper*(《京剧的音乐》),莱比锡,1972年。

[2] 辑录约1200种京剧剧目、按照内容整理的目录,是陶君起编著的《京剧剧目初探》(北京,1963年;1980年再版)。

[3] 见Z. Hrdlicka的Old Chinese Ballads to the Accompaniment of the Big Drum(《大鼓》),载*Archiv Orientální*(《东方档案》)第25卷(1957年),第83—145页。译本,见G. Wimsatt(魏莎)、Geoffrey Chen的*The Lady of the Long Wall. A Ku Shih or Drum Song of China*(《孟姜女:一个中国故事或大鼓书》),纽约,1934年;另见J. Pimpaneau(班文干)的*Chanteurs, conteurs, bateleurs, littérature orale et spectacles populaires en Chine*(《歌唱、说话和杂技:中国的说唱文学》),巴黎,1977年。

后大多被迫修改。

蒲松龄

　　随着明朝灭亡，满族人建立了中国最后的封建王朝，但这并没有改变文学已得到更广泛接受的局面。蒲松龄的文言短篇小说是写给这种更广泛的读者的。《聊斋志异》结合中古志怪之简约与唐传奇之巧妙，根本地充实了文言短篇小说的创作，所以，虽承袭其传统，却远超此前之作，比如《剪灯新话》。

　　蒲松龄在世时并没有名气。他教书为生，过着清贫的生活，与家乡（位于山东西部）的学者文人没有什么来往，除曾游幕外，他似乎也未离开过这里。[1]他的文言短篇小说集也是在他去世半个世纪后才刊行的。据考，《聊斋志异》当是1679年写定的，但后来作者肯定还做过修改。其中故事显然首先是以手稿形式传布，这些手稿的发现使1766年辑录431篇的初刊本得以被增补。[2]完备的本子在1962年才辑成，采录所有尚存刊本及抄本，包括1948年发现的出自蒲松龄之手的手稿，收录约570篇。[3]

---

[1]　关于蒲松龄的生平及视野，见O. Ladstätter的P'u Sung-ling. Sein Leben und seine Werke in Umgangssprache（《蒲松龄的生平与白话作品》），慕尼黑大学，博士论文，1960年；Chun-shu Chang（张春树）、Hsüeh-lun Chang（骆雪伦）的The World of P'u Songling's Liao-chai chih-i. Literature and Intelligentisa during the Ming-Ch'ing Dynastic Transition（《蒲松龄的〈聊斋志异〉中的世界：明清之际的文学与知识阶层》），载《中国文化研究所学报》第6卷第2期（1973年），第401—421页；Chun-shu Chang、Hsüeh-lun Chang的P'u Sung-ling and His Liao-chai Chih-i. Literary Imagination and Intellectual Consciousness in Early Ch'ing China（《蒲松龄和他的〈聊斋志异〉：清初中国的文学想象与知识意识》），载Renditions（《译丛》）第13卷（1980年），第60—81页。
[2]　见A. Barr（白亚仁）的The Textual Transmission of Liaozhai zhiyi（《〈聊斋志异〉的文本传递》），载HJAS（《哈佛亚洲研究学刊》）第45期（1985年），第157—202页。
[3]　《聊斋志异》会校会注会评本，2册（上海，1962年）。

《聊斋志异》中的故事有些依据的是过去的题材，比如《枕中记》的题材，后由佛尔克译成德语（他还翻译过唐传奇和元杂剧）。[1]在蒲松龄这里，做梦者醒来后发现，所经历之事只是梦。在唐传奇中，做梦者把梦中之事理解为某种警示。总的来说，"梦"与"醒"之间的交替是中国短篇小说中常见的成分。《聊斋志异》中的故事对人物的外在形象只作勾画，这与后来的白话短篇小说不同，体现出了文言叙述传统对历史写作的继承，重要的不是人物外在形象，而是情节。

这部作品处理素材的方式对我们更好地理解时世及当时受教育者的状况非常有启发。从其序中可知，蒲松龄视自己为怀才不遇的作者，他的许多故事中隐含对时世的批评。值得注意的是该作品对女性形象的处理。女性被描写成有才能、有胆识，却多为化作人形的鬼。还值得注意的是，故事中应当作微辞理解的虚妄幻诞成分非常多。[2]《聊斋志异》以写爱情为主，但有些故事也论及吏治腐败、科举制度、学术理想和百姓中的仇外情绪，总体反映了17世纪40年代的动荡、饥荒、转徙流离的不幸以及盗匪猖獗造成的百姓之苦。这样，它们成为社会史的资料，从中可窥见地方百姓的生活状况。史景迁（J. D. Spence）因此把《聊斋志异》中的故事作为资料，用在他的《王氏之死》一书中。[3]

18世纪以来，《聊斋志异》是最为世人所喜爱、最广为传布的小说集，成为许多其他集子效仿的对象。与长久以来的看法不同，这些集子皆只有小

[1] 辑于A. Forke（佛尔克）的*Chinesische Dramen der Yüan-Dynastie. Zehn nachgelassene Übersetzungen von Alfred Forke*（《元代戏曲：弗尔克翻译遗作十种》），Martin Gimm（嵇穆）编，威斯巴登，1978年。

[2] 见A. Barr（白亚仁）的*Disarming Intruders. Alien Women in Liaozhai zhiyi*（《和易可亲的闯入者：〈聊斋志异〉中的异类女子》），载*HJAS*（《哈佛亚洲研究学刊》）第49期（1989年），第501—515页。

[3] J. D. Spence（史景迁）的*The Death of Woman Wang*（《王氏之死》），纽约，1978年；德译本，有*Die Geschichte der Frau Wang. Leben in einer chinesischen Provinz des siebzehenten Jahrhunderts*（《王氏的故事：公元17世纪中国乡下的生活》），柏林，1987年。

部分取材于口耳相传的民间故事，多是加工文学各领域中既存的素材。《聊斋志异》风行的原因在于其别致的表现形式，但也在于其主题，特别是花妖狐魅的故事占了该书相当大的部分。[1]《聊斋志异》虽广为世人所乐道，但其作者也时常受到批评，比如总纂《四库全书》的纪昀批评其混杂了不同风格，且叙述过分详细，并特别指出，蒲松龄没有说明故事的出处。

蒲松龄被错误地认为也是《醒世姻缘传》的作者。这部长篇小说的故事发生在15世纪，在20世纪30年代初被徐志摩和胡适誉为新发现。在他们看来，这部作品可以与中国其他知名长篇小说齐名，是讽刺性的社会摹写。此书写了悍泼的妻子和隐忍的丈夫，共百回，作者虽不详，其成书时间却可定为17世纪末。[2]

《醒世姻缘传》写不幸的婚姻，以及丈夫因前世射杀仙狐且纵妾虐妻而得到的报应。作者将所有灾祸的原因归于娶对妻子这一根本前提未被满足。

---

[1]　译本，见H. A. Giles的*Strange Stories from a Chinese Studio*（《聊斋志异》），伦敦，1880年；修订本，1909年；E. Schmitt的*P'u Sung-ling. Seltsame Geschichten aus dem Liao Chai*（《聊斋志异》），柏林，1924年；M. Buber的*Chinesische Geister-und Liebeschichten*（《中国鬼魅和爱情故事》），苏黎世，1948年；Y. Hervouet（吴德明）的*P'ou Song-ling. Contes extraordinaires du pavillon du loisir*（《聊斋志异》），巴黎，1969年；I. und R. Grimm的*Pu Sung-ling. Höllenrichter Lu. Chinesische Gespenster-und Fuchsgeschichten*（《陆判：中国狐鬼故事》），卡塞尔，1956年；Xianyi Yang（杨宪益）、Gladys Yang（戴乃迭）等的*Pu Songling. Selected Tales of Liaozhai*（《蒲松龄：〈聊斋故事〉选》），北京，1981年；Yunzhong Lu（卢允中）等的*Pu Songling. Strange Tales of Liaozhai*（《聊斋志异》），香港，1982年；德文全译本已印行者有G. Rösel的*Pu Sung-ling, Umgang mit Chrysanthemen. Im Studierzimmer der Muße aufgezeichnete Merkwürdigkeiten*（《〈黄英〉：〈聊斋志异〉卷1》），苏黎世，1987年；G. Rösel的*Pu Sung-ling, Zwei Leben im Traum. Im Studierzimmer der Muße aufgezeichnete Merkwürdigkeiten*（《〈续黄梁〉：〈聊斋志异〉卷2》），苏黎世，1988年。
[2]　见A. H. Plaks（浦安迪）的After the Fall: Hsing-shih yin-yüan chuan and the Seventeenth-Century Chinese Novel（《堕落之后：〈醒世姻缘传〉与公元17世纪的中国小说》），载*HJAS*（《哈佛亚洲研究学刊》）第45期（1985年），第543—580页；Yenna Wu（吴燕娜）的Marriage as Retribution（《作为报应的婚姻》），载*Renditions*（《译丛》）第17/18卷（1982年），第41—94页。

按这样的观点，幸福的婚姻是功德的表现。这种符合民间佛教信仰的观念也被用来将婚姻的成败解释为命运的决定。

作品前22回主要写武城县晁源家之事。较长的后半部分写晁源转世托生于狄家，其妻正是他前世射杀的狐狸托生的，其妾是前世被其虐待的妻子托生的。受尽折磨后，他才改过自新，念诵佛经，在前世嫡妻死后，终与此世妻子和平相处。借对某些行为的批评，特别是对轻视女性的批评，作品也批判了占统治地位的礼教。

弹　词

显然，女性的角色在某些圈子里正发生变化。对此，女性的文学活动可以为证，这种活动在18世纪和19世纪日益增多，特别体现在以更广泛的观众为对象、或供阅读或为讲唱所作的弹词中。弹词以韵文演唱，创作者多为女性，最初有弦乐伴奏，是民间文学的特殊形式。[1]其中最著名的作品是18世纪末陈端生（1751—1796）的《再生缘》。此弹词逾80万言，作者始作于18岁时，写至17卷，未竟而卒。初印行于1821年的20卷本的后3卷，由女作家梁德绳续补。

故事发生在元代，主要写云南三家之事。孟丽君貌美颖异，皇帝命其嫁给国丈之子刘奎璧。丽君出逃，父母因怕惩罚，以侍女冒名代嫁。侍女别无选择，来到新郎家中后，欲投湖自尽，为丞相妻子所救。侍女嫁给另一名男子，却发现所嫁之人正是其主孟丽君（孟丽君出逃后始终女扮男装）。此事

---

[1]　见M. Bender的Scholarly Note: Tan-ci, Wen-ci, Chang-ci（《学者笺注：弹词、文词、唱词》），载*CLEAR*（《中国文学》）第6期（1984年），第121—124页；Toyoko Yoshida Chen的Women in Confucian Society-A Study of Three T'an-tz'u Narratives（《儒家社会中的女性：三种弹词研究》），哥伦比亚大学，博士论文，1974年。

公开后，丽君险些受重罚，最后被恕罪，可与心爱男子结婚。这部弹词已相当长，但还有其他弹词在篇幅上超过它，这些弹词也出自女作家之手，比如《笔生花》和《天雨花》。估计中国最长的小说是福州女作家李桂玉所撰，并由其他女作者合作续补的弹词《榴花梦》，共360卷，近500万字。

　　这些弹词与唱词不同，也被称为文词。两种形式虽相近，唐代的变文和十二三世纪的平话皆可看作其前身，但仍有诸多不同。比如，唱词的表演者多为两名，边弹边唱，总是使用方言，底本也以方言记录，这种弹词主要流行于中国南方，所有不同的地方变体中，以出于苏州的形式最为著名。

36. 封建社会晚期的诗歌和政治

清代的诗人

满族能够最终统治中国全境，其中并非没有汉族力量的帮助。清初的动荡过后，社会开始进入长时间的安定，尤其是在康雍乾时期。但这种安定在18世纪末开始动摇，最后在19世纪时完全瓦解，这主要是因为国内社会中的紧张关系。造成这种紧张关系的主要原因是人口数量的激增，但也包括帝国主义列强的侵犯。

清代的诗人、文人多是业余爱好者[1]，他们不是学者，就是任公职者。职业和兴趣常常会影响他们的诗文，甚至直接体现在其中。除诗外，他们也采用长的文学样式，作为自己的或与同好之间的共同消遣，表现自己对世界诸方面的态度，只是这些样式常常采用历史的形式。特别是某些18世

---

[1]　见J. R. Levenson（列文森）的The Amateur Ideal in Ming and Early Ch'ing Society. Evidence from Painting（《从绘画所见明代与清初社会中的业余爱好理想》），载 J. K. Fairbank（费正清）主编的*Chinese Thought and Institutions*（中国思想与制度），芝加哥，1957年，第320—341页。

纪和19世纪初的长篇小说，这些作品的力量和内涵不只使它们成为世界文学的杰作，直至今日，它们仍打动着中国人。一如在某种意义上可被称为科学的语文学和经学，以及狭义上的诗歌，这种文学活动只构成文人自我表达与自我认识的一个方面。其中最重要的是《红楼梦》，此外，《儒林外史》和《镜花缘》等作品也完全可以与之匹敌。

清代诗歌仍沿用旧形式，时有扩充和变化。在社会行为上，诗人也因袭旧传统。这里特别要提及的是文学或文学政治结社，它们完全按张浦（1602—1641）和吴伟业（1609—1672）创立复社的方式，合并了诸诗人团体，存至清亡。南社由陈去病（1874—1933）、高旭（1877—1925）和柳亚子（1887—1958）三位诗人在苏州复社1633年集会处创立，其讨论的问题也是复社研究的问题，特别是如何评价唐诗和宋诗。[1]这些结社的成员中有许多在清末时转向了改革或革命思想，甚至亲自将其付诸行动。但旧传统仍有相当的影响，比如，胡适于1917年提出文学改良之八事（"须言之有物""不摹仿古人"等）之前，复社的创立者也已提出过。

文社虽总被怀疑，文人和知识分子也总是遭到迫害，但国家还是有多种办法使众多学者为自己工作。当入仕之路不通时，就主要通过前面已论及的大规模的纂修工程。所以，清代学术的成就体现在许多以前诗人作品的评注本中，这并非巧合。在诗的方面，诗话众多是清代文学界的特点，其中清楚地体现出封建时代晚期文人的诗学意识。

封建时代晚期，中国文人所经受的张力在于协调内容与形式之难。学术于宋代彻底失去其统一性，文学创作、文学批评和儒家经学被看作是彼此分开的，之后虽多有结合文学创作与道德修养的尝试，但专门化逐渐占据上

---

[1]　见郑逸梅的《南社丛谈》（上海，1981年）。

风，"知"与"行"有所割裂。[1]

在对理想与现实的关系的思考中，提出恢复并效法古代理想的要求，这也见于当时的诗作中。清初的诗多写百姓的行为，他们通过自己的行动维持儒家的基本社会美德。比如，在不曾仕宦的吴嘉纪的诗中，[2]恰好是最弱势、最平凡者表现出了美德，其中包括许多女性。"行"比"知"难，晚明的有些思想家已经知道，比如吕坤，他们感叹当时论争的冗赘。吴嘉纪的诗中却仿佛可见杜甫（但主要是白居易）的某些社会批评的诗的影子，它们按忠与孝的原则表现普通百姓。这样，中华文明的希望不再与教育精英联系起来，而是与百姓联系了起来。

吴嘉纪有时会参加当时文学与艺术的资助者在扬州组织的集会，其中周亮工（1612—1672）和王士禛十分赞赏他的诗，但大部分时间，他还是住在乡下，往来于江苏东部沿海地区和盐场。他最知名的诗是首绝句，据称，乾隆帝后来因这首诗决定为灶户开放仓库：

> 白头灶户低草房，六月煎盐烈火旁。
> 走出门前炎日里，偷闲一刻是乘凉。

其头两句又作：

> 场东卑狭海氓房，六月煎盐如在汤。[3]

---

[1] 见Th. Huters（胡志德）的From Writing to Literature. The Development of Late Qing Theories of Prose（《自写作至文学：晚清散文理论的发展》），载HJAS（《哈佛亚洲研究学刊》）第47期（1987年），第51—96页。

[2] 见J. Chaves（齐皎瀚）的Moral Action in the Poetry of Wu Chia-chi（1618-84）（《吴嘉纪诗中的道德行动》），载HJAS（《哈佛亚洲研究学刊》）第46期（1986年），第387—469页。

[3] 杨积庆笺校的《吴嘉纪诗笺校》（上海，1980年），第10页和第467页；参见J. Chaves（齐皎瀚），同上，第389页及以下。

但如果百姓成为文明思想的希望寄托，其道德教育必然要得到特别的重视，结果便是百姓的意识形态化。

虽有各种变化和革新，在清代的中国，如在过往的几百年中那样，诗仍旧是道德劝诫的工具，以及表达自我心境、思想和感情的手段。[1]清诗首先基本上是晚明诗的继续。16世纪末，李贽与打破陈规的公安派袁氏兄弟及其追随者反对当时拟古主义的束缚。明清之际，其支持者包括明遗民黄宗羲、顾炎武、吴嘉纪和王夫之。

清代下半叶，公安派的主张——每个时代都要有自己语言和文学——再次兴起。特别是自19世纪初起，关注社会现实的诗作日益增加，且其关注程度是前所未有的。这里首先要提到的是诗人郑燮（1693—1766）、赵翼（1727—1814）和张问陶（1764—1814）。这时期的诗也可见风格上的革新以及语言上、形式上的独创的萌芽，比如并无名气的诗人金和（1818—1885）。

明清之际最有意思的诗人是钱谦益。他欣赏杜甫，曾为其作品作评论，但同时也称赞宋元的诗。钱谦益曾与袁氏兄弟中最年轻的袁中道有过交游，他批评抄袭和摹拟的行为，强调诗要想真实，首先要有情，这点完全继承了公安派的观点。围绕着他与江南名妓兼女诗人柳如是（1618—1664），曾有过许多传说。比如清军攻占南京时，柳如是劝他自杀殉明，被他拒绝。后来，钱谦益被指做了贰臣。直至20世纪，他才重新得到人们的注意。

除钱谦益外，吴伟业也是清初的著名诗人。他是复社创立者之一张浦的门生。与钱谦益不同，明末时他曾想自杀，其亲属让他打消了这个念头。改

---

[1] 见Irving Y. Lo（罗郁正）、W. Schultz主编的Waiting for the Unicorn. Poems and Lyrics of China's Last Dynsty, 1644–1911（《〈待麟集〉：清代诗词选》），布鲁明顿，印第安纳州，1986年；Ramon L. Y. Woon（翁聆雨）、Irving Y. Lo的Poets and Poetry of China's Last Empire（《清代中国的诗人与诗》），载LEW 9.4（1965年），第331—361页。

朝换代深刻地影响了他的诗，怀念故国、怅然自失的情怀贯穿于其后期作品中。于诗之外，他也写戏曲，其最著名者是《秣陵春》，这本传奇写徐适和展娘因玉杯宝镜中对方的形象而成就了姻缘的故事。[1]

17世纪和18世纪初的其他诗人多写词，常法南宋词体，包括金圣叹、黄宗羲、顾炎武、宋琬（1614—1674）、尤侗、吴嘉纪、施闰章（1618—1683）、王夫之、陈维崧、朱彝尊、屈大均、彭孙遹（1631—1700）、恽寿平（1633—1690）、王士禛、曹贞吉（1634—1698）、吴雯（1644—1704）、洪昇和赵执信（1662—1744）。其中有些人当然因其他成就更出名，比如黄宗羲和顾炎武因其对明朝的忠诚，前者还因其作品《宋元学案》和《明儒学案》；王夫之因其哲学和政治思想，王士禛因其文学批评，洪昇因其作品《长生殿》。

清初的乱离过后，关于明代的记忆逐渐消失，影响18世纪的诗的主要因素是国家的安定。沈德潜（1673—1769）主要以编辑诗集和写作散文名世，也是重要的诗人，古体宗汉魏，近体法盛唐。厉鹗工于五言，但也以撰百卷《宋诗纪事》闻名。与许多古代中国的诗人一样，他尝试不同的诗的样式，先后宗法不同的范式。在后期的诗作中，他将吟咏风物的成分与对自己经验的思考相结合，在词的创作中，逐渐离开多年所法的姜夔和张炎，转向更古的小令样式。

郑燮主要因擅书法而被称为"扬州八怪"之一，他是一位才华出众的诗人，不只以清新直接之笔抒写性灵，还在许多诗中针砭时弊。他的许多诗被谱成曲子，又特别因传唱于学校中而得以广泛传布。18世纪最知名也最多变的诗人是前文已多次提及的袁枚，自18世纪中起被认为是中国诗坛的盟主，

---

[1] 关于此剧，另见Kang-i Sun Chang（孙康宜）的The Idea of the Mask in Wu Weiye (1609-1671)（《吴伟业的面具理念》），载*HJAS*（《哈佛亚洲研究学刊》）第48期（1988年），第289—313页。

其诗作及诗话在其在世时即广为流传。袁枚的写作所得相当可观，因而过着优游自在的生活。与比他年长的沈德潜所强调的诗的教化功能不同，袁枚曾多次明确攻击这种观点，主张诗首先要有趣。

蒋士铨与袁枚、赵翼并称"江右三大家"。蒋士铨作为诗人的成就，后来被他作为乾隆朝知名戏曲家的成就所掩盖。在他看来，诗要出于内在本性和真情实感。他以诗的形式批评其他作者，比如王士禛的诗，表述了自己的诗学观点。赵翼也不只写诗，同时还批评此前的诗人及诗作。与蒋士铨相似，赵翼强调直接的感情和经验的重要，视其为创作的基础。这种对自然的喜爱让他在唐代诗人中相对于韩愈和孟郊，更推崇白居易和元稹。其诗论见于以其号命名的《瓯北诗话》中。似乎苦于袁枚名气远超自己的赵翼还因治史而名于世，他的治史成就体现在《廿二史札记》和《皇朝武功纪盛》中。

来自江苏的黄景仁（1749—1783）是宋代著名诗人兼书法家黄庭坚之后，生前已作为有天分的诗人而闻名。他讲究形式的完美，擅于写浪漫的、表现力强的诗，有逾千首诗和200首词传世。与他同样反对姚鼐及桐城派的阳湖文派创立者之一张惠言（1761—1802），也是在壮年时就去世了。他是知名的书法家、学者和散文家，但也以诗名世，其影响最大的作品是1797年刊行的与其弟张琦合辑的《词选》，这本总集和张氏外甥所辑《续词选》构成了常州词派的经典。[1]舒位（1765—1815）在文学和音乐上有多样的才华，也为自己的戏曲底本创作音乐。他有超过千首诗传世，其中有52首诗描写和记录了黔南少数民族的风俗。

与18世纪的盛世景象不同，因社会中的紧张关系和欧洲列强的侵犯，19世纪的中国社会正是多事之秋。19世纪的知名诗人首先当数龚自珍。龚自珍工绝句，因于1839年写下的315首《己亥杂诗》绝句而名世，这些诗作于

---

[1]　Chia-ying Ye Chao（叶嘉莹）的 The Ch'ang-chou School of Tz'u-Criticism（《常州派词学批评》），载 HJAS（《哈佛亚洲研究学刊》）第35期（1975年），第101—132页。

他由北京返回故乡杭州的途中。这些诗追忆了作者过往20年在京城的生活，因风格新奇而旋负时誉。[1]诗中充满抱负不申的感叹，显然，作者是将自己放在了屈原形象的传统当中。民国初年，这些诗在苦于政治上无所作为的诗人当中引起了重视，特别在南社成员及其主持者柳亚子这里，后者后来被誉为20世纪的屈原。

有才华的诗人还有魏源（1794—1857），他是龚自珍的朋友和同道，其出色的风景诗（"十诗九山水"）因其众多史学、地理学和经学著作而少有关注。魏源主要因鸦片战争失败后编著的《海国图志》闻名，初刊行于1844年，后增补重刊。[2]

19世纪初的其他诗人还有项鸿祚（1798—1835）、何绍基（1799—1873）、顾太清（1799—1876）、吴藻（1799—1862）、郑珍（1806—1864）、蒋春霖（1818—1868）和金和，19世纪末20世纪初的知名学者梁启超认为金和是黄遵宪之外19世纪最重要的诗人。诗人、外交家兼改革家黄遵宪（1848—1905）是广东客家人，先后在驻日本、驻英国大使馆任职，并将日本的改革经验介绍给更广泛的公众。与黄遵宪同时代的诗人已亲见国家的衰败，因而，黄遵宪之名与旨在改变诗歌的"诗界革命"联系在了一起。[3]黄遵宪同时代的诗人包括王闿运（1833—1916）、樊增祥（1846—1931）、陈宝琛（1848—1935）、陈三立（1853—1937）、易顺鼎（1858—1920）、康有为（1858—1927）、谭嗣同（1865—1898）、梁启超、王国维以及女诗人兼革命者秋瑾（1875—1907）。

面对封建秩序的瓦解，这些诗人也在诗歌中寻找新的表达方式。1895年

[1] Shirleen S. Wong（黄秀魂）的*Kung Tzu-chen*（《龚自珍》），波士顿，马萨诸塞州，1975年；A. Mittag（闵道安）的*Gong Zizhen*（《龚自珍》），载*Kindlers Neues Literaturlexikon*（《新文学词典》卷6），慕尼黑，1989年，第647页及以下。

[2] 见Heng-yü Kuo（郭恒钰）的*China und die Barbaren*（《中国与蛮族》），普弗林根，1967年。

[3] J. D. Schmidt的*Huang Tsun-hsien*（《黄遵宪》），波士顿，马萨诸塞州，1982年。

左右，有些诗人提倡新诗，由此产生的运动于1902年至1904年的诗界革命中达到高潮。这场运动中，约40名诗人联合起来，写诗抒发自己的感情。比如，已提及的黄遵宪认为自己如何说话便应该如何写诗，其"我手写我口"的说法被许多诗人视为纲领。他自己的诗也是按这样的要求写的，他最著名的一首是《伦敦大雾行》。这场运动在发展中体现出的对过去的摒弃，部分是受到了西方影响，运动的彻底性在中国是前所未有的。虽然诗歌革新者实际上数量不少，但民众中有文学修养的人多数还不忍舍弃旧形式，还在通常的场合作诗。清代传世诗作的多少可于1929年刊印的《清诗汇》中窥见，《清诗汇》选录逾6000位作者的几万首诗，而今已知的清代作者的词集已逾5000本。

清代的长篇小说

16世纪中至17世纪末，色情文学在文学中占有特殊的地位。这已清楚地体现在晚明的短篇小说中。《金瓶梅》里，性爱也是决定性因素。色情文学在中国由来已久，但如今处在中心地位的不是圆满的、和谐的爱情关系，而是失败的、有害的爱情关系。

记录性爱技巧和方法的文字历史悠久，自成体裁[1]，有助于理解当时色情文学的特点。在古书中，统治者及其伴侣还是幸福结合的范式，没有任何外在约束。其中，女性被认为居于男性之上，而男性弥补的办法是节约阳气。这种关系后来被反过来，女性被表现为无知、恶劣或诡诈，所以总是需要被约束，不然的话，女性会尽其邪恶之力损伤男性，成为红颜

---

[1] 最好的文献目录，见石原明、H. S. Levy英译的《医心方》卷廿八（东京，1968年）；最好的综述，见R. H. van Gulik（高罗佩）的 *Sexual Life in Ancient China*（《古代中国的性生活》），莱顿，1961年。

祸水。只有死亡或节欲可以帮助摆脱女性之无厌和男性之有尽所造成的困境。这种变化是儒家学说影响日益加深的结果，间接地，这也是对所有猥亵的、淫秽的以及任何可视为忤逆的事物的审查结果。后来，性爱在文学中分化成纯粹对床第之事的描写，以及对性爱的含蓄描写。后者体现在了《红楼梦》中，也体现在了才子佳人小说中。于最知名的色情长篇小说《金瓶梅》和《肉蒲团》之外，16世纪下半叶以后，以色情为题材的文学作品不可胜数，至今尚无详细研究。[1]这里提及的长篇小说虽都写淫乱的危险，但比之《金瓶梅》，《肉蒲团》要自如许多，显示出某种见多识广的宽容。

明清之际，许多知识分子不只经历了王朝的灭亡，也常常是财产散尽。但城市的繁荣显然并未因政治上的动荡而长时间地受到影响。出色的作者仍可找到出版商和购买者，完全可以维持自己的生计。比之卖书，好的戏曲底本的回报更高，已提过的李渔也以其号笠翁名世，是当时最多变的作者之一，他应该是靠写戏曲底本维持自己奢侈的生活。他与自己的戏班游走四方，演出自己的戏曲，因此闻名全国，并在新的由外族统治的王朝中起着融合的作用。[2]

李渔出自浙江的书香门第，杭州对他影响深远，他生命的大半时光在这里度过。他虽才华出众，乡试却几次不第，不久绝意仕进，专心文学与艺术，视此为替代。他把自己看作合格的戏班管理者，此外，称自己是非正统的史学家和散文家。至少由此可看出，李渔虽思想自由，却还摆脱不了文人

---

[1]　见K. McMahon（马克梦）的Eroticism in Late Ming, Early Qing Fiction. The Beauteous Realm and the Sexual Battle Field（《明末清初小说中的性欲：美的王国与性的战场》），载TP（《通报》）第73期（1987年），第217—264页，特别是第223页及以下。

[2]　关于李渔，见P. Hanan（韩南）的The Invention of Li Yu（1610–1680）（《创造李渔》），剑桥，马萨诸塞州，1988年；Nathan K. Mao（茅国权）、Liu Ts'un-yan（柳存仁）的Li Yü（《李渔》），波士顿，马萨诸塞州，1977年。

的理想。他的灵活和艺术家的天性不只体现在他虽看似长期拮据，但仍能养活家中众多人口，并时不时享用各种奢侈品，甚至纵酒宴乐；或许更体现在他既与明遗民相契，又与清廷的达官显宦交厚。

同时代者多厌恶李渔的生活方式，其生活艺术的体现也包括营造园林，以及教育和培养年轻貌美的女子成为戏曲演员，之后让她们在自己的戏班中演出，或是把她们介绍给有意者为妾。很难说这种生活艺术以及对某种轻浮行径的喜好在多大程度上符合他的天性，还是说，这更多地是对仕进不成的补偿。李渔的散文至少是专为消遣而写的，他有时取笑传统道德观念，有时应该也旨在批评时世。

他奢侈生活的经验在《闲情偶寄》中得到体现。于戏曲之外，书中还有对理想女性的论述（李渔反对缠足，提倡女性接受文学教育），以及关于园林建筑和房舍空间利用的记载。[1]李渔视自己为袁宏道"独抒性灵说"的继承者，因他对生命的肯定态度以及在艺术上实用的明确指示，他被誉为幸福的哲学家与技术专家。这里，幸福指的是接受现实。

作为戏曲作者，李渔以其十种传奇名世。与他的小说同样，在这些戏曲作品中，某一角色往往占据中心地位。[2]他反对将不同的故事连缀起来，这些戏曲作品的朴实和简洁估计也是它们成功的原因之一。他对戏曲演出的说明，直至晚清《梨园原》刊行，并无与之相当者。李渔反对王骥德的观点，后者是除吕天成（生于1580年）外最著名的戏曲理论家。李渔在世时虽有成就，但他在风化上的无拘无束却为儒者所厌，所以长久以来地位不高，至1912年民国建立，才又被誉为中国最重要的戏曲作家和评论

---

[1]　见W. Eberhard（艾伯华）的 *Li Yü, Die vollkommene Frau. Das chinesische Schönheitsideal*（《李渔：完美的女性，中国的美的标准（德译〈闲情偶寄〉声容部）》），苏黎世，1963年。

[2]　关于李渔的戏曲理论，见H. Martin的 *Li Li-weng über das Theater*（《李笠翁论戏曲》），海德堡，1966年；E. P. Henry的 *Chinese Amusement. The Lively Plays of Li Yü*（《中国娱乐：李渔生动活泼的戏曲》），哈姆登，康涅狄格州，1980年。

家之一。

戏曲对李渔的深刻影响也体现在他最初两部短篇小说集《无声戏》和《十二楼》的名称上，《无声戏》不久被遗忘，如今只存残本[1]，《十二楼》却广为流传。《无声戏》中有些小说是对以前的白话小说的戏仿。后来，因他的名气，许多作品托他的名字刊行，这也是为何李渔的《肉蒲团》作者身份如今虽已确定，但长期遭到怀疑的原因。

初于1693年刊印的《肉蒲团》是在《金瓶梅》后约半个世纪写成的，两者有相似之处[2]，因而同被看作色情长篇小说最重要的代表。但李渔的《肉蒲团》不再只以教化和娱乐为目的，它也可作为17世纪风行的才子佳人小说的戏仿来读。

《肉蒲团》共20回。第一回说性爱哲学，其根本在于，与熟悉女子交欢比在外寻欢作乐好，也许也因此，这本小说有时被认为是女子所作。引言之后，小说的情节展开，分成三大部分。第一部分写未央生娶铁扉道人独生女玉香，与她沉湎肉欲，相投无厌。后为寻女色，未央生离开妻子，途中结识盗侠，授性爱之术。但要成为天下第一才子，娶天下第一佳人，先要经历手术。第二部分中，未央生勾引权老实的妻子及其他女子。权老实发现奸情后，遂往未央生家中，于铁扉道人处充当奴仆，娶其婢女，借机勾引未央生的妻子玉香。

至此，准备好的戏剧性发展于第三部分中呈现。玉香怀孕后，与权老实出走，途中小产。权老实将其卖至京城某妓院为娼。不久，玉香成为京

---

[1] 英译《无声戏》中的一回及若干提示，见D. J. Cohn的The Seven Ruses of a Female Chen Ping（《女陈平计生七出》），载Renditions（《译丛》）第31卷（1989年），第31—47页。

[2] 《肉蒲团》的译本，有F. Kuhn的Jou Pu Tuan. Andachtsmatten aus Fleisch（苏黎世，1959年）；P. J. Pimpaneau（班文干）、P. Klossowski的Jou-p'ou't'ouan, ou la chair comme tapis de prière（巴黎，1962年）。

城名妓。未央生回到家中，岳父称玉香积郁成疾已死。悼念后，未央生返回京城，点名要见名妓。名妓认出自己的丈夫，羞愧难当，竟自尽身亡。未央生最后得知死去的名妓是自己的妻子，悔恨自己的恶行，拜在孤峰和尚门下为僧。

小说中尽是闺闱床第之事，但总间杂智慧的建议、认识和教诲。比如书中对近视眼的女子加以赞赏，认为她们不致因男子的诱惑而失去贞操。性方面的能力被明确地与科举考试相比，也这样被描写。比如，在这两种情况中，方药可提高能力，也可促使考试及格。

17世纪末时被世人喜爱的小说体裁叫作才子佳人小说。才子佳人的题材自唐起就广为乐道，此后学步者纷起。在长篇作品读者群体的形成过程中，对这种题材的小说的需求也产生了。明末清初知名的约50本这类写有才华的年轻学生与常怀异才的年轻女子的关系的小说，皆无撰者的名氏[1]，如1680年刊行的共20回的小说《平山冷燕》。一如《金瓶梅》，这本小说也摘四名主角名字中的各一字为题。[2]小说结尾，两位才子各娶上了能作诗的年轻女子为妻。才子佳人小说多不长（在12回至26回间），内容分初会、分别或受阻及结合三部分，常以结婚或双双结婚结束，主角有时不止娶一名女子，而是娶两名或更多女子为妻。

同样要归在才子佳人小说中的，且常被认为是这类小说中最著名的，是

[1] 关于才子佳人小说，见Wm. B. Crawford的Beyond the Garden Wall. A Critical Study of Three Ts'ai-tzu chia-jen-Novels（《园墙外：三种才子佳人小说的批评性研究》），布鲁明顿，印第安纳大学，博士论文，1979年；R. C. Hessney的Beautiful, Talented, and Brave. Seventeenth-Century Chinese Scholar-Beauty Romances（《美丽、有才且勇敢：公元17世纪的中国才子佳人小说》），纽约，哥伦比亚大学，博士论文，1979年。
[2] 法译本，见S. Julien（儒莲）的P'ing-shan-ling-yen: Les deux jeunes filles lettrées（《平山冷燕》2卷），巴黎，1826年。

凡20回的《玉娇梨》，也取主角名字的部分来命名。[1]这本小说如许多小说一样，也以其他名字传世，至迟刊印于清初，19世纪时在欧洲十分有名。最早被译成欧洲语言，且给歌德留下深刻印象的长篇小说《好逑传》也是此类小说。[2]

在文学史上，17世纪至18世纪初显然是适应新的权力关系的时期。当时，这样的作品特别受欢迎，它们不关痛痒，能让读者心情平静；有时它们会有些多愁善感，这样便为现实生活中的不如意者提供了某种补偿。这与民国初年的情况相仿，当时，城市读者对连载小说视如性命。但值得注意的是，六大奇书中没有一本是出自17世纪的。《三国演义》和《水浒传》的定本分别出自明末嘉靖朝（1522—1566）和万历朝（1573—1620），《西游记》和《金瓶梅》也是那时写的。这些作品有的是对已有作品的讽刺性加工。直至18世纪的乾隆年间，其他两本奇书《儒林外史》和《红楼梦》才刊行，它们符合高雅的、有距离的、喜讥讽和玩味文字间细微差别和典故的读者的口味。此外，必然以团圆结尾的肤浅的消遣文学当然仍旧存在。

---

[1]　J. P. Abel-Rémusat（雷慕沙）的 *Iu-Kiao-Li, ou, Les deux cousines*（《玉娇梨或两个表姊妹》），巴黎，1926年；S. Julien的 *Yu Kiao Li. Les deux cousins, Roman chinois*（《〈玉娇梨〉：两个表姊妹》），巴黎，1864；A. v. Rottauscher（鲁陶舒）的 *Rotjade und Blütentraum*（《红玉与梦梨》），维也纳，1941年；M. Schubert的 *Das Dreigespann, oder Yükiao-li*（《玉娇梨》），伯尔尼，1949年。

[2]　译本，见F. Kuhn的 *Eisherz und Edeljaspis, oder Die Geschichte einer glücklichen Gattenwahl*（《冰心与中玉：〈好逑传〉》），莱比锡，1926年；J. F. Davis（德庇时）的 *The Fortunate Union*（《好逑传》2卷），伦敦，1829年。另见R. C. Hessney的 Beyond Beauty and Talent: The Moral and Chivalric Self in The Fortunate Union（《才子佳人之外：〈好逑传〉中道德的与殷勤的自我》），载R. E. Hegel、R. C. Hessney主编的 *Expressions of Self in Chinese Literature*（《中国文学中的自我表达》），纽约，1985年，第214—250页；W. L. Idema（伊维德）的 *Chinese Vernacular Fiction. The Formative Period*（《中国白话小说的形成期》），莱顿，1974年，第126页及以下。

吴敬梓（1701—1754）的《儒林外史》有鲜明的讽刺特征和强烈的自传色彩。[1]该书于18世纪中写成，最古的传世本子却出自1803年。小说公开感叹国家的衰落，表面上叹的是明朝，但实指当下。比如，第55回开始写当时官吏士绅的肤浅与投机：

> 话说万历二十三年，那南京的名士都已渐渐消磨尽了……花坛酒社，都没有那些才俊之人；礼乐文章，也不见那些贤人讲究。论出处，不过得手的就是才能，失意的就是愚拙。论豪侠，不过有余的就会奢华，不足的就见萧索。凭你有李、杜的文章，颜、曾的品行，却是也没有一个人来问你。所以那些大户人家，冠、昏、丧、祭，乡绅堂里，坐着几个席头，无非讲的是些升、迁、调、降的官场；就是那贫贱儒生，又不过做的是些揣合逢迎的考校。[2]

小说作者吴敬梓是安徽望族之后，几代名公巨卿多出其门。吴敬梓早年曾考取秀才，后沉迷金陵青楼，几经沉沦，竟迁居金陵，余生潦倒，靠写作过活，深居简出，不无某种对不达的怨恨。所以，《儒林外史》也被称为作者对自己生活的辩护，因为他在书中用一个又一个的例

---

[1] 译本，有En-lin Yang（杨恩霖）、G. Schmitt的 *Wu Djing-dsi. Der Weg zu den weißen Wolken. Geschichten aus dem Gelehrtenwald*（魏玛，1976年；慕尼黑，1990年新版）；Hsien-yi Yang（杨宪益）、Gladys Yang（戴乃迭）的 *Wu Ching-tzu. The Scholars*（北京，1957年）；重要的研究，有O. Kral的Several Artistic Methods in the Classic Chinese Novel Ju-lin wai-shih（《中国古典小说〈儒林外史〉中的若干艺术手法》，载 *Archív Orientální*（《东方档案》）第32卷（1964年），第16—43页；P. S. Ropp（罗浦洛）的 *Dissent in Early Modern China, Ju-lin wai-shih and Ch'ing Social Criticism*（《异议在近代早期中国：〈儒林外史〉与清代社会批判》），安娜堡，密歇根州，1981年；关于这本小说的结构，另见Z. Slupski（史罗甫）的Three Levels of Composition of the Rulin Waishi（《〈儒林外史〉的结构的三个层次》），载 *HJAS*（《哈佛亚洲研究学刊》）第49期（1989年），第5—53页；关于作者，见Timothy C. Wong（黄宗泰）的 *Wu Ching-tzu*（《吴敬梓》），波士顿，马萨诸塞州，1978年。
[2] 同上。

子证明，富贵会导致衰亡和堕落。吴敬梓肯定不只想靠这部小说简单描摹时世，而是想以讽刺的手段劝同时代者修身慎行，告诫他们什么东西会腐化性格。

中国古典长篇小说中成就最高的应当是《红楼梦》，其120回本初刊行于1791年[1]，前80回常用《石头记》的名字。对《红楼梦》的研究有着悠久

---

[1] 旧译中这里只提在德语区流布最广的F. Kuhn的*Der Traum der roten Kammer*（莱比锡，1932年），然而，此本多半为再创作，与原作不符。英语新译本两种，是D. Hawkes译的*Cao Xueqin, The Story of the Stone*（《石头记》卷1—3），哈默兹沃斯，1973—1980年，J. Minford（闵福德）译的*Cao Xueqin, The Story of the Stone*（《石头记》卷4和卷5），哈默兹沃斯，1982年，1986年；Hsien-yi Yang（杨宪益）、Gladys Yang（戴乃迭）的*A Dream of Red Mansions*（《红楼梦》3卷），北京，1978—1980年。关于《红楼梦》的文献浩繁，以下目录可提供帮助：Tsung-shun Na（那宗训）的*Studies on the Dream of the Red Chamber. A Selected and Classified Bibliography*（《〈红楼梦〉研究书目》），香港，1981年。重要的研究有：Wu Shih-ch'ang（吴世昌）的*On the Red Chamber Dream. A critical Study of Two Annotated Manuscripts of the 18th Century*（《〈红楼梦〉探源》），牛津，1961年；Ying-shih Yü（余英时）的The Two Worlds of Hung-lou Meng（《〈红楼梦〉的两个世界》），载*Renditions*（《译丛》）第2卷（1974年），第5—21页；L. Miller（米乐山）的*Masks of Fiction in Dream of the Red Chamber. Myth, Mimesis, and Persona*（《〈红楼梦〉中的虚构面具：神话、模仿与角色》），图森，亚利桑那州，1975年；A. H. Plaks（浦安迪）的*Archetype and Allegory in the Dream of the Red Chamber*（《〈红楼梦〉中的原型与寓意》），普林斯顿，新泽西州，1976年；J. Knoerle（郑美惬）的*The Dream of the Red Chamber. A Critical Study*（《红楼梦》：批评性研究》），布鲁明顿，印第安纳州，1972年；Mei-shu Hwang（黄美序）的Chia Pao-yü: The Reluctant Quester（《贾宝玉：不情愿的探求者》），载*Tamkang Review*（《淡江评论》）1.1（1970年），第211—222页；H. Saussy（苏源熙）的Reading and Folly in Dream of the Red Chamber（《〈红楼梦〉中的阅读与愚蠢》），载*CLEAR*（《中国文学》）第9期（1987年），第23—47页；Anthony C. Yu（余国藩）的The Quest of Brother Amor. Buddhist Intimations in The Story of the Stone（《情僧索问：〈红楼梦〉的佛教隐意》），载*HJAS*（《哈佛亚洲研究学刊》）第49期（1989年），第55—92页；关于作者及其家庭背景，见J. D. Spence（史景迁）的*Ts'ao Yin and the K'ang-hsi Emperor. Bondservant and Master*（《曹寅与康熙：奴才与主子》），纽黑文，康涅狄格州，1966年；关于小说在现代中国的接受，见J. Bonner的Yü P'ing-po and the Literary Dimension of the Controversy over Hung-lou meng（《俞平伯与有关〈红楼梦〉的争论的文学维度》），载*China Quarterly*（《中国季刊》）第67期（1967年），第546—581页。

的传统，至今仍有许多悬而未决的问题。作品以作者曹雪芹家道衰落为背景（小说中是贾家），叙述了许多故事，其中，贾宝玉与林黛玉的关系占据中心地位。

小说的初回与末回，记作者于空空道人处得到手稿。其中写宝玉与天生有诗才、又天生哀怨[1]的黛玉，及世故干练的宝钗间命中注定的、不幸的三角关系，实际也是对痴顽的讨论。两名女子对宝玉来说都可以说是相配的，却又都不是。小说结尾，一切皆空的认识占了上风，宝玉离开尘世，出家为僧。宝玉将感情系于黛玉，却要与宝钗成婚，黛玉因此病卒。以下第96回的节选写黛玉垂绝的状况，可见小说语言的丰富。

> 那黛玉此时心里，竟是油儿酱儿糖儿醋儿倒在一处的一般，甜苦酸咸，竟说不上什么味儿来了。……说着，自己移身要回潇湘馆去。那身子竟有千百斤重的，两只脚却像踩着棉花一般，早已软了。只得一步一步慢慢的走将来。走了半天，还没到沁芳桥畔，原来脚下软了。走的慢，且又迷迷痴痴，信着脚从那边绕过来，更添了两箭地的路。这时刚到沁芳桥畔，却又不知不觉的顺着堤往回里走起来。紫鹃取了绢子来，却不见黛玉。正在那里看时，只见黛玉颜色雪白，身子恍恍荡荡的，眼睛也直直的，在那里东转西转。[2]

《红楼梦》写个人纠结于情欲，暗示解脱的途径，后以此为题者众多，这些作品因色情描写常被误以为是淫秽的或只写来消遣的，但贯穿其中的却是关于个人与世界冲突的思想。

---

[1] 此表述取自 H. Kogelschatz 的 *Wang Kuo-wie und Schopenhauer. Eine philosophische Begegnung*（《王国维与叔本华：一次哲学的相遇》），斯图加特，1986年，第122页及以下。
[2] 同上。

《镜花缘》共100回，作者李汝珍（1763—1830）也以《李氏音鉴》和《受子谱》名世。小说借描写对海外诸国的想象指摘时弊。[1]小说的语言极奇精妙，因初次泛海出游（第8回至第40回）中的荒诞讥讽的描写，而被视为中国的《格列佛游记》。描写访问海外诸奇国的这部分，明显表现出受到了《西游记》的影响。同时，作者承袭《山海经》《博物志》之类作品描写神话异域的传统，在这些神话异域的描写中，作者除表现出对古怪事物的识别力外，也尽逞其才学，又述其对儒家忠孝美德及道家追求长生不老的看法。小说的中心主题实际是对某种女性观念的称赞，乃至于到了后来，作者有时会被认为有女权主义的目的。[2]在持续至今的、尤其是对这方面的讨论中，过往几百年的小说再次被证实对当今知识分子的自我认识有着突出的意义。

沈复（1763—约1838）的《浮生六记》[3]于1877年刊行，作为爱情故事

---

[1] 译本，有Tai-yi Lin（林太乙）的*Li Ju-chen. Flowers in the Mirror*（《李汝珍：〈镜花缘〉》），伦敦，1965年；F. K. Engler的*Li Ju-tschen. Im Land der Frauen*（《李汝珍：〈女儿国〉》），苏黎世，1970年，节译本。关于小说与作者的研究，有Peng Yoke Ho（何丙郁）、Wang-luen Yu的*Physical Immortality in the Early Nineteenth-Century Novel Ching-hua yüan*（《〈镜花缘〉中的长生不老》），载*OE*第21期（1974年），第33—51页；Hsin-sheng C. Kao（高信生）的*Li Ju-chen*（《李汝珍》），波士顿，马萨诸塞州，1981年。

[2] 见C. T. Hisa（夏志清）的The Scholar-Novelist and Chinese Culture: A Reappraisal of Ching-hua yuan（《学者学说家与中国文化：〈镜花缘〉再评价》），载A. H. Plaks（浦安迪）主编的*Chinese Narrative. Critical and Theoretical Essays*（《中国叙事文学：批评与理论文集》），普林斯顿，新泽西州，1977年，第266—305页。

[3] 早期的译本，是林语堂的*Six Chapters of a Floating Life*（上海，1935年）。译本，还有S. M. Black的*Shen Fu. Chapters from a floating Life*（伦敦，1960年）；P. Ryckmans（李克曼）的*Shen Fu. Six récits au fil inconstant des jours*（布鲁塞尔，1966年）；J. Reclues的*Récits d'une vie fugitive*（巴黎，1967年）；L. Pratt（白伦）、Su-hui Chiang（江素惠）的*Shen Fu, Six Records of a Floating Life*（哈默兹沃斯，1983年）；R. Schwarz的*Shen Fu, Sechs Aufzeichnungen über ein unstetes Leben*（慕尼黑，1990年）。关于此作品的研究，见M. Dolezelova-Velingerova（米列娜）、L. Dolezel的An Early Chinese Confessional Prose. Shen Fu's Six Chapters of a Floating Life（《早期中国的忏悔散文：沈复的〈浮生六记〉》），载*TP*（《通报》）第58期（1972年），第137—160页。

为世所传，该书记载作者与妻子陈芸（1763—1804）的生活，为自传性纪实作品。作者将自己的妻子及其命运放在作品中心。前两卷记载夫妻的幸福生活；第三卷描写了诸多坎坷，包括妻子的亡故及回煞；第四卷记叙作者的多次出行。其余两卷的抄本于19世纪中才被发现，如今只有题名传世。第五卷当是记作者出使琉球的经历；第六卷阐述作者的哲学思考。

第七部分

变革与告别旧的道路
（1850年以后）

37. 连载小说与公共领域的新形式

转向主观主义

自中英《南京条约》（1842年）签订起，中国因帝国主义国家强加的"不平等条约"而遭受了屈辱，这在中国的受教育者中造成了思想危机，这种危机也体现在了文学中，文学日益成为表达对国家状况以及对国家和官僚腐朽的愤怒与不满的媒介。比之鸦片战争的后果，在受教育者的意识中，中日甲午战争中所经历的失败的耻辱影响更深。中国孱弱的原因，多被看作一种疾病，需要治疗，需要脱离那些陈旧的结构。由此产生出的反对传统的基本情绪，将成为自那时起直至今日的文学的特点。

但是，人们并不是在寻找客观的标准，然后用这种标准来分析和评价弊端，以这种标准作为治疗疾病的依据。相反，个体的看法被推至中心地位，自我成为主题。在这种转向主观主义和个人主义的过程中，个人的生活和命运被过分突出，与社会整体构成对立。这种个体与社会间的紧张关系成为中国文学走向现代的特征，同时构成传统文学与此后专为意识形态而服务的文学间的过渡，后者因其自身的特点，不能真正容许这种主观主义的存在。

其他影响文学发展走向的因素，是当时存在着的诸种结构性变化，特别是19世纪末创办于沿海城市的报纸及期刊。它们首先给西方的以及新建的中国企业充当了新闻载体，除此之外，它们也谋求更广泛的读者群体，尝试通过刊印短篇小说和连载小说来留住这些读者。随着传统科举制度被西式学堂所取代，旧的仕宦阶层可能消失，而知识阶层的年轻成员开始寻找新的方向。这些新的方向，他们可以在学社和其他团体中，以及在城市（特别是上海）的无拘无束的艺术家生活中找到。对西方思想和观念的到来，以及新的文学形式的出现，有些年轻的知识分子感到困惑，但多数人的反应是热情和开放的。20世纪的"新"文学，多被等同于1919年的五四运动，萌芽于19世纪末。[1]这种文学以政治和社会题材为主，关注个人感情和私人关系。因与欧洲早期浪漫主义有某些相似之处，这种文学也被称为"浪漫的"文学。[2]

中国的知识分子愈发感觉，王朝已无法进行真正的改革，因此不再求之于国家及作为其代表的皇帝，而是转向中国社会，最后转向国民本身。他们希望能在国民中产生某种革新。通过舆论，他们尝试向政治施压。

19世纪末，现代中国日报的产生是中国早期现代化过程中最有意思、影响也最为深远的现象之一。[3]这些媒体提高了信息传播的强度和速度，某种大众文化开始形成。在这种发展中，英商美查（Ernest Major）创办的《申报》在许多方面充当了先驱者的角色。作为最早的日报，它制定了标准，但仍表现出作为新生事物的种种缺陷。《申报》于1872年创刊时宣布该报不只

---

[1] 见Leo Ou-fan Lee（李欧梵）的Literary Trends: The Quest for Modernity, 1895–1927（《文学趋向：对现代性的寻求》），载J. K. Fairbank（费正清）编的The Cambridge History of China（《剑桥中国史》）第12卷第1期（1983年），第451—504页。

[2] 见Leo Ou-fan Lee（李欧梵）的The Romantic Generation of Modern Chinese Writers（《中国现代作家的浪漫一代》），剑桥，马萨诸塞州，1973年。

[3] 见R. S. Britton的The Chinese Periodical Press 1800–1912（《中国近代报刊史》），上海，1933年；另见W. Mohr（蒙苇）的Die moderne chinesische Tagespresse. Ihre Entwicklung in Tafeln und Dokumenten（《现代中国日报的发展：图表与文献》），威斯巴登，1976年。

可以被士大夫欣赏，农工商亦皆能通晓。1876年，《申报》发行了面向劳动者和女性的《民报》副刊，这是最早的白话报纸。与之类似的早期报纸是《演义白话报》（1897年创刊）。随着白话得到了越来越广泛的使用，同时也因新思想的涌进，为新内容创造新表达成为必要。从1913年狄文爱德（A. H. Mateer）于上海刊行的《新名词》中，我们就可以看出这个问题有多么突出。[1]

主要由西方传教士创办的非官方报刊在中国存在已久，在19世纪末改革运动普遍兴起之时，报刊业也随之取得了新发展。[2]梁启超于1895年主编《强学报》，作为康有为成立的强学会的机关报。翌年，梁启超主编《时务报》，逃亡日本后，他初编《清议报》，继编《新民丛报》。[3]此后，效仿者纷起，以至到1906年，中国已有239种报刊，虽然部分报纸不久后便停刊了。其中，仅在当时中国的出版中心兼现代潮流中心上海，就有66种。[4]此外，平版印刷术的推行使排印插图变得极为方便。新的画刊不仅刊登新闻和政治评论，也刊登诗歌和消遣性文章。不久，这些内容占据了副刊，一种文学性的新闻写作形成了。由此产生的文学杂志在诗文以外，还刊登连载

[1] 关于一般性问题，见A. F. Wright（芮沃寿）等的研讨会论文Chinese Reactions to Imported Ideas（《中国对舶来思想的反应》），载Journal of the History of Ideas（《思想史杂志》）第12卷（1951年），第31—74页。

[2] 关于报刊对于文学传播的意义，见Leo Ou-fan Lee（李欧梵）、A. J. Nathan（黎安友）的The Beginnings of Mass Culture: Journalism and Fiction in the Late Ch'ing and Beyond（《大众文化的开端：清末及以后的新闻与小说》），载D. Johnson（姜士彬）等编的Popular Culture in Late Imperial China（《中华帝国晚期的通俗文化》），伯克利，加利福尼亚州，1985年，第360—395页。

[3] 关于梁启超的文学影响，见M. Lee（陈顺妍）的Liang Ch'i-ch'ao (1873-1929) and the Literary Revolution of Late Ch'ing（《梁启超与清末文学革命》），载Search for Identity. Modern Literature and the Creative Arts in Asia（《对身份的找寻：亚洲现代文学与创造性艺术》），悉尼，1974年，第203—224页；H. Martin的A Transitional Concept of Chinese Literature 1897-1917. Liang Ch'i-ch'ao on Poetry Reform, Historical Drama and the Political Novel（《关于中国文学的过渡性概念（1897—1917）：梁启超论诗界革命、历史戏曲与政治小说》），载OE第20期（1973年），第175—216页。

[4] 见R. Murphy的Shanghai. Key to Modern China（《上海：现代中国之关键》），剑桥，马萨诸塞州，1953年。

小说及外国文学。其中，四种于上海发行的期刊最为著名：梁启超1902年创办的《新小说》、李宝嘉主编的《绣像小说》（1903年创刊）、吴沃尧与周桂笙主编的《月月小说》（1906年创刊）和黄摩西主编的《小说林》（1907年创刊）。这些文学期刊催生出最初的职业作家，为后来的文学改革铺平了道路。

如名称所示，期刊的内容以小说为主。这种叫法指的正是教育精英并不认可的那些体裁，其中不仅包括长篇小说和短篇小说，也包括讲唱作品，甚至戏曲，但主要是连载小说。长篇和中短篇小说取得成功的原因有多种，但诗文被视为旧儒家思想的表达的观点，肯定起了重要作用。

文学的革新与标准语的发展

关于小说与社会的关系，以及新文学当具有的社会和政治功能，曾有若干宣言作出过纲领性的表述。西方哲学的知名译者严复（1854—1921）[1]和夏曾佑（1863—1924）在天津《国闻报》（1897年创刊）上发表了《本馆附印说部缘起》，其中论及过去文学的教化功用。他们认为，小说虽为百姓所喜爱，在过去却有百害而无一利，所以，当下的关键是传布新文学以使民智开化，这在欧美和日本已颇为成功。

梁启超在他1898年所撰的文章《译印政治小说序》中持类似观点。他对旧小说的贬低比之严复有过之而无不及。他反对《水浒传》《红楼梦》之类诲淫诲盗的小说，主张小说革命，提倡政治小说。1902年，梁启超在《新小说》上发表了《论小说与群治之关系》一文，言简意赅地阐述了此种要求

---

[1] 关于严复，见B. Schwartz（史华慈）的 *In Search of Wealth and Power. Yen Fu and the West*（《寻求富强：严复与西方》），剑桥，马萨诸塞州，1964年。

之必要。他的口号是"欲新一国之民，不可不先新一国之小说"。[1]梁启超认为，关键在于提升读者，并在文学中为之提供可效仿的楷模。中国的历史朽败，似乎无法提供这样的楷模，所以须求之于华盛顿、拿破仑、马志尼、加里波第这样的人物及其他现代的爱国者、革命者和政治家。由此可见，严复和梁启超都不是严格意义上的文士，他们是知识分子，以自己国家的革新为己任。对他们来说，文学似乎是一种合适的手段，可以传布他们所追求的新价值，以使民智开化。这些最初的知识分子虽少有值得提及的文学作品传世，但在城市的读者当中培养了某种新的政治意识。然而，他们虽严厉批评经学，特别是批评过去几个世纪的科举考试的僵化，自己却仍未能摆脱旧的教育世界，多数还在用文言写作。

文学史对新文学能起到重要的促进作用，被忽略的文学传统也被重拾，包括所有被归于末流的诗文，特别是小说，至此才有学者肯将其列入本民族的文学当中，比如刘师培（1884—1919）和章炳麟（1869—1936）。当时的杰出学者王国维主张肯定戏曲和小说的价值，其出色的研究成果《红楼梦评论》开红学之先河。

文学扩大传播和大众报刊形成的前提之一是居民识字的普及。关于19世纪识字率的了解却很不准确。农村的识字率是40%至50%，城市中的识字率是80%至90%，这样的估计肯定是过高的。[2]在不同地区，识字率也相差很多。20世纪30年代，能写出自己名字的农村居民的比例在5%至8%之间，即使到了50年代，在有些地区，识字率也只有30%至40%，而且即便识字也不

---

[1]　见C. T. Hsia（夏志清）的Yen Fu and Liang Ch'i-ch'ao as Advocates of New Fiction（《新小说的倡导者：严复与梁启超》），载A. A. Rickett（李克）主编的Chinese Approaches to Literature from Confucius to Liang Ch'i-ch'ao（《中国文学方法：孔夫子至梁启超》），普林斯顿，新泽西州，1978年，第221—257页。

[2]　见E. S. Rawski（罗友枝）的Education and Popular Literacy in Ch'ing China（《清代中国的教育与国民识字率》），安娜堡，密歇根州，1979年。

一定有能力读小说。[1]梁启超认为识字率在20%，他也曾要求在汉字之外推行拼音文字。

宣传使用白话作为文学语言，这主要与胡适以及五四运动前夕的文学改良运动或文学革命有关。但这并不是说简单地用活的语言，也就是白话，去替换文言这种不再说的、死的语言。不只是在19世纪，事实上在很久之前，中国就有三种常用的语言形式，分别是文言、白话以及主要存在于南方的各种方言。文言只用于文书和信札，中国北方常用的白话却是说写通用。这种白话也叫官话，是官吏间沟通的媒介，也广泛应用于行政、司法和商贸领域。书面的白话总是间有文言成分，长久以来在小说中使用。但因与西方和日本的往来以及语言改革运动的兴起，19世纪末，有些改革者力求在此前使用文言的领域里也使用白话。

这种白话运动是从南方地区开始的，这一方面是因为南方处于北方白话之外，还有其他方言占据着决定地位，同时也因为比起北方和中部地区，南方地区受西方世界的影响更深。这就造成了南方地区要求普及北方白话的情况。至五四运动时，文言失去其垄断地位已有几十年。比如有些杂志自创刊起就使用书面白话，而不用文言。基督教传教士也起了重要作用，他们在布道时以及在他们创办的学校里使用白话，后一种使用情况影响更大，从某种意义上说，他们承袭了中古中国佛教解经的传统。

在推行新概念方面，日本作为东亚的文化和军事强国扮演了重要角色，这不只是因为日文汉字，也就是使用汉字创造日语译名，也是因为在日的中国知识分子的翻译尝试。[2]特别活跃的是与《译书汇编》有关的中国流亡学

---

[1]　见K. Belde的*Saomang. Kommunistische Alphabetisierungsarbeit im ländlichen China vom Jiangxi-Sowjet bis zum Ende des Großen Sprungs nach vorn（1933-1960）*（《扫盲：共产党在中国乡下普及识字的工作〔自江西苏维埃时期至大跃进时期（1933—1960）〕》），波鸿，1982年。

[2]　关于采用来自日本的特别是马克思主义名词，见W. Lippert（李博）的*Entstehung und Funktion einiger chinesischer marxistischer Termini*（《若干中国马克思主义专有名词的产生与功能》），威斯巴登，1979年。

生，当然，他们多数是将日语译成汉语。中国的白话运动不久产生了效果，这些成果部分也是诸多领域（主要是贸易和新闻）发展的结果，而不只是白话倡导者努力的结果。据估计，19世纪与20世纪之交时，约70%的居民在自己的方言之外，还说北方白话。尽管如此，国语仍旧是一种理想，即使是在20世纪，语言的统一也难以在中国所有地方实现。

20世纪之初的中国距离国语还有多远，可见于清亡前数月于北京召开的中央教育会议上通过的《统一国语办法案》。《统一国语办法案》要求国语不能以某种自然方言为基础，必须是标准化的创制语言；发音要以北京方言为准；语法上要使用或多或少在所有方言中都存在的形式；但词汇完全可以扩充，可增加来自各种方言的特殊表达。这样的要求反映了各语言地区对丧失自己身份认同的担心，或至少是担心若将某种方言升格为标准语，所有其他方言的使用者将在社会中受到不平等的待遇。鉴于这种状况，世界语会在中国有如此多的追随者，也就不奇怪了。许多用音节或字母文字将汉语字母化的系统也要放在这种关系中去理解，比如吴稚晖制定的注音符号和拼音。

女性解放

文学革新的努力与政治、社会的需求密切相关。其中，改善女性地位的愿望起到了重要作用，甚至连男性也会苦于社会上歧视女性的现象。对女性态度的转变始于明末。当时，女子如果家境殷实，受教育几乎已是理所当然之事。统治其时文坛的袁枚已主张女性独立，反对章学诚的保守立场。19世纪初，曾有数名改革者提倡废除缠足的风俗。[1]

在中国文学中，女性其实总占有一席之地，无论是作为追求对象，作为

---

[1] 关于缠足的历史，见H. S. Levy的*Chinese Footbinding. The History of a Curious Erotic Custom*（《中国的缠足：一种奇特性风俗的历史》），纽约，1967年。

《诗经》中某些诗的抒情主体，还是作为诗人本身。[1]唐末起，社会日益儒家化，对女性的敌视也日深。但争取女性独立和反抗歧视的开端却始见于男性，比如撰写《闺范图说》的吕坤，还有哲学家李贽，特别是1835年刊行的长篇小说《镜花缘》的作者李汝珍。

但直至新思想由外国传至中国，并首先进入中国沿海城市，才为广泛的女性运动创造出条件。在19世纪末的改革运动中，女性问题理所当然地被提出讨论，并且这次是在有女性参与的情况下。[2]这一点，从当时的长篇小说和短篇小说就可看出。20世纪初，越来越多的女性作家发表女性题材作品，至于形式，则以长篇小说或短篇小说为主。

20世纪初的女性先驱者之一是秋瑾。她是坚定的政治活动家，女权和行动主义运动的开路者，但她的诗文还是旧体。因为总要设法摆脱当局的跟踪，她习惯销毁自己的作品，所以传世的只有诗130首，文13篇，以及弹词《精卫石》残本6回。[3]

世纪之交的这位女权斗士后由于在浙江筹备起义，失败而遭处决，所以常被称为革命烈士。[4]先前她与丈夫迁居北京后，深受来自日本的新闻的影响，最后放弃家庭，争取离婚，并前往日本留学。在日本，她成为革命者和

---

[1] 著录中国汉代至清末的女作家及其作品的书目，是胡文楷撰的《历代妇女著作考》（上海，1957年；1985年增订版）。

[2] 见M. Freudenberg的*Die Frauenbewegung in China am Ende der Qing-Dynastie*（《清末中国的女性运动》），波鸿，1985年；R. Witke的*Transformation of Attitudes towards Women during the May Fourth Era of Modern China*（《近代中国五四运动时期对女性态度的转变》），安娜堡，密歇根州，1971年。

[3] 别集名为《秋瑾集》（北京，1960年；上海，1979年新版）。《精卫石》的德译本，见Cathérine Gipoulon的*Die Steine des Vogels Jingwei. Qiu Jin. Frau und Revolutionärin des 19. Jahrhunderts*（慕尼黑，1977年）。

[4] 见M. Backus Rankin（冉玫铄）的The Emergence of Women at the End of the Ch'ing. The Case of Ch'iu Chin（《清末女性的出现：秋瑾》），载M. Wolf、R. Witke主编的*Women in Chinese Society*（《中国社会中的女性》），斯坦福，加利福尼亚州，1975年，第39—66页；关于秋瑾的生平，见郭延礼著《秋瑾年谱》（济南，1983年）。

通俗文学的维护者。她不只主张在文学中使用白话，1906年由日本回国后，她还在当时进步女性文化的中心上海创办了提倡男女平权并宣传爱国思想的女性杂志《中国女报》，为这本杂志，她开始写作《精卫石》。

谴责小说和为城市读者所作的通俗小说

清末的长篇小说已预示了中国现代文学的端倪。[1]比之过往几个世纪，此时的长篇小说变短了，不是联缀成篇，角色繁复，而是有一条情节主线贯穿故事，并在故事中突出行为者的心理活动和社会背景。欧洲文学在中国既盛，新发展遂起，小说家们开始采用西方的文学题材和形式。此外，中国本土的文学传统仍然活跃，部分以变化了的形式继续发挥作用，有些作者甚至有意识地采用旧的形式。

因而，在思想与文学寻找新方向的过程中，有些受欢迎的题材被保留下来，比如1879年初刊印，后经多次加工的长篇小说《三侠五义》，小说以公正的法官包拯为中心。这本小说源于说书家石玉昆，他以独特的方式弹唱，与满族演唱者相近，并创立了石派书。石玉昆演说包拯的有些早期记录，可以显示出封建时代晚期城市中的说书者与以散文写成的长篇小说之间的密切关系。[2]《三侠五义》代表了一种封建时代晚期的民间文学形式，处于这种

---

[1]　见M. Dolezelova-Velingerova（米列娜）主编的The Chinese Novel at the Turn of the Century（《世纪之交的中国小说》），多伦多，1980年；N. G. D. Malmqvist（马悦然）主编的A Selective Guide to Chinese Literature 1900–1949（《中国文学指南》）卷一（莱顿，1988年）；在中国学者的研究中处于基础地位的是阿英，即钱杏邨（1900—1977）的研究。

[2]　见S. Blader（白素贞）的San-hsia wu-yi and Its Link to Oral Literature（《〈三侠五义〉及其与口头文学的关联》），载Chinoperl Papers（《中国演唱文艺学会论集》）第8卷（1978年），第9—38页；S. Blader的A Critical Study of San-hsia wu-yi and Its Relationship to the Lung-t'u kung-an Song-Book（《关于〈三侠五义〉及其与〈龙图公案〉唱本关系的批评性研究》），宾夕法尼亚大学，博士论文，1977年。

传统中的还有长篇小说《彭公案》，这一形式不久开始受到西方侦探小说的影响。

除此之外，还有承袭《水浒传》传统的侠义小说，承袭才子佳人小说传统的作品，例如满洲旗人文康所作的《儿女英雄传》（初印行于1878年，凡41回）[1]，以及狭邪小说，比如《海上花列传》，其作者明确指出，全书笔法"脱化"于《儒林外史》。这些长篇小说中的许多内容都经过改编，有时改动尤甚，因为它们几乎总是从特定的意识形态出发，这些立场又总要相互适应。旧的长篇小说也以各种形式，经历了这样的加工。

晚清小说基本可分为"社会批评"和"多愁善感"两类。社会批评类小说因袭《儒林外史》创立的传统，《儒林外史》特有的讽刺笔调在这里变成了对时弊的尖锐批评，比如吴沃尧的《二十年目睹之怪现状》。[2]此书的前45回自1903年起便在日本横滨发行的《新小说》上连载。这本杂志在1905年停刊后，作者将此45回与另30回作为单行本，分为5卷在上海刊行。1909年，第76回至第87回刊行。作者去世后，又刊出第88回至第108回。该书内容为自号"九死一生"者的记述，这本回忆录采用了自叙体，是中国最早的自叙体小说，楔子写男子在上海偶得一手抄本子，后寄给在日本发行的《新小说》刊印。吴沃尧的小说写的是19世纪最后20年，记载了当时中国的世情。

吴沃尧是名多产的作家，作品还有公案小说《九命奇冤》（1904年／1905年）和长篇小说《恨海》（1905年），后者虽不怎么知名，但颇可观。故事以庚子国变为背景，情节主要围绕两对由父母定下婚约的情侣。这两对情侣

[1] 德译（节译）本，见F. Kuhn的 *Wen Kang. Die schwarze Reiterin*（《文康所作的〈女侠〉》），苏黎世，1954年。
[2] 英译本，见Liu Shih Shun（刘师舜）的 *Vignettes from the Late Ch'ing: Bizarre Happenings Eyewitnessed over Two Decades*（《晚清写照：〈二十年目睹之怪现状〉》，香港，1975年。

因战乱而失散，再次相见时，却发现彼此不再合适做夫妻。一对情侣中的未婚妻已沦为妓女，一对情侣中的未婚夫拐了人家的钱财，吃上了鸦片烟。类似的与才子佳人小说相仿的定式，也可见于吴沃尧的长篇小说《劫余灰》。

李宝嘉的《官场现形记》对时世甚至表现出了厌恶之情。[1]此书于1901年至1906年间为连载所作，共60回，以对比强烈的色调描写了中国官场的极度腐败，反映了作者对时世悲观阴暗的看法，这种看法有时被认为与他的痨病有关。具有这种悲观色彩的还有他的长篇小说《文明小说》。[2]此书部分以"戊戌变法"为背景，其他部分取材于当时的文学作品。

清末最著名的长篇小说无疑是刘鹗的《老残游记》，该书于1903年至1907年间首先以匿名连载的形式刊行。[3]书中旅客老残的形象背后估计是作者自己。老残的梦中呈现出了中国的现状，这种状况被比作残局或是一艘行将沉没的船。《老残游记》之所以名于世，不只在于对当时特别是山东地区的人文与景色的出色描写，也在于该书对旧的主题和素材的加工。

当时文人的绝望与失望的情绪常在小说名字中体现出来，比如《痛史》《恨海》《劫余灰》《苦社会》。《苦社会》为长篇小说，1905年刊行，无撰者名。许多作者在自己的号或笔名中也表达了这种悲观的情绪，比如《孽

[1] 关于李宝嘉，见D. Lancashire（蓝克实）的Li Po-yuan（《李伯元》），波士顿，马萨诸塞州，1981年；关于《官场现形记》，见W. Bettin（白定元）的Die Künstlerische Methode Li Boyuans, dargestellt an seinem Werk Aufzeichnungen über die heutigen Zustände im Beamtenapparat（《李伯元的艺术手法：以其作品〈官场现形记〉为例》），洪堡大学，柏林，1964年；Chr. Ruh的*Das Kuan-ch'ang Hsien-hsing chi. Ein Beispiel für den politischen Roman der ausgehenden Ch'ing-Zeit*（《〈官场现形记〉：晚清政治小说的代表》），法兰克福，1974年。

[2] 见O. Gast的研究：Wen-ming hsiao-shih. Eine Prosasatire vom Ende der Ch'ing Zeit（《晚清谴责小说〈文明小史〉》），埃尔朗根—纽伦堡大学，博士论文，1982年，其中包括第一回至十三回的译文。

[3] 译本，见H. Kühner（屈汉斯）的*Liu E, Die Reisen des Lao Can*（法兰克福，1989年）；H. Shadick的*Liu T'ieh-yün, The Travels of Lao Ts'an*（伊萨卡，纽约州，1952年）；Xianyi Yang（杨宪益）、Gladys Yang（戴乃迭）的*Liu E, The Travels of Lao Can*（北京，1983年）。

海花》的作者曾朴（1872—1935），笔名东亚病夫。[1]此书前六回原为金松岑（1874—1947）作，于1903年至1904年间刊印。短暂的合作后，金松岑将这本书的写作计划交予曾朴，后者于1904年续写20回。之后几年间，又作了若干增补。在1927年至1930年间，曾朴还对全书做过修订和补充。小说写晚清官场的状态，以金雯青与他新纳的妾为线索，将金雯青的悲剧与对晚清时世的讽刺相结合。第一回写奴乐岛，其居民长久不知自己的处境，终日醉生梦死，歌舞升平，直至某日发现自己生活的岛正在沉向海中。

使用外来语和述及中国几乎未知的事与书，也是当时的新风尚，比如《官场现形记》中谈及卢梭的《社会契约论》和孟德斯鸠的《论法的精神》。在曾朴的《孽海花》中，甚至还有傅兰雅（John Fryer）、威妥玛（Thomas Wade）、一名俄国的虚无主义者以及德国元帅瓦德西（Alfred Graf von Waldersee）等角色出场，瓦德西在八国联军为镇压义和团起义进行的"惩罚性远征"中表现尤为突出。故事的场景不再只发生在中国，而是也发生在欧洲。国际事件和中西往来中的现成题材虽进入晚清小说中，但这些小说并非要模仿欧洲小说的形式，尽管其中偶尔可见后者的某些影响。相反，晚清小说只是采用欧洲小说中的人物，比如柯南·道尔（Arthur Conan Doyle）笔下的福尔摩斯，他在许多侦探小说中成为受欢迎的形象。

广为世间所称的还有描述希冀状态的未来小说或具体的乌托邦小说，比如《痴人说梦记》，作者署名旅生，身份不详。书中描写的上海没有外国人，没有外国警察，相反有许多铁路和中式学堂。这样的理想还以梁启超这代维新者的思想为根据，但在世纪之交的政治舞台上，却已几乎为报刊作者悲观绝望的批评与讥讽所取代。这些作者当然清楚，他们的生存取决于读者

---

[1] 关于曾朴，见Peter Li（李培德）的*Tseng P'u*（《曾朴》），波士顿，马萨诸塞州，1980年；节译本，见I. Bijon的*Zeng Pu, Fleur sur L'Océan des péchés*（无出版地，1983年）；R. de Crespigny（张磊夫）、Liu Ts'un-yan（柳存仁）译的*Tseng P'u, A Flower in a Sinful Sea*，载*Renditions*（《译丛》）的特刊《平庸小说》第17/18卷（1982年），第137—192页。

的同情，而他们的读者恰好是来自商埠中的改良主义者，这些改良主义者以各种方式与外国人合作。

以市民视角写的揭露中国社会弊恶的小说也叫作谴责小说，此外，还有可被称为革命小说的作品。这些作品的作者通常是在政治上活跃的知识分子，出身于社会中下层，部分在日本生活。这类小说最知名的代表是陈天华（1875—1905）初登载于《民报》的长篇小说《狮子吼》（1905年）。此外值得一提的还有《自由结婚》（1903年），其作者张肇桐除该作外便鲜为世人所知，以及《洗耻记》（1903年）。

多愁善感类小说基本承袭的是《红楼梦》的传统，但它们常与自17世纪迄19世纪中叶流行的才子佳人小说有更多相似之处。此类小说的代表有《六才子》《花月痕》。这些小说多写狭邪妓家，如是者还有《海上繁花梦》以及张春帆撰的《九尾龟》，可以说是鸳鸯蝴蝶派小说的先驱。要归在其中的，还有已提过的可视为此类小说中压卷之作的《海上花列传》，小说描写了上海的风月场，1892年连载刊行，1894年出单行本，作者韩邦庆（1856—1894）也以短篇小说名世。[1]

鸳鸯蝴蝶派[2]的叫法可溯至此类小说中最为世所艳称的《玉梨魂》。该

---

[1]　这本用吴语写成的小说的部分由张爱玲译成英语：Han Pang-ch'ing, Sing-song Girls of Shanghai，载*Renditions*（《译丛》）第17/18卷（1982年），第95—110页；张爱玲还将全书译成现代汉语。关于《海上花列传》的研究，见Stephen Cheng（郑绪雷）的Some Aspects of Flowers of Shanghai（《〈海上花列传〉的若干方面》），载*Tamkang Review*（《淡江评论》）9.1（1978年），第51—65页；Stephen Cheng的Sing-song Girls of Shanghai and Its Narrative Methods（《〈海上花列传〉及其叙事方法》），载*Renditions*（《译丛》）第17/18卷（1982年），第111—136页。

[2]　关于鸳鸯蝴蝶派小说，见P. E. Link（林培瑞）的Traditional-Style Popular Urban Fiction in the Teens and Twenties（《一零和二零年代的旧体通俗城市小说》），载M. Goldman（梅谷）主编的*Modern Chinese Literature in the May Fourth Era*（《五四时期的现代中国文学》），剑桥，马萨诸塞州，1977年，第327—349页；P. E. Link（林培瑞）的*Mandarin Ducks and Butterflies. Popular Fiction in Early Twentieth-Century Chinese Cities*（《鸳鸯蝴蝶：20世纪初中国城市中的通俗文学》），伯克利，加利福尼亚州，1981年。

书由徐枕亚（1889—1937）所撰，于1912年刊行，作者依照旧传统，用成双成对的蝴蝶和鸳鸯来比拟相爱者的诗充塞书中。[1]这一叫法初为表示轻蔑的称呼，后被用来指1910年至约1930年间刊印的逾2000种小说以及113种杂志和49种报纸。这种文学样式也称"礼拜六小说"，因为它们完全是为打发时间所作。徐枕亚的《玉梨魂》刊行后不久，尤其引起了年轻读者的热烈讨论，他们对这类爱情故事的兴趣遂盛。徐枕亚与其他有相似作品的作者同样使用骈俪的文体，他与这些作者交游，共同成立社团。其成员包括《泪珠缘》的作者陈蝶仙和《美人福》的作者李定夷。

《玉梨魂》写的是家贫的天才书生何梦霞，在远房亲戚崔翁家里任家庭教师，家中除崔翁16岁的女儿外，还有守寡的年轻儿媳和孙子。何梦霞与两名女子间都产生了男女之情，而两名女子以死告终。何梦霞遂东渡日本，学习新思想，发挥自己的天分。他始终认为，为了爱情，自己也要付出牺牲。1911年的武昌起义最终导致清朝灭亡并促成民国建立，这给了他机会。在战斗的最前线，他为爱情与共和献出了生命，自己的情诗紧贴在胸口。这类关于三角关系的题材当时极受欢迎，已经以不同形式见于旧小说中，比如《玉娇梨》，也见于当时的小说中，比如曾朴的《孽海花》和苏曼殊的《碎簪记》。

这本小说的成功为徐枕亚带来的却不全是欢乐，因为出版社拒绝将收益分给他。为重复这本小说的成功，自己也挣到钱，徐枕亚又作《雪鸿泪史》。这部于1915年2月完成的作品是中国最早的日记体小说。故事与《玉梨魂》相同，形式却是日记体，每个月为一章。作者在小说的例言中称，是书主旨在矫正前作之误。特别是，作者详细叙述书中人物的家庭背景，所以此书多被怀疑是自传题材。

---

[1] C. T. Hsia（夏志清）的 Hsü Chen-ya's Yü-li hun. An Essay in Literary History and Criticism（《徐枕亚的〈玉梨魂〉：一篇文学史与文学批评论文》），载 *Renditions*（《译丛》）第 17/18 卷（1982年），第199—240页。

　　消遣文学中当然有时尚。在第二个10年里，首先是哀伤的爱情故事风行，内容几乎总是包办婚姻与自由恋爱的对立，和更普遍的旧的社会秩序中的冲突。几年后，在军阀袁世凯（1859—1916）的统治下，民国成立所引起的兴奋被清醒所取代，谴责讽刺类小说随之复炽。这些"社会小说"中最知名的是李涵秋的《广陵潮》。广为世人所喜的还有侦探小说，其最著名者是程小青创作的系列作品，以及各式黑幕小说，这些小说有时是委托之作，为的是攻击政治上或经济上的对手，或只是为了丑诋私敌。不出意料的是20世纪20年代末国民党北伐时期武侠小说的盛行，其中有些当然作于这之前，比如向恺然的《江湖奇侠传》。儿女之情、社会批评、战争纪实，所有这些成分都融合在张恨水（1895—1967）的《啼笑因缘》中，此书初于1929年至1930年间连载，当是20世纪前半叶中国小说中读者最多的。[1]

　　《啼笑因缘》的主人公是19岁的学生樊家树，他从杭州来北京投考大学。一次偶然的机会，他在逛天桥时遇见练把式的老者，并一见如故（此形象让作者有机会证明其武侠小说方面的才能）。后来，他又结识了穷苦的卖唱姑娘，心生爱慕。可是亲戚欲撮合他与官家小姐何丽娜成亲，这让这位年轻的有前途的考生面临选择：一面是这位有主见、受过教育，受西方影响、作风却不招待见的，几乎完全非中式的女子；一面是这位柔弱的、没受过教育的，完全未受西方影响的卖唱女子。主人公与这两位年轻女子的关系始终不理想，老者的女儿秀姑却是合适的对象，只是不如其他两名女子漂亮。

　　读者显然不满小说的结尾，要求有个了结。张恨水在"作者《作完〈啼笑因缘〉后的说话》对读者一个总答复"中为小说的收场作了辩护。他再次指出开放式结尾的合理性，指出必须相信读者具有相应的想象力，能忍受这种不圆满。在读者的再次要求之下，又因为已有其他作者发表了小说的结局，有的甚至托张恨水之名，最后，张恨水还是决定自己写续书。但自1931年日本占领

[1]　节译本，见S. Borthwick的Chang Hen-shui, Fate in Tears and Laughter（《张恨水：〈啼笑因缘〉》），载*Renditions*（《译丛》）第17/18卷（1982年），第199—240页。

东北、1932年进攻上海后，中国的局势发生了根本的变化。所以，作者决定以抗日作为《啼笑因缘》续书的主题。

一如清末以来难读的社会批评类小说逐渐沦为黑幕小说，多愁善感类的故事也以通俗小说的形式传播最广。这类小说中最受欢迎的作品的读者只在上海便可达百万之多，面向更广泛的读者，符合社会中层和普通百姓的口味的真正的通俗文学，既不是梁启超鼓吹的社会批评文学，也不是五四运动中改革者主张的文学，而是鸳鸯蝴蝶派的文学。

这些通俗小说让读者有机会逃离现实，来到梦幻世界，但这些小说也反映了当时的问题。比如，20世纪最初10年里，自由选择结婚对象成为小说的主题，在随后的20年里，军阀统治时期的政治动荡和不安局势体现在了小说当中。但是，19世纪末文学改革者提倡的将教育与娱乐相结合的宗旨业已瓦解，成了根本上保守的逃避现实的态度。1904年至1907年间写成的《老残游记》中，孤独的主人公面对黄河冰岸上雪月交辉的景致，因自己国家的命运潜然泪下，泪结成冰，但在接下来的10年里，城市里来自社会中层的读者就只为因爱情受折磨的鸳鸯落泪了。

38. 西学东渐与寻找新的形式

来自西方的推动

19世纪末，西方的思想、观念及文学经不同路径来到中国。中国的知识分子中，有的人由此获得了新的启发，有的甚至为西方范式而欢呼。王韬（1828—1897）是最早在中国传播西学的学者之一。王韬初任职于上海某书馆，其间帮助伦敦传道会的麦都思（Walter Henry Medhurst，1796—1857）将《圣经》译成汉语。此后，由于王韬曾与太平天国运动的代表有来往，被迫先于英国驻上海领事馆寻求庇护，后于1862年10月逃往香港。在香港，他开始了与理雅各（James Legge，1815—1897）的长期合作，并将中国经典译成英语。译书的工作部分是在英国进行的。其间，他还有游记传世。1872年起，王韬帮助建设香港的报刊业，并发挥了至关重要的作用。[1]

---

[1]　见P. A. Cohen（柯文）的*Between Tradition and Modernity. Wang T'ao and Reform in Late Ch'ing China*（《传统与现代之间：王韬与晚清中国的改革》），剑桥，马萨诸塞州，1974年；另见R. S. Britton的*The Chinese Periodical Press 1800–1912*（《中国近代报刊史》），上海，1933年，第41页及以下。

在外国，特别在日本、美国以及欧洲国家，年轻的中国留学生日益增多，他们详悉这些国家的现当代作家的作品，并结识这些作家本人，然后将这些经验带回中国。[1]由此，西方的影响给中国带来了新的变化。比如，周树人（以笔名"鲁迅"广为世所知）和弟弟周作人[2]在日本时就曾翻译过一些俄国及东欧国家的作品，但这些译作几乎没有读者。年轻的知识分子特别苦于中国所处的社会和文化危机，欲以西方的范式寻求出路，创造新文学。他们期望与全世界的思想与文学交往，使中国觉醒，得到拯救。他们把在中国老百姓中传播通俗的语言及西方的理想看作是摆脱落后局面的手段。他们中的多数人认为，只有这样才能复兴中国。

在谋求吸取欧美文学及其形式的有识者中，最著名的当数梁启超和王国维，他们是中国现代文学的早期开路者。[3]"百日维新"失败后，梁启超受到了在日本时的所见所闻的影响，认为中国政治的变革要以创立政治文学为前提。1902年，他撰文讨论小说与政治的关系，其中说："欲新一国之民，不可不先新一国之小说。故欲新道德，必新小说。"梁启超的出发点是，读者"入于书中，而为其书之主人翁"，就能在道德上获得教育，在政治上获得成长。小说还应当帮助读者扩充知识。梁启超将凡尔纳的《两年假期》

---

[1] 见Yi-chi Wang（汪一驹）的*Chinese Intellectuals and the West 1872-1949*（《中国知识分子与西方》），教堂山，北卡罗来纳州，1966年。

[2] 关于周作人，见D. E. Pollard（卜立德）的*A Chinese Look at Literature. The Literary Values of Chou Tso-jen in Relation to the Tradition*（《一种中国文学观：周作人相对于传统的文学价值》），伦敦，1973年；另见L. Bieg（毕鲁直）的Die Bedeutung Yüan Hung-tao's für Chou Tso-jen: ein Ming-Literat als Identififikationsfifigur（《袁宏道对周作人的意义：作为认同对象明代文士》），载S. Englert、R. Ptak（葡萄鬼）主编的*Ganz allmählich. Aufsätze zur ostasiatischen Literatur, insbesondere zur chinesischen Lyrik. Festschrift für Günther Debon*（《东亚文学特别是中国诗歌的论文集》），海德堡，1986年，第34—48页。

[3] 见M. Galik（高利克）的Liang Ch'i-ch'ao and Wang Kuo-wei. The First Impact of Modern Foreign Ideas on Chinese Literary World（《梁启超与王国维：外国现代思想与中国文学界的初次碰撞》），载*Milestones in Sino-Western Literary Confrontation* (1898-1979)（《中西文学对抗中的里程碑》），威斯巴登，1986年，第7—18页。

（*Deux Ans de vacances*）译成汉语，名《十五小豪杰》，1902年刊载在自己于横滨创办的杂志《新民丛报》上，其动机当亦如是。

　　在研究中国文学传统上，王国维另辟蹊径。与世纪之交的政治改革者相同，他也对西方思想持开放态度，尽管他对康有为、谭嗣同这样的改革者是持批评态度的。王国维研究康德、尼采和叔本华的著作，尝试以这些研究中得到的知识为基础，对中国文学传统作出新的评价。[1]其1904年夏刊行的论文《红楼梦评论》引起了广泛关注。[2]同样重要的是王国维关于文学之"隔"与"不隔"的论述，以及他对词的研究，后者于格言体《人间词话》（1910年）[3]中达到顶峰。其中以"境界"或"境"的概念为中心，此概念可译成"经验领域"或"意识状态"，要表达的是叔本华的"理念"的概念。"境界"的概念几乎无法以外语表达其义，往往只能是勉强为之，在王国维的论述中，这一概念反复出现。比如《人间词话》第一则：

　　　　词以境界为最上。有境界则自成高格，自有名句。五代、北宋之词所以独绝者在此。[4]

---

[1]　见H. Kogelschatz的*Wang Kuo-wei und Schopenhauer. Eine philosophische Begegnung. Wanglungen des Selbstverständnisses der chinesischen Literatur unter dem Einfluss der klassischen deutschen Ästhetik*（《王国维与叔本华：一次哲学的相遇：在德国古典美学影响下中国文学自我认识的变化》），斯图加特，1986年。

[2]　见H. Kogelschatz，同上，第104页及以下。

[3]　见Ching-i Tu（涂经怡）的Conservatism in a Constructive Form. The Case of Wang Kuo wei（《保守主义的建设性形式：王国维》），载*MS*（《华裔学志》）第28期（1969年），第188—214页；Ching-i Tu的*Poetic Remarks in the Human World*（《〈人间词话〉英译本》），台北，1970年；Ching-i Tu的Some Aspects of the Jen-chien tz'u-hua（《〈人间词话〉的若干方面》），载*JAOS*（《美国东方学会会刊》）第93期（1973年），第306—316页；A. A. Rickett（李克）的*Wang Kuo-wei's Jen chien Tz'u-hua. A Study in Chinese Literary Criticism*（《王国维的〈人间词话〉：中国文学批评研究》），香港，1977年；H. Kogelschatz，同上，第35页及以下和第241页及以下。

[4]　转引自H. Kogelschatz，同上，第242页。

王国维区分"造境"与"写境"，将此区别等同于理想与写实的区别，但两者实际上颇难分别。此外，他认为，有"有我之境"，有"无我之境"：

> 有我之境，以我观物，故物皆着我之色彩。无我之境，以物观物，故不知何者为我，何者为物。古人为词，写有我之境者为多，然未始不能写无我之境，此在豪杰之士能自树立耳。[1]

王国维把"境界"当作术语来用，这点可见于他对《沧浪诗话》的评论。[2]

王国维研究中国戏曲史五年，著有《宋元戏曲考》（成于1912年），该书也许不是最为重要，但实际上却比《人间词话》的影响还大。较少受关注的是他对《红楼梦》的研究，他批评了以往学者将书中人物与历史事件、历史人物进行比附的种种尝试。尽管如此，恰恰是对这本特别为封建时代晚期的精英所称艳的小说的研究，使得旧士大夫垂死的精神又活了过来。王国维把此书视为对普遍与持久的表达，而不只是对具体的过去的再现，《红楼梦》如此，总体上的文学亦是如此，文学的尝试是要达到某种根本上的新境界。欲达此目的，20世纪初的观点是先要废除科举。1905年，科举被废除，这直接改变了文人与旧文学传统的关系，[3]同时也为教育事业的发展与革新创造了条件，西方教育的内容得到更多的重视。

---

[1] 转引自H. Kogelschatz的 *Wang Kuo-wei und Schopenhauer. Eine philosophische Begegnung. Wanglungen des Selbstverständnisses der chinesischen Literatur unter dem Einfluss der klassischen deutschen Ästhetik*（《王国维与叔本华：一次哲学的相遇：在德国古典美学影响下中国文学自我认识的变化》），斯图加特，1986年，第243页。

[2] 见H. Kogelschatz的 *Wang Kuo-wei und Schopenhauer. Eine philosophische Begegnung. Wanglungen des Selbstverständnisses der chinesischen Literatur unter dem Einfluss der klassischen deutschen Ästhetik*（《王国维与叔本华：一次哲学的相遇：在德国古典美学影响下中国文学自我认识的变化》），斯图加特，1986年，第244页及以下。

[3] 见W. Franke的 *The Reform and Abolition of the Traditional Chinese Examination System*（《科举制度的改革与废除》），剑桥，马萨诸塞州，1960年。

当时中国译者中最著名的是林纾（1852—1924）。他从未去过外国，也不通晓外语，其译作却广为世人所称道。迄清末，其译作有60种刊印，他去世时，增至约180种。林纾的成功主要在于他作为古文家的笔力。与中国中古时期翻译佛经常用的方法相仿，林纾先使通晓外语者将作品口译给他听。他自己显然有一种特别的才能，能够捕捉到作品的情调与性格，然后用汉语表达出来。由于谙熟司马迁和韩愈的古文，林纾形成了对文学格调的敏锐判断。此外，他以中国的范式来衡量西方的作品，比如，他将狄更斯的技巧与司马迁、韩愈的技巧相比。林纾尤其擅长把握当时的品位，把相应的译作发表在新创办的文学杂志上，这些译作包括写情和批评类的长篇小说、短篇小说，也包括侦探小说和惊险小说。

林纾虽然完全处在传统中国教育的影响下，但其译作首次把西方文学介绍给了将承担中国走向现代之重任的后辈。他译介的作家包括塞万提斯、笛福、狄更斯、司各特、欧文、哈葛德和荷马等。其译作《巴黎茶花女遗事》（小仲马著）尤为世人所称道。

西方诗人拜伦成为中国人崇拜的对象，这要归功于苏曼殊。苏曼殊也有自己的作品问世，其自传小说《断鸿零雁记》（1912年）广为世人所知。[1]他译的拜伦的部分作品，特别是《哀希腊》，于1909年刊行，使拜伦成为当时中国最受推崇的诗人之一。同时，苏曼殊有时着僧衣，以"曼殊法师"的身份留影，其作品在1927年也悉已刊行，所以，他自己也为同辈所称扬。一如对拜伦的崇拜，之后数年，在对欧洲作家的推崇中，作家的生平与人格的地位将重于其文学作品。五四运动时，这种由苏曼殊创立的将作者人格风格

[1]　关于苏曼殊，见H. McAleavy（马德良）的 *Su Man-shu (1884–1918). A Sino-Japanese Genius*（《苏曼殊：中日混血的奇才》），伦敦，1960年；Leo Ou-fan Lee（李欧梵）的 *The Romantic Generation of Modern Chinese Writers*（《中国现代作家的浪漫一代》），剑桥，马萨诸塞州，1973年，第4章。此小说的德译本，见Anna v. Rottauscher（鲁陶舒）的 *Man Ju, Der wunde Schwan*（《苏曼殊：〈断鸿零雁记〉》），维也纳，1947年。

化的传统，由徐志摩、郁达夫等创造社成员所继承。这些作家将自己等同于某位西方作家，以实现自我的扩张，比如，郁达夫自比同时代英国流行作家道生（Ernest Dowson），郭沫若（原名郭开贞）自比雪莱和歌德（其译的歌德《少年维特之烦恼》一时导致北京大学生中自杀者纷起），蒋光慈自比拜伦，徐志摩自比哈代和泰戈尔（1861—1941），剧作家田汉视自己为新的易卜生，王独清（1898—1940）视自己为第二个雨果。要想在当时的文社中占有地位，就必须能说出自己的榜样和精神之父。拜伦、雪莱、济慈、歌德、罗曼·罗兰、托尔斯泰、易卜生、雨果、卢梭的名字是最常用的，也就是说，这些榜样多数是浪漫主义者。除此以外，尼采、哈代、莫泊桑、屠格涅夫等也受到推崇。但有用的不只是名字，标签也是，主要是各种主义，比如现实主义、自然主义和浪漫主义，一如在政治领域，社会主义、无政府主义、马克思主义、人文主义以及民主与科学也成了文学世界的通行货币。

特别是在五四运动之后，当时充斥着对西方范式的狂热追求，新近来到中国的文学理论成了指向。百余家文社成立，均作出自己的文学纲领。在20世纪的第二个和第三个十年里，译自西方语言之作不知凡几，在很长时间内，法语译作数量最多，俄语和英语译作次之。但作品和作者的影响无法只依据译作的多少来评价，因为有些作者，比如哈葛德、高尔斯华绥或豪普特曼，其作品虽多被译成汉语，却仍不怎么知名。其他作者，比如拜伦、雪莱、济慈甚至于小仲马，其作品译成汉语者虽不多，却几乎成为人们崇拜的对象。[1]

---

[1] 关于迄于20世纪60年代德国文学对中国的影响的书目，见W. Bauer（鲍吾刚）、Shen-chang Hwang的*Deutschlands Einfluss auf die moderne chinesische Geistesgeschichte*（《德国对现代中国精神史的影响》），威斯巴登，1982年；续编W. Bauer等主编的 *Das chinesische Deutschlandbild der Gegenwart. Eine Bibliographie*（《当代中国的德国观：目录》2卷），斯图加特，1989年。

现实主义、自然主义和浪漫主义

翻译得最多的是19世纪的作品，这些作品大体可分成现实主义和浪漫主义两类。但西方经典作品也在考虑范围内，比如亚里士多德、但丁、莎士比亚和歌德。如此选择的一种原因在于，当时人们普遍认为，一如所有其他领域，文学领域也有发展方向和时代相继，古典主义之后是浪漫主义，之后是现实主义，之后又是自然主义，最后是新浪漫主义。中国文学的发展也要经历同样的过程。当时多数人的观点是，传统文学停留在古典主义和浪漫主义之间，当以现实主义和自然主义继之。这当然造成相当多的误解，以至于要归在现实主义的作者被当作是浪漫主义的作者。总体来说，许多作者给自己的标签不可不说是混乱的，比如，有些作者同时称自己是浪漫主义的、现实主义的和人文主义的，剧作家田汉甚至将浪漫主义与自由、民主、革命和社会主义等同。清末民初的年轻知识分子当然对文学理论没有太大兴趣，他们只把文学及其变化看作改变社会和政治状况的手段。所以，20世纪20年代出现的现实主义文学与巴尔扎克或福楼拜其实少有共同之处。

沈雁冰（1896—1981）1922年（此时已用笔名茅盾）在《小说月报》上发表了《自然主义与中国现代小说》[1]，介绍自然主义的概念。他反对左拉的纯粹客观，主张有主观色彩的自然主义。茅盾在此文中反对鸳鸯蝴蝶派的文学主张，他认为自然主义虽也表现丑恶和悲观，但文学要超越此阶段。[2]他自己要求的文学中的现实主义，约10年后才在其长篇小说《子夜》中实现。当时，20世纪20年代的主观主义几乎已完全被丢弃，取而代之的是社会和政治的方向。这种社会现实主义在某种程度上构成了十年后延安文艺座谈会上要求的社会主义现实主义的前身。

---

[1] 《小说月报》第13卷第7号（1922年7月10日），第1—12页。

[2] 见M. Gálik（高利克）的*Mao Tun and Modern Chinese Literary Criticism*（《茅盾和现代中国文学批评》），威斯巴登，1969年，特别是第70页及以下。

　　按流行的时期划分，现实主义和自然主义之后应当是象征主义或新浪漫主义。这两种名字，多数作者对其意义缺少思考，几乎只作为口号在流传，因为特殊的政治和社会状况，这两种方向并未付诸实践，只有少数拒绝政治的、聚集于《现代》周围的作家转投这两种方向。于此两种方向，他们也只是透过厨川白村（1880—1923）的作品，有了一些相互矛盾的认识。对两者的思考其实是20世纪30年代初才开始的，当时始有翻译波德莱尔《恶之花》的尝试。

　　比如，郁达夫将新浪漫主义分为两种方向：一方面是新英雄主义的和新理想主义的方向，代表作家有罗曼·罗兰、巴比塞和阿纳托尔·法朗士；一方面是呈比较否定的态度的，忠实于波德莱尔和魏尔伦的颓废虚无主义和道德无政府主义的方向。尽管郁达夫称赞英雄主义的方向，但在他自己的作品当中，他还是更倾向于后一种方向。在他早期的小说当中，西方文学的影响体现得尤为明显。比如，他自称1912年刊行的小说《银灰色的死》的创作是受到了罗伯特·路易斯·史蒂文森的《一夜之宿》（*A Lodging for the Night*）的启发。

　　与其同时代的多数作者不同，鲁迅对文学技巧尤其感兴趣。他不喜欢以现实主义名世的西方作家，而是更欣赏果戈理（其首篇白话小说《狂人日记》的名字即取自果戈理）、莱蒙托夫、显克维奇、裴多菲、安德烈耶夫、阿尔志跋绥夫和迦尔洵。[1]而在俄国及其他西方国家的影响下，鲁迅的作品表现出了明显的象征主义特征，比如作于1924年至1926年间的散文诗集《野草》，当是鲁迅作品中最难被读懂的，能完全理解者极少。这部散文集也标志着鲁迅文学发展的终点，1927年后，鲁迅只专心于杂文，主要为左翼阵营写作。

　　对西方文学和理论的讨论虽主要在散文领域，但部分也涉及诗歌，这点可见之于郭沫若早期的诗歌。他受到了意象主义者（主要是惠特曼）的影响，但这种影响在徐志摩由英国返回中国后主编《诗刊》起，才日渐加

---

[1]　见P. D. Hanan（韩南）的The Techniques of Lu Hsün's Fiction（《鲁迅小说的技巧》），载*HJAS*（《哈佛亚洲研究学刊》）第34期（1974年），第53—96页。

深。[1]20世纪30年代和40年代，特别在共产主义者中出现了反对文学欧化的声音，他们把外国的文学看作不好的，而想以中国民间传统为依据。瞿秋白（1899—1935）是这种本土方向的主要代表。

五四文学

五四文学多指20世纪20年代和30年代的文学，之后是延安时期和1949年中华人民共和国成立后的新时期。[2]但合理的是将20世纪20年代和30年代的文学分成五四文学（至1927年）和30年代文学（1927年至1937年中国人民抗日战争全面爆发），因为在第二个时期里，艺术上最为成熟的作品诞生了，五四运动带来的那种欢欣鼓舞的、有时也被称为浪漫的气氛，被某种更清醒的、普遍来看更强大的政治和社会意识所替代。

在1919年之前的几年，文学革命随着新文化运动的兴起已经开始。长久以来，文学领域虽存在革新的努力，但真正意义上的现代文学是1917年才出现的。这种文学在所有方面都有意识地区别于旧的传统，之所以被认为是现代文学，是因为这些作品的语言，也因为这些作品采用的形式和内容。白话的使用不只将为民众打开通往文学的路径，最初也最明确地由胡适提出的文学革命要求，实际上也只为某种活的文学创造了条件。创刊于1915年，由陈独秀（1879—1942，中国共产党的主要创立者）主编的《青年杂志》成为这

---

[1] 见C. Birch（白芝）的English and Chinese Meters in Hsu Chih-mo（《徐志摩的英语和汉语格律》），载AM（《亚洲专刊》）第34期（1974年），第53—96页。

[2] 关于五四运动，见Tse-tsung Chow（周策纵）的The May Fourth Movement（《五四运动史》），剑桥，马萨诸塞州，1960年。关于此时期的文学，见Leo Ou-fan Lee（李欧梵）的The Romantic Generation of Modern Chinese Writers（《中国现代作家的浪漫一代》），剑桥，马萨诸塞州，1973年；M. Goldman（梅谷）主编的Modern Chinese Literature in the May Fourth Era（《五四时期的现代中国文学》），剑桥，马萨诸塞州，1977年；Th. Huters（胡志德）的The Diffificult Guest. May Fourth Revisits（《难对付的客人：再议五四》），载CLEAR（《中国文学》）第6期（1984年），第125—149页。

场新运动的喉舌。[1]《青年杂志》不久改名为《新青年》，同时印了法语名
"La Jeunesse"（意为"青年"）。其第2卷第5号（1917年1月）刊登了当
时在美国学习的胡适的《文学改良刍议》，该文提出了若干具体建议。

这篇文章在发表前，就在留美学生中引起过讨论。1915年末，陈独秀已
在《新青年》上发表了《现代欧洲文艺史谭》[2]，文章得出结论，认为只有
达到现实主义，中国文学才会取得进步。1916年，胡适在致陈独秀的信中提
出"八事"，此八事之提出至少部分受到了当时艾米·洛威尔发表在《纽约
书评》上的意象派六原则的启发。[3]

一曰，不用典。

二曰，务去陈套语。

三曰，不讲对仗（文当废骈，诗当废律）。

四曰，不避俗字俗语（不嫌以白话作诗词）。

五曰，须讲求文法之结构。

此皆形式上之革命也。

六曰，不作无病之呻吟。

七曰，不模仿古人语，语须有个我在。

八曰，须言之有物。

---

[1] 关于胡适和陈独秀，见J. B. Grieder（贾祖麟）的 *Hu Shih and the Chinese Renaissance. Liberalism in the Chinese Revolution, 1917–1937*（《胡适与中国的复兴：中国革命中的自由主义》），剑桥，马萨诸塞州，1970年；Thomas C. Kuo（郭成棠）的 *Ch'en Tu-hsiu (1879–1942) and the Chinese Communist Movement*（《陈独秀和中国共产主义运动》），南奥兰治，新泽西州，1975年。
[2]《青年杂志》第1卷第4期（1915年12月）。
[3] 见Achilles Fang（方志彤）的 *From Imaginism to Whitmanism in Recent Chinese Poetry. A Search for Poetics that Failed*（《中国新诗由意象主义至惠特曼主义的转变：寻找失败的诗学》），载H. Frenz（何吉贤）、G. L. Anderson主编的 *Proceedings of Indiana University Conference on Oriental-Western Literary Relations*（《印第安纳大学东西文学关系会议纪要》），教堂山，北卡罗来纳州，1955年，第177—189页，此处为第181页。

此皆精神上之革命也。[1]

此后于陈独秀与胡适书信往来中产生出《文学改良刍议》开篇所陈八事，显然是据此八事所作：

> 一曰，须言之有物。
>
> 二曰，不模仿古人。
>
> 三曰，须讲求文法。
>
> 四曰，不作无病之呻吟。
>
> 五曰，务去滥调套语。
>
> 六曰，不用典。
>
> 七曰，不讲对仗。
>
> 八曰，不避俗字俗语。[2]

陈独秀随即在紧接着的第6号中撰文声援，名为《文学革命论》[3]，如此产生的运动将切实改变中国的文学。当时的目标是以活的语言写活的文学，《新青年》第2卷第5号（1917年1月）已刊有胡适用白话所作的八首诗。第4卷第5号（1918年5月）在几首诗之后，刊登了鲁迅的小说《狂人日记》。[4]这是鲁迅很久以来再次公开发表作品。之后的几年里，他成为新文学最著名的代表。此号还登载了胡适的《论短篇小说》，该体裁自此将统治中国文学，鲁迅是其主要的共同创立者。

---

[1] 《新青年》第2卷第2号（1916年10月1日）。

[2] 《新青年》第2卷第5号（1917年1月）；转引自Ch. Dunsing的Die literaturtheoretische Diskussion in China in den Jahren 1917−1940（《关于中国文学理论的讨论（1917—1940年）》），慕尼黑大学，博士论文，1977年，第9页及以下。

[3] 《新青年》第2卷第6号（1917年2月）。

[4] 《新青年》第4卷第5号（1918年5月）。

话剧的开端

文学革新过程中，舞台上发生了前所未有之事。中国的舞台表演传统悠久且多样，可追溯至唐及以前，在元杂剧中达到顶峰，但以说白为主的表现形式是在西方的影响下才产生的。[1]来自西方的挑战也在传统戏曲实践中引起了改革的尝试。比如在1898年，京剧演员兼剧作家汪笑侬（1858—1918）搬演戏曲，演员作西式打扮，此举造成了轰动，几天后，演出遂被禁止。但改良传统京戏的尝试并未因此停止，1900年至1920年间又出现了新的尝试，西方戏剧被介绍给中国观众，新的成分也被引进传统戏曲中。

1906年，演员兼剧作家汪优游（1888—1937）组织开明演剧会，提倡政治和社会改革。这些最初的尝试还无法真正脱离传统戏曲的范式，但这些新作品包含更多对白，演员穿着西式服装。对传统戏剧有所创造和发展的是著名戏曲演员梅兰芳（1894—1961）。梁启超尝试以明代传奇的形式将当代的问题搬上舞台，在未完成的传奇剧本《新罗马》中，他想以意大利建国为例，借加里波第、马志尼和加富尔的形象，表明文明古国也能在有才干者领导下完成革新。致力于以戏剧为手段，促进日常生活和人际关系中的变化而最持之以恒者，是1912年在西安成立的易俗社。在之后的几年里，该社演出几百种剧作，以宣扬社会改革。

中国戏曲的革新自然在话剧（中国此前尚未有过话剧）这种形式中，特别是在五四时代的新文化运动中得以实现。中国的话剧事业始于在日本观看过西方戏剧演出的演员。1906年，李叔同于东京组建春柳社。春柳社对于实践这种新形式最为重要，其最成功的演出包括《黑奴吁天录》（1901年，改编自林纾译斯托夫人所著同名小说）和《茶花女》（改编自林纾译小仲马所著同名小说）。不只是国外的题材被采用，中国的成功小说也被改编成剧

---

[1] 见B. Eberstein的全面的描述：*Das chinesische Theater im 20. Jahrhundert*（《二十世纪中国戏剧》），威斯巴登，1983年，特别是第1—187页。

本，比如李宝嘉的《官场现形记》。

春柳社多数成员于接下来的几年中陆续回国，在国内继续他们的工作。1910年左右，一班演员于上海创办新舞台，旨在打破旧戏曲的形式，代之以新的戏剧结构。但他们仍使用许多传统戏曲中的成分，以至于产生出某种特殊的混合形式。

清末所有戏剧活动的主旨都是政治的，旨在推翻满族统治或改革政治体制。清朝灭亡后，上海仍是话剧的中心，话剧被称为"文明戏"，即"西方戏剧"，或被简单称为"新剧"。上海产生了最多的戏曲和演员团体，于娱乐之外，他们也关心在其看来亟待解决的时代问题，比如，传统家庭制度的改革以及女性的地位。

因为，至少多数人认为，旧的形式必将与旧的体制和旧的社会共同灭亡。这样的看法或相似的看法由许多主张文学和文化革新的战士提出，比如周作人和傅斯年（1896—1950）。[1]在文学讨论中，有特殊意义的一种观点认为在传统戏曲中只有圆满的结局，缺少如西方传统中的悲剧。这一观点虽不完全准确，但就两方面而言是有道理的。胡适所言"团圆迷信"，其原因一方面在于观众希望看到好的结局，另一方面则主要在于中国传统观念中戏曲的仪式性质，在舞台上，秩序最终得以在一片混乱中被重新建立。传统戏曲不是要反映生活，也不是要观众在观看过程中经历内在净化，从而改过自新，而是要通过舞台上的秩序重建肯定现行的道德准则。

将悲剧介绍到中国的有识者，旨在创造新的人和新的社会。比如，剧作家熊佛西（1900—1965）就说：

> 是不是全国充满了冷气，阴气，霉气，一言以蔽之，乌烟瘴气？

---

[1]　见傅斯年的《戏剧改良各面观》，载《新青年》第5卷第4期（1918年），第330页；另见B. Eberstein的全面的描述：*Das chinesische Theater im 20. Jahrhundert*（《二十世纪中国戏剧》），威斯巴登，1983年，第36页。

假如我们希望……一件能任人生出敬畏之感的事物在中国发现，那么我们就应该急起直追，赶快起来提倡悲剧的艺术！全国伟大的诗人与艺术家啊，你们这会儿躲在哪里？你们生在今日的中国社会里不觉得冷吗？不觉得黑暗吗？果尔，你们为什么不起来燃点火焰？[1]

但文学革命之初的极端立场不久又趋于和缓。在1924年，周作人便承认，未来合适的戏剧形式将有三种，即为少数有艺术趣味的人而设的纯粹新剧，为少数研究家而设的纯粹旧剧，以及为大多数观众而设的改良旧剧。

有关戏剧和舞台艺术改革的讨论所使用的论据比如要考虑中国所处的发展时期，也见于其他文学讨论中。戏剧领域也争论这样的问题，即中国可否直接将西方戏剧拿来，这样是否等同于放弃了自己的身份。由于没有合适的作品，当时的文人将希望暂时寄于翻译外国剧作上。在所有西方剧作家中，易卜生在五四运动之初影响最大。1918年，《新青年》出易卜生专号，刊载罗家伦（1897—1969）与胡适合译的《娜拉》以及《国民之敌》，胡适作《易卜生主义》为此专号的引子。[2]其"易卜生主义"指的是写实主义，也讨论女性在家庭与社会中的地位，但一般也指那些有唤醒作用的戏剧。易卜生被认为是进步、自由、平等、美的和兼爱的作家，吸引胡适的是易卜生的社会思想，不是他的戏剧形式。

但不久也出现了批评五四运动中的文学革命的声音。20世纪30年代初，对于白话文学的态度不再如1919年那般热烈。许多文学批评家，尤其是瞿秋白，

---

[1] 熊佛西的《佛西论剧》（北京，1928年），第4页；转引自B. Eberstein的全面的描述：*Das chinesische Theater im 20. Jahrhundert*（《二十世纪中国戏剧》），威斯巴登，1983年，第38页。

[2] 关于易卜生主义，见E. Eide（艾龙）的Ibsen's Nora and Chinese Interpretations of Female Emancipation（《易卜生的娜拉与中国对女性解放的诠释》），载G. Malmqvist（马悦然）主编的*Modern Chinese Literature and its Social Context, Nobel Symposium 32*（《现代中国文学及其社会语境》），无出版地，无出版日期，第140—151页；E. Eide的*China's Ibsen. From Ibsen to Ibsenism*（《中国之易卜生：由易卜生至易卜生主义》），伦敦，1987年。

认为这种文学只面向资产阶级，他们转而要求面向民众的大众语。的确，胡适所谓白话指的不是俚俗的语言，而是指已在明末的长篇小说中使用过的语言。

文学结社、文学讨论和文学批评

在中国，对文学感兴趣的知识分子往往会结成组织，这种传统在封建统治结束后仍旧延续着。五四运动后，这种组织获得了新意义，因为它们也以出版物的形式宣传特定的文学主张及相应的政治目标。文学理论的讨论因胡适最初在《新青年》上提出的白话文学的要求而有了新发展。认为应以这种作为"文化革命"而为世人所知的运动来看待所有后来的文学讨论。[1]

胡适把语言看作衡量任何文学的价值的根本标准。因为在他看来，活文学只能在活语言中产生，用死的语言无法创作出有价值的文学，所以他提倡采用白话作为文学语言。实际上，他的文学观在中国的文学理论中总是处在中心地位，即文学的功用是表达思想和感情。

> 为什么死文字不能产生活文学呢？这都是由于文学的性质。一切语言文字的作用在于达意传情；达意达得妙，表情表得好，便是文学。那些用死文言的人，有了意思，却须把这意思翻成几千年前的典故……因此我说，"死文言决不能产生活文学"。中国若想有活文学，必须用白话，必须用国语，必须作国语的文学。[2]

[1] 关于20世纪初的文学理论和文学批评，见M. Gálik（马利克）的 *The Genesis of Modern Chinese Literary Criticism (1917-1930)*（《现代中国文学批评的产生》），伦敦，1980年。
[2] 胡适的《建设的文学革命论》，1918年4月，载《中国新文学大系》（香港，无出版日期），卷1，第157、158页；参见Ch. Dunsing的 *Die literaturtheoretische Diskussion in China in den Jahren 1917-1940*（《关于中国文学理论的讨论（1917—1940年）》），第17页。

认为每个时代都有自己的文学，这样的看法并不是革命性的；但根据激动的语气和不断的重复，可以大概知道改革者所面对的困难和阻力有多大。

有一种说法特别有分量：中国文学中所有重要的作品向来是用白话或接近于白话的语言写的，有据可查的白话文学传统可追溯至宋代。一如当时其他的作家和文学史家，胡适援用这种传统，肯定也是为了支持他的关于白话文学创新力的论点。这样，在文学史领域，他成了最初尝试对白话文学作出概论的学者之一。他的努力结果见于1928年在上海刊行的《白话文学史》。[1]

但胡适的论述中真正新的，给以后文学发展指出方向的，是对新内容的要求，他这样说：

> 推广材料的区域。官场、妓院与龌龊社会三个领域，决不够采用。即如今的贫民社会，如工厂之男女工人、人力车夫、内地农家、各处大负贩及小店铺，一切痛苦情形，都不曾在文学上占一位置。并且今日新旧文明相接触，一切家庭惨变，婚姻苦痛，女子之位置，教育之不适合，……种种问题，都可供文学的材料。[2]

在胡适这里，新的内容只占据次要的地位，白话文学却占有中心地位。而在其他文学家那里，这种关系将反过来。

陈独秀已不再是主要以文学形式为对象，他把文学革命看作改变社会状况的手段。1917年，他在《文学革命论》中要求：

> ……推倒雕琢的阿谀的贵族文学，建设平易的抒情的国民文

---

[1] 此书1986年于上海再版。
[2] 胡适的《建设的文学革命论》，1918年4月，载《中国新文学大系》，卷1，第164页；参见Ch. Dunsing的 *Die literaturtheoretische Diskussion in China in den Jahren 1917–1940*（《关于中国文学理论的讨论（1917—1940年）》），第17页。

学；……推倒陈腐的铺张的古典文学，建设新鲜的立诚的写实文
学；……推倒迂晦的艰涩的山林文学，建设明了的通俗的社会文学。[1]

提出这种要求，他的理由是：

际兹文学革新之时代，几属贵族文学，古典文学，山林文
学，均在排斥之列。……其形体则陈陈相因，有肉无骨，有形无
神，乃装饰品而非实用品；其内容则目光不越帝王权贵，神仙鬼
怪，及其个人之穷通利达。所谓宇宙，所谓人生，所谓社会，举非
其构思所及，此三种文学公同之缺点也。[2]

五四运动后，中国知识分子的团结是空前的，多数人相信中国需要彻底
的文化革新。关于革命途径的看法却大相径庭，以至于不久后便在知识分子
和文人中产生了分歧。[3]其中有两种最重要的方向，一是以胡适为代表的自
由主义的方向，[4]一是以陈独秀、李大钊（1889—1927）[5]为代表的马克思
主义的方向。两者最后都离开了文学，马克思主义者致力于政治革命，自由

---

[1] 《独秀文存》，卷1，第136页；译文据Ch. Dunsing的*Die literaturtheoretische Diskussion in China in den Jahren 1917–1940*（《关于中国文学理论的讨论（1917—1940年）》），第21页，稍有改动。

[2] 《独秀文存》，卷1，第139页；译文据Ch. Dunsing的*Die literaturtheoretische Diskussion in China in den Jahren 1917–1940*（《关于中国文学理论的讨论（1917—1940年）》），稍有改动。

[3] 概述见Amintendranath Tagore（泰戈尔）的Literary Debates in China 1918–1937（《中国的文学讨论》），东京，1967年。

[4] 关于胡适，见J. B. Grieder（贾祖麟）的*Hu Shih and the Chinese Renaissance. Liberalism in the Chinese Revolution, 1917–1937*（《胡适与中国的复兴：中国革命中的自由主义》），剑桥，马萨诸塞州，1970年。

[5] 关于这位1927年4月27日为奉系军阀杀害的革命者，见M. Meisner（马思乐）的Li Ta-chao and the Origins of Chinese Marxism（《李大钊与中国的马克思主义的起源》），剑桥，马萨诸塞州，1967年。

主义者专注于自己民族的过去，以"整理国故"。

五四运动后，在多形成于杂志或出版社周围的百余家文社中，主要有三家体现出不同的文学趋向，即文学研究会、创造社和一个主要由北京大学的教授组成的团体，该团体还主办杂志《现代评论》。在国共合作破裂后，作家们纷纷转向中国共产党。1930年起，中国共产党将这些作家组织在左翼作家联盟中。这些作家共同的目标是革除旧中国，创造新中国。

1920年12月4日（后来正式成立时间被定为1921年1月），包括周作人、沈雁冰（后来的茅盾）、郑振铎、耿济之、叶绍钧（1894—1988，又名叶圣陶）、许地山（1893—1941）和王统照（1897—1957）等在内的12人成立文学研究会，旨在发展新文学，整理旧文学，介绍西方文学。[1]

创立此研究会的一个起决定作用的条件是，上海商务印书馆决定让茅盾主编此前几乎只登载鸳鸯蝴蝶派文学的《小说月报》。革新后的第一期于1921年刊行。[2]这本文学杂志名字虽作"小说月报"，却不只刊登小说，也刊登诗、译作和散文，并以短篇小说为主，这是新作家偏爱的表达方式。在最初的几年中，定期撰稿的作家只有12名左右。及至1928年，所有知名作家都为这本杂志写作，比如老舍、施蛰存、沈从文、巴金和丁玲，其中许多人因为在杂志上发表的作品才得以成名。

文学研究会更多的是行业联合会，而不是有共同主张的组织，因此也没有形成某种组织结构的倾向。成员只是有以下共同的目标：第一，推动世界文学的研究和传播；第二，整理和重新评价中国的旧文学；第三，创造新文

---

[1] 关于文学研究会，见W. Ayers的The Society for Literary Studies, 1921–1930（《文学研究会》），载Papers on China（《中国论文集》）第7卷（1953年），第34—79页；另见M. Gálik（高利克）的Mao Tun and Modern Chinese Literary Criticism（《茅盾和中国文学批评》），威斯巴登，1969年，第42页及以下。

[2] 关于作者使用的众多笔名的工具书，是Pao-liang Chu（朱宝樑）的Twentieth-Century Chinese Writers and Their Pen Names（《二十世纪中文著作者笔名录》），波士顿，马萨诸塞州，1977年。

学。同时，学会要加强作家间的团结意识，谋求建立著作工会的基础。这也反映了一个事实，即若先不考虑过去几个世纪中的某些开端，在中国的历史上，文学第一次成了职业，职业作家的概念产生了。

这个团体中最突出的理论家是茅盾。与他同样，文学研究会的多数成员认为，文学要反映社会现象，表现和讨论有关生活的普遍问题。在茅盾看来，反映生活的文学由人种、环境、时代和作家的人格这四个因素决定。他认为，文学应当只忠实于客观的社会现实，而不应该包括主观的和想象的成分。他提出这样的观点，主要针对他称之为"名士"的作家。关于名士，他说：

> 名士派毫不注意文学于社会的价值，他们的作品重个人而不重社会……新文学的作品，大都是社会的，即使有抒写个人情感的作品，那一定是全人类共有的真情感的一部分，一定能和人共鸣的，决不像名士派之一味无病呻吟可比。[1]

文学研究会的其他成员也要求文学要写实，但没有像茅盾这样绝对，他们给主观性和创作自由更大的空间。后来成为知名文学史家的郑振铎曾这样表述文学的任务：

> 文学是人生的自然的呼声。人类情绪的流泄于文字中的，不是以传道为目的，更不是以娱乐为目的。而是以真挚的情感来引起读者的同情的。[2]

---

[1] 茅盾的《什么是文学》，载《中国现代文学史参考资料》（北京，1959年），卷1，第142页；参见Ch. Dunsing的 *Die literaturtheoretische Diskussion in China in den Jahren 1917–1940*（《关于中国文学理论的讨论（1917—1940年）》），第50页。
[2] 郑振铎的《新文学观的建设》，载《中国新文学大系》，卷2，第175页。

1932年日本进攻上海时，商务印书馆编译所被炸毁，办得有声有色的《小说月报》以及只是松散组织的文学研究会遂告终。

与文学研究会不同，1921年夏由在日本的中国留学生组建的创造社是由不能容忍异己的、坚定地相信自己事业的作家组成的团体，在1929年被当局强制解散后，其战斗精神仍旧活跃。创造社最知名的成员包括郭沫若、郁达夫和田汉。[1]在创立之年，该社已有三种书问世，郁达夫的短篇小说集《沉沦》、郭沫若的诗集《女神》（1921年）及其译作《少年维特之烦恼》（歌德的《浮士德》最初也是由他译成汉语的），三种书均获得热烈的反响。[2]1919年，郭沫若首次以自由体写的新诗于上海刊行，之后出版的《女神》之所以让他出名，主要因为在他之前还没有诗人如此彻底地突出独立的自我。[3]过去，主体常常会消失在客体之后或之中，在惠特曼诗歌以及拜伦和德国表现主义诗歌的影响下，郭沫若赞颂普罗米修斯式和浮士德式有生命力的自我，他的写"中国第一位诗人"屈原的剧作也贯穿了这种关于自我的观念。

1922年5月，旬刊《创造》创刊，这本杂志有意识地反对文学研究会的《小说月报》，反对其写实主义和为人生而艺术的纲领，主张为艺术而艺术。但与《小说月报》不同的是，《创造》只存在了很短的时间。在几种后续的刊物同样夭折以及多数成员改变创作方向之后，1926年，创造社又创办

---

[1]　关于创造社初期的情况，见A. Dolezelova的Subject Matters of Short Stories in the Initial Period of the Creation Society's Activities（《创造社活动早期短篇小说的题材》），载*Asian and African Studies*（《亚洲与非洲研究》）第6卷（1970年），第131—144页。
[2]　M. Velingerová（米列娜）的Kuo Mo-jo's Übersetzungen von Goethes Werken（《郭沫若迻译的歌德的著作》），载*Archív Orientální*（《东方文献》）第26卷第3号（1958年），第427—497页。
[3]　见Winnie Tsang（藏温尼）的Kuo Mo-jo's Goddesses（《郭沫若的〈女神〉》），载*JOS*（《东方文化》）第12卷（1977年），第97—109页。郭沫若诗的译本，见J. Lester、A. C. Barnes的*Kuo Mo jo. Selected Poems from The Goddesses*（《郭沫若：〈女神〉诗选》），北京，1958年；M. Loi（鲁阿）的*Kouo Mo-jo. Poème*（《郭沫若：诗集》），巴黎，1970年。

了名为《创造月刊》的马克思主义文学刊物。

一如其名所示，创造社的宗旨是肯定创造性自身的独立价值，创造新的东西。创造社的发起明确以文学研究会为对立。对创造社成员来说，文学是作者自我的表达。他们认为，文学的目的只能在于此，虽然他们，特别是郭沫若，不但没否定还肯定了文学最终是一种社会现象，会对人和社会产生作用的社会现象。

创造社的创立者和成员中的多数于20年代末转向马克思主义。1937年，郭沫若在回顾创造社历史时承认，创造社具有极端的个人主义。这样，无论是创造社情绪激扬的反抗，还是文学研究会冷静的客观态度，都没能发展出长久成立的纲领。

尽管20年代初的文学批评根本上是资产阶级自由主义的，但这种文学批评开始就以改革中国社会，将中国转变成现代国家为己任。就此而言，这些作者还完全处在传统精英的自我认识传统中。他们把自己视为国民的老师，总是把世界的秩序摆在中心地位。这种倾向在创造社的成员中尤甚，对于革命思想，他们是特别容易接受的，多数作者还在政治论战中形成了鲜明的立场。

在政治事件的影响下，特别是1923年2月7日当局对京汉铁路工人大罢工的血腥镇压，许多作者决心让文学完全服务于政治和社会斗争。比如占据郭沫若思想中心的首先不是分析和冷静的计算，而是破坏性的粉碎资本主义和推动民族复生的要求。1923年5月18日，他写道：

> 中国的政治局面已到了破产的地步。野兽般的武人专横，破廉耻的政客蠢动，贪婪的外来资本家压迫，把我们中华名族的血泪排抑成了黄河、扬子江一样的赤流。
>
> 我们暴露于战乱的惨祸之下，我们受着资本主义这条毒龙的巨爪的拴弄。……

我们现在对于任何方面都要激起一种新的运动，我们于文学事业中也正是不能满足于现状，要打破从来因袭的样式而求新的生命之新的表现。[1]

郭沫若选择的不是退隐山林，而是以斗争为目标。他慷慨激昂地说：

我们的精神教我们择取后路，我们的精神不许我们退搔，我们要如暴风一样怒号，我们要如火山一样爆发，要把一切的腐败的存在扫荡尽，烧葬尽，进射出全部的灵魂，提供初全部的生命。

…… ……

黄河、扬子江一样的文学！

这便是我们所提出的标语（Motto）。

光明之前有混沌，创造之前有破坏。新的酒不能盛容于旧的革囊。凤凰要再生，要先把尸骸火葬。我们的事业，在目下混沌之中，要先从破坏做起。我们的精神为防抗的烈火燃得透明。[2]

艺术家与革命家在这里被等同，但郭沫若难以像要求革命活动家那样来要求艺术家和文学家。他作于1923年9月4日的《艺术家与革命家》表明了这一点，他说道："我们不必望实行家做宣传的文艺，我们也不必望革命的艺术家定非去投炸弹不可。"尽管如此，郭沫若最后还是将艺术家与革命家同等看待，他说："一切真正的革命运动都是艺术运动，一切热诚的实行家是

---

[1] 郭沫若的《我们的文学新运动》，刊印于《中国新文学大系》，卷2，第199页及以下；参见Ch. Dunsing的 *Die literaturtheoretische Diskussion in China in den Jahren 1917–1940*（《关于中国文学理论的讨论（1917—1940年）》），第75页。

[2] 郭沫若的《我们的文学新运动》，刊印于《中国新文学大系》，卷2，第200页及以下；参见Ch. Dunsing的 *Die literaturtheoretische Diskussion in China in den Jahren 1917–1940*（《关于中国文学理论的讨论（1917—1940年）》），第76页。

纯真的艺术家，一切热诚的艺术家也便是纯真的革命家。"[1]

郭沫若曾于1914年至1921年间在日本学医。1924年，他再次来到日本，在日本经济学者河上肇的影响下，他经历了内在的转变。关于这种转变，他在1924年8月9日写给他的朋友、创造社的共同创办者之一成仿吾（笔名芳坞，1897—1984）的信中说道：

> 芳坞哟，我们是生在最有意义的时代的！人类的大革命的时代的！人文史上的大革命的时代！我现在成了个彻底的马克思主义的信徒了！马克思主义在我们所处的这个时代是唯一的宝筏。
>
> ……　……
>
> 芳坞哟，我现在觉悟到这些上来，我把我从前深带个人主义色彩的想念全盘改变了。[2]

关于他的改变了的文学观，他对所有文学理论纲领的放弃，以及他的将文学放在大历史当中的做法，他在这封信中说道：

> 我现在对于文艺的见解也全盘变了。我觉得一切伎俩上的主义都不能成为问题，所可成为问题的只是昨日的文艺、今日的文艺和明日的文艺。昨日的文艺是不自觉地得占生活的优先权的贵族们的消闲圣品，……今日的文艺，是我们现在走革命途上的文艺，是我们被压迫者的呼号，是生命穷促的喊叫，是斗志的咒文，是革命的预期的

---

[1] 郭沫若的《艺术家与革命家》，载《中国新文学大系》，卷6，第230页及以下；参见Ch. Dunsing的*Die literaturtheoretische Diskussion in China in den Jahren 1917–1940*（《关于中国文学理论的讨论（1917—1940年）》），第78页。

[2] 郭沫若的《与成仿吾书》，载《中国新文学大系》，卷6，第233页及以下；另见Ch. Dunsing的*Die literaturtheoretische Diskussion in China in den Jahren 1917–1940*（《关于中国文学理论的讨论（1917—1940年）》），第79页。

> 欢喜，这今日的文艺便是革命的文艺，……明日的文艺又是什么呢？
> 芳坞哟，这是你几时说过的超脱时代性和局部性的文艺……在现在而
> 谈纯文艺是只有在年青人的春梦里，有钱人的保暖里，玛啡中毒者的
> Euphorie里，酒精中毒者的酩酊里，饿得快要断气者得Hallucination里
> 呢！芳坞哟，我们是革命途上的人，我们的文艺只能是革命的文艺。[1]

针对当时作家的立场，中国社会主义青年团自1923年秋起也在其杂志
《中国青年》中提出了批评，他们指出这些文学作品中缺少对工人疾苦的
描写。在他们看来，文学首先应当是改变社会的工具。不久，这种批评为
创造社援用，在国共冲突公开爆发之后，创造社成了文坛上占统治地位的
团体。同时，不同的文学团体间产生了关于谁是革命文学最初提倡者的争
论。有些团体联合起来，攻击其他的团体。革命团体的攻击对象主要是语
丝社和新月社。

援用文学的独立而反对革命文学代表的观点的是语丝社。而革命文学最尖
锐的反对者却群集于新月社[2]，1924年，该社以聚餐会的形式形成，得名于徐
志摩译的泰戈尔的诗，其成员主要为英美回国的留学生。其最有影响力的诗人
之一是徐志摩。1925年，徐志摩主编北京的《晨报副镌》，新月社成员在此副
刊上发表自己的作品，后增辟《诗镌》，此刊却只于1926年夏出版几次后遂告
停刊。因为主编这两种副刊，徐志摩一时声名鹊起。1927年，新月社的多数成
员，包括徐志摩在内，都因为北伐战争在北京造成的混乱局面而迁往上海。在

---

[1]　郭沫若的《与成仿吾书》，载《中国新文学大系》，卷6，第241页；参见Ch.
Dunsing的*Die literaturtheoretische Diskussion in China in den Jahren 1917–1940*（《关
于中国文学理论的讨论（1917—1940年）》，第79页。
[2]　关于新月社，见M. Loi（鲁阿）的 Die Formalisten der Neumondgesellschaft. Xu
Zhimo und Wen Yiduo（《新月社的形式主义者：徐志摩与闻一多》），载W. Kubin
（顾彬）主编的*Moderne chinesische Literatur*（《现代中国文学》），法兰克福，
1985年，第225—245页。

上海，来自南京的教授兼文学批评家梁实秋（1902—1987）加入他们的行列，成了他们的代言者之一。新成员还有诗人闻一多（1899—1946）和剧作家丁西林（1893—1974）。徐志摩仍是新月社的精神领袖。1928年初，他与胡适、邵洵美共同开办新月书店。3月，《新月》月刊创刊，发行至1933年。[1]

后来左翼作家联盟的代表鲁迅常以讽刺的文章反击批评者的批评。1927年8月4日，鲁迅在演说中也批评了当时某些作家的旁观者姿态，但主要指出当时文学的无助和无用，与他的对手相似，他也倾向于粗略的简化：

> 加以这几年，自己在北京所得的经验，对于一向所知道的前人所讲的文学的议论，都渐渐的怀疑起来。那是开枪打杀学生的时候罢，文禁也严厉了，我想：文学文学，是最不中用的，没有力量的人讲的；有实力的人并不开口，就杀人，被压迫的人讲几句话，写几个字，就要被杀；即使幸而不被杀，但天天呐喊，叫苦，鸣不平，而有实力的人仍然压迫，虐待，杀戮，没有方法对付他们，这文学于人们又有什么益处呢？[2]

对鲁迅来说，文学是"余裕"的现象，是"吃饱了的"为"吃饱了的"而作。在他看来，每在大革命前，叫苦鸣不平的声音便纷起，但都没有什么作用；在大革命爆发中，声音却没有了。革命后才又有文学产生，即为革命唱赞歌的文学，为旧社会的灭亡唱挽歌的文学。

1930年2月16日的筹备大会之后，50余名作家于1930年3月2日齐聚上

---

[1]　关于当时的论战，另见Leo Ou-fan Lee（李欧梵）的 *The Romantic Generation of Modern Chinese Writers*（《中国现代作家的浪漫一代》），第17页及以下。

[2]　引自Die Literatur einer revolutionären Phase（《革命时代的文学》），载H. Chr. Buch、Wong May（王迈）主编的 *Lu Hsün, Der Einsturz der Lei-feng-Pagode*（《鲁迅：〈论雷峰塔的倒掉〉》），汉堡，1973年，第70页。

海，正式宣布左翼作家联盟的成立。左联是在中国共产党的推动下成立的。与会者只有部分是中国共产党的成员，其中有许多知名的作家，比如茅盾、郁达夫、沈端先、冯雪峰和田汉。[1]于左联之外，还有其他由中国共产党发起的文化团体，所有这些团体都被组织起来，被称为中国左翼文化界总同盟。左联的书记先后由冯乃超、阳翰笙和周扬担任。阳翰笙、周扬与夏衍、田汉即1936年鲁迅在"两个口号"的论争中所说的"四条汉子"。

左联的作用并不完全体现在对写作活动的促进上，它不断引发论争，自己也攻击其他的文学团体，比如新月社。在这些论争背后，在旧的根本问题上的分歧也依然存在。比如，在日本学习的文人构成了创造社成员中的大多数，而在英美学习的文人构成了新月社成员中的大多数，这种不同的经历起到了重要的作用。

左联的地位不是没有争议。比如1932年发生了一场争论，该争论与若干年前创造社及其对手语丝社、新月社间的争论相似。当时，胡秋原和苏汶（戴克崇）攻击左联及其关于文学要有阶级意识的主张。代表左联立场的主要是几年后被国民党杀害的瞿秋白[2]，他反对胡秋原的唯物主义观点，主张唯意志论的方法。争论的内容还包括文学作为艺术的价值。比如苏汶怀疑为了宣传鼓动大众而作的连环画的价值，左联的代表，比如鲁迅和冯雪峰，却认为这样的连环画是意识形态斗争中的必要手段，或至少如周扬所言，是无产阶级大众文学的必要的过渡形式。

在这场论争中，1931年至1933年末在苏俄学习过的瞿秋白起到了重要作用，直至他被毛泽东任命为江西苏区的教育委员，于1934年离开上海。还在上

---

[1] 关于左翼作家联盟，及其与中国的社会主义和文学的困难关系，见Tsi-an Hsia（夏济安）的 *The Gate of Darknesse. Studies on the Leftist Literary Movement in China*（《黑暗的闸门：中国左翼文学运动研究》），西雅图，华盛顿州，1968年。
[2] 关于瞿秋白，见P. G. Pickowicz（毕克伟）的 *Marxist Literary Thought in China. The Inflfluence of Ch'ü Ch'iu-pai*（《马克思主义的文学思想在中国：瞿秋白的影响》），伯克利，加利福尼亚州，1981年。

海时，瞿秋白想通过他"无产阶级的五四运动"将孤立的文学与大众再次结合。他特别反对五四运动中文人追求的文学的欧化，为此，他援用了中国的传统，这也是后来毛泽东的做法。实际上，1930年，左联已通过设立文艺大众化研究会并主办《大众文艺》，开始了讨论。[1]当然，在很久之前，在为民间文学所尽的努力中，有种大众文学的形式已得到关注，可是，这种文学更合某些有着浪漫情怀的文人的口味，而非抱着革命思想的知识分子的口味。

发现民间文学

五四运动中文学改革的一个重要部分是众多知识分子向民间传说、歌谣、谚语、笑话和逸事的转向。[2]北京大学的一些年轻学者，比如刘复（1891—1934）、周作人和顾颉刚[3]，致力于民间文学的发现和采集。他们设立了专门采集歌谣的部门，定期在《北京大学日刊》上登载这样的歌谣。1922年12月创刊的《歌谣》周刊以及1923年5月成立的北京大学风俗调查会有很大的影响力，不久后，全国各地掀起了研究民间文学的热潮。其中多数人还希望借此发现中国自己的、独立的，或许与被认为过时的儒家学说对立的传统，所以有着十分的热情。当然，他们也承认在过去，精英文学和民间文学之间总是存在交流的。民间文学也被称为原生文学，与出自单个作家之手的通俗文学不同，它是百姓的文学，也就是多数中国人的文学。许多学者

[1]　关于这场讨论的有用记录，是由文振庭主编的《文艺大众化问题讨论资料》（上海，1987年）；另见Ch. Dunsing的*Die literaturtheoretische Diskussion in China in den Jahren 1917-1940*（《关于中国文学理论的讨论（1917—1940年）》），第186页及以下。
[2]　见Chang-tai Hung（洪长泰）的*Going to the People. Chinese Intellectuals and Folk Literature, 1918-1937*（《到民间去：中国知识分子与民间文学》），剑桥，马萨诸塞州，1985年。
[3]　见L. A. Schneider（施耐德）的*Ku Chieh-kang and China's New History*（《顾颉刚和中国的新历史》），伯克利，加利福尼亚州，1971年，第121页及以下。

倾向于认为民间文学是一切文学产生的土壤，包括精英文学。无论如何，对单个的歌谣和主题的详悉研究，比如董作宾（1895—1963）关于歌谣的研究《看见她》，使得对这种几乎不被关注的文学的认识更加详尽和细致。

由于对农民以及农村生活的某种浪漫的想象，以及日渐加强的民族意识以及国外民间运动的影响，20世纪的第二个十年里出现了"到民间去"的运动。其领导者是后来中国共产党的共同缔造者李大钊。[1]李大钊呼吁解放农民大众，认为这是解放中国最重要的前提条件。为响应他的号召，1919年初，平民教育讲演团在北京大学成立，其成员除后来的工人运动领袖和共产主义者邓中夏（1894—1933）及张国焘（1897—1979）外，还有教育家罗家伦（1897—1969）。不久，后来《歌谣》周刊的主编常惠以及著名的歌谣研究者、红学家俞平伯（1900—1990）也加入其中。这场运动在某种程度上是20世纪30年代起中国共产党遵循的以农村为起点的革命路线的前身。

民间文学的事业也未忘却前人的努力，比如杨慎及其《古今风谣》，李调元及其《粤风》。《粤风》共录111种中国南部少数民族的歌谣，但这些歌谣非他自己所记，而是取自今已亡佚的《粤风续九》。著名的诗人兼官员王士禛对《粤风续九》爱不释手，将其中歌谣比作汉代的乐府诗及东晋的子夜歌，还把其中有些歌谣用在了自己的作品中，模仿者遂起。李调元虽未亲自采集《粤风》中的歌谣，但这些歌谣是因为他才得以传世。出于这个原因，也因为来自四川的李调元出于对广东的喜爱，并撰有关于此地的游记《粤东皇华集》和《粤东观海集》，以及有民俗学价值的、当然在很大程度上以屈大均所撰《广东新语》为蓝本的《南粤笔记》。在民间文学的讨论中，李调元常被提及。李调元始终是民间文学运动最受敬重的先驱之一，因他的笔记小说集及1934年重新发现的他所辑的383种山歌，而得以与冯梦龙齐名。

---

[1] 见M. Meisner（马思乐）的 *Li Ta-chao and the Origins of Chinese Marxism*（《李大钊与中国的马克思主义的起源》），剑桥，马萨诸塞州，1967年，第71页及以下。

39. 从"文学的革命"到"革命的文学"

鲁　迅

由于西方思想和范式侵入，随之开始的是一个尝试的时代，基本上与五四运动的时代同时。文学的革命，以1916年起胡适和陈独秀的纲领性论文为标志，产生了新的感知现实的形式，该形式尤其突出自己的人格和某种内在性，以至于这个时代的作者也被称为"浪漫的一代"。然而，这些作者的脾气秉性迥然不同，他们的经验以及所有对他们构成过影响的经历也大相径庭。因而，20世纪20年代的文学领域产生出某种多样性，这种多样性是自此不再有了的。所以，20世纪80年代初的文人承袭这个时代，并非任意之举。[1]

周树人被认为是中国现代文学的创立者，有时还被认为是中国现代文学

---

[1] 关于20世纪前半叶的文学（长篇小说、短篇小说集、诗集和戏剧）的出色的工具书，是 *A Selective Guide to Chinese Literature. 1900–1949*（《中国文学指南》4卷），莱顿，1988—1990年。对五四运动以后文学的概述，见C. T. Hsia（夏志清）的 *A History of Modern Chinese Fiction*（《中国现代小说史》），纽黑文，康涅狄格州，1961年；1971年第二版。

之父，他在1918年才开始用笔名鲁迅。[1]1881年9月，鲁迅出生于浙江绍兴的一个曾经殷实，但在他少年时已没落的封建士大夫家庭，初于江南水师学堂及矿务铁路学堂学习。1902年，公费赴日本学医。与同辈的多数人相同，鲁迅很早便要面对中国为外国列强欺凌的状况。

当时，在日本有数千名中国留学生。在这里，鲁迅认识到：比之身体上的健康，对于中国的兴盛来说，他的同胞的意识上的改变更为重要。关于这种态度的转变，鲁迅后来写道：

---

[1] 关于鲁迅的文献众多，重要的有：Sung-k'ang Huang（黄颂康）的 *Lu Hsün and the New Culture Movement of Modern China*（《鲁迅与近代中国的新文化运动》），阿姆斯特丹，1957年；Pearl Hsia Chen（陈夏珍珠）的 *The Social Thought of Lu Hsün 1881–1936. A Mirror of the Intellectual Current of Modern China*（《鲁迅的社会思想：现代中国的思潮的一面镜子》），纽约，1976年；W. A. Lyell, Jr.的 *Lu Hsün's Vision of Reality*（《鲁迅的现实观》），伯克利，加利福尼亚州，1976年；V. I. Semanov的 *Lu Hsün and His Predecessors*（《鲁迅及其先行者》），纽约，1980年；V. I. Semanov的 Aufruf zum Kampf-Lu Xuns Stellung in der chinesischen Tradition und Moderne（《〈呐喊〉：鲁迅在中国传统与现代中的地位》），载 W. Kubin（顾彬）主编的 *Moderne chinesische Literatur*（《现代中国文学》），法兰克福，1985年，第141—171页；C. T. Brown的 The Paradigm of the Iron House. Shouting and Silence in Lu Hsün's Short Stories（《铁屋子的范式：鲁迅短篇小说中的呐喊与沉默》），载 *CLEAR*（《中国文学》）第6期（1984年），第101—119页；Lee Ou-fan Lee（李欧梵）的 *Voices From the Iron House. A Study of Lu Xun*（《铁屋子里的声音：鲁迅研究》），布鲁明顿，印第安纳州，1987年；关于鲁迅的重要研究的集录，见 W. Kubin（顾彬）主编的 *Aus dem Garten der Wildnis. Studien zu Lu Xun（1881–1936）*（《出自荒芜的花园：鲁迅研究》），波恩，1989年。译本亦众多：Hsien-yi Yang（杨宪益）、Gladys Yang（戴乃迭）的 *Selected Works of Lu Hsun*（《鲁迅选集》4卷），北京，1956—1960年；*Lu Xun, Auf der Suche*（《彷徨》），北京，1983年；*Einige Erzählungen von Lu Hsün*（《鲁迅的短篇小说》），北京，1974年。鲁迅诗歌的译本有：*Lu Hsün, Wilde Gräser*（《野草》），北京，1978年；Hsin-chyu Huang（黄新渠）的 *Lu Xun, Selected Poems*（《鲁迅诗选》），北京，1982年；David Y. Ch'en（陈颖）的 *Lu Hsun, Complete Poems*（《鲁迅诗歌全译注释》），坦佩，亚利桑那州，1988年。此外，鲁迅不同体裁的作品的重要选集还有：*Lu Xun, In tiefer Nacht geschrieben. Auswahl*（《鲁迅选集：写于深夜》），莱比锡，1981年；W. Kubin的 *Lu Xun, Die Methode wilde Tiere abzurichten. Erzählungen, Essays, Gedichte*（《野兽训练法：小说、散文、诗》），柏林，1979年；*Lu Xun, Die Große Mauer. Erzählungen, Essays, Gedichte*（《长城：小说、散文、诗》），讷德林根，1987年。

有一回，我竟在画片上忽然会见我久违的许多中国人了，一个绑在中间，许多站在左右，一样是强壮的体格，而显出麻木的神情。据解说，则绑着的是替俄国做了军事上的侦探，正要被日军砍下头颅来示众，而围着的便是来赏鉴这示众的盛举的人们。

这一学年没有完毕，我已经到了东京了。因为从那一回以后，我便觉得医学并非一件紧要事，凡是愚弱的国民，即使体格如何健全，如何茁壮，也只能做毫无意义的示众的材料和看客，病死多少是不必以为不幸的。所以我们的第一要著，是在改变他们的精神，而善于改变精神的是，我那时以为当然要推文艺，于是想提倡文艺运动了。[1]

鲁迅的这番话，总被援用以说明他主要是出于爱国原因转向文学的，这当然是对的。发起文学运动的计划固然失败了，鲁迅暂时专心于古碑古籍，发表学术论文，翻译俄国和东欧国家的文学作品，但他的根本志向始终是坚定的。

当然，鲁迅也有怀疑，也清楚唤醒熟睡者的危险，他这样描述这种危险：

但是说：

"假如一间铁屋子，是绝无窗户而万难破毁的，里面有许多熟睡的人们，不久都要闷死了，然而是从昏睡入死灭，并不感到就死的悲哀。现在你大嚷起来，惊起了较为清醒的几个人，使这不幸的少数者来受无可挽救的临终的苦楚，你倒以为对得起他们么？"[2]

---

[1]　1922年为《呐喊》写的自序；转引自 *Lu Xun, Aufruf zum Kampf*（《鲁迅：〈呐喊〉》），北京，1983年，第3页及以下。
[2]　同上，第7页。

1909年，鲁迅回国，先在故乡浙江任教。在这里，他研究民间文学，搜集佛教书籍。他的第一篇现代小说《怀旧》也作于这时，作者于松散地连缀起来的画面中记述了自己的童年。1912年，他应时任南京临时政府教育总长的蔡元培（1868—1940）之邀，任教育部部员。是年，教育部由南京迁往北京。在北京，鲁迅生活至1926年底。

多年里，鲁迅撰写散文，研究文学。至1918年5月他的小说《狂人日记》刊行于《新青年》，他才广为世人所知。这篇小说是中国第一篇现代白话短篇小说，它标志着中国新文学的开始，也是因这篇小说，鲁迅成了现代文学之父。

1923年，鲁迅首部小说集《呐喊》出版，《狂人日记》则为该小说集的首篇。这部小说集还收录了其他14篇各具特色的小说。这些小说于1918年至1922年间写成，且均已在报刊上刊印过。[1]其中，《孔乙己》与《阿Q正传》最为世人所称道。另一部小说集《彷徨》于1926年出版，共收11篇小说。1936年，在鲁迅因未及时治疗的肺疾病逝之前的几个月，他的历史小说集《故事新编》刊行。在这本集子里，他对于中国夹在旧社会和未来新道路之间的处境的担忧，表现得尤为清楚。

《狂人日记》的标题取自果戈理，小说节录了虚构的患迫害恐惧症的昔日良友的日记。日记以这样的话结束：

> 四千年来时时吃人的地方，今天才明白，我也在其中混了多年；大哥正管着家务，妹子恰恰死了，他未必不和在饭菜里，暗暗给我们吃。
>
> 我未必无意之中，不吃了我妹子的几片肉，现在也轮到我自己，……

---

[1] *Lu Xun, Aufruf zum Kampf*（《呐喊》），北京，1983年。

有了四千年吃人履历的我，当初虽然不知道，现在明白，难见真的人！

没有吃过人的孩子，或者还有？

救救孩子……[1]

在狂人日记的背后，是关于旧社会吃人本性的论断。小说中表现为个人的疾病，实际却是对传统的揭露，这种传统以"仁义道德"自诩，其代表将任何反对自己的人都打上"狂人"的烙印。但作者不肯屈服于这种判决，他呼吁所有人："你们立刻改了，从真心改起！你们要晓得将来是容不得吃人的人……"[2]《狂人日记》是理解鲁迅全部文学作品的钥匙。鲁迅在这篇小说中同时表达了对旧社会及其道德的批判，以及他对于人的未来及其可变性的希望。这样，他承袭了中国的传统观念，认为人是可教的。《呐喊》中的其他小说，包括《孔乙己》（1919年）、《药》（1919年）和《明天》（1920年），它们的作用在于祛除过去的魔鬼，作者自己也受到了这些魔鬼的折磨，是作者无法忘记的。与狂人的不屈态度相反，鲁迅笔下的多数人物是旧社会以及自身无能的牺牲者。

鲁迅想达到的是消除文学与生活间的距离。在20世纪20年代，他的写实主义已被奉为范式。鲁迅常采用第一人称叙述的手法，叙述者不干预，不是全知。在这些多数短小的作品中，只有少数人物登场，所记也是短时间内（往往只是寥寥几日内）发生的事，叙事者的作用是将读者带进故事中。[3]

---

[1] *Lu Xun, Aufruf zum Kampf*（《呐喊》），北京，1983年，第26页及以下。

[2] 同上，第25页。

[3] 关于鲁迅的叙述技巧，见P. D. Hanan（韩南）的The Techniques of Lu Hsün's Fiction（《鲁迅的小说的技巧》），载*HJAS*（《哈佛亚洲研究学刊》）第34期（1974年），第53—96页；Raymond S. W. Hsü（徐士文）的*The Style of Lu Hsün. Vocabulary and Usage*（《鲁迅的文体：词汇与用法》），香港，1979年。

至于作家能有什么功用，鲁迅是表示怀疑的，他也不大相信许多同辈所抱有的幻想，认为作家可以是百姓的喉舌。1927年，他在演说中这样说：

> 在现在，有人以平民——工人农民——为材料，做小说做诗，我们也称之为平民文学，其实这不是平民文学，因为平民还没有开口。这是另外的人从旁看见平民的生活，假托平民底口吻而说的。[1]

鲁迅在其1920年刊行的小说《一件小事》中描写了这种旁观者的处境及与之相连的憋闷。

鲁迅的杰作是于1921年12月写成的小说《阿Q正传》。通过对可笑、可怜的阿Q与地主阶级成员的关系，以及与普通村民的关系的描写，反映出清末农村的状况。主人公没有确定的亲属，由于没有确定的姓名，便被唤作阿Q，他也没有自己的家，在未庄做短工为生，他是清末民初之际的中国的写照。革命没有发生，旧制度依旧存在，因为人的意识没有改变。阿Q总是充满讥讽和鄙视，对自己却又总是十二分的赏识。最穷困的他，如此不现实地高估自己，且不把任何村民放在眼里。

即使受尽屈辱，阿Q仍觉得自己是胜利者，相信自己是最了不起的。如此，他便是"中国精神文明冠于全球的一个证据了"。他虽渐渐觉得"世上有些古怪"，在城里时，他还亲眼见过革命党被杀，名之曰"好看好看"，自己却不反对投向革命党。一名旧地主阶级的机会主义者，如今站在了共和这边，否认了他的革命资格，但阿Q也没反对。他幻想"白盔白甲的革命党，都拿着板刀、钢鞭、炸弹、洋炮、三尖两刃刀、钩镰枪"，喊他同去革命。他的幻想却未实现。相反，因为一桩与他无关的抢劫，他被送上了法

---

[1] 转引自H. Chr. Buch、Wong May（王迈）主编的 *Lu Hsün. Der Einsturz der Lei-feng Pagode. Essays über Literatur und Revolution in China*（《鲁迅的〈论雷峰塔的倒掉〉：关于中国的文学与革命的论文集》），汉堡，1973年，第74页。

庭。最后，完全无知的他在供状上画了圈。让他自己失望的是，他的死并不壮观，因为他被枪毙了，没有被杀头。借阿Q的形象，鲁迅让他的同辈看清了自己的面目，而虚假的民族自豪感以及恰恰在许多知识分子当中普遍存在的自欺欺人，不久遂被斥为"阿Q主义"。

1926年3月，抗议的学生遭到屠杀，鲁迅因支持学生而被北洋政府追捕。是年8月，他离开北京，先在厦门大学，后在广州中山大学任教。但几个月后，他便迁居上海，至1936年10月19日病逝，其间，他大部分时间都生活在上海，并且保持着与当时的政治潮流及党派之间的距离。除了1930年，鲁迅参与创立左翼作家联盟。尽管与中国共产党的领导成员有着密切的关系，但鲁迅自己始终没有成为中国共产党党员。他的对共产主义事业的深切同情，他的反对帝国主义的立场，他的对国民党非人道政策的谴责，未使他失去精神上的独立。

文学会社派系纷杂，公开争论日增，杂文随之盛行。公认的杂文家是鲁迅，特别是在迁居上海后，他便致力于杂文创作[1]，那时，他真正的文学创作的阶段实际已经过去了。鲁迅自写短篇小说起便练习杂文，多具社会指向和讽刺的口吻。对于20世纪30年代的左翼作家而言，杂文是他们常用的武器；非左翼的作家，比如鲁迅的弟弟周作人，则专心于小品文，他们多仿效17世纪的公安派和竟陵派的范式，把小品文看作性灵的抒发。作这种有时流于感伤的文章，并在林语堂[2]主编的杂志上发表的，除去周作人，还有俞平伯和朱自清。

---

[1]　杂文的德译本，见H. Chr. Buch、Wong May（王迈）主编的*Lu Hsün, Morgenblüten abends gepflflückt*（《鲁迅：〈朝花夕拾〉》），北京，1978年。两篇鲁迅晚期的杂文及几篇较新的杂文，由D. E. Pollard（卜立德）译出，载*Renditions*（《译丛》）第31卷（1989年），第140—159页。
[2]　关于林语堂，见M. Erbes、G. Müller、Wu Xingwen（吴兴文）、Qin Xianci（秦贤次）的*Drei Studien über Lin Yutang（1895–1976）*（《林语堂三论》），波鸿，1989年。

20世纪的中国文学家中，没有比鲁迅更受注目的了。[1]鲁迅逝世后才两年，20卷本全集遂刊行。在世时，他反复遭到来自各方的敌视和攻击。1936年，还与周扬因争论"国防文学"还是"民族革命战争的大众文学"的问题而绝交。鲁迅最终被塑造成崇拜的对象，是因为毛泽东在延安称鲁迅为文学家和革命家的典范，是新文化运动的开路者。中华人民共和国成立后，对鲁迅在路线斗争中扮演重要角色的定论，其主要依据是他的杂文及言论曾被用作对抗右倾分子和妥协分子的武器。至七十年代末八十年代末对鲁迅进行了重新评价，新的评价开始，鲁迅早期的小说（而不是杂文）再次占据中心地位。

作家的明确立场

20世纪20年代的文学的繁荣因国共决裂时期激烈的意识形态和文化政策斗争而告一段落。战时的抗日民族统一战线以及之后的内战也持久地影响了文学的发展。比如在20世纪20年代末，对个人的强调为社会变革的主题所取代。左翼之风席卷文坛，社会问题和经济问题成为文学的题材，浪漫的写实主义为社会的写实主义所替代。

面对这种普遍的趋势，只有少数作者保持独立，最成功的还是那些自视为欧洲现代主义传统继承者，特别是波德莱尔、魏尔伦或兰波的继承者的作家，比如李金发（1900—1976）、戴望舒、卞之琳、艾青和邵洵美，他们聚集于1932年至1935年间发行的《现代》杂志周围。面对日益尖锐的政治和社

---

[1] 见J. Last的*Lu Hsün-Dichter und Idol. Ein Beitrag zur Geistesgeschichte des neuen China*（《鲁迅：诗人与偶像——现代中国思想史研究》），法兰克福，1959年；Leo Ou-fan Lee（李欧梵）主编的*Lu Xun and His Legacy*（《鲁迅及其遗产》），伯克利，加利福尼亚州，1985年；另见E. Baqué、H. Spreitz的柏林鲁迅展宣传册*Lu Xun Zeitgenosse*（《鲁迅：同代人》），柏林，1979年。

会冲突，许多作者也将自己的注意力转向社会分析。他们主要依据的是苏俄作家的范式，比如高尔基、法捷耶夫和绥拉菲摩维奇。

1925年，上海的英国巡捕向罢工的工人开枪，造成"五卅惨案"。这次事件震动全国，也促使中国作家向左翼的及社会主义的观念转向。正如创造社的共同创始人之一成仿吾所言，这是从"文学的革命"到"革命的文学"的转变。此团体的有些成员在数年前就已提出文学应当被作为武器，以提高国民的革命觉悟。在流行于苏俄的思想的影响下，他们还讨论了无产阶级革命与文化的关系。1923年，郭沫若和郁达夫已在他们的文章中使用了"无产阶级精神"和"阶级斗争"的概念。但左翼思潮影响的扩大实际还是在"五卅惨案"之后，其代言者是创造社的成员，尤其是郭沫若，他的议论带有浓重的感情色彩。随着大众文学的呼声日高，无产阶级文学的萌芽出现了。

有的作者反对这样的宣传，特别是鲁迅，他认为这种革命的热情是不现实的，在当时还为时过早。此外，根据托洛茨基的看法，鲁迅认为真正的革命的时代是没有文学的。他要求首先有革命者，革命文学并不急于一时，因为革命用的是枪杆子，而不是笔杆子。鲁迅清楚地看到城市里的资产阶级知识分子和文人并没有真正接触过工人阶级的生活，如果他们想采取无产阶级的立场的话，将无法获得成功。持这种观点的不只是鲁迅，茅盾也认为，比之所有乌托邦式的不现实描写，对比较落后的部分资产阶级的描写，也许更可以服务于左翼事业。茅盾采用这样的观点，主要为了反驳左翼对他的中篇小说三部曲《蚀》的批评。然而，鲁迅在20世纪20年代末和30年代初经历了内在的转变，这让他更接近于年轻的激进分子。

19世纪末起，通俗的消遣文学已拥有广泛的读者，具有批判精神且深受外国文学启发的作者，充分利用现有的许多文艺刊物，或是创办新的——当然多半是短命的——文艺刊物，他们的目的在于用文学手段给读者指出当下的弊端，但主要也是为了述说和消化他们自己在政治和社会的变革中的经历。于是，在20世纪20年代末政治日益极端化的条件下，出现了具有社会主义思想的作品。这里要提到两名作者,即文学社团"太阳社"的共同创始者之一蒋光慈(1901—1931)以及胡也频(1903—1931)。蒋光慈的著作包括短篇小说集《鸭绿江上》(1927年)、书信体中篇小说《少年漂泊者》(1926年)和尤似才子佳人小说的长篇小说《冲出云围的月亮》(1930年)。[1]但这些致力于革命事业的作者的成功始终是有限的。20世纪30年代,无产阶级文学作品才取得一定的声望,比如萧军的长篇小说《八月的乡村》和张天翼(1906—1985)的短篇小说。除去社会批评类的小说,对于当时文坛有重要意义的还有自传性作品,比如张资平(1893—1959)的《冲积期化石》(1922年)、郭沫若的《我的幼年》(1929年)、谢冰莹(1906—2000)的《一个女兵的自传》(1936年),后来还有萧红(1911—1942)的《呼兰河传》(1942年)[2],这些作品承袭了自传体文学的悠久传统。[3]

叶圣陶是后来颇有影响的文学研究会的共同创立者之一,出于经济原因,他无法继续学业,而在小学教书以维持生计。1914年,叶圣陶已开始发表文言小说。在这些小说中,他描写了当时小城市的知识分子所处的阴郁环境。学校的世界常构成他作品的背景,也决定着他早期的白话小说的特点。1922年,即郁达夫的中短篇小说集《沉沦》出版后的几个月,叶圣

---

[1]　关于蒋光慈,见Leo Ou-fan Lee(李欧梵)的*The Romantic Generation of Modern Chinese Writers*(《中国现代作家的浪漫一代》),第10章。

[2]　关于这些小说,见M. Dolezelova-Velingerova(米列娜)主编的The Chinese Novel at the Turn of the Century(《世纪之交的中国小说》),多伦多,1980年。

[3]　关于中国的自传,见W. Bauer(鲍吾刚)的Icherleben und Autobiographie im älteren China(《古代中国的自我经验与自传》),载*Heidelberger Jahrbücher*(《海德堡年鉴》)第8卷(1964年),第12—50页;H. Frühauf的*Frühformen der chinesischen Autobiographie*(《中国自传的早期形式》),法兰克福,1987年;Pei-yi Wu(吴百益)的*The Confucians's Progress. Autobiographical Writings in Traditional China*(《儒者的历程:中国古代的自传写作》),普林斯顿,新泽西州,1990年;Y. Hervouet(吴德明)的L'autobiographie dans la Chine traditionelle(《自传在古代中国》),载*Études d'histoire et de littérature chinoises offerts au professeur Jaroslav Prusek*(《中国历史与文学研究:献给普实克教授》),巴黎,1976年,第107—141页。

陶的20篇分别发表于1919年至1921年间的短篇小说被结成集，以《隔膜》为名出版。[1]

之后，叶圣陶的小说集《火灾》（1923年）、《线下》（1925年）、《城中》（1926年）出版，所录小说多初刊行于《小说月报》。1936年，包括20篇短篇小说的《四三集》出版，其中有的篇目反映了当时在外国列强压迫下的中国的状况。同时，仅有的、基本可算作自传体的长篇小说《倪焕之》问世[2]，这部长篇小说初于《教育杂志》连载，后作为单行本出版。小说的故事发生在1916年至1927年间，记述了起初热诚的、有抱负的教师倪焕之在教育事业和个人生活上的失败，他所有的希望都因为国民党的白色恐怖[3]而破灭，后沉溺于酒精，不久便郁郁而死。晚年，叶圣陶主要创作青少年文学，以广为流传的童话称誉于世。[4]

郁达夫原名郁文。1921年，还在日本的他与郭沫若、成仿吾等组织成立

[1]　关于这本小说集及叶圣陶的其他小说集，见D. Holoch，载Z. Slupski（史罗普）主编的 *A Selective Guide to Chinese Literature 1900–1949*（《中国文学指南》）卷2（短篇小说），莱顿，1988年，第231—251页；其中包括以下作者的作品：叶圣陶、许地山、王统照、柔石（1902—1931）、杨振声（1890—1956）、王鲁彦（1901—1943）、胡也频、张天翼、罗淑（1903—1938）、吴组缃、端木蕻良、魏金枝（1900—1972）、沙汀（1904—1992）、艾芜、叶紫（1912—1939）。
[2]　H. Liebermann译的 *Yä Scheng-tau, Die Flut des Tjiäntang*（《叶圣陶：〈钱塘潮〉》），柏林，1962年；英译本，见A. C. Barnes的 *Yeh Sheng-tao, Schoolmaster Ni Huan-chih*（《叶圣陶：教师倪焕之》），北京，1958年。
[3]　关于这次类似法西斯式的运动的历史背景，见L. E. Eastman（易劳逸）的 *The Abortive Revolution. China under Nationalist Rule 1927–1937*（《失败的革命：国民党统治下的中国》），剑桥，马萨诸塞州，1974年；Maria Hsia Chang（张霞）的 *The Chinese Blue Shirt Society. Facism and Developmental Nationalism*（《中国的蓝衣社：法西斯主义和发展的国家主义》），伯克利，加利福尼亚州，1985年。
[4]　见Yeh Sheng-tao（叶圣陶）的 *The Scarecrow. A Collection of Stories for Children*（《〈稻草人〉：童话集》），北京，1963年。

创造社。同年，他的首部小说集《沉沦》出版。[1]其中三篇小说的主人公都是忧郁苦闷的年轻男子，具有突出的自我毁灭的特征。同名小说[2]的主人公是一名在日本的年轻中国学生，他因为怀疑自己而饱受折磨。这个青年人读西方文学，也读中国的色情文学，散步时，眼泪时常会涌出来。他很感性，觉得周围的草木，甚至整个大自然都在跟自己说话，也唯有这大自然似乎可以在异国他乡给予他庇护。他总是被带在身边的西方文学作品感动到不能自已，但有时又只是任意翻读，不久又放下，这突出表现了他感情上的跳跃不定。一旦译了什么东西出来，他马上就会被怀疑击溃，以至于他有一次问自己："英国诗是英国诗，中国诗是中国诗，又何必译来对去呢！"如作者所言，这名中国学生患了"Megalomania"和"Hypochondria"。他一见女子便害羞，甚至是害怕。寻访妓女也只会加深他的苦闷和自怜，以至于他甚至要同情起自己的影子来了。小说以这样的话结束："祖国呀祖国！我的死是

---

[1] 重要的著作包括：A. Dolezelova的*Yü Ta-fu. Specific Traits of His Literary Creation*（《郁达夫的文学创作的特征》），布拉迪斯拉发，1970年，纽约，1971年；J. Prüsek（普实克）的Yu Dafu: Subjektivität und Erzählkunst（《郁达夫：主观性与叙述的艺术》），载W. Kubin（顾彬）主编的*Moderne chinesische Literatur*（《现代中国文学》），法兰克福，1985年，第201—224页；M. Egan的Yu Dafu and the Transition to Modern Chinese Literature（《郁达夫与中国现代文学的形成》），载M. Goldman（梅谷）主编的*Modern Chinese Literature in the May Fourth Era*（《五四时期的现代中国文学》），剑桥，马萨诸塞州，1977年，第309—326页；W. Kubin的Yu Dafu (1886–1945). Werther und das Ende der Innerlichkeit（《维特与内在性的终结》），载A. Hsia（夏瑞春）、G. Debon（德博）主编的*Goethe und China, China und Goethe*（《歌德与中国，中国与歌德》），法兰克福，1984年，第194—213页。于小说《沉沦》外，还有其他郁达夫的作品被译成西方语言，比如*Yu Dafu, Nights of Spring Fever and Other Writings*（《郁达夫：〈春风沉醉的晚上〉及其他作品》），北京，1984年；J. Sohn、M. Niembs译的Yu Dafu, Blauer Dunst（《郁达夫：〈青烟〉》），载Hefte für *Ostasiatische Literatur*（《东亚文学杂志》）第6卷（1987年），第17—23页；I. Wiesel译的Yu Dafu, Die Nacht, in der die Motte begraben wurde（《灯蛾埋葬之夜》），载*Hefte für Ostasiatische Literatur*第6卷（1987年），第24—30页。
[2] 德译本有A. v. Rottauscher（鲁陶舒）的*Yo Ta Fu, Untergang*（《郁达夫：〈沉沦〉》），维也纳，1947年；英译本有Joseph S. M. Lau（刘绍明）、C. T. Hsia（夏志清）的Sinking（《沉沦》），载C. T. Hsia主编的*Twentieth-Century Chinese Stories*（《二十世纪中国小说》），纽约，1971年，第3—33页。

你害我的！你快富起来，强起来罢！你还有许多儿女在那里受苦呢！"

　　之后的几年里，郁达夫的其他小说集被刊行。《寒灰集》收录了11篇，于1927年印行，另有九篇录在《薇蕨集》里，于1930年印行。1928年，因为与创造社几位成员闹翻，郁达夫离开了创造社。1930年，他成了左翼作家联盟的创始成员之一，但不久，他也离开了。20世纪20年代末，他虽放弃了一些自己的主观主义，在小说中突出社会问题，但阴暗忧郁的形象仍旧是他小说里的主角。郁达夫自己曾多次强调文学始终是自述的，不能因为他作品中明显的自传成分，就认为他在如实描写自己的生活，实际上，他的所有作品均表现出了他与主人公之间的距离。[1]

　　沈从文出身于湖南的军官家庭，1923年他来到北京，得到了郁达夫和徐志摩的扶植，并开始活跃的文学创作。[2]他早期的小说反映了他在湘西的童年和少年时代，他当兵的经历也在小说中得到了体现，1917年至1920年间，他曾在军队中充当文书。他的多数小说只是平平，但有些却未始不是可观的，比如收录在他的小说集中、于1930年刊印的《自杀的故事》。在这篇小说里，他以讽刺的笔调描写了五四运动中有识之士的过分自伤自怜。

　　20世纪30年代，沈从文创作了他最好的几部作品，故事均发生在乡村，他在作品中不时悲叹农村生活的失去。1934年，小说《边城》[3]刊行，故事也发生在乡村，写的是船夫和他的孙女，以及他们的生活和农民的风俗。

---

[1]　关于此问题，见H. Frühauf的Von Menschen und Büchern. Autobiographie und die Suche nach ästhetischer Erfahrung im Werk Yu Dafu（《论人与书：郁达夫作品中的自述与对美学经验的寻求》），载Drachenboot（《龙舟》）第2卷（1988年2月），第96—119页。
[2]　关于沈从文的专著，包括Hua-ling Nieh（聂华苓）的Shen Ts'ung-wen（《沈从文》），纽约，1972年；J. C. Kinkley（金介甫）的The Odyssey of Shen Congwen（《沈从文传》），斯坦福，加利福尼亚州，1987年。
[3]　该小说有多种译本，包括：Gladys Yang（戴乃迭）的Shen Congwen. The Border Town and Other Stories（《沈从文：〈边城〉及其他小说》），北京，1981年；H. Forster-Latsch、M.- L. Latsch的Shen Congwen. Grenzstadt. Erzählung（《沈从文：〈边城〉》），科隆，1985年；U. Richter（吴素乐）的Die Grenzstadt. Novelle（《边城》），法兰克福，1985年。

《边城》时常被高估，该小说肯定算不上他最成功的作品，但其中的风景描写得到了读者的欢迎，实际上，沈从文平时也长于描写风景。在1935年刊行的短篇小说《八骏图》中，他不再描写农村的生活，而将注意力转向了城市。小说写八名教授同住一处，其中一位在日记和给未婚妻的信中，讲述了其余几位在性和心理方面的特点。但在读过许多精彩的讽刺的记述后，读者便会发现，这位记述者自己也并非可信之人。抗日战争爆发后，沈从文还写了其他的短篇小说和中篇小说，比如《长河》（1934年）。1949年后，他完全告别了写作，致力于考古学和文化史的研究。

出身于湖南一个没落士大夫家庭的张天翼也是一位小说家，他的最多产的时代是1928年至1937年间，共有四部长篇小说和六本短篇小说集刊行。[1]他长于以决不留情的自然主义笔法讥弹当时社会和政治上的弊端，但也创作儿童文学和戏剧。与同时代的许多其他作家一样，他在1931年成了左翼作家联盟的成员，这也符合他的基本态度。

1928年，张天翼的第一篇短篇小说《三天半的梦》在鲁迅主编的一本文学杂志上刊行，实际上，这篇小说的成功才鼓励他接着写下去。1937年后，他的作品主要探讨日本全面侵占中国的后果。这个时期最知名的短篇小说之一是《新生》（1938年），描写了一名教员的内心冲突。[2]晚年，张天翼主要以文学史和文学批评方面的作品闻名于世，比如他曾探讨讽刺与幽默的关系。[3]

农民大众的疾苦是吴组缃（1908—1994）创作的中心题材。20世纪

---

[1]　此处要提到两种研究：M. L. Gotz的Realistic Fiction as a Medium for Social Criticism. Short Stories of Chang T'ien-yi（《写实主义小说作为社会批评的媒介：张天翼的短篇小说》），加利福尼亚大学伯克利分校，硕士论文，1973年；Shu-ying Tsau的Zhang Tianyi's Fiction. The Beginning of Proletarian Literature in China（《张天翼的小说：无产阶级文学在中国的开始》），多伦多大学，博士论文，1976年。

[2]　这篇小说多次被迻译，比如C. Durley的A New Life（《新生》），载Renditions（《译丛》）第2卷（1974年），第31—49页。

[3]　见《张天翼文学评论集》（北京，1984年），其中包括作品目录。

30年代初，他主要以短篇小说名于世，其中十篇缀成《西柳集》，于1934年刊行，集名取自北京附近的村庄。当时，多数左翼作家将注意力转向农村和农民问题，这是除知识分子处境和抗日的爱国主义外，20世纪30年代的文学中最重要的题材，吴组缃的短篇小说就是这种转向最可信的体现。

1904年出生于四川的汤道耕（1904—1992）主要因用笔名艾芜发表的短篇小说而闻名。艾芜曾在师范学校学习，未卒业，之后流浪于中国南部及缅甸、新加坡，他在此期间以打零工为生。1932年，艾芜成为左翼作家联盟的成员。他的短篇小说被收录在《南国之夜》《南行记》《南行记续编》中，记载了他的经历、旅行经验以及关于农民的艰难命运的观察。他的短篇小说中最著名的是《芭蕉谷》（1937年）。[1]除短篇小说外，这位在"文革"时期遭到迫害的作者还创作了长篇小说、诗歌、报告文学和文学理论作品。

当时的许多作品表现出某种强烈的地区性。这一点在老舍这里体现得尤为明显，他可称为"北京的作家"。许多作者的作品，尤其是在他们的短篇小说中，故乡扮演了重要的角色，比如吴组缃、张天翼的某些小说，以及沈从文描写中国西南地区的小说（如《边城》）或他的关于苗族的小说。对有些作者（如沈从文）而言，故乡是承载着城市中的陌路人对淳朴农村生活的怀念的地方；而在其他作者这里，比如茅盾和吴组缃，农村则被表现成居于城市中的恶势力或占据沿海城市的西方帝国主义的牺牲品。注意力向农村的转移，反映了当时中国的政治局面，由于世界经济危机的影响以及此后日本侵占中国东北（甚至中国的多半国土），城市意味着没落，已不再是民族复兴的中心了。

当时的其他作者中还有生于台湾的许地山，他与茅盾同是文学研究会的共同创立者。他自1921年起刊行的作品多以青年对旧体制的反抗为题材。同为文学研究会创立者的还有王统照，他于长篇小说外，还发表了许多短篇小

---

[1]　艾芜的这篇小说及其他作于1933年至1981年间的12篇小说的德译本，见E. Müller主编的 *Ai Wu. Der Tempel in der Schlucht und andere Erzählungen*（《〈山峡中〉及其他短篇小说》），慕尼黑，1989年。

说，其中多数以作品集的方式刊行。

东北作家与抗日文学

1931年9月18日，日本进攻沈阳，中国举国愤然，这也影响了文学在中国的发展。日本建立傀儡政权满洲国，逃难者不计其数。其中有些用文学的方式表达自己的抗议。这些作者中，李辉英（1911—1991）首先于1932年在左联的杂志《北斗》上发表了一篇抗日题材的小说，却没有获得反响。1935年，在鲁迅的帮助下，萧军（原名刘鸿霖，1907—1988）[1]发表了小说《八月的乡村》。他的妻子萧红发表了小说《生死场》[2]，都有着广泛的读者。

此前，萧军在东北参加抗日游击斗争，作为文人，他也立志将所有被压迫者解放出来。他在《八月的乡村》中记述了自己的家乡东北的抗日义勇军，包括农民出身的英雄、知识分子、指挥官以及来自外国的姑娘。这篇描写一组游击队员的长篇小说以绥拉菲摩维奇的《铁流》和法捷耶夫的《毁灭》为蓝本，也与《水浒传》有明显的相似之处。

萧红比萧军更为知名。[3]她虽断绝了与自己殷实家庭的关系，且终生怨恨自己的父亲，但她牵挂的还是自己的家乡，她的家乡也是她多数作品中故

---

[1] 关于萧军，见Leo Ou-fan Lee（李欧梵）的 *The Romantic Generation of Modern Chinese Writers*（《中国现代作家的浪漫一代》），第11章；译本，见H. Höke、K.-H. Pohl（卜松山）、R. Ptak（葡萄鬼）译的 *Xiao Jun. Ausgewählte Kurzprosa*（《萧军：短文选》），波鸿，1984年。
[2] H. Goldblatt（葛浩文）、Ellen Yeung（杨爱伦）的 *Hsiao Hung, The Field of Life and Death and Tales of Hulan River*（《萧红：〈生死场〉和〈呼兰河传〉》），布鲁明顿，印第安纳州，1979年；K. Hasselblatt译的 *Xiao Hong, Der Ort des Lebens und des Sterbens. Roman*（《萧红：长篇小说〈生死场〉》），弗赖堡，1989年。
[3] 关于萧红的作品和生平，见H. Goldblatt的 *Hsiao Hung*（《萧红》），波士顿，马萨诸塞州，1976年；R. Keen的 *Autobiographie und Literatur. Drei Werke der chinesischen Schriftstellerin Xiao Hong*（《自传与文学：中国作家萧红的三部作品》），慕尼黑，1984年。

事发生的地点。与《生死场》不同，她的长篇小说《呼兰河传》专注于描写小城市中人们的生活状况，描写这里的居民，他们的贫穷和信仰，以及周围的风景。在《生死场》与《八月的乡村》获得成功之后，萧红与萧军在许多短篇小说和散文之外，还发表了其他的长篇小说，质量上还超过了他们的处女作。[1]萧军的长篇小说《第三代》的故事发生在日俄战争至"九一八"事变间，萧军本想再写两部长篇小说，合成三部曲，但由于政治上陷于困境，计划未能实现。

端木蕻良（1912—1996）与萧军和萧红是朋友，在多篇短篇小说和1938年刊行的长篇小说《大地的海》，以及1933年写成、在1939年才刊行的长篇小说《科尔沁旗草原》中，他描写了被日本占领的东北的河山和居民。[2]

来自河南的师陀（1910—1988）的作品中必须提及的是两部短篇小说集《谷》（1936年）和《里门拾记》（1937年），其中，除去表现农民和工人生活中发生的事，作者还详细地描写了自然风光。在这方面，师陀似乎受到了沈从文的某种影响。1947年刊行的长篇小说《结婚》是一幅讽刺的风俗画，小说的故事发生在1941年秋冬，师陀在该小说中剖析了上海的中产阶级。

---

[1] 萧红作品的译本有：R. Keen的Frühling in einer kleinen Stadt（《小城三月》），科隆，1985年；R. Ptak（葡萄鬼）的Flucht（《逃难》），载V. Klöpsch（吕福克）、R. Ptak主编的Hoffnung auf Frühling（《期盼春天》），法兰克福，1980年；H. Goldblatt（葛浩文）的Selected Stories of Xiao Hong（《萧红选集》），北京，1982年；H. Goldblatt的Market Street. A Chinese Woman in Harbin（《商市街》），西雅图，华盛顿州，1986年。

[2] C. T. Hsia（夏志清）的The Korchin Banner Plains. A Biographical and Critical Study（《科尔沁旗草原：传记与批评研究》），载La littérature chinoise au temps de la guerre de résistance contre japon（de 1937 à 1945）（《抗日战争时期的中国文学（1937—1945年）》），巴黎，1982年，第31—56页；1932年至1943年间创作的短篇小说的英译本名为Red Night（《红色的夜》），北京，1988年。

女性文学

五四运动时期，许多女作家发表了自己的作品，比如主要因死后刊行的自传而闻名于世的庐隐（1899—1934）[1]，还有冰心（1900—1999）。但探讨女性问题的不只是女作者，还有若干男性作者，特别自1918年6月胡适在《新青年》上发表了《易卜生主义》后。易卜生被介绍到中国后，他的作品（主要是《娜拉》）对中国文学的影响不可小视，在女性文学领域，可与之相比的也就只有福楼拜的《包法利夫人》了，后者的影响体现在比如茅盾的长篇小说《虹》和巴金的长篇小说《家》中。

冰心原名谢婉莹，后来只称自己作冰心。一如同辈的多数女作家，比如陈学昭（1906—1991）、杨绛（1911—2016）、赵萝蕤（1912—1998）和方令孺（1897—1976）。冰心家境殷实，还在美国韦尔斯利学院就读时，已因诗歌和短篇小说崭露头角。1926年，她在自己关于李清照的硕士论文的绪论中写道：

> 对一位诗人，特别对一位女诗人来说，中国是一个困难的地方。具有四千年历史的诗歌王国，中国就好像满布闪烁星星的仲夏的夜空，一颗孤单的星是很难分辨出来的。一位孤独的词人也几乎湮没在中国的词人之中。还有，东方的文学家们十分厌恶赞美一位妇女文学家！他们即使赞扬，也要带着一种宽容和讥讽的语言。[2]

---

[1] 见E. Jungkers的*Leben und Werk der chinesischen Schriftstellerin Lu Yin (ca. 1899-1934) anhand ihrer Autogiographie*（《中国女作家庐隐的生平和作品（根据她的自传）》），慕尼黑，1984年。

[2] 转引自G. Bien的Frauenbilder in Bing Xins Erzählungen（《冰心小说中的女性形象》），载W. Kubin（顾彬）主编的*Moderne chinesische Literatur*（《现代中国文学》），法兰克福，1985年，第246—261页，此处第246页；初以Images of Women in Ping Hsin's Fiction的名字刊行，载A. Jung Palandri（荣之颖）主编的*Women Writers of 20th-Century China*（《中国二十世纪女作家》），尤金，俄勒冈州，1982年，第19—40页，此处为第19页。

冰心短篇小说中的许多女性形象都有些苍白，因为作者专注于探讨问题。虽然在她的有些短篇小说当中，比如《超人》（1923年），处在中心的不是女性，但决定她文学创作的根本还是女性的立场。冰心的短篇小说《空巢》于1980年获得全国优秀短篇小说奖。[1]小说写两位同窗好友30年后再次相见，其中一位在1949年时与妻子同去了美国，如今，衰老的他看到留在中国的朋友的家中虽生活简朴，但经过了"文革"的困苦和凌辱后，却还是充满欢乐和希望，不禁唏嘘，他难过地发现，自己即将回去的美国实际上是个"空巢"，这一象征取自朋友孙女读给他听的一首白居易的诗。常与冰心并提的是凌叔华（1900—1990）。[2]

来自湖南的丁玲原名蒋冰之。受到为女性权利斗争的母亲的影响，她有意识地怀抱女权主义的志向，开始了自己的文学生涯。她是仅有的几名创作生涯从20世纪20年代末持续至中华人民共和国成立之后的作家之一。[3]

起初她深受沈从文和胡也频的影响，后者也是她的伴侣。[4]她的首部短篇小说集《在黑暗中》于1928年刊行，奠定了她知名作家的地位。而她最初的两篇短篇小说《梦珂》和《莎菲女士的日记》，此前分别于1927年和1928年发表在《小说月报》上，已引起文坛的注目。在她所有早期的短篇小说中，处在中心的均是寻找自身存在意义的年轻女子，她们必须为此与外在的阻碍或内在的心理羁绊进行斗争。《梦珂》写的是一名来自乡下的女孩儿

---

[1]　译本见I. Fessen-Henjes（尹虹）等主编的 *Erkundungen. 16 Chinesische Erzähler*（《探索：十六位中国小说家》），柏林，1984年，第17—26页。

[2]　关于凌叔华，原名林瑞棠，见Clara Yü Cuadrado（于漪）的 *Portraits by a Lady: The Fictional World of Ling Shuhua*（《一位女士的肖像：凌叔华的小说世界》），载A. Jung Palandri（荣之颖）主编的 *Women Writers of 20th-Century China*（《中国二十世纪女作家》），尤金，俄勒冈州，1982年，第41—62页。

[3]　关于丁玲的详细研究，是Yi-tsi Mei Feuerwerker（梅仪慈）的 *Ding Ling's Fiction. Ideology and Narrative in Modern Chinese Literature*（《丁玲的小说：现代中国文学中的意识形态和叙事》），剑桥，马萨诸塞州，1982年。

[4]　关于胡也频，见R. Ptak（葡萄鬼）的 *Hu Yeh-p'in und seine Erzählung Nach Moskau*（《胡也频和他的中篇小说〈到莫斯科去〉》），巴特博尔，1979年。

到上海学习艺术的故事，女孩儿最后当上了演员，但不再抱有什么幻想，出卖自己的身体，精神上彻底垮了台。

《莎菲女士的日记》是丁玲最被注目的作品。[1]主人公是名年轻的女子，这样的女子常出现在丁玲早期的短篇小说中，她们没有家，在匿名的大城市中追求西式的生活，给自己取西式的名字，比如莎菲、伊萨或玛丽，她们体质虚弱，放弃了所有的传统行为方式和价值取向，却因此不得不面对自己。在《莎菲女士的日记》中，患了肺病的女主角记述自己在北京冬天的生活以及她对爱与理解的追寻。其中，扮演中心角色的是她热烈的感情，这份感情的对象却是一名仪表非凡、道德卑劣的男子，这让她怀疑自己的自尊。至于对这些小说具有自传色彩的猜测，丁玲很早已给予了反驳。[2]

她的伴侣胡也频于1930年成为左翼作家联盟的成员。丁玲自己后来表示，她当时还认识不到文学与革命之间有任何关系。尽管如此，在这些年里，她也发生了转变，造成这种转变的原因应当包括某种对文学的幻想的丧

---

[1] 关于该作品，见W. Kubin（顾彬）的Sexuality and Literature in the People's Republic of China. Problems of the Chinese Woman before and after 1949 as Seen in Ding Ling's Diary of Sophia (1928) and Xi Rong's Story An Unexceptional Post (1962)（《性与文学在中华人民共和国：丁玲的〈莎菲女士的日记〉（1928年）与西戎的〈平凡的岗位〉（1962年）中所反映的1949年之前和之后的中国女性的问题》），载W. Kubin、R. G. Wagner主编的Essays in Modern Chinese Literature and Literary Criticism（《现代中国文学和文学批评论文集》），波鸿，1982年，第168页及以下；G. J. Bjorge（乔布什）的Sophia's Diary. An Introduction（《〈莎菲女士的日记〉评介》），载Tamkang Review（《淡江评论》）5.1（1974年），第97—110页；A. Gerstlacher的Frauen im Aufbruch. Ding Ling: Das Tagebuch der Sophia（《觉醒中的女性：丁玲的〈莎菲女士的日记〉》），柏林，1984年。译本见：Yang Hsien-yi（杨宪益）、Gladys Yang（戴乃迭）的Ting-ling. The Sun Shines over the Sangkan River（《太阳照在桑干河上》），北京，1954年；Joseph S. M. Lau（刘绍铭）的Sophia's Diary（《莎菲女士的日记》），载Tamkang Review（《淡江评论》）5.1（1974年），第57—96页；W. Kubin等的Ding Ling, Das Tagebuch der Sophia（《莎菲女士的日记》），法兰克福，1980年。
[2] 见T. E. Barlow（白露）的Feminism and Literary Technique in Ting Ling's Early Short Stories（《丁玲早期短篇小说中的女权主义和文学技巧》），载A. Jung Palandri（荣之颖）主编的Women Writers of 20th-Century China（《中国二十世纪女作家》），尤金，俄勒冈州，1982年，第63—110页。

失。这体现在她1930年创作的一部小说中，其中有一个角色，虽只有次要地位，却具有卓越的见识，在丁玲此后的作品当中，这类角色经常出现。在这部小说中，这个角色说道：

> 对于文字写作，我有时觉得完全放弃了也在所不惜。我们写，有一些人看，时间过去了，一点影响也没有。我们除了换得一笔稿费，还找得到什么意义吗？纵说有些读者曾被某一段情节或文字感动过，但那读者是什么样的人呢，是刚刚踏到青春期，最容易烦愁的一些小资产阶级的中等以上的学生。他们觉得这文章正合他们的脾胃，说出了一些他们可以感到而不能体味的苦闷。……我现在明白了，我们只做了一桩害人的事，我们将这些青年拖到我们的旧路上来了。一些感伤主义，个人主义，没有出路的牢骚和悲哀！……所以，现在对于文章这东西，我个人是愿意放弃了……[1]

但不久后，胡也频被国民党政府杀害，丁玲开始关心政治问题，并在左翼作家联盟中承担重要角色，还因此下了狱。在她的小说中，她起初将恋爱与革命结合起来，最后致力于无产阶级思想和阶级斗争。这种新的方向体现在了她的长篇小说《水》（1931年）中，该书描写了1931年全国大范围水灾中农民的痛苦与反抗。在抗日战争中，她一边在党内工作，一边寻求某种新的文体，以让普通农民群众接受。从1936年起，她在延安继续自己的创作，有一段时间，她把精力完全放在组织为战士演出的文工团以及主编《解放日报》的文艺副刊上。1942年，她为文艺副刊征集杂文。1948年完成、1949年刊行的长篇小说《太阳照在桑干河上》中，丁玲描写了土地改革，还因此获

---

[1]　《丁玲文集》（长沙，1983年），卷2，第233页及以下。

得了1951年斯大林文学奖。[1]（在1957年"百花齐放，百家争鸣"运动后，丁玲因20世纪40年代初写的杂文被批判，1958年因错划"右倾"而被开除党籍，直到1979年才被改正错误。）

除了在外国文学和外国范式的影响下产生的文学，传统的鸳鸯蝴蝶派文学仍旧存在。虽然这些作品在共产主义者和处在五四运动传统中的作家看来是反动的，在中国共产党统治的地区，它们的传播被成功阻止；但在城市里，这种提供了逃离现实的可能性的文学，在战火纷飞的年代甚至可以说经历了复兴。[2]严肃的作家，比如张爱玲，也在其中扮演了不小的角色。张爱玲（1920—1995）于20世纪40年代踏上文坛，对某些评论者来说，她是五四之后最有才华的女作家。[3]1943年至1980年，她发表的作品包括两部重要的短篇小说集（其中作品多数作于1943年至1944年），四部长篇小说以及许多其他较短的叙事作品和研究。她最重要的作品是1966年以《怨女》的名字，后于1967年以《北地胭脂》之名出版的长篇小说，小说描写了名叫银娣的女子及其36年的婚姻及寡妇生活。

在国民党撤退至台湾及中华人民共和国成立后，所在国家和地区的不同，政治和社会发展的不同，在很大程度上也影响了女作家的文学创作。冰心和丁玲留在了大陆，凌叔华在二战结束后去了伦敦，张爱玲于1952年离开内地去了香港。

---

[1] Yang Hsien-yi（杨宪益）、Gladys Yang（戴乃迭）的*Ting-ling. The Sun Shines over the Sangkan River*（《太阳照在桑干河上》），北京，1980年，第362—394页。

[2] 见E. M. Gunn（耿德华）的*Unwelcome Muse. Chinese Literature in Shanghai and Peking, 1937-1945*（《被冷落的缪斯：上海和北京的中国文学》），纽约，1980年。

[3] 见Stephen Cheng（郑绪雷）的Theme and Technique in Eileen Chang's Stories（《张爱玲小说的主题和技巧》），载*Tamkang Review*（《淡江评论》）8.1（1977年）；Hsin-sheng C. Kao（高张信生）的The Shaping of a Life: Structure as Narrative Process in Eileen Chang's The Rouge of the North（《生活的形状：张爱玲的〈北地胭脂〉中的结构作为叙述过程》），载A. Jung Palandri（荣之颖）主编的*Women Writers of 20th-Century China*（《中国二十世纪女作家》），尤金，俄勒冈州，1982年，第111—136页。

40. 1930年前后的文学繁荣期

新小说

很多在20世纪20年代到30年代早期出现的作品至今都被认为是杰作，堪称"中国现代文学的经典"。[1]从五四运动开始，中短篇小说成为作家们最重要也最喜爱的创作形式，并且始终是占据核心地位的表达形式。长篇小说也很快跻身其中，但"长篇小说"的概念与早前一样，涵盖范围也是比较广的，这种主要按照篇幅来划分的体裁实际包括了各种不同的叙述和表现形式。这些长篇小说依然受到旧小说传统的影响，经常将许多小故事罗列在一起，各个部分之间缺少联系。在旧小说中，实际只有《红楼梦》有内部结构，并且这类作品都有一个共同的特点，那就是作者会将自己置于故事讲述者的角色中，喜欢滑稽的情节，并多是出于讽刺的目的，作品中会讲述不同人物的过错和他们最终受到的惩罚。

在这种直到现在依然不间断的传统中，五四运动之后的长篇小说是一个

---

[1] 各种体裁的文学作品以及文学理论著作，见20卷本《中国新文学大系（1927—1937年）》，上海，1984年。

例外。[1]在西方文学的影响下，20世纪20年代和30年代的很多中国文人放弃了这种讲故事的习惯，转而成为真正的作家。这种变化的结果是当时的很多小说将人物的经历放在了作品的主要位置，将这个特点表现得最为明显的当数郁达夫的小说作品，在鲁迅的作品中我们也能够看到。巴金在小说《家》中虽然完全没有使用第一人称形式，但这部作品依然带有非常清晰的自传特征，特别是在老三觉慧这个寻找新世界的革命者身上。不过，还是有一些作家成功摆脱了这种对于自传体描写的迷恋，而他们作品的文学质量也因此而提高。与这种新的长篇小说类型联系在一起的主要作家有茅盾、老舍、巴金、沈从文、张天翼、吴组缃等。在他们的长篇和中短篇小说作品中，这些作家创造了许多让人难忘，同时又具有实验性质的人物形象，例如茅盾《子夜》中的肥皂厂老板吴荪甫，或是老舍《骆驼祥子》中的人力车夫。

尽管与旧小说存在某些相似之处，但是新元素的存在也是毋庸置疑的。用以表达人物个性的对话越来越多，同样显著的变化还在于对悲剧性人物的偏好，从中折射出了人们对中国羸弱落后的认识以及对外国列强入侵的屈辱感。新小说之所以能够成功地吸引到广泛的读者群，且吸引力经久不衰，应该说与这些作品将新元素与传统叙事艺术相结合的方式密不可分。

在城市中，这些新小说部分地替代了在之前20年里非常受欢迎的鸳鸯蝴蝶派小说，但依然有相当大一部分读者喜爱那些能够转移注意力的消遣文学，特别是在日本入侵中国之后，例如林语堂主编的幽默杂志就非常畅销，鸳鸯蝴蝶派的作品读者依然众多，简单易懂的英雄小说也受人追捧。20世纪二三十年代曾有一些坚持五四运动传统的作家批评这股肤浅的、追求幻象的

---

[1] 见C. Birch（白芝）的Change and Continuity in Chinese Fiction（《中国小说的变化与延续》），载M. Goldman（梅谷）主编的*Modern Chinese Literature in the May Fourth Era*（《五四时期的现代中国文学》），剑桥，马萨诸塞州，1977年，第385—404页；关于20世纪上半叶小说创作的概况，见M. Doleželová-Velingerová（米列娜）主编主编的The Chinese Novel at the Turn of the Century（《世纪之交的中国小说》），多伦多，1980年。

潮流，虽然他们也不得不正视自身群体内部的意见分歧阻碍了对这种被指为落后的文学形式的抵制，例如鲁迅就曾经在1931年说到过这一点。[1]由此我们还能够看出，五四运动引起的文学发展潮流不仅在开始阶段就局限于城市精英群体之中，此后也基本保持着这个特点。

　　新小说的重要奠基人之一是茅盾，他是五四运动的先驱，文学研究会的发起人之一。[2]但他一开始进入公众的视野，并非是因为自己的文学作品，而是作为翻译家、文学评论家，之后又作为文学杂志《小说月报》的主编，他是中国现实主义文学最重要的推进者和代表人物。1927年秋季，已经31岁的沈雁冰开始创作文学作品。他的第一部小说《幻灭》仅用了6个月时间就写作完成，在《小说月报》上发表的时候，沈雁冰用了一个新的笔名"矛盾"。同为文学家，以叶圣陶这个名字为人所知的叶绍钧将"矛"改成了"茅"，名字的意思也随之改变。这部小说与之后不久发表的《动摇》以及《追求》共同构成了三部曲《蚀》。在作品中，茅盾讲述的是革命失败后一些小资产阶级知识分子的行为。在这个三部曲之后，他同样在《小说月报》上发表了一部未完成的小说《虹》的开头部分，1930年，这部小说以书的

---

[1]　参见P. E. Link, Jr.（林培瑞）的*Mandarin Ducks and Butterflflies. Popular Fiction in Early Twentieth-Century Chinese Cities*（《鸳鸯蝴蝶：20世纪初中国城市中的通俗文学》），伯克利，加利福尼亚州，1981年，1981年，第17页及以下。

[2]　关于茅盾，见J. Prüšek（普实克）的Mao Dun (1896–1981). Grundzüge seiner *Erzählkunst*（《茅盾小说的主要特征》），载W. Kubin（顾彬）主编的*Moderne chinesische Literatur*（《现代中国文学》），法兰克福，1985年，第262—282页；J. Berninghausen（白志昂）的The Central Contradiction in Mao Dun's Earliest Fiction（《茅盾早期小说的核心冲突》），载M. Goldman（梅谷）主编的*Modern Chinese Literature in the May Fourth Era*（《五四时期的现代中国文学》），剑桥，马萨诸塞州，1977年，第233—259页；Yü-shih Chen的Mao Dun and the Use of Political Allegory in Fiction. A Case Study of His Autumn in Kulinge（《茅盾小说中的政治寓言》），载M. Goldman（梅谷）主编的*Modern Chinese Literature in the May Fourth Era*（《五四时期的现代中国文学》），剑桥，马萨诸塞州，1977年，第261—280页；Yu-shih Chen的*Realism and Allegory in the Early Fiction of Mao Dun*（《茅盾早期小说中的现实主义与寓言》），布卢明顿，印第安纳州，1986年。

形式出版。[1]小说讲的是一个年轻女性在1919年五四运动到1925年"五卅惨案"之间的经历。年轻的女主人公接触到了各种不同的理念、主义，她自己也为了自我解放而抗争。

除长篇小说外，茅盾还创作了几部中短篇小说，内容都是围绕爱情这个话题。1929年夏天，这些作品以《野蔷薇》为题出版。[2]1930年之后，茅盾的工作受到他自己参与组建的左翼作家联盟的影响，因而更加转向对社会现实的描写，关注社会最底层以及贫穷的、负担沉重的农民。例如他的小说《春蚕》（1932年）、《林家铺子》（1932年）和《当铺前》（1932年），这些作品对后来短篇小说的发展产生了深刻影响。茅盾这一时期最重要的短篇小说集是1933年出版的《春蚕》。[3]后来的小说集《烟云集》（1937年）中已经有几篇讲述日本侵略的作品。

茅盾在他最重要的小说作品《子夜》（1933年）里[4]，以1930年初夏的两个月里发生的事为线索，描述了20世纪30年代早期上海的民族资产阶级。主人公是代表了中国民族工业家的企业主吴荪甫。经济危机使他陷入困境，他试图通过股票投机生意自救，为此，他挪用了工人的工资，后来引起工人罢工。一开始，他平息了罢工，但后来还是输给了与外国资本合作的竞争对手赵伯韬。小说的人物有吴荪甫的舅父地主曾沧海、曾沧海的儿子、因为投机而彻底破产的冯云卿、诡计多端的寡妇等；还有一些人物，例如奋起反

---

[1] 德译本，见M. Bretschneider的*Mao Dun, Regenbogen*（柏林，1963年）；也见Chingkiu Stephen Chan（陈清侨）的*Eros as Revolution. The Libidinal Dimension of Despair in Mao Dun's Rainbow*（《革命的爱神：茅盾小说〈虹〉中的绝望与情爱》），载*JOS*（《东方文化》）24.1（1986年），第37—53页。

[2] 见Yu-shih Chen的Mao Dun and the Wild Roses. A Study of the Psychology of Revolutionary Commitment（《茅盾的〈野蔷薇〉：革命承诺的心理学研究》），载*China Quaterly*（《中国季刊》）第78期（1979年6月），第291—323页。

[3] 译文，见F. Gruner（葛柳南）主编的*Mao Dun, Seidenraupen im Frühling. Erzählungen und Kurzgeschichten*（《茅盾中短篇小说集》），柏林，1975年；S. Shapiro（沙博理）的*Mao Tun. Spring Silkworms. And Other Stories*（北京，1956年）。

[4] 译文见F. Kuhn的*Mao Tun. Schanghai im Zwielicht*（德累斯顿，1938年）；*Mao Tun. Midnight*（北京，1957年，1979第二版）。

抗的工厂女工，这些人物的存在使得小说对当时上海的描述变得丰满。小说的人物更像是一些代表各自所属群体的典型例证，而非个体。小说的开端非常精彩，吴老太爷坐车穿过上海的街道以及他最终的死亡就像是整部小说的微缩，这一段让人联想到《红楼梦》第一回中的甄士隐，以及刘鹗《老残游记》开端中老残所做的那个梦，可以理解为是对中国整体社会状况的影射。

抗日战争期间，茅盾在作品中谴责出卖国家利益的行为，例如抨击国民党和蒋介石特务组织的《腐蚀》（1941年）。[1]小说讲述的是1940年到1941年之间发生的事，采用日记的形式，描写了一个当秘密警察的年轻女性的遭遇。作品中，女主人公的思想和情感占据了重要位置。在小说的结尾，女主人公决定脱离秘密警察组织，并且帮助另外一个年轻女性免于被这个自己所痛恨的组织利用。

茅盾擅长自然主义的环境描写，他的作品特别注重突出城市与乡村、老年人与青年人、西方文化与中国文化之间的区别。在他的作品中，对资产阶级和小资产阶级知识分子的描述占据了重要地位，并且这些人物都带有一些悲剧性的色彩。茅盾本人实际上对这个阶层有更强的认同感，而不是共产主义者或者农民。不过，在这一点上，茅盾跟他同时代的很多作家实际上是一样的。

巴金（本名李尧棠，字芾甘，1904—2005）是四川成都人，在巴黎求学期间（1927年至1928年），他深受空想社会主义和无政府主义思想的影响，特别欣赏两位著名无政府主义者巴枯宁和克鲁泡特金的政治观点，所以从两人的名

---

[1]　关于秘密警察组织，见Wen-hsin Yeh（叶文心）的Dai Li and the Liu Geqing Affair. Heroism in the Chinese Secret Service During the War of Resistance（《抗战期间中国特务机关中的英雄主义》），载JAS（《亚洲研究杂志》）48.3（1989年），第545—562页；她认为，国民党政府特务机关的成员也依然有着为伟大事业献身的愿望，在这一点上，他们同中国共产党没有区别。

字中各取一个字，作为自己的笔名。[1]巴金出身于一个富有的官宦家庭，曾经翻译了很多俄语及其他语种的诗歌。他的文学创作虽然明显受到了法语和俄语小说的影响[2]，但他本人刻意地淡化了写作的技术层面，并将自己当作自己情感的表达工具。1932年，他在一封写给《现代》杂志的信中这样说道：

> 我写文章，尤其是写短篇小说的时候，我只感到一种热情要发泄出来，一种悲哀要倾吐出来，我没有时间想到我应该用什么样的形式。我是为了申诉，为了纪念才拿笔去写小说的。[3]

巴金的早期作品中还带有强烈的主体性色彩，对主人公的塑造带有浪漫主义色彩，但目的并不明确，例如他的第一部小说《灭亡》（1929年）。在这部小说中，主人公杜大心遭受过双重的心理伤害，一是他不能娶自己所爱的表妹，二是他母亲的死。于是，他在革命中寻找幸福感。但是当他的一个同盟者被公开处决后，被处决者的身上发现了杜大心撰写的传单，这时，杜大心决定刺杀一个将军，随后自杀。

不过，巴金的作品后来慢慢具有了批评和现实主义的特点，旨在批评传统的家庭制度，这一点在描述年青一代情感与理智之间斗争的"爱情三部曲"和"激流三部曲"中就已经有所体现，特别是在"激流三部曲"的第一部《家》中[4]。这部作品带有明显的自传色彩，生动地再现了20世纪第一个

---

[1] 关于巴金，见O. Lang的*Pa Chin and His Writings. Chinese Youth Between the Two Revolutions*（《巴金及其作品：两次革命之间的中国青年》），剑桥，马萨诸塞州，1967年；Nathan K. Mao（茅国权）的*Pa Chin*（《巴金》），波士顿，马萨诸塞州，1978年。

[2] 关于俄语文学对巴金的影响，见Man Sang Ng的*Ba Jin and Russian Literature*（《巴金和俄语文学》），载*CLEAR*（《中国文学》）3.1（1981年），第67—92页。

[3] 巴金的《生之忏悔》，载《巴金文集》（香港，1970年），第10卷，第36页及以下。

[4] 德译本有：Von F. Reissinger的*Ba Jin, Die Familie*（柏林，1980年）；J. Herzfeldt的*Das Haus des Mandarins*（鲁多尔施塔特，1959年）；S. Shapiro的*Pa Chin, The Family*（北京，1958年）。

十年行将结束时中国青年的觉醒。

这些小说出版的时候，小说中的反传统和个性解放这些流行于五四运动时期的问题，已经不再是当时知识分子讨论的核心，所以我们也就能够理解，为什么巴金很快就跟其他一些左翼作家一样，放弃了资产阶级的小环境，转而在抗日战争期间投入民族抵抗运动中。他的抗战三部由《火》（1941年至1945年）就是在这样的前提下创作的。巴金其他重要的小说作品还有《憩园》（1944年）[1]和《寒夜》（1946至1947年）。[2]中华人民共和国成立之后，巴金除了创作小说，还创作了报告文学，描写的内容既有抗美援朝战争，也有新社会的方方面面。[3]

老舍（原名舒庆春，1899—1966），满族人，他以用北京口语创作的讽刺文章而著称，通过他带有自传性质的一系列作品，我们对他有了很多了解。[4]1924年至1929年间，他在伦敦大学亚非学院担任中文教师。在此期间，他受查尔斯·狄更斯的作品《尼古拉斯·尼克尔贝》和《匹克威克外传》的影响，创作了自己的第一部小说《老张的哲学》。1926年，这部小说在上海的《小说月报》上连载。这部小说由一个个小故事串成，这种结构是老舍早期小说的共同特点。在英国期间，他还创作了另外两部小说作品，这

[1]　J. Kalmer译的*Pa Chin. Garten der Ruhe*（慕尼黑，1954年）。
[2]　S. Peschel（莎沛雪）、B. Spielmann译的*Kalte Nächte*（法兰克福，1981年）；Nathan K. Mao（茅国权）、Ts'un-yan Liu（柳存仁）译的*Cold Nights. A Novel by Pa Chin*（香港，1978年）。
[3]　S. Peschel译的*Ba Jin, Gedanken unter der Zeit. Ansichten-Erkundungen-Wahrheiten 1979 bis 1984*（《巴金随想录：观点、发现、事实（1979—1984年）》），科隆，1985年；G. Barmé（白杰明）的*Ba Jin. Random Thoughts*（香港，1984年）。
[4]　Z. Slupski（史罗普）的*The Evolution of a Modern Chinese Writer. An Analysis of Lao She's Fiction with Biographical and Bibliographical Appendices*（《中国现代作家的演变：老舍小说分析》），布拉格，1966年；R. Vohra的*Lao She and the Chinese Revolution*（《老舍和中国革命》），剑桥，马萨诸塞州，1974年。V. Klöpsch（吕福克）在译文集*Lao She. Zwischen Traum und Wirklichkeit. Elf Erzählungen*（《老舍：在梦与现实之间——中短篇小说11篇》，法兰克福，1981年）中对老舍作了详细的介绍。

两部作品同样是充满了幽默和讽刺，其中《赵子曰》的内容可以总结为"对主人公的反向塑造"；《二马》[1]写于老舍离开伦敦之前，这部小说讲述了一对生活在伦敦的父子老马和小马，批评了老马对过去的美化，也批评了小马的年少轻狂。

回到中国后，老舍在友人的鼓励下又创作了两部小说，分别是《大明湖》和《猫城记》（1932年）。[2]他很快就放弃了说教性的讲述方式，重回幽默讽刺的风格，《离婚》[3]这部作品就带有这样的特征。《离婚》与老舍《月牙儿》[4]等许多小说作品一样，发生地都是在北京，例如1939年出版、后来经过修改的《骆驼祥子》[5]，这部小说是老舍最著名的作品，20世纪80年代由该小说改编的电影也深受人们喜爱。在《骆驼祥子》中，为了集体主义理念而放弃了个人世界观的老舍用感人的笔触，描写了一个年轻人力车夫祥子的努力和失败。祥子有着根深蒂固的小农思想，一心想挣来一辆属于自己的人力车，但是作为个人，他无法抵挡丑恶的环境，最终落得失败的结局。

除了长篇小说，老舍还创作了大量的中篇小说，以及内容经常为日常生活的短篇小说。在他的小说中，我们不但能够看到明显的中国古代叙事传统

---

[1] 关于这部小说，见P. Großholtforth的*Chinesen in London. Lao She's Roman Er Ma*（《伦敦的中国人：老舍的小说〈二马〉》），波鸿，1985年。译文，见I. Fessen-Henjes（尹虹）的*Eine Erbschaft in London*（柏林，1988年）；J. M. James的*Ma and Son. A Novel by Lao She*（圣弗朗西斯科，1980年）。

[2] 译文有V. Klöpsch（吕福克）译的*Lao She, Stadt der Katzen. Phantastischer Roman*（法兰克福，1985年）；J. E. Dew的*City of Cats by Lao Sheh*（安娜堡，密歇根州，1964年）；W. A. Lyell的*Lao She, Cat Country. A Satirical Novel of China in the 1930s*（匹兹堡，宾夕法尼亚州，1970年）。

[3] I. Fessen-Henjes（尹虹）的*Lao She. Die Blütenträume des Lao li*（慕尼黑，1985年）；Helen Kuo（郭镜秋）的*The Quest for Love of Lao Lee*（纽约，1948年）。

[4] 译文，载V. Klöpsch的*Lao She. Zwischen Traum und Wirklichkeit*（《老舍：在梦与现实之间》），法兰克福，1981年。

[5] 译文有：F. Reissinger *Rikshakuli*（法兰克福，1987年）；J. M. James的*Rickshaw. The Novel Lo-tto Hsiang Tzu*（火奴鲁鲁，夏威夷，1979年）。

的影响，也能够看到狄更斯、约瑟夫·康拉德等英国现实主义作家的影响。抗日战争爆发后，老舍参与创建了中华全国文艺界抗敌协会。为了能够扩大文学作品的影响，他开始创作剧本，其中以《残雾》（1939年）和《国家至上》（1940年）最为著名。他的小说三部曲《四世同堂》完成于1947年，但直到1980年才完整地出版。在这部小说中，老舍描写了北京被日本占领期间一些普通市民的生活。

中华人民共和国成立之后，老舍担任了一些文化方面的重要职务。他重新开始剧本的创作，发表了大量的作品，例如《龙须沟》（1950年）[1]、《西望长安》（1956年）[2]、《红大院》（1959年）和《全家福》（1959年）。老舍最成功的剧本当数《茶馆》（1958年），这部作品用一个茶馆中发生的故事，抨击了旧中国社会制度对人的迫害。他的最后一部小说《正红旗下》[3]带有强烈的自传色彩，小说创作于20世纪60年代早期，讲述了世纪之交时北京人的生活，但是这部作品没有完成，是在他死后由他的妻子出版的。

胡也频的小说《光明在我们的面前》（1930年）的发生地也是北京，这是他被国民党枪决之前的最后一部篇幅比较长的作品。在小说中，胡也频讲述了几个人对1925年5月30日发生在上海的事件的不同反应。这部作品想要表达的是能进行民主革命的只有中国共产党。从篇幅上来看，艾芜的小说《春天》（1937年）只能够算作是中篇小说，这部作品创作于1936年，得到了鲁迅的高度评价，作品讲述了四川一个村庄里人与人之间的关系以及阶级之间的对立。艾芜的第二部重要小说作品同样发生在乡村，《山野》（1948年）讲述了抗日期间中国南方一个山村中24小时内发生的故事。

[1]　译文，载B. Eberstein主编的 *Moderne Stücke aus China*（《中国现代戏剧作品》），法兰克福，1980年。
[2]　德译本，有Heng-yü Kuo的 *Lao She. Blick westwärts nach Changan*（慕尼黑，1983年）。
[3]　英译本，有D. J. Cohn的 *Lao She. Beneath the Red Banner*（北京，1982年）。

一些作家在选择素材时，会选择清朝统治走向崩溃的时期作为时代背景，例如因翻译古斯塔夫·福楼拜的《包法利夫人》而为人所知的李劼人（原名李家祥，1891—1962）以家乡四川为背景创作的小说三部曲《死水微澜》（1936年）、《暴风雨前》和《大波》（1937年）。

钱锺书（1910—1998）在牛津大学获得英国文学学士学位之后，于1938年回到中国[1]，并因1947年出版的讽刺小说《围城》成名，这部小说被誉为"中国新小说史上的巅峰之作"。[2]不过，钱锺书在反讽方面的造诣，早在1941年就已经在他的散文随笔《写在人生边上》中有所体现。

《围城》以主人公方鸿渐1937年返回中国开篇。时年27岁的方鸿渐四年之前去欧洲求学，但学无所成，后来写信从纽约买到一个博士学位。在一些曲折之后，方鸿渐与来自上海的年轻女教师孙柔嘉结婚，但是这段婚姻只维持了几年时间。小说的标题《围城》就是对婚姻的一种比喻，一次，在饭馆聚餐的时候，痛恨女人的哲学家褚慎明讲到了自己与交好的罗素在谈论婚姻时的一次谈话："他引一句英国古话，说结婚仿佛金漆的鸟笼，笼子外面的鸟想住进去，笼内的鸟想飞出来；所以结而离，离而结，没有了局。"在座的年轻女子苏文纨则引用蒙田的话补充说："法国也有这么一句话。不过，不说是鸟笼，说是被围困的城堡，城外的人想冲进去，城里的人想逃出来。"[3]不过，这个比喻并不局限于婚姻。在小说中，这一比喻实际延伸到了人际关系的方方面面，指的是一些人摆脱各种失败关系的愿望。对于这些关系的批评在小说中经常占据主要位置，例如对三闾大学——这是方鸿渐和其他人历尽旅途辛苦要去教书的地方（旅行在这部小说中是一个结构要

---

[1] 钱锺书的传记，见Th. Huters的Qian Zhongshu（波士顿，马萨诸塞州，1982年）。

[2] C. T. Hsia（夏志清）也持同样观点，见C. T. Hsia（夏志清）的A History of Modern Chinese Fiction（《中国现代小说史》），纽黑文，康涅狄格州，1961年；1971年第二版，第432页及以下。

[3] 见M. Motsch（莫宜佳）、J. Shih（史仲仁）的Qian Zhongshu, Die umzingelte Festung（法兰克福，1988年），第118页；也见J. Kelley、Nathan K. Mao（茅国权）译的Ch'ien Chung-shu, Fortress Besieged（布卢明顿，印第安纳州，1979年）。

素）——校长的描述。[1]

除《围城》之外，钱锺书还发表了一系列短篇小说，1946年以《人·兽·鬼》为题出版。[2]1948年，钱锺书出版了论文《谈艺录》。他在文学研究方面的其他成果一开始并未能够发表，直到1958年，他才出版了《宋诗选注》。[3]钱锺书从比较文学的角度对中国古典文学进行的研究，被收录在了极具启发意义的笔记体专著《管锥编》中。[4]

位于传统和西方范例之间的诗歌

从19世纪末开始，诗人们就面临着如何超越诗歌传统，摆脱传统上的诗歌形式的要求，同时又创作出"中国诗歌"的任务。在诗歌领域，过去就不断出现对僵化形式的摒弃，此时又出现了来自西方的挑战，所以从那个时候开始，诗歌方面的各种尝试和新的潮流一方面反映了个人对海外诗歌，特别是欧洲诗歌的接受，另一方面又体现了中国动荡的政治局势以及人们关于诗学方面的讨论，而这方面最重要的人物有黄遵宪和胡适。[5]然而，促使诗歌形式创新的真正动力并不是什么宣言，关键是要接触到新的文化和文学氛围。所以对大部分诗人而言，旅居欧洲的经验是至关重要的。[6]选择哪一个

[1] 见M. Motsch、J. Shih（史仲仁），同上，第235页。

[2] Ch. Dunsing、Y. Monschein（孟玉华）译的*Qian Zhongshu, Das Andenken. Erzählungen*（《钱锺书短篇小说集》），科隆，1986年。

[3] 法译本，见N. Chapius的*Qian Zhongshu. Cinq essais de poétique*（巴黎，1987年）。

[4] 《管锥编》4卷本（北京，1979年），小说集（北京，1982年）。《管锥编》这个标题，德语也译为Bambusrohr und Ahle。

[5] 关于20世纪诗歌的概览，见E. Feifel（丰浮露）的*Moderne chinesische Poesie von 1919 bis 1982*（《中国现代诗歌（1919—1982年）》），希尔德斯海姆，1988年；L. Haft（汉乐逸）主编的*A Selective Guide to Traditional Chinese Literature, 1900–1949*（《中国传统文学精选（1900—1949年）》），第3卷（莱顿，1989年）。

[6] 王永庆的《中国知识分子与西方》（教堂山，北卡罗来纳州，1966年）中对外国学生的人数做了很好的概述。

国家也具有决定性的作用，我们完全可以区分出受到英国、法国或德国影响的诗人。[1]

虽然这样做意味着我们必须关注每个作家的个人发展轨迹，但中国诗歌的发展还是大致能够分成以下几个阶段的，这些阶段与政治局势的发展有着密切的关系：现代诗歌的肇始从胡适1916年提出的文学改革纲领开始，随着1925年之后文学领域的讨论愈发激烈，诗歌领域也出现了转折，诗人两极分化更为明显，一边是左翼作家，另一边是那些始终希望维持艺术独立性的作家。日本侵占东北地区之后，这种内部的矛盾相对弱化。随着抗日战争的爆发，大量知识分子爱国情绪高涨，这个矛盾几乎完全消失。不过，即便是在1937年之后，我们还是要区分那些完全专注于抗战诗歌的诗人，以及那些始终将审美原则，将作为独立个体的自我在新世界中所面临的问题置于爱国之上的诗人，尤其是在解放区，1942年之后的诗歌完全呈现出另外一个发展脉络，与民间传统保持关联成为解放区诗人的职责，而作家们也在某种程度上失去了个人的独立性。

且不论"现代性"这个概念在西方国家本身就有争论，克服传统的各种努力以及在保持中国特性的前提下模仿西方的做法在多大程度上可以被认为是"现代性"。关于这个问题，一些中国的文学理论家也提出来过。[2]不过，没有任何一种其他的表达媒介能像诗歌这样，与时代息息相关。

早在1916年，胡适就开始在自己的诗歌中尝试实现自己提出的要求。

---

[1]　相应地也有一些介绍这些诗人的著作，例如M. Loi（鲁阿）的*Poètes chinoises d'écoles françaises: Dai Wangshu, Li Jinfa, Wang Duqing, Mu Mutian, Ai Qing, Luo Dagang*（《受法国影响的中国诗人：戴望舒、李金发、王独清、穆木天、艾青、罗大纲》），巴黎，1980年；也见M. Loi的*Roseaux sur le mur. Les poètes occidentalistes chinois 1919–1949*（《墙上的芦苇：受西方影响的中国诗人（1919—1949年）》），巴黎，1971年。

[2]　见Leo Ou-fan Lee（李欧梵）的Modernism in Modern Chinese Literature. A Study (Somewhat Comparative) in Literary History（《中国现代文学中的现代主义：文学史（对比）研究》），载*Tamkang Review*（《淡江评论》）10.3&4（1980年），第281—307页。

1920年，胡适的《尝试集》出版，但并没有引起多少反响。1919年，他在为这部白话新诗集所作的前言《我为什么要做白话诗》[1]中重申了自己对新诗提出的理论要求。胡适的这些理论观点被很多诗人运用在了自己的诗歌创作中，其中就包括诗人、文学理论家朱自清[2]，1923年，他在《小说月报》[3]上发表的哲学诗《毁灭》就非常受人推崇。

相比小说，五四运动时期的作家在诗歌领域表现出更强的反传统意识，这一点无论是在胡适或康白情的早期诗歌中，还是在冰心的诗作中都有体现。但是有不少人很快就放弃了，例如康白情，他在1923年之后又重新开始创作传统诗歌。尽管如此，依然不断有人探索新诗，特别是20世纪20年代后期的新月社以及与该社来往密切的那些作家。

这一时期在诗歌方面成就高的女作家只有冰心，她在泰戈尔的影响下，创作了一系列短诗。[4]冰心从1919年开始发表诗歌作品，1923年，她出版了两部诗集，分别是《春水》和《繁星》，后一部诗集中收录了164首诗。据冰心自己的说法，是她在读了泰戈尔的《飞鸟集》之后创作的。[5]

20世纪最为多面的作家和知识分子当数来自四川的郭沫若，旅居日本的经历对他产生了至关重要的影响。郭沫若不仅仅作为诗人、翻译家为人所知。同时，他还是戏剧家、散文家、历史学家、考古学家和古文字学家。

---

[1] 《新青年》第6卷第5号（1919年5月）。

[2] 关于朱自清，见J. M. McCaskey的Chu Tzu-ch'ing as Essayist and Critic（《朱自清的散文与文学评论》），耶鲁大学，博士论文，1965年。

[3] 《小说月报》第14卷第3期。

[4] 关于冰心的诗歌创作，见Kang-li Pao Ping Hsin. A Modern Chinese Poetess（《中国现代女诗人冰心》），载LEW 8（1964年），第58—72页；W. Bartels的Xie Bingxin-Leben und Werk in der Volksrepublik China（《谢冰心在新中国的生活与创作》），波鸿，1982年。译文，有G. M. Boyten的Spring Waters（北京，1929年）；Anne Cheng（程艾兰）的Ping Hsin. Poèmes（巴黎，1979年）。

[5] 见W. Kubin（顾彬）的Nachrichten von der Hauptstadt der Sonne. Moderne chinesische Lyrik 1919-1984（《来自阳光之城的消息：现代中国诗歌（1919—1984年）》），法兰克福，1985年，第25页及以下。

中华人民共和国成立之后，他成为中国最具影响力的文化领域的领导人之一。[1]郭沫若在1925年创作了一部名为《落叶》（1926年）的书信体小说，这部作品显然是受到了《少年维特之烦恼》的启发。在他用笔记体写成的自传《我的幼年》（1929年）中，他讲述了从自己出生到1909年被迫离开学校这段时间中的经历。这部作品体现了20年代时郭沫若的经历和情感，同时也让我们看到一整代人的内心感受。他最著名的诗是收录在《女神》这部诗集中的《天狗》，这个题目让人联想到中国古代关于邪恶的天狗吃月亮的想象。这首诗的每一句都以"我"开头，诗的开端部分这样写道：

我是一条天狗呀！

我把月来吞了，

我把日来吞了，

我把一切的星球来吞了，

我把全宇宙来吞了。

我便是我了！

我是月底光，

我是日底光，

我是一切星球底光，

我是X光线底光，

---

[1]　关于郭沫若，请参见D. T. Roy的*Kuo Mo-jo. The Early Years*（《郭沫若：早期岁月》），剑桥，马萨诸塞州，1971年；Leo Ou-fan Lee（李欧梵）的*The Romantic Generation of Modern Chinese Writers*（《中国现代作家的浪漫一代》），第177页；*Guo Moruo. Der Held als Poet*（《郭沫若：作为诗人的英雄》），参见W. Kubin（顾彬）的*Nachrichten von der Hauptstadt der Sonne. Moderne chinesische Lyrik 1919–1984*（《来自阳光之城的消息：现代中国诗歌（1919—1984年）》），法兰克福，1985年，第172—200页。

我是全宇宙底Energy底总量！[1]

　　在20世纪20年代的文坛以及当时的觉醒氛围中，各种文学团体的形成是非常普遍的，这些团体多围绕一种或多种文学杂志形成，这个特点对诗歌也起到了决定性的作用。其中，对于诗歌来说最重要的当数新月社，但也有很多作家是不固定属于任何一个文学社团的，例如鲁迅，除小说之外，他还创作了形式自由的诗歌作品，并且也已为人知，仅凭这一点，这些诗就可以被认为是独立存在的。1927年，鲁迅把1924年至1926年间发表在《语丝》杂志上的无韵新诗以《野草》为名，在北京结集出版。[2]他的一些诗在中国家喻户晓，下面这两句写于1932年的诗已经成了名言——"横眉冷对千夫指，俯首甘为孺子牛"。[3]

　　诗人的社团存在时间往往不长，因此很多青年文人只是在人生的某个阶段有诗作问世，例如湖畔社。1922年，汪静之（1902—1996）、潘漠华（1902—1934）、应修人（1900—1933）和冯雪峰（1903—1976）四人发表了作品合集《湖畔》，提倡恋爱自由和择偶自由。四人创建了湖畔社，并于1923年出版了第二部诗歌合集，同样也引起了很大反响。这个社团的成员中，后来继续留在文学领域的只有冯雪峰。他积极参与共产主义运动，参加了长征，所以在中华人民共和国成立之后担任了高级职务。他曾任《文艺

---

[1]　德语译本，见W. Kubin（顾彬）的*Nachrichten von der Hauptstadt der Sonne. Moderne chinesische Lyrik 1919–1984*（《来自阳光之城的消息：现代中国诗歌（1919—1984年）》），法兰克福，1985年，第35页及以下。

[2]　鲁迅的《野草》（北京，1978年）；关于这些散文诗，见L. Bieg（毕鲁直）Unkraut oder vom "verzweifelten Widerstand" gegen das Nichts（《〈野草〉或对着空气的"绝望反抗"》），载W. Kubin（顾彬）主编的*Aus dem Garten der Wildnis Studien zu Lu Xun (1881–1936)*（《鲁迅研究（1881—1936年）》），波恩，1989年，第149—164页。

[3]　德语译本，见W. Kubin（顾彬），载W. Kubin主编的*Lu Xun. Die Methode, wilde Tiere abzurichten. Erzählungen, Essays, Gedichte*（《鲁迅小说、杂文、诗歌集》），柏林，1979年，第50页；关于鲁迅的诗歌作品，同上。

报》主编，但是在1957年被划为"右派"，从此被禁言，在1979年，也就是他去世的3年后，得以改正错误。

　　徐志摩开创了诗歌的一个新的时期，他受到西方诗歌的影响是在旅居美国、求学伦敦以及在欧洲旅行期间。1922年，徐志摩从英国返回中国，继续实验用西方的方式创作诗歌，他的主要学习对象是浪漫派。[1]对他来说具有至关重要作用的是结识泰戈尔，1924年，他在泰戈尔访华期间进行陪同。同年，新月社在北京成立，参加者中包括诗人朱湘（1904—1933）、陈梦家（1911—1966）和王独清等。这个社团的名字就是由泰戈尔的诗集而来的。1925年，徐志摩出版个人的第一部诗集，名为《志摩的诗》。之后，他又出版了诗集《翡冷翠的一夜》（1927年）和《猛虎集》（1928年）。1928年，新月社重新开始活动，徐志摩与同为新月社代表人物的闻一多一样，专注于新诗问题。然而，对欧洲诗歌的模仿和学习让他们的诗带上了外国腔调，因而无法为大众广泛接受。但徐志摩的有些诗还是比较成功地挪用了西方的形式。一首名为《偶然》的小诗被谱上曲子，最后在大街小巷传唱：

　　　　我是天空里的一片云，

---

[1]　关于徐志摩，见R. von Schirach的Hsü Chih-mo und die Hsin-yüeh Gesellschaft. Ein Beitrag zur Neuen Literatur Chinas（《徐志摩与新月社：中国新文学研究》），慕尼黑大学，博士论文，1971年；李欧梵（Leo Ou-fan Lee）的*The Romantic Generation of Modern Chinese Writers*（《中国现代作家的浪漫一代》），第124页及以下；对于西方形式的模仿，见C. Birch（白芝）的English and Chinese Metres in Hsü Chih-mo（《徐志摩的英中诗格律》），载*AM*（《亚洲专刊》）新刊第8期（1960年），第258—293页；C. Birch（白芝）的Hsü Chih-mo's Debt to Thomas Hardy（《徐志摩与托马斯·哈代》），载*Tamkang Review*（《淡江评论》）8.1（1977年），第1—24页；M. Loi（鲁阿）的Die "Formalisten" der Neumondgesellschaft. Xu Zhimo und Wen Yiduo（《新月社中的"形式派"：徐志摩与闻一多》），载W. Kubin（顾彬）主编的*Nachrichten von der Hauptstadt der Sonne. Moderne chinesische Lyrik 1919–1984*（《来自阳光之城的消息：现代中国诗歌（1919—1984年）》），法兰克福，1985年，第225—245页。

偶尔投影在你的波心——

你不必讶异，

更无须欢喜——

在转瞬间消灭了踪影。

你我相逢在黑夜的海上，

你有你的，我有我的，方向；

你记得也好，

最好你忘掉，

在这交会时互放的光亮！[1]

　　1931年11月，徐志摩的人生因坠机事故戛然而止。他死后，陈梦家以《云游》为题出版了13首徐志摩的遗作。在徐志摩的同代人和后来的文学评论家中，有很多人认可徐志摩的诗歌天赋，但也有人提出批评，例如周作人就认为他的诗是没有内容的美丽肥皂泡。

　　闻一多对美国和美国的教育制度非常欣赏，他在新文学方面的探索，特别是现代诗，主要都是在五四运动期间发表于他的母校清华大学的杂志上。[2]此前，他曾经拒绝在文学作品中使用白话，但之后，他还是进入了"文学革命"的洪流中。在美国期间（1922年至1925年），他研究西方的艺术和文学，对约翰·济慈（1795—1821）和珀西·比希·雪莱（1792—1822）尤其感兴趣，并出版了自己的第一部诗集《红烛》（1923年）。

---

[1]　《徐志摩全集》（台北，1969年），第2卷，第204页；德译本，见W. Kubin（顾彬）的*Nachrichten von der Hauptstadt der Sonne. Moderne chinesische Lyrik 1919–1984*（《来自阳光之城的消息：现代中国诗歌（1919—1984年）》），法兰克福，1985年，第46页。

[2]　关于闻一多的生平及创作，见Kai-yu Hsu（许芥昱）的The Life and Poetry of Wen I-to（《闻一多生平及诗歌》），载*HJAS*（《哈佛亚洲研究学刊》）第21期（1958年），第134—179页；Kai-yu Hsu的《闻一多》（波士顿，马萨诸塞州，1980年）。

在诗学方面，闻一多反对自由诗这种与散文实际已无法区分的形式，力主诗歌要格律化，并在著作《诗的格律》中阐述了自己的这一观点。[1]在这部著作中，闻一多对比了诗歌和戏剧。发表于1925年的诗《死水》节奏和谐，诗节划分清楚，抑扬顿挫，押韵整齐，是对他"格律体新诗"主张的完美体现。诗的第一节中写道：

　　这是一沟绝望的死水，

　　清风吹不起半点漪沦。

　　不如多扔些破铜烂铁，

　　爽性泼你的剩菜残羹。[2]

闻一多的第二部诗集《死水》即以此诗为题，诗集于1928年出版。他也是在这一年加入了新月社，与徐志摩、陈梦家、朱湘等人共同出版《新月月刊》以及最初由徐志摩创办的《诗刊》。但闻一多很快就不再创作诗歌，而是专注于古代文学。

尽管闻一多一开始时是反对共产主义的，并且曾经与蒋介石的国民党政府合作，但由于他倾向于中国共产党的文化政策，加之他为民主和人权所做的斗争，所以他在中国文学史上获得的评价还是正面的。1946年，闻一多被枪杀。1948年，他的作品全集就在上海出版，由郭沫若作序，主编是

---

[1] 这部著作的一种英译本，来自R. Trumbull的Wen I-to, Form in Poetry，载Stephen C. Soong〔宋淇（林以亮）〕主编的*A Brotherhood in Song. Chinese Poetry and Poetics*（《中国的诗学与诗》），香港，1985年，第127—134页。

[2] 《闻一多全集》（北京，1982年），第3卷，第169—197页，此处见第182页及以下；德译本，见W. Kubin（顾彬），载W. Kubin的*Nachrichten von der Hauptstadt der Sonne. Moderne chinesische Lyrik 1919–1984*（《来自阳光之城的消息：现代中国诗歌（1919—1984年）》），法兰克福，1985年，第65页；参见Kai-yu Hsu（许芥昱）的*Twentieth-Century Chinese Poetry. An Anthology*（《20世纪中国诗歌选集》），伊萨卡，纽约州，1970年，第65页及以下。

因1947年出版的诗学著作《新诗杂话》成名的文学评论家朱自清。全集称闻一多1929年之前是诗人，1929年至1944年间是学者，1944年至1946年间是斗士。尽管闻一多的诗从数量上来说少于徐志摩，但比徐诗更为成熟，也更具艺术性，特别是他的第二部诗集《死水》，其中的作品已经没有了第一部诗集中的那种恣意的浪漫和堆砌的比喻，代之以更为成熟的艺术手法。

20世纪20年代末和30年代初，一些诗人的作品中表现出了明显的象征主义倾向，他们不再将比喻与现实挂钩。所有这些诗人都是在法国了解到了欧洲的象征主义，所以他们也被称作"象征派"。但这些诗人的影响很有限，因为他们的诗晦涩难懂，特别是李金发的诗。李金发是象征派最重要的代表，他认为自己是先锋派，是先于时代的。在周作人的帮助下，李金发的两部诗集分别在1925年和1927年出版，李金发从此也被称为象征派"诗怪"。他的诗受到了波德莱尔、魏尔伦和马拉美的影响，既有对传统的刻意背离，也体现了五四运动创新的要求。由此来看，李金发或许是20世纪20年代唯一的一位可以被称为"现代"的诗人。

李金发的各种尝试在几年后由新成立的、施蛰存任主编的《现代》杂志刊印。这本杂志的办刊质量之高让人惊讶，它吸引到的既有来自左翼阵营的作家，也有那些没有政治派别的著名作家，如小说家茅盾、张天翼和老舍，诗人艾青、卞之琳和何其芳。围绕这份杂志形成的作家团体中，来自杭州的戴望舒是代表性人物。戴望舒很早就显露出了诗歌天赋，他的诗《雨巷》尤为出名，他也因此被称为"雨巷诗人"。[1]

1932年，戴望舒与其他几人一起宣布加入现代派，并效仿欧洲诗人创作

---

[1]　见W. Kubin（顾彬）的Tai Wang-shu. Ästhetizismus und Entsagung（《戴望舒：唯美与舍弃》），载*China. Festschrift für Alfred Hoffmann zum. 65. Geburtstag*（《中国：霍福民65岁华诞纪念合集》），蒂宾根，1976年，第71—88页；《雨巷》的德译本，见W. Kubin（顾彬），同上，第127页及以下。

诗歌。他对无产阶级文学不感兴趣，在这一点上，他与早期新月社的几个成员是一致的，他们都将韵律、结构和表现力视为诗歌最重要的特性。正是由于法国是这个文学派别的重镇，戴望舒于1932年前往法国也是理所当然的。之后，戴望舒又去了马德里，在马德里，戴望舒结识了许多当时的诗人，并将这些诗人的很多作品翻译成了中文。由于中国局势的变化，戴望舒在1937年回到香港。1941年香港被日本占领之后，戴望舒身陷囹圄。他在这个时期创作了一系列震撼人心的诗歌作品，来表达自己所受的苦难以及爱国之情。《狱中题壁》这首诗标明的创作日期是1942年8月27日，诗的开头写道："如果我死在这里，/朋友啊，不要悲伤，/我会永远地生存/在你们的心上。"

与戴望舒一样，来自河南的于赓虞（1902—1963）也是在很早的时候就加入了现代派。于赓虞在学校中讲授外国文学，翻译外国作品（例如但丁的《神曲》）。此外，他还撰写了一部世界文学史著作。他自己的诗歌作品充满了对生活的厌倦，经常非常晦涩、复杂，受到象征派诗人的极大影响。

同样既是诗人也是翻译家的还有来自东北吉林的穆木天（1900—1971），他在大学攻读文学专业的时候就对法国的象征派产生了兴趣，深受这一派诗歌的影响。在诗中，穆木天尝试通过词句的结构以及图形来创造特别的声音效果或节奏。他的诗一开始阴郁灰暗，带着深深的寂寞感，但在1931年至1932年日本侵占他的家乡东北后，穆木天的文学态度彻底改变。1932年，他就加入了中国共产党和左翼作家联盟，此外还在上海创建了一个社团，并创办杂志，以推广民间诗歌。

有一些诗人为自己选择了"形而上派"这个名字，他们的主要模仿对象是T. S. 艾略特及其所代表的那种经常无具体所指的诗歌风格，这种风格早在18世纪就已经在英国出现。这里特别要提到的诗人是冯至（原名冯承植，1905—1993）和卞之琳[1]，冯至也和徐志摩、闻一多等人一起，被称为"形

---

[1] L. Haft的*Pien Chih-lin. A Study in Modern Chinese Poetry*（《卞之琳——中国现代诗歌研究》），多德雷赫特，1983年。

式主义者"。早在20世纪20年代中期，尚在求学的冯至就已经与一些青年知识分子一起创建了各种诗人团体，他自己也创作诗歌。但对他影响最大的还是他在海德堡读书的那个时期（1930—1935），在海德堡，他接触了德国的诗歌。回到中国后，冯至对外国文学的研究起到了很大的推动作用，直到20世纪80年代，他在国际文化交流中都起到了关键性的作用。冯至所为人熟知的还不是他的诗歌作品，而是为他翻译的德国文学作品（歌德、海涅、尼采和里尔克）。[1]他在1941年创作的27首十四行诗带有里尔克的影响，也有歌德和鲁迅的影响，是"用西方形式创作的现代中国诗歌中最完美的作品"（顾彬）。[2]

　　20世纪30年代早期，虽然左倾思潮占据统治地位，但依然有人更关心艺术而非政治。这些人中有卞之琳、何其芳和李广田，他们共同出版了合集《汉园集》。出生在江苏的卞之琳是三个人中受教育程度最高的，他在北京大学学习英语和法语的时候，就已经开始翻译工作，在大学中接触到的西方文学也对他的诗歌创作产生了影响。同冯至一样，他也不仅局限于对日常事务的描写。卞之琳诗歌创作最为集中的时期是在1930年至1937年间，政治局势变化之后，他在1938年到了延安。从那时起，他就完全将诗歌视为政治和教育的工具。

　　何其芳与徐志摩、闻一多一样，都深受英国浪漫主义影响。知识界的危机以及20世纪30年代的局势最终也使何其芳彻底放弃了艺术至上的观点。[3]早在1936年和1937年的一系列诗歌中，他就已经脱离了过去那种执着

---

[1]　Dominic Cheung的*Feng Chih*（《冯至》），波士顿，马萨诸塞州，1979年。

[2]　完整的德译本，见W. Kubin（顾彬），载*Feng Zhi. Inter Nationes Kunstpreis 1987*（《冯至——1987年国际艺术奖》），波恩，1987年。

[3]　部分译文，见B. S. McDougall（杜博妮）的*Paths in Dreams. Selected Prose and Poetry of Ho Ch'i-fang*（《梦中道路：何其芳散文诗选》），圣卢西亚，昆士兰，1976年。——受英国文学影响方面，见M. Gálik（高利克）的Ho Ch'i-fang's Path in Dreams. The Interliterary Relations with English, French Symbolism and Greek Mythology（《何其芳的梦中道路：英法象征主义与希腊神话的影响》），载M. Gálik的*Milestones in Sino-Western Literary Confrontation (1898-1979)*（《中西文学碰撞中的里程碑（1898—1979年）》），威斯巴登，1986年，第153—177页。

于梦境的浪漫主义风格，开始转向新的现实主义，描写没有土地的穷苦农民。听从朋友卞之琳的召唤去了延安之后，何其芳也将创作全部用于满足革命的需求。

　　抗日战争前，战争是许多诗歌创作的核心题材，这也使得各种诗歌的创新尝试有所减少。写作战争题材诗歌的作家中最为著名的是蒲风（1911—1942）、田间（1916—1985）、臧克家（1905—2004）和艾青（原名蒋海澄，1910—1996）。出身农村的臧克家在30年代初期就创作了一批优秀作品，他在闻一多的影响下，写作了大量诗歌来描写那个时代的不公和苦难。1934年，这些诗歌被收录在诗集《烙印》中出版。[1]

　　后来非常著名的诗人艾青最早的重要诗歌作品是在上海法租界的监狱中创作的。1932年到1935年间，他因从事政治活动而被关押在那里。[2]在法国求学期间，他接触到了阿波利奈尔和兰波的诗，这两位诗人和美国诗人惠特曼都对艾青后来的诗歌创作产生了影响。他的实验性自由体诗歌带有自传的性质，例如长诗《我的父亲》（1941年），在这首诗中，他描述了自己前30年的人生。[3]

　　艾青因其战争题材的诗歌（例如1939年的《他死在第二次》），以及他1939年到1942年间穿行于中国北方之时描写该地区人与自然环境的诗歌著称。30年代晚期的很多诗人都与艾青有着类似的发展轨迹，他们更关注现

---

[1] 见 W. Kubin（顾彬）的 *Nachrichten von der Hauptstadt der Sonne. Moderne chinesische Lyrik 1919-1984*（《来自阳光之城的消息：现代中国诗歌（1919—1984年）》），法兰克福，1985年，第146—152页。

[2] Eugene Chen Eoyang（欧阳桢）的 *Ai Qing. Selected Poems*（《艾青诗选》）（北京，1982年）；作于1954年的长诗《黑鳗》，译文见Xianyi Yang（杨宪益）、R. C. Friend（费兰德）的 *Ai Qing. The Black Eel*（北京，1982年）；也见M. Reichardt、S. Reichardt的 *Ai Qing, Auf der Waage der Zeit*（《艾青：在时间的天平上》）（柏林，1988年）。

[3] 德译本，见W. Kubin（顾彬）的 *Nachrichten von der Hauptstadt der Sonne. Moderne chinesische Lyrik 1919-1984*（《来自阳光之城的消息：现代中国诗歌（1919—1984年）》），法兰克福，1985年，第155—163页。

实，在诗歌中描写"有血有肉"的农民的艰难生活。艾青也跟这些诗人一样，虽然他从1941年就加入中国共产党，用文学创作为党和人民服务（虽然这些作品的文学意义不大），但在1958年的运动中，他也遭到了排挤，并且长达20年之久。

在抗日战争及此后的国内战争期间，并非所有诗人都为战争和政治纷争进行创作。由于他们这种置身事外的态度，在接下来的几十年里，无论是在中国大陆，还是国民党控制下的中国台湾地区，他们都没有得到应有的重视。[1]这些诗人延续的是20世纪30年代中期之前的那些现代诗风格，这类诗歌创作的巅峰期是以卞之琳、何其芳和李广田的《汉园集》以及《新诗》杂志的创办为标志的。将诗歌艺术置于政治之上的作品还有冯至的十四行诗，这些诗沿袭的是早期新月社和象征派的手法。这一类的诗人中包括辛笛（原名王馨迪，1912—2004）、陈敬容（1917—1989）[2]、杭约赫（原名曹辛之，1917—1995）和穆旦（1918—1977）。在中国台湾，他们重新引起人们的重视是在20世纪60年代，在大陆则是因为被称为"朦胧诗"的文学潮流。

从20世纪30年代起，毛泽东对中国政治的发展起到了无人可比的重要作用。而在中国文学史上，他不仅因为在延安文艺座谈会上的讲话（1942年）而占据重要地位，也曾经创作诗歌以及创作传统词形式的作品。[3]毛泽东力主通过回归民间传统以革新文学，使文学为大众服务。20年代晚期和30年代诗人的创作以及瞿秋白的理论已经为他的这个观点做好了铺垫。

---

[1]　见Ping-kwan Leung（梁秉钧）的Aesthetics of Opposition. A Study of the Modernist Generation of Chinese Poets, 1936–1949（《反抗的美学：中国诗人现代性研究（1936—1949年）》，加利福尼亚大学圣地亚哥分校，博士论文，1984年。
[2]　译文，见Shiu-Pang E. Almberg的The Poetry of Chen Jingrong. A Modern Chinese Woman Poet（《中国现代女诗人陈敬容诗选》），斯德哥尔摩，1988年。
[3]　德译本，见J. Schickel（施克尔）的Mao Tse-tung. 37 Gedichte（《毛泽东诗37首》），汉堡，1965年；Jerome Ch'ēn的Mao and the Chinese Revolution（《毛泽东和中国革命》），伦敦，1965年，主要内容见第313—360页；W. Barnstone的The Poems of Mao Tse-tung（《毛泽东的诗》），纽约，1972年。

话剧剧本

中国现代戏剧的发展与诗歌的发展轨迹类似。与新诗一样，中国话剧也经历了对自身传统的有意识背离。这些话剧之所以没能被人广泛接受，原因在于大多数剧本都是从翻译作品改编而来，所以并不是很符合中国观众的需求。尽管有一些业余社团的努力，例如1921年成立的民众剧社或1922年成立的南国社，但话剧在20世纪20年代并没有产生什么反响，几乎没有一部剧作能够上演到两次以上。

在戏剧作家中，开始是以抱有个人浪漫主义观点的人为主，但是随着20世纪20年代中期政治局势的变化，特别是国民党和共产党之间矛盾的加剧，注重社会功能的创作开始占据上风，大多数的文学家都转而信仰马克思主义，我们从创造社的领导人物郭沫若身上就能够清楚地看到这种变化。1925年，郭沫若曾经说到与普通人的交往让他印象深刻，他由此改变了过度推高个人的做法。[1]

关于戏剧的讨论始终是文学讨论的一个部分，所有重要的文学潮流我们都能够在戏剧舞台上看到，都像是被放在凸透镜下一样。在浪漫感伤的话剧作品之外，也有注重社会功能，以引起改变为目的的话剧。在20世纪30年代，除了左翼的话剧，还有抗日剧、教育宣传剧，以及为革命军队和农民创作的话剧。虽然熊佛西这样的戏剧家获得了成功，但受众最广的艺术形式依然是戏曲，特别是在农村地区。所以很快就有一些艺术家开始转向这种形式，例如成立于1931年的左翼戏剧家联盟就尝试对戏曲进行改革和转型，以使这种旧的形式能够适应新的爱国和革命的需求。这些戏曲主要是指京剧，不过也有一些比较小众的戏曲形式。

抗日战争爆发之后，这种建立民间戏剧的努力得到了很大发展。此时的

---

[1]　也见B. Eberstein的全面的描述：*Das chinesische Theater im 20. Jahrhundert*（《二十世纪中国戏剧》），威斯巴登，1983年，第75页。

民间戏剧并不仅限于戏曲，也包括话剧。据当时中国最重要的剧作家之一的田汉估计，抗战开始的第一年，首演的话剧就达到2500出。一些之前只创作小说的作家也开始为这种通过话剧进行宣传并动员人民的做法服务，例如老舍。众多的话剧社团努力迎合各地区人民的喜好，以扩大作品的影响。国民党的政治部也很早就开始介入戏剧领域，一方面促进戏剧的发展，同时也是为了对戏剧施加影响。当时在负责文化的政治部第三厅任厅长的是郭沫若，任戏剧科科长的是洪深（1894—1955）。

但是话剧并没有能够真正地被广大民众所接受，与其他艺术领域一样，在这里占据主导地位的依然是传统的形式，在戏剧领域即为戏曲。话剧在城市里发展得非常艰难，在农村根本不能推行开来，这与不同群体的娱乐需求有关，但也是因为中国各地方言差异巨大，所以人们经常听不懂不同人说的话。此外，对于很多人来说，保持过去的传统，就能够避免完全失去个人的民族身份，支撑这种思想的源泉来自中国所遭受的外部压迫，所以大多数人会马上把国外事物、新鲜事物等同于敌人。

因此，很多人开始寻找一条折中的道路，例如梁启超用传统戏曲的形式包装现代素材和西方故事。[1]从19世纪末开始，很多知识分子都认为这是一条正确的道路，作家、诗人柳亚子就曾经说过下面这样一番话：

> 欧交通几五十年，而国人犹茫昧于外情。吾侪崇拜共和，欢迎改革，往往倾心于卢梭、孟德斯鸠、华盛顿、玛志尼之徒，欲使我同胞效之，……今当捉碧眼紫髯儿，被以优孟衣冠，而谱其历史，则法兰西之革命，美利坚之独立，意大利、希腊恢复之光荣，

---

[1]　参见B. Eberstein的全面的描述：*Das chinesische Theater im 20. Jahrhundert*（《二十世纪中国戏剧》），威斯巴登，1983年，第193页及以下。

印度、波兰灭亡之惨酷，尽印于国民之脑膜，必有欢然兴者。[1]

在这种采诸国之长而为己用的潮流下，不仅欧洲的故事被搬上舞台，甚至还出现了表现其他国家民族独立斗争，用以动员观众气氛的戏曲作品，例如古巴的民族解放运动，或者是被法国压迫的越南的故事。[2]在这个时期，还出现了改革音乐剧使其符合五项要求的建议：第一，要利用已为人熟知的人物创作新剧，例如那些被视为新政治道德典范的人物，或抵抗现有权力体系的人；第二，要使用"西方的手法"，但这种手法具体指的是什么，却并不清楚；第三，不在舞台上表现诸如神仙鬼怪的超自然现象，以免更加助长人民的迷信思想；第四，不上演有伤风化的剧作；第五，不上演那些认为精英家庭的成员或后代就自然而言能够获得声望与财富的作品。[3]

从作家和文学家的文学研究及文学理论著作中，我们也能够看出他们对旧素材、旧形式的继承。王国维关于中国戏剧历史的著作与他的词话一样具有划时代的意义。有些人则尝试将自己的研究转化为实践，例如研究中国戏曲并致力于革新这种传统形式的齐如山（1875—1962）。[4]

田汉在1917年到1921年于日本求学期间接触到话剧，他在中国本土话剧的推广方面起到了重要作用。田汉创作了70余部戏剧作品，在他的早期戏剧作品中，主要表现的是城市中大部分青年人的绝望与茫然。虽然有些作品之

---

[1] 阿英的《晚清文学丛钞》（上海，1960年），第176页及以下；也见B. Eberstein 的全面的描述：*Das chinesische Theater im 20. Jahrhundert*（《二十世纪中国戏剧》），威斯巴登，1983年，第194页。

[2] 也见B. Eberstein的全面的描述：*Das chinesische Theater im 20. Jahrhundert*（《二十世纪中国戏剧》），威斯巴登，1983年，第195页。

[3] 阿英的《晚清文学丛钞》（上海，1960年），第54页；参见B. Eberstein，同上，第195—197页。

[4] 见B. M. Kaulbach（佩儒）的*Ch'I Ju-shan (1875–1961). Die Erforschung und Systematisierung der Praxis des Chinesischen Dramas*（《齐如山（1875—1961年）：中国戏剧研究》），法兰克福，1977年。

中已经能够看到明显的社会批判元素，但这些作品中仍带有遁世和逃向梦幻世界的内容，例如创作于1929年的《南归》。[1]直到1930年，田汉才彻底改变了他对戏剧功能的看法。从那时起，宣传社会革命就成了他作品的主要内容。1932年，田汉加入中国共产党，成为中国左翼戏剧家联盟的骨干成员。除了写作话剧，田汉还创作电影剧本，他希望能利用电影这种媒介更好地吸引大众。

　　熊佛西为了教育农民，从1931年开始在河北进行戏剧大众化的实验。他认为用传统的艺术形式无法表现新的内容，还认为农民根本不像大家所认为的那样落后保守。他是为数不多能够在农村推广自己话剧作品的作家之一。1921年，他就已经参与了民众戏剧社的组建，剧社的宣言中这样写道：

　　　　"当看戏是消闲"的时代，现在已经过去了。戏剧在现代社
　　会中，确是占着重要的地位，是推动社会使之前进的一个轮子，又
　　是搜寻社会病根的X光镜。[2]

　　熊佛西认为戏剧是教育农村大众的手段，特别是在20世纪30年代以及他担任中华平民教育促进会领导的职务期间，他将自己的这一理念用在了实践当中。《屠户》[3]是他最著名的农村剧之一，在这部作品中，他抨击了放高利贷者，他的另外一部剧《一片爱国心》早在20世纪30年代就被翻译

---

[1]　译文，见B. Eberstein主编的全面的描述：*Das chinesische Theater im 20. Jahrhundert*（《二十世纪中国戏剧》），威斯巴登，1983年，第301—318页。

[2]　译文，见B. Eberstein主编的全面的描述：*Das chinesische Theater im 20. Jahrhundert*（《二十世纪中国戏剧》），威斯巴登，1983年，第450页。

[3]　译文，载B. Eberstein主编，同上，第321—357页。译文原见于W. Eichhorn（艾士宏）所译的*Hsiung Fu-hsi: Ein Chinesisches Bauernleben-Drei Stücke aus dem chinesischen Landleben*（《中国的农民生活：三部关于中国农村的戏剧》），东京，1938年。
　　——也见W. Eichhorn的*Das Modell, ein Einakter von Hsiung Fu-his*，载*Sinica*，第12卷（1937年）第3/4期，第161—172页。

成了德语。[1]

第一批真正成熟的剧本出现在20世纪30年代初。这里，我们特别要提到的是曹禺（原名万家宝，1910—1996）的作品。[2]1934年，他的四幕话剧《雷雨》[3]出版。1935年，这部作品在洪深和欧阳予倩（1889—1962）的指导下于上海上演，取得了极大的成功。之后，曹禺又创作了多部作品。《雷雨》抨击了一个资产阶级家庭中的虚伪和混乱关系，作品讲述了一天之中发生于煤矿公司董事长周朴园和他的仆人鲁贵家中的故事。除了《雷雨》，发表于1936年的《日出》[4]也是曹禺最著名的作品，尽管从艺术的角度来看，《北京人》（1940年）应该是最为成功的一部。[5]

夏衍虽然与左翼戏剧家联盟的剧社早就相熟，但他直到抗日战争爆发前夕才作为戏剧家出现在人们的视野中。此后，抗日战争就成为他剧作的核心题材。1936年，他因作品《赛金花》引起关注，这部剧的女主人公曾经是带领八国联军镇压了义和团运动的德国统帅瓦德西的情人，剧中讲述了她如何劝说瓦德西的故事。在当时，曾经有多部以赛金花为主人公的剧作，从中我们也能够看出人们对这个人物的兴趣。夏衍的《赛金花》没过多久就遭禁

---

[1] A. Forke（佛尔克）的 *Vaterlandsliebe von Hsiung Fo-his*，载*Orient et Occident*（《东方与西方》）第2卷（1936年）第11—12期，第415—435页。

[2] 关于曹禺，见Joseph S. M. Lau的*Ts'ao Yü. The Reluctant Disciple of Chekhov and O'Neill. A Study in Literary Influence*（《曹禺：契科夫与奥尼尔的继承者——文学接受研究》），香港，1970年；John Y. H. Hu的*Ts'ao Yü*（《曹禺》），纽约，1972年。

[3] 德译本，见U. Kräuter的Gewitter（北京，1980年）；Jung-lang Chao的Das Gewitter，载B. Eberstein主编的全面的描述：*Das chinesische Theater im 20. Jahrhundert*（《二十世纪中国戏剧》），威斯巴登，1983年，第19—141页。

[4] H. Yonge的*Ts'ao Yü, The Sunrise. A Play in Four Acts*（上海，1940年）。

[5] 见Joseph S. M. Lau的Cao Yu und sein Theaterstück Der Pekingmensch（《曹禺和他的《北京人》》），载W. Kubin（顾彬）主编的*Moderne chinesische Literatur*（《现代中国文学》），法兰克福，1985年，第374—393页；德译本，见B. Eberstein等的Der Pekingmensch，载B. Eberstein主编的全面的描述：*Das chinesische Theater im 20. Jahrhundert*（《二十世纪中国戏剧》），威斯巴登，1983年，第143—299页。

演，也因为这部剧，夏衍在1966年"文革"一开始时就被批斗，直到1978年"四人帮"被粉碎之后才获平反。

这一时期的其他剧作家还有李健吾[1]、洪深和丁西林。从美国回国后，洪深曾经在多所大学讲授文学和戏剧，并组织了多个戏剧社团。他的作品反映了政治变革以及当时文学家们的思想转变。1922年，洪深为城市观众创作了一部《赵阎王》；1930年至1931年，他又创作了一部抨击农村社会现实的话剧三部曲。丁西林自1928年至1945年在北京大学教授物理学，他的剧作不多，主要因其作品中的幽默而为人关注。

早在20世纪20年代，郭沫若就将一些历史题材搬上话剧舞台。在这些作品中，他反对旧制度，宣传个人的责任感和自由。在20世纪30年代和40年代，郭沫若继续创作历史剧，为的是"借古人的骸骨，另行吹嘘些生命进去"。[2]他最著名的戏剧作品是创作于1942年的《屈原》[3]，这部作品最初想要模仿的是《浮士德》，后来也被一些人比作莎士比亚的《哈姆雷特》和《李尔王》。作品围绕着诗人、政治家屈原展开，讲述了代表理想主义的屈原对他那个时代不断变化的环境的反应。虽然采用了西方话剧的形式，并且带有教育的功能，但我们依然能够从这部作品中看到中国文学的一个典型特征：人们并不是要表现世界应该是什么样，或是应该变成什么样，而是要表现世界的内在和谐是什么样。

[1]　译文，见T. Hyder译的*It's Only Spring and Thirteen Years. Two Early Plays by Li Jianwu*（伦敦，1989年）。
[2]　Fumin Peng、B. S. McDougall、Xianyi Yang（杨宪益）、Gladys Yang（戴乃迭）的*Guo Moruo. Five Historical Plays*（《郭沫若的五部历史剧》），北京，1984年；Terry Sin-han Yip、Tam Kwok Kan（谭国根）的European influences on modern Chinese drama: Kuo Mo-joos early historical problem plays（《欧洲对中国现代戏剧的影响：郭沫若的早期历史剧》），载*JOS*（《东方文化》）24.1（1986年），第54—65页。
[3]　译文，见M. Mäder译的*Qu Yuan*（北京，1980年）。

41. 作家是艺术家还是人民的传声筒

延安文艺座谈会

在抗日战争和国共内战期间，中国的文学领域也是四分五裂，虽然在当时的条件下，这种状态并不能被认为是丰富多样的体现。[1]很多作家去了由共产党控制的解放区，还有一些作家留在由国民党及其政府控制的城市里，其中相当一部分是生活在上海和北京这样的大城市中。[2]在上海，由于外国租界的保护，那里甚至发展出了自己的抵抗文学和大众传媒业，并且直到1941年被日本占领前，都没有受到什么影响。那里的几个戏剧团体在开始的时候尝试了一些现代的风格，并排演西方的戏剧。但由于经济方面的原因，同时也迫于政治方面的压力，他们很快又转回比较传统的表现形式及题材。重要的戏剧作家包括阿英（1900—1977）和欧阳予倩，他们的部分作品甚至

---

[1] 参见合集 *La littérature chinoise au temps de la guerre de résistance contre le Japon (de 1937 à 1945)*（《抗战时期的中国文学（1937—1945年）》），巴黎，1980年。

[2] 参见E. M. Gunn的 *Unwelcome Muse. Chinese Literature in Shanghai and Peking 1937-1945*（《不受欢迎的缪斯：1937—1945年上海和北京的中国文学》），纽约，1980年。

被改编成了电影。这两位戏剧家战前就曾与著名演员梅兰芳以及剧作家田汉探讨将传统元素引入现代戏剧的问题。

一些由外国人管理的上海报纸雇作家为自己的报纸写专栏，这些专栏为读者提供带有批判性和爱国情绪的杂文，这一文体始于鲁迅，受到了很多读者的喜爱。日本占领军当然希望能使文学向着对自己有利的方向发展，一些迎合日本愿望的作家留在了被占领区，例如周作人。1937年，他没有和其他同行一起离开北京，而是被日本人当作了宣传工具，尽管周作人曾经辟谣，并和朋友、熟人保持着距离。当然，最著名的那些作家并没有都被占领者利用，因为此前他们大多数就已经投向共产党，或是在日本进驻的时候逃走了。

早在五四时期，随着民族意识的觉醒，人们已经开始努力寻找与民族传统的联系。从20世纪30年代初开始，这个趋势更加明显。在抗日战争以及国内各种政治力量角力的时期，对传统的挖掘意味着文学要背离的不仅是早期郭沫若的那种痛苦的自我，而是要从整体上告别现代的批判性自我。对于那些不能够满足放弃主体性要求的知识分子而言，这一点尤其困难。

1942年5月的延安文艺座谈会是延安整风运动的一部分。运动提出，文艺应该为政治服务，要注重政治与艺术、内容与形式的统一。这次座谈会引发了关于民族形式和超越民族的话题的激烈讨论。有些人认为"民族形式"指的是民族的传统，他们援用瞿秋白早期的一些说法[1]，批评五四运动时期的知识分子以国外为标准的态度，以及这些人的小资产阶级立场。但也有一些人为五四时期的知识分子辩护，认为这些人选择了正确的方向，这种观点的代表性人物是胡风（1902—1985）。还有一派试图调和上面两种观点，其

[1]　见P. C. Pickowicz（毕克伟）的*Marxist Literary Thought in China. The Influence of Ch'ü Ch'iu-pai*（《中国的马克思主义文论：来自瞿秋白的影响》），伯克利，加利福尼亚州，1981年。

中包括郭沫若和周扬。[1]

1942年春，一些作家表达了他们对解放区状况的不满，认为那里跟他们最初期望的完全不一样。王实味（1906—1947）以《野百合花》为题，为《解放日报》写了一组文章；丁玲用一篇为国际三八妇女节所作的文章，以及《在医院中》这篇小说，抨击延安妇女地位低下的状况。

1942年5月的延安文艺座谈会就是在这样的背景下召开的。在这次座谈会上，毛泽东发表了两场讲话，其中一场讲话在5月2日，另一场讲话在5月23日。在第一个讲话的开篇，毛泽东这样说：

> 抗日战争爆发以后，革命的文艺工作者来到延安和各个抗日根据地的多起来了，这是很好的事。但是到了根据地，并不是说就已经和根据地的人民群众完全结合了。我们要把革命工作向前推进，就要使这两者完全结合起来。我们今天开会，就是要使文艺很好地成为整个革命机器的一个组成部分，作为团结人民、教育人民、打击敌人、消灭敌人的有力的武器，帮助人民同心同德地和敌人作斗争。[2]

影响尤其深远的是毛泽东对五四时期及20世纪30年代文学创作的批评，他特别批评了其中的个人主义和主观主义。

> 但是我们有些同志……说什么一切应该从"爱"出发。就说

---

[1] 关于这场争论中的不同观点，见M. Goldman（梅谷）的 *Literary Dissent in Communist China*（《中华人民共和国在文学领域的分歧》），剑桥，马萨诸塞州，1967年。

[2] 毛泽东的《在延安文艺座谈会上的讲话》，载《毛泽东选集》第3卷（北京，1969年），第76页；译文，参见B. S. McDougall的 *Mao Zedong's "Talks at the Yan'an Conference on Literature and Art". A Translation of the 1943 Text with Commentary*（安娜堡，密歇根州，1980年），第58页。

爱吧，在阶级社会里，也只有阶级的爱，但是这些同志却要追求什么超阶级的爱，抽象的爱，以及抽象的自由、抽象的真理、抽象的人性等等。这是表明这些同志是受了资产阶级的很深的影响。应该很彻底地清算这种影响，很虚心地学习马克思列宁主义。[1]

有观点认为杂文，特别是鲁迅式杂文，在解放区享有与之前（以及在那些还没有被共产党控制的地区）同等的地位。在讲话的后半部分，毛泽东反驳了这种观点：

鲁迅处在黑暗势力统治下面，没有言论自由，所以用冷嘲热讽的杂文形式作战，鲁迅是完全正确的。我们也需要尖锐地嘲笑法西斯主义、中国的反动派和一切危害人民的事物，但在给革命文艺家以充分民主自由、仅仅不给反革命分子以民主自由的陕甘宁边区和敌后的各抗日根据地，杂文形式就不应该简单地和鲁迅的一样。我们可以大声疾呼，而不要隐晦曲折，使人民大众不易看懂。如果不是对于人民的敌人，而是对于人民自己，那末，"杂文时代"的鲁迅，也不曾嘲笑和攻击革命人民和革命政党，杂文的写法也和对于敌人的完全两样。对于人民的缺点是需要批评的，我们在前面已经说过了，但必须是真正站在人民的立场上，用保护人民、教育人民的满腔热情来说话。如果把同志当作敌人来对待，就是使自己站在敌人的立场上去了。我们是否废除讽刺？不是的，讽刺是永远需要的。但是有几种讽刺：有对付敌人的，有对付同盟者的，有对付

---

[1] 毛泽东的《在延安文艺座谈会上的讲话》，载《毛泽东选集》第3卷（北京，1969年），第80页及以下；译文参见B. S. McDougall的 *Mao Zedong's "Talks at the Yan'an Conference on Literature and Art". A Translation of the 1943 Text with Commentary*（安娜堡，密歇根州，1980年），第62页。

自己队伍的，态度各有不同。我们并不一般地反对讽刺，但是必须
废除讽刺的乱用。[1]

毛泽东提出，在"群众的时代"，文学就要"为群众服务"，要将
立足点放到群众这边来，应该将鲁迅的那句"横眉冷对千夫指，俯首甘
为孺子牛"[2]当成解决与群众关系的座右铭。毛泽东认为知识分子要与群
众相结合，要为人民服务，这是需要一个过程的，而且这个过程一定会
很痛苦。

毛泽东的讲话为精神领域的清理铺平了道路，负责推行这一思想的是党
内负责文化事务的陈伯达（1904—1989）、艾思奇（1910—1966）和周扬，
尤其是周扬。[3]由此，一些知名作家和文人受到这种文化政策的影响。[4]受
到托洛茨基主义影响的王实味被认为奉行错误理论，他在1942年的整风运动
中就已经被开除党籍。1948年，萧军被卷入整风运动。而曾经在20世纪30年
代游走于南方许多城市的胡风是在1955年的一场全国性运动中被拘捕的。两
年后的1957年，丁玲也遭遇了同样的命运。

新的文化政策鼓励民间舞蹈、戏剧、木刻艺术以及使用民歌形式的诗

[1]　毛泽东的《在延安文艺座谈会上的讲话》，载《毛泽东选集》第3卷（北京，1969年），第102页及以下；译文，参见B. S. McDougall的*Mao Zedong's "Talks at the Yan'an Conference on Literature and Art". A Translation of the 1943 Text with Commentary*（安娜堡，密歇根州，1980年），第80页及以下。
[2]　毛泽东的《在延安文艺座谈会上的讲话》，载《毛泽东选集》第3卷（北京，1969年），第108页；译文，参见B. S. McDougall的*Mao Zedong's "Talks at the Yan'an Conference on Literature and Art". A Translation of the 1943 Text with Commentary*（安娜堡，密歇根州，1980年），第85页；德译本，参见W. Kubin（顾彬）的*Moderne chinesische Literatur*（《现代中国文学》），法兰克福，1985年，第546页。
[3]　见M. Klenner的*Literaturkritik und Politische Kritik in China. Die Auseinandersetzungen und die Literaturpolitik Zhou Yanggs*（《中国的文学批评和政治批评：周扬的思想及文学政策》），波鸿，1979年。
[4]　见Tsi-an Hsia（夏济安）的*The Gate of Darknesse. Studies on the Leftist Literary Movement in China*（《黑暗的闸门：中国左翼文学运动研究》），西雅图，华盛顿州，1968年。

歌创作。最受人欢迎的是一种源自传统仪式活动、被称为"秧歌"的歌舞形式，这种形式后来还演变为秧歌戏。这种秧歌戏在20世纪40年代非常受人喜爱，其中最著名的作品当数贺敬之（1924年生）的作品《白毛女》，故事讲的是一个不堪虐待逃进深山的女仆，在深山中，她变成了满头白发、宛若鬼魂的白毛仙姑。[1]

在较早的作家中，愿意或者说从内心接受延安讲话所提出的文学理念的，丁玲或许能算作其中之一，但她在这段时期里也只写了几篇小说。新文学也促使新作家的出现，比如赵树理（1906—1970），他特别成功，受到党内负责文学的周扬的特别扶植。周扬认为赵树理是毛泽东文学创作思想成功的例证。在自己的小说《小二黑结婚》中，赵树理斥责旧的婚姻制度是压迫。他的小说《李有才板话》[2]讲的是农民和地主之间的斗争，其中包含了民间口头文学传统的元素，有的时候非常幽默。以板话为武器对抗地主的李有才，与旧时的讲书传统产生了联系。在长篇小说《李家庄的变迁》（1946年）[3]中，赵树理描写了一个农民在1928年至1945年间的经历，这个农民饱受代表旧社会的各种反派人物的折磨，直到他遇见了一个中国共产党的年轻知识分子，才重新对未来燃起了希望。这部长篇小说描述了当时中国

---

[1] 译文，见*Chinese Literature*（《中国文学》），1953年，第2期，第38—109页；转印版见W. J. Meserve、R. I. Meserve主编的*Modern Drama from Communist China*（《共产主义中国的现代戏剧》），纽约，1970年，第105—180页；也见Hsien-yi Yang（杨宪益）、Gladys Yang（戴乃迭）的*Ho Chingchih and Ting Yi, The White-haired Girl. An Opera in Five Acts*（《白毛女》），北京，1954年。关于秧歌戏，见B. Eberstein的全面的描述：*Das chinesische Theater im 20. Jahrhundert*（《二十世纪中国戏剧》），威斯巴登，1983年，第173页及以下，以及J. Prušek（普实克）的*Die Literatur des befreiten China und ihre Volkstraditionen*（《解放后中国的文学及其民间传统》），布拉格，1955年，主要见第359页及以下。

[2] 译文见S. Shapiro（沙博理）译的*Chao Shu-li, Rhymes of Li Yutsai and Other Stories*（北京，1950年）；J. Kalmer译的*Dschao Schu-li. Die Lieder des Li Yü-ts'ai*（柏林，1950年）；S. S. H. Mac-Donald的*Chao Shu-li, The Tale of Li Youcai's Rhymes*（剑桥，1970年）。

[3] 译文，见Gladys Yang（戴乃迭）的*Chao Shu-li, The Changes in Li Village*（北京，1953年）。

农村的政治结构和权力关系，作品以日本战败为结束，并号召人们全力投入打倒国民党反动势力的斗争中。

延安的政策被宣布为正式路线之后，大部分的作家在最初几年中或保持沉默，或表现得非常谨慎，这种表现在当时的战争背景下也是很好解释的。那些承继英雄文学传统的中短篇及长篇小说倒是繁荣一时，其中一部分作品使用了比较早的素材，例如《水浒传》，或者模仿这类小说的结构。这些作品中就包括以诗歌出名的冯至的小说《伍子胥》（1946年），或是丰村（原名冯叶莘，1917—1989）的小说《大地的城》。在《伍子胥》中，冯至用诗意的语言描写了生活在一个丑恶世界里的种种困苦，并得出结论：好的政治应该能将各种关系进行整理，使"善"占上风，而人们不必再受苦。[1]丰村在作品中描述的是20世纪20年代初一个秘密组织、几队农民军和军阀之间的斗争。

直到1945年之后，较早的作家中才有几位又有作品问世，这些作家在他们作品里试着满足延安的要求。在创作方面，他们多以苏联的社会主义现实主义为范本，例如周立波（1908—1979）和他的小说《暴风骤雨》。这部作品发表于1948年，讲述的是农村土地改革和东北一个村庄里发生的故事。[2]丁玲的《太阳照在桑干河上》讲述的同样是土地改革，此外还有作家欧阳山以及上文中提到过的赵树理和他的《李家庄的变迁》。这一时期还有几部描述工人生活的小说，此外，还有一些类似钱锺书《围城》（1947年）的、不是很能体现共产主义的作品。《围城》被一些评论者认为受到了英国文学的影响，从特征上看"很不中国"。巴金的《寒夜》（1947年）和师陀的《结婚》（1947年）讲的都是中产阶级面临的问题，此类的作品还有以诗歌出名

---

[1] 见Chun-jo Liu（刘君若）的The Heroes and Heroines of Modern Chinese Fiction. From Ah Q to Wu Tzu-hsu（《中国现代小说中的英雄人物：从阿Q到伍子胥》），载JAS（《亚洲研究杂志》）16.2（1957年），第201—211页。
[2] 英译本，见Meng-hsiung Hsü译的Chou Li-po, The Hurricane（北京，1955年）；德译本见Der Orkan（柏林，1953年）。

的李广田1940年在昆明动笔创作的小说《引力》（1946年），作品讲述了一个女教师的故事。

随着中国共产党掌控了全国的局势，以及中华人民共和国于1949年10月1日的成立，由中央统一领导的文化政策也具备了机构化的条件。[1]在文学作品的发表和传播方面起到至关重要作用的是管理出版发行的委员会。[2]除去旧的大众媒体，新大众媒体的重要性也越来越凸现出来，例如连环画、杂志、广播、电影和几年之后出现的电视。1958年9月2日，第一个国家电视台正式开播。[3]

与农村土地改革不同，与军队和战争经历相关的题材很快就不再占据核心位置，但与这类题材相关的作品数量还是很多的，这也是因为有很大一部分人对英雄小说的热情始终不减，只不过五四时期的文学作品中多为富有抗争性的英雄，而新文学中则主要是工作中或党内的英雄。[4]

---

[1]　对于延安时期到20世纪70年代末中国文学的概述及文本分析，见Kai-yu Hsu（许芥昱）主编的*Literature of the People's Republic of China*（《中华人民共和国的文学》），布卢明顿，印第安纳州，1980年；也见R. Keen的Moderne chinesische Literatur in deutschen Übersetzungen. Eine Bibliographie（《现代中国文学德译目录》），载B. Gransow（柯兰君）、M. Leutner（罗梅君）主编的*China. Nähe und Ferne*（《中国：远与近》），法兰克福，1989年，第347—358页；也见W. Kubin（顾彬）的Die Literatur der Volksrepublik China und Taiwan（《中国大陆和台湾的文学》），载*Kritisches Lexikon der fremdsprachigen Gegenwartsliteratur*，第21页。
[2]　见H. J. Hendrischke的*Populäre Lesestoffe. Propaganda und Agitation in Buchwesen der Volksrepublik China*（《大众读物：中华人民共和国图书行业内的宣传》），波鸿，1988年；也见R. Nunn的*Publishing in Mainland China*（《中国大陆的出版业》），剑桥，马萨诸塞州，1966年。
[3]　关于大众传媒，见Godwin C. Chu（朱偐）主编的*Popular Media in China. Shaping New Cultural Patterns*（《中国的大众媒体：新的文化模式》），火奴鲁鲁，夏威夷，1978年；Godwin C. Chu、Francis L. K. Hsu（许烺光）主编的*Moving a Mountain. Cultural Change in China*（《移山：中国的文化转型》），火奴鲁鲁，夏威夷，1979年。
[4]　见Joe C. Huang的概述：*Heroes and Villain in Communist China. The Contemporary Chinese Novel as a Reflflection of Life*（《共产主义中国的英雄和反派：反映现实生活的小说》），伦敦，1973年。

　　最早描述工人生活的小说就包括发表于1948年的《原动力》，小说的素材来自作者草明（1913—2002）在东北工厂的经历，当时她受中国共产党的委派，在工厂里领导工会。[1]作品讲述了一群勤奋努力的工人如何使被日本以及国民党军队部分破坏的发电厂重新运转起来的故事。在经验丰富的工人老孙头的带领下，工人们组装起已结了冰的机器，修好了发电厂的设备；但这时，发电厂里来了一个新厂长，人们之间产生了意见分歧和误解。小说情节随着机器开始运行时突发的火灾而达到高潮。依靠工人们的努力，发电厂的设备重新被修好，在这个过程中，老孙头和厂长也谅解了对方，发电厂可以非常顺利地运转了。在这部带有明显教育含义的作品中，机器和设备被放置在周边的自然环境中，以展示它们的魅力，这一点体现了工业化时期的审美取向。

　　四川作家艾芜在1958年发表的长篇小说《百炼成钢》中同样描写的是工业生产的美。艾芜早期以短篇小说著称，但也创作了一些长篇小说，艾芜的作品主要描写的是农村生活。[2]不同于草明的诗意和绘声绘色，艾芜的语言风格理性、简洁，他对炼钢厂的制造流程进行了非常精确的描写。艾芜呈现的是劳动世界的真实图景，包括生产过程、主人公的思想和情感，以及主人公的内心冲突和对这种冲突的克服。这部小说的核心是英雄模范人物秦德贵，这是一个在革命和艰苦的生产中坚强起来的年轻人。在一次炼钢厂发生火灾的时候，他冒着生命危险，主动要求去关煤气管。虽然他被故意要引发煤气爆炸的破坏分子打昏，但最后还是完成了自己的任务。从1942年到1966年，周扬负责对毛泽东文艺思想的官方解读，而秦德贵这个代表社会主义的英雄人物形象得到了周扬的特别赞扬。[3]

　　以小说创作见长的杜鹏程（1921—1991）1958年发表小说《在和平的日

---

[1]　英译本见*Primum Mobile*（北京，1951年）；关于这个话题，见E. Müller的Zur Darstellung des Industriearbeiters in der Epik der Volksrepublik China（《中华人民共和国史诗式著作中的工人形象》），柏林洪堡大学，教授论文，1978年。

[2]　艾芜的《百炼成钢》（北京，1978年）。

[3]　见周扬的《我国社会主义文学艺术的道路》（北京，1960年），第14页。

子里》，这部作品同样描述的是工业生产中的英雄人物。[1]杜鹏程曾在抗日战争和解放战争期间做过记者，1954年开始文学创作。《在和平的日子里》讲述了发生在偏远山区一个铁路建设工地上的困难和突发事件，这些问题最终依靠一些勇敢者的忘我奉献而得以解决。

在农业占有很大比重的中国社会里，中国共产党首先要解决的是农业改革，特别是集体化的问题。所以我们也就能够理解，为什么会有大量文学作品描写农村生活以及集体化推行过程中的问题。在这样的作品中，总是由一个思想开放、多半比较年轻的主人公去说服落后的农民和犹豫不决的干部，同时发现破坏分子。中国共产党鼓励这种关于土地改革的作品，这类作品自成一体，并借用一个已有的概念，被称为"报告文学"。[2]例如丁玲在1946年就曾被安排到解放区的一个土改队中，并用她在那里的所见所闻进行文学创作，最后产生的作品就是《太阳照在桑干河上》，该书讲述的是土地改革在一个村庄中引起的社会和文化方面的变化。

经过最初的没收和再分配之后，土改运动以建立农业合作社的形式继续。赵树理的《三里湾》（1955年）[3]就描写了这些措施。这部作品中没有赵树理早期作品里随处可见的幽默，也很少用口头表达。小说讲述了一群思想进步的农民建立合作社的努力，在这里，构成障碍的已经不是地主，而是所谓的落后分子，特别是那些只想着个人私利的农民。慢慢地，这些人被说服，同意参加合作社。穿插在这个情节发展之中的还有爱情和婚姻的故事。

---

[1]　英译本有*Tu P'eng-ch'eng, In Days of Peace*（北京，1962年）。

[2]　报告文学的前身始自1930年前后，因此，在《中国新文学大系（1927—1937年）》（北京，1984年）中有专门的一卷收录这种体裁的作品。

[3]　Gladys Yang（戴乃迭）译的*Chao Shu-li, Sanliwan Village*（北京，1957年）；参见J. Beyer的Party Novel, Risqué Film. Zhao Shuliis Sanliwan and the Scenario Lovers Happy Ever After，载W. Kubin（顾彬）、R. G. Wagner主编的*Essays in Modern Chinese Literature and Literary Criticism*（《中国现代文学中的散文及其文学批评》），波鸿，1982年，第90页及以下。

例如在合作社里担任会计的年轻美丽的女主人公，她离开了最初的结婚对象，虽然那个人跟她有同样的文化程度，但是在女主人公眼里，这是个思想有问题的人，特别是他对自己父母的顺从。女主人公喜欢另外一个虽然受教育程度比自己低，但思想立场更为可靠的青年，后来嫁给了这个青年。

将对方的思想立场作为依据，以此来评判爱情的观点随处可见，追逐个人利益或是努力让自己的家庭过好日子的行为则会遭到贬斥。柳青的《创业史》（1960年）就是这样一个例子。[1]小说讲述的是20世纪50年代的土地改革，主人公是一个贫穷的农民、共产党员，虽然遭到当地一个富裕农民的反对，且主人公的父亲也认为儿子应该首先考虑如何让自己家富起来，但主人公还是成功地搞起了互助合作组。最后，父亲也意识到儿子跟自己一样，也有着对好日子的追求，只不过儿子选择了一条更踏实的路来实现这个目标。

农村实现集体化的各种措施是作家浩然（1932—2008）诸多作品的表现对象。在"文革"之前，浩然就创作了百余篇中短篇小说；"文革"期间，他又创作了若干部长篇小说，其中包括三卷的《艳阳天》（1964年至1966年间）和两卷的《金光大道》（1972—1974）。[2]浩然出生在河北一个贫苦的农民家庭，30岁时成为党刊《红旗》杂志的编辑。《金光大道》这部小说的标题指的是社会主义合作的发展。小说的主人公高大泉是一名共产党员，他积极向上，帮助的都是最贫困的农民。在小说的第34章，高大泉和同样身为党员的村长张金发之间发生了矛盾，起因是张金发不但没有帮助有困难的邻

---

[1]　S. Shapiro（沙博理）译的 *The Builders*（北京，1964年）。

[2]　C. Hinton、C. Gilmartin（柯临清）的 *Haoran, The Golden Road. A Story of One Village in the Uncertain Days after Land Reform*（北京，1981年）；也见Kam-ming Wong（黄金铭）的 A Study of Hao Ranns Two Novels. Art and Politics in Bright Sunny Skies and The Road of Golden Light（《〈艳阳天〉与〈金光大道〉中的艺术和政治》），载W. Kubin（顾彬）、R. G. Wagner主编的 *Essays in Modern Chinese Literature and Literary Criticism*（《中国现代文学中的散文及其文学批评》），波鸿，1982年，第117及以下。浩然8篇小说的翻译以 *Bright Clouds* 为标题出版（北京，1974年）。浩然儿童小说的译文，见 *Hao Jan, The Call of the Fledgeling. And Other Childrenns Stories*（北京，1974年）。

居，反倒利用邻居的困境为自己谋取利益。在对正面人物的塑造上，浩然不同于之前的作家。按照官方的观点，《金光大道》应该被用来取代"文革"期间遭到贬斥的赵树理早先那部描写农村集体化的《三里湾》。

成为文学创作描述对象的不仅有社会主义的建设，很多作家也试图通过解放战争或20世纪二三十年代共产党与国民党进行斗争的题材来寻求建立新的自我意识。这方面非常具有代表性的是杨沫（原名杨成业，1914—1995）的《青春之歌》[1]，这部小说讲述的是一个年轻女大学生如何在1931年到1935年的这段时间中成长为共产党员的，小说无疑带有自传性质。

王蒙（1934年生）1956年便因《组织部新来的青年人》这篇小说而成名。[2]1957年，他被划为"右派"下放劳动，直到1979年被改正错误。从那之后，他发表了多部小说作品。[3]在这些作品中，他或用讽刺，不过更多地还是用幽默的手法，通过滑稽对话对现实进行批判。[4]1986年，他出任文化部部长，直到1989年夏季卸任。

---

[1] 这部小说的一种英译本，题为 *The Song of Youth*（北京，1964年，1966年第二版，1978年第三版）；关于这部小说也，见R. G. Wagner的注解，载J. Hermand主编的 *Neues Handbuch der Literaturwissenschaft. Literatur nach 1945 I*（《新文学手册：1945年之后的文学》第一册），威斯巴登，1980年，第389页及以下。

[2] 译文，见G. Will，载W. Kubin（顾彬）主编的 *Hundert Blumen Moderne chinesische Erzählungen, Bd. 2*（《百花争鸣：现代中国小说》第2卷），法兰克福，1980年，第83—149页。

[3] 《王蒙小说选》（北京，1983年）；*Wang Meng: Das Auge der Nacht. Erzählungen*（《王蒙小说集〈夜的眼〉》），苏黎世，1987年；F. Gruner主编的 *Wang Meng, Ein Schmetterlingstraum. Erzählungen*（《王蒙小说集〈蝴蝶〉》），柏林，1988年；I. Cornelssen、Sun Junhua主编的 *Wang Meng. Lauter Fürsprecher und andere Geschichten*（《王蒙小说集〈说客盈门〉》），波鸿，1989年。

[4] 对这位作家的评价，见F. Gruner的Wang Meng-ein hervorragender Vertreter der erzählenden Prosa in der chinesischen Gegenwartsliteratur（《王蒙：中国当代文学中小说家的杰出代表》），载 *Zeitschrift für Literaturwissenschaft, Ästhetik und Kulturtheorie*（《文学、美学和文化学杂志》）第34卷（1988年）第6期，第925—938页；也见Leo Ou-fan Lee（李欧梵）的Erzähltechnik und Dissens. Zu Wang Meng neueren Erzählungen，载W. Kubin（顾彬）主编的Die Literatur der Volksrepublik China und Taiwan（《中国大陆和台湾的文学》），第412—429页。

政治戏剧

中华人民共和国的文化官员非常善于利用传统戏剧的形式为自己服务。[1]毛泽东在1942年延安文艺座谈会上提出的目标之一就是"旧瓶装新酒"。他提出："对于中国和外国过去时代所遗留下来的丰富的文学艺术遗产和优良的文学艺术传统，我们是要继承的，但是目的仍然是为了人民大众。对于过去时代的文艺形式，我们也并不拒绝利用，但这些旧形式到了我们手里，给了改造，加进了新内容，也就变成革命的为人民服务的东西了。"[2]

左翼作家在抗日战争期间创作了大量用以培养大众思想意识的剧本，并在城市或流动于乡间的舞台上上演。这些作家很快就发现，采用歌唱剧传统的戏剧远比话剧更能够满足大众的娱乐需求。

"秧歌剧"的成功使得京剧也重获生命力。1943年，延安上演了一部改编自毛泽东最喜爱小说《水浒传》的京剧《逼上梁山》，这部作品就代表了这股流行趋势。但是，对京剧传统的承继存在一个问题，即这种传统中有一些被认为是"封建"元素的东西。正因如此，所以在20世纪60年代，京剧就被革命戏剧所取代。[3]

对歌剧进行改造的一个例子是《白毛女》。这部作品采用的是旧题材，在1966年"文革"开始时，该剧属于占据了戏剧舞台的八部"革命样板

[1] 见B. Eberstein的全面的描述：*Das chinesische Theater im 20. Jahrhundert*（《二十世纪中国戏剧》），威斯巴登，1983年，第231—343页；也见B. S. McDougall主编的*Popular Chinese Liteature and The Performing Arts in the People's Republic of China. 1949–1979*（《中华人民共和国的民间文学与艺术（1949—1979年）》），伯克利，加利福尼亚州，1984年。
[2] 毛泽东的《在延安文艺座谈会上的讲话》，载《毛泽东选集》第3卷（北京，1969年），第84页。
[3] 也见C. Mackerras（马克林）的Opera and the Campaign to Criticize Lin Piao and Confucius（《戏曲与"批林批孔"运动》），载*Papers on Far Eastern History*（《远东历史论文集》）第11期（1975年）。

戏"之一。这部戏剧与其他一些舞剧一样，采用了从欧洲传入中国的芭蕾舞形式，并结合了传统的杂技和舞蹈元素。采用舞剧形式的还有《红色娘子军》。其他几部"革命样板戏"分别是京剧《智取威虎山》《红灯记》[1]《奇袭白虎团》[2]《海港》[3]，以及"交响音乐"《沙家浜》[4]。

　　除那些传统的形式外，20世纪40年代起，电影开始在城市中占据越来越重要的地位。[5]其中很重要的一个原因在于，一些著名作家开始进入这个领域，为电影撰写剧本，例如张爱玲、田汉、欧阳予倩、曹禺等。而一些文学作品则是通过改编成电影，才扩大了影响力。

　　在新中国，对话剧发展起到至关重要作用的是成立于1952年的北京人民艺术剧院。不过，在此之前已经有一些话剧团作为基础。在院长、著名戏剧家曹禺的带领下，剧院主要上演的是郭沫若、老舍和田汉的作品。从1952年到"文革"结束的1976年，剧院共上演130部戏剧，其中绝大部分（103部）是在1949年之后创作的。这些作品一部分是被委托创作的，一部分则是由集体创作的。多数剧作都是现代革命剧，舞台上展现的是从五四时期开始的英雄人物。其中尤以独幕剧为多，这是集体创作剧本时最喜欢使用的形式，而且经常是在同一个晚上上演多部这样的独幕剧。1953年，老舍的《春华秋

---

[1] 译文，见*The Red Lantern. A Peking Opera. Adapted from a Shanghai Opera by the Literary Section of the China Peking Opera Theatre*（北京，1966年）；*Geschichte einer roten Signallaterne*（北京，1972年）；也见*Chinese Literature*（《中国文学》），1970年第8期，第8—53页。

[2] 译文，见*Taking Tiger Mountain by Strategy*（北京，1971年）。

[3] 译文，见*On The Docks. A Modern Revolutionary Peking Opera*（北京，1973年）。

[4] 译文，见*Schadjabang. Revolutionäre Moderne Peking-Oper*（北京，1972年）；*Shachia-pang. Model Peking Opera on Contemporary Revolutionary Theme*（科伦坡，1967年）。

[5] 参见J. Leyda的*Dianying-Electric Shadows. An Account of Films and the Film Audience in China*（《中国电影与电影观众》），剑桥，马萨诸塞州，1972年；J. Lösel的*Die politische Funktion des Spielfifilms in der Volksrepublik China zwischen 1949 und 1965*（《电影在中华人民共和国的政治功能（1949—1965年）》），慕尼黑，1980年。关于早期中国电影发展的概述，见程季华等所著的《中国电影发展史》（2卷本），北京，1963年。

实》和《龙须沟》上演，作者希望用这两部剧声援"五反运动"，即"反行贿、反偷税漏税、反盗骗国家财产、反偷工减料、反盗窃经济情报"。

与叙述类作品一样，话剧的主要题材也受到了政治及公共话题的影响。

旧有的剧本在改编过程中经常会有非常大的改动，例如曹禺创作于1934年的《雷雨》在重新搬上舞台的时候，带有宿命论特征的基本情节就被代之以更加明确的革命性。老舍小说《骆驼祥子》被改编后，也与原作有了非常大的区别。人力车夫祥子在结尾处不再是万念俱灰，一个以前的同行当上了工人，他给祥子指出了未来的方向。历史题材也经常出现，不过总或多或少地对社会现实或刚发生过的事进行评论。所有话剧中最为出名的莫过于老舍的《茶馆》，这也是中国话剧的一部杰作。

为了能够让年轻人清楚地认识到旧社会的丑陋一面（腐败、压迫、剥削和饥饿），老舍在1957年创作了《茶馆》这部三幕话剧，1958年3月在北京人民艺术剧院首演。[1]三幕的地点都是在同一个地方：北京的一个茶馆里。第一幕是在1898年"百日维新"失败之后，第二幕的时间是1916年袁世凯死后，第三幕则是在1945年日本投降之后。

舞台剧对于民众，特别是城市居民的政治教育作用最为显著的例子，是1965年底遭到批判的《海瑞罢官》。这部剧是历史学家、北京市副市长吴晗（1909—1969）的作品[2]，这部历史剧被认为是用海瑞影射1959年被免职的国防部部长彭德怀，这种解读中被强加进了别样的含义。

从1966年到1976年，话剧在这段时间内基本没有什么作为，戏剧舞台被包括五部京剧、两部芭蕾舞剧和一部交响音乐的八个革命样板戏占据。直到

---

[1] 德译本，见U. Kräuter、Huo Yong主编的*Lao She. Das Teehaus. Mit Aufführungsfotos und Materialien*（法兰克福，1980年）。

[2] 见C. C. Huang的*Wu Han, Hai Jui Dismissed from Office*（火奴鲁鲁，夏威夷，1972年）；C. Ansley的*The Heresy of Wu Han. His Play "Hai Jui's Dismissal" and Its Role in China's Cultural Revolution*（《吴晗的〈海瑞罢官〉及其在文化大革命中的作用》），多伦多，1971年。

1973年，对话剧的禁令才开始有所松动。不过一直到1977年，话剧才重新焕发了生命力，并且在短时间内就涌现出大量的新作品。从1977年到1987年，北京人民艺术剧院的57部话剧中，有48部都是新创作的，9部是以前剧院的保留剧目。在这48部新作品中，23部是现实题材，另有3部历史剧，3部讲述1949年前的革命史，11部是外国作品。

　　1977年后，戏剧的发展中呈现出多个新的潮流。[1]最早的一些作品讲述了"文革"时期的故事以及人们对这段被视为压迫时期的愤怒。"文革"后的早期话剧作品中有一部分是由业余作家创作的，其中，1978年的两部话剧《于无声处》[2]和《丹心谱》引起了特别的关注。在之后的几年中，包括工业、农业、国防和科学技术现代化在内的"四化"成为诸多作品表现的对象。此外还有很多历史题材的作品，既有表现革命史的，也有取材于更早历史的。20世纪30年代便已成名的曹禺1978年的剧作《王昭君》大获成功，他在这部作品中塑造了一个思想解放、自信，为了国家政治需要而牺牲自己爱情的有担当的年轻女性形象。另外，一些老一代的作家也创作了新的戏剧作品，例如陈白尘（1908—1994）的《大风歌》（1979年），在这部剧中，作者讲述了汉朝建立者刘邦死后的各种权力斗争。北京人艺的重要作品有1986年秋天推出的《狗儿爷涅槃》，作者是生于1938年、从1982年开始为北京人艺创作剧本的刘锦云。

---

[1]　I. Fessen-Henjes（尹虹）的Es kommt darauf an, sich auf den Weg zu machen. Die dramatische Literatur und das moderne Sprechtheater in der Volksrepublik China seit 1977/1978（《中国1977、1978年之后的戏剧文学及现代话剧》），载Weimarer Beiträge. Zeitschrift für Literaturwissenschaft, Ästhetik und Kulturtheorie（《文学、美学和文化学杂志》）第34卷（1988年）第6期，第904—924页。

[2]　M. Krott的Politisches Theater im Pekinger Frühling 1978. "Aus der Stille" von Zong Fuxian（《1978年北京春天时期的政治话剧：宗福先的〈于无声处〉》），波鸿，1980年。

"文革"后的文学创作

粉碎"四人帮"后，文化领域的自由空气激发了文学创作的灵感，无论诗歌还是小说，都有大量的新作品出现，特别是中短篇小说。[1]这是"新时代的文学"，但这种自由化也面临着威胁，因为它不断会被各种运动终止，例如从1983年开始的"反精神污染"运动。[2]这个时期整体上的特点就是对新艺术表达形式的不断追求，外国文学和艺术也越来越受到重视，并在这个过程中起到了促进的作用。20世纪20年代和30年代早期，五四运动曾激发了人们对欧洲古典时期及浪漫主义时期作品的关注，文坛一度繁荣。在20世纪80年代，20世纪外国文学的各种潮流又受到重视，这时的文坛再度繁荣。但是这一次，文学必须为大众服务。

这次新的繁荣在20世纪80年代末期暂时告一段落。王蒙曾在作协第四次会员代表大会上激动地说这是"中国文学的黄金时代"[3]，到此时，这个时代也宣告结束了。不过，知识分子和文学家在此前就已经一再被批评脱离群众和现实。

---

[1] 此处只能对中国当代文学作一个暂时的概述。在80年代，定期出版的杂志和期刊大约有500种。仅1985年发表在这些期刊杂志上的就有短篇小说大约10 000篇，中篇小说1500篇，长篇小说200余部，诗歌约50 000首。Eva Müller所作的概述Chinesische Erzählprosa 1977-1987（《中国小说（1977—1987年）》），载*Weimarer Beiträge. Zeitschrift für Literaturwissenschaft, Ästhetik und Kulturheorie*（《文学、美学和文化学杂志》）第34卷（1988年）第6期，第885—903页；一些论文也散见于不同杂志的特刊，例如*Akzente*第32卷第2期，（1985年4月）；*die horen*第34卷（1989年）第3和第4期。对作品收录比较全的，为《中国新文学大系（1976—1982年）》（20卷，北京，1986年）。——对中国80年代文学的评论，见I. Bucher的*Chinesische Gegenwartsliteratur. Eine Perspektive gesellschaftichen Wandels der achtziger Jahre*（《中国当代文学：80年代社会变革的一个视角》），波鸿，1986年；对于"文革"刚结束时期的描述，见Th. Harnisch的*Chinaas neue Literatur. Schriftsteller und ihre Kurzgeschichten in den Jahren 1978 und 1979*（《中国的新文学：1978年和1979年的作家及其短篇小说》），波鸿，1985年。

[2] 见B. Staiger的Kampf gegen die "geistige Verschmutzung"（反"精神污染"运动），载*China aktuell*，1984年第2期，第76—85页。

[3] 《文艺报》1985第2期第8版及以下。

　　"文革"的结束，粉碎"四人帮"，以及与邓小平的名字联系在一起的"四个现代化"建设方案等所产生的影响，在"伤痕文学"中体现得最为明显。伤痕文学最著名的小说有刘心武（1942年生）1977年发表的《班主任》和卢新华（1954年生）1978年发表的《伤痕》[1]，"伤痕文学"也因后一篇作品而得名。这两部作品与其他一些作品一起被收录在1978年的文学作品集《醒来吧，弟弟》中。刘心武的《班主任》探讨的是"文革"后"失落的一代"重新融入的问题。班主任张老师希望让一个拘留后被释放的犯罪少年进入自己的班级，小说讲述了张老师如何说服立场坚定，但思想保守、心胸狭隘的班级团支书，整部作品都体现了"挽救被'四人帮'毒害的青少年"的口号。这种"暴露文学"的文学价值与其"暴露"程度是不相符的。但《班主任》这部作品从1285部作品中脱颖而出，被评为1978年最佳短篇小说。

　　刘心武在小说中探讨的是克服"文革"所造成的后果之困难，而卢新华的《伤痕》讲述的则是组织机构的问题以及"文革"对人造成的直接的心灵伤害。一个年轻女子去探望自己获得平反的母亲。在"文革"中，女子因为母亲被打成反革命而深受伤害，进而与母亲决裂。去探望母亲的路上，她回顾了过去的几年。等她到达的时候，母亲已经因心脏疾病去世。年轻女子感到自己荒废了青春岁月，被现在已经不复存在的理想欺骗，她当着在母亲灵床前遇见的曾经的男友发誓说，永远不会忘记"四人帮"给她留下的伤痕。

　　"伤痕文学"之后的"反思文学"开始脱离政治话题和说教，转而关注现实生活，并尝试解释发生"文化大革命"的原因。这类作品中包括莫应丰（1938—1989）的《将军吟》（1980年）以及古华（1942年生）的《芙蓉镇》（1981年）。对"文革"时期的描写虽然在20世纪80年代中期仍在继

[1]　译文见G. Barmé（白杰明）、Bennett Lee译的 *The Wounded. New Stories of the Cultural Revolution 77-78*（香港，1979年）；J. Noth（尤莉）主编的 *Der Jadefelsen. Chinesische Kurzgeschichten 1977-1979*（《中国短篇小说集（1977—1979年）》），法兰克福，1981年。

续，但一些作家已经开始使用新的表达方式，例如《北京人》用了收集口述实录的方法。在实现"四化"的过程中，开始对外开放和对内搞活，一些此前还被视为禁忌的题材开始出现，例如爱情和性。一些作家在回顾了过去之后，现在似乎开始更专注于现实题材。

但在1981年时，一些作品受到了非常尖锐的批评，例如作家白桦（1930—2019）的电影剧本《苦恋》。延安精神不断被人提及，用以反对毛泽东在1942年就曾经提到过的"暴露文学"：

> 许多小资产阶级作家并没有找到过光明，他们的作品就只是暴露黑暗，被称为"暴露文学"，还有简直是专门宣传悲观厌世的。相反地，苏联在社会主义建设时期的文学就是以写光明为主。他们也写工作中的缺点，也写反面的人物，但是这种描写只能成为整个光明的陪衬，并不是所谓"一半对一半"。[1]

新的文学有一个特点，那就是特定题材和文学潮流吸引到的是不同年龄段的群体，这一点并不奇怪，因为中国波澜起伏的政治生活也用非常特殊的方式在影响着人们。1987年底，中国作协的3012名成员中有大约80%的人年龄是在55岁以下的，不过这些人并不全都是作家。这些作家中有一部分非常年轻，他们是"文革"后才进入公众的视野的，其中不少人属于所谓的"中生代"，他们1956年初在社会主义建设初期"百花齐放，百家争鸣"的政治口号下开始写作，为的是"了解生活"或"深入生活"。[2]这些人中就包括王蒙、邓友梅（1931年生）和宗璞（1928年生）。宗璞在1957年被作为"右派分子"遭到了迫害，或者至少是被迫沉默，她后来的作品中表现出了一

---

[1] 《毛泽东选集》（北京，1967年），第828页。
[2] 见Hualing Nieh（聂华苓）主编的作品集 *Literature of the Hundred Flowers*（《百花文学》2卷），纽约，1981年。

些别致的文学性。[1]这个年龄段的其他作家，例如张洁，还有以小说《男人的一半是女人》成名的张贤亮（1936—2014）[2]都是从1976年之后才开始写作的。

在"新时代文学"中涌现出了一批很有天赋的女作家，例如张洁（1937年生）[3]、谌容（1936年生）、张抗抗（1950年生）[4]、张辛欣（1953年生）、铁凝（1957年生）、王安忆（1954年生）[5]和戴厚英（1938—1996）。张洁在大学阶段学习经济，毕业后曾在第一机械工业部工作。1978年，她凭借小说《从森林里来的孩子》首次引起关注。在小说《方舟》（1983年）和《沉重的翅膀》（1981年）[6]德文版获得成功之后，德国又出版了一卷她的讽刺作品集[7]，主要为中短篇小说。在这些作品中，她讽刺了官僚主义的荒唐与效率低下。

谌容从20世纪60年代中期开始创作戏剧作品，后来又创作了长篇小说

---

[1] 关于苏联对于50年代后期中国文学的影响，见D. W. Fokkema（佛克马）的 *Literary Doctrine in China and Soviet inflfluence 1956–1960*（《1956—1960年中国的文学理论及苏联的影响》），海牙，1965年。

[2] 张贤亮小说的译本，见 *Mimosa and Other Stories*（北京，1985年）；张贤亮自传体小说的英译本，见Martha Avery（艾梅霞）的 *Zhang Xianliang, Half of Man is Woman*（纽约，1988年）；德译本，见P. Retzlaff的 *Zhang Xian-liang. Die Hälfte des Mannes ist die Frau. Roman*（法兰克福，1989年）。

[3] 关于张洁，见W. Kubin（顾彬），载《现代外国文学评论辞典》。

[4] C. Magiera译的 *Zhang Kangkang, Zhang Jie, Das Recht auf Liebe. Drei chinesische Erzählungen zu einem wiederentdeckten Thema*（《爱的权利：中国小说三科》），慕尼黑，1982年。

[5] 王安忆作品的译本，见 *Wege, Erzählungen*（波恩，1985年）；*Lapse of Time*（北京，1988年）；*Kleine Lieben*（慕尼黑，1988年）。《本次列车终点》的译文，载I. Fessen Henjes（尹虹）等主编的 *Erkundungen. 16 Chinesische Erzähler*（《探索：十六位中国小说家》），柏林，1984年，第185—218页。

[6] 张洁作品的德译本，有：Nelly Ma译的 *Zhang Jie, Fangzhou. Die Arche*（慕尼黑，1985年）；M. Kahn-Ackerman的 *Zhang Jie, Schwere Flügel. Roman*（慕尼黑，1985年）。

[7] M. Kahn-Ackermann译的 *Zhang Jie, Solange nichts passiert, geschieht auch nichts. Satiren*（慕尼黑，1987年）。

以及大量中短篇小说。她的中篇小说《人到中年》（1980年）[1]被改编成电影，作品讲述了一个无私奉献的女医生如何在工作和家庭的双重重压下垮掉。1938年出生的女作家戴厚英凭借1980年发表的小说《人啊，人！》成名，这部小说可以被看作作者对自己"文革"经历的回顾。[2]后来，戴厚英和她的小说《人啊，人！》成为攻击的对象，因为她的人道主义思想和写作的方式，她被说成是"现代主义"一派的作家。

张辛欣属于新一代的女作家，她的小说《我们这个年纪的梦》（1982年）[3]描述了一个夹在理想和现实之间的年轻女性的情感世界。年轻女人在婚姻中争取平等和爱情，同时追求事业上的发展，但都徒劳无果，作品描述了这一过程中年轻女人和她丈夫的情感变化，类似的题材张辛欣在《在同一地平线上》（1981年）[4]中就曾经写过。这位女作家引起人们特别的关注是凭借她与桑晔合作完成的口述实录作品《北京人》（1985年）。[5]

在"文革"结束后的改革时期，有很多作家创作了描写改革反对者及改革支持者的中短篇小说，例如蒋子龙（1941年生）发表于1979年的短篇小说《乔厂长上任记》，讲述的就是工业领域进行必要改革时领导干部之间的意见分歧。不过很快地，一些描写更为细腻委婉的作品出现了，在这些作品中，占据中心地位的是现实生活中的个人的命运。

---

[1] 译文，载I. Fessen-Henjes（尹虹）等主编的*Erkundungen. 16 Chinesische Erzähler*（《探索：十六位中国小说家》），柏林，1984年。

[2] 德译本，见M. Bessert、R. Stephan-Bahle译的*Dai Houying. Die Große Mauer*（慕尼黑，1987年）；也见C. S. Pruyn（普因）的*Humanism in Modern Chinese Literature. The Case of Dai Houying*（《中国现代文学中的人文精神：戴厚英研究》），波鸿，1988年。

[3] 德译本，见Gaokoei Lang-Tan的*Zhang Xinxin, Traum unserer Generation. Erzählung*（波恩，1986年）。

[4] 德译本，见M. -L. Beppler-Lie（李玛丽）的*Zhang Xinxin, Am gleichen Horizont. Erzählung*（波恩，1986年）。

[5] 译文选编，载H. Martin主编的*Zhang Xinxin, Sang Ye, Peking Menschen (Beiing ren)*（科隆，1986年）；E. Müller主编的*Zhang Xinxin, Sang Ye, Eine Welt voller Farbene*（柏林，1987年）；*Zhang Xinxin, Sang Ye. Chinese Profiles*（北京，1986年）。

"乡土文学"要创作更贴近农民生活的作品，使其更易为农民所接受。这些作品以作者在地方的经历或对家乡的回忆为题材，采用流行的表达形式，或是用一些特别的方言表达。例如高晓声（1928—1999）作品中反复出现的文学形象陈奂生，在《陈奂生上城》[1]中，他讲述了经济改革及其对农村生活的影响。利用这类题材写作的作家，因此与20世纪二三十年代带有社会批判性质的乡土小说传统产生了联系。乡土小说由著名的作家鲁迅、沈从文开创，与农民革命运动有密切联系的作家赵树理和孙犁（1913—2002）将其继承发扬。同样创作这类作品的还有作家刘绍棠（1936—1997），他在小说《蒲柳人家》（1980年）[2]中，从一个六岁少年的视角，讲述了抗日战争期间农民的生活和斗争。刘绍棠认为只有扎根在家乡，并且只有从本民族的文化中才能够产生真正的艺术，他的这种非常狭隘的观点体现在了他对乡土文学或"乡土小说"的要求里，而其他的乡土作家则反对他的这种观点，其中甚至包括他的老师孙犁。[3]乡土小说也形成了各地区的不同特点甚至流派，例如因小说《人生》（1982年）成名的路遥（1949—1992）就可以算作乡土小说中的"西部派"。20世纪80年代的乡土小说用多种多样的形式批评了农村文化，但同时也对这种文化表示了认可。

中华人民共和国成立之后，出现了很多为群众创作的宣传作品，不过，这些作品采用了旧有的形式，特别是"连环画"。[4]有一些作品在很长一段

---

[1] 译文，见I. Fessen-Henjes（尹虹）等主编的*Erkundungen. 16 Chinesische Erzähler*（《探索：十六位中国小说家》），柏林，1984年。

[2] 一种英译本，题为*Catkin Willow Flats*（北京，1984年）。

[3] 关于刘绍棠，见他的老师孙犁所作的Liu Shaotang and His Work（《刘绍棠及其作品》），载*Chinese Literature*（《中国文学》）1982年，第5期，第88—91页。

[4] 见G. Bebiolo主编的*Das Mädchen aus der Volkskommune. Chinesische Comics*（《公社里来的姑娘：中国连环画》），赖恩贝克，1972年；W. Bauer（鲍吾刚）的*Chinesische Comics. Gespenster, Mörder, Klassenfeinde*（《中国连环画：鬼怪、凶犯、阶级敌人》），杜塞尔多夫，1976年。

时间内只能是偷偷发表，例如张扬的《第二次握手》，这部作品在1968年到1976年间几乎传遍中国，并在1979年正式印刷出版。作品带有当时民间文学的典型特征，故事的主人公处处都很成功。在书中，爱情故事和间谍事件交织在了一起。张扬从1963年刚刚20岁时就开始发表作品，《第二次握手》已经是他的第七部作品。

"文革"后的文学创作一开始对文学性要求是相对较高的，之后就开始有大量的通俗文学涌向图书市场，这些通俗作品有意识地迎合了更广泛读者群体的审美旨趣和需求。此外，从20世纪80年代中期开始，很多中国人在对外开放浪潮中，对自身身份认同感到迷茫，对自身传统的兴趣反而提高，从五四以来不断被提及的问题又一次被提了出来：中国如何才能实现现代化？如何与西方和日本地位平齐，但同时又保持自己的特点？同时，这种对过往的关注又要符合中国特色社会主义精神文明的伦理准则。

新　诗

中华人民共和国成立之后，官方的文化政策也影响了诗歌的创作，诗歌因此穿上了"官方的服装"，所以我们也就能够理解为什么这段时期除了一些民歌和少量的几首诗，诗歌方面几乎没有什么值得一提的作品。直到"文革"结束，在被称为"北京的春天"的时期（1978—1980），才开始有年轻作者的新诗面世，他们用这些诗来表达对自身所遭受的不公的抗议。这股潮流的开端是1976年4月5日北京上百万群众聚集于天安门广场悼念周总理。[1]

---

[1]　见David S. G. Goodman（古德曼）的*Beijing Street Voices. The Poetry and Politics of China's Democracy Movement*（《北京街上的声音：中国民主运动的诗与政治》），伦敦，1981年。

将个人及其情感放在首位的诗被称为"朦胧诗"[1]，这些诗表达了对中国现实的不满，因此一开始只是私自印刷的"地下文学"，在一些非公开出版的杂志上流传，例如1978年至1980年间由北京作家北岛（原名赵振开，1949年生）参与出版的《今天》。"北京的春天"末期，随着新编辑进入公开出版的文学杂志的编辑部，这些"朦胧诗"也开始在这些杂志上发表，其中最重要的杂志是《诗刊》，而这些诗人也开始被人称为"朦胧诗派"。但是很快地，针对这些新诗就开始出现些半官方的批评，1983年10月起明确对这种新诗以及一些创作新女性文学的女作家提出了批评。[2]创作这些诗的诗人认为这些"朦胧诗"是自我对病态社会的反思，成为衡量一切准绳的应该是人和人的内心。[3]

"朦胧诗派"最重要的代表人物有北岛、[4]顾城（1956—1993）以及女诗人舒婷（1952年生）[5]，他们有意识地为自己的那一代人代言。北岛（他只在

---

[1] 见K. -H. Pohl（卜松山）的Auf der Suche nach dem verlorenen Schlüssel. Zur "obskuren" Lyrik (meng-long shi) in China nach 1978（《寻找丢失的钥匙：中国1978年之后的朦胧诗》），载OE第29期（1982年），第148—160页。

[2] 关于"现代诗歌"的批评，见Mau-sang Ng（吴茂生）译的Xu Jingya, A Volant Tribe of Bards. A Critique of the Modernist Tendencies of Chinese Poetry，载Renditions（《译丛》）第19/20期（1983年），第59—65页；也见姚家华主编的资料及讨论集《朦胧诗论争集》（北京，1989年）。

[3] 关于新诗，见Wai-lim Yip（叶维廉）的Crisis Poetry. An Introduction to Yang Lian, Jiang He and Misty Poetry，载Renditions（《译丛》）第23期（1985年），第120—161页；G. Malmqvist（马悦然）的On the Emergence of Modernistic Poetry in China，载BMFEA（《远东文物博物馆馆刊》）第55期（1983年），第57—71页。

[4] B. S. McDougall的Notes from the City of the Sun. Poems by Bei Dao（伊萨卡，纽约州，1983年）；B. S. McDougall译的Bei Dao, Ten Poems，载Renditions（《译丛》）第23期（1985年），第111—119页；W. Kubin（顾彬）译的Bei Dao. Tagtraum. Gedichte（慕尼黑，1990年）。

[5] 这三位作家作品的德译本，见W. Kubin（顾彬）的Nachrichten von der Hauptstadt der Sonne. Moderne chinesische Lyrik 1919-1984（《来自阳光之城的消息：现代中国诗歌（1919—1984年）》），法兰克福，1985年，第182—237页。舒婷及顾城诗歌作品的德译本，见R. Mayer（梅儒佩）的Shu Ting, Gu Cheng, Zwischen Wänden. Moderne chinesische Lyrik（慕尼黑，1984年）；也见R. Mayer的Einige Gedichte von Gu Cheng，载Chinablätter（《中国杂志》）第17期（1988年），第19—21页。

诗歌作品上使用这个笔名，在小说作品上使用的是其他笔名[1]）的《回答》是第一首公开发表的朦胧诗，刊于1979年，根据顾彬的观点，这首诗可以被视为那个时期"中国青年一代最有代表性的诗"。这首诗的开头这样写道：

> 卑鄙是卑鄙者的通行证，
>
> 高尚是高尚者的墓志铭。
>
> 看吧，在那镀金的天空中，
>
> 飘满了死者弯曲的倒影。
>
> 冰川纪过去了，
>
> 为什么到处都是冰凌？
>
> 好望角发现了，
>
> 为什么死海里千帆相竞？[2]

顾城的《感觉》写于1980年，这首诗可以理解为是一种希望的表达：

> 天是灰色的
>
> 路是灰色的
>
> 楼是灰色的
>
> 雨是灰色的
>
> 在一片死灰中

---

[1] 关于北岛的小说，见B. S. McDougall的Zhao Zhenkai's Fiction: A Study in Cultural Alienation（《赵振开的小说：文化异化研究》），载*Modern Chinese Literature*（《现代中国文学》）1.1（1984年），第103—130页；赵振开的一部名为《波动》的小说被译成德语后，作者名仍标注为北岛: *Gezeiten*（法兰克福，1990年）。

[2] 译文，见W. Kubin（顾彬）的*Bei Dao. Tagtraum. Gedichte*（慕尼黑，1990年），第184页及以下。这首诗也被收录在章亚昕、耿建华主编的《中国朦胧诗赏析》（广州，1988年）中，第160页及以下，这部诗集里除北岛外，还收录了徐志摩、台湾诗人李金发、卞之琳、戴望舒、胡也频，以及很多舒婷和顾城的诗。

　　走过两个孩子

　　一个鲜红

　　一个淡绿[1]

　　从20世纪80年代末期起，在中国之外创作的中国作家数量大幅增加。[2]

中国台湾地区和海外的文学

　　在清朝末年，年轻的知识分子和文人会到海外，时间长达数月甚至数年，他们在那里继续上学或接受培训，之后重新回到中国。但是从20世纪30年代末开始，越来越多的中国知识分子会离开更长的时间，甚至永远离开故土。由此便形成了海外华人文学以及那些彻底移民国外的华侨创作的文学。台湾处于一个中间位置，下文中也将主要说到台湾的文学。[3]但总体来说，中国文学已经具有了国际性，且这种国际性在中国之外更具影响力。[4]

　　1949年，国民党政府从大陆撤退到台湾。由于与西方世界的联系紧密，

---

[1]　顾城的《黑眼睛》（北京，1986年），第30页。

[2]　也见W. Kubin（顾彬）、H. F. Braun等主编的 *Wilde Lilien. Chinesische Literatur im Umbruch*，2卷，（= die horen 34. Jg.，第3卷/1989年，第155期，第4卷/1989年，第156期）。

[3]　台湾文学作品集，包括Joseph S. M. Lau（刘绍明）主编的 *Chinese Stories from Taiwan 1960-1970*（纽约，1976年）；H. Martin等主编的Blick übers Meer. *Chinesische Erzählungen aus Taiwan*（法兰克福，1982年）；Heng-yū Kuo的*Der ewige Fluß. Chinesische Erzählungen aus Taiwan*（慕尼黑，1986年）。——1949年之后台湾出版社的小说名录，见Winston L. Y. Yang（杨立宇）、Nathan K. Mao（茅国权）主编的*Modern Chinese Fiction. An Guide to Its Study and Appreciation. Essays and Bibliographies*（《现代中国小说的研究与鉴赏导论：论文与书目》），波士顿，马萨诸塞州，1981年，第79页及以下。

[4]　见H. Martin的Reisensburg 1986: Das "Commonwealth" der chinesischen Literaturen，载*Bochumer Jahrbuch zur Ostasienforschung*，1988年，第173—202页。

大量在台湾出生长大的作家去往其他国家，其中尤以去往北美地区者居多。因此，我们所说的台湾文学也包括那些居于海外的作家作品。由于台湾的新闻审查制度，他们也不时地在台湾之外发表作品。[1]

20世纪50年代初的台湾文学从许多方面看都可以说是贫乏的。一些未赴台的重要作家在五四之后创作的大部分文学作品，都遭到台湾的禁止。文学上的这种与过去几十年重要发展相脱离的状况，使得台湾文学一片荒芜景象。只有以反共为宣传目的或是美化旧传统的作品才能够出版，因此直到20世纪60年代，台湾几乎都没有出现过具有一定水平的文学作品。

20世纪50年代值得一提的实际上只有姜贵（1908—1980），姜贵1948年来到台湾，1952年在那里发表了他的第一部小说《旋风》。[2]大陆地区20世纪20年代中期和40年代早期的社会现实构成了他这部作品的背景。不过，在台湾的重要作家中，姜贵始终是唯一一个明确反对共产主义的。

直到《文学杂志》（1956年创刊）出版，文学领域的这种状况才有所改变。除姜贵之外，又出现了其他作家，其中，白先勇（1937年生）和於梨华（1931—2020）很快就引起了极大的关注。他们的作品以那些从大陆来到台湾或美国的中国人的生活为对象。白先勇的小说多数是在美国创作，1971年以《台北人》为题结集出版。这些小说中主人公的命运带着深深的"失去"中国的烙印，所以这些人最后总是难逃失败，例如《谪仙记》中的李彤。《冬夜》讲述了一个讲授英国文学的教授，他亲身经历了五四运动，由于对台湾的生活感到失望，他动了移民的念头，但由于一次严重的车祸而无法实现。一个从美国回来作短暂停留的朋友告诉这位教授说，自己虽然很成功，但是在美国并不感到幸福。他们代表了20世纪很多中国知识分子的处境，两

---

[1] 关于台湾文学的研究，见J. L. Faurot（傅静宜）主编的文集 *Chinese Fiction from Taiwan. Critical Perspectives*（《批评视野下台湾的中国小说》），布卢明顿，印第安纳州，1980年。

[2] 见T. A. Ross的 *Chiang Kuei*（纽约，1974年）；T. A. Ross译的 *Chiang Kuei, The Whirlwind*（圣弗朗西斯科，1977年）。

个人最终都无法离开让自己感到不幸福的地方。[1]

20世纪60年代末，新一代的作家登上文坛，其中很多人在台湾出生，并且不属于1949年才到这里的流亡者家庭。其中特别出名的包括黄春明（1935年生）[2]、陈若曦（1938年生）[3]、陈映真（1937—2016）、林怀民（1947年生）、王文兴（1939年生）、王祯和（1940—1990）[4]、张系国（1944年生）[5]、杨青矗（1940年生）[6]、七等生（1939—2020）[7]、欧阳子（1939年生）和水晶（1935年生）。他们中的一些人深受台湾乡土文学的影响，虽然不断有来自政府方面的禁令，但20世纪70年代末，这种文学潮流在台湾的小说创作中仍占据了主导地位。随着20世纪70年代末的政治自由化，甚至有一些政治讽刺作品得以出版，例如黄凡的小说《赖索》、张系国的小说《黄河之水》（1979年）。

---

[1] 见Joseph S. M. Lau的 Celestials and Commoners. Exiles in Pai Hsien-yung's Stories，载MS（《华裔学志》）第36期（1984—1985年），第409—423页。

[2] 作品译文见H. Goldblatt译的Hwang Chun-ming, Sayonara, Tsai Chien，载Renditions（《译丛》）第7期（1977年），第133—160页；S. Field译的Hwang Chun-ming, The Story of Grandfather Ch'ing Fan，载Renditions（《译丛》）第16期（1988年），第99—111页；I. Grüber的Moderne Zeiten. Chinesische Literatur aus Taiwan. Huang Chunmings Erzählungen 1967–1977（波鸿，1987年）；H. Martin等主编的Blick übers Meer. Chinesische Erzählungen aus Taiwan（法兰克福，1982年），第44—125页。

[3] 作品译文，见Nancy Ing（殷张兰熙）、H. Goldblatt（葛浩文）译的Chen Jo-hsi, The Execution of Major Yi, and Other Stories from the Great Proletarian Cultural Revolution（布卢明顿，印第安纳州，1978年）；Chen Jo-hsi, Die Exekution des Landrats Yin und andere Stories aus der Kulturrevolution（汉堡，1979年）；Joseph S. M. Lau的The Stories of Ch'en Jo-hsi，载W. L. Yip（叶维廉）主编的Chinese Arts and Literature（《中国文艺》），巴尔的摩，马里兰州，1977年，第5—15页；H. Martin等主编的Blick übers Meer. Chinesische Erzählungen aus Taiwan（法兰克福，1982年），第203—216页；L. Bieg的Chen Ruoxi, Ein Gast aus der Heimat，载Hefte für Ostasiatische Literatur第7期（1988年），第52—86页。

[4] 见H. Martin 等主编的Blick übers Meer. Chinesische Erzählungen aus Taiwan（法兰克福，1982年），第167—201页。

[5] 见H. Martin等主编的Blick übers Meer. Chinesische Erzählungen aus Taiwan（法兰克福，1982年），第290—326页。

[6] 见H. Martin等主编的Blick übers Meer. Chinesische Erzählungen aus Taiwan（法兰克福，1982年），第233—272页。

[7] 见H. Martin 等主编的Blick übers Meer. Chinesische Erzählungen aus Taiwan（法兰克福，1982年），第273—326页。

  1977年，在台湾政府召集的一次文学创作研讨会上，爆发了关于乡土文学的争论。在20世纪五六十年代，以黄春明、王祯和为代表的乡土作家虽然反对城市化，但他们的描写主要集中在对乡间美好生活的描述上，他们笔下的人物只有少数会像黄春明《溺死一只老猫》[1]中的主人公那样，因为文化冲突而崩溃。但从20世纪70年代早期开始，城市和乡村被完全对立起来，台湾的现代化进程成为话题。新的乡土文学在台湾历史更长，可以追溯到台湾被日本占领期间。因此，乡土文学也开始对台湾的政治和社会制度进行批判性的反思。由此而产生的与政治权力之间的冲突，为诸多作家的自我描述带来了灵感，有些作家的理论或结构性意见甚至比他们自己的文学作品还要出名，这里面就包括王拓（1944年生）[2]。

  新的乡土理论家不再接受将农村等同于中国文化、城市等同于西方（这几乎与同时期大陆的倾向一致）的刻板做法，包括尉天骢（1935—2019）在内的乡土理论家秉持了一种精英立场。而这种类似于"农民思想"的态度也与"文革"后的大陆一样，又遭到了"知识分子"们的抨击。[3]然而，并不是所有的乡土理论家都有这样的观点，他们之后形成了两个阵营：市民派中除尉天骢外，还有陈映真[4]；农民派的重要代表则是王拓。

---

[1] 译文，见H. Goldblatt（葛浩文）译的*Hwang Chun-ming. The Drowing of an Old Cat and Other Stories*（布卢明顿，印第安纳州，1980年）。

[2] 见H. Martin等主编的*Blick übers Meer. Chinesische Erzählungen aus Taiwan*（法兰克福，1982年），第126—166页。

[3] 见Jing Wang，载W. Kubin（顾彬）主编的Die Literatur der Volksrepublik China und Taiwan（《中国大陆和台湾的文学》），第113页及以下；英文原版，载J. Faurot（傅静宜）主编的文集*Chinese Fiction from Taiwan. Critical Perspektives*（《批评视野下台湾的中国小说》），布卢明顿，印第安纳州，1980年，第56—57页。

[4] 陈映真短篇小说的译文，见L. Miller的*Exiles at Home. Short Stories by Ch'en Ying chen*（《陈映真短篇小说选》），安娜堡，密歇根州，1986年。也见Joseph S. M. Lau（刘绍明）的相关研究：How Much Truth Can a Blade of Grass Carry. Ch'en Ying-chen and the Emergence of Native Taiwanese Writers（《陈映真与当代台湾作家的崛起》），载*JAS*（《亚洲研究杂志》）第329期（1973年），第623—638页；A. Pieper（皮珀）的*Der Taiwanesische Autor Chen Yingzhen mit einer Übersetzung der Erzählung "Wolken"*（波鸿，1987年）。

台湾文坛这种自我意识的不断变化也体现在1970年前后关于诗歌的讨论中。这次讨论主要是对现代诗，以及一些现代诗人充满个性、特立独行的做法进行批评，这些诗人几乎比小说作家提前10年接受了西方的现代主义。这次讨论最后以对叶维廉主编的《中国现代诗歌》（*Modern Chinese Poetry*）[1]的评论结束。在台湾的叙事文学还没有体现出现代性的时候，诗歌领域就已经出现了新的发展，这与纪弦（1913—2013）这个名字以及他主编的杂志《现代诗》（1953年至1963年刊行）密不可分。纪弦成立了一个诗社，该诗社摒弃传统，学习西方，尝试以波德莱尔等人为范例推进现代诗的发展，当时的主题词是“移植”而非“继承”。[2]但在20世纪60年代初的时候，纪弦自己就已经离开了这个诗社。正是在这股潮流和类似发展趋势的影响下，很快出现了新的诗人团体和杂志，例如《蓝星》，特别重要的还有《创世纪》（1954年至1970年刊行）。《创世纪》的影响力最大，它不但特别关注现代欧洲的诗人，甚至还会为某些作家发行特刊。就这样，一些诗人开始形成自己的具有现代性的风格，已经不同于较早时期以模仿西方作家为主、诗作有时读起来像译文的李金发和戴望舒。这些新诗人包括余光中（1928—2017）、痖弦（1932年生）、洛夫（1928—2018）、周梦蝶（1921—2014）、郑愁予（1933年生）等。这些诗人始终很清楚自己必须在接受、吸收西方诗歌的基础之上形成自己的风格。

除诗人外，小说作家们也开始在学习西方作家的基础上寻找新的风格。在这方面，刊行于1960年至1973年间的《现代文学》起到了非常大的作用，通过这本杂志，20世纪的西方文学被更多台湾人所了解。《现代文学》的办刊要求非常高，主编王文兴同时还要应付一些非议，例如在1960年5月的那一期上，他就为之前的一期卡夫卡专刊进行辩护，并为读者介绍这一期要推

[1]　见*Tamkang Review*（《淡江评论》）3.2（1972年10月）。

[2]　见杨牧的《关于纪弦的现代诗与现代派》，载《现代文学》第46期（1972年3月），第90页及以下。

出的美国作家托马斯·沃尔夫（Thomas Clayton Wolfe）。[1]

在第一年结束的一篇介绍办刊计划的文章中，王文兴以主编的名义，对台湾本土的艺术表达了不满，并表示创办杂志的目的是在重新审视中国文学传统的同时，关注欧美现代文学的发展。所以，这份杂志能成为台湾最重要的新小说作家发声之地，也就不足为奇了。这里面包括白先勇、王文兴、欧阳子以及"文革"期间留在中国大陆的陈若曦。这些作家早期的小说清晰地体现出了他们所模仿的对象，记录了文坛尝试新小说形式的试验。但是之后，他们都逐渐形成了自己的风格。

除台湾外，香港和新加坡也体现出自己的文学发展脉络。由于特殊的生活环境，不同的政治条件，这些地方的文学与大陆文学、台湾文学有着明显的差异。例如在香港，居民特殊的民族背景就对文学产生了影响，这个地方的居民除了广东人，还有来自中国东南部的少数民族，他们都保留着各自的文学传统。[2]

尽管有大量新的潮流以及对其他文学的吸收，但是中国文学直到20世纪末依然在很多方面保持着过去几百年间的传统。这一点不仅体现在文学作品所使用的意象和题材上，也体现在作家与社会及国家的关系中。限制的存在同时也激发了对限制的消解和克服，从中恰恰能够看出中国人思想世界的发展。从这个角度看，中国文学始终就是在适应与抗争这两个极端之间寻找自己的位置，这一点或许比在其他任何一种文学中都更加明显。不管是在过去还是在将来，中国文学都始终在帮助中国人认识自我，同时也为旁观者更好地理解中国精神提供途径。

---

[1] 《现代文学》第2期（1960年5月），第124页。

[2] 见*Renditions*（《译丛》特刊：香港），第29与第30期（1988年）。